Ellery Queen

W0381322

Ellery Queen mène l'enquête

Le Mystère de l'allumette
L'Arche de Noé
Le Cas de l'inspecteur Queen
Et le huitième jour…

Préface de François Rivière

omnibus

En couverture : illustration originale de Marc Taraskoff

Halfway House © 1936 by Ellery Queen, Copyright renewed by Ellery Queen ; *The Origin of Evil* © 1951 by Little, Brown and Company, Copyright renewed by Ellery Queen ; *Inspector Queen's Own Case* © 1956 by Ellery Queen, Copyright renewed by Ellery Queen ; *And on the Eighth Day* © 1964 by Ellery Queen, Copyright renewed by Ellery Queen
Le Mystère de l'allumette (*La Maison à mi-route*) © Albin Michel, 1936, pour la traduction française ; *L'Arche de Noé* © DR pour la traduction française, 1952 ; *Le Cas de l'inspecteur Queen* © DR pour la traduction française, 1957 ; *Et le huitième jour…* © Jean-Paul Gratias, 1983, pour la traduction française

© 2013, Omnibus pour la présente édition

ISBN : 978-2-258-10232-3 N° Editeur : 747
Dépôt légal : mars 2013

Omnibus | un département **place des éditeurs**

place
des
éditeurs

Sommaire

Ellery Queen, la malice et le meurtre,
par François Rivière I

Le Mystère de l'allumette 7
L'Arche de Noé 227
Le Cas de l'inspecteur Queen 475
Et le huitième jour... 667

Ellery Queen, la malice et le meurtre

Vers la fin des années 1920, plusieurs pièces policières firent fureur sur les scènes de Broadway – *L'Affaire Mary Dugan, Le Chat et le canari* ou encore *La Chauve-souris*, inspirée du best-seller de Mary Roberts Rinehart –, qui témoignaient du triomphe d'un genre littéraire, le *detective novel*. Celui-ci venait de trouver en la personne du romancier S.S. Van Dine l'un de ses plus brillants praticiens, en même temps qu'un défenseur particulièrement habile. Ce pseudonyme pittoresque dissimulait la personnalité peu commune d'un ancien de Harvard, Willard Huntington Wright, éminent critique d'art et de littérature qui avait décidé de faire la preuve que le roman policier n'avait décidément rien d'un mauvais genre. Le premier livre signé Van Dine, *La Mystérieuse Affaire Benson*, paru en 1926, avait fait sensation. Wright, peu de temps après, publia les « 26 Règles du roman policier » qui affirmaient l'extrême sophistication d'une sorte de Cluedo romanesque que le public américain connaissait surtout à travers les œuvres d'auteurs britanniques – Agatha Christie avait déjà pignon sur rue des deux côtés de l'Atlantique.

Le héros des romans de S.S. Van Dine était un certain Philo Vance, richissime dilettante évoluant dans la meilleure société de Manhattan. Sa façon de mener l'enquête, à la fois dédaigneuse et très prenante pour le lecteur, obéissait à un précepte solidement établi par Mr Wright.

« Le fin mot de l'énigme, affirmait-il, doit être apparent tout au long du roman, à condition, bien sûr, que le lecteur soit assez perspicace pour le saisir... Il y aura toujours assez de lecteurs capables de se montrer aussi sagaces que l'auteur. »

Ce fut le cas, sans doute, de deux jeunes publicitaires vivant alors à New York, dans un quartier nettement moins fashionable que celui que hantait Philo Vance. Manford Lepofski et Daniel Nathan avaient tous deux vu le jour en 1905 et ils étaient cousins. D'origine juive polonaise, ils avaient été éloignés de Brooklyn durant l'enfance puis s'étaient retrouvés à la fin de leurs études et ne s'étaient plus quittés.

Tous deux rêvaient de se lancer dans la fiction et, comme pour se préparer au grand jour qui verrait leur prose imprimée – mais aussi dans un souci d'intégration fort compréhensible –, ils décidèrent de changer de noms. Manford devint ainsi Manfred B. Lee et Daniel, qui vénérait Chopin, se métamorphosa en Frederic Dannay. Lorsque, au début de l'été 1928, le magazine *McClure's* lança un grand concours de romans policiers destiné à ses lecteurs, Dannay et Lee s'engagèrent d'un même élan dans la confection d'une œuvre qui devait beaucoup au modèle de Van Dine qu'ils admiraient énormément. Les deux cousins avaient parfaitement assimilé la « technique » de Mr Wright et ils jugèrent qu'ils étaient capables de faire subir un tour d'écrou supplémentaire au classique puzzle offert par le roman de détection. Ils eurent ainsi l'idée de mettre en scène un jeune détective amateur et romancier nommé Ellery Queen, dans un livre qu'ils intitulèrent *Le Mystère du chapeau de soie* et signèrent... Ellery Queen. Cet effet de fiction-dans-la-fiction allait devenir la marque de fabrique des deux cousins. Le magazine *McClure's* ayant fait faillite, leur roman ne fut pas primé mais parut en 1929 chez l'éditeur Stokes. Dannay et Lee avaient, bien sûr, d'autres idées d'intrigues en tête et se remirent aussitôt au travail. Le premier « mystère » fut suivi de deux autres, *Le Mystère French* (1930) et *Le Mystère du soulier blanc* (1931), tous trois fort respectueux du genre *Whodunit* (« Qui a fait le coup ? ») et poussant la règle du fair-play imposée par Van Dine jusqu'à inclure, à quelques chapitres de la fin, un « Défi au lecteur » destiné à faire participer celui-ci à la démarche du héros.

Mais la grande habileté de Dannay et Lee restera sans doute d'avoir déplacé le lieu du crime des appartements chics et peu réalistes dévolus à l'action de Philo Vance vers un cadre plus populaire, en tout cas plus proche du lecteur habituel de roman policier. C'est ainsi que, dans leur deuxième roman, *L'Affaire du soulier blanc* Ellery enquête dans l'univers clos des grands magasins French, puis à l'intérieur de l'espace encore plus hermétique d'un hôpital. Dans chacun de ces livres, comme dans la plupart de ceux qui suivront, on retrouve le propre père d'Ellery, l'inspecteur Richard Queen de la Police Métropolitaine, son adjoint le sergent Velie, un Irlandais débonnaire, et le grincheux Dr Proutie, le médecin légiste. A la différence de l'univers de Van Dine, très collet monté, celui d'Ellery Queen fait songer aux gouaches de Norman Rockwell : c'est le portrait au quotidien d'une Amérique que connaissent bien les deux auteurs. Le jeune détective est, à sa façon, le reflet de leur propre aventure : il a (nous disent ses biographes) connu l'université grâce à l'aide d'un ami avocat de son père – qu'il surnomme joliment Solon – et, lorsqu'il ne joue pas les Sherlock Holmes, il transforme en tabagie le minuscule appartement de la 87e Rue Ouest qu'il partage avec son père, sous le regard complice de leur pittoresque homme à tout faire, un jeune gitan nommé Djuna...

Ellery est éminemment sympathique et le pince-nez qu'il arbore, les citations grecques et latines dont il émaille son discours font de ce grand escogriffe, timide et maladroit, un nouveau venu très original dans le monde du roman policier. Avec le quatrième roman de la saga, *Deux morts dans un cercueil* (1932), Ellery va littéralement mettre ses pas dans ceux de Philo Vance, puisque la « victime » du roman est un célèbre marchand de tableaux d'origine grecque, Georg Khalkis. Sous nos yeux, le jeune homme prend de l'assurance et même si sa fréquentation du beau monde le rend parfois très critique, on le sent prêt, déjà, à repousser ses grimoires et sa machine à écrire pour affronter d'autres horizons. Avec ce livre, les cousins semblent avoir trouvé un juste équilibre entre la forme classique qu'ils affectionnent et l'excentricité malicieuse de leur héros. Leur biographe, Francis M. Nevins Jr., dira de *Deux morts dans un cercueil* qu'il « est le roman d'énigme le mieux conçu et le plus abouti publié aux Etats-Unis durant l'âge d'or du genre ».

En 1934 paraît un recueil de nouvelles intitulé *Les Aventures d'Ellery Queen*. Dannay et Lee s'y livrent, par Ellery interposé, à toutes sortes d'acrobaties littéraires qui montrent la grande variété de leurs centres d'intérêt. Ellery passe allégrement d'un cours de criminologie appliquée au monde du cirque, puis de l'antre d'un philatéliste à une affaire qui flirte astucieusement avec la mythologie de Lewis Carroll. On comprend, à la lecture de ces brefs joyaux – qui font d'ailleurs songer aux déjà célèbres enquêtes du Père Brown de G.K. Chesterton –, qu'un tel goût pour la mise en abyme ait pu faire l'admiration de Jorge Luis Borges. Celui-ci, certainement sensible aux fausses préfaces signées d'un mythique « J.-J. Mc Clure » dont chacune des enquêtes du détective était précédée, rendit compte à plusieurs reprises des romans des Queen dans le supplément hebdomadaire d'un journal de Buenos Aires. Mais l'auteur de *Fictions* vit aussi dans la démarche des deux Américains une dimension que lui, plus qu'aucun autre, était à même d'apprécier : « Comme Chesterton, Ellery Queen joue avec le surnaturel mais d'une façon licite : il l'insinue dans l'exposé du problème, pour en augmenter le mystère, et puis il l'oublie ou le dément dans la solution. » Dannay et Lee rendront hommage à Borges en publiant plus tard, dans leur magazine, certains de ses contes assimilables au genre policier.

Ainsi encouragés, peut-être, dans leur démarche mystificatrice, les Queen décident d'adapter à leur visage de créateur un nouveau masque, celui de Barnaby Ross. Sous ce nom vont paraître quatre romans qui mettent en scène un personnage excentrique, ex-acteur shakespearien du nom de Drury Lane, véritable magicien de la déduction habitant un petit village proche de New York nommé opportunément *The Hamlet*... A cette époque, Dannay et Lee entreprennent une série de conférences sur le roman policier, se présentant masqués au public, l'un se faisant passer pour Ellery Queen et l'autre pour Barnaby Ross !

L'année 1935 marque un tournant dans leur production romanesque. Jusque-là, les enquêtes d'Ellery reposaient sur les données classiques du roman de détection, Dannay et Lee s'ingéniant toutefois à repousser les limites d'un genre qui, à les en croire, s'essoufflait quelque peu. A partir de *La Maison à mi-route*[1], parue en 1936 et, qui, quelques années plus tard devait inspirer à la prolifique Joyce Carol Oates un polar signé Rosamond Smith, le ton change. Symboliquement, Ellery abandonne son pince-nez. Mais surtout, notre bibliophile distrait accepte de quitter sa tour d'ivoire pour affronter la réalité du monde américain, voire même prêter l'oreille à de lointains bruits de bottes... Les exigences plus ou moins explicites de la parution en feuilleton des prochains romans de Queen dans la presse féminine à grand tirage ne sont peut-être pas étrangères à cette évolution. Mais ce n'est pas tout : en 1935, la firme cinématographique Republic achète les droits du *Mystère*

1. Connu également sous le titre *Le Mystère de l'allumette*.

de la cape espagnole. Ellery Queen cède à la Lorelei californienne. Ses rapports avec Hollywood, durant les dix années suivantes, ne seront pas simples et l'on peut même dire que le meilleur de cette collaboration difficile se retrouvera dans deux romans, *L'Arche de Noé* et *Le Quatre de cœur*, confirmant de façon amusante qu'après son pince-nez, le bibliophile a aussi perdu sa virginité.

En novembre 1940, Frederic Dannay frôle la mort lors d'un grave accident d'automobile. Et, parce que la vie intime des écrivains rejaillit forcément sur leur création, Ellery Queen se métamorphose encore. Wrightsville, petite cité du Connecticut – et lointaine anticipation de *Twin Peaks* –, va servir de cadre à une série de romans superbes, de *La Ville maudite* (1942) à *Le roi est mort* (1952), en passant par *La Décade prodigieuse* (1948) plus tard portée à l'écran par Claude Chabrol. Ellery est enfin plongé dans l'univers des autres. Il en ressortira plus humain, prêt à affronter des drames ressemblant de moins en moins à des puzzles et de plus en plus aux tragi-comédies du monde ordinaire.

En 1949, Ellery est rentré à New York. Les échos du récent conflit mondial suggèrent à ses auteurs l'une de leurs plus belles réussites, *Griffes de velours*, une histoire de serial killer qu'on pourrait qualifier de romantique. Dans la torpeur de l'été, Ellery se mesure à un tueur obsédé d'obstétrique et se voit contraint à un aller et retour à Vienne, la ville du père de la psychanalyse dont l'ombre plane avec insistance sur le roman...

Manhattan, encore, sert de cadre à *Lettres sans réponse* (1953), dont la trame évoque le célèbre roman de Nathaniel Hawthorne, *La Lettre écarlate*. Le lecteur y fait la connaissance de Nikki Porter, la secrétaire d'Ellery, personnage qu'imposèrent les producteurs des feuilletons radiophoniques et des films inspirés par la saga.

Peut-être serait-il temps d'expliquer comment s'élaborait le processus de mise au monde d'un roman signé Ellery Queen. Les deux cousins furent toujours assez discrets sur leur collaboration, mais Dannay n'a jamais caché qu'il se délectait à la construction des intrigues, tandis que Lee prenait un réel plaisir à donner une forme aux schémas parfois ardus nés dans l'esprit de son cousin. De longues séances de travail par téléphone, entre Larchmont, dans la banlieue de New York, où vivait Dannay, et la ville de Roxbury (Connecticut) où Lee était le voisin d'Arthur Miller, permettaient de peaufiner l'œuvre à quatre mains. Un des fils de Lee a raconté que ces interminables conversations téléphoniques entre son père et Dannay prenaient parfois la forme d'un pugilat – mais n'est-ce pas précisément le signe d'une « santé des intrigues », comme disait Borges ?

Les années passant, une véritable légende Ellery Queen prit forme. Elle devait nourrir non seulement des romans et nouvelles jaillis à une cadence jamais relâchée, mais également de la revue *Ellery Queen's Mystery Magazine*, fondée par le seul Dannay à l'automne 1941. Cette revue devint rapidement le sanctuaire de la fiction policière mondiale, permettant à ses lecteurs de découvrir la contribution au genre policier d'un certain nombre d'auteurs américains, comme Louis Bromfield, Willa Cather ou Pearl Buck, jusque-là « insoupçonnable »... D'innombrables anthologies virent ensuite le jour, témoignant d'une fièvre bibliomane peu commune. Parmi ces trésors, il faut citer *The Literature of Crime, Rogues'Gallery* – dédiée à George Bernard Shaw, l'un de ces auteurs « nobles » qui méritèrent l'admiration de Dannay pour avoir fait état de la considération qu'ils portaient au roman policier – et la *Japanese Golden Dozen* qui fit découvrir le crime novel nippon au public américain.

A mesure que s'éloignait ce qu'on est convenu d'appeler l'âge d'or du roman de détection, il devenait malaisé à

Dannay et à Lee de renouveler un art qui s'éloignait lui-même des préoccupations du plus grand nombre. Devenus, de leur plein gré, des auteurs éminemment populaires, ils n'entendaient pas rester prisonniers d'un genre qui ne leur assurerait plus le grand succès auquel ils étaient habitués depuis les années trente. Alors, ils tentèrent des expériences. Le premier fruit de ce qu'on pourrait qualifier de nouveau tour d'écrou fut *Et le huitième jour...* (1964). Dans ce livre sans police ni enquête, où nous voyons un Ellery épuisé quitter Hollywood au printemps 1944 pour se trouver, en plein désert, face à un mystère biblique inspiré à ses auteurs par l'horreur de l'holocauste, Dannay et Lee touchent au sublime. Et, comme enhardis par cet exploit, ils produiront l'année suivante une œuvre non moins excentrique, quoique d'une inspiration très différente, puisqu'il s'agit de la novelisation du film *Sherlock Holmes contre Jack l'Eventreur*, qui restera dans les annales comme l'une des moins orthodoxes du genre. On y fait état de la découverte d'un manuscrit inédit du Dr Watson dont la lecture inspirera à Ellery une autre découverte... Ils innovent encore, en 1967, dans *Face à face*, qui répond habilement, sur le plan structurel, à un roman paru quatre ans plus tôt, *L'Adversaire*, inspiré par la stratégie du jeu d'échecs.

Le 2 avril 1971, Manfred Lee meurt, terrassé par une crise cardiaque. Plus rien désormais ne sera comme avant. Frederic Dannay, lui-même affaibli par la maladie, aura recours à la collaboration d'éminents confrères dont certains – comme Theodore Sturgeon ou Jack Vance – sont à même de le seconder avec talent, mais une part de la magie de la longue complicité Lee-Dannay est morte.

Frederic Dannay s'éteindra en 1982, ayant jusqu'à la fin poursuivi avec acharnement son intense activité éditoriale autour de la revue *Ellery Queen's Mystery Magazine* et des innombrables anthologies de récits policiers venus de tous les horizons et prouvant, comme il aimait à le dire, « que la malice et le meurtre sont internationaux ».

François RIVIÈRE

LE MYSTÈRE DE L'ALLUMETTE

Halfway House
1936

Traduction de Hélène Jeandidier

Ce roman a également été publié sous le titre *La Maison à mi-route*.

1

La tragédie

— Trenton est la capitale de l'état de New Jersey. Selon le dernier recensement, elle a une population de 123 356 âmes. A l'origine, elle s'appelait « la ville de Trent », du nom de William Trent, le célèbre magistrat. (Le saviez-vous, M. Kloppenheimer ?) Elle se trouve sur le Delaware, le plus beau fleuve des Etats-Unis.

Le petit vieillard inclina la tête.

— C'est sur les rives du Delaware, reprit le gros homme après avoir bu à un énorme pot de grès, que George Washington pulvérisa les Anglais à Noël 1776 au cours d'un terrible combat. Ayant placé ses hommes dans des barques, il traversa le fleuve sans bruit et tomba à bras raccourcis sur ses ennemis. Et où cela se passait-il ? A Trenton, Mr Kloppenheimer, à Trenton !

Mr Kloppenheimer se caressa le menton tout en marmonnant des paroles d'approbation.

— Eh bien ! continua le gros homme, savez-vous qu'un jour Trenton a failli devenir le siège du Capitole National ? Parole d'honneur. Au cours d'une réunion tenue ici en 1884, le Congrès décida de bâtir une ville fédérale sur les deux rives du fleuve !

— Mais, fit timidement observer Mr Kloppenheimer, le Capitole se trouve à Washington.

L'autre ricana.

— La politique, Mr Kloppenheimer. Mais...

Depuis un moment ce gros personnage, qui ressemblait étrangement à Herbert Hoover, chantait à Mr Kloppenheimer les louanges de Trenton. A la table voisine, un jeune homme aux yeux abrités derrière un pince-nez écoutait ce monologue en dégustant un pied de porc arrosé de bière allemande. Il ne fallait pas être grand clerc, pensait-il, pour deviner que le gros homme voulait vendre quelque chose à son timide compagnon ; mais quoi ? La ville de Trenton ? Assez improbable... Soudain il entendit Mr Kloppenheimer parler de « houblon », puis d'« orge », et le voile se leva. Mr Kloppenheimer était sans doute un brasseur, alors que son interlocuteur représentait probablement la Chambre de Commerce de l'endroit.

— Emplacement idéal pour une brasserie, reprit le bavard, épanoui. Allons, allons, Mr Kloppenheimer...

Le mystère résolu, le jeune homme cessa de s'intéresser à la conversation pour appeler le garçon. Ayant commandé une tarte aux pommes et un café, il consulta sa montre-bracelet. 20 h 42. Il...

— Mais c'est ce vieil Ellery Queen !

Levant les yeux, il aperçut devant lui un mince et grand jeune homme qui lui tendait la main.

— Bill Angell, s'écria Ellery avec ravissement. J'espère ne pas rêver. Bill ! Asseyez-vous, asseyez-vous ! D'où diable sortez-vous ? Garçon, un bock. Comment se fait-il...

— Une chose à la fois, dit le nouveau venu en s'asseyant. J'étais entré pour retrouver un ami et il m'a fallu un certain temps pour vous reconnaître. Comment allez-vous ?

— Comme ci, comme ça. Je vous croyais installé à Philadelphie ?

— En effet. Je suis ici de passage. Toujours en chasse ?

— Le renard change de fourrure mais conserve ses habitudes, répondit Ellery.

— Vous êtes toujours le même. Mais que faites-vous à Trenton ?

— Je viens de Baltimore où je me suis occupé d'un cas intéressant. Cher Bill, il y a longtemps que nous ne nous sommes vus.

— Près de onze ans. Je dois dire que vous n'avez pas changé.

Les yeux noirs d'Angell étaient calmes ; mais Ellery crut y discerner une lueur inquiète.

— Et moi ?

— Des pattes-d'oie, dit calmement Ellery. Les narines légèrement pincées. Les cheveux clairsemés aux tempes. Une poche garnie de crayons bien taillés : ceci dénote un certain penchant au travail. Des vêtements toujours aussi négligés et élégants. Un air assuré mêlé d'une sorte d'inquiétude latente... Bill, vous avez vieilli, mais vous êtes toujours l'enfant révolté par les injustices du monde. Savez-vous que j'ai beaucoup entendu parler de vous ?

Rougissant, Angell porta son verre à ses lèvres.

— La routine habituelle. Cette affaire du testament Curry a été un coup de chance.

— Un coup de chance ! Je l'ai suivie de près. Et Sampson, le procureur de district du Comté de New York, m'a dit que c'était l'affaire la plus brillante de l'année. Il vous prédit un bel avenir.

— Un bel avenir ? Allons, allons, vous me faites marcher. Comment va l'inspecteur ?

— Bien, merci. Marié, Bill ?

— Ah ! non, alors.

— Et votre charmante sœur ?

— Lucy se porte bien. Elle a épousé un voyageur de commerce, Joe Wilson. Un garçon très sympathique qui ne boit, ne fume, ne joue ni ne bat sa femme. Il vous plairait sûrement.

Bill consulta sa montre.

— Je suppose que vous ne vous souvenez pas de Lucy ?

— Mais si, mais si. Je me rappelle les battements effrénés de mon pauvre cœur d'adolescent. Botticelli eût été fou d'elle.

— Elle est encore épatante. Elle habite, à Fairmount Park, une modeste petite maison. Joe s'en tire très bien.

— Mais de quoi s'occupe-t-il ?

— De bijouterie à bon marché, de colifichets, de brimborions.

La voix de Bill était amère.

— A vrai dire, il travaille pour son compte et n'est guère qu'un vulgaire colporteur. Oh ! il a du mérite, car il ne possédait pas de famille et n'a jamais pu compter que sur lui-même. Néanmoins, il me semble que Lucy aurait pu mieux...

Il fronça les sourcils.

— Vous êtes un snob. Quel mal y a-t-il à aller de ville en ville pour vendre honnêtement sa marchandise ?

— Aucun. C'est moi qui suis stupide. Il adore Lu et elle l'adore. D'autre part, il a toujours subvenu à tous ses besoins. Les torts sont donc de mon côté. Mon appartement se trouve au centre de la ville et je ne vois pas très souvent Lucy. Ma conduite à son égard est ignoble ; car Joe étant toujours parti, elle doit s'ennuyer à mourir.

— Oh ! fit Ellery, vous craignez donc des histoires de femmes ?

— Mon cher ami, je vois qu'on ne peut rien vous cacher et que vous êtes le même magicien qu'autrefois. L'ennui vient de ce qu'il s'absente trop souvent. Quatre ou cinq jours par semaine. Il possède une voiture, mais je n'ai aucune raison sérieuse de le soupçonner...

A nouveau il consulta sa montre.

— Maintenant, Ellery, il me faut partir. Je dois retrouver mon beau-frère non loin d'ici à 9 heures, et il est moins dix. Quand regagnez-vous New York ?

— Dès que je pourrai remettre la vieille Duesey en marche.

— La Duesenberg ! Ciel, vous avez toujours cet antique véhicule ? Que diriez-vous si je vous proposais de vous accompagner ?

— Bill ! Quelle bonne idée !

— Pouvez-vous attendre une heure ?

— Toute la nuit si vous voulez.

Bill se leva.

— Joe ne me retiendra pas longtemps, dit-il lentement.

Puis, d'un air détaché, il ajouta :

— J'avais l'intention d'aller à New York ce soir. Je laisserai donc ma voiture à Trenton. Où vous retrouverai-je ?

— Dans le salon de ce restaurant. Vous coucherez chez moi, naturellement.

— Avec plaisir. A bientôt.

En regardant son ami s'éloigner, Ellery se demanda ce que pouvait bien cacher ce rendez-vous de Bill avec son beau-frère. Puis, décrétant avec un haussement d'épaules que cela ne le regardait pas, il commanda une seconde tasse de café tout en se disant que la compagnie du jeune homme lui permettrait de trouver moins long le trajet du retour.

Mais le destin en avait décidé autrement et Mr Ellery Queen ne se doutait pas que ni lui ni Mr William Angell, le jeune avocat de Philadelphie, ne quitteraient Trenton ce samedi soir 1er juin.

Le vieux coupé Pontiac de Bill Angell suivait Lamberton Road, étroite route limitée à droite par le Delaware et à gauche par des champs imprégnés encore de la pluie qui n'avait cessé de tomber du début de l'après-midi jusqu'à 7 heures. Sur le fleuve, quelques lumières brillaient faiblement à l'ouest, marquant l'emplacement de Moon Island ; à l'est, le terrain inégal était gris et morne.

Bill ralentit en passant devant un important pâté de maisons bâties au bord du fleuve : les bâtiments de la Marine. A en croire les instructions de Joe, il n'était plus très loin du but... Il connaissait la route pour l'avoir suivie à maintes reprises en allant de Philadelphie à Trenton par Camden Bridge. Aux alentours des bâtiments de la Marine, il n'y avait rien qu'un monotone terrain vague ; à l'est, des terrains de lotissement, et l'on ne voyait pas la moindre habitation à la ronde. Selon les directives de son beau-frère, Angell devait parcourir quelques centaines de mètres au-delà des bâtiments de la Marine...

Il freina. A droite, du côté du fleuve, se dressait une maison aux fenêtres faiblement éclairées, et, tandis que la Pontiac s'immobilisait en gémissant, Bill vit qu'il avait sous les yeux une grande cabane en bois, au toit délabré et surmonté d'une cheminée croulante. On y accédait par une allée semi-circulaire qui partait de Lamberton Road pour rejoindre à nouveau la route en passant devant la maison. Dans l'ombre du crépuscule, l'endroit était sinistre.

Un cabriolet vide était rangé devant le perron, son énorme capot tourné dans la direction de Trenton.

Le jeune homme jeta à la ronde un regard soupçonneux... Cette voiture... Lucy en avait une petite et Joe utilisait une ancienne Packard. Mais celle-ci était une magnifique seize cylindres Cadillac, carrossée spécialement, dont la couleur crème, les accessoires chromés évoquaient une idée de féminité : la voiture d'une riche sportive.

Bill examina alors la Packard de son beau-frère, laquelle était rangée non loin de là, face à la maison, et, pour la première fois, il aperçut un second chemin qui débouchait de Lamberton Road à quelques mètres devant lui. Mal entretenu et semé de fondrières, il longeait l'allée semi-circulaire pour aboutir à une porte latérale. Deux allées d'accès ; deux portes, deux voitures...

Bill Angell restait immobile. La nuit était calme et silencieuse. Depuis qu'il avait quitté la banlieue de Trenton, il n'avait rencontré d'autre habitation que les bâtiments de la Marine et la maisonnette d'un gardien ; au-delà de la cabane, la campagne était déserte. C'était donc bien là que devait avoir lieu le rendez-vous.

Il attendit longtemps. Soudain, le silence de la nuit fut déchiré par un hurlement affreux.

C'était un cri de femme dont la gorge paralysée par la terreur se desserrait brusquement pour lancer un bref et strident appel.

Instinctivement, Bill consulta sa montre-bracelet : elle marquait 21 h 8.

A ce moment la porte d'entrée s'ouvrit tandis qu'un flot de lumière inondait le cabriolet rangé devant le perron. Puis une silhouette apparut sur le seuil.

C'était celle d'une femme mince, dont l'obscurité ne permettait pas de distinguer les traits ni l'âge. Elle se voilait les yeux de ses deux mains comme devant un horrible spectacle.

Apercevant la Pontiac de Bill, elle bondit vers le cabriolet et, un instant plus tard, la puissante Cadillac fonçait sur le jeune homme. Stupéfait, il embraya et lança sa voiture dans le sentier bourbeux qui menait à la porte latérale de la maison.

Les ailes des deux voitures se frôlèrent. Pendant un moment, les deux conducteurs se trouvèrent côte à côte, et Bill vit que la femme tenait un mouchoir contre sa bouche. Le cabriolet s'éloigna en direction de Trenton et fut bientôt englouti par les ténèbres.

Abandonnant toute idée de poursuite, Bill ramena sa Pontiac auprès de la vieille Packard. Il arrêta son moteur et mit pied à terre. La porte était entrebâillée. Appelant à lui tout son courage, il entra.

Aveuglé par la lumière, il ne distingua tout d'abord que l'aspect général de la pièce. Le plafond était bas et, par endroits, les murs peints à la chaux perdaient leur plâtre. Il aperçut un portemanteau encombré de vêtements masculins, un évier en zinc, une antique cheminée et, au centre, une table ronde sur laquelle était posée une lampe électrique. Il n'y avait pas de lit, pas de poêle, pas d'armoire. Quelques chaises délabrées et un fauteuil branlant… Bill sursauta.

Un homme était étendu sur le plancher derrière la table, ses deux jambes repliées en une attitude qui évoquait la mort.

Bill Angell s'immobilisa pour réfléchir. Tout était calme dans la cabane. Une brise légère, venue du Delaware, agitait les rideaux… Une des jambes remua.

Bill la regarda bouger avec une morne surprise. Il s'avança.

L'homme était couché sur le dos, ses yeux vitreux tournés vers le plafond. Ses mains blêmes s'agitaient convulsivement. Son veston entrouvert laissait voir, sur sa chemise blanche, une tache de sang qui allait s'élargissant au niveau du cœur.

L'avocat s'agenouilla et dit, d'une voix qui lui parut étrange :

— Joe, pour l'amour de Dieu, Joe…

Il ne toucha pas au corps de son beau-frère.

Les yeux du blessé semblèrent s'animer.

— Bill…

— De l'eau ?

Les mains livides s'agitèrent plus vite.

— Non. Trop… Bill, je meurs.

— Joe, qui… ?

— Une femme… une femme.

La voix brisée se tut.

— Quelle femme, Joe ? Joe, pour l'amour de Dieu !

— Une femme. Voilée. Voile épais... Visage. Pas vu. M'a poignardé... Bill, Bill.

— Qui diable... ?

— J'aime... Lucy. Bill, prenez soin de Lu...

— *Joe !*

Les lèvres avaient cessé de remuer. Les yeux avaient pris une fixité étrange.

Puis Bill découvrit que les doigts s'étaient immobilisés.

Il se redressa et sortit de la cabane.

Confortablement installé dans le salon du Stacy-Trent, Mr Ellery Queen fumait tranquillement sa pipe lorsqu'il entendit une voix lancer son nom à la ronde. Etonné, il leva les yeux pour apercevoir devant lui un jeune Noir revêtu de la livrée de l'hôtel.

— Mr Queen ? On vous demande au téléphone.

Jetant une pièce de monnaie au chasseur, Ellery se dirigea vers l'appareil téléphonique. Au même moment, une jeune femme rousse en costume de tweed brun se leva pour le suivre. S'étant postée à quelques pas derrière lui, elle lui tourna le dos et sortit son bâton de rouge.

— Bill ?

— Dieu merci !

— Bill ! Que se passe-t-il ?

— Ellery... Je ne puis rentrer à New York avec vous. Je... Pouvez-vous...

— Bill ! Il s'est passé quelque chose.

— Dieu, oui... C'est... c'est un cauchemar. Mon beau-frère... Il est... il est mort.

— Juste ciel !

— Assassiné d'un coup de couteau au cœur.

— Assassiné ! répéta Ellery.

Derrière lui, la jeune femme tressaillit comme sous l'effet d'une décharge électrique.

— Bill... Où êtes-vous ? Quand cela s'est-il produit ?

— Je l'ignore. Il vivait encore lorsque je suis arrivé. Il m'a dit... Puis il est mort. Ellery... Comment vais-je prévenir Lucy ?

— Bill, fit Ellery d'un ton énergique. Cessez de vous lamenter et écoutez-moi. Avez-vous averti la police ?

— Non... non.

— Où êtes-vous ?

— Dans la maison du gardien, sur la route, un peu plus loin que les bâtiments de la Marine. Ellery, il faut que vous m'aidiez.

— Bien sûr, Bill. A quelle distance cet endroit se trouve-t-il du Stacy-Trent ?

— A cinq kilomètres.

— Indiquez-moi le plus court chemin.

Lorsque à l'autre bout du fil le jeune avocat lui eut donné les indications nécessaires, Ellery déclara :

— Attendez-moi chez le gardien. Et téléphonez à la police de Trenton. Puis, posant le récepteur, il se coiffa de son chapeau et s'éloigna en courant.

La jeune femme rousse n'avait cessé de l'observer d'un œil prodigieusement intéressé.

Il était 21 h 40 lorsque Ellery atteignit la maison du gardien. Bill était assis sur le marchepied de sa Pontiac, la tête entre les mains, les yeux fixés sur la route luisante.

— C'est lamentable, dit-il en un gémissement. Lamentable !

— Je le sais, Bill, je le sais. Vous avez appelé la police ?

— Elle va arriver. J'ai... j'ai également téléphoné à Lucy.

Une lueur de désespoir s'alluma dans ses yeux.

— Elle n'est pas à la maison.

— Où est-elle ?

— J'avais oublié que tous les samedis, elle va au cinéma. Je lui ai envoyé un télégramme disant que Joe avait été victime d'un accident.

Après un silence, il reprit :

— Allons.

Tous deux s'installèrent dans la Pontiac.

— Lentement, dit Ellery, les yeux fixés sur le pinceau lumineux des phares. Dites-moi tout ce que vous savez.

Bill fit le récit des événements de la soirée.

— Une femme voilée, murmura Ellery. Il est heureux que le pauvre Wilson ait eu le temps de vous en parler. La femme que vous avez aperçue portait-elle une voilette ?

— Son visage était découvert, mais peut-être avait-elle relevé sa voilette.

La cabane se dressait devant eux. Très las, Bill se mit en devoir de faire virer le coupé.

— Non ! dit Ellery. Arrêtez ici. Avez-vous une lampe électrique ?

— Dans la poche de la portière.

Mettant pied à terre, Ellery promena à la ronde les rayons lumineux de la lampe de son ami : la cabane silencieuse, le sentier bourbeux menant à la porte latérale, l'allée semi-circulaire, toute la scène fut bientôt gravée en son esprit. Puis il se baissa pour examiner le sol du second chemin. N'apercevant aucune empreinte de pas, mais seulement des traces de pneus, il étudia attentivement ces dernières avant de regagner la Pontiac.

— Bill ! Nous laisserons la voiture ici.

— Bien.

— Ou mieux encore, placez-la de façon à barrer les allées d'accès aux automobiles. Il n'y a pas d'empreintes de pas sur le sol, mais il nous faut préserver les traces de pneus... Bill, il vaut mieux que vous restiez ici pour garder les allées. Avertissez la police dès qu'elle arrivera. Que personne ne marche dans les allées ; on peut accéder à la maison en passant sur l'herbe qui les borde...

— Entendu, Ellery, marmonna l'avocat en frissonnant. Je comprends.

Il eut un sourire navré. Ellery lui posa une main affectueuse sur l'épaule puis, levant la lampe, se dirigea vers le sentier latéral. A quatre mètres de la porte, il s'arrêta pour examiner soigneusement le sol environnant. Lorsqu'il eut acquis la conviction qu'aucun pied humain n'avait foulé cette terre détrempée, il se dirigea vers la cabane. Mais au lieu d'entrer, il reprit son examen des alentours. A sa grande surprise, il remarqua un étroit sentier qui partait de la porte vers le Delaware et sur lequel apparaissaient deux séries d'empreintes de pas masculins, les uns dirigés vers le fleuve, les autres vers la maison et ceux-ci étant superposés à ceux-là ; toutes ces traces avaient visiblement été faites par les mêmes pieds.

Ellery dirigea le rayon lumineux le long du sentier. Il menait à une petite construction branlante perchée sur l'extrême bord du Delaware, à une quinzaine de mètres.

« Un garage ou une remise à bateaux », pensa-t-il.

Puis, percevant le ronronnement d'un moteur puissant sur la grande route, il éteignit vivement sa lampe et poussa la porte.

Son examen de la pièce fut hâtif ; mais Mr Ellery Queen ayant un esprit d'observation rapide et précis, un simple coup d'œil lui suffisait. Le tapis jetait une note curieuse dans cet ensemble négligé : épais, soyeux et de couleur fauve, il était légèrement usé et semblait avoir été destiné à une pièce plus vaste, plus élégante.

Notant qu'il était immaculé, le jeune homme essuya ses chaussures avant d'entrer.

Joseph Wilson avait les yeux ouverts. Une énorme tache de sang marquait sa chemise, et la cause de la mort ne faisait pas de doute : une plaie au cœur due à une lame étroite et tranchante.

Le bruit du moteur se faisait plus fort.

Ellery examina rapidement la table. Un cendrier en faïence était jonché d'allumettes consumées. A côté, un coupe-papier en bronze étalait sa longue lame enduite jusqu'à la garde de sang caillé. La pointe en était cachée par un petit cône d'une substance qui, à en juger par l'épaisse couche de suie qui la recouvrait, avait été soigneusement calcinée. Les yeux du jeune homme se tournèrent alors vers le cadavre. Le visage, demeuré beau malgré les affres de l'agonie, était celui d'un homme de trente-cinq à quarante ans. Le front était haut et doux, la bouche presque féminine, le nez court, le menton légèrement fendu. La chevelure, aux boucles châtain, était drue, quoique clairsemée aux tempes. Ce visage donnait une telle impression d'intelligence raffinée et de distinction qu'Ellery se sentit troublé.

— Qui diable êtes-vous ? fit une voix de basse.

— Ah ! la police, dit Ellery. Entrez, messieurs, entrez. D'un geste négligent, il posa quelque chose sur la table.

— Essuyez vos pieds avant de marcher sur ce tapis.

Sur le seuil de la porte latérale, des hommes apparaissaient, conduits par un grand et gros personnage aux yeux perçants. Après avoir jeté un coup d'œil à Ellery, il s'avança vers la table pour s'emparer de ce que le jeune homme y avait déposé.

— Oh ! ravi de vous connaître, Mr Queen, dit-il alors. J'ai eu l'occasion de rencontrer votre père une ou deux fois. Je suis De Jong, chef de la police de Trenton.

Ellery inclina la tête.

— J'espère que vous n'avez pas piétiné les allées ?

— Angell nous avait prévenus et j'ai fait recouvrir le terrain de planches. Voyons ce macchabée.

De Jong venait de s'agenouiller auprès du corps lorsqu'un vieillard à l'air paternel s'approcha, une trousse noire à la main, et l'écarta doucement. Des éclairs de magnésium fusèrent dans la pièce. Bill Angell, debout dans un coin, contemplait cette scène d'un œil fixe.

— Racontez-moi ce qui s'est passé, Mr Queen, implora soudain une voix de femme.

Interrompant son examen du visage du mort, Ellery aperçut une grande jeune femme à la chevelure flamboyante et aux lèvres écarlates. Souriante, elle tenait un calepin à la main et son chapeau, négligemment rejeté en arrière, formait autour de sa tête une auréole d'où s'échappait une boucle rousse.

— Et pourquoi vous ferais-je ce récit ?

— Parce que, répondit-elle, je suis la voix et la conscience du peuple. Je représente l'opinion publique en général et un journal en particulier. Parlez, Mr Queen.

Ellery alluma tranquillement sa pipe avant de reprendre :

— J'ai l'impression de vous avoir déjà rencontrée quelque part.

— En effet. Je me trouvais assise non loin de vous au Stacy-Trent lorsque votre ami vous a appelé. Bravo, Sherlock, votre réputation n'est pas surfaite. Qui est ce joli garçon que je vois sur le plancher ?

— Nous n'avons pas encore été présentés l'un à l'autre selon les règles, dit Ellery patiemment.

— Des bêtises ! Je m'appelle Ella Amity et je suis rédactrice au *Trenton Times*. Et maintenant, allez-y.

— Navré. Il faut que vous vous adressiez à De Jong.

Avec un froncement de sourcils, Miss Amity s'agenouilla auprès du vieux monsieur à la trousse et se mit à jeter sur son calepin des notes effrénées. Elle se redressa bientôt pour poser quelques questions à Bill Angell. Enfin, elle quitta la pièce. Ellery l'entendit encore crier :

— Où diable peut-on trouver un téléphone ?

En guise de réponse une voix masculine et bourrue lança :

— Hé là ! marchez sur l'herbe !

De Jong appela Angell d'un ton amical. Tandis que Bill s'avançait, Ellery se mêla au groupe penché sur le corps.

— Voyons, fit le policier. Murphy, prenez des notes. Vous dites que cet homme est votre beau-frère. Son nom ?

— Joseph Wilson.

Le jeune avocat semblait avoir retrouvé une partie de son sang-froid. Il indiqua une adresse dans le quartier de Fairmount Park, à Philadelphie.

— Que fait-il ici ?

— Je l'ignore.

— Et qu'avez-vous à voir dans toute cette affaire, Mr Queen ?

Ellery conta l'histoire de sa rencontre avec son ami et rapporta le récit que Bill lui avait fait de son premier voyage à la cabane.

— Voilée, a dit Wilson ?

De Jong fronça les sourcils.

— Pensez-vous pouvoir reconnaître la dame à la Cadillac, Angell ?

— Je n'ai vu que ses yeux et ils étaient déformés par l'épouvante. Mais je reconnaîtrais la voiture.

— A qui appartient cette propriété ?

Bill marmonna :

— Je l'ignore. C'est la première fois que je viens ici.

— Quel trou ! grommela De Jong. Maintenant je me souviens que cette cabane servait autrefois de refuge aux vagabonds. Je la croyais inhabitée depuis longtemps ; le terrain appartient à la ville... Où est votre sœur, Angell ?

L'avocat se raidit tandis qu'Ellery murmurait :

— Bill a essayé de la joindre au téléphone, mais elle est sortie. Il lui a envoyé un télégramme.

De Jong inclina la tête, puis demanda :

— Quel était le métier de ce Wilson ?

Angell lui ayant répondu, il reprit :

— Hum ! Votre diagnostic, docteur ?

Le vieux monsieur à la trousse se redressa.

— Un coup de couteau à travers le cœur. Une blessure profonde, De Jong. C'est un miracle qu'il ne soit pas mort sur-le-champ.

— D'autant plus, ajouta Ellery, que l'arme a été retirée de la plaie immédiatement après l'agression.

Après avoir jeté au jeune homme un regard perçant, le policier examina le coupe-papier sanglant posé sur la table.

— C'est bizarre ! Et qu'est-ce que je vois sur la pointe de la lame ?

— Je crois que c'est un bouchon ou un protège-pointe, répliqua Ellery.

— Un bouchon ?

— Oui. Les coupe-papier en comportent souvent un au moment où on les achète.

— Hum ! En tout cas, il n'était pas en place lorsque ce garçon a été assassiné. Je me demande pourquoi on l'a passé au feu… Mais venons-en à un autre sujet : vous dites que vous aviez rendez-vous avec votre beau-frère, Angell ? Racontez-nous les faits en détail.

Après un moment de silence, l'avocat tira de sa poche une enveloppe froissée.

— Joe est rentré de voyage mercredi dernier, commença-t-il, il est reparti ce matin…

— Comment le savez-vous ? lança le policier, les yeux fixés sur l'enveloppe.

— Il est venu me voir à mon bureau vendredi après-midi – c'est-à-dire hier – et il m'a annoncé qu'il comptait partir le lendemain, c'est-à-dire aujourd'hui.

Les paupières de Bill battirent imperceptiblement.

— Aujourd'hui vers midi, j'ai reçu ce télégramme. Lisez-le, et vous en saurez autant que moi sur cette épouvantable affaire.

S'emparant de l'enveloppe, De Jong en sortit un message ainsi conçu :

Dois vous voir ce soir sans faute. Stop. N'en parlez à personne, très important pour moi. Stop. Serai dans une vieille maison sur le Delaware à cinq kilomètres au sud de Trenton sur Lamberton Road et au-delà des bâtiments de la Marine. Stop. C'est la seule maison dans les parages. Stop. Vous verrez allée semi-circulaire par-devant et remise à bateau par-derrière. Stop. Retrouvez-moi à 9 heures précises. Stop. Très urgent. Suis dans une terrible situation et ai besoin de vos conseils. Stop. Ce soir 9 heures sans faute.

JOE.

— Etrange, en vérité, marmonna De Jong. De quoi voulait-il vous entretenir ?

— Je l'ignore, répondit Bill, les yeux fixés sur le cadavre. Cet après-midi, vers 2 heures et demie, il m'a téléphoné à mon bureau depuis New York.

— Et alors ?

L'avocat parlait lentement.

— Il semblait très déprimé. Il voulait s'assurer, m'a-t-il dit, que j'avais bien reçu son télégramme et que je viendrais. Naturellement, je lui ai promis d'être exact. Lorsque je lui ai parlé de la maison... – Il s'épongea le front. – Il m'a répondu que personne n'en soupçonnait l'existence et qu'il avait des raisons personnelles et secrètes pour y fixer notre rendez-vous. Je n'ai pas insisté et il a raccroché.

— Personne ne savait, murmura Ellery, pas même Lucy, n'est-ce pas, Bill ?

— Ce devait être important, déclara De Jong, puisqu'on lui a fermé la bouche pour l'empêcher de parler. Au fait, il se trompait. Quelqu'un connaissait l'existence de cette maison.

— Moi le premier, fit Bill. Est-ce là ce que vous voulez dire ?

— Allons, allons, Bill, dit Ellery. Vous êtes énervé. A propos, vous dites que Wilson est venu vous rendre visite hier à Philadelphie. Dans quel but ?

— Il m'a confié la garde d'une volumineuse enveloppe.

— Que contient-elle ? demanda De Jong.

— Je ne sais pas. Elle est cachetée, et il m'a simplement demandé de la lui garder momentanément.

— Où se trouve-t-elle actuellement ?

— Dans mon coffre-fort où elle restera.

De Jong grommela :

— J'oubliais que vous êtes avocat. Bah ! nous en reparlerons. Docteur, peut-on préciser l'heure à laquelle il a été poignardé ? Nous savons qu'il est mort à 9 h 10. Mais à quel moment le couteau l'a-t-il frappé ?

Le docteur hocha la tête.

— Impossible de vous répondre de façon catégorique. Vers 8 h 30, peut-être. Mais ne vous y fiez pas trop. Dois-je faire chercher le fourgon ?

— Non, nous le laisserons ici un moment. Vous pouvez rentrer, docteur ; vous ferez l'autopsie demain matin. Vous êtes certain que la mort a été provoquée par le coup de couteau ?

— Absolument certain.

— Docteur, dit lentement Ellery, avez-vous découvert – sur les mains ou ailleurs – des traces de brûlure ?

Le médecin ouvrit de grands yeux.

— Des traces de brûlure ? Certainement pas !

— Voyez donc si vous n'en trouvez pas au cours de l'autopsie. Surtout sur les extrémités.

— Très bien, très bien.

Le médecin se retira.

De Jong ouvrait la bouche pour parler lorsqu'un gros détective s'avança vers lui et lui dit quelques mots à l'oreille.

— Il y a des empreintes digitales partout, m'apprend mon agent, grommela le policier lorsque son subordonné se fut éloigné. Mais la plupart d'entre elles semblent appartenir à Mr Wilson... Que faites-vous donc sur ce tapis, Mr Queen ? Vous avez l'air d'une grenouille.

Mais déjà l'autre se relevait après s'être accroupi pour examiner attentivement la surface du tapis. Bill se tenait près de la porte principale, l'œil brillant.

— Oh ! j'aime à retourner parfois à l'état animal, dit Ellery en souriant. Ce tapis est remarquablement propre, De Jong. Pas la moindre trace de boue.

De Jong paraissait intrigué. Sa pipe à la bouche, Mr Queen se dirigea vers le portemanteau. Du coin de l'œil, il observait son ami, debout auprès de la porte.

Bill baissa soudain les yeux vers le sol, grimaça et s'agenouilla pour attacher le lacet de son soulier gauche. Lorsqu'il se redressa, il avait le visage congestionné par l'effort, et sa main droite était enfouie dans sa poche. Ellery soupira. Il avait la conviction que les autres n'avaient pas vu l'avocat ramasser quelque chose sur le seul endroit du tapis que lui-même n'avait pas encore examiné.

Comme De Jong s'éloignait, Bill se laissa tomber sur un siège et contempla le mort d'un air étrange.

— Votre extraordinaire beau-frère m'intrigue de plus en plus, grommela Ellery, debout devant le portemanteau.

— Hein ?

— Où achetait-il ses vêtements ?

— A Philadelphie. Dans les grands magasins. Il lui arrivait parfois de profiter des soldes de la maison Wanamaker.

— Vraiment ?

Ellery désigna une étiquette cousue à l'intérieur d'un veston.

— Si l'on en croit cette étiquette, il se faisait habiller par un des plus grands tailleurs de la Cinquième Avenue ! Voyons un peu... Oui, oui. Voici quatre complets qui portent la même marque.

— C'est incroyable !

— Evidemment, fit observer Ellery, on peut encore admettre que ces vêtements et cette maison ne lui appartenaient pas.

Bill considérait le portemanteau avec horreur.

— Certainement, approuva-t-il vivement. Joe n'a jamais dépensé plus de trente-cinq dollars pour un costume.

— D'autre part, reprit Ellery en ramassant quelque chose sur le plancher, voici deux paires de chaussures qui viennent de la maison Abercrombie et Fitch.

— Elles ne sont pas à lui ! s'écria Bill.

Ecartant Queen ahuri d'une main brutale, il s'agenouilla près du corps de son beau-frère.

— Voyez plutôt ! L'étiquette de Wanamaker !

— Bien, Bill, bien, fit Ellery avec douceur. Maintenant asseyez-vous et calmez-vous.

Puis, lorsque son ami eut regagné sa place, il reprit son examen des lieux. Une chose l'impressionnait : la cabane se composait d'une seule pièce et ne comportait ni armoire ni recoin ayant pu servir de cachette.

De Jong reparut bientôt et, s'accroupissant près du cadavre, entreprit d'examiner les vêtements du mort.

— Alors, Mr Queen, dit-il enfin sans lever les yeux, avez-vous une idée ?

— Aucune. Pourquoi ?

— Je vous croyais l'esprit plus vif.

Avec un sourire, Ellery s'empara d'un objet placé sur la cheminée.

— Vous avez vu cela ?

— Eh bien ?

Bill s'approcha.

— Qu'est-ce que c'est ? demanda-t-il d'une voix rauque.

Sans répondre, Ellery déposa sa trouvaille sur la table ronde. C'était une garniture de bureau composée d'un sous-main en cuir repoussé, d'un porte-stylo en bronze et d'un petit buvard incurvé. Une carte blanche était insérée dans un des coins du sous-main, portant cette inscription : « *A Bill. De la part de Lucy et de Joe.* »

— C'est donc bientôt votre anniversaire, Angell ? demanda De Jong d'un ton jovial en examinant un morceau de papier provenant d'une des poches du mort.

Bill détourna les yeux.

— Demain.

— Fort aimable, votre beau-frère, reprit le détective. C'est bien son écriture. Voyez vous-même, Mr Queen.

— Oh ! je vous crois.

Ellery considérait l'écriture en fronçant les sourcils.

— Vous semblez vous y intéresser beaucoup, dit De Jong, entassant sur la table une pile d'objets hétéroclites, et je me demande pourquoi. Mais comme je suis toujours prêt à m'instruire, dites-moi donc si quelque chose m'a échappé.

— N'ayant jamais eu le plaisir de vous voir travailler, murmura le jeune homme, je ne puis me prononcer sur l'exactitude de vos observations. Mais j'ai remarqué certains détails intéressants.

— Vraiment ? fit De Jong, amusé.

Ellery saisit le papier qui enveloppait le cadeau destiné à Angell.

— Tout d'abord, cette garniture de bureau a été achetée chez Wanamaker, à Philadelphie. Cela n'a pas grande importance, je l'avoue, mais... c'est un fait. Et, comme dit Ellis Parker Butler, les faits sont les faits.

De Jong fourragea un instant parmi les objets qui encombraient la table pour en extraire un papier.

— C'est exact, dit-il. Il l'a achetée hier chez Wanamaker. Voici la feuille de vente. Mais comment diable avez-vous deviné... ?

— Comment ? De façon très simple. J'ai reconnu le papier d'emballage de la maison parce que, cet après-midi même, j'ai acheté chez Wanamaker un petit cadeau pour mon père. Reste à savoir qui a déballé le paquet... Bill, avez-vous touché à quelque chose avant mon arrivée ?

— Non.

— Et ce ne sont pas vos hommes qui ont ouvert le colis, De Jong ?

— Nous l'avons trouvé tel quel sur la cheminée.

— Nous admettrons donc qu'il a été déballé par la meurtrière, cette « femme voilée » dont Wilson a parlé avant de mourir... Mais voyons l'arme du crime. C'est bien le coupe-papier appartenant à cette garniture de bureau.

— Certainement, grommela De Jong. Et je suis convaincu que la femme a ouvert le paquet dans le seul dessein de s'emparer de ce poignard.

Ellery prit un air étonné.

— Je ne suis pas de votre avis. Comme cet objet n'a été acheté qu'hier, la meurtrière ne pouvait pas savoir qu'elle trouverait un coupe-papier neuf à portée de sa main. Non, non, c'est par hasard qu'elle s'en est servie pour commettre son crime. Je crois plutôt qu'elle a ouvert le paquet par curiosité et que, découvrant le coupe-papier, elle l'a préféré à l'arme qu'elle avait apportée – si toutefois elle avait prémédité son geste.

De Jong se gratta le nez d'un air ennuyé, tandis que l'avocat demandait, d'une voix haletante :

— Mais où était Joe ? L'a-t-elle attaqué la première ? Le médecin...

— Allons, Bill, du calme, dit Ellery avec douceur. Vous ne saviez rien de ce cadeau ?

— Rien du tout. Je n'ai jamais fait attention aux anniversaires. Joe...

Il détourna la tête.

— En tout cas, dit le policier en haussant les épaules, un beau-frère assassiné est un drôle de cadeau d'anniversaire. Avez-vous découvert autre chose, Mr Queen ?

— Désirez-vous un résumé complet ? demanda Ellery froidement. Ce qui m'ennuie chez vous autres détectives, c'est votre mépris pour les amateurs. Murphy, à votre place, je prendrais des notes.

Murphy parut embarrassé ; mais De Jong inclina la tête avec un sourire.

— Une description générale de la maison et de son contenu, commença Ellery, nous amène à une conclusion assez curieuse. Dans l'unique pièce qui compose l'habitation, nous ne trouvons ni lit ni couchette. Il y a une cheminée, mais pas de bois ni de cendres. L'âtre est remarquablement propre et semble n'avoir pas été utilisé depuis des mois. Ensuite ? Un vieux fourneau délabré, rongé par la rouille et parfaitement inutilisable... Dans le même ordre d'idées, remarquons qu'il n'y a ni bougies, ni lampe à pétrole, ni appareil à gaz, ni allumettes d'aucune sorte...

— Très juste, admit De Jong. Votre beau-frère ne fumait donc pas, Angell ?

— Non.

Bill avait les yeux tournés vers la fenêtre.

— En fait, reprit Ellery, le seul moyen d'éclairage consiste en une lampe électrique posée sur la table. Et, pour compléter le tableau, nous trouvons de la vaisselle ébréchée, mais pas la moindre trace de victuailles ni de ces produits pharmaceutiques de première urgence.

De Jong sourit.

— Vous avez tout noté, Murphy ? C'est parfait, Mr Queen ; je n'aurais pas mieux fait moi-même. Mais où cela nous mène-t-il ?

— Assez loin, rétorqua Ellery. Nous nous trouvons dans une maison dans laquelle l'occupant ne prenait pas ses repas et ne dormait pas – une maison qui ressemble moins à un logis permanent qu'à un abri passager et provisoire.

» De plus, certains détails permettent de se faire une idée du caractère de l'occupant. Ce tapis fauve est beaucoup trop somptueux pour dater de l'époque où la cabane était ouverte à tout venant. Celui qui hantait cette masure a dû l'acheter d'occasion. Cette tendance au sybaritisme se retrouve dans les vêtements pendus à ce portemanteau, dans les rideaux tendus devant les fenêtres... Enfin, l'intérieur est d'une propreté méticuleuse, pas de poussière sur le tapis, pas de cendre dans le foyer. A quelle sorte d'homme ce décor peut-il convenir ?

Bill se tourna vers lui. Ses yeux étaient cerclés de rouge.

— Il ne s'applique pas à Joe Wilson, dit-il d'une voix rauque.

— Non, fit Ellery, certainement pas.

De Jong avait cessé de sourire.

— Cependant, objecta-t-il, Wilson a affirmé à Angell qu'il était le seul à connaître l'existence de cette maison !

— Néanmoins, dit Ellery d'une voix étrange, je crois qu'il s'agit d'un tout autre homme.

Des bruits se firent entendre au-dehors. De Jong se caressait le menton d'un air songeur.

— Ce sont sans doute les représentants de cette maudite presse, dit-il, et il s'éloigna.

— Voyons ce que l'ami De Jong a trouvé dans les poches du pauvre Wilson, fit Ellery.

La pile sur la table se composait des objets hétéroclites que tout homme porte habituellement sur lui : un trousseau de clefs, un portefeuille usagé contenant deux cent trente-six dollars en billets ; un certain nombre de bouts de papier ; plusieurs reçus postaux ; un permis de conduire au nom de Wilson et deux instantanés représentant une très jolie jeune femme photographiée devant une petite maison sans prétention et en qui Ellery reconnut aussitôt Lucy, la sœur de Bill. Poursuivant ses recherches, il trouva un reçu de la compagnie du gaz de Philadelphie, un stylo, quelques enveloppes vides adressées à Wilson et couvertes de chiffres. Il découvrit enfin un livret de Caisse d'épargne indiquant que le total des sommes versées s'élevait à plus de quatre mille dollars.

— Nature économe, je vois, fit-il à l'adresse de Bill, toujours immobile. Il n'a pas retiré un dollar depuis des années et les versements, quoique modiques, ont toujours été réguliers.

— Oui, répondit l'avocat sans se retourner, il faisait des économies. Lucy n'a vraiment jamais manqué de rien.

— Possédait-il des actions ou des obligations ?

— Non.

— Avait-il un compte en banque ? Je ne vois pas de carnet de chèques.

— Non, il n'en avait pas. Il prétendait n'en avoir pas besoin pour ses affaires.

— C'est étrange, fit Ellery d'un ton surpris. C'est...

Puis il s'interrompit pour reprendre son examen des objets. Mais il n'y avait plus rien.

S'agenouillant alors près du mort, il se livra à une curieuse opération. Il retourna les poches de Wilson et examina longuement les débris restés dans les coutures. Puis il se releva et, s'approchant du portemanteau, répéta l'opération pour les poches des quatre vestons qui y étaient pendus. Ce faisant, il hochait la tête d'un air à la fois intrigué et satisfait.

Retournant vers le corps, il souleva les mains afin d'en examiner les doigts rigides. Puis il entrouvrit les lèvres incolores pour révéler les dents serrées. Il se releva en haussant les épaules.

Ellery était assis sur la table et contemplait le visage contracté de Joseph Wilson lorsque De Jong entra, suivi de plusieurs détectives.

— Eh bien ! Mr Queen, demanda le policier d'un ton allègre, vous êtes-vous bien amusé ? Il vous plairait sans doute de savoir ce que nous avons découvert ?

— Oui, merci.

Bill se tourna vers eux.

— Vous vous rendez compte, De Jong, que la femme à la Cadillac a eu le temps de se mettre à l'abri pendant que vous vous affairiez ici ?

De Jong adressa un clin d'œil à Ellery.

— Il me prend pour un flic de cambrousse, hein ? Allons, Angell, rassurez-vous. J'ai lancé l'alarme depuis longtemps et toute la police de l'Etat surveille les routes. Le colonel Merry s'occupe en personne de diriger les opérations.

— Elle doit être à New York à présent, dit Ellery d'un ton sec. Il se fait tard, De Jong. Qu'avez-vous découvert ?

— Beaucoup de choses. Sur les deux allées.

— Ah ! les traces de pneus.

— Je vous présente le sergent Hannigan.

Un homme, au visage bovin, inclina la tête.

— Hannigan s'est spécialisé dans l'étude des traces laissées par les automobiles. Parlez, Hannigan.

— Eh bien ! Monsieur, dit le sergent en s'adressant à Ellery, dans l'allée centrale – celle où Mr Angell a aperçu la Cadillac – j'ai relevé trois séries de traces de pneus.

— Trois ? répéta Bill. Je n'ai vu que la Cadillac, et ma voiture n'a pas suivi cette allée.

— Trois séries, maintint Hannigan. Mais il n'y avait que deux voitures. Les deux premières séries d'empreintes ont été laissées par la Cadillac. La troisième a été faite par des pneus Firestone provenant vraisemblablement d'une Ford.

— Comment différenciez-vous les empreintes de la Cadillac en deux séries bien distinctes ? demanda Ellery.

— C'est très simple. D'abord, nous avons les traces de la Cadillac et, par-dessus, celles des Firestone, ce qui prouve que la Cadillac est passée la première. Mais, au-dessus des traces des Firestone, on retrouve celles de la Cadillac. Ceci démontre donc que celle-ci est arrivée et repartie, puisque la Ford est survenue pour s'en aller à son tour et qu'enfin la première voiture est revenue.

— Très ingénieux. Mais comment savez-vous que les deux séries de grosses empreintes ont été faites par la même automobile ? Les premières n'ont-elles pu être laissées par une autre voiture utilisant la même marque de pneus ?

— Non, monsieur. Ces pneus laissent sur le sol des traces aussi nettes que des empreintes digitales. Et l'un de ceux-ci comporte une entaille qui apparaît dans les deux séries. C'est donc bien la même voiture.

— Et que savez-vous des directions ?

— La Cadillac est venue de Trenton et s'est arrêtée devant le perron pour repartir en direction de Camden. Quant à la Ford, elle venait de Camden et, après avoir stoppé devant le perron, elle a suivi l'allée semi-circulaire pour regagner Lamberton Road et s'en retourner à Camden. Puis la Cadillac est revenue de Camden et s'est arrêtée devant le perron, et Mr Angell l'a vue repartir en direction de Trenton.

Ellery retira son pince-nez.

— Splendide, sergent. Mais que pensez-vous du chemin latéral ?

— Il ne révèle rien de spécial. La vieille Packard de Mr Wilson y a laissé des traces qui montrent qu'elle y a pénétré après que la pluie eut commencé à tomber.

— Plus exactement, après que la pluie eut cessé, murmura Ellery. Sinon les traces eussent été effacées.

— C'est juste, monsieur. Il en va de même pour les autres voitures. La pluie ayant pris fin vers 7 heures du soir, nous pouvons admettre que toutes les voitures sont arrivées ici à ce moment-là...

— Parfait, sergent. Avez-vous trouvé des empreintes de pas dans les environs ?

— Aucune, sauf les vôtres, répondit De Jong. Et maintenant, Hannigan, veillez à faire prendre des moulages de ces empreintes de pneus.

Le sergent salua et se retira.

— Pas la moindre trace de pas dans les allées. Je suppose que tous ceux qui sont venus ici ce soir ont sauté directement de leur voiture sur le perron.

— Et les traces de pas sur l'allée qui mène à la remise aux bateaux ?

De Jong se tourna vers un détective qui examinait les pieds du mort.

— Alors, Johnny ?

L'homme leva les yeux.

— Ce sont bien celles du macchabée, chef. Il a dû s'essuyer les pieds avant d'entrer ici. Mais ce sont ses chaussures qui ont laissé ces empreintes.

— Ah ! ah ! fit Ellery. Mais que contient donc cette cabane ?

Le gros policier fronça les sourcils.

— Un petit voilier à moteur – un jouet de luxe, il me semble. Le moteur est encore chaud. Un des hommes des bâtiments de la Marine est venu déclarer qu'à 7 h 15, il avait vu un homme répondant au signalement de Wilson quitter le rivage à bord du voilier.

— Joe ? Joe à bord d'un voilier ? fit Bill.

— Oui. Cet homme a également vu Wilson revenir vers 8 h 15.

Ellery se frotta la nuque.

— C'est bizarre... Wilson était-il seul ?

— Notre témoin l'affirme. D'ailleurs le bateau est très petit et ne comporte pas de cabine.

— Ah !

Ellery contempla le visage du mort.

— Ayant rendez-vous à 9 heures avec son beau-frère, il va faire un tour en bateau deux heures plus tôt... la nervosité, sans doute, le besoin de solitude... Evidemment, De Jong, ajouta-t-il sans regarder Bill, le fait qu'il a utilisé ce bateau ne signifie pas nécessairement qu'il en était propriétaire.

— Certainement. Mais ce témoin prétend avoir vu Wilson à bord de ce voilier à plusieurs reprises. Et toujours seul.

— Joe est déjà venu ici ? s'écria Bill.

— Pendant des années.

Au-dehors, quelqu'un éclata de rire.

— Je ne vous crois pas. C'est une monstrueuse erreur. Cela ne peut être vrai...

— Et ce n'est pas tout, reprit De Jong, imperturbable. Cette remise contient encore une voiture.

— Une voiture ? répéta Ellery. Que voulez-vous dire ?

Les joues de Bill avaient pris une couleur de cendre.

— Un cabriolet grand sport Lincoln, dernier modèle. Le moteur est froid et la voiture recouverte d'une grande bâche. Pas de carte grise à l'intérieur. Le propriétaire doit être le type qui utilisait cette bicoque. Oui, monsieur... Et ce n'est pas tout. Pinetti !

— Grand Dieu ! fit Bill d'une voix étranglée, quoi encore ?

Un des agents s'avança vers son supérieur et lui tendit une petite valise. De Jong l'ouvrit. Elle contenait un assortiment de colliers, bagues, bracelets et boutons de manchette.

— Ceci appartient à Joe.

Bill humecta ses lèvres desséchées.

— On l'a trouvée dans sa Packard, grommela le policier. Mais ce n'est pas cela que je désire, Pinetti.

Le détective tendit un objet métallique que De Jong se mit à examiner d'un air faussement préoccupé. Puis il se tourna vers l'avocat.

— Avez-vous déjà vu cet objet, Angell ? demanda-t-il.

Le visage du jeune homme subit une transformation telle que ses deux compagnons en demeurèrent stupéfaits : ses traits se détendirent, son front se dérida, tandis que ses yeux prenaient un dur éclat métallique.

— Evidemment, dit-il en souriant. Sur des centaines de voitures.

Et il tourna lentement l'objet entre ses doigts. C'était une partie de bouchon de radiateur représentant une silhouette de femme nue, les cheveux au vent et les bras tendus vers le ciel. La figurine avait été brisée aux chevilles, et deux arêtes métalliques et rouillées apparaissaient à l'endroit de la cassure.

De Jong s'en empara.

— Ceci constitue un indice, messieurs. Nous l'avons trouvé dans l'allée principale, à demi enfoui dans la boue, à l'endroit où, selon Hannigan, la Ford est passée.

Cependant, Ellery s'était à nouveau penché sur le mort et l'examinait avec la même expression d'ennui. Il se redressa lentement et regarda son ami. Puis il se tourna de nouveau vers le cadavre mais, cette fois, l'incertitude et l'ennui qui se lisaient sur son visage avaient fait place à de l'étonnement mêlé de pitié.

— Excusez-moi, dit-il d'une voix morne. Je vais respirer un peu d'air pur.

Et il sortit en souriant.

Comme il débouchait dans Lamberton Road, un groupe de silhouettes indistinctes l'entoura pour le presser de questions.

— Désolé, mes enfants. Je ne puis rien dire pour le moment.

Lorsqu'il atteignit la petite maison située non loin des bâtiments de la Marine, il entra, il glissa un billet de banque dans la main du gardien et décrocha le combiné téléphonique. Il appela les Renseignements et demanda un nom à New York ; pendant qu'il attendait la réponse, il consulta son bracelet-montre ; il était 11 h 10.

Il était minuit moins le quart lorsqu'il regagna la cabane dans sa Duesenberg.

Les détectives étaient partis. De Jong se trouvait encore là, l'air satisfait ; il conversait à voix basse avec un petit personnage au visage bronzé. Bill était là... ainsi que Lucy Wilson, née Angell.

Ellery la reconnut aussitôt, bien que ne l'ayant pas vue depuis onze ans. Debout près de la table, une main sur l'épaule de son frère, elle contemplait le cadavre d'un air horrifié.

Elle était toujours la belle et robuste créature qu'il avait connue ; presque aussi grande que son frère, avec le même menton décidé et les mêmes yeux noirs, elle avait un corps flexible et vigoureux. Sa silhouette s'étant épanouie avec les années, elle donnait maintenant une vive impression de grâce et de beauté sensuelle. Mr Ellery Queen n'était pas sentimental, mais la jeune femme possédait tant de charme qu'il sentit renaître en lui l'attrait qu'il avait éprouvé pour elle dans le passé... un attrait né de la séduction de sa chair blanche et ferme, de ses lèvres veloutées, de ses gestes gracieux...

D'une voix basse et troublée, il murmura :

— Lucy Angell.

Elle tourna lentement la tête et, un moment, ses yeux ne reflétèrent que l'horrible réalité du cadavre étendu à ses pieds. Puis ils s'éclairèrent :

— Ellery Queen !

Elle lui tendit la main.

— Je n'ose rien vous dire...

— Je suis contente de vous voir ici. Tout cela est si atrocement inattendu.

Un frisson la parcourut tout entière.

— Mon Joe mort... dans cette horrible maison. Ellery, il faut que vous restiez avec nous !

Il lui pressa la main et elle s'efforça de sourire.

Bill déclara d'un ton froid :

— De Jong nous a joué un vilain tour. Il savait que j'avais envoyé un télégramme à Lucy. Et pourtant, il a dépêché un de ses agents à Philadelphie et, lorsqu'elle est rentrée du cinéma, elle a été appréhendée comme si... comme si...

— Je connais mon métier, Angell, fit De Jong sans rancœur. Je vois que vous connaissez Mrs Wilson, Mr Queen. Vous êtes de vieux amis ?

Rougissant, Ellery lâcha la main de la jeune femme.

— Voici les faits qu'elle nous a rapportés : son mari a quitté la maison ce matin dans sa Packard. Il semblait bien portant, quoiqu'un peu distrait, ce qu'elle attribua à des soucis d'ordre matériel. Est-ce bien exact, Mrs Wilson ?

— Oui.

Elle ne pouvait détacher ses yeux du visage du mort.

— Elle a quitté sa demeure de Fairmount Park à 7 heures du soir et a pris l'autobus pour aller au cinéma. Après le spectacle, elle est rentrée chez elle en autobus. Mon agent l'attendait et l'a amenée ici.

— Vous avez oublié de rappeler, dit Bill d'une voix menaçante, que ma sœur va au cinéma tous les samedis soir.

— C'est juste, admit De Jong. En ce qui concerne le crime, elle affirme avoir toujours ignoré l'existence de cette cabane, son mari ne lui en ayant jamais soufflé mot. Il a toujours été très bon pour elle et d'une fidélité parfaite...

Le policier sourit en prononçant ces derniers mots.

— De grâce, murmura Lucy. Je sais ce que vous devez penser dans une affaire comme celle-ci. Mais il m'était vraiment fidèle ! Il m'adorait ! Il m'adorait !

— Il ne l'entretenait jamais de ses affaires. Elle a trente et un ans, il en avait trente-huit. Ils étaient mariés depuis dix ans. Pas d'enfants.

— Pas d'enfants, murmura Ellery tandis qu'une lueur de satisfaction passait dans ses yeux.

Mais De Jong reprenait d'une voix imperturbable :

— Elle ignorait qu'il sût piloter un bateau et qu'il eût de belles relations, leurs amis de Philadelphie étant aussi peu fortunés qu'eux. Wilson ne buvait pas, ne fumait pas, ne jouait pas et ne prenait pas de stupéfiants. Lorsqu'il n'était pas pris par ses affaires, ils allaient en pique-nique ou en promenade, ou bien ils restaient chez eux à se faire des mamours. Est-ce exact, Mrs Wilson ?

Bill chuchota :

— Sacré...

Ellery lui saisit le bras.

— Allons, allons, De Jong. Où voulez-vous en venir ?

Lucy ne bougeait pas. Elle avait les yeux pleins de larmes.

Avec un petit rire, le policier se dirigea vers la porte et clama :

— Faites entrer les journalistes !

Pendant un moment, ce fut une horrible cacophonie. L'atmosphère de la pièce se chargea d'une âcre odeur de fumée, des éclairs de magnésium fusèrent, les murs retentirent de l'éclat des rires et des vociférations des représentants de la presse. A chaque instant, quelqu'un soulevait le journal dont De Jong avait couvert le visage du mort et photographiait le cadavre... Ella Amity allait de groupe en groupe, revenant à tout moment vers la femme aux yeux noirs. Elle la couvait des yeux, lui parlait à l'oreille, lui caressait la main ou les cheveux. La rage au cœur, Bill observait la scène en silence.

Peu à peu, la pièce se vida.

— Mes amis, déclara De Jong lorsque la dernière automobile se fut éloignée, c'est tout pour ce soir. Mrs Wilson restera à ma disposition. Nous allons transporter le corps de son mari à la morgue...

— De Jong, lança Ellery, attendez.

— Pourquoi ?

— C'est très important, fit le jeune homme d'un ton grave. Attendez.

Du seuil de la porte, la voix d'Ella Amity se fit entendre :

— Toujours mystérieux, Mr Queen ? Que complotez-vous donc ?

Ses cheveux rouges étaient décoiffés et ses dents étincelaient.

Après un long silence, le chef de la police murmura un « Bon, très bien » irrité et s'éloigna.

Lucy soupira. De Jong reparut bientôt en compagnie de deux agents portant une civière qu'ils déposèrent auprès du corps.

— Non, fit Ellery. Pas encore.

— Attendez devant la porte, ordonna le détective à ses subalternes, et il s'assit.

Ils demeuraient tous immobiles, trop las pour parler ou protester.

Puis, à deux heures du matin, le ronronnement d'un moteur se fit entendre sur Lamberton Road.

— Venez avec moi, De Jong, demanda Ellery.

Tous deux se retirèrent, les lèvres serrées. Bill Angell hésita, jeta un coup d'œil à sa sœur et sortit.

Trois personnes – une femme mûre, une jeune fille et un homme d'âge moyen – descendirent d'une longue limousine conduite par un chauffeur et longèrent lentement les planches qui recouvraient l'allée principale. Tous trois étaient grands et d'allure distinguée. L'aînée des deux femmes portait un manteau de zibeline sur une robe blanche, la plus jeune était moulée dans un fourreau de velours écarlate, l'homme tenait un chapeau de soie à la main. Les femmes avaient pleuré ; le visage austère de leur compagnon était contracté.

— Mrs Gimball ? demanda Ellery.

La plus âgée des deux femmes leva vers lui ses yeux bleus.

— Oui. C'est sans doute vous qui avez téléphoné à mon père ? Je vous présente ma fille Andrea et Mr Grosvenor Finch, un ami très cher. Où... ?

Bill s'effaça pour se dissimuler dans l'ombre. Il avait les yeux fixés sur la main gauche de la jeune fille et réfléchissait intensément.

Andrea Gimball, tel était donc son nom. Elle avait un visage délicat et charmant qui donnait une impression de grande bonté. Pris du désir soudain de lui parler, il étendit la main dans l'ombre et toucha son bras nu.

Elle tourna lentement la tête vers lui, et ses yeux bleus se chargèrent d'épouvante.

— Vous... vous... murmura-t-elle, s'efforçant de distinguer les traits du jeune homme.

— Miss Gimball, chuchota-t-il. Je n'ai qu'un moment. Ecoutez-moi.

— Qui êtes-vous ? demanda-t-elle doucement.

— Bill Angell. Mais peu importe mon nom. Miss Gimball, un moment, j'ai eu l'intention de vous dénoncer. Je croyais... Maintenant, je ne sais plus...

— Me dénoncer ? bégaya-t-elle. Que voulez-vous dire ?

S'approchant d'elle au point de sentir le doux parfum de ses cheveux, il lui prit la main gauche et dit :

— Regardez votre bague.

Elle tressaillit.

— Ma bague... ma bague. La... la pierre est partie.

L'annulaire de sa main gauche s'ornait d'un cercle de platine surmonté de quatre griffes disposées en carré. Il y avait un trou à la place de la pierre.

— Je l'ai trouvée ici, chuchota Bill, indiquant la cabane. Vite, dites-moi la vérité. Vous êtes la femme à la Cadillac ?

— La Cadillac ?

Il l'entendait à peine, grisé qu'il était par son parfum.

— Dites-moi la vérité, murmura-t-il. J'aurais pu vous dénoncer. Vous êtes venue ici dans un cabriolet Cadillac. Vous portiez des vêtements sombres. Que faisiez-vous ici, Miss Gimball ?

Après un long silence, elle répondit :

— Oh ! Bill Angell, j'ai peur et... je ne sais que dire. Je n'aurais jamais cru... Si je pouvais me fier à vous... Je ne suis rien pour vous, Bill Angell. Mais vous ne parlerez pas ? Vous me protégerez ? Oh ! il leur serait si facile de mal comprendre !

Elle tremblait de tous ses membres.

— Bon ! fit-il enfin, bon... Je ne dirai rien.

Elle eut un petit cri de joie qui retentit comme une musique à l'oreille de l'avocat. Un instant il sentit autour de son cou la douce pression des bras de la jeune fille, tandis que deux lèvres s'appuyaient sur les siennes. Puis elle s'enfuit, et il rentra dans la cabane en frissonnant.

Lucy Wilson était toujours assise au même endroit. Bill se tenait dans un coin, n'osant lever les yeux vers la jeune fille.

— Où est... ? commença la femme au manteau de zibeline, hésitant sur le seuil de la porte.

Ses yeux allèrent d'un visage à l'autre avant de se poser avec horreur sur les jambes raidies du cadavre.

Andrea Gimball murmura :

— De grâce, mère...

Ce fut alors que Bill la regarda. Tout en elle n'était que grâce, jeunesse et beauté. Elle représentait ce qu'il avait toujours méprisé : le monde, la richesse, le snobisme et l'oisiveté. Il jeta un coup d'œil à sa sœur. Elle était belle aussi, mais d'une beauté différente.

— Mrs Gimball, fit Ellery d'une voix froide, voulez-vous, s'il vous plaît, identifier le corps.

Le visage de Lucy Wilson se fit plus pâle encore.

— Je me demande où vous voulez en venir, Mr Queen, dit De Jong, perplexe.

Mais déjà la femme au manteau de zibeline traversait la pièce d'un pas d'automate. Sa silhouette mince et altière semblait d'acier.

D'un geste brusque, De Jong arracha le journal qui couvrait le visage du mort.

— C'est... commença-t-elle. C'est...

Sa main couverte de joyaux s'agrippa à la table.

— Vous en êtes certaine ? Il n'y a pas d'erreur possible ? demanda Ellery d'une voix calme.

— Non... voici quinze ans, il a été blessé dans un accident d'automobile, et l'on voit encore la cicatrice sur l'arcade sourcilière gauche.

Avec un cri inarticulé, Lucy Wilson se dressa et s'élança vers la femme comme pour la mettre en pièces.

— Que voulez-vous dire ? clama-t-elle. Que venez-vous faire ici ? Qui êtes-vous ?

Tournant lentement la tête, Mrs Gimball se drapa dans son manteau d'un geste provocant.

— Et vous, qui êtes-vous ?

— Moi ? Moi ? Je suis Lucy Wilson. Et cet homme est Joe Wilson, de Philadelphie, mon mari !

Un instant, l'autre resta sidérée. Puis ses yeux bleus se tournèrent vers Ellery, tandis que d'une voix blanche, elle déclarait :

— Je ne comprends pas bien, Mr Queen. A quoi rime tout ceci ?

— Mère, fit Andrea Gimball d'une voix angoissée, mère, je vous en prie !

— Mrs Gimball, demanda Ellery sans bouger, voulez-vous dire à Mrs Wilson qui est cet homme ?

— C'est Joseph Kent Gimball, de Park Avenue à New York. Mon mari... Mon mari...

Ella Amity s'exclama :

— Ça, alors... !

Et gagna la porte d'un bond.

2

La piste

— C'est infernal ! dit De Jong.

D'un geste brusque, il jeta son cigare et s'élança à la poursuite de Miss Amity.

Lucy Wilson se tenait la gorge comme pour l'empêcher d'éclater. Ses yeux noirs, chargés de souffrance, allaient de Mrs Gimball au cadavre. Andrea Gimball tremblait de tous ses membres.

— Gimball ! fit Bill d'un air effaré. Grand Dieu ! Mrs Gimball, savez-vous ce que vous dites ?

La femme eut un geste impérieux de sa main fine et veinée de bleu. Les joyaux étincelèrent.

— C'est de la démence. Qui sont ces gens, Mr Queen ? Et pourquoi m'inflige-t-on cette scène ridicule alors que le cadavre de mon mari est étendu ici ?

Les narines de Lucy se gonflèrent comme des voiles sous l'orage.

— Votre mari ? C'est Joe Wilson, je vous le répète. Peut-être votre mari lui ressemble-t-il. Oh ! de grâce, partez.

— Je refuse de discuter avec vous, lança l'autre d'un ton hautain. Où est le détective chargé de l'enquête ?

— Jessica, intervint son compagnon, asseyez-vous et laissez-moi m'occuper de cette affaire avec Mr Queen. Nous sommes en présence d'une formidable erreur, mais les crises de nerfs n'y remédieront pas, Jessica.

Il lui parlait comme à une enfant. Elle s'assit.

— Vous ai-je bien entendue, reprit l'homme au chapeau de soie, déclarer que vous étiez Mrs Lucy Wilson, de Fairmount Park, à Philadelphie ?

— Oui, oui ! s'écria Lucy.

— Je me nomme Grosvenor Finch et je suis un ami intime des familles Borden et Gimball. Je suis venu ici ce soir parce que Mr Jasper Borden, le père de Mrs Gimball, est infirme et m'a demandé de le remplacer aux côtés de sa fille.

Finch posa soigneusement son chapeau sur la table.

— Je suis donc venu ici en tant qu'ami, continua-t-il de sa voix tranquille. Mais il me semble que j'ai maintenant un autre rôle à jouer.

— Qu'entendez-vous par là ? demanda Bill.

— Puis-je vous demander de quel droit vous m'interrogez, jeune homme ?

Les yeux de l'avocat étincelèrent.

— Je suis Bill Angell, avocat de Philadelphie et frère de Mrs Wilson.

— Je comprends.

Finch contourna la table et se pencha sur le cadavre. Un instant, il contempla le visage marmoréen du mort ; puis, à voix basse, il demanda :

— Andrea, ma chérie, croyez-vous avoir le courage... ?

Surmontant sa répugnance, la jeune fille s'avança.

— Oui, murmura-t-elle, les yeux baissés vers le sol. C'est Joe. Joe, Ducky.

Finch inclina la tête et, tandis qu'Andrea se réfugiait auprès de sa mère, il déclara :

— Mrs Wilson, vous devez comprendre votre erreur.

— Non, non !

— C'est une erreur, je le répète. Je vous affirme que cet homme est Joseph Kent Gimball, de New York, époux légitime de cette dame qui fut successivement Jessica Borden, puis Mrs Richard Paine Monstelle et enfin, à la mort de ce dernier, Mrs Joseph Kent Gimball. Cette jeune fille est la belle-fille de Joseph Gimball et la fille de Mrs Jessica Gimball par son premier mari.

— Vous pouvez nous épargner ces détails généalogiques, glissa Ellery.

Les yeux honnêtes de Finch ne cillèrent point.

— Je connais Joe Gimball depuis plus de vingt ans. Je connaissais son père – le vieux Roger Gimball qui mourut pendant la guerre – et sa mère, décédée il y a six ans. Depuis plusieurs générations, les Gimball constituent une des plus éminentes familles de New York. Vous voyez donc, Mrs Wilson, que cet homme ne pouvait être votre mari.

Lucy poussa un soupir.

— Nous ne sommes que de pauvres gens. Joe n'a certainement jamais été...

— Lucy chérie, fit Bill avec douceur.

Puis :

— Voyez-vous, ajouta-t-il, nous sommes tout aussi certains que cet homme est Joe Wilson, voyageur de commerce en bijouterie, demeurant à Philadelphie. Nous avons ici sa voiture, sa valise d'échantillons, ses objets personnels – autant de choses prouvant qu'il était Wilson, le voyageur de commerce, et non pas Gimball, l'homme du monde.

— Un voyageur de commerce ! fit Jessica avec une intonation dégoûtée.

Andrea considérait Bill d'un air horrifié.

— La réponse est très simple, déclara soudain Ellery. Vous l'avez déjà devinée, n'est-ce pas, Bill ?

Il haussa les épaules.

— Cet homme jouait les deux rôles.

De Jong entra d'un air triomphal.

— Oh ! vous faites connaissance ? demanda-t-il en se frottant les mains. C'est parfait.

Ellery s'avança.

— Nous venons d'arriver à la conclusion qu'il s'agit d'une lamentable affaire de double personnalité. Nous savons que pendant des années, cet homme a passé à Philadelphie et sous le nom de Joseph Wilson trois ou quatre jours par semaine avec Lucy Wilson ; vous-même, Bill, vous vous êtes inquiété de ses absences. Et je suis certain que Mrs Gimball va nous dire que son mari passait plusieurs jours par semaine loin de New York.

Les yeux de Mrs Gimball luisaient de rage.

— Pendant des années, répondit-elle, Joe a toujours été... Oh ! comment a-t-il eu l'audace... ? Il nous disait qu'il voulait être seul. Le misérable... le misérable !

— Mère, fit Andrea, posant sa main fine sur l'épaule de sa compagne. Joe prétendait avoir un refuge non loin de New York et refusait de nous en révéler l'emplacement sous prétexte qu'il avait besoin de solitude. Nous n'avons jamais rien soupçonné, car il détestait la vie mondaine...

— Je comprends, maintenant, s'écria Mrs Gimball. C'était un prétexte pour aller retrouver cette... cette femme !

Lucy frémit comme sous l'effet d'un soufflet. Grosvenor Finch secoua la tête d'un air désapprobateur, mais déjà la furie reprenait :

— Et je ne me doutais de rien. Pauvre imbécile ! Me faire ça à moi ! Une telle vilenie...

— N'oubliez pas, intervint Bill, que ma sœur joue un rôle dans cette histoire. Elle vaut bien...

— Bill, fit Ellery. Ces récriminations puériles ne nous mèneront à rien. D'autre part, la situation réclame quelques éclaircissements.

» Cette maison confirme notre hypothèse d'une double personnalité. Nous avons trouvé des vêtements « Wilson » et des vêtements « Gimball », une voiture « Wilson » et une voiture « Gimball ». Cette cabane représente en quelque sorte un territoire neutre. Avant de se rendre à Philadelphie, il s'arrêtait sans doute ici pour changer de vêtements et prendre la Packard « Wilson » ; sur le chemin du retour, il s'arrêtait à nouveau pour reprendre ses vêtements et la Lincoln « Gimball ». Bien entendu, il n'a jamais vendu de bijoux... A propos, Mrs Gimball, sur quoi vous fondez-vous pour affirmer que votre... que cet homme entretenait une simple liaison avec Mrs Wilson ?

Elle eut une moue dédaigneuse.

— Que pouvait faire d'une femme comme celle-ci un homme tel que Joe ? Oh ! évidemment, elle ne manque pas d'un certain charme vulgaire... – Lucy rougit jusqu'à la racine des cheveux. – Mais Joe était un homme bien élevé et distingué. Ce n'était pour lui qu'un caprice passager. Son mari ! Sornettes ! C'est un complot.

Ses yeux perçants scrutèrent la jeune femme, la déshabillant d'un regard haineux. Lucy frémit, mais Bill la retint d'un geste.

— Mrs Gimball... commença Ellery.

— Non ! Occupez-vous de ces gens, Ducky, voulez-vous ? Vous voyez bien que cette femme ne demande qu'à être payée pour se taire. Je suis certaine qu'un chèque suffira à la calmer.

— Jessica, dit Finch d'un ton irrité, je vous en prie !

— Je crains que ce ne soit pas aussi simple, Mrs Gimball, lança Ellery. Lucy... Lucy...

— Oui !

— Etiez-vous la femme légitime de l'homme que vous connaissiez sous le nom de Joseph Wilson ?

— Il m'avait épousée... Je ne suis pas une... une... Il m'avait épousée !

— Epousée ! ricana Mrs Gimball. A d'autres !

— Où votre mariage a-t-il été célébré ? demanda tranquillement Ellery.

— Les bans ont été publiés à la mairie de Philadelphie... et nous avons été mariés par un prêtre de la ville.

— Avez-vous votre certificat de mariage ?

— Oh ! oui.

Mrs Gimball s'agita.

— Pendant combien de temps devrai-je supporter cette intolérable situation ? Ducky, faites quelque chose. Un certificat de mariage...

— Ne voyez-vous donc pas, chuchota Andrea, que Mrs Wilson n'est pas... n'est pas celle que vous dites ? Voyons, mère. Soyez raisonnable !

Bill Angell demanda, d'une voix étranglée :

— Quand avez-vous épousé Joseph Kent Gimball, madame ?

Mrs Gimball ayant dédaigné de répondre, ce fut Grosvenor Finch qui déclara, d'un ton ennuyé :

— Ils se sont mariés à Saint Andrew's Cathedral, à New York, le 10 juin 1927.

Lucy poussa un cri de triomphe.

— La cathédrale ! Chapeaux hauts de forme, limousines, bijoux, demoiselles d'honneur, journalistes, l'évêque en personne... oh ! mon Dieu ! – Elle éclata de rire. – C'est dans l'ombre que Joe m'a courtisée à Philadelphie, cachant son identité sous le nom de Wilson de peur de se compromettre. C'est dans l'ombre que nous nous sommes aimés, épousés...

Elle se redressa et sa voix se fit plus forte :

— Et pourtant c'est vous qui avez vécu dans le péché ! Pendant huit ans, vous avez été la concubine de cet homme !

— Que voulez-vous dire, Mrs Wilson ? murmura Andrea.

Ce fut Bill qui répondit :

— Joseph Wilson a épousé ma sœur le 24 février 1925. Plus de deux ans avant son mariage avec votre mère, Miss Gimball.

Jessica Gimball poussa un cri aigu.

— 1925 ? dit-elle. Vous l'accusez d'être bigame, et moi de... de ne pas... Vous mentez !

— Etes-vous certain de ce que vous avancez, Bill Angell ? chuchota Andrea Gimball.

— C'est la vérité, Miss Gimball, et nous pouvons le prouver. Et, à moins que vous ne possédiez un certificat de mariage remontant à une date antérieure à celle du 24 février 1925, votre mère ne peut rien contre nous. Nous avons la justice de notre côté, et nous devons faire respecter nos droits.

— Oh ! mais c'est une infamie, s'écria Mrs Gimball avec fureur. Il doit y avoir une erreur.

Grosvenor Finch déclara :

— De grâce, procédons sans hâte. Mr Angell, Mrs Gimball est accablée et elle regrette ce qu'elle a dit de votre sœur. Ne peut-on régler cette question ? Non, Jessica ! Mr Queen, vous avez assez d'influence...

— Trop tard, fit Ellery. Vous avez vu cette jeune fille rousse s'éloigner en courant ? Elle représente la presse. L'histoire court déjà les rues, Finch.

— Mais le mot de « bigamie » n'a pas été prononcé devant elle. Je suis certain...

Fronçant les sourcils, Bill se mit à arpenter la pièce.

— Aucune force humaine n'empêchera ces journalistes de rechercher les dates de mariage.

» Comme nous sommes tous mêlés à cette affaire, étudions-la ensemble.

— Très bien, dit lentement Finch. Mais j'ai un mot à dire...

— Je crois, fit une voix sarcastique, que tout ceci a assez duré.

C'était De Jong qui s'avançait en souriant. Tous l'avaient oublié.

— Voyons un peu où en sont les choses. A vous, Queen. Vos faits et gestes réclament une petite explication.

Ellery haussa les épaules.

— Le visage de cet homme m'a intrigué toute la soirée. Au début, je ne savais pourquoi, mais ensuite j'ai compris qu'il s'agissait d'une ressemblance. Il y a quelques mois, j'assistai à un banquet au cours duquel j'eus l'occasion de converser avec un homme qui eût pu être le frère jumeau de Joe Wilson, le mari de Lucy. Mais mon interlocuteur m'avait été présenté sous le nom de Joseph Kent Gimball, de New York. Me rappelant les fréquentes absences de Joseph Wilson, j'eus l'impression que Gimball et Wilson pouvaient fort bien n'être qu'un seul et même individu. Voulant en avoir le cœur net, je décidai de téléphoner aux Gimball.

— Nous n'aurions pas manqué de le découvrir très rapidement, dit De Jong avec rancune. Et alors ?

Ellery le considéra avec surprise.

— Ce fut Jasper Borden, le beau-père de Gimball, qui me répondit. Il m'apprit que son gendre n'avait pas reparu depuis le début de la semaine dernière. Certain d'être sur la bonne piste, je le mis au courant de ce qui s'était passé. Mr Borden m'annonça alors que sa fille était sortie, mais qu'il me l'enverrait le plus tôt possible.

— Borden ? marmonna De Jong. Le magnat des chemins de fer ? Pourquoi votre père ne vous accompagne-t-il pas, Mrs Gimball ?

Andrea soupira.

— Grand-père n'a pas quitté la maison depuis des années. Une attaque, en 1930, lui a paralysé le côté gauche.

— Où étiez-vous ce soir ?

— Ma mère et moi assistions à un bal de bienfaisance au Waldorf. Nous nous trouvions avec Mr Finch, Mr Burke Jones, de Newport, mon fiancé, Mrs...

— Tous ensemble, hein ? fit De Jong. Un grand bal je suppose ?

Sans savoir pourquoi, Bill Angell se sentit rougir. Jetant un coup d'œil vers la jeune fille, il constata qu'elle avait retiré l'anneau de platine qui ornait sa main gauche.

— Si vous insinuez, dit Finch avec froideur, que l'un de nous a pu quitter le bal pour venir ici assassiner Joe Gimball, je ne puis évidemment pas vous donner un démenti. Mais, lorsque vous en aurez fini avec vos absurdités, j'aurai un mot à vous dire.

— Un bon alibi n'a jamais fait de mal à personne, déclara De Jong. Où est ce jeune Jones, Miss Gimball ?

— Nous n'étions pas certains que c'était Joe qui avait été...

Andrea évita le regard de Bill.

— Je... je n'ai rien dit à Burke. Je ne voulais pas le mêler à une... à une...

— Je comprends, interrompit le policier. Votre mariage aurait pu être compromis... Voyons, Mr Finch, vous grillez d'envie de parler. Nous vous écoutons.

— Dans des circonstances ordinaires, commença Finch avec froideur, il me déplairait infiniment d'aborder cette question. Oui, j'ai une révélation à faire, et je crains qu'elle soit désagréable.

Ellery s'agita.

— Puis-je vous demander de ne pas vous attarder à de vains préliminaires ?

— Vous savez sans doute que je suis vice-président de la Compagnie Nationale d'Assurances sur la Vie. De par mes fonctions, j'ai eu l'occasion d'assurer certains de mes amis et, parmi les quelques polices dont je me suis occupé personnellement, se trouve celle de Gimball, qui est remarquable. Il vint me trouver en 1930 et me demanda de l'assurer pour un million de dollars.

— Quoi ? fit le policier.

— Un million de dollars. Comme, à cette époque, Gimball n'avait que trente-trois ans, il devait payer une prime annuelle de vingt-sept mille dollars seulement. La police date de cette année-là.

— Un million de dollars, répéta Bill, stupéfait, tandis que De Jong considérait le cadavre avec respect.

— En quoi tout ceci peut-il nous intéresser ? demanda Ellery sans impatience.

Mr Finch répondit d'un ton sec :

— Je représente la Nationale. Toute compagnie d'assurances peut concevoir des doutes sur la mort d'un de ses assurés. Nous nous trouvons ici en présence d'une affaire d'assassinat dans laquelle la victime était assurée pour une somme d'un million de dollars. Vous connaissez certainement la loi selon laquelle tout contrat d'assurances peut automatiquement être annulé sitôt acquise la preuve que l'assuré a trouvé la mort *par l'intermédiaire de son bénéficiaire*.

Pendant un moment, ce fut le silence, puis :

— Ducky ! s'écria Andrea. Etes-vous fou ?

Finch sourit.

— J'ai des devoirs envers ma compagnie. Si Gimball a été assassiné par le bénéficiaire de l'assurance, la Nationale n'est redevable à ce dernier que des primes versées par l'assuré, ainsi que des réserves mathématiques. C'est une question de principe. Si les compagnies d'assurances ne se protégeaient pas ainsi, plus d'un bénéficiaire au cerveau mal équilibré s'empresserait d'assassiner l'assuré.

— Et qui est le bénéficiaire de cette assurance ? demanda Ellery.

Mrs Gimball enfouit soudain son visage dans ses deux mains et se mit à sangloter. L'expression de stupéfaction qui se peignit sur les traits d'Andrea et de Grosvenor Finch prouvait clairement que le spectacle de Jessica Gimball en pleurs était aussi rare qu'une averse au Sahara.

— Jessica, dit Finch d'une voix troublée. Jessica ? Vous ne croyez pas...

— Ne me touchez pas... Judas ! M'accuser de... de...

— Mrs Gimball est donc notre bénéficiaire ? fit observer Ellery.

— Jessica, je vous en prie. J'ai été stupide... Non, Queen, je n'accuse pas Jessica Gimball d'assassinat. C'est... Je voulais expliquer que Jessica *était* la bénéficiaire de l'assurance contractée par Joe, mais qu'elle ne l'est plus.

Andrea se redressa, ses yeux bleus luisant d'indignation.

— C'en est assez, Ducky ! Nous savons tous que mère devait toucher le montant de l'assurance – c'est grand-père lui-même qui a conseillé à Joe de s'assurer. Vous ne parlez pas sérieusement, n'est-ce pas ?

— Mais si. Je ne pouvais vous en faire part, Jessica, car Joe m'avait fait promettre le silence.

— Mettons les choses au point, fit De Jong, les yeux brillants. Quand est-il venu vous trouver ?

— Il n'est pas venu me trouver. Le 10 mai dernier, je fus informé par Miss Zachary, ma secrétaire, que Gimball nous avait adressé par la poste une demande de changement de bénéficiaire. Etonné de cette requête imprévue, je téléphonai à Joe pour lui en demander confirmation. Il me répondit qu'en effet il désirait reporter son assurance sur une autre tête, ajoutant que Jessica était riche et n'avait pas besoin de cet argent. Il me demanda enfin de garder le secret sur ces nouvelles dispositions, me promettant de me donner ultérieurement toutes les explications nécessaires.

— Et l'a-t-il fait ? demanda Ellery en un murmure.

— Malheureusement non, car je ne l'ai pas revu depuis. J'ai l'impression qu'il m'a évité pour échapper à la nécessité de me fournir les explications promises.

Finch s'arrêta un moment avant de reprendre :

— Comprenez bien que ce que je vais vous dire n'est qu'une simple constatation et que je n'ai aucun parti pris... La signification des nouvelles dispositions prises par l'assuré ne m'est apparue que ce soir, lorsque j'ai pénétré dans cette cabane pour trouver... – Il s'interrompit. – Lorsque Gimball nous adressa sa requête, il indiqua que l'assurance contractée par lui au bénéfice de Jessica Borden Gimball devait être reportée sur la tête de... Mrs Lucy Wilson. Je dis bien de Mrs Lucy Wilson, domiciliée à Fairmount Park, Philadelphie !

— Moi ? fit Lucy d'une voix faible. Moi ? Un million de dollars ?

— Vous êtes certain de ce que vous avancez, Mr Finch ? demanda De Jong. Ce n'est pas une histoire que vous inventez pour nous égarer ?

— Je vous affirme, repartit le vice-président de la Nationale, que je n'ai aucun parti pris contre Mrs Wilson – que je ne connais d'ailleurs pas et qui, j'en ai la ferme conviction, est victime d'un terrible malentendu. Les documents existent et personne ne pourrait les falsifier.

Le policier inclina la tête et, les yeux fixés sur Lucy, il la scruta impitoyablement.

— C'est une infamie de la part de Joe ! s'écria Mrs Gimball avec fureur. Faire de cette créature sa bénéficiaire, sa femme... Je me refuse à le croire. Peu m'importe l'argent ! mais la vulgarité...

— Maîtrisez vos nerfs, chère madame, fit Ellery.

Il avait retiré son pince-nez et en essuyait distraitement les verres.

— Dites-moi, Mr Finch, vous n'avez parlé à personne de ce changement de bénéficiaire ?

— Evidemment non. Joe m'avait fait promettre de me taire et j'ai tenu parole.

— De son côté, Gimball n'en a certainement soufflé mot à personne. Arrivé à une période extrêmement grave de sa vie affective, il avait pris des dispositions importantes et ne savait comment les annoncer à son entourage. Hier matin, Bill Angell reçut de Wilson un télégramme lui demandant de venir le rejoindre ici dans la soirée. A en croire le message, l'affaire était urgente et sérieuse. Notre homme avait évidemment décidé de tout avouer à son beau-frère et de lui demander conseil sur la conduite à suivre dans l'avenir. Sa résolution était déjà prise puisqu'il avait fait de Lucy la bénéficiaire de son assurance, mais il s'inquiétait de savoir quelles seraient les réactions de la jeune femme lorsqu'il lui apprendrait sa véritable personnalité. Qu'en pensez-vous, Bill ?

— Je n'ai pas la force de penser, répliqua l'avocat. Mais j'imagine que vous avez raison.

— Et cette volumineuse enveloppe qu'il vous a confiée vendredi ? Avez-vous songé qu'elle pouvait contenir les polices d'assurance ?

— Oui.

— Il n'est pas besoin d'être un génie pour affirmer que...

— Mrs Wilson, dit De Jong avec force, regardez-moi.

Comme hypnotisée, Lucy obéit tandis que Bill grommelait :

— Votre ton ne me plaît guère, De Jong.

— Tant pis. Mrs Wilson, saviez-vous que Gimball était assuré ?

— Moi ? bégaya-t-elle. Non, réellement, je ne le savais pas. J'étais même certaine qu'il ne l'était point, puisqu'il m'avait dit un jour le peu de confiance que lui inspirait cette façon de garantir l'avenir.

— Ce n'était évidemment qu'une mauvaise raison, interrompit Ellery. Le fait de contracter une assurance sous le nom de Joe Wilson l'eût entraîné à subir un examen médical, à signer des documents et peut-être même à révéler sa double identité.

— Non seulement vous saviez qu'il était assuré, lança De Jong, mais encore vous l'avez incité à dépouiller Mrs Gimball à votre profit !

— De Jong... s'écria Bill menaçant.

— Vous, taisez-vous !

— Je ne vous comprends pas, murmura Lucy. Je ne le connaissais que sous le nom de Joe Wilson. Comment aurais-je pu soupçonner l'existence de cette dame ?

Avec un ricanement ironique, le gros policier se dirigea vers la porte latérale et, l'entrouvrant, fit un signe de la main. Le petit homme brun qui avait amené Lucy sur les lieux du drame s'avança.

— Sellers, voulez-vous raconter à l'intention de ces braves gens ce que vous avez fait cette nuit à Philadelphie.

— Ayant repéré la maison de Mrs Wilson, je suis descendu de voiture pour sonner à la porte, commença le détective. Pas de réponse. Aucune lumière. Après avoir attendu un moment, j'ai fait le tour de la maison. La porte de derrière était fermée à clef. Me dirigeant alors vers le garage, je suis entré. Il était vide. J'ai donc refermé les portes et j'ai attendu le retour de Mrs Wilson devant la maison.

— C'est tout, Sellers, dit De Jong, et l'homme brun se retira. Eh bien ! Mrs Wilson, puisque vous prétendez être allée au cinéma en autobus, dites-nous donc où se trouve votre voiture.

— Ma voiture ? C'est... c'est impossible. Il... il a dû entrer dans un autre garage. J'ai sorti la voiture dans l'après-midi mais, comme il pleuvait, je l'ai rentrée moi-même. Elle y était. Elle doit y être encore.

— Sellers prétend le contraire. J'ignore ce qu'elle a pu devenir ; et vous, Mrs Wilson ?

— Je viens de vous dire…

— Quelle en est la marque ?

— Plus un mot, Lu, dit Bill avec calme.

Il s'avança pour faire face au gros policier et, un moment, les deux hommes s'affrontèrent du regard.

— De Jong, vos basses insinuations me déplaisent profondément. J'interdis à ma sœur de vous répondre.

Après l'avoir considéré en silence, De Jong eut un sourire narquois.

— Allons, Mr Angell, calmez-vous. Je n'accuse personne. J'essaie seulement d'assembler des faits.

— C'est très louable de votre part.

Bill se tourna brusquement vers Lucy.

— Viens, Lu, nous partons. Ellery, je regrette, mais cet homme est impossible. Je vous verrai demain à Trenton, si vous y êtes encore.

— J'y serai.

L'avocat entraîna doucement sa sœur vers la porte.

— Un moment, s'il vous plaît, dit Andrea Gimball.

Bill s'immobilisa, rougissant jusqu'à la racine des cheveux et Lucy considéra la jeune fille avec curiosité.

Andrea s'approcha d'elle pour lui prendre la main.

— Je voulais vous exprimer mes regrets pour… tout ce qui s'est passé. Nous ne sommes pas des monstres. Pardonnez-nous, chère madame, les paroles désobligeantes que nous avons pu prononcer à votre égard. Vous êtes une femme très courageuse et très malheureuse.

— Oh ! merci, murmura Lucy, les yeux pleins de larmes.

Et elle s'éloigna en courant.

— Andrea ! s'écria Mrs Gimball d'un ton tout à la fois offensé et rageur. Comment osez-vous… comment pouvez-vous… ?

— Miss Gimball, fit Bill à voix basse. – Elle se tourna vers lui. – Je n'oublierai jamais vos paroles.

Puis il se retira. La porte claqua et bientôt ils entendirent la Pontiac s'éloigner en direction de Camden. Blanc de rage, De Jong alluma un cigare d'une main tremblante.

— *Ave atque vale*, dit Ellery. Vous ne l'appréciez pas, De Jong, et pourtant c'est un garçon fort honorable. Au nom de l'amitié que je lui porte, Miss Gimball, laissez-moi vous remercier. Et maintenant, permettez-moi d'examiner vos mains.

Elle leva lentement les yeux vers le visage du jeune homme.

— Mes mains ? murmura-t-elle.

Marmonnant quelque chose entre ses dents, De Jong se retira d'un pas lourd.

— Dans des circonstances moins pénibles, déclara Ellery en saisissant les mains de la jeune fille, cet examen serait pour moi un véritable plaisir, car j'ai un faible pour les jolies mains… Vous êtes fiancée, n'est-ce pas ?

Sous ses doigts, les deux mains frêles tremblaient imperceptiblement.

— Oui.

— Evidemment, murmura le jeune homme, ceci ne me regarde pas. Mais la mode a-t-elle changé à ce point que, de nos jours, les jeunes filles du monde négligent de porter le symbole de leurs fiançailles ?

Elle ne répondit pas, mais son visage devint si pâle qu'Ellery la crut prête à s'évanouir. Pris de pitié, il se tourna vers la mère d'Andrea.

— A propos, Mrs Gimball, j'ai remarqué que les mains de votre… euh… mari, ne portaient pas de trace de nicotine. D'autre part, ses dents sont intactes et le fond de ses poches ne contient pas la moindre parcelle de tabac. Ne fumait-il donc pas ?

A ce moment, De Jong reparut.

— A quoi rime tout ceci ? grommela-t-il.

Mrs Gimball répondit d'une voix cassante :

— Non, Joseph ne fumait pas.

Elle se leva et offrit son bras à Mr Finch.

— Pouvons-nous nous retirer ? Tout ce...

— Certainement, grogna De Jong. Mais je vous demanderai de revenir dans la matinée pour certaines formalités. Je viens d'apprendre que le procureur – c'est Pollinger – désire vous parler.

— Nous reviendrons, dit Andrea.

Lorsque tous trois se furent retirés, Ellery prit congé de De Jong et se dirigea vers sa voiture en sifflotant.

Le lendemain dimanche, Mr Ellery Queen quitta l'hôtel à 11 heures du matin, honteux d'avoir dormi si longtemps.

Un gai soleil de printemps éclairait les rues désertes de Trenton. Arrivé dans Chancery Lane, il s'arrêta devant un bâtiment à trois étages, dont le porche était surmonté d'un écriteau blanc portant en lettres noires la mention suivante :

BUREAU CENTRAL DE POLICE
STATIONNEMENT INTERDIT

Poussant la porte, il pénétra dans une misérable salle d'attente où régnait une odeur fade.

Un sergent le conduisit au bureau 26 où il trouva De Jong en grande conversation avec un petit personnage aux traits émaciés par l'intelligence et la dyspepsie. Bill Angell était assis dans un coin, les yeux rougis et le visage hagard.

— Oh ! hello, fit De Jong, sans enthousiasme. Queen, je vous présente Paul Pollinger, procureur du Comté de Mercer. Où étiez-vous donc ?

— Dans les bras de Morphée. Du nouveau, ce matin ?

— J'ai eu la visite du clan Gimball.

— Si tôt ? Bonjour, Bill.

— Bonjour, répondit l'avocat.

Pollinger alluma un cigare.

— En fait, le nommé Finch désire vous voir demain matin à son bureau, annonça-t-il en observant Ellery du coin de l'œil.

— Vraiment ?

Le jeune détective amateur haussa les épaules.

— Avez-vous reçu le rapport sur l'autopsie, De Jong ? La curiosité me dévore.

— Le docteur m'a chargé de vous dire qu'il n'a relevé aucune trace de brûlure.

— De brûlure ? répéta Pollinger, les sourcils froncés. Pourquoi de brûlure, Mr Queen ?

Ellery sourit.

— Pourquoi pas ? C'est tout, De Jong ?

— Qu'importe le reste ? Il prétend que le coup infligé à Gimball a été assené de la main droite, mais cela ne change rien.

— Et l'enveloppe que Wilson... ou Gimball a confiée à Bill Angell ici présent ?

Le procureur tendit le doigt vers une liasse de papiers posés sur le bureau de De Jong.

— Vous avez deviné. Voici les huit polices révisées pour faire de Lucy Wilson la nouvelle bénéficiaire. J'imagine que Gimball les avait confiées à Angell pour mieux protéger sa femme. D'autre part, je suis certain qu'il avait l'intention de révéler sa double identité à son beau-frère.

— Ce changement de bénéficiaire était peut-être le résultat d'un calcul, fit observer De Jong. Craignant la colère de son beau-frère, il croyait sans doute aplanir les difficultés en leur jetant un million de dollars à la figure.

— Je ne le pense pas, rétorqua Ellery. Ce que vous dites serait vrai si Gimball avait considéré Lucy Angell comme un simple caprice. Mais il l'avait épousée dix ans auparavant et, pendant huit ans, il avait mené une vie de complications infernales alors qu'en divorçant ou même en disparaissant, il eût pu résoudre le problème de façon très simple.

— Il l'aimait, interrompit Bill d'une voix rauque.

— Indiscutablement.

Ellery bourra sa pipe méthodiquement.

— Il l'aimait tant qu'il endura de véritables tortures pour la garder. L'homme n'était pas un libertin, mais plutôt un faible. Et puis, comparez Lucy Wilson à Jessica Gimball. Vous ne connaissez pas Lucy, Pollinger, mais De Jong l'a vue et je suis certain que son cœur a battu plus vite. Elle est remarquablement séduisante, alors que Jessica Gimball... Il est malséant de faire allusion aux rides d'une femme...

— Tout ceci est peut-être vrai, Queen, dit Pollinger. Mais pourquoi diable a-t-il contracté une union illégitime avec cette dame ?

— Par ambition, sans doute. Les Borden sont multimillionnaires. D'autre part, le vieux Jasper Borden n'a pas de fils. Faible et ambitieux comme il l'était, Gimball n'a pu résister à la tentation. Sa mère était une virago et je me demande même si ce n'est pas elle qui l'a poussé à la bigamie.

De Jong et Pollinger se regardèrent.

— C'est possible, dit le procureur. J'ai causé avec Mrs Gimball ce matin et j'ai acquis la conviction que ce fut un mariage de raison, du côté Gimball, du moins.

Bill Angell s'agita.

— Tout ceci ne me concerne pas. Puis-je me retirer ?

— Un instant, jeune homme, fit De Jong. Wilson a-t-il laissé un testament ?

— Non, car il serait venu me trouver.

Pollinger demanda :

— Avez-vous apporté le certificat de mariage de votre sœur, Mr Angell ?

Bill jeta un document sur la table.

— Nous avons déjà cherché dans les archives de Philadelphie. Aucun doute à ce sujet. Il a épousé Lucy Angell deux ans avant son mariage avec Jessica. Quel embrouillamini !

Bill reprit le papier.

— Nous réclamons la garde du cadavre. C'était le mari de Lucy et nous avons le droit absolu de l'enterrer. Personne ne pourra nous le contester.

— Allons, Angell, fit Pollinger, mal à l'aise. Ces gens de New York sont tout-puissants, et il s'appelait également Joseph Kent Gimball. Il ne serait pas juste…

— Juste ? Avez-vous songé à ma sœur ? Vous figurez-vous que j'ai peur de ces gens parce qu'ils ont de l'argent et une situation en vue ? Je les envoie tous au diable !

Il partit sur ces mots. Un silence régna.

— Je vous avais dit, fit observer Ellery au bout d'un instant, que Bill Angell n'était pas le premier venu. Et ne mésestimez pas son talent d'avocat.

— Qu'entendez-vous par là ? lança le procureur.

Le jeune homme saisit son chapeau.

— Citons un peu Cicéron : la sagesse est la connaissance des choses à éviter aussi bien que de celles à rechercher. Méfiez-vous des Ides de Mars, etc. Au revoir !

Le lundi matin à 9 h 30, Ellery Queen, en gabardine olive et panama immaculé, se présentait aux bureaux de la Compagnie Nationale d'Assurances sur la Vie. Il avait passé son dimanche à étudier l'affaire sous l'œil ironique de son père, l'inspecteur, et, malgré l'allure printanière de sa tenue, il se sentait d'humeur sombre.

Ce fut une jeune femme au sourire éblouissant qui le reçut dans l'antichambre.

— Mr Finch ne vous attendait pas si tôt, Mr Queen. Il n'est pas encore là.

— Eh bien, je patienterai. Savez-vous pourquoi votre précieux Mr Finch désire me voir ?

— En temps ordinaire, répondit-elle en souriant, je dirais non. Mais, comme vous êtes détective, je suppose qu'il est inutile de ruser. Mr Finch m'a téléphoné hier après-midi à ce propos : il s'agit de cette épouvantable affaire de Trenton ; et je crois que Mrs Gimball doit également venir. Voulez-vous attendre dans le bureau particulier de Mr Finch ?

Ellery la suivit dans une somptueuse pièce qui eût pu servir de décor pour un film.

— Asseyez-vous, Mr Queen. Une cigarette ?

— Non, merci, je préfère ma pipe.

Ellery se laissa choir dans un fauteuil de cuir bleu.

— Voulez-vous essayer le tabac de Mr Finch ?

— C'est une offre à laquelle un fumeur de pipe n'est jamais insensible.

La jeune femme lui présenta un vaste pot de grès. Il bourra sa pipe.

— Pas mauvais. Très bon, dirais-je même. Quelle marque ?

— Mon Dieu, je l'ignore. C'est un mélange spécial préparé par Pierre, de la Cinquième Avenue. Me permettez-vous de vous en faire envoyer un peu ?

— Oh ! vraiment...

— Mr Finch n'y verra aucun inconvénient... Oh ! bonjour, Mr Finch.

Elle se retira en souriant.

— En avance, je vois, dit Finch en serrant la main de son visiteur. Cette affaire devient de plus en plus bouleversante. Avez-vous lu les journaux du matin ?

Ellery fit une grimace.

— L'orgie habituelle.

— C'est épouvantable.

Déposant son chapeau et sa canne, le nouveau venu s'assit et alluma une cigarette. Soudain, il leva les yeux :

— Voyons, Queen, inutile de tourner autour du pot. J'ai parlé hier à Hathaway et à quelques-uns des administrateurs. Nous avons tous reconnu la nécessité de passer à l'action.

— A l'action ? répéta le jeune détective.

— Vous admettrez que l'affaire paraît suspecte. Nous n'accusons personne, mais... Excusez-moi. Ce doit être Jessica.

Miss Zachary ouvrit la porte pour laisser passer Mrs Gimball accompagnée de sa fille et de deux hommes.

En trente-six heures, la mère d'Andrea était devenue une vieille femme. Elle s'appuyait lourdement au bras de sa fille et ses yeux avaient perdu toute expression.

— Mr Queen, déclara Finch, visiblement troublé, je vous présente le sénateur Frueh, l'avocat de la famille Borden.

Ellery serra la main d'un petit homme ventripotent dont les yeux luisaient avec éclat dans un visage orné d'une barbe opulente. Ancien sénateur du congrès fédéral, Frueh avait la clientèle la plus riche de New York, et les journaux reproduisaient sans cesse sa face olympienne.

— Et voici Burke Jones, le fiancé de Miss Gimball. Je ne comptais pas vous voir aujourd'hui, Burke.

— J'ai pensé pouvoir vous être utile, expliqua Jones.

C'était un grand jeune homme aux yeux bovins et au teint bronzé. Il avait le bras droit en écharpe.

— Hello ! C'est donc vous le fameux Queen ? Je lis vos livres depuis des années.

— J'espère que la déception ne vous empêchera pas de continuer, fit Ellery en souriant. De mon côté, je ne suis pas sans connaître vos exploits. Vous avez fait une bien vilaine chute à Meadowbrook, voici quinze jours. Les journaux n'ont parlé que de cela !

Jones fit la grimace.

— Je montais un cheval ombrageux… C'est la première fois que je me casse un membre en jouant au polo.

— Si nous nous asseyions ? proposa Finch. Miss Zachary, que personne ne nous dérange… Je faisais part de notre décision à Mr Queen, continua-t-il lorsque tous se furent assis.

— Je ne sais ce qui me vaut cette faveur, fit observer le jeune détective. Ma famille est respectable, mais elle appartient à la classe moyenne et je me sens un peu dépaysé parmi vous.

Andrea Gimball s'agita. Du coin de l'œil, Ellery remarqua que, sous son habile maquillage, elle semblait extrêmement contrariée. Pas une fois, elle n'avait regardé le jeune Jones ; et ce dernier portait au front une ride soucieuse qui s'accordait mal avec sa qualité de fiancé.

— Avant de continuer, Finch, annonça le sénateur Frueh d'une voix bourrue, je désire faire savoir à Queen que je n'approuve pas cette discussion sur les motifs. Finch veut protéger les intérêts de sa satanée compagnie ; quant à nous, la question est différente : si Jessica voulait m'en croire, elle resterait en dehors de cette pénible affaire.

— Non, fit Mrs Gimball à voix basse. Cette femme m'a dépouillée, déshonorée… elle m'a pris l'amour de Joe… Je lutterai. Jusqu'à présent, je me suis toujours laissé dominer – par papa, par Joe et même par Andrea. Cette fois, je veux me défendre.

Ellery jugea qu'elle déformait légèrement la réalité. Il ne parvenait pas à se la représenter telle qu'elle se dépeignait.

— Mais vous ne pouvez rien faire, Mrs Gimball, dit-il. Les droits de Mrs Wilson sont indiscutables. Elle était la femme légitime de Mr Gimball, et le fait qu'il l'ait épousée sous un nom d'emprunt ne change rien à la situation.

Les lèvres de Jessica Gimball se durcirent.

— C'est cette femme, affirma-t-elle, qui a tué Joe.

— Vraiment ? fit Ellery d'une voix grave. Mais sur quoi repose donc votre accusation ?

— Je le sais. Je le *sens*.

— Je crains, répliqua-t-il, que les tribunaux ne tiennent aucun compte de telles allégations.

— Je vous en prie, Jessica, intervint Finch, les sourcils froncés. Voyons, Queen, Mrs Gimball est égarée par la douleur. Mais je vais parler au nom de la Compagnie et m'efforcer de raisonner sur des faits. Permettez-moi de vous faire connaître le point de vue de notre président Hathaway. Il eût aimé le faire lui-même, malheureusement il est souffrant. Mrs Wilson est devenue la bénéficiaire d'une de nos assurances quelques jours seulement avant la mort de notre client et rien ne prouve qu'elle ne l'a pas induit, par la douceur ou la violence, à opérer ce changement.

— C'est une simple hypothèse.

— Très juste. Néanmoins, il nous faut l'envisager. Or, le contrat prévoit, en cas de décès de l'assuré, un versement d'un million de dollars à la nouvelle bénéficiaire ; mais certaines circonstances particulières interviennent alors. L'assuré avait contracté avec cette dernière un mariage secret – secret du moins en ce qui concerne sa véritable identité. Si l'on admet qu'un jour elle découvrit la perfidie de son mari, il est normal de supposer que l'amour qu'elle pouvait éprouver pour lui se transforma soudain en une haine violente. Ajoutons à ceci le fait que le décès de son mari devait lui rapporter un million de dollars et nous nous trouvons en présence d'un double mobile... Vous entrevoyez certainement notre position ?

Le sénateur Frueh s'agita sur son siège en caressant sa barbe tandis qu'Ellery déclarait :

— Je pourrais émettre une théorie tout aussi vraisemblable et susceptible de compromettre Mrs Gimball. Découvrant que son époux était marié à une autre femme qu'il faisait bénéficier de son assurance... Voilà.

— Mais c'est Mrs Wilson la bénéficiaire et c'est à elle que le million doit revenir. En l'occurrence, la Nationale ferait preuve d'une grande imprudence si elle s'avisait de remplir ses engagements avant de se renseigner à fond.

— Mais pourquoi vous adresser à moi ? Vous avez certainement vos détectives particuliers ?

— Bien sûr. C'est ici qu'intervient l'élément personnel. Je suis certain qu'une personne étrangère montrera plus de... euh... de discrétion. Et puis vous vous êtes trouvé sur la scène du crime...

D'un doigt léger, Ellery tambourina une marche militaire sur l'accoudoir de son fauteuil.

— Vous savez, dit-il enfin, que je me trouve dans une situation délicate. Cette femme que vous vous proposez de mettre au pilori est la sœur d'un vieux camarade. Normalement, je devrais être dans l'autre camp. Ce qui m'incite à accepter votre requête, c'est que vous vous préoccupez non pas d'arriver à tel ou tel résultat, mais seulement de découvrir la vérité... En tout cas, Finch, vous pourrez compter sur ma discrétion, mais non sur mon silence.

— Qu'entendez-vous par là ? demanda le sénateur Frueh.

— Simplement que, si je découvre la vérité, je ne puis vous promettre de ménager qui que ce soit.

Finch choisit un papier dans une liasse posée devant lui et, dévissant le capuchon de son stylo, commença à écrire.

— La Nationale, déclara-t-il tranquillement, désire seulement obtenir la preuve que Lucy Wilson n'a pas tué ou fait tuer son mari.

Il se leva et, tendant la feuille au jeune homme :

— Cette avance vous paraît-elle suffisante, Mr Queen ?

C'était un chèque sur lequel, de son encre verte et caractéristique, Finch avait inscrit la somme de cinq mille dollars.

— Elle est princière, murmura Ellery. Mais je préfère remettre à plus tard cette question d'honoraires, car je ne suis pas encore décidé.

— Comme vous voudrez, répliqua Finch, décontenancé.

— Une question encore. Mrs Gimball, connaissez-vous l'état actuel de la fortune de Gimball ?

— Sa fortune ? répéta-t-elle d'une voix morne.

— Joe était pauvre, fit Andrea avec amertume. Il ne possédait rien en son nom propre.

— Si c'est son testament qui vous intéresse, grommela l'avocat, sachez qu'il lègue tout à Jessica Borden Gimball. Mais, puisqu'en l'occurrence il ne laisse que des dettes et son assurance, ce testament paraît plutôt cynique.

Ellery inclina la tête.

— A propos, sénateur, je suppose que vous ignoriez la décision qu'avait prise Gimball de changer de bénéficiaire ?

— Absolument. L'imbécile !

— Et vous, Mr Jones ?

— Moi ? Comment l'aurais-je su ? Nous n'étions pas intimes.

— Ah ? Votre futur beau-père ne vous appréciait donc pas ?

— De grâce, implora Andrea d'une voix lasse. A quoi bon toutes ces questions, Mr Queen ?

Ellery se leva.

— Vous devez comprendre, Finch, que si j'accepte vos propositions, je ne me laisserai retenir par aucune considération.

— Entendu.

Le jeune homme saisit sa canne.

— Je vous ferai connaître ma décision dans quelques jours. Au revoir.

La nuit tombait lorsque Ellery sonna à la porte de l'appartement que les Borden-Gimball occupaient au onzième étage d'un somptueux immeuble de Park Avenue.

Un maître d'hôtel l'introduisit dans un luxueux living-room dont le mobilier ancien et les tableaux de maîtres le renseignèrent sur la fortune de leur propriétaire.

Le domestique revint bientôt pour le conduire dans une pièce aux lourdes tentures de velours. Au centre, un gigantesque vieillard trônait sur un fauteuil roulant comme un roi à l'agonie et une infirmière au visage menaçant montait la garde auprès de lui. Il était vêtu d'une robe de chambre de brocart ; sa main droite, noueuse et décharnée, s'ornait d'une lourde bague curieusement armoriée. Ellery admirait son allure, restée jeune en dépit de ses quatre-vingts ans lorsque, soudain, il remarqua l'étrange immobilité qui paralysait tout un côté du vieillard. Les muscles du côté gauche de son visage ne bougeaient pas, l'œil lui-même était fixe. On l'eût cru composé de deux corps, l'un vivant et l'autre mort.

— Comment allez-vous, Mr Queen ? fit-il d'une voix rauque. Excusez-moi de ne pas me lever. A quoi dois-je le plaisir de votre visite ?

L'air semblait exhaler un parfum de mort et Ellery sentit que cet homme aux orbites creuses avait déjà un pied dans la-tombe. Mais, en étudiant le menton ferme et le nez aquilin de ce visage terreux, il comprit également que le vieux Jasper Borden représentait encore une force.

— Très aimable à vous de me recevoir, Mr Borden, dit-il vivement. Je ne me perdrai pas dans des considérations qui ne pourraient vous être que pénibles. Vous savez pourquoi je m'occupe de la mort de votre gendre ?

— J'ai entendu parler de vous.

— Mais Mrs Gimball... ?

— Ma fille m'a tout raconté.

Ellery s'arrêta.

— Mr Borden, déclara-t-il enfin, la vérité est une chose curieuse. On ne peut la nier, mais on peut en hâter la révélation. Puisque vous avez entendu parler de moi, il est inutile que je vous assure de mon désintéressement. Voulez-vous répondre à mes questions ?

— Vous vous doutez, Mr Queen, de la signification que ce drame prend pour moi, pour mon nom, pour ma famille ?

— Certainement.

Après un silence, le vieillard reprit :

— Que désirez-vous savoir ?

— Tout d'abord quand avez-vous eu connaissance de la double vie que menait votre gendre ?

— Samedi soir.

— Vous n'aviez jamais entendu parler de Joseph Wilson ?

— Jamais.

— Je crois savoir que c'est vous qui avez incité votre gendre à contracter cette assurance d'un million de dollars ?

— En effet.

Ellery essuyait les verres de son pince-nez.

— Mr Borden, aviez-vous une raison spéciale pour agir ainsi ?

Un léger sourire retroussa les lèvres violacées du vieillard.

— Mon mobile était d'ordre purement moral. Ma fille n'avait nul besoin de la protection financière de son mari. Mais... – la voix rauque se fit plus dure... – en une époque où l'homme est impie et la femme écervelée, il est bon de faire revivre les vertus d'autrefois. Je suis un homme du passé, Mr Queen, un anachronisme. Je crois encore à Dieu et au foyer.

— Et je vous en félicite, répondit Ellery. A propos, vous ignoriez que votre gendre...

— Il n'était pas mon gendre.

— Que Gimball...

— C'était un chien, un être bestial...

— Je comprends votre sentiment, Mr Borden. Je voulais vous demander si vous étiez au courant du changement qu'il avait apporté à sa police d'assurance.

— Si je l'avais su, gronda le vieillard, tout enchaîné que je suis à ce fauteuil, je l'aurais étranglé !

— Serait-il indiscret de vous demander dans quelles conditions Gimball courtisa et épousa votre fille ?

Un instant, l'œil resté vivant étincela.

— Nous vivons des temps étranges, Mr Queen... Joseph Gimball ne m'a jamais plu. Il me faisait l'effet d'un homme faible et irresponsable. Mais ma fille s'en enticha et je ne pus lui refuser ce qu'elle croyait être le bonheur. – Il s'interrompit. – Voyez-vous, sa première union avait été malheureuse. Mariée jeune, elle eut la douleur de voir son mari, un homme parfait sous tous les rapports, mourir d'une pneumonie. Lorsque, par la suite, Gimball survint, Jessica avait quarante ans.

L'épaule droite se souleva.

— Vous connaissez les femmes.

— Et quel était l'état de fortune de Gimball ?

— Il était pauvre, grommela Borden. Sa mère avait de l'ambition et je suis certain que c'est elle qui l'a poussé à la bigamie. Joseph Gimball, qui ne résistait à personne, put moins encore résister à une créature telle que sa mère. Jessica possédait une assez belle fortune, et, naturellement, je ne pouvais pas l'autoriser à se marier avec un homme qui n'avait rien. Je le pris donc comme collaborateur. Le chien, l'ingrat... Il eût pu être mon fils...

L'infirmière fit un signe impérieux.

— Il dirigeait donc vos affaires, Mr Borden ?

— Tout au moins celles auxquelles il ne pouvait faire de tort. Je lui ai offert plusieurs postes d'administrateur dans des sociétés dont je suis le président. Dans les krachs de 1929 et 1930, il a perdu tout ce que je lui avais donné.

— Et vous, Mr Borden ? demanda respectueusement Ellery.

— J'étais encore actif à l'époque, répliqua le vieillard. Maintenant, je ne suis plus qu'un cadavre vivant. On ne me permet même pas de fumer un cigare. On me nourrit à la cuiller comme un...

L'infirmière était furieuse. Du geste, elle indiquait la porte.

— Un renseignement encore, dit vivement Ellery. Avez-vous toujours été un adversaire résolu du divorce ?

Un moment, Ellery crut qu'une seconde attaque allait terrasser le vieux millionnaire.

— Le divorce ! clama-t-il. Une invention du diable ! Aucun de mes enfants...

Puis, après un long silence, il reprit d'une voix radoucie :

— Ma foi interdit le divorce, Mr Queen. Mais pourquoi cette question ?

Ellery se contenta de murmurer :

— Merci, Mr Borden, vous avez été très aimable. Oui, mademoiselle, je m'en vais.

Et il se dirigea vers la porte, à reculons.

— Mr Queen, fit une voix morne derrière lui.

C'était Jessica Gimball, toute de noir vêtue et accompagnée de Finch.

— Pardon, dit Ellery en s'effaçant.

Elle passa devant lui, semblant avoir oublié sa présence. Finch la suivait en soupirant.

Comme il se retirait, le jeune homme eut le temps d'entendre le vieux Jasper Borden qui grommelait :

— Jessica ! Quittez cet air sinistre ! M'entendez-vous ?

Et Mrs Gimball de répondre d'un ton soumis :

— Oui, père.

Il descendit en réfléchissant. Et cette brève méditation lui apporta la certitude que le vieux Jasper Borden, tout moribond qu'il était, gouvernait encore son entourage.

Le maître d'hôtel parut ennuyé – dans la mesure où il lui était possible d'exprimer une émotion quelconque – lorsque, au lieu de quitter le domaine sacré, Ellery lui demanda poliment de l'annoncer à Miss Andrea Gimball. Quand Andrea parut, il se tint près d'elle comme pour la protéger.

La jeune fille était accompagnée de Burke Jones.

— Ah ! voilà Queen, s'écria celui-ci. Toujours à l'affût, hein ? Par Jupiter, je vous envie ! Vous menez une vie terriblement intéressante. Du nouveau ?

— Pas encore. Bonsoir, Miss Gimball.

— Bonsoir, répondit Andrea.

Elle était devenue étrangement pâle et ses grands yeux reflétaient une peur intense.

— Vous... vous'désiriez me parler ?

— J'ai remarqué devant la maison une voiture couleur crème. Une seize cylindres Cadillac.

— Oh ! interrompit Jones, ce doit être la mienne.

Instinctivement, Andrea s'écria :

— Burke !

Puis elle se mordit la lèvre.

— Qu'y a-t-il donc, Andrea ? demanda Jones en fronçant les sourcils.

— Votre voiture, Jones ? murmura Ellery. Etrange... Le soir même du crime, Bill Angell a vu un cabriolet Cadillac seize cylindres quitter l'allée d'accès à la maison où Joseph Gimball a été assassiné. Très étrange, en vérité. Il a presque renversé Bill.

La peau bronzée du jeune homme prit un ton grisâtre.

— Ma... voiture ? C'est impossible. Samedi soir, j'assistais à la fête de bienfaisance du Waldorf, et ma voiture était rangée dans l'avenue. Il doit y avoir une erreur.

— Certainement. Et Miss Gimball peut en répondre ?

Les lèvres de la jeune fille remuèrent imperceptiblement.

— Oui.

— Dans ce cas, reprit Ellery avec gravité, vous ne me laissez pas le choix, Miss Gimball, et je dois vous demander de me montrer votre bague de fiançailles.

Jones se raidit. Ses yeux se portèrent sur la main gauche de la jeune fille et s'y fixèrent avec surprise.

— Sa bague de fiançailles, marmonna-t-il. Pourquoi diable...

— J'imagine, dit Ellery, que Miss Gimball pourra vous répondre.

Un bruit de voix leur parvenait de l'étage supérieur. Jones s'avança vers Andrea.

— Alors ? insista-t-il d'une voix rauque. Pourquoi ne la lui montrez-vous pas ?

Les yeux de la jeune fille se fermèrent.

— Burke...

— Je vous ai demandé pourquoi vous ne la lui montriez pas, Andrea. Où est-elle ? Vous ne m'avez jamais dit...

A ce moment, Mrs Gimball et Grosvenor Finch survinrent.

— Andrea ! s'écria Jessica. Qu'y a-t-il ?

Enfouissant son visage dans ses mains, la jeune fille éclata en sanglots.

— Ne pleurez pas, dit sa mère d'une voix aigre. Mr Queen, je réclame une explication.

— J'ai simplement prié votre fille de me montrer sa bague de fiançailles, Mrs Gimball.

— Andrea, lança Jones, si vous m'avez entraîné dans...

— Andrea, fit Mrs Gimball. Que...

Elle était livide. Quant à Finch, il semblait profondément malheureux.

— Oh ! sanglota Andrea, tout le monde s'acharne contre moi. Ne voyez-vous pas que je... je... ?

D'un ton froid, Mrs Gimball déclara :

— Puisque ma fille refuse de répondre à vos questions, n'insistez pas, Mr Queen. Pour un motif que je ne comprends pas, vous continuez à protéger la sœur de ce greluchon de Philadelphie. Vous savez bien que c'est elle qui l'a assassiné !

Ellery se dirigea vers la porte en soupirant.

— Finch... lança-t-il alors.

— Tout ceci est puéril, dit vivement ce dernier. Pourquoi ne pas discuter...

— Les femmes parlent alors que les hommes agissent. Je préfère revenir à ma nature masculine.

— Je ne...

— En l'occurrence, déclara Ellery d'un ton empreint de regret, il m'est impossible de travailler sous l'égide de la Compagnie Nationale d'Assurances sur la Vie. Et je me vois dans l'obligation de rejeter vos propositions.

— Si les honoraires... commença l'autre.

— Il n'est pas question de cela.

Ellery se détourna. Bill Angell se tenait sur le seuil de la porte.

Le maître d'hôtel prit un air courroucé, puis il haussa les épaules et s'effaça, le nez en l'air. Bill entra.

— Alors, Bill, fit le détective. Vous voici donc. Je savais que vous viendriez.

— Excusez-moi, Ellery, je m'expliquerai plus tard. Pour l'instant, je voudrais parler à Miss Gimball... en particulier.

Andrea se dressa, une main sur sa gorge.

— Vous n'auriez pas dû venir.

— Andrea... commença Mrs Gimball.

D'une voix sèche, Jones lança :

— Andrea, vous vous êtes suffisamment jouée de moi. J'exige une explication immédiate, sinon tout est fini entre nous ! Qui est cet individu ? Où est votre bague ? Que faisiez-vous dans ma voiture samedi soir ? Si vous êtes mêlée à cet assassinat...

Un instant, les yeux de la jeune fille étincelèrent tandis qu'une légère coloration envahissait ses joues.

— Votre voiture ? répéta Bill d'une voix blanche.

— J'admire votre candeur, Bill, murmura Ellery. Dès hier soir, j'aurais pu vous dire qu'Andrea Gimball ne possédait pas de cabriolet Cadillac. Tout à fait élémentaire ; une simple enquête au bon endroit... Voulez-vous que nous fermions la porte et nous asseyions pour discuter raisonnablement ?

Finch murmura quelques mots au domestique, qui se retira d'un air profondément affligé.

Lorsque chacun eut pris place, le jeune détective se tourna vers son ami pour lui demander :

— Qu'avez-vous l'intention de dire à Miss Gimball, Bill ?

L'avocat hocha la tête.

— Ceci ne concerne qu'elle. Je n'ai rien à dire.

Andrea lui lança un regard tout à la fois timide et contrit.

— J'ai l'impression, observa Ellery après quelques instants d'un silence pesant, que c'est à moi que revient le soin de faire les frais de la conversation. J'aurais préféré écouter. Miss Gimball et vous, Bill, vous êtes conduits comme des enfants.

Bill rougit.

— Vous dirai-je ce qui s'est passé ? Samedi soir, tandis que j'examinais le tapis de la cabane, votre œil a été attiré par un objet brillant. Vous avez posé le pied dessus et, lorsque vous avez cru que personne ne vous regardait, vous avez feint de renouer votre lacet pour le ramasser. Je vous observais et j'ai vu cet objet : c'était un gros diamant.

Bill s'agita tandis qu'Andrea exhalait un petit soupir. Jones était blême.

— Je croyais... commença l'avocat.

— Vous croyiez qu'on ne vous voyait pas, mais n'oubliez pas, Bill, que mon métier m'oblige à tout observer et que mes principes m'interdisent de laisser mes amis entraver la marche de la vérité. Bien qu'ignorant à qui appartenait ce diamant, vous hésitiez à en parler à De Jong de peur de voir Lucy compromise en quelque façon. Puis, Miss Gimball est arrivée et vous avez vu, à son doigt, un anneau où manquait la pierre. Vous avez aussitôt compris qu'il ne s'agissait pas d'une coïncidence et qu'elle était déjà venue dans la cabane... Mais voyez-vous, Bill, j'avais fait les mêmes constatations.

L'avocat eut un petit rire sans joie.

— Je suis un imbécile. Toutes mes excuses, El.

Ses épaules se haussèrent légèrement en signe d'impuissance, Andrea sourit tandis que Jones pinçait les lèvres.

— Vous l'avez attirée dans l'ombre, continua Ellery, mais j'ai pu vous épier. Dois-je continuer ?

Andrea leva vers lui ses grands yeux calmes.

— Inutile, Mr Queen. Merci, Bill Angell. Vous avez été très chic.

L'avocat rougit à nouveau.

— Vous avez pris ma voiture dans l'après-midi de samedi, marmonna Burke Jones. Andrea, je ne veux pas être compromis dans cette histoire.

Elle lui jeta un regard chargé de mépris.

— Vous ne le serez pas, rassurez-vous. Mr Queen, samedi après-midi j'ai reçu un télégramme de... de Joe.

— Andrea ! s'écria Mrs Gimball d'une voix faible.

— Ne croyez-vous pas, Andrea, commença Finch, qu'il est maladroit de...

La jeune fille ferma les yeux.

— Je n'ai rien à cacher, Ducky. Ce n'est pas moi qui l'ai tué.

Elle marqua un temps.

— Par ce télégramme, il me priait de le rejoindre dans la cabane à 9 heures du soir. J'ai pris la voiture de Burke – nous étions sortis dans le courant de l'après-midi – et il n'avait pas à s'en servir... Je ne lui ai pas dit où j'allais.

— Pourquoi n'ajoutez-vous pas que vous aviez pris le volant puisque ma maudite fracture m'empêchait de conduire ? grommela Jones.

— De grâce, Jones, Mr Queen l'entendait bien ainsi. Je me rendis à l'endroit indiqué d'assez bonne heure. Ne trouvant personne, j'allai faire un tour du côté de Camden. A mon retour...

— A quelle heure êtes-vous arrivée la première fois ? demanda Ellery.

— Je l'ignore. A 8 heures, peut-être.

— Et la seconde fois ?

Elle hésita.

— Je ne m'en souviens pas. La nuit était tombée. Il y avait de la lumière à l'intérieur, et...

Ellery s'agita.

— Excusez-moi de vous interrompre, Miss Gimball. Lorsque vous êtes arrivée pour la seconde fois devant la cabane, vous n'avez rien remarqué d'anormal ?

— Non, rien.

Elle avait répondu avec une telle vivacité qu'il réprima la question qui lui venait aux lèvres.

— Rien du tout. Je suis entrée et j'ai vu Joe... Il était étendu sur le tapis. Je le crus mort et je ne... je ne le touchai pas. Le sang... Je suis sortie en criant. Apercevant une voiture devant la maison, j'ai pris peur et me suis enfuie dans la Cadillac. C'est tout.

Dans le silence qui suivit, Burke Jones s'éclaircit la gorge. Lorsqu'il parla, ce fut d'un ton gêné.

— Excusez-moi, ma chère. Si vous m'aviez dit... Lorsque vous m'avez demandé de ne pas révéler que vous aviez pris ma voiture...

— Vous avez été très bon, Burke, dit-elle avec froideur. Je n'oublierai jamais votre générosité.

Grosvenor Finch s'approcha de la jeune fille.

— Vous vous êtes conduite comme une enfant, Andrea, déclara-t-il en lui tapotant l'épaule. Pourquoi ne pas vous être confiée à votre mère ou à moi ? Vous n'avez fait aucun mal. Mr Angell a, lui aussi, reçu un télégramme et comme vous il s'est trouvé sans témoin dans la maison. Pourtant il n'a pas hésité...

Andrea ferma les yeux.

— Je suis très lasse. Je me demande...

— Et le diamant, Miss Gimball ? dit Ellery.

Elle ouvrit les yeux.

— Je crois me rappeler que je me suis cognée à la porte en sortant. C'est alors que la pierre a dû se dessertir. Dans mon affolement, je n'ai noté sa disparition qu'au moment où Mr Angell me l'a fait remarquer.

— Très bien.

Le jeune détective se leva.

— Merci beaucoup, Mrs Gimball. Si vous m'en croyez, vous raconterez tout cela à Pollinger.

— Oh ! non ! s'écria-t-elle, alarmée. Non ! Oh ! je vous en prie, ne lui dites rien ! L'idée d'affronter ces gens...

— Ce n'est pas nécessaire, Ellery, interrompit Bill à voix basse. Pourquoi compliquer les choses ? Cela ne fera qu'amener à Miss Gimball une déplaisante publicité.

— Angell a raison, Mr Queen, approuva vivement Finch.

Ellery eut un léger sourire.

— Je suis battu par une majorité écrasante, déclara-t-il. Bonsoir.

Il serra la main de Finch, puis celle de Jones. Bill se tenait près de la porte ; un moment, ses yeux se posèrent sur Andrea. Puis, détournant la tête, il quitta la pièce.

Les deux amis parlèrent peu au cours de leur voyage de retour à Trenton. Une seule fois, Bill murmura :

— Je regrette de ne vous avoir rien dit, El. Pourtant...

— N'en parlons plus.

Le moteur de la Pontiac ronronnait dans la nuit.

— En somme, reprit l'avocat, il est évident qu'elle a dit la vérité.

— Vraiment ?

Un moment, Bill garda le silence.

— Qu'entendez-vous par là ? demanda-t-il alors. On voit bien que cette jeune fille est sincère. Vous ne pensez pas qu'elle... Ce serait ridicule ! J'ai confiance en elle comme en ma propre sœur.

Ellery alluma une cigarette.

— Il me semble, mon ami, que votre cœur a subi une transformation étonnante au cours de ces derniers jours.

— Je ne vous comprends pas.

— Vraiment ? Voyons, voyons, Bill, vous êtes intelligent, très intelligent. Samedi soir, vous lanciez l'anathème sur les riches, et en particulier sur les jeunes filles riches. Or, Andrea Gimball appartient si manifestement à cette classe détestée que je m'étonne de la considération que vous lui avez témoignée.

— Elle est...

Bill s'interrompit.

— Elle est... différente.

Ellery soupira.

— Si c'est là l'effet qu'elle vous produit...

— Quel effet ? lança l'avocat.

— Rien, mon vieux.

Bill appuya sur l'accélérateur et les deux amis achevèrent leur voyage dans le plus grand silence.

Arrivés à Trenton, ils se rendirent au bureau du procureur du Comté où ils trouvèrent le maigre et dyspeptique Pollinger en grande conversation avec le chef de la police.

— Voilà l'homme qu'il nous faut, s'écria Pollinger. Asseyez-vous, Angell. De retour de New York, Mr Queen ?

— Oui, j'ai voulu me rendre compte de la situation et Bill se trouvait justement avec moi. Du nouveau ?

Pollinger jeta un coup d'œil à De Jong.

— Avant d'aborder cette question, déclara-t-il enfin, j'aimerais connaître votre avis, Mr Queen. Si toutefois vous en avez un.

— *Quot homines, tot sententiae,* cita Ellery. Autant d'hommes, autant d'opinions. Je crois m'en être fait une, mais...

— Pourquoi Finch voulait-il vous voir ?

Ellery haussa légèrement les épaules.

— Il désirait me charger d'enquêter sur cette affaire pour le compte de la Compagnie Nationale.

— Je m'en doutais. Nous pourrons collaborer et vous m'en voyez enchanté.

— Je n'ai pas accepté, murmura Ellery.

— Vraiment ? De toute façon, exposez-moi votre point de vue. Je ne suis pas de ces hommes de loi qui dédaignent les conseils des amateurs.

— Asseyez-vous, Bill, dit le jeune détective.

L'air médusé, l'avocat obéit tandis que De Jong lançait, amusé :

— Alors ?

Ellery sortit sa pipe et commença :

— Je suis nettement désavantagé du fait que vous possédez des informations que j'ignore totalement. Pourtant, dès que j'eus identifié Wilson à Gimball, je compris qu'une seule ligne de recherches s'offrait à nous. Je suppose, messieurs, que vous avez lu les journaux locaux ?

— Ils en font tout un plat, dit Pollinger.

— J'avoue que certain article rédigé par une de vos concitoyennes m'a vivement impressionné, reprit Ellery. Je veux parler de l'œuvre de cette jeune et charmante fille à la chevelure flamboyante qui collabore au *Trenton Times*.

— Ella Amity ne manque pas de talent, dit De Jong avec indifférence.

— Allons, De Jong, elle est mieux que cela. Elle a saisi quelque chose qui vous a échappé. Vous rappelez-vous le nom qu'elle a donné à la cabane où Gimball est mort ?

Les deux personnages officiels prirent un air vaguement étonné. Bill se rongeait les ongles.

— Elle l'a appelée « la maison à mi-route ».

— En effet, acquiesça Pollinger d'une voix impatientée.

— Cette expression ne paraît pas sensationnelle à première vue, fit Ellery. Et pourtant, cette jeune journaliste a pénétré au cœur même du mystère.

De Jong se mit à rire.

— Je ne saisis pas bien.

— Dommage. Cette phrase lui a été inspirée par le ciel. N'en percevez-vous pas la signification ?

Il exhala un nuage de fumée.

— Dites-moi : sur quel assassinat enquêtez-vous ?

— Sur quel assassinat ? répéta le procureur.

— C'est une devinette, fit De Jong en souriant. Je réponds : nous enquêtons sur l'assassinat de Mickey Mouse.

— Pas mal, De Jong, dit Ellery. Je répète : qui a été assassiné ? Si vous ne pouvez donner un nom à la victime, il nous sera difficile de trouver son assassin.

— Où voulez-vous en venir ? lança Pollinger. Joseph Kent Gimball, évidemment. Ou alors Joseph Wilson, ou Henry Smith ou n'importe qui. Nous avons l'homme, ou plutôt son cadavre, et nous savons qui il est. Qu'importe son nom ?

— Son nom importe beaucoup. Cet homme se nommait Wilson à Philadelphie et Gimball à New York. Il a été assassiné à Trenton. A mi-route, comme dirait notre célèbre Ella. Très juste, en vérité.

» Or, dans cette maison à mi-route, nous avons trouvé des vêtements « Gimball » et des vêtements « Wilson », une voiture « Gimball » et une voiture « Wilson ». Déduisons-en que dans cette cabane, cet homme était à la fois Gimball et Wilson. Et je répète ma question : sous quelle personnalité a-t-il été assassiné ? En tant que Gimball ou en tant que Wilson ? Qui la meurtrière voulait-elle tuer ? Joseph Kent Gimball de New York ou bien Joe Wilson de Philadelphie ?

— Je n'avais jamais examiné le problème sous cet angle, reconnut Bill.

Pollinger se leva et arpenta la pièce d'un pas nerveux. Soudain, il s'arrêta pour fixer sur Ellery un regard singulier.

— Sous quelle personnalité pensez-vous qu'il ait été assassiné ?

Ellery soupira.

— C'est une question à laquelle je ne puis malheureusement pas répondre. Et vous ?

— Moi non plus, déclara Pollinger en s'asseyant. Mais je ne saisis pas le rapport... Voyons.

Tandis qu'il parlait, ses doigts minces jouaient distraitement avec un coupe-papier.

— De Jong a fait une découverte capitale. Il a trouvé la voiture utilisée par la personne qui a assassiné Gimball samedi dernier, la petite voiture munie de pneus Firestone.

Ellery jeta un coup d'œil à Bill. L'avocat semblait bouleversé par les dernières paroles du procureur ; la gorge serrée et le visage subitement vieilli, il restait immobile.

— Alors, demanda-t-il avec difficulté. Alors ?

Pollinger haussa les épaules.

— Elle a été abandonnée à la suite d'un accident.

— Où cela ? interrogea Ellery.

— N'imaginez pas, messieurs, intervint De Jong, qu'il puisse y avoir erreur. C'est bien la voiture que nous recherchions.

— D'où vous vient cette certitude ?

Pollinger ouvrit le tiroir de son bureau et en sortit une liasse de photographies.

— De trois faits particulièrement concluants, que voici. Tout d'abord, les empreintes des pneus. Nous avons effectué des moulages des marques laissées dans la boue par les pneus Firestone et nous les avons comparées à celles des pneus de la voiture que nous avons trouvée - un coupé Ford noir modèle 1932. Les deux coïncident. Voilà mon premier argument.

Bill avait fermé les yeux.

— Et le second ?

— Le second ? répliqua Pollinger. Le voici.

Plongeant à nouveau la main dans le tiroir, il en sortit la statuette brisée que l'agent de De Jong avait retrouvée, le soir du crime, dans l'allée d'accès principale. Puis il posa sur son bureau un autre objet métallique qui n'était autre qu'un bouchon de radiateur.

— Examinez ces deux objets, vous découvrirez que les chevilles brisées de la statue s'adaptent exactement aux pieds qui ornent le bouchon.

— Et ce bouchon provient du coupé Ford ? demanda Ellery avec intérêt.

— Oui, fit De Jong, à moins que j'aie rêvé.

— Evidemment, continua Pollinger, ces deux objets valent presque des empreintes digitales. Voyons maintenant le troisième argument.

Sa main plongea une nouvelle fois dans le tiroir pour en ressortir enveloppée d'un voile léger.

— La voilette ? s'écria Ellery. Où diable l'avez-vous trouvée ?

— Sur le siège avant du coupé.

Pollinger se carra dans son fauteuil.

— Vous en saisissez toute l'importance, n'est-ce pas ? Les empreintes des pneus et le bouchon de radiateur indiquent que la Ford a été samedi soir sur la scène du crime. Cette voilette, retrouvée dans la voiture, nous apporte la preuve qu'elle était conduite par l'assassin, puisque, avant de mourir, la victime a déclaré à Angell que sa meurtrière portait une voilette.

Bill considérait la voilette d'un œil courroucé.

— En tant qu'avocat, dit-il d'une voix rauque, vous n'ignorez certainement pas la faiblesse de cette preuve ? Où sont vos témoins oculaires ? Avez-vous vérifié les heures ? Comment savez-vous que la voiture n'a pas été abandonnée longtemps avant le crime ? Comment...

Pollinger l'interrompit :

— Mon jeune ami, je connais très bien la loi.

Puis, se levant, il se remit à arpenter la pièce.

Soudain, on frappa à la porte : c'était Sellers, le détective attaché au service de De Jong, accompagné d'un autre agent.

— Alors ? fit De Jong. Tout a bien marché ?

— Parfaitement.

Le gros policier jeta un coup d'œil à Pollinger. Celui-ci inclina la tête et se détourna. Les mains agrippées aux accoudoirs de son fauteuil, Bill considérait les nouveaux venus d'un air féroce.

Sellers murmura quelques mots à son collègue, qui se retira pour reparaître bientôt en compagnie de Lucy Wilson.

La jeune femme était livide. De grands cernes violets entouraient ses yeux splendides et sa poitrine se soulevait convulsivement. Elle semblait si abattue, si malheureuse que, pendant un moment, le silence régna dans la pièce.

Puis elle s'écria d'une voix faible :

— Bill, Bill chéri !

Elle s'élança vers lui.

Le jeune homme se leva d'un bond.

— Misérable ! jeta-t-il à l'adresse de De Jong. De quel droit avez-vous fait amener ma sœur ici à pareille heure ?

Puis, se tournant vers Lucy, il la prit aux épaules :

— Lucy ! Pourquoi t'es-tu laissé entraîner dans le New Jersey ? Ils n'avaient pas le droit de te faire traverser une frontière d'Etat sans papiers d'extradition !

Elle murmura :

— Je me sens si... Je ne sais pas. Oh ! Bill, ils... ils m'ont dit que Mr Pollinger désirait me parler. Ils m'ont dit...

— Salauds ! hurla Bill. Vous n'avez pas le droit...

Pollinger s'avança avec dignité et, plaçant une photographie dans la main de Lucy :

— Mrs Wilson, demanda-t-il, reconnaissez-vous cette automobile ?

— Ne réponds pas ! cria l'avocat.

Mais la jeune femme répliqua, avec lassitude :

— Oui, c'est ma voiture. C'est la Ford que Joe m'a offerte pour mon anniversaire. Joe m'a donné...

— Persistez-vous à affirmer que votre voiture n'a pas quitté votre garage samedi soir ?

— Oui... Non... Je ne sais pas !

— On l'a retrouvée écrasée contre un arbre sur la route de Fairmount Park à Philadelphie, déclara le procureur. A cinq minutes de votre domicile, Mrs Wilson. Avez-vous été victime d'un accident samedi soir, à votre retour de Trenton ?

Les narines de la jeune femme palpitèrent, tandis que son beau visage se couvrait de sueur.

— Non, chuchota-t-elle. Grand Dieu ! Mr Pollinger, non.

Ses yeux noirs étaient chargés de terreur.

Pollinger saisit la voilette.

— Cette voilette ne vous appartient-elle pas ?

Elle considéra le léger tissu d'un œil morne.

— Quoi ?

— Vous n'en tirerez plus rien, Pollinger, fit De Jong d'un ton rogue. Elle a du cran. Finissons-en.

Au mur, une pendule faisait entendre son tic-tac monotone.

— Messieurs, dit Ellery vivement, je vous adjure de ne pas sacrifier cette malheureuse femme à l'opinion publique. Bill, du calme !

— Je connais mon métier, rétorqua le procureur en s'emparant d'un document posé sur son bureau.

Bill hurla :

— Non ! Vous ne pouvez...

— Lucy Wilson, déclara Pollinger, j'ai ici un mandat d'arrêt qui vous accuse au nom du peuple de l'Etat de New Jersey d'assassinat commis sur la personne de Joseph Wilson, alias Joseph Kent Gimball, dans le Comté de Mercer, Etat de New Jersey, le samedi 1er juin 1935.

La jeune femme s'effondra, évanouie, dans les bras de son frère.

3

Le procès

Dans le numéro du dimanche 23 juin du *Trenton Times*, Miss Ella Amity écrivait :

C'est demain matin à 10 heures qu'une femme admirable, éblouissante de santé et de jeunesse quittera la prison du Comté pour franchir le sinistre vestibule qui mène au tribunal où sont jugés les criminels de droit commun.

Telle une esclave d'autrefois, elle se verra mettre à l'enchère pour rester acquise au plus offrant. Qui triomphera ? Paul Pollinger, le procureur général du Comté de Mercer, représentant l'Etat de New Jersey, ou William Angell, le jeune et brillant avocat de Philadelphie ?

Lucy Wilson doit être jugée par ses pairs, lesquels auront à décider si c'est elle, ou une autre femme, qui a plongé la pointe aiguë d'un coupe-papier dans le cœur de son mari.

Mais n'oublions pas que ce procès sera surtout celui de la société. De cette société qui laisse à un homme riche la faculté d'épouser sous un faux nom une jeune fille pauvre et de lui prendre les plus belles années de sa vie pour se décider finalement – alors qu'il est trop tard – à lui avouer sa faute. De cette société qui permet à ce même individu de se rendre coupable de bigamie, d'avoir une épouse à Philadelphie, une autre à New York et de partager tranquillement sa vie entre les deux.

Innocente ou coupable, Lucy Wilson est une victime plus pitoyable que l'homme qui repose au cimetière de Philadelphie sous le nom de Joseph Wilson, plus pitoyable aussi que la riche héritière qui, en 1927, crut prendre le nom de Gimball à la cathédrale Saint-Andrew. La société protégera-t-elle Lucy Wilson ? Lui offrira-t-elle un dédommagement pour les dix belles années qu'elle lui a prises ? Fera-t-elle en sorte que l'argent et la renommée, ces deux redoutables puissances, n'écrasent pas la jeune femme ?

Telles sont les questions qu'on se pose aujourd'hui à Trenton, Philadelphie et New York.

Bill Angell se leva.

— Mesdames et messieurs les membres du jury, la loi donne au défenseur tout comme à l'accusateur le droit d'exposer ses arguments à l'avance et en termes généraux. Vous venez d'entendre l'avocat général de votre Comté. Je serai plus bref.

» Mon éminent ami, Son Honneur le Juge, peut vous dire que, dans la plupart des procès criminels, la défense renonce à parler au jury parce qu'elle a généralement quelque chose à cacher et doit édifier sa cause sur les ruines semées par la plaidoirie de l'avocat général.

» Mais je n'ai rien à cacher et je puis vous parler à cœur ouvert, certain que le Comté de Mercer peut et doit faire régner la justice.

» Je vous demande d'oublier que je suis le frère de l'accusée, Lucy Angell Wilson. Je vous demande d'oublier que Lucy est jeune et jolie. Je vous demande d'oublier que Joseph Wilson lui a fait l'injure la plus sanglante qui soit. Je vous demande d'oublier que cet homme était en réalité Joseph Kent Gimball, le millionnaire, alors qu'elle n'est que Lucy Wilson, c'est-à-dire une femme pauvre et honnête. Je vous demande d'oublier qu'au cours de ses dix années de vie conjugale, Lucy Wilson n'a pas tiré le moindre profit de la fortune de Joseph Kent Gimball.

» Je ne vous demanderais pas d'oublier tout ceci si je concevais un seul doute quant à l'innocence de Lucy Wilson. Si je la croyais coupable, j'insisterais sur ces faits pour susciter votre sympathie. Mais je sais que Lucy Wilson est innocente et vous-mêmes en serez bientôt convaincus.

» Je vous rappelle seulement que l'accusation d'assassinat est la plus grave qu'un Etat civilisé puisse porter contre un individu. C'est pourquoi je vous prie de ne pas oublier, au cours de ce procès, que l'accusation doit démontrer la culpabilité de Lucy Wilson de façon absolue et sans qu'il puisse subsister le moindre doute. Son Honneur vous apprendra certainement que, dans une affaire comme celle-ci, l'accusation doit retracer tous les faits et gestes de l'accusée jusqu'à l'heure du crime, sans rien laisser au hasard. C'est la règle qui régit l'emploi des preuves et indices, et c'est la seule qui doive vous guider. Rappelez-vous également que le soin de rassembler et d'exposer les preuves revient uniquement à l'accusation.

» Mesdames et messieurs les membres du jury, Lucy Wilson vous prie de ne pas oublier ce principe. Elle demande justice. Son sort se trouve entre vos mains. Il ne saurait être mieux placé.

— Je voudrais goûter au contenu de cette bouteille, dit Ella Amity.

Ayant fortement secoué le flacon, Ellery le tendit à la jeune journaliste tandis que Bill Angell s'approchait de la fenêtre pour contempler la nuit.

— Eh bien, fit Ellery, qu'en dites-vous ?

— Ce que j'en dis ? répéta Ella en croisant ses longues jambes. Que vous ferez bien d'ouvrir l'œil, et le bon.

Bill se retourna brusquement.

— Expliquez-vous.

Elle agita impatiemment sa jambe.

— Voyons, Bill Angell, je connais cette ville mieux que vous. Prenez-vous Pollinger pour un imbécile ? Que quelqu'un me donne une cigarette !

Ellery obéit.

— Je l'approuve entièrement, Bill. Pollinger n'est pas né d'hier.

L'avocat fronça les sourcils.

— J'admets qu'il m'a paru très capable. Mais que diable, les faits sont là ! Il est impossible qu'il nous cache quelque chose d'important.

Ella se carra dans son fauteuil.

— Ecoutez-moi, jeune idiot. Paul Pollinger est un des hommes les plus avisés du Comté. Il connaît le vieux juge Menander mieux que personne et n'ignore rien de la psychologie des jurés. Je vous le répète, Bill, faites attention.

Le jeune homme rougit sous l'effet de la colère.

— Bon. Voulez-vous me dire ce que ce prestidigitateur compte faire sortir de son chapeau ? Je connais cette affaire comme ma poche. Pollinger s'est laissé entraîner par son désir d'obtenir une condamnation sensationnelle.

— Vous comptez donc sur un acquittement ? demanda Ellery.

— Certes ! Vous verrez... Quand Pollinger terminera son réquisitoire, je demanderai l'acquittement et je l'obtiendrai.

La journaliste soupira.

— Pauvre, pauvre petit ! Quelle suffisance ! Je vous adore, Bill, mais ma patience a des limites. Vous êtes en train de jouer avec la vie de votre sœur. Comment diable pouvez-vous être aussi sûr de vous ?

Bill se tourna de nouveau vers la fenêtre.

— N'étant pas avocate, vous ne pouvez comprendre mon point de vue. Comme tous les profanes, vous avez des idées erronées sur la valeur des preuves accusatrices.

— Celles-ci me semblent pourtant assez fortes.

— Au contraire, elles sont très faibles. Quels sont les arguments de Pollinger ? Quelques paroles prononcées par un mourant et rapportées par moi, des empreintes laissées sur la scène du crime par une voiture Ford. J'admettrai même qu'un expert puisse affirmer que ces traces ont été faites par le coupé de Lucy. Cela prouve tout simplement que la voiture de ma sœur a été utilisée par l'assassin.

» Dans la voiture, on a retrouvé une voilette qui ne lui appartient même pas, car elle n'en porte jamais, et je défie Pollinger de démontrer le contraire. Reste le fait que la voiture de Lucy a été utilisée par une femme voilée. Peut-être produira-t-il un témoin qui affirmera avoir vu cette personne mystérieuse non loin de la scène du crime. Mais quel que soit ce témoin, il ne pourra certainement pas identifier Lucy et cette automobiliste inconnue puisque la voilette même rend impossible toute identification.

— Votre sœur n'a pas d'alibi, fit observer Ellery.

Avec brusquerie, Bill répliqua :

— Elle n'en a pas besoin. D'ailleurs, j'espère amener le caissier du cinéma Fox à se souvenir d'elle. Si vous connaissiez la loi, vous sauriez que les charges ne peuvent entraîner une condamnation que si elles ont permis de démontrer de façon absolue que l'accusé se trouvait sur la scène du crime. Dites-moi donc comment Pollinger s'y prendra pour *prouver* que Lucy Wilson en personne se trouvait dans la cabane, le 1er juin ?

— Sa voiture... commença Ellery.

— Sottise ! N'importe qui a pu la lui voler. C'est même ce qui est arrivé.

— Mais les conclusions...

— La loi ne reconnaît aucune valeur à cette sorte de conclusions. Même si Pollinger pouvait établir qu'on a retrouvé dans la cabane un objet quelconque – mouchoir ou gant – appartenant à l'accusée, cela ne prouverait pas que cette dernière y était.

— Ne vous énervez pas, Bill, dit la jeune fille en soupirant. Votre raisonnement me paraît assez juste, mais...

Le visage de Bill s'adoucit. S'approchant de la journaliste, il lui prit la main.

— Je désirais vous exprimer ma reconnaissance depuis longtemps, Ella, mais je n'en ai pas encore eu le temps. Ne croyez pas que je sois un ingrat. Vous m'avez donné du courage et vos articles ont ému l'opinion publique. Je suis profondément heureux de vous savoir de notre côté.

— Mais c'est mon métier, répliqua-t-elle avec un tendre sourire. Je ne crois pas que Lucy ait poignardé ce pantin. Et le côté social de cette affaire m'a tentée... D'autre part, je déteste la morgue de ces gens de Park Avenue.

Ce disant, elle dégagea sa main.

— Tout comme Bill, murmura Ellery.

— Maintenant, écoutez-moi, reprit l'avocat. Ce n'est pas parce que je vous reconnais certaines qualités...

Il rougit.

Ella Amity le considéra d'un air surpris.

— Oh ! fit-elle, que se passe-t-il, Bill ? Une réédition de la lutte entre les Montaigu et les Capulet ?

— Ne soyez pas ridicule ! lança-t-il d'un ton sec. Ellery et vous avez la déplorable habitude de faire une montagne d'une taupinière ! Cette jeune fille est fiancée. Que diable, elle est d'un niveau social supérieur au mien. Je ne suis qu'un...

Ella adressa un clin d'œil à Ellery tandis que Bill, serrant les dents en un accès de rage impuissante, se détournait sans achever sa phrase.

Devant la nombreuse assistance qui se pressait dans la salle du tribunal, Paul Pollinger exposait ses arguments d'un ton glacial et avec autant d'assurance que si le procès n'eût été qu'une formalité sans importance devant entraîner une condamnation certaine. Malgré les fenêtres ouvertes et les ventilateurs, la chaleur était suffocante. Le faux-col de Pollinger ressemblait à un chiffon, et le visage de Bill ruisselait de sueur. Seule Lucy Wilson, assise au banc des prévenus entre deux gardes à l'air sévère, paraissait insensible à la chaleur. Immobile, les mains posées sur les genoux, elle ne quittait pas des yeux le juge Menander.

A la fin de cette première journée, écrivait l'envoyé du *Philadelphia Ledger, le procureur général Pollinger avait une fois de plus confirmé son habileté à exposer de façon foudroyante les éléments capitaux de son réquisitoire.*

Au cours des débats, il appela à la barre des témoins le coroner Hiram O'Dell, l'avocat de la défense William Angell, le chef de la police De Jong, Grosvenor Finch de New York, John Sellers, Arthur Pinetti, le sergent Hannigan et le lieutenant Donald Fairchild de la police new-yorkaise. S'aidant de ces différents témoignages, il put successivement attribuer un mobile à l'accusée, révéler certains faits concernant la découverte du corps et exhiber plusieurs pièces à conviction parmi lesquelles les deux fragments du bouchon de radiateur appartenant au coupé Ford de la prévenue.

Selon les observateurs avisés, Mr Pollinger marqua un point lorsque, en réponse aux objections constantes de Mr Angell, il rapporta les déclarations des experts concernant les empreintes de pneus relevées devant la cabane où Joseph Wilson trouva la mort. L'après-midi tout entier fut consacré à l'audition de différents témoins parmi lesquels : le sergent Thomas Hannigan qui fut le premier à examiner ces empreintes, le chef De Jong qui retrouva le coupé Ford appartenant à Mrs Wilson, et enfin le lieutenant Fairchild. Rappelons que ce dernier fait autorité en matière d'identification de pneus.

A la barre des témoins, le lieutenant Fairchild déjoua les pièges de Mr Angell qui tentait de jeter le doute sur l'exactitude de ses déductions et confirma entièrement les précédentes déclarations du sergent Hannigan.

L'expert de New York compara les photographies et les moulages des empreintes relevées sur l'allée aux pneus de la voiture de Mrs Wilson.

— En ce qui concerne les pneus usagés, déclara-t-il en substance, il est possible de procéder à des identifications aussi certaines que s'il s'agissait d'empreintes digitales car, après avoir été en service pendant un certain temps, les pneus laissent sur toute surface plastique une empreinte spécifique. J'ai fait rouler la voiture de l'accusée dans l'allée

semi-circulaire qui passe devant la maison du crime et j'ai constaté que, dans des conditions analogues à celles de la nuit du drame, les pneus laissaient des traces absolument identiques à celles qui apparaissaient sur les moulages.

— Et qu'en déduisez-vous, lieutenant ? demanda Mr Pollinger.

— Selon moi, il est certain que les empreintes, dont voici les photographies et les moulages, ont été faites par les pneus du coupé de Mrs Wilson.

— Rien de sensationnel jusqu'à présent, dit Bill Angell à Ellery le soir du troisième jour.

Tous deux se trouvaient dans la chambre que le jeune avocat occupait au Stacy-Trent.

Bill avait retiré son veston pour se baigner le visage dans l'eau froide.

— Ouf ! Buvez quelque chose, Ellery, il y a de l'eau de Seltz sur le dressoir, à moins que vous ne vouliez de la bière.

Le détective s'assit en gémissant.

— Non, merci. Je viens de prendre une infusion. Que s'est-il passé ?

Son ami saisit une serviette de toilette.

— Rien que d'habituel. Pollinger ne peut décemment pas espérer obtenir un verdict de condamnation avec les arguments qu'il a présentés. Et vous, qu'avez-vous fait toute la journée ?

— J'ai fureté un peu partout.

Rejetant la serviette humide, Bill enfila une chemise propre.

— Oh ! dit-il d'un ton un peu déçu, je vous suis reconnaissant d'être revenu. Cette affaire contrecarre certainement vos projets personnels.

— Vous ne me comprenez pas, repartit le détective avec un soupir. Je suis allé à New York pour opérer une petite enquête à votre place.

— Quoi ?

Ellery s'empara d'une liasse de documents sténographiés. C'était la copie officielle des dépositions faites au tribunal dans le courant de la journée.

— J'avais une idée, mais elle n'a rien donné. Puis-je prendre connaissance de ces documents ? Je voudrais savoir ce qui s'est passé en mon absence.

Bill inclina la tête d'un air sombre, puis, ayant terminé sa toilette, il s'en fut.

Il prit l'ascenseur jusqu'au septième étage et frappa à la porte de la chambre 745. Ce fut Andrea Gimball qui lui ouvrit.

Tous deux se regardèrent d'un air gêné. Drapée dans une robe austère, la jeune fille était si pâle qu'un moment Bill se demanda si elle n'était pas souffrante.

— Bill Angell, dit-elle d'une voix étouffée. Quelle... quelle surprise ! Ne voulez-vous pas entrer ?

— Entrez, Bill, entrez, lança la voix d'Ella Amity. Venez vous joindre à nous !

Fronçant les sourcils, l'avocat pénétra dans un living-room orné d'une profusion de fleurs. Ella Amity était confortablement installée dans un vaste fauteuil, un verre à portée de la main et une cigarette aux lèvres tandis que, assis sur le rebord de la fenêtre, Burke Jones considérait le nouveau venu d'un œil courroucé.

— Excusez-moi, dit Bill en s'arrêtant. Je reviendrai à un autre moment, Miss Gimball.

— Je vous en prie, Mr Angell, asseyez-vous, insista Andrea avec un pâle sourire. Je n'ai pas eu l'occasion de... Tout a été si précipité, n'est-ce pas ?

— En effet, répliqua l'avocat en s'asseyant sans trop savoir pourquoi. Que faites-vous ici, Ella ?

— La petite Ella est aux aguets. Elle veut voir comment se comporte la partie adverse. Miss Gimball est charmante, mais Mr Jones me prend pour une espionne, de sorte que l'équilibre est rétabli.

Elle éclata de rire. Jones se leva, impatienté.

— Pourquoi diable ne voulez-vous pas nous laisser tranquilles ? grommela-t-il. Il nous est déjà assez pénible d'être obligés de rester dans ce sale trou.

Andrea prit un air songeur.

— Je me demande… Burke, me permettez-vous… ?

— Vous permettre ? Vous permettre ? Faites donc ce que vous voulez !

Il se retira en claquant la porte derrière lui.

— Le méchant ! murmura Ella. Quel mauvais caractère ! Il faudra le dresser, ma chère.

Elle se leva, vida son verre et partit à son tour non sans adresser à ses deux compagnons un sourire ensorceleur.

Un moment, Bill et Andrea gardèrent le silence.

— Ne faites pas attention à Ella, Miss Gimball, dit enfin l'avocat. Elle pense bien faire. Vous connaissez ces journalistes…

— Je ne lui en veux pas. Vous désiriez… ?

Il se leva.

— Je sais que cette affaire est terrible pour nous deux, déclara-t-il en fronçant les sourcils. Nous appartenons à des camps adverses, et je ne devrais pas être ici.

— Et pourquoi ? murmura Andrea tout en portant une main à sa chevelure.

Cette fois, elle le regardait bien en face.

— Des cónsidérations personnelles. Tant pis, je serai franc. J'ai beaucoup de sympathie pour vous. C'est stupide de ma part… Excusez-moi, je voulais dire que ma sœur va défendre sa vie. Pour la sauver, je me dois d'utiliser toutes les armes qui se trouveront à ma disposition.

Elle pâlit.

— Expliquez-vous. Ce n'est pas…

S'asseyant à nouveau, l'avocat saisit une des mains de la jeune fille.

— Ecoutez-moi, Andrea. Je suis venu ici ce soir parce que je... je ne voulais pas que vous me gardiez rancune...

Il poussa un profond soupir.

— Je serai sans doute obligé de vous faire paraître à la barre des témoins.

Elle retira brusquement sa main.

— Bill ! C'est impossible !

— La situation l'exigera peut-être. De grâce, essayez de me comprendre. Ce n'est pas Bill Angell qui vous parle, c'est l'avocat de Lucy Wilson. Pollinger n'a pas dit son dernier mot et si, jusqu'à présent, ses arguments ne sont pas redoutables, je suppose que, par la suite, il fera certaines révélations susceptibles de donner une nouvelle orientation à l'affaire. Dans ce cas, je serai obligé de faire mon devoir de défenseur.

— Mais en quoi tout ceci me concerne-t-il ? murmura-t-elle tandis que ses yeux s'emplissaient de terreur.

— Dans cette affaire, comme dans tant d'autres, le rôle du défenseur est négatif. Il consiste à brouiller les pistes et à faire naître le doute dans l'esprit des jurés. Or, je suis certain que Pollinger n'ignore pas que vous vous êtes trouvée sur la scène de crime. Je ne sais s'il vous en a parlé.

Il s'interrompit puis, comme elle ne répondait pas, il poursuivit :

— Naturellement, il ne vous demandera pas de paraître à la barre des témoins. Votre déposition risquant de lui attirer des difficultés. Mais ne comprenez-vous pas que votre témoignage, puisqu'il gêne l'accusation, peut être très utile à la défense ?

Elle se leva.

— Bill... De grâce, non, je vous en prie. Je... je n'ai pas l'habitude d'implorer des faveurs. Mais je ne veux pas paraître à la barre. Je ne le puis pas, je ne le *dois* pas !

Sa voix n'était plus qu'un gémissement.

Pour la première fois, Bill sentit une vague de lucidité envahir son cerveau jusqu'alors obnubilé par la douleur. Se levant à son tour, il s'approcha de la jeune fille.

— Andrea, dit-il à voix basse, pourquoi ne *devez-vous* pas paraître à la barre ?

— Oh ! je ne puis m'expliquer. Je...

Elle se mordit la lèvre.

— Vous craignez la publicité ?

— Oh ! non, Bill ! Ce n'est pas cela. Croyez-vous que je me soucie...

— Andrea !

La voix de l'avocat se fit plus dure.

— Vous me cachez un fait important.

— Non...

— Mais si, je le vois bien, maintenant. Vous vous êtes jouée de moi.

Dans sa rage, il la saisit par les épaules.

— C'est une bonne leçon pour moi. Oui, vous vouliez rester à l'arrière-plan. Vous pensiez pouvoir me réduire au silence, alors que ma sœur risque sa vie ! Vous vous trompiez. Je ne me laisserai pas berner plus longtemps. Ma chère Miss Gimball, vous paraîtrez à la barre des témoins, et que Dieu vous vienne en aide si par malheur vous m'avez caché un fait susceptible de rendre la liberté à ma sœur !

Elle éclata en sanglots, et il la lâcha comme si le seul contact de ses épaules lui eût été insupportable.

— Vous ne comprenez pas, dit-elle d'une voix étouffée. Oh ! Bill, comment pouvez-vous parler ainsi ? Je... je ne voulais pas vous duper. Je ne puis... rendre la liberté à votre sœur. Ce que je sais...

— Vous savez donc quelque chose ? s'écria-t-il.

Les yeux de la jeune fille exprimaient une horreur si intense que l'avocat sentit sa colère s'évanouir.

— Je ne sais rien, déclara-t-elle en un murmure haletant. Je ne sais même plus ce que je dis. Je suis... je suis bouleversée. Je ne sais rien, m'entendez-vous ? Oh ! Bill, je vous en prie...

— Andrea, pourquoi ne voulez-vous pas vous confier à moi et me permettre de vous aider si vous avez des ennuis ? Etes-vous mêlée à cette affaire ? Est-ce *vous* qui l'avez tué ?

Elle tressaillit.

— Non ! Je vous répète que je ne sais rien. Rien du tout. Et si vous persistez à vouloir me faire venir à la barre, je... je m'enfuirai ! Je quitterai le pays ! Je...

Bill soupira.

— Très bien, dit-il d'un ton calme. Je sais donc à quoi m'en tenir. Dans votre intérêt, Miss Gimball, je vous préviens que, si vous commettez quelque folie, je vous pourchasserai jusqu'au jour de votre mort. N'oubliez pas que la vie de Lucy est en jeu. Restez, et je vous ménagerai autant que je le pourrai. M'avez-vous compris ?

La tête enfouie parmi les coussins d'un divan, elle continuait à sangloter. Un moment, il la regarda sans parler ; puis il tourna les talons et partit.

Lorsque Ellery eut terminé sa lecture, il ôta son pardessus, alluma une cigarette et entreprit de parcourir les documents une seconde fois. L'un d'entre eux l'intéressait tout particulièrement :

Interrogatoire d'un témoin par Mr Pollinger

D. – Vos nom et prénoms ?

R. – John Howard Collins.

D. – Vous dirigez un poste de distribution d'essence, Mr Collins ?

R. – Oui.

D. – A quel endroit ?

R. – Sur Lamberton Road, à dix kilomètres de Trenton.

D. – Je désigne un point sur cette carte, Mr Collins. Est-ce là que se trouve votre poste ?

R. – Oui, monsieur, c'est à peu près là.

D. – Vous connaissez bien la région ?

R. – Certainement. J'y suis installé depuis neuf ou dix ans.

D. – Vous savez donc où se trouvent les bâtiments de la Marine.

Pouvez-vous les situer sur cette carte ?

R. – Oui, monsieur.. *(Le témoin prend une règle et indique un point sur la carte.)* C'est ici.

D. Exactement. Revenez à la barre, s'il vous plaît. Maintenant, Mr Collins, à quelle distance des bâtiments de la Marine se trouve votre poste ?

R. – A cinq kilomètres.

D. – Vous rappelez-vous la soirée du 1er juin dernier ?

R. – Oui, monsieur.

D. – De façon précise ?

R. – Oui, monsieur.

D. – Comment se fait-il que vous vous en souveniez aussi bien ?

R. – Pour différentes raisons. D'abord, il avait plu pendant tout l'après-midi et les affaires n'avaient pas marché. Ensuite, j'avais eu une discussion avec mon employé vers 7 heures et demie. Enfin, la veille, je m'étais trouvé à court d'essence et, le matin même du 1er juin, il m'avait fallu en faire venir par camion spécial.

D. – Parfait. Maintenant je vais vous montrer la pièce à conviction n° 17 qui est la photographie d'une automobile. Avez-vous déjà vu cette voiture ?

R. – Oui, monsieur. Elle est passée devant mon poste ce soir-là à 8 h 5.

D. – Comment savez-vous que cette photographie représente cette voiture et non une autre ?

R. – C'est un coupé Ford, modèle 1932. Je ne jurerais évidemment pas qu'il s'agisse de la même voiture si je n'avais noté le numéro de la plaque.

D. – Mais pourquoi avez-vous noté ce numéro ?

R. – Parce que la femme qui conduisait la voiture m'a paru bizarre. Elle semblait effrayée et elle portait une voilette qui lui cachait entièrement le visage. On ne voit pas beaucoup de voilettes de nos jours et c'est ce qui m'a incité à noter le numéro.

D. – Dites au jury ce qui s'est passé ensuite.

R. – Je suis sorti de mon bureau et lui ai demandé : « De l'essence ? » Elle a incliné la tête. Ensuite, j'ai dit : « Combien ? » et ainsi de suite. Enfin je lui en ai servi cinq gallons.

D. – Et après ?

R. – Elle m'a donné un billet de cinq dollars et elle est partie sans attendre la monnaie, ce qui m'a également paru assez louche.

D. – Quelle direction a-t-elle prise ?

R. – Celle de la cabane où le crime a été commis et qui se trouve située près des bâtiments de la Marine.

MR ANGELL. – Je proteste contre une telle réponse. Selon les déclarations du témoin lui-même, son poste d'essence se trouve à cinq kilomètres des bâtiments de la Marine. D'autre part, la forme de la réponse est nettement tendancieuse.

MR POLLINGER. – Si la voiture s'est éloignée en direction de Trenton, Votre Honneur, elle s'est également dirigée vers la scène du crime. Il s'agit de directions et non pas de destinations.

LE JUGE. – C'est exact, Mr Pollinger, mais la réponse n'est pas impartiale. Le tribunal n'en tiendra donc pas compte.

D. – La Ford a-t-elle pris la route de Camden ?

R. – Non, monsieur, elle venait de Camden et se dirigeait vers Trenton.

D. – Mr Collins, voici la pièce à conviction n° 43. La reconnaissez-vous ?

R. – Oui, monsieur, c'est la voilette qu'on a retrouvée dans la voiture qui...

Mr Angell. – Je proteste.

Mr Pollinger. – Ne vous étendez pas, Mr Collins. Je vous demande seulement des réponses en accord avec vos observations personnelles. C'est donc une voilette de femme. La reconnaissez-vous ?

R. – Oui, monsieur.

D. – Où l'avez-vous vue pour la dernière fois ?

R. – Sur le visage de la femme qui a arrêté sa voiture devant mon poste.

D. – L'accusée veut-elle se lever ? Maintenant, Mr Collins, regardez bien l'accusée. L'avez-vous déjà vue ?

R. – Oui, monsieur.

D. – Où, quand et dans quelles circonstances ?

R. – C'est elle qui conduisait la Ford ce soir-là.

Mr Pollinger. – A vous, Mr Angell.

Contre-interrogatoire du témoin par Mr Angell

D. – Mr Collins, depuis neuf ans que vous tenez votre poste d'essence sur Lamberton Road, vous avez toujours été très occupé, n'est-ce pas ?

Mr Pollinger. – Je fais opposition, Votre Honneur.

D. – Très bien. Vos affaires sont-elles bonnes, Mr Collins ?

R. – Oui.

D. – Chaque année des milliers de voitures s'arrêtent devant votre poste soit pour prendre de l'essence, soit pour des raisons d'ordre mécanique ?

R. – Certainement.

D. – Pouvez-vous nous dire approximativement combien de voitures se sont arrêtées devant votre poste au cours du mois dernier ?

R. – C'est difficile.

D. – Mais vous pouvez certainement nous citer un chiffre ? Cent ? Mille ? Cinq mille ?

R. – Non, je ne sais pas. Un grand nombre.

D. – Vous ne pouvez pas être plus précis ? Cent par mois feraient combien par jour ?

R. – Environ trois. Il en passe plus que cela.

D. – Plus de trois par jour. Mettons trente ?

R. – Je ne sais pas exactement, mais c'est possible.

D. – Trente voitures par jour. Disons donc environ mille voitures par mois ?

R. – Certainement.

D. – Depuis la soirée du 1er juin, vous avez donc vu défiler mille voitures devant votre poste.

R. – Oui.

D. – Et pourtant après un mois, alors que, depuis, vous avez parlé à mille automobilistes et rempli mille réservoirs, vous vous rappelez assez nettement une voiture en particulier pour pouvoir en décrire la conductrice ?

R. – Je vous ai déjà dit qu'il avait plu ce jour-là.

D. – Depuis le 1er juin, il a plu pendant cinq jours, Mr Collins. Vous rappelez-vous ces cinq journées de façon aussi précise ?

R. – Non, mais je me suis également disputé avec mon employé...

D. – Le fait de vous être querellé avec lui a donc suffi à vous laisser le souvenir d'une automobiliste entre mille ?

R. – Et le camion que j'ai demandé...

D. – Est-ce la seule fois où vous vous soyez trouvé à court d'essence ?

R. – Non.

D. – Bien, Mr Collins, vous déclarez avoir noté le numéro du coupé Ford que vous venez d'identifier. Puis-je voir ce papier ?

R. – Je ne l'ai pas sur moi.

D. – Où est-il ?

R. – Dans mon autre complet.

D. – Et où se trouve votre autre complet ?

R. – A la maison.

Mr Pollinger. – Le témoin apportera cette note dès qu'il le pourra.

Mr Angell. – Puis-je demander à Monsieur le Procureur général d'être assez aimable pour laisser à la défense le soin de conduire ce contre-interrogatoire ?

R. – J'apporterai cette note demain.

D. – Sera-ce la même, Mr Collins ?

R. – Certainement.

D. – Ou bien une copie ?

Mr Pollinger. – Votre Honneur, je proteste vivement contre les insinuations de mon confrère. Ce n'est que par suite d'une négligence malheureuse que ce papier n'a pas été présenté dès aujourd'hui.

Le Juge *(à Mr Angell)*. – Je crois que vous pouvez laisser cette question de côté pour la reprendre dès que la pièce à conviction aura été présentée au tribunal.

D. – Mr Collins, pendant combien de minutes cette femme voilée a-t-elle arrêté sa voiture devant votre station ?

R. – Pendant environ cinq minutes.

D. – Parfait. Vous avez déclaré avoir versé vingt-cinq litres d'essence dans le réservoir de son coupé. Combien de temps cette opération a-t-elle duré ?

R. – Combien de temps ? Mettons quatre minutes. J'ai eu quelque peine à dévisser, puis à revisser le bouchon du réservoir.

D. – Ainsi, pendant quatre minutes, vous vous êtes occupé du réservoir de la voiture ? Où se trouvait donc ce réservoir ?

R. – A l'arrière, évidemment.

D. – A l'arrière. Et cette femme voilée est-elle descendue de la voiture au cours de ces cinq minutes ?

R. – Non. Elle est restée assise au volant.

D. – Par conséquent, vous n'avez pu la voir pendant ces quatre minutes ?

R. – Non.

D. – Dans ce cas, nous pouvons dire que vous ne l'avez vue que pendant une minute.

R. – Oui.

D. – Très bien. Maintenant, avez-vous vu l'ensemble de la silhouette de cette automobiliste ?

R. – Non. Elle était assise au volant, et elle n'a pas ouvert la portière. Je n'ai aperçu que son buste.

D. – Comment était-elle vêtue ?

R. – Elle portait un grand chapeau et un manteau.

D. – Quelle sorte de manteau ?

R. – Un manteau ample.

D. – De quelle couleur ?

R. – Foncé.

D. – Foncé ? Bleu ? Noir ? Brun ?

R. – Je ne puis préciser.

D. – Mr Collins, il faisait encore jour lorsque cette femme s'est arrêtée devant votre poste ?

R. – Oui, monsieur.

D. – Et pourtant, vous ne pouvez préciser la couleur de son manteau.

R. – Non. Il était foncé, c'est tout ce que je sais.

D. – Voulez-vous dire que vous ne vous en rappelez plus la couleur ?

R. – Je me rappelle seulement qu'il était sombre.

D. – Pourtant, vous avez bien vu son manteau, n'est-ce pas ?

R. – Je viens de vous le dire.

D. – Ainsi, dans la soirée du 1er juin, vous connaissiez la couleur de ce manteau, mais aujourd'hui vous l'avez oubliée.

R. – Ce n'est pas tout à fait cela. Je n'ai pas spécialement remarqué la couleur du manteau.

D. – Mais vous en avez noté l'aspect général ?

R. – Certainement.

D. – Et vous êtes prêt à affirmer que la prévenue est bien la femme que vous avez vue dans le coupé Ford il y a un mois ?

R. – Oui.

D. – Mais vous ne vous rappelez plus la couleur de son manteau ?

R. – Non.

D. – Quelle était la couleur de son chapeau ?

R. – Je ne sais pas.

D. – Portait-elle des gants ?

R. – Je ne m'en souviens plus.

D. – Et vous n'avez aperçu que son buste ?

R. – Oui.

D. – Et vous ne l'avez vue que pendant une minute ?

R. – A peu près.

D. – Et elle portait une voilette qui lui cachait entièrement le visage ?

R. – Oui.

D. – Cependant vous persistez à affirmer que la prévenue est bien la femme que vous avez vue dans la voiture Ford ?

R. – Elle est de la même taille.

D. – Ah ! elle est de la même taille ? Vous voulez dire la même taille à partir du buste ?

R. – Je le suppose.

D. – Vous le supposez. Mais votre témoignage repose-t-il sur des suppositions ou sur des affirmations ?

Mr Pollinger. – Votre Honneur, je me permets de protester contre la façon dont mon confrère harcèle le témoin. Ce contre-interrogatoire futile...

Le Juge. – La défense a le droit, monsieur le Procureur général, de mettre à l'épreuve la mémoire du témoin. Continuez, Mr Angell.

D. – Mr Collins, vous avez dit que ce coupé Ford s'est arrêté devant votre poste à 8 h 5 du soir. Est-ce de votre part une supposition ou une affirmation ?

R. – C'est une affirmation. Il était exactement 8 h 5 à la pendule de mon bureau.

D. – Vous avez donc consulté votre pendule lorsque la voiture est apparue ? Est-ce là votre habitude ?

R. – J'étais précisément en train de regarder l'heure lorsqu'elle est arrivée.

D. – Vous avez donc quitté votre bureau pour sortir demander à cette femme quelle quantité d'essence elle désirait ?

R. – Oui, monsieur, et elle m'a montré cinq doigts. J'ai donc rempli le réservoir.

D. – Elle a levé la main, et vous ne vous rappelez pas si elle portait des gants ?

R. – Non.

D. – Bon. Vous dites avoir rempli le réservoir ? Avec cinq gallons d'essence[1] ?

R. – Exactement.

D. – Voyons, Mr Collins, vous connaissez la capacité des réservoirs Ford ?

R. – Certainement. Elle est d'environ onze gallons.

D. – Vous faites donc erreur en disant que vous avez rempli le réservoir avec cinq gallons.

R. – Non, monsieur, je l'ai bel et bien rempli.

D. – Oh ! vous voulez dire qu'il n'était pas vide ?

R. – Précisément. Il contenait encore environ cinq gallons.

D. – Parfait. En d'autres termes, lorsque cette femme vous a signifié par un geste qu'elle désirait cinq gallons d'essence, son réservoir était encore à moitié plein ?

R. – Oui, monsieur.

D. – N'avez-vous pas trouvé bizarre qu'un automobiliste fasse verser de l'essence dans un réservoir à moitié plein ?

---

1. Gallon = 4,456 l. (N.d.T.)

R. – Je ne sais pas. Certains conducteurs craignent toujours de se trouver brusquement à court d'essence. Mais cela m'avait paru étrange.

D. – Et pourquoi ?

MR POLLINGER. – Je proteste. Les réflexions du témoin n'ont rien à voir ici.

D. – Mr Collins, vous avez déclaré que la femme vous avait montré cinq doigts pour vous indiquer la quantité d'essence qu'elle désirait. N'a-t-elle donc pas parlé ?

R. – Non.

D. – Vous voulez dire que, pendant les cinq minutes que vous avez passées auprès de sa voiture, elle n'a pas prononcé une parole ?

R. – Exactement.

D. – Ainsi vous n'avez pas entendu le son de sa voix ?

R. – Non.

D. – Si la prévenue se levait pour prononcer quelques mots, vous ne pourriez donc pas la reconnaître par sa voix ?

R. – Certainement pas.

D. – Vous ne reconnaissez donc la prévenue qu'à une certaine ressemblance physique et non pas à sa voix – que vous n'avez pas entendue – ni à son visage – que vous n'avez pas vu ?

R. – Oui. Mais une grande femme...

D. – Voyons maintenant la voilette que vous avez identifiée. Vous affirmez qu'il s'agit de celle que portait la mystérieuse automobiliste ?

R. – Oui.

D. – Croyez-vous qu'il puisse s'agir d'une autre voilette identique à la première ?

R. – Sûrement. Mais c'est la première fois depuis vingt ans que je vois une femme avec une voilette pareille.. D'autre part, j'ai tout particulièrement remarqué le... la... je ne sais comment m'exprimer...

MR POLLINGER. – La trame ?

Mr Angell. – Monsieur le Procureur général veut-il être assez aimable pour ne pas souffler ses réponses au témoin.

R. – C'est cela. La trame. J'ai tout particulièrement remarqué la trame qui m'a paru très serrée, très dense.

D. – Vous reconnaissez la voilette, vous vous en rappelez la trame, mais vous ne vous souvenez pas de la couleur du manteau et vous ignorez si la femme portait des gants ?

R. – Je vous l'ai déjà dit cent fois.

D. – Vous avez déclaré que la voiture Ford venait de Camden ?

R. – Oui.

D. – Mais vous étiez dans votre bureau lorsqu'elle a stoppé devant votre poste ?

R. – Oui, mais…

D. – Vous ne l'avez pas vue arriver ?

R. – Elle était déjà arrêtée lorsque je suis sorti mais, comme elle était tournée vers Trenton, j'ai supposé qu'elle venait de Camden.

D. – Elle aurait fort bien pu venir de Trenton et se ranger devant votre station de façon à vous donner l'impression qu'elle venait de Camden.

R. – Evidemment, mais…

D. – Vous êtes certain que c'est bien le 1er juin et non pas un autre jour que cette voiture vous est apparue ?

R. – Tout à fait certain.

D. – Vous avez oublié la couleur du manteau de la voyageuse, mais vous vous rappelez la date exacte de son passage ?

R. – Je vous ai déjà dit…

Mr Angell. – C'est…

Mr Pollinger. – Puis-je suggérer à l'avocat de la défense qu'il permette au témoin d'achever sa phrase ? Voilà cinq minutes qu'il essaie en vain de s'expliquer.

MR ANGELL. – Pensez-vous qu'il y parvienne jamais, Mr Pollinger ? D'ailleurs, vous ne m'avez pas permis de finir. J'allais dire : c'est tout.

Nouvel interrogatoire du témoin par Mr Pollinger

D. – Mr Collins, à part la question de l'identification de la voyageuse, vous êtes certain qu'elle conduisait bien la voiture dont nous vous avons montré la photographie ?

R. – Certain, monsieur.

D. – Vous êtes également certain qu'elle s'est présentée à vous le samedi 1er juin à 8 h 5 du soir ?

R. – Oui.

D. – Etait-elle seule dans la voiture ?

R. – Oui, monsieur.

D. – Et elle s'est bien éloignée en direction de Trenton ?

R. – Oui, monsieur.

D. – Et vous l'avez regardée partir ?

R. – Oui, je ne suis rentré qu'au moment où elle a disparu dans le lointain.

MR POLLINGER. – C'est tout, Mr Collins.

Nouveau contre-interrogatoire du témoin par Mr Angell

D. – Vous dites que cette femme était seule dans la voiture, Collins ?

R. – C'est la vérité.

D. – C'était un coupé, n'est-ce pas, avec un spider à l'arrière ?

R. – En effet.

D. – Le spider était-il ouvert ?

R. – Non.

D. – Il est donc possible que quelqu'un ait été caché à l'intérieur sans que vous vous en doutiez ?

R. – Eh bien…

MR POLLINGER. – Je proteste contre cette question, Votre Honneur. La défense essaie…

MR ANGELL. – Voyons, voyons, Mr Pollinger, ne discutons pas. Je suis satisfait. C'est tout, Collins.

— Le moment est venu, murmura Bill à l'oreille d'Ellery, le lendemain matin.

Pollinger constituait pour tous une sorte d'énigme. Petit, mince, aussi vif qu'un moineau, il était extraordinairement calme et ressemblait à un joueur professionnel plus qu'à un procureur général.

Derrière lui, Jessica Borden Gimball était assise au banc des témoins, les mains jointes sur ses genoux. Elle était en grand deuil et, avec son visage blême dépourvu de maquillage, elle donnait l'illusion d'une femme du peuple prématurément vieillie par une existence difficile et médiocre. Andrea se tenait auprès d'elle, pâle comme la mort.

Bill considérait la mère et la fille d'un regard hostile en caressant doucement la main de sa sœur. Mais Lucy semblait hypnotisée par le visage de sa rivale et ne bougeait pas.

— Philippe Lesnier, appela l'huissier.

Dans la salle, il y eut un murmure vite réprimé. Tous les visages étaient tendus ; le juge Menander lui-même semblait plus grave qu'à l'ordinaire. Un grand et mince personnage aux yeux brillants s'avançait lentement vers la barre pour prêter serment. Bill se pencha en avant, aussi pâle qu'Andrea.

Derrière lui, au banc des témoins, Ellery s'agita légèrement. Ses yeux ne quittaient pas Pollinger.

Le procureur général semblait plus calme que jamais.

— Mr Lesnier, vous êtes citoyen français ?

— Oui.

L'homme parlait avec un léger accent nasal. Mais sa voix était ferme et cultivée.

— Quelles sont vos fonctions officielles dans votre pays ?

— J'appartiens à la Police Judiciaire. Je dirige ce qui, dans votre pays, correspond au bureau des identifications criminelles.

Bill se raidit brusquement en reconnaissant le témoin. Lesnier était un des personnages les plus célèbres des annales de la criminologie moderne.

— Vous êtes donc expert en matière d'identification criminelle ?

Le Français eut un léger sourire.

— Je serais honoré d'exposer mes références dans ce tribunal, monsieur.

— Veuillez donc le faire.

Ellery vit que Bill se mordait nerveusement les lèvres ; l'apparition inattendue de ce témoin distingué l'avait visiblement déconcerté.

— Pendant vingt-cinq ans, déclara Lesnier, j'ai étudié la science de l'identification criminelle. J'ai été l'élève d'Alphonse Bertillon et j'ai eu l'honneur d'être le collaborateur et l'ami de votre concitoyen l'inspecteur Faurot. Les affaires dans lesquelles je suis intervenu…

Bill s'était levé.

— La défense ne conteste pas la compétence de l'expert.

La lèvre supérieure de Pollinger se retroussa légèrement. Ce fut la seule façon dont il montra sa satisfaction.

Se dirigeant alors vers la table où se trouvaient les pièces à conviction, il saisit le coupe-papier découvert sur la scène du crime et le brandit par la pointe sans se soucier du sang humain qui la maculait encore.

— A propos, Mr Lesnier, murmura-t-il, voulez-vous être assez aimable pour expliquer à la cour comment vous avez été appelé à témoigner dans cette affaire ?

— Depuis le 20 mai, répondit le Français, j'ai fait différents stages dans vos services de police. Or, le 2 juin, alors que je me trouvais à Philadelphie, je reçus la visite du chef De Jong qui me demanda mon avis sur certains aspects de cette affaire. Je fus chargé d'examiner plusieurs objets et je suis ici pour vous faire connaître le résultat de mon examen.

— Avez-vous reçu des honoraires, monsieur ?

— On m'en a offert.

L'expert haussa les épaules.

— Je les ai refusés.

— Vous ne connaissiez personne ici, ni la prévenue, ni l'avocat de la défense, ni le procureur général ?

— En effet.

— Vous n'êtes donc venu ici que pour servir les intérêts de la vérité et de la justice ?

— Exactement.

Pollinger s'arrêta. Soudain il brandit le coupe-papier devant l'expert.

— Mr Lesnier, voici la pièce à conviction n° 5. Est-ce bien l'objet que vous avez examiné ?

— Oui.

— Puis-je connaître la nature exacte de votre examen ?

Lesnier sourit, révélant ainsi une denture éclatante.

— J'ai recherché les empreintes digitales.

— Et qu'avez-vous découvert ?

L'homme avait le sens des situations dramatiques. Un instant, il resta sans répondre tandis que son regard brillant parcourait lentement le tribunal.

— J'ai découvert, déclara-t-il enfin d'une voix claire, les empreintes digitales de deux personnes que nous désignerons momentanément par A et B. Celles de A étaient plus nombreuses que les autres. Voici d'ailleurs les chiffres exacts.

Il consulta un calepin.

— De A sur la lame : une empreinte du pouce, deux de l'index, deux du médius, deux de l'annulaire, une de l'auriculaire. De A sur le manche : une empreinte du pouce, une de l'index, une du médius. De B sur la lame : une du pouce, une de l'index, une du médius. De B sur le manche : une de l'index, une de l'annulaire, une de l'auriculaire.

— Occupons-nous de B, Mr Lesnier, dit Pollinger. Quelle était la position des empreintes de B sur le manche du coupe-papier ? Etaient-elles éparpillées ?

— Voulez-vous lever le couteau, s'il vous plaît ?

Pollinger obéit.

— Sur le manche, les empreintes de B apparaissaient situées de haut en bas dans l'ordre suivant : index, médius, annulaire et auriculaire. Elles étaient toutes rassemblées.

— Comment interprétez-vous ce fait ?

— Il est évident que B a saisi le manche de cette arme ainsi que le ferait quiconque voudrait en frapper un coup. Le pouce n'a pas laissé d'empreinte puisque normalement il se trouvait *sur* les autres doigts.

— Ces empreintes étaient-elles nettes ? N'ont-elles pu donner lieu à une erreur d'interprétation ?

Le Français fronça les sourcils.

— Celles dont j'ai parlé étaient nettes. Néanmoins, j'ai trouvé plusieurs taches impossibles à identifier.

— Pas sur le manche ? demanda l'avocat général.

— Principalement sur le manche.

— Cependant, il ne peut y avoir de doute au sujet des empreintes de B ?

— Aucun.

— Vous n'avez pas trouvé d'autres empreintes chevauchant celles de B ?

— Non.

Pollinger se dirigea vers la table et, s'emparant de deux enveloppes :

— Voici maintenant la pièce à conviction n° 10, déclara-t-il. Ce sont les empreintes digitales de Joseph

Kent Gimball également connu sous le nom de Joseph Wilson. Les avez-vous comparées à celles de l'arme ?

— Oui.

— Voulez-vous exposer au jury le résultat de votre examen ?

— Les empreintes de A sont analogues à celles de la pièce à conviction n° 10.

— En d'autres termes, les empreintes de A sont celles de Joseph Kent Gimball ?

— Exactement.

— Voulez-vous nous donner des détails ?

— Voici ce que j'ai à dire : sur la lame et sur le manche du coupe-papier, nous trouvons les empreintes des deux mains de Gimball.

Après un silence, Pollinger déclara :

— Voici maintenant, Mr Lesnier, la pièce à conviction n° 11. Voulez-vous suivre la même méthode pour celle-ci ?

L'expert répondit d'une voix égale :

— Les empreintes de B sont identiques à celles qui apparaissent sur la pièce à conviction n° 11.

— Le détail ?

— Les empreintes relevées sur la lame ont été faites par la main gauche de B. Celles du manche proviennent de sa main droite.

— Puis-je vous demander de lire la légende qui accompagne la pièce à conviction n° 11 ?

Lesnier saisit le feuillet que lui tendait Pollinger. Il lut :

— Pièce à conviction n° 11. Empreintes digitales de Lucy Wilson.

Pollinger reprit sa place en marmonnant entre ses dents :

— A votre tour, Mr Angell.

Bill Angell se leva, pâle comme un mort. Avant de quitter la table, il se tourna pour sourire à sa sœur qui semblait pétrifiée. Ce sourire était si forcé qu'Ellery détourna les yeux.

Puis l'avocat s'avança vers la barre des témoins et dit :

— Mr Lesnier, votre autorité en matière d'identification d'empreintes digitales ne fait aucun doute en notre esprit. Nous apprécions le désintéressement avec lequel vous avez mis votre science au service de la vérité.

» Vous avez déclaré que les empreintes digitales de Lucy Wilson apparaissaient sur le coupe-papier qui a servi à tuer Joseph Wilson. Vous avez également affirmé, n'est-ce pas, que cette arme portait des empreintes brouillées et impossibles à identifier ?

— Ce n'est pas exactement ce que j'ai dit, monsieur, reprit poliment Lesnier. J'ai dit qu'il y avait des taches.

— Celles-ci n'ont-elles pu être faites par des doigts ?

— Pas par des doigts nus.

— Et par des doigts gantés ?

— C'est possible.

Pollinger paraissait contrarié ; les joues de Bill reprirent quelque couleur.

— Vous avez également déclaré, Mr Lesnier, que la plupart de ces taches se trouvaient sur le manche du coupe-papier ?

— Oui.

— Est-ce par le manche qu'on brandit habituellement une arme ?

— Oui.

— Et vous avez découvert des taches de cette nature par-dessus les empreintes laissées sur le manche par Lucy Wilson ?

— Oui.

L'expert s'agita.

— Mais je me refuse à préciser la nature de ces taches qui sont, je le répète, impossibles à identifier.

— Ces taches ressemblaient-elles à des empreintes digitales ?

— Non. C'étaient des taches brouillées et irrégulières.

— Telles qu'en eût laissées une main gantée ?

— Je répète que c'est possible.

— Et ces taches *recouvraient* les empreintes de Lucy Wilson ?

— Oui.

— Indiquant ainsi que quelqu'un avait touché le manche après elle ?

Le Français sourit.

— Je ne puis vous répondre, monsieur. Ces taches ne sont pas nécessairement le résultat d'une intervention humaine. Si le coupe-papier avait été enveloppé dans un morceau de papier de soie pour être mis dans une boîte et si, d'autre part, cette boîte avait été secouée, ces taches auraient pu résulter du frottement consécutif aux secousses.

— Vous avez également déclaré, Mr Lesnier, que les empreintes de Lucy Wilson étaient groupées d'une façon semblant indiquer qu'elle avait saisi le coupe-papier pour en assener un coup. N'estimez-vous pas que cette conclusion peut paraître hâtive ?

Lesnier fronça les sourcils.

— Je vous demande pardon ?

— Ne peut-on saisir un coupe-papier à seule fin de l'examiner et y laisser des empreintes semblables à celles que vous avez découvertes ?

— Mais si. J'ai seulement voulu illustrer la nature du groupement des empreintes.

— Ainsi vous ne pouvez établir de façon certaine que Lucy Wilson a utilisé ce coupe-papier dans un but homicide ?

— Je ne le peux pas. Ce qui m'intéresse, ce sont les faits, les faits certains. Quant à l'interprétation...

Il haussa les épaules.

Comme l'avocat s'éloignait, Pollinger se dressa d'un bond.

— Mr Lesnier, vous avez découvert les empreintes de Lucy Wilson sur ce coupe-papier ?

— Oui.

— Vous vous trouviez dans cette salle lorsqu'il y fut déclaré que ce coupe-papier avait été acheté la veille du crime par la victime, qu'on l'a retrouvé non pas dans sa demeure de Philadelphie, mais dans la cabane où l'assassinat fut commis et qu'il était accompagné d'une carte rédigée non par Lucy Wilson mais par la victime elle-même avec...

— Je proteste ! rugit Bill. Il n'est pas légal...

— C'est tout, fit Pollinger d'une voix calme. Merci, Mr Lesnier, Votre Honneur... – Il poussa un profond soupir. – Le ministère public maintient son accusation.

Bill demanda le non-lieu.

Mais le témoignage de l'expert français ayant donné à l'affaire une orientation nouvelle, le juge Menander refusa le non-lieu.

— Votre Honneur, dit alors le jeune avocat d'une voix haletante, la défense réclame la suspension de l'audience. N'ayant pas prévu la déposition du dernier témoin, nous n'avons pas eu le temps d'examiner la question.

— Accordé.

Le juge se leva.

— L'audience est ajournée jusqu'à demain matin, à 10 heures.

Lorsque Lucy eut été emmenée par ses gardiens et que le jury se fut retiré, Bill se tourna vers Ellery : puis il jeta un coup d'œil à la ronde. Andrea Gimball le regardait avec angoisse.

Il détourna la tête.

— C'est un désastre. Lucy n'a pas dit...

Ellery lui prit doucement le bras.

— Allons, Bill. Nous avons du travail à faire.

La jeune femme rousse trouva Ellery assis sur un banc derrière la vieille prison du Comté. Il fumait une cigarette d'un air songeur tandis que, devant lui, Bill Angell arpentait le sol en une vaine dépense d'énergie. La nuit était étouffante.

— Vous voici donc, dit-elle gaiement tout en s'asseyant auprès du détective. Bill Angell, vous allez user vos chaussures. Et j'aime autant vous dire que tous les journalistes de la terre sont à vos trousses. Veille de plaidoirie... J'ai l'impression, ajouta-t-elle soudain, que je ferais mieux de me taire.

L'avocat avait les traits tirés par la fatigue et ses yeux n'étaient plus que deux flammes sans éclat dansant dans des orbites cerclées de rouge. Toute la journée, il avait vu des experts, interrogé des témoins et donné d'innombrables coups de téléphone.

— A quoi bon vous agiter ainsi, Bill ? reprit Ella. Vous vous réveillerez à l'hôpital, et que deviendra la pauvre Lucy ?

Voyant que l'avocat ne l'écoutait pas, elle croisa ses longues jambes en soupirant. De la rivière qui coulait, placide, non loin de là, un cri de femme leur parvint, suivi d'un rire gras.

Brusquement, Bill leva les mains vers le ciel étoilé.

— Si seulement elle m'avait prévenu !

— Que vous a-t-elle dit ? murmura Ellery.

— L'explication qu'elle donne est si simple que personne ne la croira. La veille de sa mort, Joe a rapporté à la maison cette maudite garniture de bureau. Naturellement, elle a demandé à la voir. Et c'est ainsi que ses empreintes digitales se sont trouvées sur le coupe-papier. C'est magnifique, n'est-ce pas ?

Il eut un rire bref.

— Et le seul témoin susceptible de confirmer ses dires est mort !

— Voyons, Bill, dit Ella d'un ton léger, cette histoire est très plausible. Il est normal qu'un cadeau soit manipulé par les deux personnes qui l'offrent. Cette garniture de bureau venait de Joe et de Lucy. Pourquoi n'y aurait-on pas trouvé leurs empreintes ?

— Vous avez entendu la déposition de l'employé de la maison Wanamaker. L'objet a été acheté par Joe seul, et on l'a soigneusement essuyé avant de l'empaqueter. D'autre part, c'est Joe lui même qui a rédigé la carte au magasin. Jusqu'ici, il n'est pas question de Lucy, hein ? Ensuite ? Joe est rentré chez lui. Mais puis-je le prouver ? Non. Il m'a bien dit qu'il comptait quitter Philadelphie, le lendemain matin, d'où j'ai déduit qu'il avait l'intention de passer la nuit avec Lucy ; mais une déduction n'est pas une preuve. Personne ne l'a vu rentrer chez lui vendredi soir, personne ne l'a vu partir samedi matin. Personne, sauf Lucy, et vous ne pouvez espérer qu'un jury plein de préventions prête foi aux déclarations d'une accusée.

— Mais le jury n'a pas de préventions, Bill, dit vivement Ella.

— Pieux mensonge. Avez-vous observé le juré n° 4 ? Cette femme m'avait tout d'abord laissé une impression favorable – cinquante ans, grassouillette, appartenant à la classe moyenne, etc. Maintenant, ce n'est plus qu'une furie ! Lucy est bien trop jolie et toutes les femmes en sont jalouses. Quant aux autres... le juré n° 7 a des crampes d'estomac et il en garde rancune au monde entier.

Après un moment de silence, l'avocat reprit :

— La lutte sera chaude.

— Ferez-vous comparaître Lucy à la barre ? demanda Ellery.

— C'est même mon seul espoir. Puisque je ne trouve pas de témoin susceptible de confirmer son alibi, il faut bien qu'elle fasse elle-même sa déposition. Peut-être s'attirera-t-elle des sympathies.

Il se laissa tomber sur le banc.

— Sinon, que Dieu nous vienne en aide !

— Mais Bill, objecta Ella, ne vous montrez-vous pas trop pessimiste ? J'ai interrogé quelques augures et ils pensent tous que Pollinger n'a que des arguments assez faibles. Après tout, il ne possède que des indices.

Bill répondit sans impatience :

— Pollinger est intelligent. Et n'oubliez pas qu'il prononce son réquisitoire après ma plaidoirie. Ensuite, il y a l'opinion publique...

— L'opinion publique ? répéta la jeune femme.

— Vous êtes bonne, Ella, mais vous n'avez pas le sens juridique et vous ne vous doutez pas du mal que nous a fait cette question d'assurance.

Ellery s'agita.

— Cette quoi ?

— Avant même l'ouverture des débats, on savait que la Nationale différait le paiement de l'assurance à Lucy sous prétexte que celle-ci avait peut-être assassiné son mari. Le vieux Hathaway a tout raconté aux représentants de la presse et tous les jurés du pays ont lu cette histoire dans les journaux.

Ellery jeta sa cigarette.

— Sur quoi appuierez-vous votre défense, Bill ?

— Tout d'abord sur la déposition de Lucy. Et ensuite sur la vôtre. Car vous ne me refuserez pas, n'est-ce pas, Ellery, d'attirer l'attention du jury sur les nombreuses contradictions des différents témoins ?

— Ne posez donc pas de questions aussi stupides, Bill.

— Vous pouvez m'être très utile en ce qui concerne les allumettes consumées.

— Les allumettes consumées ? Comment cela ?

Se levant d'un bond, l'avocat se remit à arpenter nerveusement le sol.

— Ces allumettes prouvent, de façon péremptoire, que la meurtrière a fumé en attendant Gimball. Or, il me sera facile de démontrer que Lucy ne fume pas. Si je vous appelle à la barre...

— Mais, Bill, objecta Ellery, votre affirmation est absolument gratuite, et je commence à croire que vous vous trompez du tout au tout.

Bill s'arrêta, l'air stupéfait.

— Que voulez-vous dire ?

Ellery soupira.

— La présence, sur une assiette, d'un grand nombre d'allumettes consumées semble en effet indiquer que quelqu'un a fumé. Très bien ; mais quels sont les faits ?

— Première leçon du manuel du parfait détective, dit la journaliste tout en observant Bill avec inquiétude.

— Fumer veut dire utiliser du tabac, reprit Ellery. Tabac égale cendres et débris de cigarettes. Or, qu'ai-je découvert ? Pas la moindre trace de cendres, pas la moindre parcelle de tabac, consumé ou non.

Il secoua la tête.

— Non, Bill. Ces allumettes ont servi à une autre fin... Mais avant de continuer, puis-je vous demander quelles sont vos intentions à l'égard de Miss Andrea Gimball ?

Tous trois s'immobilisèrent car une femme, grande et mince dans sa robe de linon, s'avançait vers eux en compagnie d'un homme qui semblait en proie à une violente colère. Le couple passa sous un réverbère et nos amis reconnurent Andrea Gimball avec son fiancé.

Burke Jones s'arrêta brusquement, et le visage de Bill s'empourpra tandis que ses poings se serraient.

Faisant soudain volte-face, Andrea s'enfuit dans la direction d'où elle était venue. Un moment, Jones resta immobile, son regard furibond fixé sur l'avocat ; puis il partit à la poursuite de la jeune fille, son bras blessé battant contre son veston.

Ella Amity se leva d'un bond.

— Bill Angell, j'ai envie de vous secouer ! s'écria-t-elle. Avez-vous perdu la raison ?

Les poings de l'avocat se desserrèrent.

— Vous ne comprenez pas, Ella. Cette jeune fille ne m'est rien.

— A d'autres !

— Elle ne m'intéresse que parce qu'elle cache quelque chose.

— Oh ! fit Ella d'une voix changée. De quoi s'agit-il ?

— Je l'ignore. Mais elle y attache tant d'importance que la seule idée de paraître à la barre la rend folle. Elle m'est nécessaire, si nécessaire que je la garde pour la fin.

— Mon cher Bill, puis-je publier ces déclarations ?

— Officieusement, si vous voulez. Pollinger ne peut rien empêcher. Je l'ai citée en justice.

— Parfait. A plus tard !

Et la jeune femme s'éloigna vivement.

— Bill, fit Ellery. – L'avocat s'assit en détournant les yeux. – Je crois savoir ce que cette décision a de pénible pour vous.

— De pénible ? Pourquoi me serait-elle pénible ? J'en suis au contraire enchanté ! Pénible !

— Je suis également ravi, Bill, fit Ellery avec douceur. Pour plusieurs raisons, ajouta-t-il d'une voix songeuse.

Lorsque le jury se retira après l'allocution du juge Menander, les avis étaient partagés. Les uns croyaient à un acquittement rapide et unanime ; les autres pensaient que la délibération s'éterniserait pour finir sur un désaccord ; mais rares étaient ceux qui prévoyaient une condamnation.

La déposition de Lucy ne suscita que des déceptions. Nerveuse et craintive au début, elle se sentit bientôt rassurée par la voix de son frère et ce fut avec calme qu'elle raconta l'histoire de sa rencontre avec l'homme qu'elle avait connu sous le nom de Joseph Wilson, de leurs fiançailles, de leur mariage et de leur amour.

Peu à peu Bill l'amena à parler des derniers jours qui avaient précédé le crime. Elle expliqua que, ayant décidé d'offrir à Bill un cadeau d'anniversaire, Wilson avait promis de l'acheter dès le vendredi – c'est-à-dire la veille de sa mort –, puis que, son mari ayant rapporté la garniture de bureau à la maison, elle l'avait déballée pour l'examiner et qu'enfin, le samedi matin, Joe l'avait emportée en promettant de la remettre à Bill le jour même...

Après cet interrogatoire – qui dura une heure et demie et permit à Lucy de repousser toutes les accusations – Pollinger se leva pour attaquer.

Reprenant les arguments de la prévenue avec une perfidie consommée, il railla ses protestations d'honnêteté et prétendit que, contrairement à ses affirmations, elle n'avait pu ignorer la véritable identité de son mari, ajoutant qu'aucun jury au monde ne voudrait croire qu'une femme puisse vivre pendant dix ans avec un homme qui passait la majeure partie de son temps loin du foyer conjugal sans être amenée à le soupçonner. Son contre-interrogatoire fut impitoyable et, à chaque instant, Bill se levait pour protester.

A un moment donné, Pollinger gronda :

— Mrs Wilson, vous auriez pu faire ces déclarations depuis longtemps, n'est-ce pas ?

— Oui...

— Pourquoi n'avez-vous pas expliqué plus tôt comment vos empreintes digitales se sont trouvées sur ce coupe-papier ? Répondez-moi !

— Je... je... Personne ne me l'a demandé.

— Mais vous saviez qu'elles y étaient ?

— Je n'ai pas réfléchi...

— A présent, vous devez comprendre quelle déplorable impression peut causer au jury cette ingénieuse et soudaine explication que vous fournissez après avoir eu le temps de vous concerter avec votre avocat ?

Bill protesta si violemment que le juge pria Pollinger de retirer sa question, mais le coup avait porté. Les jurés fronçaient les sourcils.

— Vous avez également déclaré, lança le procureur général, que votre mari vous avait promis de remettre ce cadeau à votre frère dès le samedi matin ?

— Oui. Oui.

— Mais il ne l'a pas fait. Le paquet a été retrouvé dans cette cabane isolée située à plusieurs kilomètres de Philadelphie.

— Je... Il a dû oublier. Il a dû...

— Ne comprenez-vous pas, Mrs Wilson, que personne n'ajoute foi à votre histoire de cadeau ? Nous pensons tous que c'est dans cette cabane, et non chez vous, que vous l'avez vu pour la première fois.

Pendant toute la durée du contre-interrogatoire, Lucy, complètement démoralisée, ne fit que pleurer et se contredire par suite de chausse-trapes purement verbales que ne lui ménagea pas Pollinger, à tel point qu'il fallut suspendre la séance pour lui permettre de retrouver son sang-froid.

Avec un sourire bourru à l'adresse du jury, Bill se leva pour exposer les arguments de la défense.

A sa demande, plusieurs témoins – voisins, amis ou fournisseurs – vinrent affirmer que Lucy avait toujours mené auprès de son mari une existence heureuse et ils déclarèrent tous n'avoir jamais soupçonné la double identité de Wilson. D'autres témoins vinrent ensuite confirmer que Lucy avait l'habitude de se rendre au cinéma tous les samedis soir. Plusieurs employés de magasins déclarèrent enfin que l'accusée n'avait jamais acheté ni porté de voilette.

Puis Bill aborda la question de la voiture.

Au cours de la déposition de l'expert en empreintes digitales et autres chargé d'examiner la Ford, il avait déjà fait observer que, si l'on n'avait pas trouvé dans le coupé d'autres empreintes digitales que celles de Lucy Wilson, cela ne signifiait rien, puisque, depuis des années, elle était seule à conduire sa voiture. Il avait également tenté d'amener le témoin à attribuer à des mains gantées certaines taches relevées sur le volant et les leviers ; mais l'autre s'y était refusé.

Cette fois, il appela à la barre un expert en métaux.

Ce dernier affirma que, à son avis, le bouchon de radiateur de la Ford n'avait pu « tomber » selon le processus indiqué par Pollinger, c'est-à-dire sans une intervention brutale et sous le seul effet des vibrations de la voiture. Il déclara également qu'après avoir examiné les deux moitiés du bouchon, il avait conclu que seul un coup violent avait pu briser le métal. Pollinger soumit le témoin à un contre-interrogatoire sévère, le menaçant enfin de le mettre en présence d'un expert qui émettrait un avis diamétralement opposé au sien.

Ensuite, le quatrième jour du procès, Bill appela Ellery à la barre.

— Mr Queen, dit-il lorsque le jeune détective eut décliné son identité, vous étiez sur la scène du crime avant l'arrivée de la police, n'est-ce pas ?

— Oui.

— Et vous avez examiné les lieux avec attention ?

— Oui.

L'avocat lui tendit un objet.

— Vous rappelez-vous avoir vu ceci au cours de votre inspection ?

— Oui.

C'était une assiette ordinaire.

— Où se trouvait cette assiette au moment de votre examen ?

— Sur la table derrière laquelle gisait le cadavre.

— Elle était donc bien en évidence ?

— Oui.

— Contenait-elle quelque chose, Mr Queen ?

— Oui. Un certain nombre d'allumettes en carton préalablement consumées.

— Vous suivez le procès depuis le début ? Vous avez entendu les arguments de l'accusation ?

— En effet.

— Cette assiette et les allumettes qu'elle contenait ont-elles été mentionnées par le procureur général ?

— Non.

Pollinger se dressa d'un bond et, pendant cinq minutes, Bill et lui discutèrent âprement devant le juge. Bill enfin fut autorisé à poursuivre.

— Mr Queen, vous êtes un criminologiste célèbre. Pouvez-vous fournir au jury une explication concernant ces allumettes si soigneusement ignorées par l'accusation ?

— Certainement.

Pollinger fulminait, et il y eut une nouvelle discussion. Après quoi, s'étant vu accorder la permission de continuer, Ellery exposa les raisons pour lesquelles les allumettes n'avaient *pu* servir à allumer une cigarette.

— Vous venez de démontrer, Mr Queen, que ces allumettes n'ont pu être utilisées par un fumeur, dit vivement Bill. Avez-vous trouvé, dans votre examen de la cabane, quelque chose qui puisse établir à quoi elles ont servi ?

— Certainement. J'ai découvert un objet dont l'état entraîne des conclusions inévitables.

Bill brandit le bouchon trouvé sur le coupe-papier.

— Est-ce là l'objet dont vous voulez parler ?

— Oui.

Il y eut un nouvel échange de paroles aigres-douces et le juge Menander trancha la question en autorisant Angell à placer le bouchon parmi les pièces à conviction.

— Mr Queen, ce bouchon était-il déjà carbonisé lorsque vous l'avez trouvé ?

— Indiscutablement.

— Vous l'avez découvert sur la pointe du coupe-papier qui tua Gimball ?

— Oui.

— Pouvez-vous expliquer ce dernier fait ?

— Je ne vois qu'une interprétation possible, répondit Ellery. Lorsque le coupe-papier fut plongé dans le cœur de Gimball, ce bouchon n'en protégeait évidemment pas la pointe. Par conséquent, il a dû y être placé après le crime par la meurtrière qui l'a ensuite carbonisé à l'aide des petites allumettes en carton retrouvées sur l'assiette. Mais pourquoi a-t-elle agi ainsi ? Eh bien ! lorsqu'on pique un morceau de liège carbonisé sur une pointe *on obtient un instrument rudimentaire dont on peut se servir pour écrire*.

— Mais pourquoi, si la meurtrière voulait écrire quelques mots, pourquoi n'a-t-elle pas employé un moyen plus simple ?

— Parce qu'elle n'en avait pas d'autre à sa disposition. Dans la cabane, il n'y avait ni plume, ni crayon. La garniture de bureau comportait bien un porte-plume et un encrier, mais ce dernier était vide comme le sont tous les encriers neufs. Pour écrire, il lui a donc fallu fabriquer un instrument de fortune. Le bouchon, elle l'avait naturellement trouvé sur le coupe-papier, ayant même dû l'ôter pour commettre son crime. Quant aux services que peut rendre un morceau de liège carbonisé, on les utilise si souvent au théâtre que tout le monde les connaît.

— Avez-vous entendu le procureur général mentionner ce bouchon brûlé au cours de son réquisitoire ?

— Non.

— A-t-on retrouvé une note ou un message quelconque ?

— Non.

— Qu'en déduisez-vous ?

— Que cette note – ou ce message – a été emportée. Les lignes que la meurtrière a écrites avaient évidemment un destinataire qu'il est logique de supposer en possession de ce billet. Nous nous trouvons donc en présence d'un facteur nouveau et inattendu.

Pendant une heure, Ellery et Pollinger se livrèrent un duel oratoire. Le procureur général prétendait que le témoignage du détective perdait de sa valeur parce que le jeune homme était un ami personnel de l'accusée et qu'il se fondait sur « la théorie et non pas sur la pratique ». Néanmoins, les représentants de la presse acquirent la conviction que la défense venait de marquer un point.

Dès lors, l'attitude de Bill se transforma. Une confiance éclatante se mit à luire dans ses yeux qui gagna bientôt les jurés. Le n° 3 – un homme d'affaires de Trenton – se pencha pour chuchoter quelques mots à l'oreille de son voisin, lequel perdit aussitôt son air détaché et indifférent. Le jury semblait enfin se passionner pour les débats.

Au cours de la dernière audience, Bill pénétra dans le tribunal d'un air décidé qui impressionna toute l'assistance. Moins pâle qu'à son ordinaire, il jeta à la ronde un regard si féroce que Pollinger en parut troublé.

Il ne perdit pas de temps.

— Jessica Borden Gimball, appela l'huissier.

Derrière le procureur général, Andrea poussa un soupir tandis qu'après un bref conciliabule avec le sénateur Frueh, sa mère se levait d'un air furibond.

Le jeune avocat la soumit aussitôt à un interrogatoire sévère qui la fit pâlir de rage. L'interrogatoire terminé, malgré ses aigres protestations, elle donnait à tous l'impression d'avoir été la seule personne à posséder contre Gimball des griefs suffisants pour l'assassiner.

Pollinger tenta d'amortir le coup en la peignant sous les traits d'une malheureuse incomprise, n'ayant même plus la consolation du mariage pour la dédommager de tout le mal que lui avait fait Gimball. Il termina en déclarant que, la nuit du crime, elle assistait à un bal de bienfaisance à l'hôtel Waldorf et que, si elle s'était éclipsée pour parcourir en voiture un trajet total de quelque deux cent cinquante kilomètres, son absence eût certainement été remarquée.

On appela aussitôt Grosvenor Finch à la barre et Bill lui fit reconnaître que Mrs Gimball n'avait cessé d'être la bénéficiaire de l'assurance que quelques semaines avant la mort de son mari. Il ajouta même que, malgré ses dénégations, Finch avait fort bien pu mettre Mrs Gimball au courant des nouvelles dispositions de la victime et, pour étayer son hypothèse, il rappela au témoin la déclaration qu'il avait faite à De Jong la nuit du crime : « N'importe lequel d'entre nous aurait fort bien pu quitter le bal pour assassiner Joe. »

Pollinger le paya de retour en citant une transcription sténographique des paroles prononcées par Finch : « Si vous insinuez que l'un de nous a pu quitter le bal pour venir ici et assassiner Joe, je ne puis évidemment pas vous donner un démenti formel. »

Puis il demanda :

— Qu'entendiez-vous par là, Mr Finch ?

— Qu'en théorie tout est possible.

— Pouvez-vous nous dire si Mrs Gimball a quitté la salle de bal du Waldorf ce soir-là ?

— Mrs Gimball ne s'est pas absentée de toute la soirée.

— N'avez-vous jamais confié à Mrs Gimball que l'homme qu'elle croyait être son mari avait reporté son assurance sur une autre tête ?

— Certainement pas. Je m'en suis déjà défendu à plusieurs reprises et je défie quiconque d'affirmer sincèrement le contraire.

— C'est tout, Mr Finch.

L'huissier appela :

— Andrea Gimball.

La jeune fille s'avança vers la barre d'un pas chancelant. Elle avait les yeux baissés et ses mains tremblaient. Elle prononça le serment d'usage, puis, s'asseyant avec raideur, elle garda une immobilité si parfaite qu'on l'eût crue en catalepsie. L'assistance sentit alors qu'un drame allait se jouer. Pollinger se rongeait les ongles et, derrière lui, le groupe Gimball manifestait tous les symptômes d'une vive nervosité.

D'une voix étrangement douce, l'avocat demanda :

— Miss Gimball, où vous trouviez-vous dans la soirée du 1er juin ?

La réponse d'Andrea ne fut qu'un murmure :

— J'étais au Waldorf avec ma mère et des amis.

— Toute la soirée, Miss Gimball ?

La voix du jeune homme avait la douceur d'une caresse, mais c'était la caresse sauvage et perfide d'un animal dangereux. Comme le témoin se taisait, il insista :

— Répondez à ma question, s'il vous plaît !

Andrea réprima un sanglot.

— Dois-je vous rafraîchir la mémoire, Miss Gimball ? Ou faut-il que j'appelle un témoin qui se chargera de ce soin ?

— De grâce... murmura-t-elle. Bill...

— Vous avez juré de dire la vérité, continua-t-il, impitoyable. J'exige une réponse ! Ne vous rappelez-vous pas où vous avez passé les heures pendant lesquelles vous n'étiez *pas* au Waldorf ? Dites au jury où vous étiez durant la première partie de la soirée !

— Dans la maison... au bord de la rivière...

— Dans la cabane où Gimball a été assassiné ?

Elle murmura :

— Oui.

Lorsque l'émotion provoquée par cette réponse se fut calmée, Andrea déclara qu'après avoir reçu le télégramme de son beau-père, elle avait emprunté le cabriolet Cadillac de son fiancé pour se rendre à Trenton. Ayant alors constaté qu'elle était en avance d'une heure, elle s'était promenée dans la campagne pour revenir au crépuscule et découvrir le cadavre de Gimball gisant sur le plancher de la cabane.

— Vous l'avez cru mort alors qu'en réalité il vivait encore ? demanda Bill.

— Oui...

— Vous n'avez pas touché son corps, Miss Gimball ?

— Oh ! non, non !

Comme elle entreprenait d'expliquer son émotion et sa fuite, Ellery griffonna quelques mots sur une feuille de papier qu'il fit passer à Bill.

Les lèvres de l'avocat se serrèrent.

— Pendant combien de temps êtes-vous restée dans la cabane lors de votre seconde visite ?

— Je ne sais pas... Quelques minutes.

La jeune fille était maintenant en proie à une terreur sans nom.

— Quelques minutes ! Lorsque vous êtes arrivée la première fois, y avait-il une voiture dans l'une ou l'autre allée d'accès ?

— Il y avait une vieille Packard dans l'allée latérale, près de la petite porte.

— La voiture de Wilson, c'est exact. Maintenant, quand vous êtes revenue – il devait être 9 heures, n'est-ce pas ? – la Packard était encore là ; mais avez-vous vu une autre voiture ?

Elle répondit vivement :

— Non.

— Et vous prétendez, continua Bill, implacable, n'avoir rencontré personne dans la maison ?

— Personne.

Elle parlait maintenant d'une voix haletante. En même temps, elle jeta à l'avocat un regard si douloureux et suppliant qu'il rougit.

— N'avez-vous pas vu, lors de votre seconde visite, des traces de pneus sur le sol de l'allée principale ?

— Je... je ne m'en souviens pas.

— Vous avez déclaré que, ayant une heure d'avance, vous vous étiez promenée dans la campagne. Vous rappelez-vous avoir croisé un coupé Ford conduit par une femme voilée ?

— Je ne m'en souviens pas.

— Vous rappelez-vous l'heure à laquelle vous avez regagné New York cette nuit-là ?

— Il était environ 11 heures et demie. Je suis rentrée chez moi pour me changer avant de rejoindre ma mère au Waldorf.

— Votre longue absence est-elle passée inaperçue ?

— Je... Oui.

— Votre fiancé était là, sans vous, avec votre mère, Mr Finch, ainsi que d'autres amis, et vous voulez nous faire croire que personne n'a remarqué votre absence ?

— Je... j'étais bouleversée. Je ne me rappelle pas que quelqu'un m'ait fait une réflexion.

Bill regarda le jury.

— A propos, Miss Gimball, qu'avez-vous donc fait du message que vous a adressé la meurtrière ?

Pollinger se leva d'un bond ; puis, semblant se raviser, il se rassit sans rien dire.

— Le message ? balbutia Andrea. Quel message ?

— Le billet écrit à l'aide du bouchon brûlé. Vous avez entendu la déposition de Mr Queen. Qu'avez-vous fait de ce papier ?

— Je ne comprends pas. Il n'y avait pas de... Je veux dire que je ne sais rien de tout cela !

— Trois personnes se sont trouvées sur la scène du crime, Miss Gimball, fit Bill d'une voix sourde. La victime, la meurtrière et vous. Puisque la coupable a écrit ce billet après son crime, elle ne le destinait certainement ni à sa victime ni à elle-même. *Où est ce message ?*

— J'ignore tout de cela ! s'écria-t-elle.

— Je crois, intervint Pollinger en se levant, que cette scène a assez duré, Votre Honneur. Ce témoin n'est pas en accusation et a répondu de façon satisfaisante à une question qui me paraît tendancieuse.

Bill tenta de discuter, mais le juge Menander secoua la tête.

— Vous avez reçu une réponse, Mr Angell. Continuez votre interrogatoire.

L'avocat se tourna vers le témoin.

— Maintenant, Miss Gimball, puis-je vous demander si vous avez fait le récit de vos aventures nocturnes au chef De Jong, au procureur général Pollinger ou à l'un des enquêteurs officiels ?

Andrea passa sa langue sur ses lèvres desséchées.

— Oui.

— Oh ! vraiment ? Mais l'avez-vous fait volontairement ?

— Non, je...

— Qui vous a interrogée ? De Jong ou Mr Pollinger ?

— Mr Pollinger.

— En d'autres termes, si Mr Pollinger ne vous avait rien demandé, vous n'auriez confié cette histoire à personne ? Un moment, Mr Pollinger ! A quel moment vous a-t-il questionnée ?

La jeune fille baissa la tête.

— Je ne m'en souviens pas exactement. Peut-être une semaine après...

— Après le crime ? N'ayez pas peur de prononcer ce mot, Miss Gimball. *Le crime.* Ce mot vous effraierait-il ?

— Je... Non. Bien sûr que non.

— Une semaine après le crime, le procureur général est venu vous interroger. Auparavant, vous aviez donc caché aux autorités votre présence sur la scène du drame. Est-ce exact ?

— Ce... ce n'était pas important. Je ne pouvais apporter aucun éclaircissement. Je craignais d'être mêlée...

— Vous craigniez d'être mêlée à une vilaine affaire, n'est-ce pas ? Maintenant, Miss Gimball, avez-vous touché au coupe-papier lors de votre passage dans la cabane ?

— Non !

Elle semblait avoir recouvré son sang-froid et ses yeux étincelaient.

— Où se trouvait-il ?

— Sur la table.

— Portiez-vous des gants ce soir-là ?

— Oui, mais j'avais retiré le gauche.

— Votre main droite était donc gantée ?

— Oui.

— Est-il exact que, dans votre fuite, votre bague de fiançailles ait heurté la porte et que le diamant s'en soit détaché ?

— Oui.

— Vous avez donc perdu ce diamant sans vous en rendre compte ?

— Je... Oui.

— Est-il exact que, l'ayant retrouvé, je vous aie fait part de ma découverte le soir même du crime et que vous m'ayez supplié de n'en parler à personne ?

Andrea était furieuse.

— Oui !

— Est-il exact, continua l'avocat d'une voix rauque, que vous m'ayez embrassé pour m'empêcher de révéler ce fait à la police ?

Sa stupéfaction était telle qu'elle se dressa à demi sur sa chaise.

— Vous... vous m'aviez promis ! Vous... vous...

Elle se mordit la lèvre pour refouler ses larmes.

Bill rejeta la tête en arrière.

— Avez-vous vu l'accusée le soir du crime ?

— Non.

— Mais vous avouez vous être trouvée sur les lieux du drame ce soir-là et n'en avoir rien dit avant d'être interrogée par le procureur général ?

Pollinger s'était levé pour protester. Il y eut une longue discussion.

— Miss Gimball, reprit le jeune homme, saviez-vous que votre beau père menait une double vie ?

— Non !

— Vous le détestiez, n'est-ce pas ?

Nouvelle discussion. Andrea était pâle, pâle de rage et de honte.

— Parfait, fit Bill d'un ton sec. C'en est assez pour moi.

Pollinger s'avança.

— Miss Gimball, lorsque je suis venu vous trouver huit jours après le crime, que vous ai-je dit ?

— Vous m'avez dit avoir découvert que le cabriolet appartenait à mon fiancé. Vous m'avez demandé si je m'étais trouvée dans la cabane le soir du crime et, dans ce cas, pourquoi je ne vous l'avais pas dit.

— Vous ai-je donné l'impression de vouloir vous protéger ?

— Non. Vous vous êtes montré très sévère.

— M'avez-vous fait le récit que vous venez de faire au jury ?

— Oui.

— Et que vous ai-je dit ?

— Que vous en vérifieriez l'exactitude.

— Vous ai-je posé des questions ?

— De nombreuses questions.

— Sur ce que vous avez vu et n'avez pas vu ?

— Oui.

— Et ne vous ai-je pas dit que, votre récit ne diminuant en rien la valeur des charges relevées contre l'accusée, je vous éviterais l'ennui de paraître à la barre ?

— En effet.

Pollinger regagna sa place avec un sourire paternel. Bill se leva.

— Miss Gimball, est-il exact que le procureur général n'a pas fait appel à votre témoignage au cours de ces débats ?

— Oui, répondit-elle avec lassitude.

— Et pourtant votre récit était susceptible de faire naître dans l'esprit des jurés un doute raisonnable sur la culpabilité de l'accusée.

Le jury s'était retiré depuis quarante-huit heures, et l'on attendait toujours le verdict. Dans la salle, le public commençait à considérer cette délibération prolongée comme un symptôme favorable à l'accusée. Peu à peu, Bill reprit courage et bientôt même il se mit à sourire.

Dans sa plaidoirie, Angell s'était violemment dressé contre Pollinger, prétendant que non seulement son argumentation tout entière avait été anéantie par la défense, mais encore qu'il avait manqué à tous ses devoirs d'honnête homme en passant sous silence la présence d'Andrea Gimball sur la scène du crime ; il avait souligné que le rôle d'un procureur général est de faire éclater la vérité et non de chercher à en dissimuler une partie. Or, Pollinger avait volontairement omis de mentionner deux autres faits importants – les allumettes brûlées et le bouchon carbonisé – qui eussent passé inaperçus sans la vigilance de certains témoins à décharge. Ces deux faits, le procureur général n'avait pu ni les expliquer ni les rattacher à l'accusée. Tout comme il n'était pas parvenu à prouver que la voilette appartenait à la prévenue.

Enfin Bill avait exposé son système de défense.

— C'est à la suite d'un infâme complot, avait-il déclaré en substance, que Lucy Wilson a été accusée du meurtre de son riche mari. La richesse et la société ont choisi une pauvre victime sans défense – la femme qui n'a reçu de Gimball que son amour.

Pour étayer sa théorie, le jeune avocat avait rappelé les paroles de l'expert en métaux qui avait affirmé que le bouchon de radiateur n'avait pu se briser de lui-même. La personne qui l'avait arraché l'avait donc fait dans le seul dessein de compromettre la propriétaire de la voiture, c'est-à-dire Lucy Wilson.

Partant de cette base, Bill avait déclaré qu'il était facile de reconstituer le diabolique complot. La meurtrière avait volé la voiture de Lucy et n'avait acheté de l'essence qu'à seule fin de graver l'image de la voiture et de la femme voilée dans la mémoire du propriétaire de la station.

— La preuve en est, s'était-il écrié, qu'elle n'avait pas besoin d'essence, car le réservoir de sa voiture en contenait assez pour lui permettre de parcourir encore plus de cent kilomètres !

Ayant ensuite gagné la cabane, elle avait trouvé le coupe-papier sur la cheminée et s'en était servi pour assassiner Gimball ; puis elle était retournée à Philadelphie non sans abandonner la voiture à un endroit où la police devait la retrouver sans difficulté.

— Si cette femme était ma sœur, avait-il lancé d'une voix forte, pourquoi portait-elle une épaisse voilette ? Elle devait savoir que la cabane était isolée et que personne ne la verrait, sauf sa victime qui ne tarderait pas à mourir. Mais la criminelle s'est couverte d'un voile à seule fin de passer pour Lucy.

» De plus, si ma sœur avait été coupable, elle ne se serait pas conduite de façon aussi stupide. Aurait-elle laissé la voilette dans sa voiture, aurait-elle abandonné son coupé, aurait-elle brandi le coupe-papier sans enfiler ses gants, n'aurait-elle pas tenté de se composer un alibi ? C'est stupide ! Si stupide que cette stupidité même est la meilleure preuve de son innocence.

Ces dernières paroles avaient fait impression sur le jury et Bill avait terminé en déclarant que si l'un des jurés pouvait affirmer en toute conscience que la culpabilité de l'accusée ne faisait aucun doute... Il avait levé les bras au ciel et s'était assis.

Mais Pollinger eut le dernier mot. Il avait raillé l'hypothèse émise par la défense d'un complot tramé contre Mrs Wilson. Quant à la stupidité de l'accusée, avait-il fait observer avec un coup d'œil significatif à l'adresse d'Ellery, tous les criminologistes qui ne se contentent pas de faire de la théorie savent que les criminels sont stupides ; ce n'est que dans les romans qu'ils sont intelligents.

L'accusée, avait-il dit, n'était pas une criminelle ordinaire ; sa soif de vengeance l'avait amenée à commettre des imprudences et elle s'était trahie sans le savoir.

Il pensait avoir reconstitué de façon satisfaisante les faits et gestes de l'accusée au cours des heures qui avaient précédé le drame. Quelques minutes avant le meurtre, on l'avait vue sur la route de Camden. Elle était alors dans sa voiture et se dirigeait vers la cabane. Son coupé Ford avait laissé devant la maison des traces prouvant de façon péremptoire qu'il avait stationné là au moment du crime. Quant aux doutes qui pouvaient subsister touchant l'identité de la mystérieuse voyageuse, ils se trouvaient dissipés par les empreintes digitales qu'elle avait laissées sur l'arme du crime.

— Les empreintes digitales, avait-il continué d'un ton ironique, ne se fabriquent pas, sauf peut-être dans les romans dont je viens de parler.

Plusieurs jurés avaient souri tandis que le procureur reprenait son impitoyable exposé. Quelle était la réponse de la défense à cette importante question des empreintes digitales ? Tout simplement que l'accusée les y avait laissées la veille du crime ! Mais où était la preuve d'une aussi fantaisiste assertion ? Et à quel moment cette version avait-elle été adoptée ? *Après* que les empreintes eurent été relevées sur le coupe-papier ! Ceci ne prouvait-il pas que cette histoire avait été inventée à la hâte pour expliquer un fait troublant ?

— Je vous donne ma parole, avait ajouté le procureur général avec chaleur, que toute ma sympathie est acquise à ce pauvre jeune homme qui a si intelligemment défendu sa sœur au cours de ce procès, travaillant jour et nuit dans l'espoir de tirer le meilleur parti d'une mauvaise, très mauvaise cause ; nous sommes tous navrés pour lui. Mais ceci, mesdames et messieurs, ne doit pas ébranler vos convictions. Un jury doit déterminer des faits sans écouter ses sympathies. Vous ne devez donc pas vous laisser influencer dans votre verdict par des émotions qui risqueraient de desservir la justice.

Après avoir terminé son exposé des mobiles, Pollinger avait envisagé rapidement la question de la préméditation.

— Ainsi que je l'ai déjà montré, avait-il dit, nous nous trouvons en présence d'un mobile double, la vengeance contre l'homme qui lui avait menti pendant dix ans, et le désir de tirer parti de l'imposture. Mrs Wilson devait savoir que son mari s'appelait en réalité Joseph Kent Gimball et avait contracté une assurance d'un million de dollars qu'il venait de reporter sur sa tête à elle. En fait, rien ne prouve qu'elle n'ait pas obligé Gimball à prendre ces nouvelles dispositions pour la dédommager du tort qu'il lui avait fait. Ceci posé, comment douterais-je qu'elle ait prémédité son geste ? Tout d'abord, l'accusée s'est déguisée pour se rendre à la cabane où elle devait assassiner son mari. La défense a prétendu que le fait d'avoir utilisé un coupe-papier neuf pour le crime indique qu'il s'agit d'un geste spontané et non prémédité. Mais cette hypothèse ne résiste pas à un examen approfondi. Car, si j'adopte la théorie de la défense – selon laquelle

Lucy Wilson fut la victime d'un complot – je découvre aussitôt que ce coupe-papier n'a pu être utilisé que par l'accusée. A supposer que quelqu'un ait voulu se faire passer pour Lucy Wilson, ce problématique personnage ne pouvait savoir que Joseph Wilson achèterait une garniture de bureau la veille de sa mort ; il avait peut-être projeté de le tuer d'une balle de revolver ou même d'un coup de couteau ; mais il ne comptait certainement pas sur ce coupe-papier. Ceci ne tend-il pas à prouver que cette mystérieuse personne n'existe pas, et que l'argument est fallacieux ? Lucy Wilson avait l'intention de tuer Joseph Kent Gimball à l'aide d'une arme quelconque, revolver ou poignard... Au cours de la lutte elle fut amenée à utiliser un objet qu'elle trouva à portée de sa main. L'hypothèse de la défense ne tient donc pas.

Après cette péroraison habile, Pollinger s'était assis en s'épongeant la nuque.

L'allocution du juge Menander avait été étonnamment brève. Les auditeurs avisés avaient noté avec surprise que le fameux juriste évitait soigneusement de donner son avis sur cette affaire... phénomène insolite dans un Etat où les juges ont généralement toute latitude pour exprimer leurs opinions.

Puis l'affaire avait été portée devant le jury.

Vers la soixante et onzième heure, le bruit courut dans la salle que le jury avait enfin rendu un verdict. Réconforté par cette longue attente, Bill avait peu à peu retrouvé une partie de son entrain et son optimisme se justifiait amplement, puisque après six heures de délibération la nouvelle courait que dix voix contre deux s'étaient prononcées en faveur de l'acquittement. L'annonce qu'un verdict venait enfin d'être rendu après des débats aussi prolongés semblait donc indiquer que les deux obstinés s'étaient finalement rendus à l'avis de la majorité.

Bientôt Lucy fut ramenée à sa place, dans un état de stupeur tel qu'elle pouvait à peine marcher. Ellery lui caressa doucement la main tandis qu'un médecin lui administrait un cordial.

Il y eut une nouvelle attente. Pollinger était introuvable. Les photographes entamèrent une longue discussion avec les représentants du shériff. L'un d'eux fut expulsé. Les huissiers réclamèrent le silence...

Enfin les jurés reparurent, les traits tirés et le regard étrangement fuyant. Le juré n° 7 semblait malade et irrité ; le n° 4 arborait un air hautain. Dès l'instant où il les aperçut, Bill pâlit.

Dans un silence profond, le président se leva pour proclamer le verdict.

Lucy Wilson était déclarée coupable d'assassinat avec circonstances atténuantes. La jeune femme s'évanouit.

Quinze minutes plus tard, elle revenait à elle et s'entendait condamner, par le juge Menander, à vingt ans de réclusion.

Ellery découvrit par la suite que les jurés 4 et 7 avaient réussi, après soixante-dix heures et trente-trois minutes de discussion dans une salle étouffante, à changer une majorité de dix voix contre deux en faveur de l'acquittement en une unanimité de douze voix pour la condamnation.

— C'est la faute des empreintes digitales relevées sur l'arme du crime, déclara le juré n° 4 à la presse. Nous n'avons pu croire l'accusée.

Le juré n° 4 était une grande et grosse femme au menton en galoche.

Mr Ellery Queen avait le cœur serré lorsque, ayant confié ses bagages à un porteur, il se dirigea vers la chambre de Bill Angell.

Il frappa à la porte. Ne recevant pas de réponse, il entra et jeta un coup d'œil à l'intérieur.

Bill était étendu sur le lit, à demi vêtu, et fixait le plafond d'un air absent. Ses yeux étaient rouges et Ellery eut l'impression qu'il avait pleuré.

— Bill, appela doucement le jeune détective.

Puis, comme son ami ne bougeait pas, il referma la porte et répéta :

— Bill. Je n'ai pas besoin de vous dire combien je... Je voulais vous annoncer mon départ et vous assurer que je n'en ai pas fini avec cette affaire. En un sens, il est heureux que les choses n'aient pas tourné plus mal pour Lucy. Si ç'avait été la chaise...

Bill sourit. Il était étrange de le voir sourire avec ses yeux rouges et son teint de cadavre.

— Avez-vous jamais été en prison ? demanda-t-il brusquement.

— Je sais, Bill, je sais, fit Ellery avec un soupir. Mais cela vaut mieux que... que l'autre chose. Je vais travailler la question, Bill.

— Ne croyez pas, dit l'avocat sans tourner la tête, que je ne vous sois pas reconnaissant pour tout ce que vous avez fait.

— Je n'ai rien fait du tout. L'énigme était si troublante. Mais j'aperçois maintenant un rayon de lumière.

— Oui ?

Ellery baissa les yeux sur le tapis.

— Heu... Voyons la question financière. Cette affaire a dû vous endetter envers l'univers entier. Puis-je vous prêter...

— Non, Ellery, je ne puis accepter... Merci quand même. Vous êtes un chic type.

Après une hésitation, le jeune homme s'approcha du lit pour poser la main sur l'épaule de son ami. Puis il se retira.

Comme il refermait la porte derrière lui, il trouva Andrea Gimball adossée au mur du corridor. Un moment, le spectacle de cette jeune fille, debout devant la porte de Bill, avec sa robe froissée et ses yeux rougis par les larmes, lui parut inconvenant.

— Eh bien, dit-il lentement, vous voilà, Miss Gimball. Vous arrivez à temps pour le réveil.

— Mr Queen !

Elle humecta ses lèvres sèches.

— Ne croyez-vous pas que vous feriez mieux de partir, Miss Gimball ?

— Est-il...

— Il serait imprudent d'essayer de le voir en ce moment, ma chère. Je suis certain qu'il préfère la solitude.

— Oui.

Le mouchoir qu'elle tenait à la main n'était plus qu'une boule informe.

— Néanmoins, puisque vous êtes ici... Miss Gimball, écoutez-moi !

Il lui saisit le bras qu'elle avait glacé, malgré la chaleur.

— Savez-vous ce que vous avez fait à Bill et à cette pauvre femme qui vient d'être condamnée à vingt ans de prison ?

Elle ne répondit pas.

— Voulez-vous tenter de réparer le mal que vous leur avez causé ?

— Que je leur ai causé ?

Ellery recula d'un pas.

— Vous dormirez mal, dit-il doucement, tant que vous ne m'aurez pas révélé la vérité, vous le savez bien.

— Je...

Elle s'arrêta, les lèvres tremblantes.

Ellery la considéra un instant sans parler puis, brusquement, se détourna pour regagner sa chambre où le porteur l'attendait avec ses bagages.

Comme il s'éloignait, il entendit la jeune fille adresser au ciel une invocation si ardente et si angoissée qu'un moment il eut envie de s'arrêter et de revenir sur ses pas.

Mais il réprima son désir et, faisant signe au porteur, il se dirigea vers l'ascenseur. Avant d'entrer dans la cabine, il jeta un dernier regard en direction d'Andrea.

Immobile, elle contemplait la porte de la chambre de l'avocat comme si, derrière ces quelques planches, se trouvait un havre qu'elle ne pouvait atteindre. Elle incarnait si parfaitement la douleur et le désespoir que, une fois de plus, Ellery crut voir flotter autour de sa svelte silhouette l'impondérable qui devait donner à la sensationnelle affaire Wilson Gimball une orientation nouvelle.

4

Le piège

— Quoi, fit l'inspecteur Queen avec dégoût. Encore ?

Ellery continua à siffloter en ajustant sa cravate.

— Il me semble, grommela l'inspecteur, que tu deviens bien mondain depuis que tes amis sont empêtrés dans cette maudite affaire de Trenton. Où vas-tu ?

— Je sors.

— Seul, je suppose ?

— Justement non. J'ai, selon les termes consacrés, un rendez-vous avec la plus jolie, la plus riche, la plus désirable et la plus distinguée de toutes les jeunes filles du pays.

Il s'interrompit pour examiner d'un œil critique l'image que lui renvoyait son miroir.

— La jeune Gimball ?

— Exactement. A propos, le nom de Gimball fait, dans certains milieux, figure d'anathème. On dit maintenant Jessica et Andrea Borden.

— Et qu'as-tu l'intention de faire, El ?

Endossant son habit, le jeune homme se mit à en caresser amoureusement les revers de satin.

— Tout simplement une petite exploration.

— Oh !

— Oui, vraiment, il est bon qu'un homme aille parfois dans le monde.

— Que vas-tu explorer ? demanda l'inspecteur d'un ton bourru.

Comme Ellery se remettait à siffler, Djuna, le petit domestique, fit son apparition dans la chambre à coucher.

— Encore ? s'écria-t-il. Je parie que vous avez une bonne amie. Voici quelque chose pour vous.

— Pour moi ?

— Un paquet qui vient d'arriver, expliqua Djuna en posant le colis sur le lit.

— Regarde ce que c'est, petit démon.

Ecartant soigneusement le papier d'emballage, le jeune serviteur découvrit un coffret métallique et une boîte plate accompagnés d'un billet.

— Vous avez commandé du tabac à un nommé Pierre ? demanda-t-il.

— Pierre ? Pierre ? Oh ! Seigneur – l'incomparable Miss Zachary ! s'écria Ellery en souriant.

Puis, s'emparant du billet :

— Voilà, ajouta-t-il, ce qu'on gagne à fréquenter les grands de ce monde.

Le billet disait :

Cher Mr Queen,

Je vous prie d'excuser mon retard. Mon mélange est fait de tabacs étrangers, et des grèves récentes survenues en Europe ont retardé le dernier arrivage. J'espère que ce tabac vous plaira. Veuillez accepter avec mes meilleurs compliments la boîte d'étuis d'allumettes en carton que je joins à mon envoi. Selon mon habitude, j'ai pris la liberté de faire imprimer votre nom sur chaque étui. Si vous trouvez le tabac trop fort ou trop doux, nous serons heureux de composer, pour vous, un mélange spécial. Je suis votre respectueux serviteur.

— Ce bon vieux Pierre, dit Ellery. Range tout cela à l'abri de la chaleur, Djuna. Maintenant, mes enfants, je file.

— Je m'attendais à mieux, dit Andrea le même soir. Cet endroit me paraît mortel après tous ceux que vous m'avez fait visiter.

Ellery parcourut des yeux la salle élégante et calme du club.

— Je ne veux pas précipiter les choses, ma chère. Ces problèmes d'éducation mondaine exigent beaucoup de doigté... Il faut varier les plaisirs et les jours...

— Bah ! Dansons.

Ils dansèrent en silence. Andrea s'abandonnait corps et âme à la musique ; tenant entre ses bras le corps léger de la jeune fille dont il sentait le parfum troublant, Ellery se rappela non sans un certain malaise l'expression qu'avait prise le visage de Bill Angell lorsque, devant la masure de Trenton, Andrea s'était serrée contre lui.

— J'aime danser avec vous, dit-elle lorsque la musique se tut.

Puis, comme tous deux regagnaient leur table, ils virent Grosvenor Finch s'avancer vers eux en souriant. Près de lui se tenait le sénateur Frueh ; tous deux étaient en tenue de soirée.

— Ah ! voici des personnes de connaissance, fit Ellery. Garçon, des chaises. Asseyez-vous, messieurs, asseyez-vous. J'espère que votre filature n'a pas été trop ennuyeuse ?

— Ducky, s'écria Andrea, que signifie ceci ?

Finch eut l'air gêné ; il s'assit et passa sa main sur ses cheveux gris. Après un instant d'hésitation, le sénateur

Frueh s'assit à son tour en caressant sa barbe olympienne.

Ellery alluma une cigarette.

— Allons, allons, Finch, vous avez l'air d'un petit garçon pris en faute. Remettez-vous.

— Ducky ! – Andrea tapa du pied. – Vous n'avez pas répondu à ma question.

— Eh bien ! marmonna Finch en se frottant le menton, c'est votre mère...

— Je m'en doutais !

— Mais que pouvais-je faire, Andrea ? Simon, ici présent, prenait parti pour Jessica. La situation est assez embarrassante...

— Pas du tout, répliqua aimablement Ellery. De quoi me soupçonnez-vous, messieurs ? D'avoir une bombe dans une poche et un numéro du *Daily Worker*[1] dans l'autre ? Ou bien estimez-vous que je puisse exercer une influence immorale sur cette enfant ?

— Laissez-moi parler, Mr Queen, intervint Andrea. Maintenant, Ducky, mettons les choses au point. Ma mère vous a chargé de m'espionner ce soir ?

Les doigts du sénateur s'agitèrent parmi les poils de sa barbe.

— Andrea ! c'est une insulte. Espionner !

— Assez, Simon, fit Finch gêné. Vous savez bien que le terme n'est pas inexact. Mais d'après ce que m'a dit votre mère, Andrea...

— Et que vous a-t-elle dit ?

La main de Ducky esquissa un cercle vague dans l'espace.

— Eh bien !... vos sorties nocturnes... Queen vous a emmenée dans des endroits qui ne plaisent pas à votre mère... je ne parle pas de celui-ci, bien entendu.

1. Journal de gauche.

— A propos, Andrea, dit Ellery d'une voix traînante. J'avais envie de vous conduire à une réunion communiste ce soir... Pensez aux bons moments que vous auriez passés là-bas, messieurs...

— Vous vous croyez drôle, grommela le sénateur Frueh. Voyons, Queen, pourquoi diable ne laissez-vous pas Andrea en paix ?

— Pourquoi diable, rétorqua Ellery, ne vous occupez-vous pas uniquement de vos affaires ?

La barbe du politicien trembla comme une cascade arrêtée dans sa course.

— Où voulez-vous en arriver, Queen ?

Le jeune détective lança vers le plafond un nuage de fumée.

— Où je veux en arriver ? A posséder une petite maison à la campagne, un jardin, des enfants...

— Cessez de faire l'idiot. Je ne suis pas dupe. Vous continuez à vous occuper de l'affaire Wilson, n'est-ce pas ?

— Cela ne vous regarde pas, murmura Ellery, mais puisque vous êtes assez bon pour me poser la question : oui. Et en quoi cela vous concerne-t-il ?

— Simon, s'écria Finch, mal à l'aise.

— Allons, Grosvenor... En tant qu'amis d'Andrea...

— Mes amis ? Certainement pas, déclara la jeune fille d'un ton glacial.

— Nous savons, reprit Frueh sans se soucier de cette interruption, que ce n'est pas uniquement par plaisir que vous recherchez la compagnie d'Andrea depuis que cette femme a été condamnée à Trenton. Qu'est-ce que vous voulez ?

— La paix, fit Ellery avec un soupir, et l'insigne faveur de ne plus jamais vous revoir.

— Pourquoi tournez-vous ainsi autour d'Andrea ? De quoi la soupçonnez-vous ?

— Je crois, déclara la jeune fille, que tout ceci a assez duré. Vous vous oubliez, sénateur Frueh. Quant à vous, Ducky, je m'étonne que vous vous soyez permis de... Mais là encore je reconnais l'œuvre de ma mère qui a toujours su vous...

— Andrea ! s'écria Finch, de plus en plus gêné.

— Non ! Et vous oubliez, sénateur, que j'ai atteint l'âge adulte. Personne ne me force à sortir, je vous l'assure. Si j'ai décidé de passer mon temps avec Mr Queen, c'est mon affaire, et non la vôtre. Je sais ce que je fais. Maintenant voulez-vous être assez aimables tous les deux pour vous retirer et nous laisser tranquilles ?

— Andrea, si c'est ainsi que vous le prenez, dit le gros homme en se levant, je décline toute responsabilité. Après ce...

Comme tout le monde se taisait, Ellery murmura :

— Je croyais que vos fonctions étaient purement juridiques, sénateur. Etes-vous également détective ? Dans ce cas, laissez-moi vous accueillir dans la corporation.

— Bouffon ! lança Frueh en tirant sur sa barbe. Prenez garde !

Et il se retira.

— Je suis navré, Andy, dit Finch en prenant la main de la jeune fille.

— Ce n'est pas votre faute, Ducky.

Elle lui sourit, mais elle dégagea sa main.

— Je suppose, fit Ellery lorsque Finch se fut éloigné à son tour, que vous désirez rentrer chez vous, Andrea ? Votre soirée doit être gâchée.

— Au contraire, elle commence enfin ! Dansons.

Ellery appuya sur l'accélérateur. Avec un rugissement de lion dont on aurait écrasé la queue, la Duesenberg partit à une folle allure.

— Hé là ! cria Andrea, tenant son chapeau. Surveillez vos réflexes ! Je suis jeune encore et la vie me semble douce.

— Quant à moi, affirma Ellery, lâchant le volant pour chercher une cigarette, je me sens plein d'une extraordinaire vigueur.

— Hé, attendez ! hurla-t-elle en fichant sa propre cigarette dans la bouche de son compagnon. Cette voiture se conduit peut-être toute seule, mais je préfère ne pas risquer... Quoique je m'en moque éperdument, ajouta-t-elle soudain.

— De quoi vous moquez-vous ?

— Oh ! de rien. Mais ne nous attendrissons point. Où allons-nous ?

Ellery eut un geste vague.

— Qu'importe ? La grand'route, une charmante compagne, une belle journée... Je suis heureux.

— Tant mieux pour vous.

— Vous n'êtes pas heureuse ? demanda-t-il en se tournant vers elle.

— Si, follement.

Elle ferma les yeux pour les rouvrir un instant plus tard et déclarer d'un ton joyeux :

— Figurez-vous que, ce matin, j'ai trouvé un cheveu gris.

— Malédiction ! Si tôt ? L'avez-vous arraché ?

— Bien sûr.

— Comme si la calvitie pouvait apaiser les chagrins ! s'écria Ellery.

— Que veut dire cette énigmatique sentence ?

— C'est une perle tirée des discours du sénateur Cicéron. Il est stupide, déclarait-il en substance, de s'arracher les cheveux sous l'effet du désespoir.

— Oh !

Elle ferma de nouveau les yeux.

— Vous me croyez malheureuse, n'est-ce pas ?

D'un coup de volant, le jeune homme contourna une crevasse creusée par la chaleur dans le macadam de la route.

— Si j'ai contribué à faire votre malheur, je mérite d'être écartelé. Je connais d'ailleurs plusieurs personnes qui assisteraient avec joie à cette petite opération. Cependant je ne crois pas avoir exercé sur vous une influence pernicieuse.

— Vraiment ? rétorqua Andrea. Vous auriez dû entendre ce que ma mère disait de vous hier soir.

— Ah ! votre mère. Evidemment, je n'irai pas jusqu'à prétendre que cette digne douairière admire le rejeton de l'inspecteur Queen. Mais de quoi me soupçonne-t-elle ? D'avoir des vues sur votre vertu ou sur votre compte en banque ?

— Ne soyez pas vulgaire : elle réprouve seulement nos sorties.

— Et l'intérêt que j'ai porté à la tragédie de Trenton ?

— De grâce, dit Andrea, ne parlons plus de cela, voulez-vous ? Non, depuis que vous m'avez fait visiter un asile d'indigents et un quartier ouvrier, elle vous accuse de m'empoisonner l'esprit.

— Ce en quoi elle n'a pas tout à fait tort. Le virus a-t-il agi ?

— Peut-être. Je ne soupçonnais pas tant de misère...

Andrea frissonna.

— Elle vous considère comme un individu très redoutable. Mais je me moque de son opinion.

— Andrea ! Ce changement est si soudain... Quand s'est-il produit ?

— Ma mère, répondit Andrea, les sourcils froncés, ressemble beaucoup à certains des personnages décrits par Faulkner dans le roman que vous m'avez prêté et dont il disait que, si on les pressait, il en sortirait de l'huile à moteur au lieu de sang.

— Je ne vois pas l'analogie. Quel liquide sortirait donc de votre mère ?

— Du vin – un vin vieux et authentique, évidemment – mais un vin qui s'est tragiquement changé en vinaigre. Pauvre maman ! Sa vie est brisée et elle ne sait pas au juste ce qui lui est arrivé.

Ellery éclata de rire.

— Votre description est remarquable, mais elle manque de piété filiale.

— Maman est... euh... ce qu'elle est. Vous ne me comprendriez pas.

— Vraiment ? Croyez-le si vous voulez, moi aussi j'ai eu une mère.

Un moment, la jeune fille garda le silence.

— Voyons maintenant grand-père, dit-elle enfin d'une voix songeuse. De son pauvre corps brisé, il ne sortirait que de la lymphe. Son sang ne contient plus le moindre globule rouge.

Ellery sourit.

— C'est passionnant ! Et Ducky ?

— Ducky, Ducky... Du porto ! Non, c'est encore du vin... ou de l'alcool camphré. N'est-ce pas affreux ?

— Epouvantable. Pourquoi de l'alcool camphré ?

— Oh ! il est si *convenable*. Vous ne comprenez sans doute pas ce que je veux dire. Depuis mon enfance, j'ai toujours associé le camphre à des chambres d'hôpital et des rhumes de cerveau. Ne me demandez pas pourquoi.

— Andrea, vous devez être ivre pour voir un rapport entre ce ploutocrate et une salle d'hôpital.

— Vous savez que je ne bois pas... Voyons maintenant Tolstoï.

— Qui ?

— Le sénateur. J'ai vu un portrait de Tolstoï qui lui ressemblait. Cette barbe obscène ! Il en prend plus de soin qu'une femme de sa permanente. Naturellement vous savez ce qu'il a dans les veines ?

— Du jus de tomate ?

— Non ! Du formol. S'il lui est jamais arrivé d'éprouver une émotion honnête, il l'a certainement laissée macérer pendant quarante ans. Et c'est tout. De quoi allons-nous parler maintenant ?

— Une minute, fit Ellery. Et l'ami Jones ?

— Je préférerais ne pas... Je ne l'ai pas vu depuis quinze jours.

— Ciel ! Si les grandes alliances du siècle se rompent à cause de moi...

— De grâce. Je ne plaisante pas. Burke et moi avons... Elle s'interrompit et, laissant sa tête reposer sur les coussins de la voiture, elle contempla la route.

— C'est définitif ?

— Rien n'est définitif en ce bas monde. Autrefois, Burke répondait entièrement à mon idéal. Grand – j'ai toujours eu un faible pour les hommes grands –, distingué...

— Il ne m'a jamais donné l'impression d'avoir une éducation parfaite, déclara Ellery d'un ton sec.

— Il... il était bouleversé. C'est un garçon d'excellente famille, très riche.

— Et totalement dépourvu de matière grise.

— Je savais que vous diriez une méchanceté. Mais vous devez avoir raison. Toutes ces choses ne comptent pas, n'est-ce pas ?

— Non.

— Autrefois... – La jeune fille eut un sourire douloureux. – Je ne valais guère mieux.

Tous deux se turent longtemps.

— Belle journée, n'est-ce pas ? fit enfin observer Ellery.

— Oui, répondit-elle à voix basse.

— Le bleu du ciel, le vert des prés, le gris de la route, le brun des vaches. Que tout cela est donc joli, à condition qu'on le voie.

— Je ne...

— J'ai dit : « à condition qu'on le voie ». Car tout le monde ne le voit pas, vous le savez.

Comme elle ne répondait pas, il lui jeta un coup d'œil rapide. Elle était blême. Ses mains, posées sur ses genoux, se serraient convulsivement.

— Où me conduisez-vous ? demanda-t-elle d'une voix rauque.

— Où voulez-vous aller ?

Ses yeux étincelèrent et, se dressant à demi sur son siège, elle s'agrippa au pare-brise.

— Arrêtez ! Arrêtez !

Docile, la Duesenberg ralentit pour se ranger sur le côté de la route.

— Voilà, fit Ellery avec douceur. Et maintenant ?

— Faites demi-tour, cria-t-elle. Où allez-vous ? Où m'emmenez-vous ?

— Nous allons rendre visite à une personne qui, moins favorisée que vous, ne voit jamais le ciel bleu. J'ai pensé qu'il serait charitable d'aller lui faire visite aujourd'hui.

— Lui faire visite ? murmura-t-elle.

Il lui prit la main ; elle était raidie et glacée.

Pendant quelques minutes, ils restèrent ainsi, immobiles et muets. Le soleil était brûlant, et de fines gouttelettes de sueur apparurent bientôt sur le petit nez d'Andrea.

Puis, baissant les yeux, elle retira sa main.

Ellery remit la Duesenberg en marche tandis qu'une ride légère venait barrer son front soucieux.

Après avoir examiné les visiteurs de la tête aux pieds, la gardienne fit signe à un personnage dont la silhouette apparaissait, indistincte, dans la pénombre du corridor.

Puis Lucy entra. Son regard éteint sembla s'animer lorsqu'elle aperçut les deux jeunes gens derrière la cloison de fin grillage.

— Je suis contente, dit-elle. Merci d'être venus.

Ses yeux, profondément enfoncés dans leurs orbites et cernés de plaques violettes, se tournèrent timidement vers Andrea.

— Je vous remercie tous les deux, ajouta-t-elle avec douceur.

Andrea s'efforça de sourire.

— Bonjour, fit-elle. Bonjour, Lucy Wilson.

— Comment allez-vous, Lucy ? Vous avez bonne mine, dit à son tour Ellery d'une voix qu'il essayait de rendre naturelle.

— Je vais très bien, merci. Très bien. Je...

Elle s'arrêta tandis qu'une ombre fugitive passait dans son regard de bête traquée.

— Bill doit-il venir ?

— Certainement. Quand l'avez-vous vu pour la dernière fois ?

— Hier. Il vient tous les jours. Pauvre Bill ! Il a si mauvaise mine. Ellery, ne pouvez-vous rien pour lui ? Il ne devrait pas se faire tant de souci.

— Vous le connaissez. Lorsqu'il n'a pas de soucis, il est malheureux.

— Oui, acquiesça Lucy avec un léger sourire. Il a toujours été ainsi.

Andrea ouvrit la bouche pour parler, mais elle s'arrêta. Ses mains gantées s'agrippaient au grillage ; le visage de Lucy était tout près du sien.

— Comment vous traite-t-on ici ? demanda-t-elle brusquement. Je veux dire...

— Oh ! très bien, merci. Je ne puis pas me plaindre. On est très bon pour moi.

— Vous avez assez de...

Les joues de la jeune fille commencèrent à s'empourprer.

— Je me demande si... Puis-je faire quelque chose pour vous, Mrs Wilson ? Avez-vous besoin de quoi que ce soit ?

Lucy parut étonnée.

— Besoin ? Non, non, merci.

Puis elle éclata de rire, un petit rire naïf et enfantin.

— Je ne désire qu'une chose. Mais je crains que vous ne puissiez me la procurer.

— Qu'est-ce donc ? Que désirez-vous, Mrs Wilson ?

Lucy secoua la tête en souriant :

— Ma liberté.

Andrea se sentit pâlir ; puis, comme le coude d'Ellery lui martelait les côtes, elle eut un sourire machinal.

— Oh ! fit-elle. Je crains en effet... Après un silence, la prisonnière reprit :

— J'ai gentiment arrangé ma... ma cellule. Bill m'a apporté des fleurs et des gravures. C'est contraire au règlement, je crois, mais il a su s'y prendre.

Elle regarda les visiteurs avec anxiété.

— Vraiment, ce n'est pas si désagréable. Et ce n'est que momentané, n'est-ce pas ? Bill est certain que je serai libre dès que mon appel...

— Bien sûr, Lucy... Rappelez-vous que vous avez des amis qui travaillent pour vous. Vous ne l'oubliez pas, j'espère ?

— Si je l'oubliais, murmura-t-elle, je crois que je deviendrais folle.

— Mrs Wilson, balbutia Andrea. Lucy...

Les yeux noirs se firent songeurs.

— Quel temps fait-il aujourd'hui ? Il a l'air de faire beau...

Elle se tourna vers la haute et étroite fenêtre où s'encadrait un rectangle de ciel bleu.

— Je crois, dit Andrea d'une voix étouffée, qu'il va pleuvoir. Ce n'est vraiment pas...

Puis la gardienne annonça d'un ton monotone et indifférent :

— C'est l'heure.

La terreur reparut dans les yeux de la prisonnière.

— Déjà ! murmura-t-elle.

Elle essaya de sourire puis se mordit la lèvre et éclata en sanglots.

— Lucy... fit Ellery.

Elle balbutia :

— Oh ! merci, merci !

Et, se détournant, elle se dirigea lentement vers le sombre et sinistre corridor.

Il y avait une gouttelette de sang sur la lèvre inférieure d'Andrea.

— Que diable faites-vous ici ? demanda soudain une voix rauque.

C'était Bill Angell dont la haute silhouette s'encadrait dans la porte d'entrée. Sa main droite était crispée sur un bouquet de fleurs.

— Bill. Nous sommes venus...

— Eh bien, grommela l'avocat en fixant sur la jeune fille un regard plein de colère, cet endroit vous plaît-il ? C'est joli, n'est-ce pas ?

Andrea chercha le bras d'Ellery, le serra fortement.

— Oh ! dit-elle faiblement. Je...

— Je m'étonne que vous ne mouriez pas de honte. Qu'êtes-vous venue faire ici ? Vous repaître d'un spectacle ? Vous l'avez vue. Croyez-vous que vous dormirez bien cette nuit ?

Lâchant soudain le bras de son compagnon, la jeune fille courut vers la porte en baissant la tête.

— Bill, fit Ellery.

L'avocat ne répondit pas. Il baissa les yeux vers les fleurs et tourna le dos à son ami.

Andrea attendait dans le corridor en sanglotant.

— Allons, allons, fit le jeune détective, ne pleurez plus.

— Reconduisez-moi à la maison, implora-t-elle. Oh ! emmenez-moi loin de cet horrible endroit !

Ellery frappa à la porte et la voix de Bill Angell répondit :

— Entrez.

Il pénétra dans la chambre d'hôtel pour trouver l'avocat penché sur une valise.

— L'enfant prodigue rentre au foyer, dit le détective. Bonjour, imbécile.

Les mâchoires serrées, Bill continua d'emballer ses affaires sans paraître remarquer la présence de son ami.

— Ne faites pas l'idiot, Bill. Lâchez ces chaussettes et écoutez-moi.

L'avocat restait muet.

— L'heure est-elle bien choisie pour me manifester un intérêt aussi soudain ?

— Mais je n'ai pas cessé de m'intéresser à vous, mon vieux. – Bill éclata de rire. – Je vous ai cherché partout. Que faites-vous à New York ?

L'autre se redressa enfin.

— Allons, Ellery, ne discutons pas. Je ne vous blâme pas, vous êtes libre d'agir comme vous l'entendez mais, puisque vous avez décidé de vous retirer, restez à l'écart. Vous m'obligeriez en quittant cette pièce immédiatement.

— Qui vous dit que je me suis retiré ?

— Je ne suis pas aveugle. Depuis la condamnation de Lucy, vous ne quittez plus la jeune Gimball.

Ellery murmura :

— M'auriez-vous espionné, Bill ?

— Peu importe.

L'avocat rougit.

— Je trouve cela très drôle. Je ne parlerais pas comme je le fais si l'intérêt que vous portez à cette jeune fille était purement professionnel. Mais cet intérêt se manifeste uniquement par des sorties nocturnes. Me prenez-vous pour un imbécile ?

— Oui.

Jetant son chapeau et sa canne sur le lit, Ellery gratifia son ami d'une bourrade.

— Et maintenant, restez ici et écoutez, jeune idiot.

Bill serra les poings.

— Un duel à l'aube, hein ? Tout d'abord, continua Ellery avec calme, vous n'agiriez pas de façon aussi stupide si votre cerveau fonctionnait normalement. Mais il est détraqué et c'est pourquoi je vous pardonne. Vous êtes éperdument amoureux de cette jeune fille.

— Vous êtes fou.

— Les efforts que vous avez tentés pour concilier votre passion avec votre conscience et le sentiment de vos devoirs envers Lucy vous ont complètement obnubilé. Jaloux de *moi* ! Bill, vous devriez avoir honte.

— Jaloux !

Angell eut un rire amer.

— Permettez-moi de vous donner un conseil d'ami. Malgré toute votre belle assurance, vous n'êtes qu'un homme. Méfiez-vous de cette femme. Elle vous dupera, tout comme elle m'a trompé.

— Vous avez un cœur d'adolescent, mon garçon, mais vous ne voulez pas l'admettre. Ne me dites pas que vous ne pensez plus à elle. Vous ne pouvez oublier le baiser qu'elle vous a donné dans l'ombre. Vous êtes enchaîné, et vous luttez contre vous-même vingt-quatre heures par jour. Depuis le procès, je n'ai cessé de vous observer. Bill, vous êtes un âne.

— Amoureux ! Je méprise cette...

— Naturellement, approuva Ellery en souriant, vous la méprisez. Mais je ne suis pas venu ici pour épiloguer sur les complications de la passion. Laissez-moi vous fournir quelques explications et vous donner l'occasion de me présenter vos excuses.

— J'en ai assez...

— Asseyez-vous ! Lors du procès de Trenton, une chose me frappa plus que toute autre : l'étrangeté de la conduite d'Andrea avant, pendant et après son apparition à la barre des témoins. Je me mis à réfléchir.

Bill eut un sourire ironique.

— Ces méditations m'amenèrent à tirer certaines conclusions, lesquelles m'incitèrent à entrer en relation avec la jeune fille. Je n'avais plus que cette solution, toutes les autres pistes s'étant révélées inopérantes. J'ai revu la question dans tous ses détails sans découvrir de fait nouveau et, cette fois encore, je me suis heurté à un mur.

Bill fronça les sourcils.

— Que diable attendiez-vous de ces sorties nocturnes ? Vous ne pouvez pas me blâmer d'avoir cru...

— Vous voici devenu raisonnable. En fait, vous n'êtes pas le seul à qui aient déplu mes assiduités auprès de la jeune personne. Mrs Gimball – je devrais dire Jessica Borden – est dans un état voisin de la prostration, le sénateur Frueh écume de rage et Finch se ronge les ongles de désespoir. Quant au jeune Jones, j'ai entendu dire qu'il avait essayé de tuer un de ses poneys. Merveilleux ! Exactement ce que je voulais !

L'avocat secoua la tête.

— Que je sois pendu si je comprends votre satisfaction !

Ellery s'assit auprès du lit.

— Répondez d'abord à mes questions. Que faites-vous à New York ?

— Le grand nettoyage.

S'étendant sur le lit, Bill leva les yeux vers le plafond.

— Après le procès, j'ai adressé à la Nationale une demande de paiement. Simple formalité, évidemment. La compagnie l'a rejetée sous prétexte que la bénéficiaire de l'assurance avait été condamnée pour l'assassinat de l'assuré.

— La condamnation annule donc le contrat ?

— Absolument.

— Et où en est l'appel ?

— J'ai obtenu de l'Etat de New Jersey qu'il le finance – vous avez dû l'apprendre par les journaux – et le second procès n'aura pas lieu avant l'année prochaine. Pendant ce temps...

Son visage s'assombrit.

— Lucy est à Trenton. Cela vaut mieux que le pénitencier...

Il se tut un instant.

— Pourquoi, demanda-t-il bientôt, l'avez-vous amenée...

— Qui cela ?

— La... euh !... Andrea.

— Voyons, Bill, dit Ellery avec calme. Pourquoi Andrea était-elle si terrifiée à l'idée de comparaître à la barre des témoins ? Elle est bonne, franche, et je suis certain que, dans des circonstances normales, elle eût été ravie de venir en aide à Lucy. Au lieu de cela... bref, vous savez comment elle a agi.

— Elle est de l'autre côté de la barricade et nous garde rancune à tous deux à cause de Gimball.

— Sornettes ! La nuit du crime, elle a été la seule à manifester un peu de sympathie à Lucy.

— Et alors ?

Ellery se dirigea vers la fenêtre.

— Quel est le sentiment qui semblait prédominer en elle ?

— La peur.

— Exactement. La peur de quoi ?

— Si je le savais... grommela Bill.

Le jeune détective revint vers son ami.

— La peur de rapporter ce qu'elle avait vu sur la scène du crime. Mais pourquoi craignait-elle de parler ? Tout simplement parce qu'elle avait reçu des *menaces*.

— Des menaces ? répéta Bill.

— Vous oubliez le bouchon calciné.

— Des menaces !

L'avocat s'était levé d'un bond ; une lueur d'espoir brillait maintenant dans ses yeux.

— Juste ciel, Ellery. Je n'avais jamais... Pauvre petite !

Il se mit à arpenter la chambre en marmonnant des paroles incompréhensibles.

Ellery lui jeta un coup d'œil moqueur.

— C'est la seule théorie qui explique les faits. Elle voulait nous aider et avait peur de le faire. Si vous l'aviez vue le soir... Mais peu importe puisque vous ne l'avez pas vue. Elle a connu un tourment infernal. Mais aurait-elle accepté de subir une pareille torture si elle n'avait redouté un danger ultérieur ?

— C'est donc pour cela...

— Le problème était simple, la personne qui l'avait menacée craignait manifestement de la voir faire certaines révélations et il ne me restait qu'une conduite à suivre. En accaparant la jeune fille, je tendais vers un double but : tout d'abord essayer de l'amener à me confier ce qu'elle savait et ensuite forcer la main de la personne qui l'avait menacée.

Bill dit vivement :

— Mais, Ellery, cela signifie...

— Que j'ai exposé Andrea à un danger perpétuel. C'est exact.

— Vous n'en aviez pas le droit !

— Le ton a changé. Déjà prêt à la défendre ? Mais nous ne devons pas tenir compte des individus, Bill. La personne qui a menacé Andrea sait certainement que je la vois fréquemment. Comme, d'autre part, elle n'ignore pas l'intérêt que je porte au drame de Trenton, elle va s'énerver. En un mot, *elle ne tardera pas à agir*.

— Alors, rugit Bill en enfilant son veston, qu'attendons-nous ?

Le jeune détective sourit.

— Je crois que la solution ne se fera pas trop attendre. L'autre jour, j'ai emmené Andrea à Trenton pour vaincre ses dernières résistances. Pendant tout le trajet du retour, elle n'a fait que pleurer. Je crois qu'aujourd'hui...

Mais Bill était déjà dans le corridor à presser furieusement le bouton d'appel de l'ascenseur.

Le maître d'hôtel fronça les sourcils.

— Miss Andrea n'est pas chez elle, déclara-t-il d'un ton semblant sous-entendre que Miss Andrea ne serait jamais là lorsque Bill la demanderait.

Repoussant l'homme d'un geste brusque, l'avocat pénétra dans le living-room de l'appartement des Borden-Gimball.

— Eh bien ! dit-il en jetant un coup d'œil à la ronde. Où est-elle ? Nous sommes pressés !

— Je regrette, monsieur, mais Miss Andrea n'est pas ici.

— Où est-elle ? lança Ellery.

— Elle est sortie il y a une heure, monsieur.

— Vous a-t-elle dit où elle allait ?

— Non, monsieur.

— Y a-t-il quelqu'un ici ? demanda Bill.

— Seulement Mr Borden, mais son état actuel lui interdit toute visite.

— Où est Mrs Gimball ?

L'homme eut l'air troublé.

— Elle est partie à midi pour se rendre dans la propriété de campagne de Mr Borden.

— Seule ? demanda Ellery d'un ton bizarre.

— Oui, monsieur.

Le visage du jeune détective s'assombrit.

— Miss Andrea était-elle à la maison lors du départ de sa mère ?

— Non, monsieur.

— Vous dites qu'elle est sortie sans un mot d'explication ? Etait-elle seule ?

— Oui, monsieur. Elle avait reçu un télégramme...

— Nous arrivons trop tard ! s'écria l'avocat. C'est votre œuvre, Ellery. Pourquoi n'avez-vous pas...

— Allons, Bill, ce n'est peut-être pas grave. Où est ce télégramme ? Vite !

Le domestique ouvrait de grands yeux étonnés.

— Je le lui ai apporté dans son boudoir. Il doit y être...

— Conduisez-nous là !

Le maître d'hôtel leur ayant indiqué une chambre située au second étage, Ellery ouvrit la porte ; la pièce était vide.

Avec une exclamation de triomphe, Bill se baissa pour ramasser un papier froissé. C'était un télégramme :

Une chose épouvantable est arrivée. Ne dites rien à personne. Venez seule. Suis au North Shore Inn entre Roslyn et Oyster Bay. Faites vite.

MÈRE.

Ellery dit lentement :

— Mauvais, Bill. Le North Shore Inn appartient à Ben Duffy, le chef d'orchestre. Il est fermé depuis des mois.

Sans un mot, l'avocat jeta le télégramme et bondit vers la porte. S'étant baissé pour ramasser le feuillet jaune, Ellery hésita un instant avant de le glisser dans sa poche, puis il suivit son ami.

Le soleil baissait à l'horizon lorsque la Duesenberg d'Ellery s'arrêta devant le somptueux caravansérail qu'était le North Shore Inn.

Sautant hors de la voiture, les deux amis se dirigèrent vers l'entrée. Ayant trouvé la porte entrebâillée, ils pénétrèrent dans une vaste salle meublée de tréteaux et de chaises empilées les unes sur les autres, mais, dans la pénombre, ils ne pouvaient distinguer les détails. Bill lança un juron.

— Allons, fit Ellery. Ne nous lançons pas aveuglément dans l'inconnu.

Puis il marmonna :

— Je ne croyais pas... Je me demande si nous n'arrivons pas trop tard.

Déjà l'avocat s'élançait à travers la salle, bousculant tables et chaises en soulevant des nuages de poussière.

Ellery resta immobile, les sourcils froncés, puis il se dirigea vers un portillon où se lisait : BUREAU DE LOCATION.

— Bill ! lança-t-il à voix basse tout en sautant par-dessus le portillon.

L'avocat revint en courant pour trouver son ami agenouillé près du corps d'Andrea. Etendue sur le plancher poussiéreux, les genoux pliés et les cheveux décoiffés, la jeune fille était livide.

— Grand Dieu ! chuchota Bill. Elle est... Elle est...

— Mais non. Cherchez-moi un seau d'eau. Il doit y avoir un robinet dans la cuisine. Elle a été chloroformée !

Bill s'éloigna en toute hâte. Lorsqu'il revint, Ellery avait assis la jeune fille, toujours inconsciente, et lui tapotait les joues.

— Inutile, dit tranquillement notre détective. Posez ce seau, Bill, et trouvez-moi des serviettes ou des nappes. Peu importe qu'elles soient sales... Aux grands maux, les grands remèdes. Apportez-moi également deux chaises.

Lorsque Bill reparut avec les objets demandés, Ellery était penché sur le torse dénudé de la jeune fille.

— Que diable faites-vous ? s'écria l'avocat, offusqué.

— Détournez les yeux si vous ne pouvez supporter la vue d'un corps de femme. Quel jeune homme pudique ! Je lui dégage la poitrine, cela fait partie du traitement, idiot. Mais tout d'abord allez mettre ces deux chaises dehors. Ce qu'il lui faut avant tout, c'est de l'air pur.

L'autre obéit, trop abasourdi pour parler. Un moment plus tard, Ellery transportait devant la maison le corps inerte d'Andrea.

— Les chaises en face l'une de l'autre, vous dis-je. Et maintenant le seau.

Quelques minutes plus tard, Andrea était étendue sur les deux chaises, le visage tourné vers le ciel et la tête rejetée en arrière. Ayant glissé une nappe sous le dos de la jeune fille, Ellery trempa dans l'eau froide une serviette qu'il étendit ensuite sur le visage blême d'Andrea.

— Ne restez pas planté là comme un piquet, grommela Ellery à l'adresse de son ami. Venez plutôt lui soulever les jambes. Levez-les très haut – et veillez à ce qu'elle ne tombe pas. Mais qu'avez-vous, Bill ? N'avez-vous jamais vu un mollet féminin ?

Bill entourait les jambes d'Andrea de ses deux bras en rougissant comme un collégien et, comme Ellery continuait ses applications froides, il demanda :

— A quoi rime tout ceci ?

— C'est très simple. La tête plus basse que les jambes pour rétablir la circulation et faire affluer le sang au cerveau. C'est une méthode que j'ai apprise d'un jeune chirurgien nommé Holmes. La victime était mon père – un cas infiniment plus sérieux, étant donné son âge. L'affaire des Frères Siamois, vous vous en souvenez ?

Bill répondit d'une voix étranglée :

— Oui, oui…

— Soulevez-lui donc les jambes ! Là… Qu'en dites-vous, jeune demoiselle ? Cette position n'est pas spécialement recommandée par l'Ecole de Maintien de Miss Agatha, mais je crois que vous allez reprendre connaissance.

Ellery changea les serviettes.

— Hum ! Il y avait autre chose… Euh !… Ah ! oui ! La respiration artificielle. C'était même la partie la plus importante du traitement !

Glissant la main sous le linge dont était couvert le visage de la jeune fille, il lui desserra les mâchoires, puis il retira les serviettes, découvrant un visage déjà un peu moins pâle mais ruisselant.

— Fi ! Mais, puisque l'opération a réussi...

Avec une grimace, il lui sortit la langue. Puis, se penchant sur le torse dévêtu, il entreprit de pratiquer la respiration artificielle.

Et soudain Andrea ouvrit les yeux.

— Là, fit Ellery avec satisfaction. Que pensez-vous du travail du Dr Queen ? Ça va bien, Andrea ; vous êtes de nouveau avec des amis.

Les joues de la jeune fille s'empourprèrent tandis que, haletante, elle demandait :

— Que faites-vous donc ?

L'avocat demeurait bouche bée.

— Pour l'amour de Dieu, lança le détective, ne lui tenez plus les jambes. Bill ! Où vous croyez-vous ?

Bill lâcha prise si brusquement que la jeune fille fit la grimace.

— Oh ! l'imbécile ! gémit Ellery. Asseyez-vous maintenant, Andrea... Là... Vous sentez-vous mieux ?

— J'ai le vertige.

Toujours soutenue par Queen, elle se redressa et passa sur son front une main incertaine.

— Qu'est-il arrivé ? Oh ! je suis *dégoûtante*.

Elle considéra successivement le seau, puis les serviettes gisant sur le gravier et enfin sa propre personne. Ses bas étaient déchirés aux genoux et ses vêtements couverts de poussière.

— Oh ! soupira-t-elle en se couvrant pudiquement la poitrine. Je suis... Vous... vous avez...

— Vous êtes et nous avons, fit Ellery d'un ton jovial. Peu importe, Andrea ; Bill n'a pas regardé et je suis asexué, par définition. Le principal est que nous soyons parvenus à vous sortir de là. Comment vous sentez-vous ?

Elle sourit.

— Malade comme un chien. J'ai l'impression qu'on m'a martelé l'estomac pendant une heure.

— C'est l'effet du chloroforme. Cela se dissipera bientôt.

Rougissant encore, la jeune fille regarda l'avocat ; il s'était détourné pour examiner une affiche d'un œil prodigieusement intéressé.

— Bill, murmura-t-elle. Bill Angell.

Il haussa les épaules.

— Je m'excuse pour l'autre jour, dit-il brusquement sans se retourner.

Elle se blottit contre Ellery en soupirant.

— C'était l'autre jour.

Soudain le jeune avocat fit volte-face.

— Andrea...

— Ne dites rien, je vous en prie.

Elle ferma les yeux.

— Laissez-moi... laissez-moi reprendre mes esprits. Tout est si confus.

— Que diable, Andrea, je me suis conduit comme un imbécile.

L'air fraîchissait à l'approche du crépuscule.

— Vous ? Un imbécile ?

Elle eut un sourire amer.

— Que dire alors de ma propre conduite ?

— Je suis ravi, fit observer Ellery, que vous m'épargniez le soin de vous qualifier tous les deux.

— C'était un piège, déclara-t-elle en se redressant. Le télégramme...

— Nous connaissons l'histoire du télégramme. Que s'est-il passé ensuite ?

Elle se leva brusquement.

— Mère ! Il faut que je retrouve mère...

— Ne craignez rien, Andrea. Le télégramme ne venait pas de votre mère mais était destiné à vous attirer ici.

Elle frémit.

— Conduisez-moi auprès de mère.

— Vous n'avez pas votre voiture ?

— Non. Je suis venue par le train.

— Vous avez certainement quelque chose à nous dire, Andrea, fit Ellery.

Elle porta la main à ses lèvres.

— Je voudrais d'abord réfléchir.

Ellery lui jeta un long regard. Puis, d'un ton léger, il déclara :

— Ma voiture est un cabriolet à deux places, vous savez. Le spider fera l'affaire, si vous...

— Je m'installerai dans le spider, dit Bill.

— Mais, objecta Andrea, nous pouvons nous asseoir tous les trois à l'avant...

— Préférez-vous les genoux de Bill ou les miens ?

— Je conduirai, déclara l'avocat.

— Certainement pas, protesta Ellery. Seul le Dr Queen a le droit de piloter cette voiture. Je vous plains, Andrea. J'ai entendu dire par des connaisseurs que les genoux de Bill sont les moins confortables qui soient.

Comme l'avocat s'éloignait avec raideur, la jeune fille déclara :

— Je m'y risquerai quand même.

Quinze minutes après leur arrivée, Andrea les rejoignit dans le jardin dont la tiédeur parfumée délassait leurs membres las. Au loin, les eaux de la baie de New York semblaient de velours ; tout était calme et silencieux.

S'asseyant dans un fauteuil de rotin, la jeune fille annonça :

— Mère n'est pas ici. J'en suis ravie.

— Pas ici ? répéta Ellery, les sourcils froncés.

— Elle est chez les Carew, de vieux amis. J'ai prié les domestiques de ne rien dire de l'état dans lequel je suis arrivée. Inutile de l'alarmer.

— Evidemment… Vous me faites penser à ces héroïnes de cinéma qui trouvent toujours une garde-robe à leur disposition !

Andrea sourit, trop fatiguée pour répondre. Soudain elle se leva et, tête baissée, se mit à arpenter nerveusement le sol.

— Andrea ! fit Ellery, l'heure n'a-t-elle pas sonné ?

Brisant la longue tige d'un glaïeul, elle s'arrêta pour porter les deux mains à ses tempes.

— Oh ! je suis si lasse de ce silence forcé ! s'écria-t-elle. C'est un véritable cauchemar. Je crois que, si je devais continuer à me taire, je deviendrais folle. Vous ne savez pas, vous n'imaginez pas la torture que j'ai endurée. Ce n'est pas juste ! Et maintenant j'ai… peur.

— Peur ? répéta le détective. Je m'en doutais, Andrea. Comprenez que nous voulons vous aider et aider la pauvre Lucy Wilson. Soyez certaine qu'en unissant nos efforts aux vôtres, nous calmerons vos alarmes et écarterons le danger.

— *Vous savez ?* dit-elle, haletante.

— Pas tout. Je sais qu'il s'est passé quelque chose au cours de votre visite à la cabane du crime. La meurtrière s'est servie du bouchon calciné comme d'un crayon pour écrire un message à vous destiné, et la conduite que vous avez adoptée par la suite montre clairement que ce billet contenait une menace.

D'un geste impatient, il chassa un nuage de fumée.

— Ce sont de simples conjectures. Je veux connaître les faits et entendre la vérité de votre bouche…

— Mais cela ne servira à rien, murmura-t-elle. Pensez-vous que je n'aie pas réfléchi à tout ceci et vous imaginez-vous que je me serais tue si j'avais cru pouvoir aider Lucy ?

— Permettez-moi d'être seul juge en la matière, Andrea.

Elle soupira.

— Tout ce que je vous ai dit précédemment est vrai... ou presque. J'ai bien reçu le télégramme, et j'ai emprunté le cabriolet de Burke pour me rendre à Trenton. Il était 8 heures lorsque j'arrivai à destination. Ayant corné à plusieurs reprises et n'ayant vu personne, j'entrai. La cabane était vide. Désagréablement impressionnée par le silence qui régnait à l'intérieur, je sortis presque aussitôt et, sautant dans la voiture, je partis en direction de Camden.

Elle se tut. Dans l'obscurité naissante, Bill s'efforçait de distinguer les traits de la jeune fille.

— Et puis vous êtes revenue, dit Ellery. Non pas à 9 heures, comme vous l'avez prétendu, mais bien avant, n'est-ce pas ?

— Il était 8 h 35 à la montre de la voiture.

L'avocat s'écria d'une voix rauque :

— Vous en êtes certaine, Andrea ?

— Oh, Bill ! gémit-elle.

Et à leur grande consternation, elle se mit à sangloter. Bill Angell se leva d'un bond.

— Andrea, qu'importe tout cela ? Ne pleurez pas. Je me suis conduit comme un misérable. Ne pleurez pas... J'ignorais que... Si seulement...

Comme elle glissait sa main dans celle du jeune homme, il la serra timidement, doucement, comme une chose infiniment précieuse. La nuit était tombée, et la pipe d'Ellery formait dans les ténèbres une tache lumineuse.

— Lors de ma première visite, à 8 heures, dit-elle d'une voix tremblante, la cabane était plongée dans l'obscurité, et j'avais allumé la lampe posée sur la table. A mon retour, elle brûlait toujours.

Le détective demanda brusquement :

— Il y avait une Ford dans l'allée lorsque vous êtes revenue, n'est-ce pas ?

— Oui. Je me suis même demandé à qui elle appartenait. Par la suite...

Elle se mordit la lèvre.

— Par la suite, j'ai appris que c'était la voiture de Lucy. J'entrai donc dans la cabane, comptant y trouver Joe.

— Oui ? fit Ellery.

Elle eut un rire nerveux.

— Quoique troublée, je ne m'attendais pas à voir... ce que je vis. M'arrêtant sur le seuil de la porte, j'aperçus tout d'abord la lampe et l'assiette posées sur la table. Mais déjà j'étais épouvantée. Un pressentiment... Je fis quelques pas dans la pièce, et puis...

— Andrea, murmura Bill.

— Je vis deux jambes étendues sur le plancher derrière la table. Puis ce fut le néant. Je ressentis à la nuque une douleur violente et je m'écroulai.

— Elle vous a frappé ? hurla Bill.

Après un long silence, Ellery déclara :

— La meurtrière vous a certainement entendue arriver. Elle aurait pu s'enfuir par la porte latérale mais, comme elle devait emmener la Ford pour compromettre Lucy, elle a préféré s'embusquer derrière la porte. Dès que vous êtes entrée, elle vous a frappée à la tête. J'aurais dû m'en douter. Le billet... Continuez, Andrea.

— Je revins à moi vers 9 heures, avec une migraine épouvantable et, comme je m'appuyais à la table pour me relever, je sentis quelque chose dans ma main.

— Quelle main ? dcmanda vivement le détective.

— La droite, celle qui était gantée. C'était un morceau de papier d'emballage, du même genre que celui qui se trouvait sur la cheminée.

— Quel idiot je fais ! J'aurais dû examiner plus attentivement ce paquet. Excusez-moi, Andrea. Continuez.

— Toujours étourdie, je vis que ce chiffon de papier comportait un message.

— Andrea, fit doucement Ellery. Si seulement... Où est ce billet ? Seigneur, soyez-nous favorable. L'avez-vous conservé, Andrea ?

D'un geste rapide, elle glissa sa main dans son corsage.

— Je savais qu'un jour... Malgré tout, dit-elle simplement, je l'ai conservé.

— Bill ! lança Ellery en se levant d'un bond. Une allumette, vite. Juste ciel, mes enfants, vous vous tiendrez la main plus tard !

Une allumette fusa. Les joues de Bill étaient cramoisies. Quant à Andrea, elle avait fermé les yeux. Mais déjà Ellery se penchait sur le message pour en étudier chaque lettre.

L'allumette s'éteignit, Bill en frotta une autre, puis une troisième.

— Eh bien ? demanda-t-il. Que dit ce billet ?

— Hein ? grommela l'autre. Pas grand chose. Puis-je conserver ce papier, Andrea ?... Voici le message : « *Si vous tenez à la vie de votre mère, vous ne direz rien de ce que vous avez vu ou entendu ce soir.* »

Le mot « rien » est souligné. Je crois, Bill, que nous devons à cette jeune fille de profondes excuses.

— Andrea, dit l'avocat humblement.

Puis il se tut, incapable de poursuivre tandis que la main de la jeune fille se resserrait autour de la sienne.

— Intéressant, continua Ellery d'un air distrait. Maintenant, je comprends les raisons de votre silence, Andrea. Oui, très intéressant en vérité. Votre mère ne sait rien de tout ceci, je suppose ?

— Oh ! non.

— Vous ne vous êtes confiée à personne ?

— Comment aurais-je pu le faire ? répondit-elle en frémissant.

— Evidemment.

— Mais maintenant, cette horrible femme doit être aux abois. J'ai été stupide, je l'avoue. Mais le télégramme que j'ai reçu cet après-midi m'a affolée. Imaginant déjà toutes sortes de catastrophes, je me suis aussitôt rendue à cette auberge et... A peine avais-je franchi la porte qu'une main m'appuyait un tampon sur la bouche. Je me suis évanouie.

— Avez-vous vu un visage, une main, un vêtement ?

— Non, rien.

— Deuxième avertissement. Remarquable !

— En quoi est-ce remarquable ? demanda Bill.

— Pardonnez-moi, je pensais tout haut. En tout cas, cet avertissement n'a pas eu l'effet désiré. Au lieu de vous réduire au silence, il vous a amenée à parler.

— Ne comprenez-vous pas, s'écria Andrea, que la femme qui m'a attaquée cet après-midi est la même que celle qui m'a glissé cet avertissement dans la main, le soir du crime ? Et maintenant, je suis certaine...

— De quoi ? demanda Bill.

— Certaine que cette femme n'est pas votre sœur. Je n'ai jamais cru à la culpabilité de Lucy mais, cette fois, j'ai la preuve de son innocence. C'est d'ailleurs ce qui m'a décidé à parler.

— Mais votre mère...

— Croyez-vous, murmura-t-elle, que quelqu'un...

— Personne ne sait que nous sommes ici, Andrea, dit Ellery avec douceur. Et, dès que votre mère sera rentrée, nous veillerons à ce qu'elle soit protégée à son insu. Cependant ce billet... Pas de formules de politesse, pas de signature : il fallait s'y attendre. D'autre part, la longueur relative du message semble avoir gêné la personne qui l'a rédigé. Les mots « entendu ce soir » sont à peine marqués. Ceci explique également le nombre d'allumettes utilisées. La flamme d'une allumette appliquée à un morceau de liège n'en attaque que la surface ; un trait ou deux, et la partie carbonisée disparaît, nécessitant l'emploi d'une autre allumette... Andrea, lorsque vous êtes entrée et avant d'être frappée à la tête, avez-vous vu sur la table le coupe-papier muni du bouchon ?

— Non. Il ne s'y trouvait pas à ce moment-là. Ce n'est qu'en reprenant connaissance que je l'ai aperçu.

— Bon. Par conséquent lorsque vous êtes entrée, il était planté dans le cœur de Gimball. Après vous avoir frappée, la meurtrière arracha l'arme de la plaie et y adapta le bouchon qu'elle passa à la flamme avant de rédiger le message à vous destiné. Puis elle vous glissa le billet entre les doigts et s'enfuit dans la Ford de Lucy. Vous n'avez même pas aperçu celle qui vous a frappée, Andrea ?

— Non.

— Qu'est-il arrivé lorsque vous avez repris connaissance ?

— J'ai lu le message, puis j'ai vu Joe, étendu sur le sol et baignant dans une mare de sang... il semblait mort. Je crois avoir crié en le reconnaissant.

— Ce cri, murmura Bill, je l'ai réentendu cent fois en rêve.

— Pauvre Bill... Saisissant mon sac à main, je me ruai vers la porte. Puis, apercevant les phares d'une automobile sur la grand'route et redoutant d'être trouvée seule près du cadavre de mon beau-père, je m'enfuis. Rentrée à New York, je changeai vivement de toilette avant de gagner le Waldorf où je m'excusai de mon retard que je mis sur le compte d'une migraine. Vous connaissez la suite.

— Avez-vous reçu d'autres messages, Andrea ? demanda Ellery.

— Un seul. Le lendemain de... vous savez. C'était un télégramme qui disait simplement : « *Taisez-vous* ».

— Où est-il ?

— Je l'ai détruit. Je ne pensais pas...

— A quel bureau avait-il été expédié ?

— Je ne l'ai pas remarqué. J'étais littéralement pétrifiée.

La voix de la jeune fille se fit plus forte.

— Oh ! comment aurais-je pu me confier à vous, sachant que quelqu'un guettait dans l'ombre, prêt à se venger sur ma mère ?

— Andrea... dit Bill avec tendresse.

— Mais ce que je viens de vous rapporter doit innocenter Lucy. L'agression dont j'ai été victime aujourd'hui prouve qu'elle n'a pu...

— Non, Andrea. Au point de vue juridique, ce n'est pas une preuve et Pollinger dirait que cette agression a été machinée par les amis de Lucy afin de démontrer qu'elle est innocente du crime pour lequel elle a été condamnée.

— Je suis d'accord avec Bill, opina le détective. Nous allons adopter un plan différent. Andrea, vous ne parlerez de cette agression à personne, pas même à votre mère. Celle qui vous a attaquée en déduira que vous avez pris son avertissement au sérieux et se sentira plus tranquille – de sorte que vous serez vous-même en sécurité.

— Mais, Ellery... protesta l'avocat.

— Non, non, il n'y a pas de danger. Et maintenant, Bill, nous allons nous retirer. La mère d'Andrea ne va pas tarder à rentrer et mieux vaut éviter des explications pénibles... Devons-nous vous...

Il s'interrompit. Quelqu'un s'avançait parmi les fourrés.

— Pas un mot, Bill, chuchota Ellery. Venez ici, vite ! Andrea, ne bougez pas et tenez-vous prête à fuir à la moindre alerte.

Une voix d'homme cria :

— Andrea !

— Burke, murmura la jeune fille.

— Andrea !

C'était maintenant un rugissement de colère.

— Où diable êtes-vous ? Je ne vois rien dans cette obscurité.

Ils l'entendirent piétiner les derniers taillis et s'avancer vers eux en soufflant.

— Je suis ici, Burke, dit Andrea d'une voix calme.

Jones grommela :

— Ah ! vous voici. Vous me fuyez, Andy ? Quelle façon vous avez de traiter un fiancé ! J'ai dû vous suivre à la piste. Que diriez-vous d'un petit baiser ? Venez...

— Bas les mains... Vous êtes ivre.

— A peine quelques verres. Allons, Andy, donnez-moi un baiser.

Dissimulés dans l'ombre, les deux amis entendirent un bruit de lutte puis celui, plus sec, d'une gifle.

— Je vous avais dit de baisser les mains, fit la jeune fille. Je n'aime pas les ivrognes. Maintenant partez, Burke.

— C'est ainsi que vous le prenez, hein ? grommela l'autre. Très bien, vous l'aurez voulu. Maintenant...

— Cessez ce jeu ignoble...

— Vous préférez sans doute un avocat de Philadelphie ? Je ne veux pas que ma fiancée s'amuse avec d'autres hommes. Vous êtes ma propriété, Andy ; je vous ai, je vous garde. Maintenant donnez-moi ce baiser et vite...

— Burke, tout est fini entre nous. Voulez-vous partir ?

— Fini ! Oh ! non. Que voulez-vous dire ?

— C'est la rupture. Je reprends ma liberté. Je me suis trompée. Vous n'êtes pas vous-même ; vous avez bu, Burke. Et maintenant partez.

— Ce qu'il vous faut, ma petite, c'est une bonne correction... Venez ici !

Comme la jeune fille se débattait, Bill quitta silencieusement sa cachette pour s'avancer vers elle. Ellery hésita puis, haussant les épaules, s'enfonça plus profondément dans l'ombre des taillis.

Il entendit Jones s'exclamer :

— Que...

— Ici, Bill Angell. Je ne vous vois pas, jeune salaud, mais je vous sens.

— Lâchez-moi !

— Votre bras est guéri ?

— Sûr. Vous allez me lâcher, sinon...

Un poing sonna contre un os tandis qu'un corps s'effondrait dans l'herbe.

— J'ai honte de m'attaquer à un ivrogne, grommela Bill, mais vous l'aurez voulu.

Jones se releva.

— Oh ! mais c'est le petit Bill ? Il avait rendez-vous dans la nuit, hein ?

Puis il s'élança en vociférant des injures.

— Bill, je vous en prie ! s'écria Andrea.

Bill joua vigoureusement des poings, et Jones tomba pour la seconde fois.

— Et maintenant, êtes-vous décidé à partir ?

L'autre se taisait. Soudain il bondit, et pendant plusieurs secondes Ellery n'entendit plus qu'un bruit de chair martelée accompagné de rauques halètements. Enfin, quelqu'un s'effondra.

Jones lança un juron ; puis se redressa et s'éloigna en titubant.

Ellery sortit des taillis.

— Mes compliments, dit-il sèchement. Savez-vous ce que vous êtes, preux chevalier ? Vous êtes un imbécile... Enfin... Que Dieu vous bénisse, mes enfants. Devons-nous vous ramener à la maison, Andrea ?

— Je vous retrouverai près de la voiture, fit Bill d'un air songeur.

Et, sous l'œil amusé du détective, il s'éloigna en compagnie de la jeune fille.

Lorsque enfin il rejoignit son ami, son visage était rayonnant. A la lueur du tableau de bord de la

Duesenberg, Ellery lui jeta un regard furtif, puis démarra en souriant.

Ellery et Bill prenaient leur petit déjeuner dans le living-room des Queen lorsque la sonnette retentit. Ils entendirent Djuna parlementer dans l'antichambre.

— Djuna ! lança Ellery. Qui est-ce ?

— Une demoiselle.

Le jeune domestique avait l'air bourru car, depuis sa plus tendre enfance, il avait toujours été misogyne.

— Juste ciel, s'écria Andrea, paraissant derrière lui, ce jeune ogre m'a presque dévorée. Vous ne recevez pas beaucoup de femmes, je suppose… Oh !

Bill se leva à demi, fermant le col de sa robe de chambre sur son pyjama rayé.

— Oh ! s'écria-t-il à son tour.

— Ma chère Andrea, fit observer Ellery avec un sourire, vous nous surprenez en… Tant pis. Entrez, entrez ! Quant à toi, Djuna, montre-toi poli à l'avenir envers cette dame, sinon je te tords le cou.

Les sourcils froncés, le jeune domestique regagna la cuisine. Il en revint bientôt, apportant le calumet de la paix sous forme d'une tasse, d'une soucoupe, d'une serviette et d'une cuiller.

— Du café ? grommela-t-il et il se retira.

— Quelle nature rafraîchissante ! dit Andrea en éclatant de rire. Il me plaît beaucoup.

— Vous lui plaisez également. Il réserve son air sévère aux personnes qui lui sont sympathiques.

— Bill Angell, vous paraissez gêné. Je croyais que les célibataires gardaient leur sang-froid en toutes circonstances.

— C'est à cause du pyjama.

— Il est en effet curieux. Il vous appartient, Mr Queen ?

Vêtue d'une robe claire, elle avait retrouvé sa grâce et son entrain, semblant n'avoir gardé aucune trace de ses mésaventures de la veille.

— C'est ma libido qui se manifeste ainsi, répliqua Ellery. Andrea, vous paraissez en forme ce matin.

— En effet, j'ai passé une bonne nuit, fait une promenade à cheval dans Central Park, et me voici. Et vous qui n'êtes même pas habillés à 10 heures et demie !

— C'est la faute de Bill. Il ronfle, vous savez. Il m'a tenu éveillé pendant la moitié de la nuit.

— Bill !

— Ce n'est pas vrai ! Je n'ai jamais ronflé de ma vie !

— Dieu merci. Je ne pourrais supporter un homme qui...

— Oh ! vraiment ? rétorqua le jeune juriste. Je ronflerai quand j'en aurai envie, et je voudrais bien voir la femme...

Andrea fit observer d'un ton malicieux :

— Regardez, le petit garçon est en colère. Oh ! Bill, j'aime voir vos yeux s'allumer ainsi...

— A propos, demanda vivement Ellery, tout s'est-il bien passé hier soir ?

— Oh ! oui. Mère est rentrée peu après votre départ. Elle a été surprise de me voir là, mais j'ai inventé une excuse et l'ai décidée à repartir.

— Vous n'avez pas eu de difficultés ? interrogea Bill avec anxiété.

— Non. A part une lettre frénétique de la mère de Burke. Vous ne la connaissez pas, n'est-ce pas ?

Ellery répliqua sèchement.

— Je n'ai pas ce plaisir. A-t-elle la passion des chevaux, comme son fils ?

— Pire ! Elle a l'aviation dans le sang – à l'état aigu. Elle vole toute la journée, et fait peur aux professionnels. Des cheveux gris coupés court, un profil romain, une fortune colossale… Eh bien ! la chère Mrs Jones voulait savoir ce qui était arrivé à son Burkie chéri.

— Oh ! fit Bill, en scrutant le visage d'Andrea avec inquiétude.

— Il paraît, reprit la jeune fille, qu'il est rentré avec l'œil poché, le nez écrasé et une dent en moins. Burke est très fier de son physique, et il va certainement se retirer de la circulation pendant un moment.

— Ses poneys de polo ne s'en plaindront pas, marmonna Bill. Avez-vous…

— Et naturellement, continua Andrea, Mrs Jones voulait savoir pourquoi j'avais rompu nos fiançailles. Ma mère s'en est mêlée et j'ai cru que la dame allait avoir une attaque.

— Avez-vous… recommença Bill.

— Non.

Elle baissa les yeux.

— J'ai pensé que ce premier choc suffisait pour le moment. Plus tard…

Elle sourit.

— Vous devez vous demander pourquoi je suis ici. Ce matin, à mon réveil, je me suis souvenue d'un fait que j'avais oublié hier soir. Il est sans importance, mais puisque vous voulez tout savoir…

— Andrea…

Ellery se leva, puis se rassit.

— Cela concerne-t-il la nuit du crime ?

— Oui, c'est quelque chose que j'ai vu avant d'être frappée.

— Que vous avez *vu !* s'écria le détective avec impatience. Parlez, Andrea. De quoi s'agit-il ?

— Des allumettes qui se trouvaient sur l'assiette.

Elle haussa les épaules.

— Vous voyez que c'est sans importance. Mais elles étaient différentes.

Bill bondit vers la fenêtre frappé d'une idée soudaine. En bas, rangée le long du trottoir, une magnifique limousine étincelait au soleil ; derrière stationnait un cabriolet au volant duquel se tenait un individu à mine patibulaire.

— Andrea ! Vous n'auriez pas dû venir avec cette voiture si voyante... Que cette femme apprenne...

La jeune fille pâlit. Mais Ellery s'impatienta.

— Il n'y a pas de danger, Bill. Allons, allons, Andrea, parlez-moi de ces allumettes. En quoi étaient-elles différentes ?

Andrea gardait les yeux fixés sur Bill.

— Elles étaient moins nombreuses.

— Moins nombreuses ? A quel moment ?

— Lorsque je me tenais près de la table, avant d'être attaquée.

— Ainsi, avant que cette femme vous eût frappée, l'assiette contenait moins d'allumettes que... quand ?

— Qu'au moment où j'ai repris connaissance.

Ellery se leva.

— Voyons, Andrea, dit-il avec douceur, mettons les choses au point. Vous êtes entrée, vous vous êtes avancée vers la table, avez vu l'assiette, avez été frappée et, lorsque vous avez repris connaissance, vous avez remarqué qu'il y avait davantage d'allumettes sur l'assiette qu'au moment de votre arrivée. Est-ce exact ? Maintenant, combien y en avait-il en plus ? Réfléchissez bien. Il me faut un *chiffre exact*.

Andrea était stupéfaite.

— Mais en quoi cela...

— Andrea, répondez à ma question !

Elle fronça les sourcils.

— Je ne me rappelle pas combien il y en avait *en plus* lorsque j'ai repris connaissance, mais seulement combien il y en avait sur l'assiette lors de mon arrivée.

— Ça suffira.

— Il y en avait six, j'en suis certaine. J'ai dû les compter machinalement.

— Six. Six...

Ellery arpentait la pièce.

— Consumées ?

— Oui.

— Bon.

— Mais Ellery, dit Bill avec lassitude, qu'importe le nombre d'allumettes qu'elle a vues ?

Ellery eut un geste d'impatience. Andrea et Bill se regardèrent d'abord avec perplexité puis, comme leur compagnon se mettait à compter sur ses doigts, avec intérêt.

— Andrea, demanda soudain Ellery, dans quel état se trouvait l'assiette lors de votre première visite à la cabane ?

— A 8 heures ?

— Oui.

— Elle était vide.

— *Wunderlich*[1] *!* Andrea, ce fait est capital. Etes-vous certaine de n'avoir rien oublié ? Si seulement...

Il s'interrompit pour retirer son pince-nez.

— Non, je ne le pense pas. Je crois que c'est tout.

— Je vous en supplie, Andrea, réfléchissez. La table... Essayez de vous représenter la table telle que vous l'avez vue. Qu'y avait-il dessus à 8 heures ?

— L'assiette vide. La lampe, éteinte, et c'est tout.

— Et à 8 h 35, lorsque vous êtes revenue ? Avant l'agression ?

— La lampe, l'assiette contenant les six allumettes consumées et... oh !

— Oh ! fit Ellery. Nous avons touché une corde mnémonique.

1. Bizarre !

D'une voix haletante, elle déclara :

— Il y avait autre chose, je m'en souviens : c'était un étui d'allumettes fermé !

— Ah ! dit Ellery en remettant son pince-nez. Voilà qui est intéressant. Cet étui d'allumettes, Andrea, comment était-il ?

— Tout à fait quelconque.

— C'est tout, Andrea ? Vous en êtes sûre ?

— Je ne vois vraiment pas. Oui, c'est tout.

Les yeux du jeune homme brillaient d'un feu étrange.

— Examinons maintenant ce qui se trouvait sur la table lorsque vous avez repris connaissance.

— L'assiette avec les allumettes consumées, la lampe, cet horrible coupe-papier maculé de sang, le bouchon carbonisé sur la pointe...

— Rien d'autre ?

Elle réfléchit un moment.

— Non.

Ellery considéra la jeune fille avec curiosité. Puis, se levant, il dit à Bill :

— Voulez-vous vous charger de ne plus quitter Andrea pendant quelques jours ? J'ai changé d'avis. Il peut y avoir du danger maintenant plus qu'hier soir.

— Je vous l'avais bien dit ! clama Bill, levant les bras au ciel. Que dois-je faire, Ellery ?

— Ramener Andrea chez elle et y rester. Suivez-la comme son ombre.

— Vous croyez vraiment... commença la jeune fille d'une voix faible.

— C'est plus prudent, Andrea. Allons, Bill, allons, ne restez pas planté là comme un mannequin !

L'avocat se rua dans la chambre à coucher d'où il revint presque aussitôt entièrement habillé et le visage congestionné.

— Attendez un instant, dit Ellery.

A son tour, il se dirigea vers la chambre pour reparaître bientôt, un revolver à la main.

— Prenez cet instrument. Attention, il est chargé. Vous savez vous en servir ?

— Oui.

— Grand Dieu ! Quittez cet air affolé, Andrea ! Ce n'est qu'une mesure de sécurité. Et maintenant, filez tous les deux. Prenez bien soin d'elle, Bill !

— J'aurai peut-être des difficultés avec la famille d'Andrea, dit l'avocat en souriant. Est-ce pour cela que vous m'avez donné cette arme ?

— Vous pourrez l'essayer sur le si aimable maître d'hôtel.

Souriant toujours, Bill saisit le bras d'Andrea et entraîna la jeune fille vers la porte. S'approchant de la fenêtre, Ellery surveilla le départ de ses deux amis. Ils montèrent dans la limousine et disparurent. Peu après, le cabriolet rangé non loin de là démarrait à son tour.

Les yeux brillants, le jeune détective bondit vers l'appareil téléphonique et appela l'interurbain.

— Allô, De Jong... De Jong ? Ici Ellery Queen. Oui, de New York... Très bien, merci. Dites-moi, De Jong, qu'est-il advenu des pièces à conviction de l'affaire Wilson ?

— Vous vous y intéressez donc encore ? grommela le chef de la police de Trenton. Quelles pièces à conviction ?

— L'assiette que vous avez emportée le soir du crime et qui contenait des allumettes.

— Oh ! elle est rangée dans nos archives. Pourquoi ?

— Pour des raisons que je ne puis définir. De Jong, rendez-moi un service. Allez chercher l'assiette et son contenu et... – Il s'arrêta. – *Comptez les bouts d'allumettes*.

— Quoi ? Est-ce une plaisanterie ?

— Je n'ai jamais été plus sérieux de ma vie. Comptez ces allumettes et rappelez-moi. Je vous attends.

Il donna son numéro, et De Jong raccrocha en maugréant. Ellery arpenta fiévreusement son appartement. Enfin la sonnerie retentit.

— Eh bien ? lança-t-il.

— Vingt.

— Vingt, répéta lentement Ellery. Vraiment ? Merci, De Jong, merci beaucoup !

Raccrochant aussitôt, il se rendit dans le living-room où il trouva Djuna occupé à débarrasser la table.

— Djuna, dit-il, tu as toujours été très fort en mathématiques. Combien reste-t-il lorsqu'on retire vingt de vingt ?

Le jeune domestique prit un air méfiant.

— Un enfant vous répondrait. Il reste zéro.

— Non, mon enfant, erreur. Quand on retire vingt de vingt, il reste *le tout*... N'est-ce pas curieux, Djuna ?

L'autre poursuivit sa tâche sans répondre, sachant l'inutilité de toute contestation.

Après un moment de silence, Ellery s'écria avec un étonnement admiratif :

— Le tout ! Juste ciel, la chose est aussi claire qu'un matin de printemps.

— Ouais, fit Djuna, ironique.

Le détective s'assit dans le grand fauteuil réservé à l'inspecteur.

— Aussi claire qu'un matin de printemps. Plus claire même. Il se leva d'un bond.

— Oui, par le diable ! clama-t-il.

Et il se rua vers l'appareil téléphonique.

DÉFI AU LECTEUR

« Le public, a dit un jour De Quincey, ne sait pas deviner. » Si cette doctrine de Tommy l'épicurien se justifiait pour le public de son temps, elle n'est plus valable de nos jours, car l'homme moyen a beaucoup évolué au cours du dernier siècle. Tous les auteurs de romans policiers vous diront que le public moderne sait fort bien deviner trop bien si vous voulez mon avis. En fait, si j'en juge par les lettres que je reçois, il semble que le lecteur qui se laisse abuser soit l'exception plutôt que la règle.

Mais nous nous défendons de notre mieux. Deviner n'est pas loyal car le nombre des personnages d'un roman policier est nécessairement limité ; et il arrive toujours un moment où le lecteur est amené à soupçonner à son tour celui qui sera finalement reconnu coupable de toutes les vilenies...

Pendant plusieurs années, ma voix a retenti dans le désert, suppliant les lecteurs de réprimer leur goût de la devinette et de jouer le jeu de façon scientifique. C'est plus difficile, mais combien plus amusant aussi !

Pourquoi ne pas commencer avec le problème de l'assassinat de Joseph Kent Gimball ?

A ce point du récit, vous êtes en possession de tous les faits nécessaires à la découverte d'une solution complète et logique. Votre tâche consiste donc à choisir les indices capitaux, à les assembler selon un ordre rationnel et, partant de là, à trouver le seul criminel possible.

Si vous échouez, vous pourrez toujours essayer de deviner. Et si vous réussissez, faites-le-moi savoir. Cette dernière recommandation est d'ailleurs superflue car, si vous réussissez, cela prouvera que je ne me suis pas trompé !

Ellery QUEEN.

5

La vérité

Ellery ouvrit les hostilités un samedi. Etait-ce un pur hasard ou le résultat d'un calcul cynique, personne ne le sut jamais, mais cette simple coïncidence suffit à accroître la tension de l'atmosphère, les intéressés ne pouvant manquer de se rappeler cet autre samedi où Gimball avait senti au cœur la froide morsure de l'acier ; et ce sanglant souvenir se reflétait clairement sur tous les visages.

— Si je vous ai rassemblés ici, mesdames et messieurs, annonça Ellery dans l'appartement des Borden, ce n'est pas pour vous faire un discours. Certains d'entre vous, se sentant rassurés par la monotonie du *statu quo ante*, sont peut-être entrés dans un état voisin de la léthargie. Ce serait infiniment regrettable, car avant la fin de la journée, je vous aurai réveillés non sans brutalité.

— Que voulez-vous dire ? lança Jessica. N'aurons-nous jamais la paix ? Et de quel droit…

— Au point de vue juridique, je n'ai aucun droit. Néanmoins, déclara le jeune homme avec un soupir, je vous demanderai de vous plier momentanément à mes caprices. Voyez-vous, la tragédie de la mort de Joseph Kent Gimball va être exhumée.

— Vous rouvrez l'enquête, Mr Queen ? grommela Jasper Borden qui avait insisté pour être présent à l'entretien.

— Cher monsieur, elle n'a jamais été close. Lucy Wilson a été condamnée, mais sa condamnation n'a pas résolu le problème. Certaines forces n'ont cessé d'agir depuis les douloureux débats de Trenton. Elles ont travaillé sans relâche, et je suis heureux de vous annoncer que leurs efforts ont été couronnés de succès.

— Je ne vois pas en quoi tout ceci nous intéresse, dit le sénateur Frueh en caressant sa barbe. Si vous avez découvert des faits nouveaux, adressez-vous au procureur général du Comté de Mercer. Pourquoi harceler tout le monde ?

— Vous m'étonnez, sénateur, répliqua Ellery avec un soupir. Si je pouvais épargner qui que ce soit, je le ferais, mais je regrette d'être obligé de vous imposer ma présence pendant un moment encore. Après... mais ne parlons pas de l'avenir. J'ai constaté que l'avenir devient toujours ce qu'il doit être quels que soient les efforts que l'on tente pour en modifier le cours.

Jessica jouait avec son mouchoir d'un air agacé. Grosvenor Finch l'observait avec inquiétude. Seuls Andrea et Bill Angell gardaient leur calme, et tous deux avaient les yeux fixés sur Ellery.

— Pas d'objections ? murmura le détective. Merci.

Consultant sa montre-bracelet, il reprit :

— Je crois que nous pouvons partir.

— Partir ? interrogea Finch. Où nous emmenez-vous ?

Ellery saisit son chapeau.

— A Trenton.

— A Trenton ! fit Mrs Gimball.

Comme ils se taisaient tous, le sénateur Frueh se leva d'un bond.

— Maintenant vous allez trop loin ! s'écria-t-il, tendant vers le détective un index menaçant. Vous n'avez aucun droit... J'interdis à mes clients...

— Mon cher sénateur, refuseriez-vous de vous rendre sur la scène du crime ?

— Je n'y suis jamais allé !...

— Vous me rassurez. Alors, nous partons ?

Bill fut le seul à se lever. Le vieux millionnaire s'enquit de sa voix de basse :

— Puis-je vous demander ce que vous comptez obtenir par des procédés aussi insolites, Mr Queen ?

— Je préfère ne pas vous exposer mes projets. Sachez seulement que nous allons reconstituer l'assassinat de Joseph Kent Gimball.

— Est-ce vraiment nécessaire ?

— Indispensable. Maintenant, mesdames et messieurs, je vous en prie. Il me déplairait infiniment d'avoir à exercer sur vous une pression officielle.

— Je n'y vais pas, dit Jessica Borden, boudeuse. J'en ai assez. Il est mort et cette femme est... Pourquoi ne nous laissez-vous pas tranquilles ?

— Jessica...

Le vieil infirme tourna vers sa fille son seul œil vivant.

— Habillez-vous.

Elle se mordit la lèvre, puis d'un ton soumis répondit :

— Oui, père.

Et elle se leva pour gagner sa chambre.

Un long silence s'ensuivit.

— Je crois, dit enfin Jasper Borden, que je vais vous accompagner. Andrea, sonnez l'infirmière.

— Mais, grand-père... !

— Avez-vous compris ce que je vous ai dit ?

Tous se dispersèrent dans la maison à la recherche de leurs vêtements.

Andrea fut la première à reparaître. Elle portait un manteau de drap léger et sa main droite, enfouie dans sa poche, semblait étreindre un revolver. Bill s'avança vers elle, mais elle secoua la tête et, jetant un coup d'œil à la ronde, se tourna vers Ellery.

Le détective observa la poche en fronçant les sourcils, puis il entraîna la jeune fille dans le corridor.

— Je voulais vous parler avant de... commença-t-elle à voix basse.

— Andrea, qu'y a-t-il ?

— Ceci.

Elle tira la main de sa poche.

— Cet objet m'est arrivé ce matin par la poste.

C'était un groupe de statuettes en terre cuite représentant trois singes accroupis sur un piédestal. Le premier avait les pattes devant la bouche, le second devant les yeux et le troisième sur les oreilles.

— Ne rien dire, ne rien voir, ne rien entendre, chuchota Andrea. N'est-ce pas insensé ?

Elle eut un rire nerveux.

— Mais cela m'épouvante. C'est...

— Un nouvel avertissement, dit Ellery, les sourcils froncés. Notre proie commence à s'énerver. En avez-vous parlé à Bill ?

— Non. Je ne voulais pas l'inquiéter. Pauvre Bill ! Il m'a été si utile...

— Remettez cela dans votre poche, dit vivement le détective. Voici quelqu'un.

La porte de l'ascenseur s'ouvrit pour laisser passer Burke Jones.

— Ah ! Jones ! C'est aimable à vous d'être venu, dit Ellery.

Andrea rougit et se retira précipitamment dans l'appartement. Les yeux de Jones, hargneux et injectés de sang, restaient fixés sur la porte par laquelle la jeune fille avait disparu.

— J'ai reçu votre message, dit-il d'une voix épaisse et avinée. Sais pas pourquoi je suis venu. On ne tient guère à ma présence ici.

— Ni à la mienne, répondit Ellery d'un ton jovial.

— Que se passe-t-il, Sherlock ?

— J'ai pensé qu'il vous plairait de vous joindre à nous. Nous partons pour Trenton.

Jones éclata de rire.

— Ou pour l'enfer. Ça revient au même pour moi.

Ce fut dans un profond silence qu'Ellery introduisit ses compagnons dans la cabane du crime. Ils faisaient tous des efforts désespérés pour garder leur sang-froid ;

tous, sauf Jasper Borden dont l'œil unique ne laissait échapper aucun détail. Finch et Bill Angell éprouvèrent quelque difficulté à faire entrer dans la maison le fauteuil roulant du vieil infirme.

Ils se retrouvèrent enfin à l'intérieur et se rangèrent le long des murs.

Debout, au centre de la pièce, Ellery restait silencieux, les laissant se pénétrer de l'atmosphère de la chambre.

— Maintenant, si vous le permettez, dit-il soudain en se dirigeant vers la porte, je vais chercher les accessoires, pour parler le langage technique qui convient aux circonstances. Que personne ne bouge !

Il sortit d'un pas rapide. La porte latérale était fermée, mais soudain elle s'ouvrit, révélant la longue et svelte silhouette d'Ella Amity.

— Hello, lança-t-elle.

Elle ne portait pas de chapeau et sa chevelure rousse formait autour de sa tête une auréole flamboyante.

— C'est la petite Ella, Messeigneurs... Puis-je entrer ?

Avançant de quelques pas, elle ferma tranquillement la porte et s'immobilisa, le regard brillant.

— C'est donc ici qu'il est mort ? marmonna Jones, ses yeux injectés de sang fixés sur le tapis.

— Taisez-vous, Burke, jeta Finch d'un ton irrité.

Andrea était assise dans le fauteuil qu'occupait Lucy Wilson le soir du drame. Immobile, elle semblait endormie.

La porte s'ouvrit et Ellery reparut, une grande valise à la main.

— Ella Amity, murmura-t-il. D'où sortez-vous ?

Il paraissait troublé.

— Mon petit doigt m'a dit qu'il allait se passer quelque chose, répondit-elle, et me voici.

— Comment êtes-vous venue ?

— A pied. C'est excellent pour la ligne. Ne vous tracassez pas, mon cher, tout va bien. Que se passe-t-il ici ?

— Taisez-vous et vous l'apprendrez peut-être.

Le détective posa sa valise sur la table.

— Bill, je désire que vous alliez me faire une commission en ville.

Le jeune homme grommela :

— Que...

Mais, son ami lui ayant chuchoté quelques mots à l'oreille, il inclina la tête et se retira. Comme il avait laissé la porte ouverte, Ellery s'empressa de bien la refermer.

Puis, sans un mot, il s'avança vers la table, ouvrit la valise et entreprit d'en retirer différents objets qui n'étaient autres que les pièces à conviction recueillies par De Jong. Lorsqu'il eut tout mis en place, il se rapprocha de la table et s'immobilisa sous l'éclat de la lampe.

— Là, dit-il, la mise en scène est terminée. Vous remarquerez que les vêtements de Gimball sont de nouveau pendus au portemanteau, que le paquet contenant la garniture de bureau destinée à Bill Angell a retrouvé sa place sur la cheminée et que l'assiette vide se trouve sur la table. Il ne manque que le corps de la victime, mais je suis certain que votre imagination saura suppléer à cette absence.

» Et maintenant, continua-t-il d'un ton alerte, laissez-moi reconstituer pour vous les événements antérieurs à la soirée du 1er juin. Cette récapitulation vous permettra de comprendre plus aisément la suite de l'histoire.

Le sénateur Frueh intervint :

— Quelles que soient vos intentions, je trouve ridicule...

Ellery l'interrompit :

— Je vous demanderai, comme aux autres d'ailleurs, d'observer le silence. Plus tard, vous aurez l'occasion de parler autant que vous le désirerez.

— Taisez-vous, Simon, ordonna Jasper Borden du coin de la bouche.

— Merci, Mr Borden.

Ellery fit un geste de la main.

— Observez bien. Nous sommes revenus à l'après-midi du samedi 1er juin. Dehors, il pleut à verse et la pluie fouette les vitres. Il n'y a personne ici. Il fait encore jour, la lampe n'est pas allumée, le paquet ne se trouve pas sur la cheminée. Les portes sont fermées.

Quelqu'un soupira. Ellery continua d'une voix impitoyable :

— Il est 5 heures, Joseph Kent Gimball est à New York, dans son bureau. Il est venu de Philadelphie dans sa vieille Packard. Il a envoyé deux télégrammes, l'un à Bill Angell, l'autre à Andrea, leur demandant de le retrouver ici à 9 heures du soir et leur donnant des indications précises sur l'emplacement de cette maison. Pour plus de sûreté, il a même téléphoné à Bill afin de le prier instamment d'être fidèle au rendez-vous.

» Que fait-il à 5 heures ? Il quitte son bureau, prend place dans sa Packard et part en direction de Trenton. Dans la voiture, il emporte la mallette d'échantillons et la garniture de bureau destinée à son beau-frère. Il atteint cette cabane à 7 heures et range sa voiture dans l'allée latérale. Peu après, la pluie cesse de tomber, mais elle a effacé toutes les empreintes de pas et de pneus, laissant pour ainsi dire un sol vierge.

Le sénateur Frueh marmonna quelques paroles qui ressemblaient à « histoires à dormir debout », mais s'interrompit brusquement en voyant le regard furibond que lui jetait le vieux millionnaire.

— Du calme, sénateur, lança Ella Amity. Vous n'êtes pas au Sénat… Continuez, Ellery. Vous me passionnez.

— Gimball est dans cette pièce, reprit tranquillement le détective. Il va et vient, pose le paquet sur la cheminée, s'arrête devant la fenêtre pour scruter le ciel : le temps s'est éclairci. Il se sent tourmenté et, comme il est en avance, il décide d'aller faire une promenade pour se distraire de ses sombres pensées. Il sort par la porte latérale et se dirige vers la remise à bateaux, laissant l'empreinte de ses pas dans la boue du sentier. Il sort son voilier et fait un tour sur la rivière pour se calmer les nerfs. Il est 7 h 15.

» Jusqu'ici, j'ai décrit ce qui s'est probablement passé, car il ne faut pas oublier que le personnage en question est mort et enterré. Mais maintenant nous arrivons à la réalité. Andrea, j'aurai besoin de votre assistance. Il est 8 heures ; vous venez d'arriver, et vous avez rangé la Cadillac de Mr Jones dans l'allée principale, en direction de Camden. Voulez-vous refaire devant nous ce que vous avez fait à ce moment-là ?

Se levant sans un mot, la jeune fille se dirigea vers la porte. Elle était livide :

— Dois-je… sortir ?

— Non, non. Admettons que vous veniez d'entrer et que la porte soit ouverte.

— La lampe était éteinte, murmura-t-elle.

Ellery eut un geste, et ce fut l'obscurité.

— Continuez, Andrea !

Ils l'entendirent se diriger lentement vers la table.

— Je… Je jetai un coup d'œil à l'intérieur. La pièce était vide. Je m'approchai de la table pour allumer la lampe – comme ceci.

Il y eut un déclic, et la lumière reparut. Elle recula et se mit à examiner la cheminée, le portemanteau, les murs délabrés. Puis, ayant consulté sa montre-bracelet, elle reprit le chemin de la porte.

— C'est tout, dit-elle en un murmure.

— Fin de la scène 1. Merci, vous pouvez vous asseoir.

Elle obéit.

— Andrea s'aperçoit qu'elle a une heure d'avance ; elle sort, monte dans le cabriolet et part en direction de Camden. La meurtrière arrive à 8 h 15.

Ellery s'interrompit et le silence devint intolérable.

— Elle est arrivée dans le coupé Ford de Lucy Wilson qu'elle a volé dans le garage de Fairmount Park. Elle s'avance à pas lents vers le perron, ouvre la porte, la referme et se retourne, prête à…

Ellery était à proximité de la porte, mimant la scène sous l'œil fasciné de ses auditeurs.

— Voyant que la pièce est vide, elle se sent rassurée et soulève son épaisse voilette. Tout d'abord intriguée par l'absence de Gimball, elle devine, en apercevant la Packard devant la maison et la lampe allumée, qu'il ne doit pas être loin. En attendant son retour, elle va et vient nerveusement dans la pièce. Soudain elle aperçoit le paquet.

S'avançant vers la cheminée, il arracha brutalement le papier d'emballage, découvrant la garniture de bureau qu'il transporta sur la table.

— Inutile de préciser, ajouta-t-il alors, qu'elle portait des gants.

Il saisit le coupe-papier et la petite carte.

— Remarquez à quel point la chance a favorisé cette femme. Elle trouve la carte indiquant que cette garniture de bureau est un don de Lucy et Joseph Wilson. Elle a déjà volé la voiture de Lucy pour la compromettre ; et voilà qu'elle découvre, à portée de sa main, une arme plus dangereuse encore pour la jeune femme. Elle remet le paquet sur la cheminée, mais garde le coupe-papier en main, bien décidée à s'en servir de préférence à l'arme qu'elle avait apportée.

Tenant le coupe-papier d'une main ferme, Ellery se dirigea vers la porte latérale.

— Elle entend des pas. Ce doit être lui qu'elle attend. Elle se cache derrière la porte, le couteau levé. La porte s'ouvre, et Joseph Kent Gimball apparaît, inconscient du danger qui le menace. Il est alors environ 8 h 30.

» Soudain, un léger bruit révèle la présence de la femme. Derrière la table, Gimball se retourne brusquement. Un instant, les deux adversaires s'affrontent du regard ; elle a rabaissé sa voilette, mais il voit sa silhouette, ses vêtements. Puis la pointe lui pénètre dans le cœur, et il s'effondre mort, selon toute apparence.

A la stupéfaction générale, la mère d'Andrea éclata en sanglots.

— Que se passe-t-il alors ? murmura Ellery. Le coupe-papier est fiché dans le cœur de Gimball. La meurtrière n'a plus qu'à fuir le théâtre du crime. C'est alors que...

— Je suis revenue, acheva Andrea à voix basse.

— Grand Dieu ! s'écria Finch d'une voix rauque. Je croyais, Andrea...

— Je vous en prie ! fit Ellery. Peu importe ce que vous croyiez. Andrea, continuez à jouer votre rôle.

Il courut à la porte.

— La meurtrière entend qu'une voiture s'arrête devant la maison. Elle a encore le temps de s'échapper par l'issue latérale, mais elle veut ramener la Ford à Philadelphie. Elle se tapit derrière la porte...

Andrea se trouvait maintenant près de la porte. Lentement, comme une somnambule, elle s'avança vers la table.

— Seules, les jambes du mort sont visibles, dit Ellery à demi-voix.

Arrivée près de la table, la jeune fille s'arrêta, hésitante. Soudain Ellery bondit vers elle.

— Attaquée par-derrière, Andrea s'affaisse, sur le tapis, évanouie. Puis la meurtrière aperçoit le visage de sa seconde victime et décide de lui laisser un avertissement. N'ayant pas de quoi écrire, elle fouille le sac d'Andrea, mais en vain ; le stylo de Gimball est à sec, il n'y a pas d'encre dans la garniture de bureau. Que faire ?

» Apercevant le bouchon qui, avant l'assassinat, protégeait la pointe du coupe-papier, elle est prise d'une inspiration soudaine. Elle déchire un morceau du papier qui emballait le cadeau destiné à Bill, retire le coupe-papier du cadavre et en garnit la pointe avec le bouchon qu'elle entreprend de carboniser à l'aide d'allumettes. Enfin le billet d'avertissement est rédigé : si Andrea révèle à quiconque ce qu'elle a vu au cours de la soirée, la vie de sa mère sera en danger.

— Andrea chérie ! gémit Jessica.

Ellery ébaucha un geste de la main.

— La femme glisse le papier dans la main raidie d'Andrea. Puis, abandonnant le coupe-papier et le bouchon sur la table, elle s'enfuit dans la Ford. Andrea reprend connaissance vers 9 heures ; elle lit le billet, aperçoit le cadavre, reconnaît son beau-père, le croit mort, pousse un cri et s'enfuit. Puis Bill Angell survient, parle au mourant... Voici du moins l'histoire telle qu'on me l'a rapportée.

Ce fut le silence.

Puis le sénateur Frueh demanda avec colère :

— Que voulez-vous dire, Queen ?

— Je veux dire, répondit Ellery froidement, qu'il manque une page à ce récit. On a omis quelque chose. Andrea ! Qu'avez-vous vu lorsque vous êtes entrée pour la seconde fois ? Qu'avez-vous vu sur cette table ?

Elle humecta ses lèvres sèches.

— La lampe. L'assiette avec... avec...

— Oui ?

— Avec six allumettes.

— Très intéressant.

Il se pencha vers ses auditeurs, les yeux luisant d'un éclat menaçant.

— Avez-vous entendu ? Six bouts d'allumettes. Examinons la question du point de vue scientifique. Andrea dit qu'avant d'avoir été frappée, elle a vu six allumettes sur l'assiette. Mais ceci s'est passé avant que le bouchon ait été carbonisé. Par conséquent, ces six allumettes n'ont pas servi à brûler le bouchon. Nous pouvons donc nous demander à quoi elles ont servi.

» La meurtrière a-t-elle voulu brûler quelque chose ? C'est peu probable, puisqu'on n'a retrouvé ni débris ni cendres. S'en est-elle servi pour carboniser le bouchon ? Non, puisque le couteau se trouvait encore sur le cadavre lorsque Andrea a aperçu ces six allumettes.

» La coupable a-t-elle voulu s'éclairer ? Non, puisque à son arrivée, la lampe était déjà allumée. Se chauffer ? Pas de cendres dans l'âtre, et le vieux fourneau est inutilisable.

» A quoi ces six allumettes ont-elles pu servir ?

— Le problème me paraît insoluble, marmonna Jones.

— Il le serait, rétorqua le détective, s'il ne restait une dernière hypothèse : ces allumettes ont été utilisées par quelqu'un qui voulait fumer.

— Fumer ! s'écria Ella Amity. Mais vous avez dit le contraire au cours de votre déposition.

Les yeux d'Ellery étincelèrent.

— J'ignorais alors qu'Andrea avait vu six allumettes avant que la meurtrière eût brûlé le bouchon. Mais laissons cela pour l'instant... Andrea !

— Oui ? répondit Andrea avec méfiance.

Sortant une enveloppe de la mallette, le détective en tira six allumettes à demi consumées qu'il posa sur l'assiette.

— Venez ici, voulez-vous ?

Elle s'avança vers lui avec raideur.

— Oui ? fit-elle à nouveau.

— Cela s'explique si bien, n'est-ce pas ? murmura Ellery d'un ton légèrement ironique. Vous revenez ici vers 8 h 35. Voici les six allumettes sur l'assiette.

— Eh bien ?

La voix de la jeune fille était empreinte d'une étrange lassitude.

— Regardez cette table, Andrea.

Il avait lancé cet ordre d'un ton si dur qu'elle fit un pas en arrière.

— La lampe. L'assiette avec les six allumettes. Etait-ce tout ? N'y avait-il pas autre chose ? Réfléchissez, Andrea. Réfléchissez, regardez et dites-moi la vérité.

Impitoyable, il ajouta :

— *Cette fois*, je veux la vérité.

Elle tressaillit et jeta autour d'elle un regard éperdu.

— Je...

Ce fut alors que la chose la plus étrange se produisit. Ses yeux se reportèrent sur la table, sur les allumettes puis, lentement et comme poussés par une force irrésistible, ils se fixèrent à côté de l'assiette en un point où rien n'apparaissait que le bois vernis de la table.

Mais Andrea y voyait quelque chose ; son visage refléta une souffrance infinie, ses poings se serrèrent tandis que son souffle se faisait plus court.

— Oh ! mon Dieu, balbutia-t-elle.

— *Quel mensonge allez-vous me dire, Andrea ?* demanda Ellery d'une voix qui retentit comme un coup de fouet.

Mrs Gimball se leva d'un bond. Grosvenor Finch poussa un cri inarticulé. Le sénateur Frueh était blême. Quant à Burke Jones, il demeurait bouche bée. Seul le vieil infirme restait calme.

— Un mensonge ?... J'allais justement vous dire...

— Un nouveau mensonge, acheva Ellery. Epargnez-nous la peine de vous écouter. Je *sais* maintenant, jeune demoiselle. Des mensonges, rien que des mensonges. Mensonge, les six allumettes. Mensonge, le coup que vous avez reçu. Mensonge, les « menaces » qui vous ont été faites. Dois-je vous dire pourquoi vous avez menti ? Dois-je vous dire quel facteur vous représentez dans cette sanglante équation ? Dois-je vous dire...

— Dieu Tout-Puissant, murmura Jessica Gimball d'une voix rauque.

Les autres semblàient pétrifiés...

A la lumière de la lampe, Andrea restait immobile. Ses lèvres remuaient. Soudain, avec une agilité surprenante, elle bondit vers la porte latérale et s'enfuit.

La scène s'était déroulée avec une rapidité telle que, l'espace d'un instant, tous restèrent sur place, comme immobilisés par la stupeur. Il y eut un grondement de moteur et une voiture démarra dans un fracas de tonnerre sans que personne eût esquissé le moindre geste.

Le sénateur Frueh s'écria :

— Qu'a-t-elle fait ?

Il se dirigea vers la porte d'un pas chancelant. Ramenés à la réalité, les autres le suivirent en courant, et le vieux millionnaire resta dans la cabane, son seul œil vivant fixé sur la porte.

Sur la route, le feu arrière d'une automobile s'éloignait rapidement en direction de Duck Island. Une voix hurla :

— Ma voiture... ne veut pas partir...

D'autres cris s'élevèrent.

— La mienne non plus. Que...

— L'essence. Sentez cette odeur d'essence ! marmonna Ellery. On a vidé les réservoirs.

— Ce satané Angell ! fit une voix. Il est de mèche avec elle. Tous deux...

Et puis quelqu'un s'écria :

— La mienne... il en reste un peu.

Au même instant, une voiture démarra et, virant sur deux roues, s'élança à la poursuite de la fugitive.

Ellery déclara :

— Elle ne peut aller loin. Il reste un peu d'essence dans chaque réservoir. Recueillons-la et suivons-les !

L'occupant de la seconde voiture gardait les yeux fixés sur le rond lumineux qui fuyait devant lui. Il était environné de ténèbres. La nuit, le ciel, la route, tout paraissait immense.

Soudain le feu rouge oscilla et s'arrêta. Quelque chose s'était produit.

Les freins de la seconde voiture gémirent tandis qu'elle s'arrêtait net, jetant son conducteur contre le volant. De l'autre côté de la route, Andrea était effondrée sur son siège, ses yeux désespérés tournés vers le ciel. Le cabriolet qu'elle avait pris dans sa fuite s'était écrasé contre un arbre.

— Andrea !

Elle ne sembla pas entendre.

— Andrea, pourquoi vous êtes-vous enfuie ?

Elle avait peur maintenant. Elle tourna lentement la tête, et ses yeux apparurent, chargés d'une folle terreur.

Le poursuivant s'était placé entre les deux voitures.

— Andrea, ma chérie. N'ayez pas peur de moi. Dieu sait à quel point je suis las de tout cela. Je ne vous ferai aucun mal... Si vous saviez... Ils seront bientôt là. Andrea, vous vous êtes rappelé avoir vu ce soir-là, sur la table, le...

Elle remua les lèvres pour parler, mais sa gorge semblait paralysée par l'épouvante.

Au loin, une voiture s'avançait dans un nuage de poussière noire, et les faisceaux lumineux de ses phares sondaient les ténèbres de la route, pareils aux antennes d'un gigantesque insecte.

— Avant qu'ils arrivent, je veux que vous sachiez... Je n'ai jamais eu l'intention de vous faire du mal. Lorsque vous êtes apparue ce soir-là, j'ai frappé sans savoir que c'était vous. Et puis, lorsque vous êtes tombée... Je ne pouvais pas vous tuer, Andrea. C'eût été une folie. J'ai tué Joe Gimball parce qu'il était indigne de vivre. Seule sa mort pouvait réparer le mal qu'il avait fait, et quelqu'un devait le supprimer. J'ai décidé d'être celui-là... Maintenant, c'est fini. Cet homme se figure que vous avez tué Joe et que vous vous êtes enfuie parce que vous êtes coupable. Mais moi, je sais pourquoi vous avez fui, Andrea – parce que vous vous êtes rappelé ce que vous aviez vu ce soir-là sur la table... Evidemment, je ne puis vous autoriser à vous taire plus longtemps alors qu'on vous suspecte. Je croyais être le plus fort ; je vois maintenant que j'aurais mieux fait d'agir ouvertement, sans manigancer quoi que ce soit, et de me livrer ensuite à la justice... C'eût été... plus... propre.

Andrea vit un vague sourire effleurer le visage calme et résolu, une immense pitié l'envahit.

Quelque chose étincela dans la main de l'autre...

— Adieu, Andrea. Ne m'oubliez pas... ne m'oubliez pas. J'espère... *qu'elle* ne m'oubliera pas.

La main se leva lentement. La jeune fille hurla :

— Oh ! non, non !

Au même moment, Bill Angell lança du fond du cabriolet :

— Andrea, pour l'amour du ciel ! Baissez-vous !

Puis des hommes, revolver au poing, surgirent des fossés environnants. La portière arrière du cabriolet s'ouvrit, et Bill Angell sauta sur la route.

Le visage du poursuivant se contracta douloureusement ; il y eut une détonation assourdissante. Mais l'ombre chancela seulement tandis qu'une expression d'immense surprise se répandait sur ce beau visage.

— J'ai été joué ! murmura la voix sur un ton plein d'amertume.

Puis, lâchant le revolver devenu inutile, l'ombre bondit sur Bill, s'efforçant de saisir l'arme que le jeune avocat tenait à la main. Ils luttèrent en silence sur la route brillamment éclairée par les phares de la troisième voiture qui venait d'arriver.

Soudain une nouvelle détonation retentit, les deux adversaires se séparèrent aussitôt, et ce fut le silence. Les occupants de la troisième voiture s'immobilisèrent.

Cette fois, le visage de l'assassin de Joseph Kent Gimball ne reflétait plus la surprise, mais seulement une paix infinie. Son corps gisait sur la route, détendu par la mort.

Andrea murmura :

— Bill, oh ! Bill, vous avez tué...

Haletant, l'avocat baissa les yeux vers le corps inerte ; les doigts raidis étreignaient encore le revolver de Bill.

— Un suicide. Il m'a arraché mon arme... Je n'ai pu l'en empêcher. Est-il mort ?

De Jong s'accroupit sur la route et colla son oreille à la poitrine immobile. Puis il se releva, l'air grave.

— La mort a fait son œuvre... Mr Queen.

Brusquement, Ellery demanda :

— Andrea, comment vous sentez-vous ?

— Ça va...

Ouvrant soudain la portière, la jeune fille jaillit de la voiture et se jeta en pleurant dans les bras de Bill.

— Mr Queen, fit De Jong d'un air embarrassé, tout est noté – le sténographe était caché dans le fossé. C'est une confession, et vous avez évité... Je crois que Pollinger et moi vous devons des excuses.

— Seule cette jeune fille a droit à vos félicitations, dit le détective avec douceur. Bien joué, Andrea, bien joué. Je craignais les réactions de notre ami devant votre fuite et, voulant éviter une tragédie toujours possible, j'ai chargé quelqu'un de remplacer les balles par des cartouches à blanc. Bien joué, Andrea ; vous avez suivi mes instructions à la lettre.

— Naturellement, dit Ellery le lundi matin, malgré mes nombreuses occupations, je n'aurais pas voulu manquer cela pour un empire.

Il se trouvait dans le bureau particulier du juge Ira V. Menander en compagnie de Pollinger, de Bill, d'Andrea et de Lucy, libérée le matin même.

— J'ai appris, Mr Queen, fit observer le juge après avoir présenté ses excuses à Lucy, que vous aviez trouvé la solution de cette affaire dans des conditions assez particulières. Je me sens plein de curiosité, car votre destinée me semble bien étrange, jeune homme, et j'ai beaucoup entendu parler de vous. Quel miracle avez-vous opéré cette fois ?

— Un miracle, marmonna Pollinger, c'est bien le mot.

— Un miracle ? Quelle naïveté, messieurs ! La recette est ancienne : prenez les faits et mélangez-les. Ajoutez-y une bonne quantité de logique et une goutte d'imagination. Presto !

— La formule est délicieuse, déclara le magistrat d'un ton sec, mais ne nous renseigne guère.

— A propos, interrompit Pollinger, jusqu'à quel point votre comédie de samedi soir a-t-elle été préparée d'avance ?

— Elle l'avait été entièrement. Lorsque Andrea me raconta l'histoire des six allumettes, j'entrevis aussitôt la solution. Mais, comme mes explications n'auraient certainement pas satisfait vos satanés jurés, je décidai d'user d'un subterfuge. Il fallait prendre le criminel au piège. Or, ce que j'avais noté avant tout, c'est la remarquable sollicitude dont l'assassin n'avait cessé d'entourer Andrea.

» En effet, si Andrea connaissait des faits susceptibles de compromettre le criminel, pourquoi celui-ci ne l'avait-il pas supprimée comme il avait fait disparaître Gimball ? Je fus donc amené à raisonner de la façon suivante : puisque notre coupable se montrait à ce point soucieux de la vie d'Andrea, le seul plan logique était d'exposer Andrea à un danger quelconque.

» Le mieux était de paraître la croire coupable. L'assassin n'aurait plus que deux possibilités : tuer Andrea pour l'empêcher de faire des révélations dangereuses, ou avouer son crime pour disculper la jeune fille. J'étais persuadé qu'il n'attenterait pas à la vie d'Andrea ; cependant, ne voulant courir aucun risque, je m'arrangeai pour rendre son revolver inoffensif. D'autre part, De Jong et ses hommes devaient se poster sur les lieux de « l'accident ». Quant à Bill, il prit prétexte d'un service à me rendre pour se cacher dans la voiture à bord de laquelle devait s'enfuir la « coupable ». Evidemment, Andrea connaissait son rôle à fond et j'avais recommandé aux agents de De Jong de vider les réservoirs mais de ne toucher ni à la voiture d'Andrea, ni à celle de l'assassin. Je voulais assurer à ce dernier une avance qui lui permettrait d'avouer son crime à Andrea.

— Vous connaissiez donc le nom du coupable ? demanda le procureur.

— Bien sûr.

Puis, comme le juge insistait pour apprendre la suite de l'histoire, Ellery répéta le raisonnement auquel il s'était livré deux jours plus tôt dans la cabane.

— De toute évidence, ces six allumettes aperçues par Andrea avant que l'assassin eût touché au bouchon avaient été utilisées par quelqu'un désirant fumer. La question était de savoir à qui elles avaient servi.

» Lors de la première visite d'Andrea, c'est-à-dire à 8 heures du soir, la maison était déserte, l'assiette était vide, et la voiture de Gimball stationnait dans l'allée latérale. Au retour d'Andrea – vers 8 h 35 – la Packard de la victime n'avait pas bougé, mais une autre voiture se trouvait rangée devant la maison. Et l'assiette contenait six allumettes consumées.

» Ces allumettes avaient donc été utilisées pendant l'absence d'Andrea, c'est-à-dire entre 8 heures et 8 h 35. Qui avait pénétré dans la maison pendant cette période ? Tout d'abord Gimball, revenu à point pour se faire poignarder. Les traces de pneus relevées dans l'allée montraient qu'une seule voiture – le coupé Ford – était arrivé en l'absence d'Andrea. Personne n'était venu à pied, puisque à part celles de la victime, il n'y avait pas d'empreintes de pas dans la boue. Par conséquent, puisque Gimball avait été tué dans l'intervalle des deux visites d'Andrea, qu'une seule automobile était arrivée pendant ce laps de temps et que personne n'était venu à pied, seul le criminel avait pu utiliser cette unique voiture. Par conséquent, Gimball et son assassin étaient les seules personnes susceptibles d'avoir utilisé les six allumettes.

» En admettant maintenant que ces allumettes eussent servi à un fumeur, Gimball se trouvait éliminé d'office puisqu'il ne fumait pas. Restait le criminel... Qu'avait-il fumé ? Des cigarettes ? Impossible.

— Comment diable, demanda Pollinger, arrivez-vous à pareille conclusion ?

Ellery soupira.

— Six allumettes consumées représentent au moins six cigarettes, puisqu'il ne faut généralement pas plus d'une allumette par cigarette. Très bien. Mais qu'était-il advenu des mégots ? Où l'assassin avait-il jeté les cendres ? Etant donné qu'il avait déposé les allumettes sur l'assiette, pourquoi n'y avait-il pas laissé tous ces débris ? Pourquoi n'y avait-il de cendres ni sur le tapis, ni sur la table, ni devant la fenêtre ? Tout simplement parce que le criminel n'avait pas fumé de cigarettes. Restaient deux possibilités : le cigare ou la pipe.

— Comment avez-vous fixé votre choix ? demanda Pollinger avec curiosité.

— Un cigare laisse des cendres, alors qu'une pipe n'en laisse qu'à condition qu'on la secoue. D'autre part, l'emploi de six allumettes cadrait fort bien avec ma dernière théorie : les pipes s'éteignent souvent et il faut sans cesse les rallumer. Peu m'importait d'ailleurs qu'il s'agît d'un cigare ou d'une pipe. Le seul fait d'avoir éliminé les cigarettes me semblait infiniment plus significatif.

Pollinger fronça les sourcils.

— Oui, certainement...

— Si l'assassin fumait le cigare et la pipe, *l'assassin* était donc un homme. Le sexe du coupable me fut d'ailleurs confirmé par un détail psychologique infime.

— Lequel ? demanda le juge.

— Le fait que le bâton de rouge n'ait pas été utilisé.

Pollinger se caressa le menton d'un air intrigué :

— Le bâton de rouge ? répéta-t-il. Ma parole, Queen, on dirait du Conan Doyle.

— Merci pour le compliment. Nous savions que l'assassin – que nous croyions être une femme – s'était trouvé dans l'obligation de rédiger un billet à l'adresse d'Andrea et que, n'ayant pas de quoi écrire, il avait dû se servir d'un bouchon carbonisé. Méthode peu pratique, n'est-ce pas ? N'avez-vous pas pensé que toutes les femmes – ou presque toutes – portent sur elles une sorte de crayon : leur bâton de rouge ? Pourquoi alors se donner la peine de noircir un bouchon alors qu'il suffisait d'ouvrir un sac, d'en sortir un bâton de rouge ? Tout simplement parce que cette femme était un homme.

— Mais, dit le juge Menander, à supposer qu'il se soit agi d'une femme n'ayant pas de bâton de rouge. C'est possible après tout.

— Certes. Mais il y avait Andrea, étendue sans connaissance sur le plancher ! Andrea n'avait-elle pas de sac ? Et dans ce sac, Andrea ne transportait-elle pas un bâton de rouge, cette arme naturelle de la femme ? Alors pourquoi « la meurtrière » n'avait-elle pas ouvert le sac d'Andrea pour se servir de son bâton de rouge comme d'un crayon ? Parce qu'« elle » n'y avait pas pensé. Mais une femme n'aurait pas manqué d'y penser. Nouvelle indication psychologique prouvant qu'il s'agissait bien d'un homme déguisé en femme. Nous voici donc en possession de deux traits caractéristiques du meurtrier : c'est un homme et il fume la pipe.

— Magnifique ! s'écria le juge.

— Maintenant, reprit Ellery, l'emploi d'allumettes en carton implique inévitablement l'existence d'un paquet d'allumettes. Je demandai donc à Andrea si elle se rappelait avoir vu autre chose sur la table, et elle me répondit qu'à côté des six allumettes, elle avait aperçu un étui fermé. Parfait ! Cela me fournissait le dernier indice.

— J'avoue, fit le juge, que je ne vois pas comment.

— Vous ignorez sans doute qu'en reprenant connaissance, Andrea constata la disparition de cet étui. C'était donc l'assassin qui l'avait emporté. Pourquoi ?

Une lueur d'intérêt passa sur le visage béat de Bill.

— Pourquoi pas, El ? Les fumeurs, et surtout les fumeurs de pipe, craignent toujours d'être à court d'allumettes. Ils utilisent leur étui et le remettent directement dans leur poche.

— Oui, mais le fait de remettre l'étui dans sa poche implique qu'il contient encore des allumettes, n'est-ce pas ?

— Evidemment !

— Or, il ne restait plus d'allumettes dans le premier étui utilisé par le criminel.

— Minute, jeune homme, fit le juge. Comment parvenez-vous à cette remarquable conclusion ?

— Par un simple raisonnement. Combien d'allumettes a-t-on retrouvées dans l'assiette ?

— Vingt, je crois.

— Combien d'allumettes les étuis ordinaires contiennent-ils ?

— Vingt.

— Précisément. En conséquence, ce soir-là l'assassin a vidé au moins un étui complet. En admettant même qu'il ait commencé avec un étui déjà entamé et en ait pris un autre pour arriver au total de vingt allumettes, le premier étui s'est donc trouvé complètement dégarni. Or le criminel l'a emporté. Pourquoi ? D'ordinaire, quand on a utilisé un étui, on le jette.

— D'ordinaire oui, rétorqua Pollinger, mais vous oubliez que cet homme était un assassin, Queen. Peut-être a-t-il craint de laisser un indice compromettant.

— Justement. Mais en quoi un simple petit étui d'allumettes pouvait-il constituer un indice compromettant ? Vous me direz que les annonces publicitaires imprimées sur cet étui contenaient peut-être un nom ou une adresse susceptibles de donner quelque indication sur le lieu d'origine de l'assassin ou ses derniers déplacements. Mais l'argument est sans valeur car vous pouvez achetez à New York un étui fabriqué à Akron, Tampa ou Evansville. Non, non, si le coupable se crut obligé d'emporter l'étui, ce ne fut pas à cause d'une adresse publicitaire, mais plutôt parce qu'il craignait, en l'abandonnant sur la table, de laisser un indice susceptible de mener jusqu'à lui, de révéler son *identité*.

Les deux hommes hochèrent la tête.

— Rappelez-vous que, dès le début, l'assassin s'inquiéta de ce qu'Andrea avait pu voir sur la scène du crime. Immédiatement après son forfait, il n'hésita pas à employer une lente et pénible méthode pour rédiger un billet de menaces ; le lendemain, il adressa à la jeune fille un avertissement télégraphique ; enfin, samedi dernier, il crut bon d'utiliser un moyen plus violent pour la réduire au silence. Pourquoi craignait-il à ce point les révélations de notre amie ? Qu'avait-elle donc vu de si compromettant ? Tout simplement l'étui d'allumettes qu'il avait emporté après son crime et qu'Andrea avait remarqué sur la table avant d'avoir été assommée.

» Mais revenons aux raisons pour lesquelles il emporta l'étui vide. Craignait-il qu'elle l'eût reconnu ? Non, car on ne « reconnaît » pas un étui d'allumettes ordinaire. C'est donc qu'il y avait sur l'enveloppe une marque, un monogramme ou une inscription quelconque qu'Andrea pouvait aussitôt rattacher à quelqu'un de précis.

— Tout cela est si bizarre, dit Andrea, la gorge serrée. Penser que…

— Le plus drôle, reprit Ellery, c'est qu'au premier abord et par suite de l'émotion ressentie elle n'avait rien remarqué de spécial sur ce fameux étui. Mais le coupable était convaincu qu'elle avait lu ce qui y était inscrit et connaissait son identité.

» Ainsi un nouvel élément était venu s'ajouter au signalement de l'assassin. C'était un homme. Il fumait la pipe. Il utilisait des étuis d'allumettes marqués d'un insigne personnel.

— C'est remarquable, apprécia le juge Menander tandis qu'Ellery s'interrompait pour allumer une cigarette. Mais ce n'est pas tout ? Je ne vois toujours pas…

— Tout ? Ce n'est que le premier maillon de la chaîne. Le second fut forgé par le bouchon carbonisé. J'ai déjà indiqué que si l'assassin avait utilisé un moyen de fortune si incommode c'était pour la bonne raison qu'il n'en avait pas trouvé de plus pratique. Ceci implique qu'il ne portait sur lui ni plume ni crayon ou que, s'il en possédait, il ne voulait pas s'en servir.

Le détective se tut un instant.

— Pollinger, reprit-il ensuite, vous rappelez-vous que, quelques heures après le crime, je vous ai fait observer que personne ne savait si l'on avait tué Gimball ou Wilson ?

— Oui.

— La question était tellement importante que, si je n'avais pu la résoudre, je n'aurais jamais découvert le coupable. Suivez-moi bien : puisque l'assassin s'était arrangé pour faire retomber tout le poids de son crime sur Lucy Wilson, il devait savoir que cette dernière possédait de très puissants motifs pour souhaiter la mort de la victime. Quels étaient donc ces motifs ? Tout d'abord, elle avait pu apprendre, peu avant le crime, que Joseph Wilson s'appelait en réalité Joseph Kent Gimball et que, pendant dix ans, il l'avait trompée. Et ensuite, la mort de son mari devait lui rapporter un million de dollars.

» Mais puisque l'assassin avait prévu qu'on attribuerait ces mobiles à Lucy Wilson, c'est donc que lui-même *les connaissait*. Il savait alors que Joseph Wilson était en réalité Joseph Kent Gimball et que, à la mort de Joseph Wilson, Lucy recevrait le million de dollars de l'assurance de Joseph Kent Gimball.

» Pour connaître ces deux faits, le coupable avait dû apprendre que sa future victime était à la fois Gimball et Wilson et que, depuis plusieurs années, l'homme menait une double vie.

» Par conséquent il n'ignorait pas que, en commettant son crime, il tuerait à la fois Joseph Wilson et Joseph Kent Gimball. Celui-ci fut donc assassiné sous ses deux personnalités, et je n'ai pas besoin de vous souligner toute l'importance de cette conclusion.

— Il est quand même préférable que vous vous expliquiez, dit Pollinger en souriant.

— Si le meurtrier a tué Wilson sachant très bien qu'il tuait aussi Gimball, la question qui se pose est la suivante : *Comment connaissait-il la double personnalité de sa victime ?* Comment savait-il que Gimball, de New York, était également Joseph Wilson, le voyageur de commerce de Philadelphie ? Pendant des années, Gimball avait pris toutes les précautions possibles pour garder secrète sa double vie. D'autre part, il avait affirmé à Bill, ici présent, que personne ne connaissait l'existence de cette cabane et pourtant c'est la maison à mi-route que l'assassin a choisie pour y perpétrer son crime. Gimball avait l'intention de confier son secret à Bill et à Andrea, mais il fut assassiné avant d'avoir pu le faire. Nous devons donc nous demander comment l'assassin avait appris toute l'histoire.

— C'est une question logique, oui, approuva le juge.

— Et qui comporte une réponse tout aussi logique, répliqua Ellery. Gimball fut assassiné peu après avoir décidé de révéler son secret aux représentants de ses deux familles. Si l'on considère que son premier pas dans la voie des aveux fut de transférer sa police d'assurance de la tête de sa femme illégitime Jessica sur celle de son épouse légitime Lucy, le fait devient trop accablant pour n'être qu'une coïncidence. Si une personne quelconque avait eu vent de ce transfert ou été en mesure de relever sur les polices le nom et l'adresse de la nouvelle bénéficiaire, il lui suffisait de suivre Gimball dans ses déplacements pour découvrir toute la vérité. Après quoi, il ne lui restait plus qu'à machiner le meurtre de façon à compromettre Lucy.

Comme Lucy commençait à pleurer, Andrea lui passa son bras autour du cou. Devant ce tableau, Bill sourit, radieux.

— Ainsi, reprit Ellery, je possédais un portrait complet du criminel. Je vais vous en énumérer les caractéristiques.

» 1° C'était un homme.

» 2° C'était un fumeur, probablement un fumeur de pipe, mais certainement un fidèle adepte de Nicot, car seul un fumeur invétéré eût cédé à son amour pour le tabac en attendant l'arrivée de sa future victime.

» 3° Au moment de l'assassinat, il possédait un étui d'allumettes orné d'un monogramme ou d'une inscription particulière.

» 4° Il avait des griefs contre Gimball et contre Mrs Wilson.

» 5° Il ne possédait sur lui ni stylo, ni crayon ou, s'il en avait, il préféra ne pas s'en servir.

» 6° Il appartenait au clan Gimball – le fait d'avoir voulu compromettre Lucy le prouvait amplement.

» 7° Il avait de l'affection pour Andrea qu'il avait épargnée, en dépit du danger qu'elle constituait pour lui. Il éprouvait un sentiment plus tendre encore pour Mrs Gimball, car il n'avait jamais mis à exécution sa menace de lui faire du mal alors que, même en feignant de s'en prendre à elle, il eût à jamais réduit la jeune fille au silence.

» 8° Il était droitier puisque, à en croire le coroner, le coup qui tua Gimball fut porté avec la main droite.

» 9° Il savait que Gimball avait changé la bénéficiaire de son assurance.

Ellery sourit :

— En mathématiques, on peut faire beaucoup de choses avec le chiffre neuf. Voyons ce que j'ai fait avec le même chiffre dans une affaire criminelle... Avec ces neuf caractéristiques du coupable, l'analyse devenait un jeu d'enfant. Je n'avais qu'à parcourir ma liste des suspects et appliquer à chacun d'eux les neuf caractéristiques.

— C'est passionnant, murmura le juge Menander. Voulez-vous dire que cette méthode vous a permis de trouver la solution ?

— Oui, car j'ai ainsi pu éliminer tous les suspects sauf un. Nous allons les passer en revue. Tout d'abord, nous pouvons laisser de côté les femmes, puisque le coupable ne peut être qu'un homme.

» Voyons donc les hommes. Commençons par le vieux Jasper Borden.

— Oh ! souffla Andrea. Quelle horreur ! Auriez-vous donc suspecté grand-père ?

— Ma chère enfant, rétorqua le détective, on peut suspecter tout le monde dans une analyse objective. Je disais donc Jasper Borden. Mais on peut l'éliminer d'office pour deux raisons : il ne fume plus depuis longtemps et il est à demi paralysé.

» Ensuite : Bill Angell.

— Traître ! fit l'avocat en souriant. Vous m'avez soupçonné, moi aussi ?

— Mais certainement. Que savais-je de vous, Bill ? Je ne vous avais pas vu depuis dix ans, et dans l'intervalle vous auriez pu devenir un criminel. Mais je vous ai éliminé pour les raisons que voici : vous pouviez avoir des griefs contre Gimball, mais vous n'en aviez certainement pas contre Lucy, votre propre sœur. D'autre part, le criminel n'avait ni stylo ni crayon sur lui, alors que vous en étiez pourvu.

— Comment diable le savez-vous ? demanda Bill, stupéfait.

— Je les ai vus. Rappelez-vous notre petite conversation du Stacy Trent. Je vous ai fait observer qu'à *en juger par les crayons bien taillés qui garnissaient votre poche,* vous deviez être un homme actif. Or ceci se passait quelques minutes après le crime. En admettant que vous ayez tué Gimball, vous vous seriez certainement servi d'un de ces crayons pour rédiger le message destiné à Andrea.

» Passons à notre pompeux ami le sénateur Frueh. Chose étonnante, il remplissait toutes les conditions ! Et pourtant un seul fait suffit à l'éliminer : il porte une barbe. Elle est sa joie et son orgueil depuis de nombreuses années et, pendant une génération, elle a décoré les journaux. Mais une barbe aussi longue – elle lui descend jusqu'à la poitrine – ne se cache pas facilement, même sous une épaisse voilette. Le seul témoin qui ait vu « la femme voilée » – le propriétaire du poste d'essence – n'aurait pas manqué de remarquer la barbe si la « femme » en avait possédé une de cette longueur. D'autre part, à en croire le même témoin, la « femme » était grande et mince ; le sénateur Frueh est petit et gros. S'il avait rasé sa barbe pour le crime, celle qu'il arborait par la suite aurait donc été fausse ? S'il subsiste un doute en vos esprits, la prochaine fois que vous le rencontrerez, vous n'aurez qu'à la lui tirer.

» Maintenant, l'ami Burke Jones. Eliminé d'office pour fracture du bras droit. Le criminel ayant frappé sa victime de la main droite, Jones n'avait matériellement pas pu commettre le crime.

» Ces éliminations successives me laissaient une seule personne répondant aux neuf caractéristiques. *Et cette personne était Grosvenor Finch*.

— C'est remarquable, dit le vieux magistrat.

— Pas du tout. C'est une simple question de bon sens. Finch remplissait toutes les conditions :

» 1° C'était un homme.

» 2° Il fumait la pipe. Le jour où je me rendis à son bureau, sa secrétaire, Miss Zachary, m'offrit du tabac spécialement préparé pour lui. Or seul un fumeur enragé pousse le raffinement jusqu'à se faire composer des mélanges spéciaux.

» 3° Il possédait des étuis d'allumettes distinctifs. En effet, comme je vantais les qualités de ce tabac, Miss Zachary me promit de m'en faire envoyer par le fournisseur habituel de Finch. Le marchand m'en adressa effectivement une boîte à laquelle il joignit un carton garni d'étuis d'allumettes *sur lesquels était imprimé mon nom !* Comme le billet accompagnant l'envoi précisait que *c'était la coutume de la maison*, j'en déduisis aussitôt que Finch devait posséder des étuis d'allumettes marqués à son nom. Ne nous étonnons donc plus qu'il ait été si inquiet à l'idée qu'Andrea avait pu lire le nom de *Grosvenor Finch* sur l'étui vide.

— Grand Dieu ! s'écria Pollinger en levant les bras au ciel.

— 4° Il nourrissait des griefs à la fois contre Gimball et contre Mrs Wilson. Ayant découvert la double identité de Gimball, il voulut venger Jessica en supprimant Gimball, la cause du déshonneur, et Lucy Wilson, le vivant symbole de la trahison.

» 5° Le bouchon carbonisé ? Détail curieux : lors de ma visite à Finch, il me demanda d'enquêter sur cette affaire pour le compte de la Nationale Vie. Sous mes yeux, il tira de sa poche un stylo à l'aide duquel il remplit un chèque *à l'encre verte*. De l'encre verte !

Pouvait-il se permettre, sur la scène du crime, de rédiger son billet à Andrea avec une encre aussi caractéristique ? Non, n'est-ce pas ?... Il avait certainement son stylo sur lui. Maintenant qu'il est mort, nous ne saurons jamais comment il était habillé ce soir-là ; mais il est probable qu'il releva les jambes de son pantalon avant de passer une robe sur ses vêtements masculins, ce qui lui permit de conserver sa pipe et ses allumettes.

» 6° Il appartenait au clan Gimball puisque, depuis de nombreuses années, il connaissait intimement les familles Borden et Gimball.

» 7° Qu'il ait eu de l'affection pour Andrea, c'est certain – sa conduite après le crime le démontre amplement. Quant à Mrs Gimball, la sollicitude constante qu'il lui témoigna après la mort de son mari semble indiquer une tendresse qui avait peut-être un autre nom.

— C'est vrai, fit Andrea à voix basse. Je suis sûre qu'il... qu'il l'aimait. Depuis longtemps. Ma mère m'a souvent dit qu'il ne s'était jamais marié parce qu'elle avait épousé mon père – mon vrai père, Richard Paine Monstelle. Et lorsque papa mourut et que maman épousa Joe...

— Son amour pour votre mère semble être le seul mobile assez fort pour avoir poussé Finch à tuer votre beau-père, Andrea. Découvrant que Gimball avait trahi votre mère et que son propre sacrifice avait été vain, il décida de punir l'imposteur.

» 8° Le criminel était droitier, ou du moins il s'était servi de sa main droite pour frapper le coup mortel. Nous ne pouvons adapter de façon certaine ce dernier trait au portrait de Finch, mais les autres caractéristiques sont si évidentes que celle-ci perd tout intérêt.

» 9° Le dernier point, mais aussi le plus important. Finch était au courant du changement apporté par Gimball à sa police d'assurance ; il était même le seul à qui l'intéressé en eût fait part. Il ne pouvait donc y avoir qu'un assassin et c'était Finch.

Ellery se tut un instant pour fumer d'un air pensif. Puis il reprit :

— Comme je vous l'ai déjà dit, les nouvelles dispositions prises par Gimball firent naître le soupçon dans l'esprit de Finch : il procéda à une enquête, découvrit l'imposture et prépara le crime avec toute sa mise en scène.

— Le déguisement était nécessaire, évidemment, marmonna Pollinger.

— Oui. Pour que le crime soit attribué à Lucy, il fallait que le coupé Ford fût conduit par une femme. La voilette épaisse lui était nécessaire pour dissimuler son visage masculin ; et, naturellement, il ne pouvait pas adresser la parole au garagiste, parce que sa voix eût trahi la supercherie. Ainsi que je l'ai déjà fait observer, il acheta de l'essence dans le seul but de compromettre Lucy mais, ne connaissant pas la loi, il ignorait que le réseau de preuves accusatrices qu'il avait tissé autour d'elle ne pèserait pas lourd dans l'esprit du jury. S'il n'avait pas eu la chance de trouver un coupe-papier sur lequel Lucy avait laissé ses empreintes la veille, je suis certain qu'elle eût été acquittée.

— Sans cette histoire d'empreintes digitales, j'aurais accordé le non-lieu à la première demande de la défense, confirma le juge. En réalité, la cause était mince – je vous demande pardon, Paul, mais vous devez le savoir aussi bien que moi. Nous avions un jury médiocre et je me demande encore pourquoi personne n'a voulu croire Mrs Wilson.

— A cause de la grosse dame, fit Ellery. En tout cas, voici toute l'histoire : aucun miracle, Votre Honneur, mais seulement du bon sens.

Soudain Bill prit un air grave et déclara d'une voix respectueuse.

— Monsieur le juge...

— Un instant, Mr Angell.

Le vieux magistrat se pencha en avant.

— Il me semble, Mr Queen, que vous avez omis quelque chose. Vous prétendez être parti du principe que Miss... – puis-je vous appeler Andrea, ma chère ? – qu'Andrea vous avait dit la vérité au sujet des allumettes. De quel droit l'avez-vous fait ? Je pensais que vous ne vous fondiez que sur des faits établis. Or, si la jeune fille vous avait menti, toute votre construction se fût effondrée.

— Que j'aime discuter avec des juristes ! s'écria Ellery en riant. Parfaitement exact, monsieur le juge. Elle se fût effondrée. Mais elle tint bon parce qu'Andrea avait dit la vérité.

Il alluma une autre cigarette.

— Pourquoi aurait-elle menti ? Elle n'aurait pu agir ainsi que si elle avait tué Gimball et dans le dessein de brouiller les pistes. Et à quoi eût servi son mensonge ? A accuser Grosvenor Finch. Stupide ! A supposer qu'elle eût commis le crime, elle l'aurait fait avec l'intention d'en faire retomber la responsabilité sur Lucy Wilson. Et où se trouvait celle-ci ? En prison, condamnée pour assassinat ! Puisque son plan avait réussi, pourquoi Andrea eût-elle concocté un mensonge destiné à accuser une autre personne ? L'invraisemblance d'une telle supposition me donna la certitude qu'Andrea avait dit la vérité.

— Je parie, dit la jeune fille, que vous soupçonneriez votre propre mère !

— Votre remarque, bien que méprisante, est pleine de finesse. Il y a quelque temps j'ai étudié une affaire où la logique désignait mon père, l'inspecteur Queen, comme le criminel !

— Et qu'arriva-t-il ? demanda le juge Menander.

— Ceci est une autre histoire.

— Et vous n'avez pas terminé la vôtre, fit Pollinger. Je ne voudrait pas avoir l'air pointilleux, mais il me semble que, si le fait de connaître le changement de bénéficiaire présentait une telle importance, vous n'avez pas particulièrement brillé, Queen. Après tout, vous avez su, dès le début de l'affaire, que Finch avait été mis au courant de cette modification du contrat.

— Oh ! Seigneur, gémit Ellery, pourquoi ai-je choisi un auditoire composé de juristes ? Vous êtes astucieux, Pollinger, très astucieux, en vérité. Mais cela ne signifiait rien tant que je ne pouvais prouver que le criminel *était tenu de* connaître ces nouvelles dispositions de Gimball. J'ai compris qu'il devait les connaître quand j'ai su qu'il n'ignorait pas la double vie de Gimball. Il n'ignorait pas cette double vie puisqu'il fit le nécessaire pour compromettre Mrs Wilson, et ce qui me donna la preuve de cette machination fut l'innocence de la jeune femme, irréfutable vu que le coupable ne pouvait qu'être un homme. Sans ces déductions successives, le fait final n'aurait eu aucune signification.

— C. Q. F. D., fit Bill. Magnifique. Superbe. Bravo. Monsieur le juge...

— Qu'y a-t-il, jeune homme ? Si cette question d'assurances vous tracasse, apprenez que votre sœur recevra le montant total de la police.

— Non, non, balbutia l'avocat. Ce n'est pas...

— Je ne veux pas de cet argent, dit Lucy. Je n'y toucherais pas pour...

Elle frissonna.

— Mais, ma chère enfant, protesta le vieillard, il faut l'accepter. Il vous appartient.

— Dans ce cas, déclara Lucy en passant son bras autour des fines épaules d'Andrea, je le donne à celle qui, je l'espère, ne tardera pas à faire partie de ma famille... Andrea, voulez-vous l'accepter de ma part et... de celle de Joe ?

— Oh ! Lucy, s'écria la jeune fille et elle éclata en sanglots.

— C'est à ce sujet que je voulais vous parler, monsieur le juge, dit Bill, les joues en feu. Voyez-vous... La semaine dernière, Andrea et moi sommes allés à... Voici la licence. Voulez-vous nous marier ?

Le juge éclata de rire.

— Avec le plus grand plaisir !

— Allons, allons, dit Ellery d'un air sombre, vous manquez d'imagination, Bill ! Le dénouement est banal. Le héros épouse l'héroïne et tous deux nagent dans le bonheur. Savez-vous ce qu'est le mariage ? C'est une hypothèque, un esclavage continuel que le romancier néglige généralement de définir.

— Tant pis, rétorqua Bill. Mais j'aimerais vous avoir comme garçon d'honneur. Andrea aussi...

— Alors, répondit Ellery, c'est différent.

Il se dirigea vers Andrea et lui posa sur la joue un baiser sonore.

— Là ! N'est-ce pas une des prérogatives des garçons d'honneur ? Au moins j'ai eu ma récompense !

L'ARCHE DE NOÉ

The Origin of Evil
1951

D'après la traduction de S. Lechevrel

1

Allongé dans un fauteuil de cuir devant sa fenêtre panoramique, des *huarachos* croisés sur la table de sa machine à écrire, un haut verre de rhum frappé à la main, Ellery revoyait en esprit la dépouille. Pour lui, elle était là, étendue à ses pieds. Il observait les symptômes de vie, entre deux gorgées, et ne trouvait pas le mot de l'énigme. Bah ! On était au début d'une enquête qui promettait de sortir du cadre habituel et le *ron* aidait.

Curieuse affaire ! La morte tressaillait encore. Dès New York, Ellery avait été mis en garde contre cette illusion créée par des réflexes consécutifs à une mort violente. « Vous ne le croirez pas, avait-on ajouté, mais la décomposition est déjà commencée, et toute personne capable de distinguer un camélia d'une mauvaise herbe pourra témoigner du fait. » La victime qu'Ellery avait connue à la fleur de l'âge était une belle et plantureuse créature, la convoitise de tous les hommes, le rieur objet des désirs et des malédictions... Comment accepter l'idée qu'une telle vitalité ait été brusquement abattue ?

Oui, sur la scène du crime – au-dessus, plus exactement, car le cottage qu'il avait loué ressemblait à un nid construit au faîte du plus grand arbre des collines avoisinantes – Ellery doutait encore. La belle fille gisait là, sous une fine couverture de brume ; elle tressaillait légèrement, et on la disait morte.

Hollywood, ville d'illusions.

Assassinée, concluait le rapport de l'autopsie transmis par la télévision.

Sous le ciel à peine bleuté des grosses chaleurs, la colline verdoyante et fleurie descendait vers la ville qui étincelait au soleil. Quelle radieuse journée ! Fort à l'aise dans son costume d'Adam au Paradis terrestre, Ellery sirotait son rhum en contemplant la vue.

Aucune raison technique n'avait présidé au choix d'Hollywood comme cadre de son nouveau livre. La gestation d'un roman policier obéissant à des lois propres, l'inspiration jaillit n'importe où, n'importe quand. Regard d'une inconnue à peine entrevue dans une foule, lecture de l'avenant d'une police d'assurance-vie qui vous tombe sous les yeux... Un rien suffit parfois, et l'auteur peut habituellement choisir son cadre au hasard, en feuilletant un atlas. Ellery aurait pu se mettre en route pour Joplin, dans le Missouri, ou se risquer jusqu'à l'antichambre du Kremlin ; en fait, son projet littéraire était tellement nébuleux que la nouvelle du meurtre commis à Hollywood lui apparut comme un signe surnaturel et qu'il prit instantanément les dispositions voulues pour assister à l'autopsie. Une ville poignardée dans le dos offre un terrain de chasse propice à celui dont le métier repose sur la mort violente.

Eh bien, la cité blessée se cramponnait à l'existence. Il ne s'agit pas de vouloir minimiser les mauvais symptômes : des cinémas sur lesquels on lisait encore *L'écran est plus vivant que jamais* avaient dû fermer leurs portes ; une attente de vingt minutes suffisait désormais pour obtenir sa table au *Brown Derby*, le restaurant toujours en vogue ; les stars de cinéma rabattaient de leurs prétentions financières et se tournaient vers la radio ; les acteurs du micro travaillaient d'arrache-pied pour poursuivre leur carrière à la télévision ; les commerçants gémissaient en chœur : « Comment vendrait-on des articles de première nécessité quand les gens en sont réduits à engager leur voiture neuve et leur poste de télévision ? » ; la police pinçait régulièrement des étudiants en train de vendre du haschisch ; des bandes organisées de « moins de vingt ans » détroussaient les étrangers dans les rues ; et gare au touriste attardé dans Hollywood Boulevard entre Vine et La Brea, et ce dès 22 h 30 ! Un amateur pouvait l'étrangler avec des garanties suffisantes contre une fâcheuse interruption.

Mais les indices de développement et de prospérité qui apparaissaient aux alentours apportaient heureusement quelques retouches à ce pénible tableau. Dans la vallée San Fernando, les maisonnettes à bon marché poussaient comme des champignons ; des signaux lumineux, placés aux carrefours, arrêtaient les automobilistes dont la prudence reposait jusqu'ici sur l'aimable conscience californienne ; le versant maritime des montagnes Santa Monica voyait s'édifier des propriétés assez importantes pour s'appeler des domaines (non plus des ranches, ou ranchos, à la mode d'hier) ; de nouvelles écoles ouvraient leurs portes ; dans le centre de Los Angeles, à midi, il fallait trente minute au lieu de quinze pour parcourir la même insignifiante distance ; de gigantesques usines sortaient de terre, disait-on ; enfin, la Californie du Sud accueillait par milliers les « pionniers d'aujourd'hui », des immigrants qui ignoraient la marche foudroyante du progrès et pour lesquels le cinéma représentait encore la vie et l'amour.

Bref, les croque-morts de la côte Atlantique se lamentaient à tort. Ce qu'ils prenaient pour une agonie était une laborieuse métamorphose : la cité angélique renaissait, sous une forme différente. Ellery le comprit dès les premiers jours de son arrivée et, malgré l'intérêt que l'ordre nouveau lui inspirait, il fut tenté de plier bagage et de prendre le prochain avion pour New York. Mais il se dit ensuite : « Non. Tout est sens dessus dessous. Dans un tel bouleversement général, les hommes se divisent en deux catégories : les mécontents et les profiteurs. Reste dans ce panier de crabes, mon vieux. Ils vont s'entre-dévorer. L'air qu'on respire ici est propice à un auteur de romans policiers en quête d'inspiration. »

N'oublions pas la presse et ses agents. Espérant garder l'incognito, Ellery était descendu d'avion sur le terrain de Lockheed, afin d'éviter l'aéroport national d'Inglewood. Peine perdue ! Un feu de bazooka – ouvert par les reporters et les photographes aux aguets – avait salué son atterrissage, et sa photographie s'étalait dès le lendemain en première page de tous les journaux. Les chasseurs de nouvelles s'étaient même procuré son adresse, bien que son ami, l'agent de locations, jurât ses grands dieux qu'il n'était pour rien dans cette « fuite ». Et il en allait toujours ainsi, depuis la fameuse affaire du chat. Du moment qu'Ellery avait sauvé Manhattan d'un sort funeste, seule une mission au moins aussi importante pouvait l'amener à Los Angeles… D'où l'hilarité générale, dans le monde de la presse, quand notre voyageur expliquait qu'il était venu ici pour écrire un livre. A d'autres ! Le grand Ellery Queen avait été secrètement appelé par le chef de la police en vue du grand nettoyage de Los Angeles… ou d'autres raisons du même ordre. Comment s'enfuir, dans de telles conditions ?

Ellery soupira. Sa machine à écrire, toujours recouverte de sa housse, lui adressait un muet reproche, et son verre était à sec.

Il se leva pour le remplir.

Et il se trouva, nu, en face d'une jolie fille.

Bondissant vers la porte de la salle de bains, Ellery regretta de n'avoir point suivi le régime que le Dr Barney lui avait donné, pour engraisser. Puis la colère balaya ce sentiment de vanité masculine ; il passa la tête dans la fente de la porte protectrice et dit plaintivement :

— J'avais averti Mrs Williams que je ne voulais voir personne aujourd'hui, pas même elle. Comment êtes-vous entrée ?

— J'ai escaladé le mur du jardin, répondit la jolie fille. Votre bordure de soucis n'a pas souffert. Vous n'êtes pas fâché, au moins ?

— Si ! Allez-vous-en.

— Mais il faut que je vous voie !

— Tout le monde veut me voir. Mais je ne suis pas obligé de me montrer à tout le monde, surtout dans cette tenue.

— Le fait est que vous êtes un peu « blanc », Ellery, et que vos côtes ressortent.

Elle donna son appréciation avec le naturel d'une compagne de lit, épouse ou maîtresse. Parbleu ! A Hollywood, la question d'habillement est affaire de goût personnel. Laisser son nombril à l'air est, en règle générale, considéré comme une habitude hygiénique ; mais nul ne songera à se détourner dans la rue si vous préférez la tenue d'Esquimau pour promener en plein centre vos loulous de Poméranie.

Un conseil fit suite à cette constatation :

— Vous devriez vous remplumer, Ellery, et brunir au soleil.

— Merci.

On ne saurait plus complètement ignorer la nudité d'un représentant de l'autre sexe. Et la visiteuse était encore plus jolie qu'à première vue. Dix-neuf ans environ, petite et mince, avec d'aimables rondeurs là où il en fallait. Elle portait à ravir un pantalon zébré que complétaient un boléro, des sandales et une casquette assortis en daim vert pomme ; ses cheveux châtains avaient des reflets roux, ce qu'elle montrait de peau était uniformément doré, et l'œil le plus critique n'aurait pu distinguer trace de côtes saillantes dans l'échancrure du boléro. « Une beauté standard, songea rageusement Ellery. Miss Univers de Pasadena, je parie. » Là-dessus, il retira sa tête, claqua la porte et s'habilla avec soin.

Quand il reparut, fort présentable, la jolie fille était pelotonnée dans un fauteuil de cuir et elle fumait une cigarette.

— J'ai rempli votre verre, dit-elle.

— Trop aimable. Dois-je comprendre que vous avez soif ?

— Merci. Je ne bois jamais avant 5 heures du soir.

Elle pensait visiblement à autre chose. Ellery s'adossa à la fenêtre et la regarda avec hostilité.

— Je ne suis pas pudibond, Miss… ?

— Hill. Laurel Hill.

— Miss Laurel Hill, mais je suis méfiant. A Hollywood principalement. Quand j'y reçois, au naturel, de jeunes inconnues, je tiens à m'assurer qu'il n'y a pas de complice dissimulé derrière une tenture, avec un appareil photographique et des projets de chantage. Pourquoi teniez-vous tant à me voir ?

— Parce que les policemen sont des ânes.

— Ah ! bien. Les représentants de la police se refusent à vous entendre ?

— Ils haussent les épaules quand j'ai terminé. Trouvez-vous qu'un chien mort soit un sujet d'hilarité ? Pas moi.

— J'y suis ! Votre chouchou a été empoisonné ?

— Non, vous n'y êtes pas. J'aime les chiens ; mais je ne connaissais pas celui-là, j'ignore la cause de sa mort, et je n'y penserais plus si… Ces imbéciles disent qu'il s'agit d'une sorte de plaisanterie et ils rient. Trop facile, l'explication ! Je suis incapable d'en fournir une autre, mais je sais que ce n'était pas une mauvaise farce.

Ellery avait posé son verre, et la jeune fille soutint son regard.

— Vous connaissez mon point faible, Laurel, dit-il enfin en souriant. Mais je ne marche pas.

— Laissez-moi vous raconter comment…

— Qui vous a envoyée à moi ?

— Personne. Les journaux ne parlent que de vous. Votre présence ici a résolu mon problème.

— Le mien consiste à trouver l'isolement favorable à l'inspiration, ma chère enfant. Apprenez que je suis ici dans le but d'écrire un livre. Chez moi, c'est une sorte d'habitude, et je sens mon heure venue. Voilà pourquoi je ne puis me charger d'aucune enquête actuellement.

— Bien. Puisque vous ne voulez même pas m'entendre...

Elle s'était levée et gagnait la porte à pas lents. « Pas mon type, mais agréable à regarder », songea Ellery les yeux fixés sur la ceinture de peau dorée, visible entre le boléro et le pantalon.

— Il meurt d'innombrables chiens à la minute, dit-il avec bonté.

— Je me moque du chien, vous dis-je ! Ce sont les circonstances qui comptent.

— La façon dont il est mort ?

— Imbécile ! La façon dont nous l'avons trouvé.

Laurel Hill avait atteint la porte sans se retourner. Elle s'appuya brusquement contre le battant, de profil, les yeux baissés sur sa cigarette.

— Il était sur le pas de notre porte. Avez-vous jamais vu un chat aligner soigneusement sa chasse de souris sur votre paillasson, pour compléter le menu de votre petit déjeuner ? C'était un envoi... un cadeau. – Elle chercha un cendrier des yeux et alla jeter sa cigarette dans la cheminée. Puis elle ajouta : – Et il a tué mon père.

Un chien crevé tuant quelqu'un ? Diable ! Cela valait un coup d'œil qui n'engageait à rien. Et l'expression déterminée de la jeune fille intéressait Ellery.

— Rasseyez-vous, dit-il.

La fine mouche ! Mais la rapidité avec laquelle elle revint au fauteuil de cuir et la façon dont elle croisa les mains la trahirent.

— Comment un chien mort a-t-il pu « tuer » votre père, Laurel ?

— Il l'a assassiné.

— Restons objectifs, je vous prie. Le cadavre d'un chien inconnu est trouvé sur le pas de votre porte, et votre père meurt. Quel rapport y a-t-il entre les deux faits ?

— Mon père est mort de frayeur, à cause de ce chien !

Ellery comprenait maintenant l'hilarité officielle.

— A quelle cause, plus naturelle, le médecin a-t-il attribué le décès de votre père ? demanda-t-il.

— A un thrombus... J'ai oublié la fin du mot. Peu importe d'ailleurs. C'est le chien qui a tué papa.

— Voyons, partons du commencement.

Ellery lui offrit une cigarette, mais elle la refusa d'un signe de tête et tira un paquet de Dunhill de son sac vert. La cigarette tremblait entre ses lèvres quand Ellery l'alluma galamment.

— Vous vous appelez Laurel Hill et vous avez perdu votre père. Récemment, je pense ? Qui était votre père ? Que faisait-il ? Où habitez-vous ? Et ainsi de suite. Sans accepter de prendre l'affaire en main, je vous promets de ne pas rire, Laurel.

Le regard qu'elle attachait sur lui exprimait une réelle surprise que de tels détails pussent intéresser un enquêteur éventuel.

— Merci. Mon père était Leander Hill, des Grandes Joailleries Hill et Priam.

Ellery ne connaissait pas cette firme.

— Bien, dit-il. Le siège social est à Los Angeles ?

— Oui. Mais papa et Roger ont... avaient, veux-je dire, des succursales à New York, Amsterdam et en Afrique du Sud.

— Qui est « Roger » ?

— Roger Priam, l'associé de papa. Notre propriété est perchée tout près d'ici : cinq hectares de bois, jardins d'agrément avec quinconces d'eucalyptus, palmiers royaux, bougainvillées, oiseaux de paradis, cactées... Bref, un choix de tout ce qui se recroqueville et meurt à la moindre gelée. Or il gèle tous les hivers, n'en déplaise à ceux qui déclarent : « On n'a jamais vu et on ne reverra jamais ça en Californie du Sud ! » Mais papa aimait son domaine, qui lui donnait l'impression d'être un pirate des Caraïbes, disait-il. Trois domestiques logés et nourris, plus un jardinier engagé à l'année, mais vivant en dehors. Les Priam sont nos plus proches voisins. Papa avait le cœur fragile, et nous aurions dû habiter dans la plaine ; mais il se cramponnait à sa chère colline et refusait de la quitter.

— Votre mère est vivante ?

Ellery connaissait d'avance la réponse. Laurel portait l'empreinte des orphelines de mère, des filles qui se sont formées elles-mêmes. Quelle erreur de l'avoir prise pour une Miss Univers de Pasadena ou d'ailleurs ! Elle valait certainement beaucoup mieux que cela.

— Non ? demanda-t-il doucement, comme elle gardait le silence.

— Je n'en sais rien. (*Un point sensible.*) J'ai oublié ma mère, si je l'ai jamais connue.

— Une belle-mère, alors ?

— Non. J'ai été élevée par une nurse qui mourut quand j'avais quinze ans, il y a quatre ans de cela. Je ne l'aimais pas, et je la soupçonne d'avoir contracté cette pneumonie fatale pour m'empoisonner le plaisir d'être enfin débarrassée d'elle. Mon père ne s'était jamais marié. Je suis... j'étais sa fille adoptive.

Laurel Hill chercha un cendrier des yeux. Ellery lui en apporta un, et elle continua d'une voix ferme, en écrasant sa cigarette.

— Mais, entendons-nous bien. Il n'y avait pas entre nous cette fausse camaraderie qui couvre l'indifférence d'un côté, la crainte du lendemain de l'autre. J'étais réellement « sa fille ». Je l'aimais et le respectais comme un père, et j'étais la seule femme de sa vie, disait-il souvent. Papa appartenait à la vieille école. Il ouvrait une porte et s'effaçait pour me laisser passer la première... Vous voyez le genre. Moralement, c'était un roc.

« Et maintenant vous êtes sur du sable mouvant, ma pauvre petite, songea Ellery. Mais vous vous accrochez crânement à un fétu de paille. »

— Cela s'est passé voici quinze jours, le 3 juin. Nous sortions de table après le petit déjeuner, quand Simeon, le chauffeur, donna l'alerte. En amenant la voiture, il avait vu une « drôle de chose » sur le pas de la porte. J'accompagnai papa. La « drôle de chose » était le cadavre d'un chien qui avait une étiquette attachée à son collier. Dessus, on lisait : *Leander Hill,* écrit au crayon noir.

— Pas d'adresse ?

— Non. Le nom seulement.

— Avez-vous reconnu l'écriture ?

— Je n'ai fait qu'entrevoir une ligne, tracée au crayon, pendant que papa se penchait sur le chien. « Tiens, il m'est adressé ! » dit-il d'un ton surpris. Puis il ouvrit la petite boîte argentée.

— Quelle petite boîte ?

— Une sorte de bonbonnière de poche. Elle était attachée au collier et elle contenait une feuille de papier, pliée et repliée autant de fois qu'il le fallait pour entrer dedans. Papa déplia la feuille et il se détourna pour lire ce qu'il y avait écrit dessus : plusieurs lignes, mais je ne saurais vous préciser si elles étaient manuscrites, imprimées ou dactylographiées. Il était blême, avec des lèvres bleutées, quand il termina sa lecture et froissa le papier qui resta, en boule, dans sa main crispée. Un cri étranglé précéda ma question, papa s'affaissa. C'était une crise cardiaque. Il y était sujet.

Tournée vers la fenêtre, Laurel Hill contempla Hollywood.

— Une goutte de rhum, Laurel ?

— Non, merci. Simeon et...

— Quel genre de chien était-ce ?

— Un chien de chasse, je crois.

— Pas de plaque portant le nom du propriétaire, sur le collier ?

— A ma connaissance, non. Je n'ai vu que l'étiquette, ordinaire, adressée à papa.

— Comment était le collier ?

— Il n'avait pas coûté soixante-quinze cents.

Ellery attira une chaise et s'y assit à califourchon.

— Continuez, Laurel.

— Simeon et Ichiro, le valet de chambre, portèrent papa dans sa chambre. Mrs Monk, notre femme de charge, téléphona au Dr Voluta, je courus chercher du cognac. Papa ne succomba pas... cette fois-là.

— Ah ! Et que disait le billet plié dans la petite bonbonnière ?

— Je n'en sais rien.

— Par exemple !

— Au premier instant, j'étais trop occupée pour essayer d'ouvrir la main de papa ; puis le Dr Voluta arriva, il ranima son malade, et j'oubliai le papier. Il me revint à l'esprit la nuit suivante et, dès le lendemain matin, j'en parlai à papa. « Ce n'était rien. Rien du tout », déclara-t-il. Mais il était devenu livide, et il détourna vivement la conversation. Interrogé lors de sa visite, le Dr Voluta me dit qu'il avait effectivement retiré un papier de la main de mon père, et qu'il l'avait posé, sans le lire, sur la table de chevet. Je questionnai ensuite les domestiques et n'obtins que des réponses négatives. Personne n'avait remarqué le papier, et il avait disparu. Une fois revenu à lui, papa l'avait évidemment trouvé à portée de sa main et il l'avait fait disparaître.

— L'avez-vous cherché depuis ?

— Oui, vainement. Mon père avait dû le détruire.

Ellery ne commenta pas cette supposition.

— Restent le chien, le collier et la petite boîte, dit-il. Vous en êtes-vous occupée ?

— Le premier jour, l'état de papa m'inspirait de telles inquiétudes que je dis simplement à Simeon, ou à Ichiro, d'enlever le cadavre. Dans mon esprit, il s'agissait de dégager la porte, sans plus ; mais quand je demandai le chien, le lendemain, Mrs Monk m'apprit qu'elle avait téléphoné à la fourrière et que le cadavre avait été emporté.

— Emporté et incinéré, murmura Ellery, tapotant ses dents du bout des ongles. Le collier et la boîte, cependant... Vous êtes certaine que la seule vue de ce chien n'a pas suffi à provoquer la crise de votre père ? Il n'avait pas peur des chiens ? Craignait-il particulièrement la mort ?

— Papa adorait les chiens. Il les aimait au point de n'avoir jamais voulu remplacer la pauvre Sarah, qui s'est éteinte de vieillesse l'année dernière, en déclarant que la perte d'un ami fidèle le peinait trop. Quant à la mort, elle lui inspirait certainement moins de crainte que les souffrances d'une longue maladie. Je l'ai plusieurs fois entendu souhaiter de « passer dans son sommeil », quand son heure serait venue.

— Votre père était-il superstitieux ?

— Pas particulièrement. Pourquoi ?

— Il est mort de peur, dites-vous. Je tâtonne.

— Il est mort de peur, oui. Mais ce n'est pas la vue du chien... c'est la lecture du billet qui causa le choc moral. Papa fut littéralement foudroyé de terreur, sous mes yeux. Il est tombé, et j'ai cru que tout était fini. Ce billet a produit sur lui une impression dévastatrice. – Laurel Hill attacha sur Ellery ses yeux pers, pailletés de points roux. – Il a peut-être réveillé un souvenir oublié, acheva-t-elle après un silence. Fait certain, il s'agissait d'une chose extraordinairement importante, puisqu'elle fit sortir Roger de la coquille dans laquelle il s'enfermait depuis quinze ans.

— Comment ? Qui est ce Roger ?

— Je vous l'ai dit. Roger Priam, l'associé de papa et son plus vieil ami. Roger sortit de chez lui.

— Pour la première fois depuis quinze ans ? s'écria Ellery.

— Oui. Depuis son attaque de paralysie, il vit dans un fauteuil roulant, terré dans sa propriété. Chez lui, tout est une question de vanité blessée. C'était un bel homme, fier de sa vigueur, dit-on ; sa déchéance physique l'a aigri au point de l'écarter du monde et de le rendre déplaisant à tous.

» Il se vante d'ailleurs de n'être nullement amoindri, et de diriger de son fauteuil mécanique la plus grosse affaire de joaillerie de la côte occidentale. C'est faux, naturellement. Papa dirigeait tout ; mais il entretenait Roger dans son illusion en le consultant sur les questions importantes, en lui confiant de petites affaires qu'il aurait pu traiter lui-même par téléphone, et ainsi de suite. Beaucoup de nos vieux employés ne l'ont jamais vu. Ils l'appellent le dieu invisible ; mais c'est un dieu exécré dont tous les sujets – les employés, s'entend – ont une peur bleue.

— Une crainte que vous ne partagez pas ?

— Je ne puis supporter cet homme.

La réponse fut donnée posément. Mais, sous le regard insistant d'Ellery, son auteur détourna les yeux.

— Il vous effraie aussi, Laurel ?

— Je ne l'aime pas, c'est tout.

— Continuez.

— Le soir même, je téléphonai aux Priam pour leur annoncer que mon père venait d'avoir une crise cardiaque. Roger m'accabla de questions, et il insista pour parler à papa. Le Dr Voluta ayant recommandé le « calme complet », je refusai net. Roger revint deux fois à la charge, le lendemain matin. Mon père allait mieux, il s'agitait de son côté pour parler à son ami... Bref, je finis par céder et par demander les Priam sur la ligne directe entre notre propriété et la leur. Papa me renvoya dès que j'eus Roger au bout du fil.

Laurel se leva. Mais elle se rassit aussitôt et alluma nerveusement une nouvelle cigarette.

— La conversation resta le secret des amis, reprit-elle entre deux bouffées. Au bout de quelques minutes, Delia Priam amena elle-même son mari à la maison. On l'avait installé – dans son fauteuil roulant – au fond du break des Priam et il fallut porter son fauteuil au premier étage. Roger s'enferma avec papa. Leur entretien dura trois heures.

Rien qu'au ton sur lequel Mrs Priam avait été nommée, on sentait que l'aversion de Laurel ne se cantonnait pas au seul mari. Ellery en prit note.

— Au sujet du chien mort et du billet ?

— Certainement. Papa avait déjà été souffrant, et c'était sa troisième crise cardiaque ; or Roger n'avait jamais jugé utile de venir lui parler « affaires » avant cela. Oui, la conversation confidentielle roula sur le chien mort et le billet. Et si j'avais nourri le moindre doute à ce sujet, l'expression de Roger Priam, quand il roula son fauteuil hors de la chambre, l'eût dissipé. Il était aussi effrayé que papa, la veille, et pour la même raison.

» Roger Priam, effrayé ! S'il avait été seul en cause, j'aurais presque ri quand il daigna – honneur exceptionnel – s'apercevoir de ma présence pour me recommander de bien veiller sur mon père. Habituellement, il *crée* la peur, il ne *l'éprouve* pas... Vous saisissez ? Quand je le suppliai de me dire ce qui n'allait pas, il feignit de ne pas m'entendre, et je ne pus rien en tirer. Delia l'emmena dès que Simeon et Ichiro l'eurent transporté dans la voiture.

» Voici huit jours, dans la nuit du 9 au 10 juin, papa s'éteignit en dormant, comme il l'avait souhaité. « Son cœur n'était pas en état de surmonter cette dernière crise », déclara le Dr Voluta. Il fut incinéré, et ses cendres, enfermées dans une cassette en bronze, sont enterrées dans Forest Lawn. Telle était sa volonté. La question actuelle est : qui a assassiné mon père ? Je n'aurai point de repos avant de connaître la réponse à cette question, Ellery.

Mrs Williams ne répondant pas au coup de sonnette, Ellery s'excusa et il descendit dans la petite cuisine en sous-sol. Outre un billet dans lequel sa gouvernante d'intérieur l'informait qu'elle sortait faire des courses, il trouva une cafetière pleine, un compotier de fruits et une assiette de biscuits. Prévoyante, Mrs Williams ! Elle avait entendu le coup de sonnette, et elle s'était éclipsée.

— Que c'est gentil de votre part ! s'écria Laurel, agréablement surprise, quand Ellery reparut avec le plateau.

L'amabilité est-elle réellement surprenante, de nos jours ? Non moins gentiment, Miss Hill refusa de se restaurer, puis elle se ravisa et dévora dix biscuits arrosés de trois tasses de café.

— Je n'avais rien mangé aujourd'hui, avoua-t-elle finalement.

— Je m'en doutais.

Son froncement de sourcils valait mieux que l'expression figée qu'elle avait jusque-là. Satisfait, Ellery écouta la suite.

— J'ai plusieurs fois essayé de confesser Roger Priam, j'en ai appelé à son sentiment du devoir envers la mémoire d'un ami d'enfance et associé, j'ai développé mes raisons de croire que papa fut assassiné par une personne qui connaissait son point faible et lui causa volontairement un saisissement mortel, j'ai demandé et redemandé la lettre. « Quelle lettre ? » me fut-il innocemment répondu à chaque fois. Inutile d'insister davantage : je ne tirerai rien de Roger. Il y a un gros secret sous cette affaire, il a surmonté sa frayeur et il ne parlera pas.

— Croyez-vous qu'il se soit confié à sa femme ?

— Roger ne se confie pas. Et si cela lui arrivait par accident, Delia serait la dernière personne au monde à laquelle il parlerait.

— Ah ! les Priam ne s'entendent pas ?

— Je n'ai pas dit ça.

— Ils font bon ménage, alors ?

— Laissons-les à leurs affaires, Ellery.

— Pourquoi ?

— Parce que leurs rapports conjugaux sont hors du sujet.

Laurel semblait sincère, mais elle n'en cachait pas moins quelque chose.

— Bien, dit Ellery. Pour en revenir à votre père, quelles étaient ses relations avec Delia Priam ?

— Ah ! j'y suis. Non, Ellery, vous faites fausse route. Il n'y avait *rien* entre eux. Encore une fois, papa disait que j'étais la seule femme de sa vie, et je le crois.

— Ils étaient sur un pied d'hostilité ?

— Pourquoi me ramenez-vous toujours à Delia ?

— Pourquoi cherchez-vous à détourner le sujet ?

— Papa s'entendait bien avec Delia. Il s'entendait bien avec tout le monde.

— Pas avec *tout* le monde, Laurel... rectifia Ellery.

Elle le regarda vivement et il continua :

— ... Si vous êtes dans le vrai en soupçonnant quelqu'un de l'avoir volontairement fait mourir de frayeur, s'entend. L'attitude timorée de la police s'explique, ma petite. La peur est une arme perfide ; elle ne laisse ni traces, ni empreintes digitales, ni preuve formelle. Reste la lettre... Si vous l'aviez. Mais vous ne l'avez pas.

— Vous vous moquez de moi, murmura Laurel, prête à se lever.

— Nullement. Les histoires trop simples sont décevantes comme une surface lisse. Il n'y a rien à en tirer. Parlez-moi d'une surface rugueuse ! On peut gratter les aspérités, et la poussière est souvent révélatrice. Je sais maintenant qu'il y a quelque chose du côté de Delia et de Roger Priam. Quoi ?

— Pourquoi tenez-vous tant à le savoir ?

— Parce que vous ne voulez pas me le dire.

— Je ne veux pas abuser de votre temps, c'est tout. Les affaires privées de ce ménage n'ont aucun rapport avec mon père.

Ils se mesurèrent des yeux. Finalement, Ellery s'inclina avec un sourire.

— Non, je ne possède pas la lettre, reprit Laurel. Les représentants de la police ont souligné le fait, allez ! Sans cette lettre, ou autre indice quelconque, ils ne peuvent intervenir. Quand j'ai supplié Roger de leur dire ce qu'il savait (car il en sait assez pour les forcer à intervenir), il a ri de ce qu'il appelle des « imaginations de petite fille ». Sans son intervention, les policemen se sont retranchés derrière les conclusions de l'autopsie et les précédentes crises cardiaques de papa. Ils m'ont poliment envoyée promener. Allez-vous en faire autant ?

Ellery se tourna vers la fenêtre. Le fait d'entrer dans une affaire criminelle bouleversait tous ses projets, mais le chien mort le fascinait. Pourquoi ce choix d'une bête crevée comme messager de mauvaise nouvelle ? Un symbole ? Certainement. Or, les meurtriers à tournure d'esprit métaphorique l'attiraient irrésistiblement. Le tout était de savoir s'il y avait un meurtre à la clef. Hollywood est la ville des farces spectaculaires. Ellery se rappelait encore l'histoire du cheval de course dans une salle de bains, ainsi qu'une autre fameuse plaisanterie qui avait motivé l'emploi de soixante-dix-sept extra pendant quarante-huit heures... C'est dire qu'un chien mort était à peine digne de ces précédents historiques. Cette fois, l'affaire pouvait se résumer en deux mots : un plaisantin envoie un billet de fausses menaces à un grand joaillier cardiaque et il choisit un chien crevé comme messager. Hélas ! La plaisanterie tourne mal : la victime succombe avant d'avoir retrouvé son bon sens, l'auteur se mord les doigts, dans l'ombre. De quelle nature sont les fameuses menaces ? Peut-être Leander Hill est-il voué aux pires supplices chinois si les bijoux de la couronne ne sont pas déposés le surlendemain, à minuit, dans la grotte des ptérodactyles, à Hancock Park ? Malade de saisissement, la victime appelle son meilleur ami et associé à son chevet. La discussion au sujet du billet s'éternise. Pendant trois heures le bon sens de Priam se heurte aux craintes nerveuses de Hill. Priam quitte enfin la chambre du malade, et Laurel interprète faussement son expression de physionomie : il n'est pas effrayé, il est irrité par l'entêtement de son associé. Le cœur malade flanche, Hill s'éteint dans son sommeil. Fin du mystère. Il restait bien quelques petits points d'interrogation, çà et là ; mais nul ne pouvait blâmer les policemen d'avoir fermé l'oreille à l'abracadabrante théorie criminelle de l'orpheline. En hommes raisonnables, ils avaient pris Laurel pour une névrosée inspirée par le chagrin, ou pour une jeune personne assoiffée de publicité qui exploite la mort de son père afin de décrocher un engagement de cinéma. Elle pouvait être l'une ou l'autre.

Ellery se retourna.

— Je pense que votre père avait une légion d'ennemis acharnés ? dit-il.

— Pas à ma connaissance.

Tiens ! A l'appui de sa théorie, Laurel aurait dû pouvoir étaler, ici, une liste de noms, de dates et d'incidents marquants. Au lieu de quoi elle continua posément :

— Papa était un « bon vivant ». Il aimait assez ses semblables pour attirer la sympathie. Même quand il se mettait en colère, personne ne pouvait lui en vouloir longtemps. Pas même Roger.

— Donc, vous n'avez pas la plus vague idée de l'identité de celui qui a commis cet homicide par frayeur ?

— A votre tour de rire. – Laurel se leva. Elle écrasa sa cigarette dans le cendrier et ajouta dignement : – Excusez-moi de vous avoir dérangé.

— Vous pourriez vous adresser à une bonne agence privée. Je me ferais un plaisir...

— Je mènerai personnellement l'enquête. Merci pour les biscuits, les conseils et...

— Voulez-vous me présenter, Laurel ?

Laurel et Ellery se retournèrent ensemble.

— Hello ! Delia ! lança Laurel à l'adresse de la belle femme qui se tenait dans l'encadrement de la porte.

2

Ellery n'avait vu les époux Priam qu'à travers deux fenêtres étrécies par l'extrême jeunesse : les yeux de Laurel. Pour lui, Roger Priam était un vieux coq de combat, infirme, mais toujours impérieux, qui menait son poulailler à coups de bec. Qui mettre en face de ce mâle tyrannique, sinon une poule grisonnante, nerveuse et craintive ?

Or Delia Priam n'était pas une de ces volailles bonnes à être plumées, mangées et oubliées. C'était un gibier d'une classe très supérieure, un morceau de choix dont le palais garderait longtemps la saveur.

Sa jeunesse stupéfia Ellery au point qu'il mit très longtemps à comprendre que la « jeunesse » figurait dans le répertoire d'illusionniste de cette femme ; c'était un des tours – et des plus faciles – qu'elle exécutait chaque jour, aussi naturellement qu'elle portait ses seins. Delia Priam avait quarante-quatre ans. Mais, quand Ellery l'apprit, ce nombre d'années demeura dans son esprit une quantité abstraite.

Jamais encore Ellery n'avait vu merveille de proportions comparables à celles de la femme qui s'encadrait dans l'embrasure de sa porte. Tête, épaules, buste, hanches... impossible de savoir ce qui l'enchantait le plus. Delia Priam portait une blouse transparente, de ton fauve, mariée à une jupe imprimée aux couleurs éclatantes, de gros anneaux d'or pendaient à ses oreilles, ses cheveux d'un noir luisant étaient massés de côté à la mode polynésienne. Non, elle ne correspondait pas à la beauté standard d'Hollywood : yeux trop profonds et trop clairs, sourcils trop épais, bouche trop charnue, teint trop coloré, formes trop pleines pour le goût du jour ; mais cette exubérance physique rappelait celle des forêts tropicales, humide, brillante, immobile et excitante. La voyant pour la première fois, on avait l'impression d'entrer dans une jungle semée de dangers. Toute sa personne, y compris sa voix gutturale comme le grognement d'un tigresse ensommeillée, frappait et retenait les sens, éveillait le désir.

Ellery se surprit à penser : « Tu as pu te l'offrir, Roger, vieux coq. Mais comment la gardes-tu ? » Il en était là de ses réflexions, quand il remarqua le sourire glacé de Laurel Hill.

— Laurel vous aura sans doute parlé de moi...

— J'ai répondu aux questions de Mr Queen, interrompit la jeune fille d'une voix chaude et amicale. Vous ne semblez pas surprise de me trouver ici, Delia.

— Ma surprise est restée dehors, avec votre voiture, ma chérie. Par contre, vous pourriez être étonnée de me voir ainsi tomber du ciel.

— Vous ne me surprenez jamais, ma chérie.

Elles échangèrent un sourire ; puis Laurel se détourna brusquement pour prendre une cigarette.

— Ne vous dérangez pas, Ellery. Quand Delia est là, les hommes oublient toujours la présence d'une autre femme.

L'allumette craqua comme un pétard.

— Voyons, Laurel, dit son amie, indulgente.

— Vous ne voulez pas entrer et vous asseoir, Mrs Priam ?

— Si j'avais su trouver Laurel ici, Mr Queen...

— Je suis venue parler du chien *et de la lettre* à Queen, Delia. M'avez-vous suivie ?

— Quelle idée !

— Oui, ou non ?

— Non, assurément, ma chérie. La présence de Mr Queen ici, que j'ai apprise par les journaux, coïncide avec un sujet de tracas personnel. C'est tout.

— Excusez-moi, Delia. Je ne suis pas dans mon assiette.

— Je reviendrai, Mr Queen.

— Le sujet de tracas en question concerne-t-il la mort de Mr Hill, Mrs Priam ?

— Je n'en sais rien. C'est possible.

— Dans ces conditions, vous n'êtes pas de trop, au contraire. Entrez, je vous en prie.

Delia Priam s'avança lentement, comme si elle devait repousser un invisible obstacle. Ellery eut ainsi le temps d'admirer sa démarche ; et, quand elle prit la chaise qu'il lui offrait, il aurait pu effleurer son dos nu du bout du doigt. Il fit presque le geste.

L'intérêt qu'elle avait éveillé en lui n'était apparemment pas réciproque. Elle l'avait cependant regardé de haut en bas, comme une robe présentée chez un couturier. Peut-être le modèle ne lui plaisait-il pas, après tout ?

— Un peu de rhum, Mrs Priam ?

— Delia ne boit pas, dit Laurel de la même voix chaude et amicale.

Elle expulsa sa fumée par les narines.

— Merci, ma chérie. L'alcool me monte à la tête.

« Un homme averti... songea Ellery. Quelques martinis bien tassés faciliteraient les travaux d'approche ! » Il ne se reconnut pas. Une femme mariée, une *lady* certainement. Et le respect dû au mari infirme ? Mais une pareille démarche vous tourne la tête, tout aussi dangereusement que l'alcool.

— Laurel partait. Les faits m'intéressent, mais je suis à Hollywood pour écrire un livre...

Les fronces de son corsage suivaient le mouvement régulier de sa respiration. C'en était trop. Ellery gagna la fenêtre, s'obligeant ainsi à tourner la tête.

— Néanmoins, si vous apportez un élément nouveau, madame...

Très probablement, il ne commencerait son roman ni aujourd'hui, ni demain.

Ellery ne put prêter qu'une oreille distraite aux paroles de Mrs Priam. Trop de détails attiraient son regard : les rondeurs du corsage, les promesses de la jupe collante, les belles mains posées sur les genoux... *Maîtresses aux membres musclés et lisses comme le marbre*... Héroïne de la Renaissance, évoquée par Browning, elle exerçait ses ravages au XXe siècle.

— Vous me suivez, Mr Queen ?

— Certainement, fit Ellery, pris en faute. Le jour même où Leander Hill reçut le chien mort, dites-vous, Mrs Priam ?

— Le même matin, oui. C'était une manière de présent, je ne trouve pas d'autre mot.

— Delia ! s'écria Laurel, la cigarette en l'air. Vous ne m'aviez pas dit que Roger avait reçu quelque chose également !

— Il m'avait demandé de garder le silence, ma chérie, mais votre insistance au sujet de ce malheureux chien me force la main. La police d'abord, Mr Queen maintenant !

— Vous m'avez donc suivie.

— Cette peine me fut épargnée, répondit la belle femme, souriante. Je vous avais vue regarder la photo de Mr Queen dans les journaux.

— Vous êtes merveilleuse !

— Merci, ma chérie. – Elle ressemblait à une tigresse royale au repos, souriant à ses secrets. –... Hep, ami Queen ! Vous suivez ?

— Pardon ? Oui, assurément, madame. Mr Priam est effrayé...

— Depuis le jour où il a reçu cette boîte. Il refuse de l'admettre ; mais on sait à quoi s'en tenir quand un homme ne cesse de rugir qu'il ne se laissera pas intimider ! De plus, il casse ce qui lui tombe sous la main, ces temps-ci : des objets personnels, veux-je dire. C'est exceptionnel. D'ordinaire, il casse mes affaires.

« Charmant mari. Quel dommage ! » Puis, à voix haute, Ellery demanda :

— Qu'y avait-il dans cette boîte, Mrs Priam ?

— Je n'en ai aucune idée.

— Un chien mort ! Un autre chien mort ! s'exclama Laurel.

Devant cette autre femme, elle était aussi insignifiante qu'une fillette impubère.

— Un chien microscopique, vu les dimensions de la boîte, ma chérie. Elle était en carton et mesurait trente centimètres carrés, Mr Queen.

— Pas d'inscription ?

— Aucune. Mais il y avait une étiquette ordinaire, attachée à la ficelle qui l'entourait, et sur laquelle on lisait « Roger Priam », écrit au crayon.

— De quelle couleur ?

Quelle importance la couleur pouvait-elle avoir ? Seigneur !

— Noir, je crois.

— Pas d'adresse ?

— Non. « Roger Priam », c'est tout.

— Et vous n'avez aucune idée de la nature du contenu ?

— Aucune. J'ai seulement constaté que cet envoi portait un coup terrible à Roger. Un des domestiques, ayant trouvé la boîte devant la porte, l'avait remise à Alfred...

— Alfred ?

— Le... le secrétaire de Roger.

— Ne devriez-vous pas plutôt dire son... son homme de confiance, Delia ? demanda Laurel, expulsant une volute de fumée.

— Certes, ma chérie. Homme de confiance, infirmier, secrétaire et que sais-je encore ? Mon mari est infirme, Mr Queen.

— Je le savais par Laurel, Mrs Priam. Donc, la mystérieuse boîte est remise à l'indispensable Alfred, et celui-ci l'apporte à Mr Priam. Ensuite ?

Pourquoi Laurel riait-elle sous cape ? Delia Priam semblait ne s'apercevoir de rien.

— Je me trouvais dans la chambre de mon mari à ce moment-là. Naturellement nous ne savions rien encore de Leander et de *son* singulier présent. Alfred lui ayant remis la boîte, Roger souleva le couvercle, regarda dedans. Je le vis passer de la colère à la perplexité ; puis il rabattit le coin du couvercle et nous renvoya, Alfred et moi. Quand nous fûmes sortis, il donna un tour de clef. Je n'en sais pas davantage. Je n'ai pas revu la boîte, je n'ai jamais vu son contenu, et Roger refuse de dire ce qu'il a fait du tout. Il refuse même d'aborder ce sujet.

— A partir de quel moment votre mari a-t-il commencé à manifester des signes de frayeur ?

— A partir de sa visite à Leander Hill, le lendemain matin. Dans la voiture, il n'a pas desserré les lèvres et il tremblait. Ce tremblement ne l'a pas quitté depuis ; il a même augmenté après la mort de Leander, survenue huit jours plus tard.

Donc Roger Priam n'avait pas attaché une signification alarmante à son « cadeau » personnel avant de l'avoir comparé à celui que Leander Hill avait reçu. Pas avant d'avoir lu le billet attaché au collier du chien, peut-être ? A moins qu'il n'y ait eu également un billet dans la boîte de Priam ? Mais alors...

Ellery fumait nerveusement devant sa fenêtre. Feindre de s'intéresser à une affaire parce qu'une respectable femme mariée possède le dangereux pouvoir d'évoquer la jungle... A son âge ! C'était ridicule. Quel dommage, néanmoins ! Il sentit le regard des deux femmes attaché sur lui et expulsa une bouffée de fumée avec une brusquerie toute professionnelle.

— Leander Hill a reçu un mystérieux présent et il est mort. Craignez-vous que les jours de votre mari soient menacés également, Mrs Priam ?

Tiens, le voici devenu une « marchandise » intéressante, que l'on détaille attentivement ! Et le soleil qui entrait à flots par la fenêtre créait une curieuse illusion d'optique : à force d'être pâles, les yeux de Delia Priam disparaissaient d'où l'impression d'être examiné par une statue. Ellery se sentit rougir et il crut deviner chez elle un secret amusement. Eh bien, qu'elle aille au diable avec ses alarmes de bonne épouse !

— Laurel chérie, dit-elle avec un regard d'excuse, puis-je vous demander de me laisser seule avec Mr Queen ?

La jeune fille se leva aussitôt.

— J'attendrai dans le jardin.

Elle jeta sa cigarette dans le cendrier et sortit.

Laurel Hill reparut bientôt, derrière la fenêtre. Elle se planta contre une bordure d'asters, la tête détournée, se tapotant la cuisse avec sa casquette.

— Cette petite est gentille au possible, dit alors Mrs Priam, rompant le troublant silence. Mais elle s'emballe comme une enfant. Cela lui passera... J'en reviens à votre question, Mr Queen. J'y répondrai en toute franchise. Mon mari ne compte pas pour moi. Je ne crains pas de le perdre. Ce serait plutôt le contraire.

Ellery la dévisagea. Quand elle les détourna, ses yeux étincelèrent au soleil comme du quartz ; mais ses traits restèrent détendus, n'exprimant aucune animosité, et elle redevint une statue aux orbites vides.

— Vous êtes franche, madame. Brutalement franche.

— En fait de brutalité, mon éducation ne laisse rien à désirer.

Ah ! ça aussi... Ellery soupira.

— J'irai même plus loin, continua-t-elle. Laurel vous a-t-elle donné certaines précisions sur l'état de mon mari ?

— Elle m'a dit que Mr Priam était partiellement paralysé.

— Sans spécifier la partie du corps atteinte ?

— Non.

— Eh bien, Mr Queen, le mal affecte les membres inférieurs. Mon mari est paralysé à partir de la taille.

On aurait volontiers applaudi. Le courageux sourire ! Le sourire qui disait : *Ne me plaignez pas !*

— Quelle épreuve ! murmura Ellery, faute de trouver mieux.

— Pour moi, voici quinze ans qu'elle dure. Vous vous demandez sans doute pourquoi je vous dis cela ?

Ellery inclina la tête. Mrs Priam avait appuyé la sienne contre le dossier du fauteuil, offrant, semblait-il, au glaive, sa belle gorge palpitante.

— Il le fallait, reprit-elle, les yeux mi-clos. Sans ça, vous ne comprendriez pas pourquoi je suis venue vous voir, Queen. Vous vous êtes posé la question, n'est-ce pas ?

— Je l'avoue. Alors pourquoi êtes-vous ici ?

— Pour sauver les apparences.

— Vous me demandez d'enquêter sur une menace possible contre la vie de votre mari dans le but de sauver les apparences ?

— Vous ne me croyez pas ?

— Si. Personne n'inventerait cette raison-là !

Ellery vint s'asseoir près d'elle. La main qu'il prit était fraîche, réservée, et elle resta, confiante, dans la sienne.

— Ces belles mains ignorent le travail, murmura-t-il.

— Est-ce regrettable ?

Ellery remit la main à sa place, sur le genou de sa propriétaire.

— Peut-être. Une femme comme vous n'a pas le droit de rester liée à un demi-cadavre. A moins d'être retenue par l'amour, s'entend. Si encore votre mari était une belle âme... Mais, à ce que j'ai compris, c'est une brute, et vous le haïssez. Alors ? Pourquoi n'avez-vous pas divorcé ? Est-ce une question religieuse qui vous arrête ?

— Elle aurait pu exister, dans ma jeunesse. Maintenant... Non, je ne puis m'honorer de tels scrupules. Vous le voyez, je me mets à nu devant vous. J'expose ma laideur.

— Oh ! fit Ellery, avec l'intonation voulue.

— Vous êtes très galant envers une vieille femme. Sérieusement, Mr Queen, pour vous permettre de comprendre la situation, il faut que je vous dise deux mots sur mes origines et mon passé.

» Ma mère appartenait à une vieille famille californienne, catholique, férue de traditions et de principes. Son mariage avec un hérétique de la Nouvelle-Angleterre ne fut pas accepté ; reniée par les siens, elle mourut de chagrin, alors que j'étais en bas âge. Mes parents du côté maternel s'aperçurent alors de mon existence ; ils agirent auprès de mon père, et celui-ci me confia à une vieille tante. Je la vois encore, avec sa mantille ! Pour m'évader, j'épousai le premier venu, un « indésirable » comme mon père. Je ne l'aimais pas, mais il avait de l'argent et nous étions très pauvres. Ce mariage me coupa de ma famille, de ma religion, de mon milieu. A titre d'exemple : ma grand-mère vit à trois milles d'ici, elle est nonagénaire et je ne l'ai pas vue depuis dix-huit ans. Je suis morte à ses yeux.

» Au bout de trois ans de mariage, je restai veuve avec un enfant. Roger Priam se trouva alors sur mon chemin. Ma famille maternelle m'avait rejetée à son tour, mon père faisait un « voyage d'agrément » on ne savait où, et Roger me plaisait. Je l'aurais suivi en enfer. Et c'est bien là qu'il m'a menée.

Delia Priam rit avec amertume. Puis elle reprit :

— Quand je vis Roger sous son jour véritable, puis quand son infirmité me priva de ce qu'il me donnait encore, je me trouvai les mains vides, face au néant. Que faire dans ce cas-là ? J'ai essayé de remonter la pente sociale, de regagner mon rang.

» C'est une lutte de chaque instant, Queen. Le monde n'oublie pas, et il pardonne moins encore. Mais la jeune génération est plus ouverte que la précédente, et le sexe fort m'a naturellement aidée. Voilà où j'en suis ! Réduite à considérer l'ambition mondaine comme une planche de salut et à m'y accrocher !

Son expression refléta un bouillonnement de sentiments mauvais. Ellery détourna les yeux, et elle reprit d'un ton plus calme :

— Si mes relations soupçonnaient le genre de vie qui m'est imposé chez moi, je serais bannie sans retour possible. Et si je quittais Roger, tout le monde me jetterai la pierre pour « avoir abandonné mon mari ». Cela ne se fait pas dans la haute société californienne. Quel que soit le mari, la femme reste avec lui. Je reste donc.

» Or un mauvais vent souffle depuis peu. Si Laurel s'était tue, je n'aurais pas levé le petit doigt, notez-le. Mais, à force de crier au meurtre à propos de son père, cette petite a créé une atmosphère de suspicion qui menace ma position personnelle. Je m'étonne que la campagne de Laurel ait échappé jusqu'ici aux antennes de la presse ; mais les journaux s'empareront de l'histoire, tôt ou tard, et une enquête risque de révéler que Roger a également reçu un « cadeau » anonyme. De là à conclure que les jours de mon mari sont apparemment menacés... Je *dois* prendre les devants. Pour ma famille et mes amis, je *dois* agir en bonne épouse. Je suis donc ce modèle de fidélité conjugale et, tremblante pour la sécurité de mon mari, je viens solliciter votre éminent concours, Mr Queen. – Delia Priam haussa les épaules en concluant : – Bref, je sauve les apparences, comme je vous l'ai déjà dit.

— Pourquoi ne pas partir et recommencer ailleurs ? demanda Ellery. Ce serait tellement plus simple !

Laurel Hill s'était éloignée de la fenêtre. Mrs Priam contempla le panorama.

— Je suis née ici, murmura-t-elle. Clignez des yeux. La ville de pacotille s'efface, on ne voit plus que les collines, les vergers, les vieilles missions... Mais la raison sentimentale ne pèse pas lourd en face de l'autre.

— Laquelle, madame ?

— Roger ne me laisserait pas partir. Il est capable de toutes les violences, Mr Queen. Comment connaîtriez-vous son furieux instinct de propriété, son despotisme, son orgueil, sa... dépravation ? Parfois, je crois avoir épousé un sadique.

Elle ferma les yeux. Dans le silence du living-room, on entendit Mrs Williams discourir sur le prix scandaleux du café en présence de son auditeur habituel : son perroquet, hôte d'une cage dorée accrochée au-dessus de l'évier dans la petite cuisine. Pour un peu, Ellery aurait juré que sa machine à écrire inemployée lui donnait des coups de coude...

Mais que pouvait la fidèle compagne de travail devant l'évocation de la jungle, en batiste claire et cotonnade bariolée ? La regarder était un plaisir. Imaginer ce même fauteuil vide vous ôtait tout courage.

— Mrs Priam !

— Oui ?

— Pourquoi avez-vous écarté Laurel Hill avant de me parler à cœur ouvert ? demanda Ellery, chassant de son mieux la pensée de Roger Priam.

Delia Priam rouvrit les yeux.

— Je veux bien me déshabiller devant un homme mais je claque la porte de ma chambre au nez d'une femme.

Le ton de la réponse ne dépassait pas celui de l'aimable badinage ; mais Ellery n'en ressentit pas moins un pincement au cœur.

— Conduisez-moi à votre mari, dit-il, en se levant d'un bond.

3

Dans la rue, Laurel demanda gentiment :

— Avez-vous signé un engagement, Ellery ? Dans l'affirmative – si toutefois ma question n'est pas indiscrète –, avec laquelle d'entre nous ?

— Aucun engagement n'a été pris de part ou d'autre, Laurel, répondit sèchement Ellery. Je vais jeter un coup d'œil à la ronde, sans plus.

— En commençant par une visite chez les Priam, je gage ?

— Oui.

— Dans ce cas, et puisque nous avons partie liée (n'est-ce pas, Delia ?), voyez-vous un inconvénient à ce que je vous accompagne ?

— Comment pourriez-vous être de trop, ma chérie ! s'écria la belle femme. Je vous demande simplement de ne pas tenir tête à Roger. Sa mauvaise humeur retombe toujours sur moi, pour finir.

— Que dira-t-il en découvrant que vous lui amenez un détective ?

— Ne m'en parlez pas ! – Mrs Priam eut un frisson, puis elle s'épanouit et ajouta : – Mais c'est *vous* qui amenez Mr Queen, ma chérie. Vous voulez bien ? Ce n'est pas très chic de ma part, mais mettez-vous à ma place. Je suis obligée de vivre avec lui, et vous m'avez réellement devancée chez Mr Queen.

— Entendu, fit Laurel avec un haussement d'épaules. Nous vous servirons de bouc émissaire, Delia. Rentrez par le plus court chemin, et nous ferons le grand tour. Vous étiez sortie pour faire des courses, n'est-ce pas ?

Delia Priam rit. Elle monta dans sa Cadillac – un cabriolet crème, dernier modèle – et se lança sur la descente de la colline.

— Elles sont faites l'une pour l'autre, murmura Laurel, ouvrant la portière de sa petite Austin verte. Je parle de la voiture et de sa conductrice. Voyez-vous Delia dans une Austin ? Autant se représenter la reine de Saba dans une barque de pêche ! Montez.

— C'est une femme extraordinaire, dit Ellery, comme Laurel démarrait à son tour.

— Il n'y a qu'une Delia Priam au monde.

— Elle paraît exceptionnellement franche.

— Vraiment ?

— Vous ne le croyez pas ?

— Laissons mon opinion de côté.

— Merci. Je connais maintenant votre pensée intime.

— Non ! Mais pour votre gouverne... on ne sent jamais le « fond » chez Delia. Elle ne ment pas, mais elle retient une partie de la vérité, et bien malin qui s'y retrouve, en fin de compte ! Là ! Vous ne me ferez plus rien dire sur Delia. Toutes mes déclarations seraient retenues non contre elle, mais contre moi. Merci ! Pour tourner la tête d'un homme, s'il est intelligent surtout... Bref, il est naturellement inutile de vous demander de quoi elle voulait vous entretenir en particulier ?

— Doucement, dit Ellery, retenant son chapeau prêt à s'envoler. Encore un coup de frein comme celui-ci et je passe à travers le pare-brise !

— Fiez-vous à moi !

Le petit bolide vert s'engagea dans North Highland Avenue. Quand il eut recouvré son souffle, Ellery lança au profil de la hardie conductrice :

— Roger Priam ne quitte « jamais » son fauteuil roulant, avez-vous dit. C'était une figure de rhétorique, je pense ?

— C'était l'expression exacte de la vérité. Delia ne vous a pas parlé de ce fauteuil mécanique ?

— Non.

— Il est fabuleux. Roger eut un fauteuil roulant ordinaire, après son attaque de paralysie, et il ne put s'habituer à la dépendance où le plaçait son infirmité. Etre porté de son lit au fauteuil et *vice versa*... Non ! Roger Cœur de Lion ne serait pas esclave des autres. Il « inventa » donc un fauteuil mécanique perfectionné.

— Muni de bras articulés qui le prennent dans son lit et le remettent dedans ?

— Vous n'y êtes pas. Le fauteuil supprime le lit, voilà.

— Comment ?

— On peut vivre dedans : dormir, manger, travailler, faire sa toilette. C'est un appartement en miniature, monté sur roues. Un bras comprend une tablette mobile qui tourne, se fixe à la hauteur voulue, et sert de table aux heures des repas ; sous cette tablette il y a un véritable petit bar. La tablette symétrique, adaptée à l'autre bras, porte la machine à écrire – vissée dessus, naturellement ; c'est le « bureau », avec ses tiroirs contenant un véritable assortiment de papier, crayons, papier carbone, etc. Ajoutez à cela un « standard téléphonique » commandant trois lignes : le réseau public, la ligne privée entre la propriété des Priam et la nôtre, et un fil intérieur correspondant à la chambre de Wallace.

— Qui est Wallace ?

— Alfred Wallace, le secrétaire, l'homme de confiance. Voyons, où en étais-je de ma description ? Autour du fameux meuble il y a des niches qui contiennent tout et le reste, je ne trouve pas d'autre expression. Roger n'a qu'à tendre la main pour prendre un cigare ou sa brosse à dents, un magazine ou ses lunettes. Le fauteuil se déplie à volonté et devient un véritable lit. Naturellement, l'infirme a besoin d'Alfred pour l'aider à se laver, à s'habiller ou se déshabiller, et ainsi de suite ; mais il s'est rendu aussi indépendant que possible. Il a horreur de recourir à autrui, même pour les choses indispensables. Hier, quand je l'ai vu, il était privé de sa machine à écrire, en réparation à Hollywood, et il avait dû dicter son courrier à Alfred au lieu de le taper de sa main. Résultat : il était d'humeur si hargneuse qu'Alfred lui-même voyait rouge ! Roger dans ses mauvais jours... Excusez-moi, je croyais vous intéresser.

— Pardon ?

— Vous n'écoutez pas.

— Si, j'écoute. Mais je ne puis malheureusement vous prêter qu'une oreille. – Etant donné la façon dont Laurel prenait les virages en épingle à cheveux de Mulholland Drive, Ellery devait se cramponner à sa portière, sous peine d'être « expulsé » de son siège à chaque instant. – Dites-moi, Laurel, reprit-il, en dehors de vous, qui hérite de votre père ?

— Personne.

— Il n'a rien laissé à Priam ?

— Non, naturellement. Papa et Roger étaient copropriétaires à parts égales de l'affaire. Hormis quelques petits legs à certains employés et aux domestiques, j'hérite de tout. Ainsi, je suis votre suspect numéro un, Ellery, conclut Laurel, s'élançant à l'assaut d'une côte.

— Oui. Et vous êtes aussi la nouvelle associée de Roger Priam, j'imagine ?

— Ma situation n'est pas définie sous ce rapport. Mais mes intérêts sont défendus par un des meilleurs avocats de Los Angeles, et Roger ne pourrait me dépouiller d'un cent, même s'il le désirait. Je dois reconnaître qu'il s'est montré extraordinairement correct à ce sujet... Pour lui, s'entend. La disparition de papa lui a peut-être fait sentir qu'il n'était rien, et que toute l'affaire reposait sur les épaules de son associé. Personnellement, je n'y connais rien au point de vue joaillerie, l'idée d'entrer dans l'affaire ne me tente guère, et j'ai toute confiance en Mr Foss, le sous-directeur que papa avait formé, en prévision d'un malheur possible. Et cela me ramène à mon point de départ, Ellery. Si vous me refusez votre concours, j'éluciderai moi-même le mystère qui entoure la mort de papa !

— Parce que vous aimiez tendrement Leander Hill ?

— Oui !

— Et, aussi, parce que vous êtes le suspect numéro un, n'est-ce pas ?

Les petites mains, crispées sur le volant, se détendirent presque aussitôt.

— Bravo, Ellery ! s'écria Laurel en riant. Regardez-nous tous dans le blanc des yeux. J'adore ça ! Nous sommes arrivés.

Nichée dans un repli de la colline, la demeure des Priam était une triste construction de pierre, entourée d'une ceinture de sycomores, d'ormes et d'eucalyptus qui l'isolait dans une pénombre sylvestre. On y accédait par une route privée. Ellery revint vite sur sa première impression. Non, la propriété n'était pas négligée. L'abandon apparent, l'enchevêtrement de broussailles et de branches, l'aspect de forêt vierge, la pénombre étaient voulus. L'homme avait forcé la nature à se montrer rébarbative. Priam s'était terré là, puis il avait refermé sur lui un rideau de végétation. Qui était-il, celui qui défiait ainsi le beau soleil de Californie ?

— Une jungle aux portes d'Hollywood, murmura Ellery comme Laurel s'arrêtait devant la maison.

— N'est-ce pas ? Deux hectares de bonne terre sacrifiés à la fantaisie de leur propriétaire : une bête sauvage !

— Ici, l'obscurité devient un luxe. Priam doit avoir de fameuses factures d'électricité !

— Certainement. Il n'y a pas une seule pièce ensoleillée dans toute la maison. C'est un étouffoir. Quand Roger veut y voir un peu plus clair, et respirer une bouffée d'oxygène, il amène son fauteuil roulant ici.

Laurel montra une grande terrasse qui occupait tout un côté de la maison. Une moitié était vitrée et couverte d'un toit ; l'autre partie était fermée, plus haut, par une voûte végétale, formée d'eucalyptus au feuillage bleuté. Ciel et soleil restaient pareillement invisibles.

— Sa tanière, je dis bien, ouvre sur cette terrasse, expliqua Laurel. Sonnons à la grande porte, Ellery. Roger n'aime pas les intrusions sur son terrain personnel. On n'entre pas chez les Priam sans avoir été annoncé.

— Delia Priam ne peut-elle intervenir dans la conduite de son intérieur ?

— *Son* intérieur ? Hum ! Qu'en savez-vous ?

Une femme de chambre répondit au coup de sonnette.

— Ah ! Miss Hill, dit-elle, un tic facial accentué par la nervosité. Mr Priam dicte le courrier à Mr Wallace. Je crains de...

— Mrs Priam est-elle là, Mag ?

— Madame était sortie faire des courses, Miss. Elle vient de rentrer, très fatiguée, et elle se repose dans sa chambre. J'ai ordre de ne pas la déranger.

— Pauvre Delia, dit Laurel sans sourciller. Mr Queen serait trop déçu... Allez avertir Mr Priam que je désire le voir.

— Mais, Miss...

Un rugissement partit des profondeurs de la maison. La soubrette s'interrompit.

— Ça va, Mag, déclara Laurel. J'affronterai l'orage. *Vamos*[1], Ellery.

— Je me demande pourquoi elle... commença Ellery en traversant le hall à la suite de la jeune fille.

— Avec Delia, on reste toujours sur un point d'interrogation, murmura Laurel.

Les pièces surchargées de tentures et de gros meubles se suivaient dans une sinistre pénombre, l'air était alourdi par des secrets et des violences à jamais étouffés. Pour un peu, Ellery aurait frissonné. L'intérieur dépassait les conjectures inspirées par l'extérieur de la maison.

Le grondement devenait intelligible.

— Je me fous des intentions de Mr *Hill* au sujet du compte Newman-Arco, Foss ! Mr *Hill* n'est qu'une poignée de cendres, il n'est plus en état d'imposer ses vues... Non, Foss, c'est inutile ! Je dirige cette affaire, vous m'entendez ? A vous d'exécuter mes ordres, sinon allez au diable !

Les lèvres pincées, Laurel frappa à la porte.

— Alfred ! Débarrassez-moi de... Foss ! Vous m'écoutez ?

Un homme sortit dans le hall. Il referma la lourde porte et garda sa main sur la poignée.

— Vous tombez bien, Laurel ! dit-il. Le patron téléphone au bureau.

— J'ai entendu, répondit la jeune fille. Mr Queen, Mr Wallace, le saint homme Job caché sous le modeste

1. En espagnol : Allons !

prénom d'Alfred. Incomparable Alfred ! Capacité, discrétion, netteté et autres qualités réunies en une seule et même personne. Ouvrez, Alfred. Je viens parler à mon associé.

— Laissez-moi préparer le terrain, répondit Wallace avec un sourire.

La porte de l'antre se referma sur lui, et Ellery remua précautionneusement sa main droite ; l'étreinte de Wallace se prolongeait par des picotements !

— Surpris ? murmura Laurel.

On le serait à moins, quand on s'est représenté un inconnu sous l'aspect d'un « bon toutou », et que l'on se trouve devant un homme bronzé, bien bâti, vigoureux, aux traits réguliers et accusés, sous d'épais cheveux blancs ! Alfred Wallace en imposait par sa distinction naturelle et par sa voix profonde sous laquelle vibrait - peut-être ? - une note de supériorité. « Un acteur bien conservé », avait d'abord songé Ellery. Par les temps qui courent, on rencontre aux endroits les plus inattendus ces anciens demi-dieux bronzés de l'écran descendus de leur piédestal pour manger à leur faim... Mais fallait-il réellement classer Wallace dans cette catégorie-là ? Son physique et même son élégance n'étaient pas apprêtés ; l'ensemble portait une marque de naissance.

— Vous n'êtes pas amoureuse de lui, Laurel ? demanda Ellery, toujours derrière la porte. Le beau mâle !

— Il est un peu vieux. Pour moi, veux-je dire.

— Wallace n'a certainement pas plus de cinquante-cinq ans, voyons ! Et il n'en porte pas quarante-cinq, malgré ses cheveux blancs.

— Alfred serait trop vieux pour moi, même s'il avait vingt ans. Je... Alors ? Dois-je charger Mr Queen de vous assommer, Alfred, ou le grand vizir est-il accessible, ce matin ?

Alfred Wallace sourit et il invita les visiteurs à entrer.

L'homme qui raccrocha le récepteur du téléphone et tourna son fauteuil mécanique avec une rapidité foudroyante était de proportions préhistoriques. Ses yeux de taureau flamboyaient au-dessus de pommettes taillées dans le fer, son nez rappelait le boutoir du sanglier, une formidable barbe noire balayait sa poitrine, ses mains crispées sur les roues du fauteuil étaient d'impressionnants battoirs. Quel coffre ! Et il débordait encore d'énergie, à en juger par le mouvement perpétuel qui animait ce puissant mécanisme. Devant ce torse à l'échelle d'une statue monumentale, l'athlétique Alfred Wallace paraissait un gringalet, et Ellery faisait figure de garçonnet sous-alimenté.

Mais à partir de la taille, Roger Priam était mort. Sa masse reposait sur une base décharnée et atrophiée. Entre les souliers et les jambes du pantalon (mieux valait ne pas chercher à imaginer ce qu'était chaque jour la double opération d'habiller et de déshabiller ce squelette), ses chevilles semblaient vouloir percer les chaussettes ; ses genoux étaient tordus comme des barres de fer ployées par la foudre. Oui, tout le bas du corps appartenait déjà à la mort.

« Il y a une explication logique pour chaque chose », songea Ellery. Le développement anormal du buste ? Une conséquence de l'effort musculaire nécessité par chaque mouvement. La barbe ? Le meilleur moyen pour s'éviter l'ennui de se raser tous les matins. La fureur perpétuelle ? Défi haineux jeté au sort capable d'abattre un roc. L'agitation ? Une manifestation involontaire de la souffrance qu'il fallait endurer pour se tenir assis. Oui, les raisons existaient ; mais elles laissaient en dehors... Quoi donc ? La violence. Violence physique, violence de sentiments, violence de réaction à l'égard de la souffrance et des hommes... Chez Roger Priam, tout gravitait autour de la violence. Sa mère, pauvre femme, avait porté une bête sauvage dans son sein... L'infirmité n'avait fait que déchaîner ses instincts de fauve.

— Que voulez-vous encore, Laurel ? Qui m'amenez-vous ?

Sa voix de basse, chargée de menaces, sortait de sa poitrine avec le grondement d'une coulée de lave vomie par un volcan en éruption. L'entretien téléphonique avec le malheureux Foss l'avait laissé furieux, et ses yeux étincelaient de haine.

— Eh bien ! Qu'attendez-vous pour me répondre ?

— Je vous présente Ellery Queen, Roger.

— Qui ?

— Ellery Queen.

— C'est la première fois que j'entends ce nom-là ! Que désirez-vous, monsieur ? Et d'abord, qui êtes-vous ?

La voix chaude d'Alfred Wallace, toujours près de la porte, s'éleva :

— Ellery Queen est un célèbre écrivain, monsieur.

— Ecrivain ?

— Et détective, monsieur.

Priam fit une moue qui projeta sa barbe en avant. Ses mains se crispèrent sur les roues du fauteuil.

— Je vous avais averti que je ne désarmais pas, Roger, dit posément Laurel. Mon père a été assassiné pour une raison que j'ignore, mais qui existe certainement. Quelle que soit cette raison, elle vous vise aussi. J'ai prié Ellery Queen d'enquêter pour mon compte, et il désire vous parler.

— Vraiment ? Eh bien, monsieur, parlez !

— En premier lieu, Mr Priam, j'aimerais savoir...

— La réponse est : non, l'interrompit le paralytique, montrant les dents. Ensuite ?

Ellery revint patiemment à la charge.

— Non, monsieur. Vos questions me déplaisent. Maintenant, à nous deux, Laurel. – L'énorme poing droit s'abattit sur le bras du fauteuil. –... Apprenez à vous occuper de vos petites affaires. Celle-ci me regarde. Je m'en charge, et n'ai besoin de personne pour la mener à bien. Est-ce enfin entré dans votre tête de bois ?

— Vous avez peur, Roger, articula Laurel Hill.

Priam se souleva à demi dans son fauteuil. La bave jaillit de ses lèvres dans un rugissement.

— J'ai peur ? Peur de quoi ? D'un *revenant* ? Me prenez-vous pour un second Leander Hill, par hasard ? Le trouillard morveux ! Il est mort comme il avait vécu : en pissant de frousse dans son pantalon.

Laurel lui lança un coup de poing sur la joue. Il riposta d'un revers de main qui projeta la jeune fille, titubante, dans les bras d'Alfred Wallace.

— Lâchez-moi, murmura-t-elle. Lâchez-moi !

— Laurel, dit Ellery.

Wallace obéit, et elle quitta la pièce.

— Peur ! rugit Priam en la suivant d'un regard assassin. Vous croyez ça, mauviette ? Eh bien, quelqu'un apprendra que je ne me dégonfle pas du premier coup, moi ! J'ai peur, vraiment ? Ha, ha ! Je suis prêt à le recevoir, le sacré salaud, à *son* heure, du jour ou de la nuit ! A l'heure où il lui plaira de montrer sa patte merdeuse, vous m'entendez ? Il découvrira que j'en possède une bonne paire, moi aussi !

Le voyant ouvrir et refermer ses mains d'étrangleur, Ellery pensa aux illustrations réalistes de Wolf Larsen.

— Roger ! Qu'y a-t-il ?

Elle, enfin ! Elle s'était changée, et sa robe d'intérieur en soie dorée, fendue jusqu'au genou, épousait ses formes comme la caresse d'une main amoureuse.

Debout près de la porte, Delia Priam regardait tour à tour son mari et Ellery. Wallace l'observait, d'un œil amusé, semblait-il.

— Qui est-ce, Roger ?

— Rien. Personne. Cette histoire ne vous concerne pas, ma chère. Quant à vous, sortez ! acheva Priam, montrant la porte à Ellery.

Delia était descendue de sa chambre à seule fin de prouver qu'elle ne connaissait pas Ellery. Ce trait de caractère, instructif sans doute, ne faisait qu'ennuyer et chagriner l'intéressé. Qu'était-il pour Hécube ? Ce qu'Hécube était pour lui, il le sentait, parbleu ! Produisait-elle le même effet sur tous les hommes ? Wallace s'amusait discrètement, à la manière d'un spectateur qui a été seul à saisir un mot d'esprit et qui rit tout bas, pour ne pas mortifier les lourdauds. L'attitude de Delia envers son mari était calme, dénuée de crainte et de tout autre sentiment.

— Eh bien, qu'attendez-vous ? reprit l'ogre impotent. Vous êtes indésirable, monsieur. Sortez !

— Voyez-vous, j'étais à me demander si vous étiez une baudruche ou un bougre d'imbécile, Mr Priam, répondit Ellery.

La barbe préhistorique frémit de rage. Ellery attendit l'éclat de pied ferme. Priam avait peur, oui. Silencieux, amusé, attentif, Wallace s'en aperçut. Et Delia Priam pareillement. Elle souriait.

— Alfred, si cet individu reparaît ici, cassez-lui les reins !

Ellery regarda son bras. La main de Wallace l'enserrait.

— Je crains d'être de taille à le faire, Mr Queen, murmura l'homme de confiance.

Priam ricanait. Sa femme – toute la jungle présentée dans une tunique d'or – observait. Ellery vit rouge…

Quand il retrouva ses esprits, Alfred Wallace était assis sur le tapis, massant son poignet et regardant son vainqueur avec une surprise mêlée d'admiration, semblait-il.

— Le truc est bon, dit-il sans rancune. Je le retiens.

Delia s'était envolée…

Ellery repoussa l'envie qu'il avait d'allumer une cigarette.

— Je suis fixé, maintenant, Mr Priam. Vous êtes une baudruche *et* un bougre d'imbécile.

Il s'en voulait à mort. Article premier : rester maître de soi en toutes circonstances. Il avait appris cette règle sur les genoux de son père. Néanmoins, *elle* avait dû voir ça : la pirouette de Wallace en l'air, la grimace stupéfaite de Priam !

En traversant le hall, Ellery chercha instinctivement Delia des yeux. Elle le guettait certainement, dans un coin d'ombre, les yeux voilés par de pudiques paupières, mais tout le reste offert à l'admiration.

Le hall était vide.

Une fente jusqu'au genou ! Cet artifice-là était plus vieux que les Pyramides. Et de quand datait la stupidité d'un certain Mr Queen ? Elle remontait à l'âge du limon primordial, sans doute.

Ellery rougit de son enfantillage. Delia Priam était une *lady*, et il se comportait comme un potache amoureux !

Il claqua la porte d'entrée sur ses talons.

Très pâle et fumant avec une sorte de rage, Laurel l'attendait dans l'Austin.

— Alors ? grogna Ellery, à peine assis à ses côtés. Qu'attendons-nous ?

— Il s'effondre, dit Laurel entre ses dents. Je l'avais déjà vu écumer de rage. Mais aujourd'hui, c'était différent. Je me félicite de vous avoir amené, Ellery. Où voulez-vous aller maintenant ?

— *At home*. Ramenez-moi ou trouvez-moi un taxi.

— Comment ? Vous laissez tomber l'affaire ?

— Je ne puis consacrer mon temps à des idiots.

— C'est pour moi que vous dites ça ?

— Non. Vous êtes en dehors.

— Mais nous avons fait un pas, Ellery ! Roger a reconnu le bien-fondé de mes suppositions, voyons ! *Un revenant*, a-t-il dit. Je l'ai entendu en m'enfuyant. Je ne rêvais donc pas. Roger croit comme moi que papa a été tué volontairement, en recevant un choc moral. De plus, il connaît la signification du chien...

— Pas nécessairement. Les amateurs ont tous la manie des conclusions prématurées. De toute façon, le cas est impossible. Rien à espérer sans Priam, or Priam restera inébranlable.

— C'est Delia, murmura Laurel. N'est-ce pas ?

— Mrs Priam ? Allons donc !

— Je la connais, et je connais les hommes, mon cher. Delia est un aimant pour tout ce qui porte un pantalon.

— Oh ! J'apprécie ses charmes, mais elle les étale un peu trop, n'est-ce pas ? fit Ellery, s'efforçant de ne pas regarder le premier étage où la chambre de l'intéressée se trouvait certainement. Laurel, cette avenue n'est pas un parc à autos. En route !

Laurel démarra. A la grille, elle tourna à gauche, et conduisit avec une sage lenteur.

La revoir ! Oui. La revoir, pour le seul plaisir des yeux. A chaque tour de roue, Ellery avait l'impression de semer un trésor. Laurel regardait droit devant elle. Crâne et gentille... Une petite lutteuse mais, aussi, une enfant bien esseulée. Son compagnon se sentit mollir.

— Quelles sont vos intentions, Laurel ?

— Continuer à sonder le terrain.

— Vous vous obstinez ?

— Merci pour votre sympathie. Je m'en tirerai.

— Une idée !

Elle le dévisagea, et il acheva :

— Nous ferons route ensemble jusqu'au billet. Je vous mettrai bien en selle, veux-je dire. Si cela est possible, naturellement.

Laurel arrêta net sa voiture.

— Pardon ? fit-elle. De quoi parlez-vous ?

— Du billet que votre père a trouvé dans la boîte argentée attachée au collier du chien.

— Je l'ai cherché partout. Papa l'a certainement détruit.

— Et si je cherchais, à mon tour ?

— Oh !

Laurel rit et l'Austin repartit dans un bond d'allégresse.

Construite dans le style espagnol, la demeure des Hill s'offrait aux caresses du soleil, sur la pente du cañon. Toit de tuiles vernissées, murs blancs comme neige, balcons et autres ornements en fer forgé, patio, pyracanthas... Bref, un bijou dans un grand écrin fleuri et ombragé par des essences rares.

— Ce bois nous appartient, dit Laurel, descendue de voiture et désignant la pente boisée. Il mesure un peu moins de quatre hectares et rejoint la forêt vierge des Priam. Les deux propriétés se touchent, à vol d'oiseau.

— Elles sont aussi distantes qu'une aire d'aigle peut l'être d'une grotte sous-marine, murmura Ellery. Je retrouve avec plaisir le vrai style espagnol, celui des vieilles missions ; il n'a rien de commun avec les vilaines imitations modernes qui pullulent par ici. Delia Priam doit souffrir.

— Ah ! fit Laurel. Delia vous a raconté sa vie. Entrons, Ellery.

A l'intérieur, on trouvait la fraîcheur du fer forgé et du dallage noir. Et le living-room était bien la pièce la plus agréable du monde : douze mètres de long, avec une belle cheminée espagnole, un piano et une profusion de jolies toiles et de faïences, de livres et de grosses potiches remplies de fleurs.

Un grand Japonais, à l'expression souriante et en veste blanche, entra pour débarrasser Ellery de son chapeau.

— Voici Ichiro Sotowa, dit Laurel. Il m'a vue grandir. Itchie, Mr Queen, ici présent, s'intéresse aussi à la façon dont papa est mort.

Le sourire du valet de chambre s'effaça

— Triste, triste, Miss. Cœur malade. Monsieur désire prendre des rafraîchissements ?

— Merci. Pas maintenant, répondit Ellery. Depuis quand êtes-vous ici, Ichiro ?

— Depuis seize ans, monsieur.

— Ah ! Vous ne remontez donc pas à l'époque... Et le chauffeur ?

— Simeon et Mrs Monk sont sortis faire des courses, répondit Laurel.

— Je voulais dire : quand votre père l'a-t-il engagé ?

— Il y a une dizaine d'années. De même pour Mrs Monk, à quelques mois près.

— Ah ! Bon. Au travail, Laurel.

— Par où commençons-nous ?

— Votre père a-t-il quitté sa chambre entre sa dernière crise cardiaque – le jour où le chien fut déposé devant sa porte – et son décès ?

— Non. Nous nous sommes relayés à son chevet, Itchie et moi, jour et nuit, pendant toute la semaine.

— Commençons donc par la chambre. Je vous suis.

Quand il ouvrit la porte de l'ancienne chambre de Leander Hill, une heure et demie plus tard, Ellery trouva Laurel sur le palier. Elle l'attendait, assise dans une profonde embrasure de fenêtre, la tête appuyée contre le mur.

— Vous allez me taxer de sensiblerie, dit-elle sans se retourner. Mais, dans cette pièce, le souvenir de papa sur son lit de mort me hante. A force de revoir son masque de marbre, l'horrible rictus de ses lèvres bleuies, je... Il était déjà méconnaissable. Rien, je pense ?

— Venez, mon petit.

Laurel sursauta. Puis elle se leva d'un bond et accourut.

Ellery referma la porte.

La jeune fille embrassa la chambre d'un regard fiévreux. Tout était dans l'ordre habituel, sauf le lit de milieu, défait. Courtepointe, édredon et draps étaient rabattus, laissant à découvert les bords du matelas et du sommier.

— Alors ?

— Comment était le papier du billet que votre père a pris sous vos yeux dans la boîte attachée au collier du chien, Laurel ?

— Très léger. Un genre de pelure.

— Blanc ?

— Blanc, oui.

Ellery s'avança jusqu'au lit.

— Votre père a-t-il reçu beaucoup de visiteurs pendant sa dernière maladie ?

— Les Priam, quelques employés du bureau, quelques amis.

— Dans le courant de cette semaine, le malade jugea que le billet risquait d'être volé ou détruit, et il prit ses précautions. Regardez, Laurel, continua Ellery, suivant du doigt une rayure bleue de la grosse toile, sur le côté du matelas. Comme outil, votre père devait se contenter du petit canif que j'ai trouvé dans sa table de chevet ; et, craignant d'être surpris pendant l'opération, il incisa simplement la toile au bord de cette rayuré. – Ellery glissa un doigt dans la fente avant d'achever : – C'est ici que votre père cacha le fameux billet.

— Vous l'avez trouvé ! Montrez-le-moi !

Ellery sortait déjà la main de sa poche quand il tourna machinalement les yeux vers une des fenêtres. Sa main ne reparut pas.

Un vieux noyer se dressait à une dizaine de mètres seulement de cette fenêtre.

— Qu'y a-t-il ? demanda Laurel, déconcertée.

— Levez-vous du lit, bâillez, souriez-moi – si possible – puis sortez posément sur le palier, en laissant la porte ouverte.

Les yeux écarquillés, Laurel s'exécuta de son mieux : elle se leva, bâilla, s'étira, découvrit ses jolies dents et gagna la porte. Ellery se déplaça en même temps, de façon à rester toujours entre la fenêtre et elle.

Souriant, il la suivit sur le palier, referma la porte… Et bondit vers l'escalier.

— Ellery, où…

— Restez là !

Il dévala l'escalier en trombe, laissant Laurel bouche bée.

Un individu avait pris le noyer comme observatoire. Perché sur une haute branche, il suivait par la fenêtre ce qui se passait dans la chambre de Leander Hill ; or le feuillage ne lui offrait qu'un écran relatif, à cause du soleil, et Ellery aurait juré que le guetteur inattendu était nu comme un ver.

4

L'homme nu avait disparu.

Nouveau Robinson Crusoé inspectant son île déserte, Ellery courut d'un arbre à l'autre, battit les buissons. Le tout en vain, et au plus total ahurissement des deux spectateurs plantés sur la terrasse : Ichiro et un gros individu, coiffé d'une casquette de chauffeur, qui portait un paquet d'épicerie.

Une empreinte de pieds nus, à la lisière du verger, lui fournit une indication utile. Elle allait vers le bois. Ellery s'élança donc sur un sentier sinueux, tracé entre les broussailles. L'abondance d'empreintes similaires dans les deux sens montrait qu'il suivait la bonne piste ; mais, la chaleur aidant, il était furieux.

Le sentier aboutissait à une clairière. L'arbre le plus proche – une espèce de chêne géant – se dressait à plusieurs mètres et les traces de pas cessaient là, brusquement.

Epongeant sa nuque, Ellery regarda autour de lui. Puis, levant les yeux vers la voûte de feuillage, il constata que la première branche du colosse végétal se trouvait à neuf mètres du sol...

Le gibier s'était envolé (à la lettre). Il n'y avait pas d'autre explication possible.

Quant au chasseur déconfit, il s'assit sur un tronc abattu et considéra ce dernier prodige. Même en Californie du Sud, où tout est possible, on ne rencontre pas souvent des nudistes volants !

— Egaré !

Ellery se leva d'un bond. Son interpellateur surgit au même instant du buisson ; c'était un petit bonhomme vêtu d'une chemise et d'un short kaki, coiffé d'un chapeau en papier, armé d'un filet à papillons et d'une boîte rouge portée en bandoulière sur une épaule maigre. Son visage ressemblait à une reinette cuite, ses mains étaient sèches et rugueuses comme l'écorce du grand arbre ; mais il avait un bon sourire et des yeux bleu clair qui inspiraient confiance.

— Je ne suis pas perdu, répondit Ellery, de fort méchante humeur. Je cherche un homme.

— Vous avez tort, mon jeune ami, repartit l'autre en s'avançant. Des hommes, on n'a que des ennuis à attendre. Vous intéressez-vous aux lépidoptères ?

— Non. Avez-vous aperçu...

— On les attrape bien, avec ce filet. Je l'ai acheté hier, dans un magasin de jouets de Hollywood Boulevard. Il était en vitrine, et il m'a tapé dans l'œil... Bonne acquisition, d'ailleurs. J'ai déjà quatre beaux spécimens dans ma boîte, et ce n'est pas fini !

Le chasseur de papillons s'engagea dans le sentier en agitant son filet de façon menaçante.

— Attendez ! Avez-vous vu quelqu'un courir dans le bois ?

— Courir ? Hum ! Ça dépend.

— De quoi cela pourrait-il dépendre, mon bon monsieur ? De deux choses l'une : vous avez vu quelqu'un, ou vous n'avez vu personne !

— Pardon, répondit l'alerte vieillard en revenant sur ses pas. Le silence est d'or, mon jeune ami. Et l'on s'attire parfois, bien inutilement, des tracas. De quoi a-t-il l'air, ce coureur ?

— Impossible de vous donner son signalement. Je l'ai mal vu. Plus exactement, j'ai vu la partie de son individu qu'un homme cache habituellement. Bref, c'est un type nu.

— Ah ! fit le chasseur, manquant un beau papillon qui volait à proximité. Nu, dites-vous ?

— Hercule, dans le plus simple appareil.

— Vraiment ? Vous ne lui attirerez pas des désagréments, au moins ?

— Non, non, je ne lui ferai aucun mal. Indiquez-moi simplement le chemin qu'il a pris.

— Oh ! celui des deux qui ferait le plus de mal à l'autre... Je n'ai rencontré qu'un type bâti comme ce garçon, c'était un soutier embarqué sur la vieille *Susie Belle,* pour une expédition en Alaska.

— Vous semblez le connaître.

— Le contraire serait étonnant. C'est mon petit-fils. Le voici !

— Où ?

Il ne s'agissait, hélas ! que du cinquième papillon. Le chasseur s'élança – sans retour – à sa poursuite, entre les buissons.

Ellery étudiait mélancoliquement la dernière empreinte du sentier quand Laurel parut.

— Ouf, je vous ai retrouvé, s'écria-t-elle. Vous m'avez fait une peur bleue, Ellery. Que s'est-il donc passé ?

— Un individu nous espionnait du noyer qui est devant la fenêtre. Je l'ai suivi jusqu'ici et...

— Comment est-il ?

— Nu.

— Le sale menteur ! Il m'avait juré sur l'honneur de ne pas recommencer. Nous en sommes arrivés au point où je suis obligée de me déshabiller dans l'obscurité !

— Vous le connaissez donc aussi, grogna Ellery. Je croyais que ce genre d'érotisme...

— Oh ! Ça ne va pas jusque-là ! Il me bombarde de petits cailloux et veut me faire sa cour par la fenêtre. Comme si j'allais écouter un benêt de vingt-trois ans ! Montrez-moi le billet, Ellery.

— De qui est-il le petit-fils ?

— Pardon ? Oh ! de Mr Collier.

— Un petit monsieur qui ressemble à une figue sèche ?

— Oui.

— Et qui est ce Mr Collier ?

— Le père de Delia. Il vit chez les Priam.

Son père maintenant ! On n'échappait pas à Delia Priam.

— Voyons. Si le grand garçon curieux est le petit-fils du père de Delia Priam, il est donc...

— Delia ne vous a pas parlé de son fils de vingt-trois ans ? demanda Laurel avec une pointe de malice. C'est Crowe Macgowan, né du premier mariage de Delia, beau-fils de Roger. Mais nous perdons notre temps, Ellery.

— Comment se volatilise-t-il aussi subitement ? Il a opéré ce miracle ici même, avant mon arrivée.

— Oh ! ça...

Laurel regarda en l'air. Ellery l'imita aussitôt, mais il ne vit qu'un dôme compact de verdure.

— Mac ! appela Laurel ! Montrez-vous !

A la stupeur d'Ellery, un jeune visage masculin apparut dans le feuillage, à une dizaine de mètres du sol. Les proportions de la tête comme le froncement des sourcils formidables, tout sortait du cadre ordinaire.

— Laurel, qui est ce type ?

— Descendez !

— Est-ce un reporter ?

— Grands dieux, non ! C'est Ellery Queen.

— Sans blague ! J'arrive.

La tête disparut. Presque instantanément, l'extrémité d'un objet, lancé d'en haut, manqua de justesse le nez d'Ellery. C'était une échelle de corde. Une jambe athlétique fendit le plafond de verdure, l'autre suivit, puis le reste du corps... Prompt comme l'éclair, le nouveau Tarzan dégringola de son perchoir et atterrit à l'endroit exact où les empreintes de pieds nus s'arrêtaient.

— Quelle aubaine de vous rencontrer !

Le jeune Macgowan saisit la main d'Ellery et il la broya si vite que son propriétaire n'eut pas le temps de pousser un cri. Mauvais jour pour Mr Queen, placé devant une question insoluble, à savoir qui du trio Roger Priam, Alfred Wallace et le fils de Delia possédait la plus formidable paire de mains ! Ce géant-ci avait une carrure invraisemblable, un minimun incroyable de tour de taille, le développement musculaire de Mr America, la peau d'un Hawaïen (le tout apparent, sauf une portion négligeable cachée par un pagne brun) et un sourire qui reléguait Ellery parmi les ancêtres.

— Je vous prenais pour un de ces maudits journalistes, Mr Queen. Quelle plaie ! Mais pourquoi restons-nous plantés là ? Montez chez moi.

— Une autre fois, Mac, dit froidement Laurel, prenant le bras d'Ellery.

— Oh ! L'idée d'un meurtre vous trotte toujours par la cervelle ? N'y pensez plus, Laur. Venez.

— Je crains de m'être rendu indésirable chez votre beau-père, Mac, dit Ellery.

— Tiens, vous avez déjà eu le plaisir de faire sa connaissance ? Mais c'est *chez moi* que je vous invite à grimper.

— « Grimper » est le terme exact, Ellery, soupira Laurel. Bien. Allons-y. Il vous faudrait de toute façon voir cette maison pour y croire.

— Une maison ? Là-haut ?

Abasourdi, Ellery regarda en l'air. Horreur ! le jeune géant inclina la tête et il s'élança sur l'échelle de corde en invitant aimablement les autres à le suivre.

C'était bien une maison, perchée dans l'arbre. Une maison d'une seule pièce (petite), mais qui ne laissait rien à désirer au point de vue construction : un toit, un solide plancher, quatre murs percés de deux fenêtres, une plate-forme d'où pendait l'échelle de corde. « Ma terrasse », disait Macgowan pour désigner l'inquiétant perchoir qui, assurait-il, ne présentait aucun danger sérieux, à moins d'avoir la guigne d'en tomber.

— L'arbre est un *Quercus agrifolia,* expliqua-t-il. Un tronc mesurant cinq mètres soixante de circonférence, et regardez ces feuilles, Mr Queen. Elles mordent !

Occupé à se dépouiller d'une collection de petits hérissons verts piqués dans sa chemise, Ellery répondit par un faible grognement. Puis, à l'invitation du propriétaire, il regarda à l'intérieur… et resta ébaubi. Le moindre espace de plancher et de mur était occupé par un perfectionnement moderne, au service de la vie dans un arbre.

— Excusez-moi de ne pas vous recevoir à l'intérieur, dit Macgowan. A trois, nous serions trop entassés. Asseyez-vous sur la terrasse pendant que je prépare les rafraîchissements. Bourbon ? Scotch ?

Sans attendre la réponse, le géant se plia en deux pour entrer dans la maison, et l'on entendit tinter des glaçons dans des verres.

— Laurel, pourquoi n'enferme-t-on pas ce pauvre garçon ? murmura Ellery.

— On n'enferme pas les gens sans motif valable !

— Si cette façon de vivre n'est pas une preuve d'insanité...

— Je vous comprends, Mr Queen, dit le géant, reparaissant avec un verre dans chaque main. Les apparences jouent contre moi ; mais cela vient de ce que vous vivez dans un monde truqué.

Allongeant le bras, il prit le troisième verre dans la maison. Ellery vida un tiers du sien, sans savoir ce qu'il buvait.

— Et vous vivez dans la réalité, n'est-ce pas ? demanda-t-il ensuite.

— Est-ce nécessaire ? soupira Laurel. Si Mac entame ce chapitre, nous en avons jusqu'à la nuit. Le billet...

— Je suis un réaliste, et je n'en connais point d'autre, commença Macgowan, allongé sur le bord de son perchoir, les jambes dans le vide. Réfléchissez bien. Que fait le commun des mortels ? Il vit dans les mêmes vieilles maisons, il lit les mêmes vieux journaux, il se délecte des mêmes vieux films, des mêmes vieilles émissions de télévision, il marche sur les mêmes vieux trottoirs, roule dans les mêmes vieux tacots – dernier modèle. Bref, le commun des mortels croupit dans un monde faux, archifaux !

Ellery but le second tiers de son verre. Horreur ! C'était du bourbon, whisky qu'il détestait ! mais quelle importance...

— Nous vivons la plus grande crise de l'histoire humaine, Queen. Le monde court à une hécatombe comme il n'y en a pas eu depuis le déluge, et vous êtes aveuglé par des petits meurtres de rien du tout. La bombe atomique est déjà vieillotte. Nos savants se sont surpassés. Aujourd'hui, ils nous proposent la bombe à hydrogène ; un produit capable d'empoisonner toute l'eau potable d'un continent ; des ondes qui détraquent le système nerveux, paralysent et tuent ; des gaz en quantité ; des microbes contre lesquels il est impossible de se protéger, et quoi encore ? Dieu seul le sait. « On ne l'emploiera pas », répète le commun des mortels. Bonne formule. Elle servira d'épitaphe universelle. Quel boum, mon ami, le jour où quelqu'un fera sauter le bouchon, en Yougoslavie, en Iran, en Corée ou ailleurs !

» Tout disparaîtra, poursuivit le jeune Mr Macgowan, abaissant son verre pour saluer le monde invisible. Villes rasées ; terres labourables empoisonnées pour un siècle ; animaux domestiques devenus sauvages ; invasions d'insectes ; lois naturelles bouleversées. Ruines et plaies. Vastes étendues radioactives sur terre et dans les airs... Les routes s'effondrent, les fils électriques et autres pendent, les machines se rouillent, les bibliothèques moisissent, les rapaces engraissent, la forêt primitive envahit lentement Hollywood et Vine, ce qui ne serait peut-être pas si mal. Tout ça viendra. L'évolution poursuivie pendant trente mille ans soufflée comme un château de cartes. La civilisation atomisée jetée aux quatre vents. Voilà le tableau. Oh ! il restera des survivants, et je serai du nombre ! Mais à quoi nous verrons-nous obligés ? A revenir au point de départ de nos ancêtres, mon frère. Le retour aux arbres. C'est logique, hein ? J'ai donc pris les devants, et me voici.

— Ouf ! fit Laurel. Au tour du billet, maintenant.

— Un instant, je vous prie.

Ellery but son dernier tiers de bourbon. Il frissonna et reprit :

— Votre ligne de conduite est parfaitement logique, Mac, à deux ou trois faiblesses près.

— Lesquelles ? Passez-moi votre verre que je le remplisse.

— Merci, pas maintenant. J'en arrive aux faiblesses signalées. Pour un type qui a fait un bond de tant de siècles en arrière, vous ne semblez pas dédaigner l'énergie électrique, si j'en juge par ces fils amenés jusqu'à votre toit et qui alimentent... Voyons, continua Ellery, regardant à l'intérieur, l'éclairage, un réchaud et un réfrigérateur électriques, ainsi que plusieurs autres appareils non moins primitifs. Dois-je signaler également la tuyauterie nécessaire à l'eau courante, et le petit water-closet relié – j'imagine – à une fosse septique discrètement dissimulée dans le voisinage, et ainsi de suite ? Excusez-moi, Mac, mais ces éléments de confort bousculent votre belle logique. Pour toute différence essentielle entre cette maison et celle de votre beau-père, il y a que la vôtre est plus petite et située à dix mètres du sol.

— Je suis pratique, c'est tout, déclara le géant avec un haussement d'épaules. A mon sens, l'explosion va se produire d'un moment à l'autre, mais je ne suis pas infaillible..., elle attendra peut-être l'année prochaine. Autant profiter, pendant qu'il en est temps encore, des avantages procurés par le confort moderne. Mais veuillez remarquer le fusil de chasse et les deux pistolets accrochés au mur. J'ai une bonne provision de munitions et, quand celle-ci sera épuisée, il restera l'arc que vous voyez également et avec lequel je descendrai tout aussi bien quelque cerf, assez heureux pour avoir survécu au cataclysme. Je m'entraîne au tir à l'arc et je commence à savoir grimper très honorablement aux arbres.

— A propos, dit Laurel. Pour vos exercices de voltige, contentez-vous désormais de *vos* arbres, Mac. Je ne suis pas prude, mais une femme aime à se sentir de temps en temps à l'abri des regards indiscrets.

Vraiment, Ellery...

— Macgowan, quelle est la raison de cette petite comédie ? demanda Ellery.

— La raison ? Je viens de vous la donner.

— Votre discours m'est entré par une oreille et sorti par l'autre. Quel rôle jouez-vous ? Dans quelle farce ? – Ayant posé son verre, Ellery se leva pour donner plus de poids à ses paroles. Fâcheuse inspiration, car il manqua dégringoler de la plate-forme ! Plus mort que vif, il se rejeta en arrière et acheva dignement : – J'ai eu maintes occasions de me familiariser avec Hollywood.

— Rira bien qui rira le dernier ! riposta l'autre, bon enfant. Je m'engage à vous offrir de dignes funérailles, à condition de pouvoir réunir vos restes.

Fixant le large dos qui donnait une impression de calme absolu, Ellery haussa les épaules. Chacun de ses séjours à Hollywood était marqué par un événement fantastique ; mais celui-ci remportait la palme. Heureusement qu'il était en dehors de cette histoire !

En quoi notre New-Yorkais se trompait. Il était en plein dedans.

La main dans sa poche, il dit d'un ton significatif :

— Vous venez, Laurel ?

— S'il s'agit du papier que je vous ai vu trouver dans le matelas de Leander, je ne serais pas fâché d'en prendre connaissance, déclara le jeune Macgowan.

— Ça va, Ellery, fit Laurel avec un petit rire exaspéré. Crowe est infiniment plus intéressé par les méprisables affaires des rêveurs que nous sommes qu'il ne veut le montrer. Et, j'en rougis comme d'une faiblesse, j'ai confiance en lui. Mantenant, montrez-moi ce billet, *je vous prie*.

— Ce n'est pas le billet que votre père a trouvé dans la boîte attachée au collier du chien, commença Ellery, jetant un regard noir au jeune Macgowan. C'est une copie. L'original a disparu.

Le papier était un épais vélin gris-vert, avec un chiffre gravé en vert dans le coin.

— C'est le papier à lettres personnel de papa ! s'écria Laurel.

— Il vient du tiroir de sa table de chevet, comme ce crayon bicolore, répondit Ellery, montrant le porte-mine qu'il venait de tirer de sa poche. La mine bleue est cassée ; or le début est écrit au crayon bleu, la fin au crayon rouge. D'où il ressort que l'original fut copié dans la chambre, puisque le papier et le crayon se trouvaient l'un et l'autre dans la pièce. C'est l'écriture de votre père, Laurel ?

— Oui.

— Vous en êtes sûre ?

— Certaine.

— Bien. Lisez.

— Mais le billet n'est pas signé !

— Lisez, répéta Ellery, d'un ton étrange.

Macgowan s'agenouilla derrière la jeune fille, caressant son épaule du menton. Elle n'y fit pas attention et lut, les traits contractés :

« Vous me croyiez aux enfers. Supprimé, assassiné. Depuis des années, plus de deux décennies, je vous cherche. Lui aussi… les deux. J'ai enfin mis la main sur vous. Pouvez-vous deviner mon plan ? Vous allez mourir. D'un coup ? Non. *Piano, piano*. Ainsi en ai-je décidé, pour me payer de ces années de recherches, pour apaiser ma soif de vengeance. Vous mourrez à feu doux, lui comme vous. Préparez-vous à une agonie prolongée, à une fin inexorable. Un ver rongeur dévorera peu à peu les corps, les âmes. Chaque pas sera précédé d'un avis… Un avis d'un sens spécial pour chacun, un sens caché qu'il vous faudra découvrir. Ceci marque le premier pas, le premier avis. »

Laurel resta muette.

— C'est la plus idiote plaisanterie du siècle, déclara Crowe Macgowan, lui prenant le papier des mains.

— Il y a autre chose, dit Laurel avec un signe de tête impatienté. Premier avis. Meurtre. Vengeance. Sens spécial. C'est... c'est du mauvais mélodrame. Même pour Hollywood !

— Pourquoi le vieux Leander a-t-il pris cette élucubration tellement au sérieux ? demanda Crowe, observant Laurel avec une pointe d'anxiété.

Ellery prit le papier et il le replia soigneusement.

— Le mélodrame est une question d'atmosphère et d'expression, dit-il. Prenez un journal de Los Angeles, au hasard. Vous y trouverez trois feuilletons auprès desquels ce billet ressemble à une théorie d'Einstein. Pourquoi ? Parce qu'ils sont écrits en langage usuel. Ce n'est pas le sens général qui rend ce billet incroyable, c'est le style.

— Le style ?

— Il est pénible, archaïque par endroits. Il évoque le temps des collerettes et des tricornes. On dirait que son auteur parle – et écrit – une langue différente de la nôtre. Il y a quelque chose qui cloche, comme dans certaines lettres de chantage, intentionnellement mal rédigées pour qu'on puisse les imputer à un illettré. Néanmoins... Ce billet offre le plus curieux mélange de menaces directes et de formules détournées. Je n'y comprends rien, conclut Ellery, glissant le papier dans sa poche.

Crowe Macgowan avait négligemment mis un bras autour des épaules de Laurel.

— On dirait une mauvaise traduction. Qu'en pensez-vous, Queen ?

— C'est possible. En tout cas, nous avons fait un premier pas, Laurel. Ne serait-il pas préférable de...

— De remettre cette conversation à plus tard ? interrompit Laurel en repoussant la patte de son voisin. Mac n'est pas le plus fervent admirateur de Roger, allez ! Nous pouvons parler devant lui.

— Que savait-il ? demanda l'intéressé.

— Priam a rugi qu'il ne se laisserait pas intimider par un revenant, Mac. Et voici qu'apparaît une personne mêlée à son passé ainsi qu'à celui de Leander Hill, très certainement. *Je vous cherche. Lui aussi...* Laurel, que savez-vous du passé de votre père ?

— Peu de chose. Papa avait mené une vie d'aventures, je crois ; mais quand je le questionnais, étant petite fille, il riait et me renvoyait à Mademoiselle, avec une tape quelque part.

— Etes-vous mieux renseignée sur sa famille ?

— Sa famille ?

— Frères, sœurs, oncles, cousins... la famille, quoi ! D'où venait votre père ? Je tâtonne, Laurel. Il me faut des faits.

— Vous tombez mal. Papa ne parlait jamais de lui, et j'ai toujours senti que je devais respecter son silence. Je ne me souviens pas de l'avoir vu entretenir un rapport quelconque avec un parent. En avait-il seulement ? Je l'ignore.

— Depuis quand était-il associé à Priam ?

— Depuis vingt ou vingt-cinq ans.

— L'association était antérieure au mariage de Priam avec Delia, intervint Macgowan. Delia est ma mère, Mr Queen.

— Je sais, répondit sèchement Ellery. Priam et Hill se connaissaient-ils de longue date quand ils ont monté ensemble l'affaire de joaillerie ?

— Je l'ignore.

Ici, le géant mit un bras autour de la taille de Laurel.

— Oui, sans doute, murmura la jeune fille, repoussant machinalement le bras audacieux. C'est aujourd'hui seulement que je mesure mon ignorance au sujet du passé de papa.

— Je pourrais en dire autant, à propos de Roger, dit Macgowan, promenant deux doigts sur le dos de Laurel.

— Finissez, Mac !

Le géant se leva et il alla s'étendre, à l'autre bout de la plate-forme.

— Ni l'un ni l'autre n'évoquaient de vieux souvenirs, déclara-t-il.

— A juste titre, apparemment. Leander Hill et Roger Priam avaient un ennemi commun, appartenant au passé, et qu'ils croyaient mort. Cet ennemi – l'auteur du billet – dit clairement que les deux autres ont cru le supprimer, et qu'il lui a fallu plus de vingt ans pour retrouver leur trace.

Ellery se mit à arpenter la plate-forme, en évitant de marcher sur les bras de Macgowan.

— Papa avait essayé d'assassiner quelqu'un ?

Laurel mordit son pouce. Ellery alluma une cigarette, la mit entre ses lèvres et dit doucement :

— Quiconque crie au meurtre doit être prêt à entendre un vilain écho, Laurel. Un meurtre de ce genre n'est jamais plaisant. Il plonge habituellement ses racines dans une terre putride. Priam ne signifie rien pour vous, et votre père est mort. Voulez-vous poursuivre ? C'est *vous* ma cliente, vous savez, et non Mrs Priam. Celle-ci a d'ailleurs été la première à vous céder le pas.

— Ma mère s'est adressée à vous ? s'écria Macgowan.

— Strictement entre nous, oui.

— Tiens ! Je la croyais plus indifférente.

Laurel avait le nez pincé. Ellery alluma une cigarette et jeta l'allumette dans le vide.

— L'auteur du billet couve sa vengeance depuis plus de vingt ans. Un coup brutal ne lui convient pas. Pour les hommes qui s'attaquèrent à lui, il veut des souffrances comparables à celles qu'il endura probablement. Dans ce but, il déclenche une guerre des nerfs personnelle. Son plan est au point ; tapi dans l'ombre, il ouvre le feu. Il envoie l'avertissement, le premier avis d'un sens spécial : un chien crevé ! Le second était l'envoi à Roger Priam. Que pouvait-il y avoir dans cette boîte, au fait ? Le sauriez-vous, par hasard, Mac ?

— Je ne sais *rien* de ce qui concerne le mari de ma mère.

— Le même « revenant » adressera d'autres avertissements sous forme de-cadeaux symboliques. Il les adressera exclusivement à Priam, désormais, puisque Hill a déjoué ses prévisions en mourant presque sur le coup. C'est un homme dominé par une idée fixe, par un tenace ressentiment, Laurel. Je dois vous conseiller de rester à l'écart de sa route. Laissez Priam face à son ennemi juré. Qu'il défende sa peau, et se mette sous la protection de la police si besoin est.

Laurel s'étendit sur la plate-forme et lança des volutes de fumée vers le ciel.

— Gare ! continua Ellery. Ne vous laissez pas tenter par le rôle d'une héroïne de roman-feuilleton. Lâchez prise, Laurel. Dès maintenant.

— Peu m'importe ce que papa a pu faire. Les meilleurs peuvent se tromper, voire commettre un crime. Les événements, ou les hommes, vous poussent parfois. Je le connaissais, moi ! Si Roger Priam et lui ont été mêlés à une sale histoire, Roger en porte l'entière responsabilité. Le fait qu'il n'était pas mon vrai père n'y change rien. Au contraire. Je lui dois tout. – Laurel se redressa brusquement pour achever : – Je ne lâcherai pas le morceau, Ellery. C'est impossible.

— Vous apprendrez que cette mauviette est une forte tête, Queen, grogna Macgowan dans le silence qui suivit.

— C'est possible, mon ami Tarzan, grogna Ellery en retour. Mais il ne s'agit pas d'une épreuve d'endurance. Mener à bien une affaire de ce genre demande certaines compétences, plus une expérience que Miss Forte-Tête ne possède point. Sans parler du danger personnel. Enfin… Je fouinerai un peu, Laurel. On devrait sans trop de difficulté reconstituer le *curriculum vitae* des deux intéressés, savoir ce qu'ils faisaient entre 1920 et 1930, et qui se trouva pris dans le hachoir à viande. – Ellery écrasa sa cigarette sur le bord de la plate-forme. Puis il dit : – Vous me ramenez dans le monde irréel ?

5

Le lendemain matin, Ellery téléphona au bureau central de la police à Los Angeles, pour demander un renseignement.

— Ici, le sergent Lordetti.

— Ici, Ellery Queen… Oui. Bonjour, sergent. Je suis à Hollywood pour écrire un roman et… Ah ! vous êtes au courant ? Non, les journalistes refusent de me croire, et j'ai renoncé à essayer de les convaincre. Voici le cas, sergent Lordetti : j'ai besoin d'un conseiller autorisé pour mon futur livre. Y a-t-il à la division de Hollywood un officier assez aimable pour me consacrer une heure ou deux ? Il me faudrait un chasseur d'hommes, doué de dynamisme et d'expérience en matière d'enquêtes criminelles et jouissant de loisirs suffisants pour que je puisse recourir à lui de temps en temps… Ma sécurité ? Vous avez donné dans ce panneau-là, vous aussi ! Ah ! Ah ! Moi, le fils d'un flic ? Non, non, sergent, il ne s'agit pas de cela, croyez-moi… Qui ?… K-e-a-t-s. Merci mille fois… Aucun inconvénient, sergent. Libre à vous d'en glisser un mot à la presse, si ça vous chante.

Ellery appela ensuite la division de Hollywood. Apprenant que le lieutenant Keats téléphonait sur une autre ligne, il laissa son numéro avec prière d'être appelé par ledit lieutenant Keats dès que celui-ci aurait un instant à lui accorder.

Vingt minutes plus tard, une voiture s'arrêta devant le cottage. Un inconnu grand et sec, vêtu comme un businessman cossu, en descendit et sonna à la porte d'entrée. Dissimulé derrière un rideau, Ellery décida que ce visiteur matinal n'était pas un représentant de commerce ; il avait les mains vides et une expression d'intérêt amusé. Un reporter ? Peut-être, mais sa mise était exceptionnellement soignée pour un journaliste. Ce pouvait être un commentateur sportif ou un pilote de ligne en retraite.

— C'est un policeman, Mr Queen, annonça Mrs William, nerveuse. Vous avez enfreint la loi ?

— Votre nom ne sera pas prononcé, Mrs William. Lieutenant Keats ? Quelle amabilité ! J'avais seulement laissé un message, vous priant de me passer un coup de fil.

— Le sergent Lordetti m'a mis au courant par téléphone, répondit le détective, emplissant l'embrasure de la porte. J'ai coupé par le plus court chemin. Non, merci, je ne bois pas en service.

— En service ? Fermez la porte, je vous prie, Mrs Williams. En service, lieutenant ? J'avais cependant expliqué à Lordetti...

— Je sais. Vous désirez un conseil d'expert au sujet d'un roman policier. Par exemple, Mr Queen ? La façon dont un homicide est signalé à Los Angeles ? Ce prétexte-là ne vaut que pour le *Mirror* et autres journaux. Dévoilez le fond de votre pensée.

Ellery dévisagea son interlocuteur : la quarantaine, cheveux blonds, sourcils tirant sur le roux, yeux gris au regard perçant. Le lieutenant Keats portait une alliance, ses grandes mains bien soignées conservaient un calme qui inspirait confiance, sa mâchoire avait été durcie par l'adversité surmontée à la force du poignet. « Un flic intelligent et un type sûr », décida Ellery.

Les deux hommes se sourirent. Ils se serrèrent la main et s'assirent, comme de vieux amis.

— Du feu, lieutenant ?

Keats rit et il tira une cigarette mâchonnée de sa bouche.

— Merci, Mr Queen. J'ai renoncé à fumer pour de bon. – Il posa le débris dans un cendrier, se mit à rouler une autre cigarette éteinte entre ses doigts et reprit : – Il s'agit d'une affaire qui vous intéresse et qui ne doit pas être ébruitée ?

— Elle m'est tombée du ciel hier. Possédez-vous des renseignements sur le décès d'un grand joaillier qui s'appelait Leander Hill ?

— L'affaire nous a été soumise. La fille du défunt nous a même harcelés au sujet d'un chien crevé et d'un billet qui avaient fait mourir son père de frayeur. Une histoire à dormir debout... et pas de billet ! Ce genre d'affaire est plus de votre ressort que du nôtre, Mr Queen. Je vois que Miss Hill a été jusqu'à vous.

Ellery tira de sa poche la feuille de papier vélin. Keats lut lentement le message, puis il examina le papier des deux côtés.

— C'est l'écriture de Hill, une copie de sa main... Je l'ai trouvée dans une fente de son matelas.

— Où est l'original, monsieur ?

— Probablement détruit.

— Hum ! fit Keats. Il n'y a rien, dans ce texte, qui relie légalement le décès de Hill avec un projet criminel. Certes, l'histoire de la vengeance...

— Je sais, lieutenant. Nous sommes devant une de ces affaires qui font éclater la tête des policemen : une affaire psychologique, avec une victime possible qui se refuse à coopérer.

— Qui cela ?

— Le « lui » du billet.

Ellery raconta ce qu'il savait au sujet de la boîte mystérieuse reçue par Roger Priam, et répéta ensuite les paroles que le paralytique avait laissées échapper devant lui.

— Il y a plus qu'une imagination gangrenée derrière tout cela, lieutenant, conclut-il. Pour ce qui est de Priam, nul n'arrivera à lui tirer les vers du nez, soit. Néanmoins, à mon avis, la question mériterait d'être approfondie. Qu'en pensez-vous ?

Le détective tira sur sa cigarette éteinte.

— J'hésite à m'en mêler, reprit Ellery, regardant sa machine à écrire et pensant à Delia Priam. Avant de m'engager à fond, je voudrais y voir un peu plus clair. Si nous trouvions dans le passé de Hill, et dans celui de Priam, un fait assez significatif pour écarter ce billet de la catégorie des mystifications ordinaires...

— Par les voies officielles ?

— Oui.

Keats prit le billet et le relut.

— Puis-je l'emporter ?

— Naturellement. Mais j'y tiens.

— Je vous le rendrai après photographie.

Le lieutenant se leva, puis dit :

— J'en parlerai au chef, Mr Queen. Et, s'il estime que l'affaire en vaut la peine, je me mettrai au travail.

— Ah ! Keats.

— Oui, monsieur ?

— Pendant que vous piocherez dans le passé, donnez donc quelques coups de pelle supplémentaires au sujet d'un nommé Alfred Wallace, secrétaire et homme de confiance de Roger Priam.

Delia Priam téléphona au début de l'après-midi.

— Je n'espérais pas vous trouver au bout du fil.

— Où me croyiez-vous donc, madame ?

La voix ensorcelée lui fouetta le sang. Delia Priam agissait comme le premier cocktail après une rude journée.

— A la chasse, puisque c'est l'occupation des détectives.

— Je n'ai pas encore accepté l'affaire. Ma décision n'est pas prise.

— Vous m'en voulez, à cause d'hier ?

— Vous en vouloir ? Mrs Priam !

— Excusez-moi. Je le croyais.

(Vraiment ?)

— ... On n'a pas idée d'être aussi sensible aux sautes d'humeur ! C'est pourquoi j'adopte toujours la politique de moindre résistance.

— En tout ?

— Exemple ? *(Appuyé par un rire doux.)*

Alors qu'il voulait répondre : *Avec quel plaisir je m'expliquerais si vous veniez me voir un de ces jours... Non, maintenant...*, Ellery demanda d'un ton innocent :

— Qui de nous interroge l'autre ?

— Vous êtes un modèle de prudence, Mr Queen.

— Je n'ai pas encore pris l'affaire en main, madame. Je réfléchis.

— Pensez-vous que je puisse faciliter votre décision ? *(Voici l'appât. Mordons doucement.)*

— L'offre pourrait comporter des dangers, vous savez ?... Mrs Priam ?... Allô !

— Il faut que je raccroche, dit-elle très vite d'une voix étouffée.

« Clic » fit le téléphone.

Ellery raccrocha à son tour. Il était en nage et si énervé qu'il alla se mettre sous la douche.

Laurel Hill vint par deux fois le relancer à domicile au cours des vingt-quatre heures qui suivirent. Par exemple : elle « passait devant sa porte » et venait lui dire qu'il n'y avait rien à signaler, rien du tout. Priam refusait de la voir. Delia avait essayé de la cuisiner sur les activités d'Ellery. A ce propos, elle-même se demandait si...

Le regard d'Ellery revenait toujours à sa machine à écrire. Laurel avait écourté cette première visite.

Elle revint le lendemain matin, nerveuse et hostile.

— Acceptez-vous l'affaire, oui ou non ?

— Je n'en sais rien, Laurel.

— J'ai parlé à mes avocats. Ils me consentent une avance sur succession, et je vous offre cinq mille dollars comme acompte d'honoraires.

— Ce n'est pas une question d'argent, ma petite.

— Si cela vous ennuie, dites-le ! Je m'adresserai à un autre.

— Nous n'en sommes pas à un jour près.

— Mais vous restez planté là, sans lever le petit doigt !

— Je prends des renseignements préliminaires.

— D'ici ? Du haut de votre tour d'ivoire ?

— Non, de stuc. Ma décision dépend de ce que j'apprendrai, Laurel.

— Vous êtes vendu à Delia ! Elle ne désire pas que la question soit approfondie. Elle m'espionnait l'autre jour, un point, c'est tout. Le reste n'était que comédie ! Delia *souhaite* le meurtre de Roger. Parfait. En ce qui me concerne, seule la mort de Leander Hill m'intéresse. Mais si Delia me met des bâtons dans les roues...

— Vous vous emballez comme une enfant, l'interrompit Ellery, essayant de cacher sa colère.

— Je ne puis évidemment vous offrir autant qu'elle !

— Delia Priam ne m'a rien proposé, Laurel. La question de mes honoraires n'a pas été effleurée.

— Je ne pensais pas à l'argent !

Elle était au bord des larmes. Ellery se montra volontairement brutal :

— Petite sotte ! Patientez donc un peu. Actuellement, nous n'avons rien de mieux à faire qu'à attendre.

Elle s'en alla.

Le lendemain matin, quand Ellery déplia son journal à l'heure d'un tardif petit déjeuner, Roger Priam, Leander Hill et Crowe Macgowan lui sautèrent aux yeux. Mac fronçait les sourcils, du haut de son arbre.

LE MILLIONNAIRE NIE LA MENACE DE MORT

« Mon associé n'a pas été assassiné », déclare-t-il.

Niant avoir reçu une menace de mort, Roger Priam, le grand joaillier de Los Angeles, se barricada chez lui ce matin quand les reporters voulurent exploiter un renseignement selon lequel Priam serait compromis dans un projet criminel qui a déjà coûté la vie à son associé Leander Hill, décédé la semaine dernière...

La suite apprenait aux lecteurs que, après avoir chassé les reporters, Mr Priam avait transmis une note pour la presse, par l'intermédiaire de son secrétaire Alfred Wallace. Ladite note se résumait à ceci : « La police a été saisie du décès de Leander Hill et l'affaire est classée. »

Des détectives de la division de Hollywood ont reconnu, ce matin, l'exactitude du fait. Miss Laurel Hill, fille du défunt, avait bien fait appel à la police, en déclarant que son père avait été « tué de frayeur ». Mais, faute de preuve à l'appui, l'hypothèse avancée parut trop fantastique pour faire l'objet d'une enquête officielle.

Interviewée ensuite en son domicile, Miss Hill déclara : « Libre à Roger Priam de faire comme l'autruche. C'est sa vie qui est en jeu. »

Elle affirma, en outre, « avoir lieu de croire que son père et Priam étaient conjointement condamnés à mort par un ennemi commun, surgi du passé ».

L'article se terminait sur une note moins tragique :

Rappelons que Mr Priam est le beau-père du jeune Crowe Macgowan, le sylvain de l'âge atomique dont toute la presse parla récemment, le jour où il quitta la maison familiale pour aller vivre dans un arbre, en prévision de la fin du monde.

Les journalistes de Los Angeles gardaient décidément la tradition !

Ellery alla au téléphone et composa le numéro des Hill.

— Laurel ? Je ne m'attendais pas à vous avoir directement au bout du fil ce matin.

— Pourquoi ? *Je* n'ai rien à cacher.

— Est-ce vous qui avez donné le tuyau à la presse ?

— Non.

— Levez la main et...

— *Non*, ai-je dit !

« Clic » fit le téléphone.

Curieux... Ellery retourna le problème en tous sens pendant son petit déjeuner. Il finissait sa seconde tasse de café quand Keats entra, un journal dans sa poche.

— Je vous attendais presque, dit Ellery, tandis que Mrs William mettait un autre couvert. Merci, Mrs William, nous nous débrouillerons... Ne sachant pas d'où vient la fuite, je me suis abstenu de vous téléphoner.

— Ce n'est donc pas vous qui avez parlé ? demanda Keats. Merci, ni sucre ni crème.

— Non, bien sûr ! Je me demandais si c'était vous.

— Moi ? Allons donc ! Ce doit être la petite Hill.

— Non plus. Je lui ai posé la question.

— C'est drôle...

— Très singulier, oui. Comment le tuyau a-t-il été donné ?

— Par un coup de téléphone au syndicat de la presse. Le numéro d'appel n'a pu être identifié et la voix était certainement déguisée.

— Masculine ou féminine ?

— Masculine, croit-on, sans certitude. Avec tous les acteurs qu'il y a par ici, on ne sait jamais ! – Keats frotta machinalement une allumette. Puis il secoua la tête, souffla l'allumette et reprit, les yeux fixés sur sa cigarette : – Entre nous, Mr Queen, s'il y a anguille sous roche, le renseignement a pu provenir... Si bizarre que cela paraisse...

— De l'auteur du billet ? J'ai envisagé cette possibilité, lieutenant.

— Un nouveau tour de vis.

— Dans la guerre des nerfs engagée contre Priam.

— A condition d'avoir soi-même des nerfs d'acier. Et nous restons à zéro.

Keats se leva, écrasa sa cigarette mâchonnée.

— Pas de renseignements sur Hill et Priam jusqu'ici ? demanda Ellery.

— Pas encore. Le démarrage est pénible...

— Qu'est-ce qui cloche par là ?

— Je me le demande. Accordez-moi quelques jours de délai.

— Et du côté de Wallace ?

— Je vous tiendrai au courant.

Le même jour, en fin d'après-midi, Ellery leva les yeux de sa machine à écrire pour voir le cabriolet crème de Delia Priam arrêté devant sa porte.

Maîtrisant son impatience, il laissa Mrs Williams répondre au coup de sonnette.

— C'est un homme nu, annonça la femme de charge comme il se lissait les cheveux. Vous êtes là ?

Macgowan était seul, dans son costume sylvestre – un pagne couleur de flamme, cette fois. Il serra mollement la main d'Ellery, accepta un whisky et s'assit sur le canapé, ses talons nus posés sur l'appui de la fenêtre panoramique.

— J'avais cru reconnaître la voiture, dit Ellery.

— C'est celle de ma mère. Je n'avais plus une goutte d'essence dans la mienne. Je vous dérange ? continua le beau garçon, gêné, en regardant la machine à écrire. Comment peut-on écrire des livres ? Mais j'avais besoin de vous voir.

— A quel sujet, Mac ?

— Heu !... Voici : j'ai pensé que vous hésitiez peut-être à accepter l'affaire parce que les honoraires étaient indignes de vous.

— Vraiment ?

— Ecoutez, Queen. Je suis tout disposé à arrondir la somme de façon à...

— Vous voulez m'engager à votre tour, Mac ?

— C'est ça, dit le géant, plus à l'aise maintenant que c'était sorti. J'ai réfléchi. Ce billet, et le mystérieux envoi que Roger reçut le jour même où Hill trouva son chien crevé... Il peut réellement y avoir quelque chose là-dessous, Mr Queen.

— En admettant que ce soit le cas, d'où tirez-vous un intérêt suffisant pour contribuer à financer une enquête ? demanda Ellery, scrutant son interlocuteur.

— Roger est le mari de ma mère, n'est-ce pas ?

— Touchant esprit de famille ! De quand date ce coup de cœur pour Priam ?

Macgowan passa de la teinte du bronze à celle de l'acajou.

— Je voulais dire... Roger a toujours cherché à me dominer, comme il domine tout le monde. Nous n'avons jamais pu nous entendre, c'est vrai. Mais il est bien intentionné et...

— C'est pourquoi vous vous appelez Crowe Macgowan au lieu de Crowe Priam, l'interrompit Ellery en souriant.

— Touché ! Soit, je déteste ce sale tyran domestique. Nous nous sommes toujours battus comme deux dogues sur le même os. Lors de son mariage avec Delia, il refusa de m'adopter légalement, de manière à me tenir sous sa dépendance ; je n'étais qu'un enfant, mais ma haine pour lui date de là. Je gardai donc le nom de mon père et refusai d'accepter un cent de Roger. Oh ! ne me prenez pas pour un héros. Mon père m'avait constitué une petite rente dont j'ai pu me contenter, pour la plus grande fureur de Mr Priam. – Macgowan rit, puis il ajouta d'un ton radouci : – J'ai dû mûrir, ces dernières années. Maintenant, je le tolère à cause de ma mère. C'est pour la même raison, le bien de Delia, que je voudrais aller au fond des choses, Mr Queen.

— Votre mère aime Priam ?

— C'est son mari, n'est-ce pas ?

— A d'autres, Mac ! Avant-hier, dans votre arbre, j'ai reconnu que votre mère voulait m'engager comme enquêteur privé (sans parler de Laurel). Alors, quelle est votre raison véritable ?

Macgowan se leva avec la brusquerie de la colère.

— Qu'importe la raison ! Je veux seulement voir cette sale affaire tirée au clair, et je vous fais une offre honnête. Fixez vos honoraires et mettez-vous au travail !

— Selon la formule consacrée, je vais réfléchir, Mac. C'est le mieux que je puisse faire pour l'instant.

— Qu'attendez-vous ?

— L'avertissement numéro deux. Il viendra – si cette affaire n'est pas que du vent – et, encore une fois, je ne puis rien jusque-là. Avec Priam, buté comme il l'est, vous pouvez jouer un rôle très utile, votre mère et vous, en gardant simplement les yeux ouverts.

— Pour guetter quoi, je vous prie ? Une nouvelle boîte mystérieuse ?

— Je n'en ai pas la moindre idée. Mais, objet, événement ou fait, *tout* ce qui sort de l'ordinaire (si insignifiant que cela puisse vous paraître) nous intéresse. Je compte sur vous pour m'en informer, immédiatement.

Ou sur votre mère, ajouta Ellery, avec une fausse innocence.

Le téléphone sonnait. Ouvrant les yeux, Ellery comprit qu'il sonnait depuis un moment.

Il alluma sa lampe de chevet et consulta sa montre.

4 h 35. Il s'était couché à 1 h 30.

— Allô !

— Mr Queen...

(Delia Priam.)

— Oui ? fit Ellery, mieux éveillé que jamais.

— Mon fils Crowe m'a dit de vous appeler si...

La voix semblait lointaine, effrayée.

— Oui. Alors ?

— Ce n'est probablement rien. Mais vous aviez recommandé à Crowe...

— Delia, que se passe-t-il ?

— Roger est malade, Ellery. Le Dr Voluta est ici. Il diagnostique un empoisonnement par ptomaïne. Mais...

— J'arrive !

Avec ses bajoues flasques, ses cheveux graisseux et hirsutes, ses yeux gris sale, le Dr Voluta était un objet d'aversion dès le premier regard. Son accoutrement : pantoufles, veste de yachtman bleu vif sur un pyjama de soie jaune, valait celui d'Ellery qui avait enfilé un pantalon blanc (bon pour la lessive) et un sweater beige.

Le Dr Voluta raclait un drap souillé de vomissements et mettait la matière prélevée dans un tube à essai.

— Décidément, le meurtre excite les gens ! grommelait-il en travaillant. Sinon personne ne prendrait une indigestion pour un attentat criminel.

— Une sérieuse indigestion, dit Ellery. Le bouchon est sur l'évier, docteur.

— Merci. Priam est un goinfre. Un homme bien portant ne supporterait pas un tel excès de nourriture et son appareil digestif pose un problème médical... Voici des années que je le mets en garde contre les « soupers » et notamment le thon à la ravigote.

— J'apprends qu'il raffole du poisson épicé.

— Je raffole des blondes épicées, Mr Queen, riposta le médecin. Mais je modère mon appétit pour rester dans la juste mesure.

— Je croyais vous avoir entendu dire que le thon était douteux.

— Assurément. Je l'ai goûté. Mais là n'est pas la question ! Si Mr Priam m'avait écouté, rien de tout cela ne serait arrivé.

L'entretien se poursuivait dans l'office, et le Dr Voluta cherchait avec mauvaise humeur de quoi couvrir le petit plat dans lequel il avait mis les restes de la salade de thon.

— Vous pensez donc, docteur...

— J'ai formulé mon opinion. Avez-vous jamais entendu parler de conserves avariées, Mr Queen ?

Le docteur prit un gant de caoutchouc dans sa trousse et s'en servit pour recouvrir le plat. Entre-temps, Ellery avait récupéré la boîte vide dans le récipient réservé aux emballages métalliques. Fort heureusement le règlement de Los Angeles voulait que ceux-ci fussent jetés à part.

— J'ai examiné la boîte vide, docteur. Elle n'est pas bombée. Voulez-vous la voir ?

— Comment savez-vous que le thon venait de cette boîte ?

— Elle était sur le dessus du tas, et la cuisinière n'a ouvert qu'une boîte de thon aujourd'hui, juste avant d'aller se coucher, m'a-t-elle dit.

— Excusez-moi, je veux me laver les mains, dit le Dr Voluta.

Ellery le suivit jusqu'à la porte du lavabo.

— Puisque vous ne voulez pas me le remettre, je dois garder un œil sur le tube et le plat, docteur, dit-il d'un ton d'excuse.

— Je persiste à croire que tout ceci est une ânerie ; mais si les matières rejetées et le restant de thon doivent être analysés, je les remettrai personnellement à un représentant de la police, car je ne vous reconnais aucune autorité, monsieur. Pardon, je voudrais fermer la porte.

— Le tube, dit Ellery.

— Oh ! vraiment...

Le Dr Voluta tourna le dos et ouvrit rageusement le robinet.

On attendait le lieutenant Keats. Il était près de 6 heures du matin et un monde enfariné commençait à se dessiner de l'autre côté des fenêtres. Purgé, Priam dormait dans son fauteuil-lit, sa barbe noire étalée sur les couvertures ; comme Alfred Wallace lui fermait poliment la porte au nez, Ellery avait été frappé par son air de majesté qui rappelait le calme de Sennachérib, roi d'Assyrie, couché dans sa tombe. La belle avance ! Wallace finissait la nuit sur le divan de la chambre du malade, et il avait donné un tour de clef de l'intérieur.

Crowe Macgowan s'était montré extrêmement laconique.

— Sans l'engagement pris envers vous, je n'aurais pas dit à Delia de vous téléphoner, Queen. Ce branle-bas pour une vulgaire indigestion est ridicule, à mon avis. Laissez ce sale glouton à Voluta et rentrez vous coucher.

Sur ces mots, le géant avait regagné son chêne en bâillant.

Mr Collier, le père de Delia, s'était tranquillement préparé une tasse de thé dans la cuisine, puis il était remonté dans sa chambre en soufflant à Ellery au passage, avec un clin d'œil :

— La gourmandise est toujours punie !

Delia Priam avait déjà regagné sa chambre lors de l'arrivée d'Ellery, et elle n'avait pas reparu. Louable réserve féminine. Néanmoins...

Aller frapper à sa porte ? Un enquêteur a toujours des questions à poser dans un cas semblable.

Que ferait-elle ?

Pouvait-elle supporter d'être vue à 6 heures du matin ?

Le Dr Voluta interrompit le cours de ces réflexions.

— S'il ne s'agissait pas d'un de mes bons clients, je vous aurais envoyé au diable, dit-il en prenant une serviette pour s'essuyer les mains. Laurel m'a déjà fait du tort en parlant de meurtre au sujet du décès de Leander Hill, et un médecin n'est jamais trop prudent. Donc... Ah ! ce doit être ce maudit détective !

Une voiture venait de s'arrêter devant la maison. Keats entra en coup de vent.

A 16 heures, quand Ellery fut introduit dans le living-room des Priam, plusieurs personnes s'y trouvaient déjà réunies. Debout devant la cheminée, Keats se tapotait les dents avec le bord d'un papier ; Laurel Hill, Crowe Macgowan et Delia Priam étaient assis devant lui, dans une attitude étudiée.

— Excusez-moi d'être un peu en retard, lieutenant, dit Ellery. J'ai dû m'arrêter pour prendre de l'essence. Est-ce le rapport du laboratoire ?

Keats lui tendit le papier. Trois paires d'yeux suivirent le mouvement et restèrent fixés sur le rapport jusqu'au moment où Ellery le rendit à Keats, qui le remit dans sa poche. Laurel était froidement attentive, Macgowan mal à l'aise, Delia effrayée.

— Veuillez résumer la situation pour ces personnes, Mr Queen, dit le détective. Je prendrai la suite.

— Entendu, lieutenant. Lors de mon arrivée ici, vers 5 heures, ce matin, le Dr Voluta était convaincu qu'il s'agissait d'une intoxication alimentaire. Contre l'avis formel de son médecin, Mr Priam a conservé l'habitude de prendre une collation avant de s'endormir, aux environs de minuit. Chaque soir, Mr Wallace transmet donc les ordres de Mr Priam au sujet de cette collation à Mrs Guittierez, la cuisinière, qui prépare le plat commandé et le met dans le réfrigérateur avant d'aller se coucher.

» Hier soir, Mr Priam avait envie de manger du thon. Mrs Guittierez prit donc une boîte de thon dans l'office – une marque de choix, entre parenthèses –, l'ouvrit et assaisonna son contenu selon les goûts de Mr Priam : oignons et céleri hachés, poivre vert, mayonnaise très relevée, avec un filet de sauce Worcestershire, le jus d'un demi-citron, la moitié d'une petite cuillerée de moutarde, une pincée de thym en poudre et autres aromates. Ayant mis la salade ainsi préparée dans le réfrigérateur, Mrs Guittierez rangea sa cuisine et elle monta se coucher vers 21 h 40, en laissant une lampe veilleuse allumée.

S'adressant au Grand d'Espagne dont le portrait ornait la cheminée, afin de ne pas être troublé par un certain regard, Ellery poursuivit :

— Vers minuit dix, Alfred Wallace alla chercher la collation de Roger Priam. Avec le saladier – pris dans le réfrigérateur – il mit sur un plateau du pain de mie, du beurre et une bouteille de lait bouchée, puis il porta le plateau dans la chambre du malade. Mr Priam mangea de bon appétit, sans finir la salade de thon ni le reste. Wallace l'installa ensuite pour la nuit ; il éteignit l'électricité, porta le plateau avec les restes dans la cuisine et regagna sa chambre située au premier étage.

» Vers 3 heures, Wallace fut réveillé par la sonnerie du téléphone intérieur. Priam, au plus mal, l'appelait. Accouru en hâte, Wallace trouva le malade en proie à de terribles vomissements ; il appela le Dr Voluta et courut chercher Mrs Priam. Tous deux firent de leur mieux jusqu'à l'arrivée du docteur, quelques minutes plus tard.

— Du diable si je vois l'intérêt...

Delia Priam posa une main sur le bras de son fils, et le géant se tut aussitôt.

— Continuez, Mr Queen, dit-elle.

Mesurait-elle l'extraordinaire pouvoir de sa voix ? Rien qu'à l'entendre, un homme était pris de contractions musculaires.

— En arrivant, je trouvai le plateau là où Wallace l'avait laissé ; puis, m'étant fait exposer la situation, je téléphonai au lieutenant Keats et réunis tout ce qui était entré dans la composition du souper : la boîte de conserve vide, les épices, l'écorce du citron, le restant de salade de thon, etc. Le Dr Voluta récupéra de son côté une partie des matières vomies et nous remîmes le tout au lieutenant Keats dès son arrivée.

Ellery se tut et alluma une cigarette. Keats poursuivit à sa place :

— J'ai porté le tout au laboratoire de la police et le rapport de l'analyse vient de me parvenir. En deux mots, l'analyse des vomissements de Mr Priam a révélé la présence d'arsenic.

» Le restant de la salade de thon contient également de l'arsenic. Tout le reste : épices, boîte vide, citron, pain, beurre, lait, est exempt de poison.

» Le Dr Voluta s'est trompé en diagnostiquant un empoisonnement par ptomaïne, dû à une conserve avariée. Nous sommes en présence d'un empoisonnement par l'arsenic. Entre le moment où la cuisinière mit la salade préparée dans le réfrigérateur (21 h 40) et celui où Mr Wallace vint préparer le plateau du souper (0 h 10), la cuisine resta vide et faiblement éclairée. Quelqu'un profita de ce laps de temps pour s'introduire dans la cuisine et empoisonner la salade.

— La possibilité d'une erreur doit être écartée, ajouta Ellery. Chaque soir, il y a dans le réfrigérateur un plat destiné à Mr Priam. Bien mieux, ce « souper » est toujours mis dans le même récipient : un grand bol portant le nom *Roger* écrit en lettres d'or. Ce bol fut offert à Roger Priam par Alfred Wallace à Noël ; il a toujours servi depuis lors.

— Nous nous trouvons donc devant la question suivante : qui a tenté d'empoisonner Mr Priam ? conclut Keats.

Il promena un regard amical sur les trois personnes présentes.

— C'est tellement incroyable ! murmura Delia Priam, debout, en portant son mouchoir à sa bouche.

Laurel sourit au dos de son aînée.

— C'est l'impression que je n'ai cessé d'avoir depuis la mort de papa, chérie, dit-elle.

— De grâce, Laur, quittez ce sourire de Lady Macbeth, ou de Cassandre, ou de je ne sais qui encore ! s'écria Macgowan. Nous n'avons que faire d'une sale histoire, ma mère et moi !

— Personne ne vous accuse, Mac, riposta Laurel. J'espère seulement que vous avez fini de croire que je parlais entre deux pipes d'opium.

— *Bien !*

Delia se tourna vers Keats, et celui-ci la regarda avec une gêne mêlée à cette espèce d'avidité masculine qui ne se discipline plus devant certaines femmes. Elle était magnifique aujourd'hui, en blanc, avec une lourde chaîne d'argent terminée par un grand crucifix de bois enroulée autour de la taille. Pas de fente provocante, encolure montante devant, manches longues... Mais le dos était nu jusqu'à la taille. Se rendait-elle compte de son indécence ? « Les plus honnêtes femmes ont une sorte d'innocence perverse en cette matière », songea Ellery. Pauvre Keats, laborieux, et marié par-dessus le marché !

— Lieutenant, la police doit-elle nécessairement intervenir ? demanda-t-elle.

— En temps ordinaire, la question ne se poserait pas, Mrs Priam. – Keats détourna les yeux et prit une cigarette qu'il mâchonna nerveusement, sans l'avoir allumée. Sa voix devint plus professionnelle encore. – Mais je me trouve dans une situation réellement exceptionnelle. Votre mari refuse de coopérer. Je me suis heurté à un mur. Tout ce que j'ai pu lui arracher se résume à ceci : « Un incident de ce genre ne se reproduira pas. J'y veillerai et n'ai besoin de personne. Prenez votre chapeau et disparaissez. »

Delia gagna une fenêtre. Observant son dos, Ellery eut l'impression qu'elle était soulagée d'un poids, contente. Keats l'avait rassurée au lieu de… Il avait besoin d'apprendre la bonne façon d'agir avec Delia Priam ! Mais allez donc ignorer ce dos nu !

— Est-il dément, madame ?

— Parfois, lieutenant, je me le demande, murmura Delia sans se retourner.

Keats dit brusquement :

— N'importe qui a pu empoisonner la salade de thon. La porte extérieure de la cuisine n'était pas fermée à clef, la cour est recouverte de gravier et les bois commencent au-delà. Pour faire le coup, il suffisait donc d'avoir appris qu'un plat réservé à Mr Priam séjournait tous les soirs dans le refrigérateur. Je garde présente à l'esprit la possibilité d'un acte de vengeance, commis par un ancien ennemi de Mr Priam et de Mr Hill. Mais il se peut également que le but du dernier incident ait été de jeter de la poudre aux yeux. Je suis tenté de le croire. Personnellement – je tiens à le déclarer publiquement –, je ne donne pas dans l'histoire de vengeance et de mort lente. J'en ai terminé, Mr Queen.

Keats dévorait toujours des yeux le dos nu.

« Un frère », songea Ellery, compatissant. Puis, à haute voix, il déclara :

— Vous pouvez être dans le vrai, Keats ; mais j'attire votre attention sur ce paragraphe du rapport émanant du laboratoire : « La dose d'arsenic était insuffisante pour occasionner la mort. »

— Une erreur, déclara le détective. Une erreur courante, pourrais-je ajouter. La dose de poison est tantôt beaucoup trop forte, tantôt beaucoup trop faible.

— Hum ! fit Ellery. Gardons-nous de généraliser. Si toute l'affaire se tient, nous sommes en présence d'un esprit calculateur, qui agit de sang-froid et ne tomberait pas dans l'erreur de sous-estimer la dose fatale. Cette fois, le mauvais dosage était voulu, lieutenant.

— Pourquoi ? rugit le jeune Macgowan.

— Mort lente, Mac ! s'écria Laurel, triomphante. Vous y êtes ?

— Oui, cette alerte est reliée au billet adressé à Hill, déclara Ellery. Une dose intermédiaire : suffisante pour indisposer sérieusement Priam, mais non mortelle. *Une agonie prolongée, une fin inexorable... Chaque pas sera précédé d'un avis*. L'empoisonnement de cette nuit est un avertissement ; il fait suite à la boîte mystérieuse parvenue à Priam la matin où Hill reçut de son côté le chien mort. Le premier avertissement à Priam : inconnu. Deuxième avertissement : du thon empoisonné. Beau problème !

— Je ne partage pas votre goût pour les problèmes, grogna Crowe Macgowan. Que signifie ce mauvais mélo ?

— Il me force en tout cas à accepter votre offre, Mac. La vôtre de même, Laurel. Et aussi la vôtre, Delia. J'avais prévu un autre emploi de mon temps, mais qu'y faire ?

Delia Priam s'approcha d'Ellery. Elle lui prit les mains et dit simplement, les yeux dans les yeux :

— Merci, Ellery. C'est un tel soulagement pour moi !

Une légère pression des doigts, un rien... De la part de la jolie femme, ce n'était qu'un élan de gratitude, impersonnel et amical. Il ne pouvait d'ailleurs en être autrement devant son fils. Ellery sentit tout cela, mais quel ennui de n'avoir aucun contrôle sur ses glandes sudoripares !

Keats mâchonnait sa cigarette non allumée.

Macgowan suivait la scène avec intérêt.

— Tout est pour le mieux, dit Laurel d'une voix parfaitement inexpresive. Au revoir !

6

La nuit était fraîche. Précédée par la lueur de sa lampe électrique qui dansait sur le sentier, Laurel marchait d'un bon pas. Ses jambes nues sous le long manteau de daim étaient grumeleuses par l'effet de la chair de poule.

Arrivée au grand chêne, elle pointa son faisceau lumineux vers le plafond de verdure.

— Mac ! Vous êtes réveillé ?

Mac entra dans la zone éclairée.

— Laurel ! Par exemple ! Êtes-vous folle pour courir les bois à cette heure ?

Le bas de l'échelle de corde tomba aux pieds de la jeune fille.

— Voulez-vous procurer un beau crime sexuel aux journaux de demain matin ? acheva le géant.

— Avec vous comme suspect tout indiqué, mon cher !

Laurel se mit à grimper.

— Bien sûr ! Ce n'est pas pour vous que je m'inquiète, allez ! Minute ! Je vais vous éclairer.

Macgowan disparut. Une seconde après, la clairière se trouva illuminée par un puissant projecteur.

Arrivée au haut de l'échelle, Laurel se trouva saisie par un long bras et déposée sur la plate-forme.

— Que ça sent bon ! Entrez, Laur.

— Eteignez le projecteur, Crowe. J'apprécie la discrétion.

— Comment donc !

Macgowan reparut presque instantanément et la reprit dans ses bras. Elle se laisa porter dans la maison suspendue et déposer sur un lit pliant, préparé pour la nuit. Quand le jeune homme se redressa, sa tête toucha presque le plafond.

— Attendez, dit-il. Je vais arrêter la radio et éteindre.

— Rallumez !

— Bien, bien. Vous n'avez pas froid, mon chou ?

— Il ne vous manque que le chauffage central, Mac.

— Je l'ai. Faites-moi une petite place.

— Asseyez-vous par terre. J'ai à vous parler.

— Ignorez-vous le langage des yeux, et celui…

— Ce soir, il faut que ça sorte.

Appuyée en arrière sur ses coudes, Laurel lui sourit. Heureux Macgowan ! Il rayonnait. Puis, brusquement, il s'accroupit sur le plancher et posa sa tête sur les genoux de la jeune fille.

Elle le repoussa, ferma son manteau sur ses jambes et remit la tête en place.

— Allons-y.

— Mac, pourquoi avez-vous engagé Ellery Queen ?

Un silence. Puis Macgowan se pencha pour saisir une cigarette sur une étagère ; il l'alluma et reprit sa place.

— Drôle de question pour un tête-à-tête de minuit, dans le nid d'un type qui n'est pas en bois !

— Peu importe. Répondez.

— Vous l'aviez engagé. Delia aussi, n'est-ce pas ? J'ai suivi le mouvement, voilà tout. Parlons d'autre chose. Si vous tenez à parler.

— Oui, je tiens à mon sujet.

Il noua les bras autour de ses jambes, fixant ses pieds nus à travers un nuage de fumée.

— Laurel, depuis quand nous connaissons-nous ?

— Depuis toujours, répondit-elle, surprise.

— Nous avons grandi ensemble, n'est-ce pas ?

— Oui.

— Ai-je jamais commis le moindre... écart ?

— Non. Mais ce n'est pas faute d'avoir essayé.

— Petit poison ! Je pourrais vous casser en deux et fourrer chaque moitié dans une poche de pantalon ! Savez-vous que je vous aime depuis le jour où j'ai découvert d'où viennent les bébés ?

— Mac, murmura Laurel. Vous ne m'aviez jamais dit ça. De cette façon-là, tout au moins.

— Eh bien, c'est fait. A vous, maintenant.

— Répétez-le, Mac.

— Je vous aime.

— Sur ce ton ?

Sans savoir comment cela était arrivé, elle se retrouva par terre, dans ses bras.

— Que le diable vous emporte ! Je vous aime.

— Mac...

— Je vous adore.

— Lâchez-moi ! – Elle s'arracha de son étreinte et, debout, s'écria : – C'est parce que vous m'aimez que vous avez engagé Queen, hein ? Quelle est la raison, Mac ? Je veux la vérité !

— Vous n'avez rien de mieux à dire au pauvre type qui vient de vous déclarer sa flamme ?

— La raison, Mac.

Le jeune Macgowan s'allongea par terre, les yeux clos, fumant comme une cheminée.

— Vous refusez de me la donner ?

— Je ne peux pas, Laur. Elle concerne... Elle est personnelle. C'est une de mes idées biscornues, voilà !

Il était immense, superbement bâti, bronzé, jeune et bien portant. Laurel se rassit sur le lit et alluma une Dunhill d'une main tremblante. Mais sa voix ne trahit aucune agitation intérieure.

— Il y a trop de mystères dans l'air que nous respirons, Tarzan. Je sais que vous avez le vôtre, et tout ce qui vous touche...

Macgowan rouvrit les yeux.

— Non, Mac, restez où vous êtes. Je ne suis pas la dernière des imbéciles. Il y a quelque chose derrière tout ce laborieux enfantillage : maison dans un arbre, funestes prévisions à l'égard de notre civilisation, et ainsi de suite. La bombe à hydrogène n'est pour rien là-dedans. Etes-vous simplement paresseux ? Ou cette aimable folie est-elle inventée pour les beaux yeux d'une de vos poules de cinéma qui attend de la vie un peu plus de piquant qu'on n'en trouve généralement dans les maisons de rendez-vous ?

Le jeune homme rougit, mais ses lèvres restèrent pincées.

Saisissant à pleine main la tignasse bouclée du géant, elle l'obligea à lever la tête, puis l'embrassa sur la bouche.

— ... Voilà mon merci ! Vous êtes si beau, Mac ! Une jeune fille peut avoir ses petits secrets, n'est-ce pas ? Non ! Non. Si nous devons être un jour dans les bras l'un de l'autre, il faut que ce soit dans une honnête maison, construite à même le sol. De toute façon, je n'ai pas le temps de penser à l'amour actuellement.

— Pas le temps !

— Mon chéri, il se passe de vilaines choses. Papa m'avait jusqu'ici épargné toutes les laideurs de la vie. Il a été si merveilleusement bon pour moi ! La seule façon de m'acquitter envers lui est de découvrir son assassin et de lui faire subir un juste châtiment. Peut-être suis-je assoiffée de sang ? Tant pis. C'est mon idée fixe. Si la police est à la hauteur, parfait. Sinon...

— Gare !

Growe s'était levé d'un bond. Laurel tenait un petit Browning pointé distraitement sur son nombril. Ses yeux lançaient des éclairs.

— Laurel, remettez ce maudit joujou dans votre poche !

— Je n'épargnerai personne. Pas même vous, Mac. Si je vous savais coupable, fussions-nous mariés, eussé-je un enfant de vous, je vous abattrais comme un chien.

— Diable ! En fait de férocité, vous damez le pion à Roger, ma jolie. Entendu. Si vous découvrez que je suis coupable, je ne l'aurai pas volé. Mais en attendant...

Laurel poussa un cri. Le revolver se trouvait maintenant dans la main de Macgowan qui l'examinait en connaisseur.

— Une bonne arme, dit-il. En attendant de m'avoir démasqué, Miss Pasionaria, ne le laissez pas tomber en d'autres mains.

Ayant poliment remis le Browning dans la poche de sa propriétaire, il prit Laurel à bras-le-corps et la porta sur le lit.

Un peu plus tard, la jeune fille murmura, mais sans conviction :

— Je n'étais pas venue pour ça, Mac.

— Une surprise.

— Que pensez-vous d'Ellery Queen ?

— Je pense que maman lui a tapé dans l'œil. Vous tenez à converser ?

— Quelle perspicacité ! Je le crois aussi. Mais là n'est pas la question. Je parlais du point de vue professionnel.

— Oh ! il est plutôt sympathique...

— Mac !

— Bien, bien. – Il la reposa sur le lit et se leva, boudeur. – S'il vaut la moitié de sa réputation...

— Précisément. La vaut-il ?

Macgowan se versa un whisky.

— Comment le saurais-je ? Vous en voulez un ?

— Non. Depuis quarante-huit heures, je lui ai rendu deux visites, et téléphoné un nombre incalculable de fois. Il est toujours là, dans son aire, occupé à fumer et scruter l'horizon.

Le géant vida son verre d'un trait.

— Chacun son genre de vie, dit-il avec une grimace. Les super-détectives opèrent ainsi parfois. Chez eux, c'est la matière grise qui fait tout le travail.

— Eh bien, une certaine activité physique me conviendrait mieux. Je suis à bout de patience, Mac, continua Laurel, levée d'un bond. Si nous chassions pour notre compte, ensemble et en silence ? Qu'en dites-vous ?

— Pardon ?

— Si nous faisions ce que le grand limier devrait faire ? Chercher des indices, cesser de nous tourner les pouces, quoi !

— Laurel Hill, dame détective, et son garde du corps, dit Macgowan, touchant le plafond des deux mains. Ça me tente.

— Je parle sérieusement, Mac.

— Et moi donc ! Votre intelligence, mes muscles...

— N'en parlons plus. Bonne nuit.

— Hep ! – Une grande main la saisit au moment où elle franchissait le seuil. – Ne faites pas la mauvaise tête, Laurel. En attendant le grand soir, je descendrais volontiers de mon perchoir, à l'occasion. Comment vous y prendriez-vous ?

Elle le dévisagea longuement.

— N'essayez pas de me rouler, Mac.

— Vous rouler, *vous !*

— Ce n'est pas une amusette, comme votre retour à la nature. Nous n'aurons ni code chiffré, ni déguisements, ni rencontres dans de mystérieux bistros. Je n'ai à vous proposer qu'une chasse fastidieuse dont nous reviendrons peut-être bredouilles, avec des ampoules aux pieds.

— J'espère que vous mettrez une jupe, ou tout au moins un pantalon long, soupira le géant. Par où commençons-nous ?

— Nous aurions dû commencer, depuis longtemps, par le chien mort. Son origine, le nom de son propriétaire, la façon dont il est mort, et ainsi de suite. Mais la piste est refroidie, gelée comme je le suis. Voyons... Ah ! L'arsenic, Mac. Voilà notre point de départ. L'arsenic ne s'obtient pas facilement, on doit pouvoir remonter à la source de ce côté-là.

— Je n'y aurais pas pensé tout seul. Comment vous y prendriez-vous pour remonter à la source ?

— J'ai quelques petites idées à ce sujet. Mais, d'abord, où le thon de Roger a-t-il été empoisonné ? Dans la maison. Nous commencerons donc par là.

— Allons-y, dit Macgowan, s'emparant d'un chantail bleu marine.

— *Maintenant ?*

— C'est le meilleur moment.

Mrs Williams entra et elle trébucha sur une chaise.

— Mr Queen ? Vous êtes là ?

— Présent.

— Pourquoi restez-vous dans l'obscurité ?

Elle actionna l'interrupteur. Tassé dans un coin du canapé, les pieds sur l'appui de la fenêtre panoramique, Ellery contemplait Hollywood, la nuit : un feu d'artifice multicolore.

— Votre dîner est froid, acheva la gouvernante.

— Laissez-le sur la table de la cuisine et rentrez chez vous, Mrs Williams.

— Je venais vous annoncer Miss Hill et l'homme nu, mais, aujourd'hui, il est habillé.

— Que ne le disiez-vous plus tôt ! s'écria Ellery, levé d'un bond. Laurel, Mac ! Entrez !

Ils souriaient, mais avaient l'air fatigué. Crowe Macgowan arborait un costume impeccable, il portait même une cravate.

— Nous ne troublons pas la fugitive inspiration, Queen ?

— J'ai l'impression qu'il est pétrifié là depuis des heures, dit Laurel. Ellery, nous vous apportons des nouvelles.

— Des nouvelles ?

— Nous avons découvert quelque chose.

— Je me demandais aussi pourquoi Mac était habillé, murmura Ellery. Asseyez-vous, mes amis. Je vous écoute.

— Quel bourrage de crâne autour du métier de détective ! dit Macgowan, allongeant les jambes. Vous nous en jetez tous plein la vue. A vous la parole, Pasionaria.

— Nous avons décidé de mener une petite enquête personnelle...

— Hum ! Le début sonne à mes oreilles comme la remarque d'un client mécontent.

— Ce n'est pas autre chose, déclara Laurel, arpentant la pièce, une cigarette à la bouche. Autant nous expliquer, Ellery. Je vous ai engagé dans le but de démasquer un assassin. Sans m'attendre à vous voir aboutir dans les vingt-quatre heures, je comptais sur une marque d'intérêt quelconque, sur un déploiement d'activité, si mince soit-il, un effort tout au moins... Or qu'avez-vous fait jusqu'ici ? Vous vous êtes claquemuré, et vous avez fumé !

— Ce n'est pas un mauvais système, Laurel, murmura Ellery, prenant sa pipe. Voici des années que je le pratique.

— Eh bien, je ne l'apprécie pas !

— Suis-je congédié ?

— Je n'ai pas dit que...

— Je pense que cette jeune personne désire seulement vous stimuler, intervint Macgowan. Elle ne croit pas que la réflexion puisse suppléer à l'action.

— Une place pour chaque chose et chaque chose en son temps, dit aimablement Ellery. Asseyez-vous, Laurel, de grâce. La réflexion tient une place très importante, croyez-moi. Oui, je suis resté assis, mais cela ne m'empêche pas d'être au courant de bien des choses. Je crois pouvoir remonter dans votre estime. Attendez... – Il ferma les yeux. – Je parie que votre enquête a porté sur l'arsenic qui servit à empoisonner le thon de Priam. Suis-je dans le vrai jusqu'ici ?

Ellery avait rouvert les yeux.

— C'est bien ça ! s'écria Macgowan.

— Comment le savez-vous ? demanda Laurel, furieuse.

— Je ne vends que de l'honnête marchandise, répliqua Ellery, en se tapant le front. J'interroge le miroir de mon cerveau et je vois... Je vous vois tous les deux... dans la cave des Priam... mettant la main sur une boîte de mort-aux-rats. Oui, parfaitement. Puis vous découvrez que ce poison destiné aux rongeurs contient de l'arsenic. Suis-je toujours sur la bonne voie ?

— Je me demande comment vous avez pu... murmura Laurel, bouche bée.

Ellery consultait maintenant une fiche, extraite d'un tiroir du secrétaire en chêne brun clair.

— Une boîte de mort-aux-rats, dis-je. Vous découvrîtes ensuite que ledit produit fut acheté le 13 mai de cette année à la pharmacie Kepler, 1723, North Highland Avenue.

Laurel se tourna vers Macgowan. Comme celui-ci souriait, elle le foudroya du regard puis fit de nouveau face à Ellery.

— Je m'excuse de ne pouvoir préciser qui de Mr Kepler ou de Mr Candy (son assistant) vous avez interrogé. Mais l'un des deux vous a appris que la boîte de mort-aux-rats a été achetée par un grand monsieur, bien physiquement, qu'il fut possible d'identifier grâce à une série de photos dont vous aviez pris soin de vous munir. J'ai nommé Alfred Wallace. Qu'en dites-vous, Laurel ? acheva Ellery.

— Comment avez-vous découvert tout cela ?

— Le lieutenant Keats avait réuni tous les renseignements en l'espace de quelques heures et il me les a communiqués. Alors pourquoi aurais-je battu le pavé sous le soleil californien quand je pouvais réfléchir ici, au frais ?

Les lèvres de Laurel tremblaient. Ellery éclata de rire, ébouriffa les cheveux de sa « cliente », la prit par le menton pour l'obliger à relever la tête et ajouta :

— Bravo tout de même, Laurel !

La jeune fille s'effondra dans un fauteuil, le visage empreint d'une expression tragique.

— Excusez-moi, Ellery. Vous devez me prendre pour une idiote.

— Jamais de la vie. Vous êtes impatiente, voilà tout. Cette affaire demande le concours des jambes, du cerveau et – sauf votre respect – du postérieur. Il vous faut apprendre à rester philosophiquement assise sur ce dernier pendant que vos associés travaillent. Qu'avez-vous découvert d'autre ?

— Rien, soupira la jeune fille.

— Nous étions si fiers ! soupira Macgowan. Mais le fait que Wallace ait acheté le poison utilisé contre Roger doit signifier quelque chose, Queen.

— Si vous acceptez ce genre de conclusion, vous n'êtes pas au bout de vos peines, dit sèchement Ellery. Keats a appris autre chose.

— Quoi ?

— C'est votre mère, Mac, qui, ayant cru entendre des souris courir dans la cave, chargea Wallace d'acheter un produit contre les rats.

Le fils de Delia sursauta. Laurel regarda brusquement ses mains.

— Rassurez-vous, Mac, continua Ellery, votre mère ne sera pas inquiétée, bien qu'aucune trace de souris – crottes ou trous – n'ai été relevée dans la cave. Nous manquons de preuve de bout en bout. Rien ne prouve que l'arsenic employé pour empoisonner la salade de thon de Roger provenait de la boîte de mort-aux-rats. Rien ne prouve que votre mère ou Wallace aient fait plus que vouloir supprimer des souris imaginaires.

— Naturellement, déclara Macgowan qui s'était ressaisi. Toute cette histoire – y compris votre idée de jouer au détective, Laurel – ne tient pas debout ! Cela nous apprendra à rester tranquilles.

Laurel gardait les yeux fixés sur ses mains.

— Permettez, dit Ellery. Votre concours peut être très utile, au contraire. Etant sur place...

— Si vous comptez sur moi pour moucharder ma mère...

— On dirait que nous tournons dans un cercle vicieux, interrompit Ellery. Craindriez-vous que votre mère ait cherché à empoisonner votre beau-père, Mac ?

— Non ! Pour qui me prenez-vous, d'abord ?

— C'est moi qui vous ai entraîné là-dedans, Mac, dit Laurel. Il est encore temps de faire marche arrière.

— Je n'y songe pas ! On jugerait, ma parole, que vous êtes deux à vouloir déformer ma pensée !

— Auriez-vous des scrupules en ce qui concerne Wallace ? demanda Ellery avec un sourire.

— Non, parbleu ! Je me fiche pas mal de Wallace. Mais Delia compte pour moi, et je croyais qu'elle ne vous était pas indifférente, Queen.

A la vérité, Ellery avait passé un mauvais quart d'heure en apprenant l'histoire de la mort-aux-rats.

— En quoi vous ne vous trompiez pas, Mac, répondit-il. Mais tenons-nous-en à Wallace pour l'instant. Que savez-vous sur son compte ?

— Absolument rien.

— Depuis combien de temps est-il au service de votre beau-père ?

— Depuis un an environ. Personne ne tient longtemps dans la place. Wallace est peut-être le douzième titulaire du poste en quinze ans.

— Bien. Ayez l'œil sur lui. Et que Laurel...

— Espionne Delia, acheva ironiquement Macgowan.

— Que Laurel observe tout. Je compte sur vous deux pour me signaler le moindre détail sortant de l'ordinaire. La vérité sur cette affaire peut se cacher tout au fond du puits, et nous ne l'atteindrons qu'en procédant à une série d'excavations. Creusez, mes amis.

— Je pourrais revenir au commencement, autrement dit au chien mort, murmura Laurel.

— Ah ! Vous n'êtes pas au courant de cela ?

Ellery revint au tiroir du secrétaire et en tira une seconde fiche.

— Vous possédez des renseignements sur le chien ? s'écria Laurel.

— Il appartenait à un nommé Henderson, domicilié dans Clybourn Avenue. Henderson est un nain que les studios emploient de temps à autre. Le chien s'appelait Frank, et il disparut le matin de *Décoration Day*[1]. Son propriétaire signala sa disparition à la fourrière, mais ne fournit qu'un signalement très incomplet, et Frank n'était malheureusement pas tatoué. Bref, le cadavre du chien emporté de chez vous, Laurel, par les soins de la fourrière, ne fut pas identifié avant d'être incinéré. Ultérieurement, Henderson reconnut le collier qui lui fut rendu.

» Keats a vu le collier dont Henderson refuse de se séparer pour une raison sentimentale. La petite boîte argentée qui y était attachée a disparu. Henderson

1. Fête commémorative des morts de la guerre tombant le 30 mai.

déclare qu'elle ne lui appartenait pas et qu'il l'a jetée après avoir récupéré le collier de son chien à la fourrière. D'après Keats, le collier en lui-même ne nous apprendrait rien.

» Un employé de la fourrière qui se souvenait de Frank a été interrogé. Selon lui, le chien avait été empoisonné, à l'arsenic probablement. Mais, faute d'autopsie, il ne s'agit là que d'une opinion personnelle, sans valeur réelle. Elle nous permet seulement de supposer que le pauvre animal mangea une pâtée contenant de l'arsenic... Voilà l'histoire du chien mort, Laurel. Vous pouvez l'oublier.

— Je vous aiderai de mon mieux, murmura la jeune fille. Et je vous renouvelle mes excuses, Ellery.

Le détective lui tapota amicalement le dos, et elle sourit.

— Les torts sont de mon côté, mon petit. J'aurais dû vous tenir au courant. A propos, Mac, je voudrais entretenir Laurel d'une question personnelle. Pourriez-vous nous laisser seuls un instant ?

— Elle vous plaît, elle aussi ? grogna le géant en se levant de mauvaise grâce. Mais laissez ma mère en paix, vous m'entendez ? Sinon, gare à vos os ! J'ai les poings durs.

— Ne dites donc pas de bêtises, Mac, intervint vivement Laurel.

— Vous voulez rester seule avec cet individu, Laur ?

— Attendez-moi dans la voiture.

Mac arracha presque la porte d'entrée de ses gonds.

— Mac me rappelle un grand danois, murmura la jeune fille. Immense, honnête, fidèle et un peu obtus.

— A mon sujet ? demanda Ellery. Mais non, il a vu clair. Je trouve Delia Priam très séduisante et ne m'en cache pas.

— Je ne pensais pas à vous. Peu importe, Ellery. Qu'y a-t-il ?

— Au sujet de sa mère, alors ? Vous savez quelque chose sur le compte de Delia, Laurel, et...

— Si vous voulez me questionner sur Delia, je... il m'est impossible de vous répondre. Puis-je aller retrouver Mac, maintenant ?

— Je vous en prie. – La main sur la poignée de la porte, Ellery ajouta : – Keats s'est rendu chez vous aussi, vous savez, Laurel.

Elle leva vivement les yeux.

— Pourquoi ?

— Il a interrogé votre femme de charge, le chauffeur, le valet de chambre.

— Ils n'ont rien dit sur moi !

— Vous avez affaire à un professionnel qui connaît son métier. Vos domestiques ont été amenés à parler sans s'en apercevoir. Voici quelques semaines, vous avez perdu ou égaré une petite boîte en argent, Laurel. Une sorte de bonbonnière.

Elle avait pâli, mais sa voix resta calme.

— Parfaitement.

— D'après la description que Mrs Monk, Simeon et Ichiro en ont donnée – vous leur aviez demandé de la chercher – cette boîte semble correspondre en tout point à celle qui contenait le message adressé à votre père. Keats voulait vous interroger immédiatement à ce sujet, mais je l'en ai dissuadé, sous réserve de le faire moi-même. Etait-ce votre boîte d'argent qui était attachée au collier du chien mort appartenant à Henderson ?

— Je n'en sais rien.

— Pourquoi avez-vous passé sous silence la disparition de votre bonbonnière, peu avant le 2 juin ?

— Parce que le rapprochement est ridicule, voyons ! Plusieurs grands magasins ont vendu le même modèle, il doit y en avoir des milliers en circulation dans Los Angeles. J'avais acheté la mienne à la May Company, pour la donner à papa. Il devait prendre régulièrement certaines pilules, et la bonbonnière ne l'aurait pas gêné, dans son gousset. Mais je l'ai égarée et...

— Est-il possible que ce soit la vôtre ?

— C'est possible, mais...

— Vous n'avez jamais retrouvé celle que vous aviez perdue ?

— Pensez-vous que ce soit la mienne ? demanda Laurel, soucieuse.

— N'anticipons pas. Pour l'instant, je m'efforce simplement de recueillir certains éléments.

Ellery ouvrit la porte et regarda prudemment dehors.

— N'oubliez pas d'assurer à votre admirateur trop bien musclé que je vous rends à lui *virgo intacto*. Je tiens à mes pauvres os.

Il sourit et serra le bout de ses doigts.

Mais il ne souriait plus quand il regarda s'éloigner la voiture qui emportait les jeunes gens.

Ellery descendit et attaqua son dîner refroidi. Un morne silence enveloppait le cottage, le convive solitaire s'entendait mastiquer.

Ah ! Un bruit différent.

Un coup discret, frappé à la porte de la cuisine ?

— Entrez ! dit Ellery, à tout hasard.

Elle !

— Delia, murmura-t-il, debout, tenant toujours couteau et fourchette à la main.

Elle portait un manteau bleu nuit, long et vague, avec un col relevé qui encadrait sa tête.

— J'avais reconnu l'Austin verte et j'attendais dans la cour. Après le départ de Laurel et de... Crowe, j'ai préféré patienter un moment encore. Je n'étais pas certaine que votre gouvernante soit partie.

— Je suis seul.

— Parfait !

— Où est votre voiture, Delia ?

— Je l'ai laissée dans un petit chemin, au bas de la côte, et je suis montée à pied. Quel amour de cuisine, Ellery !

— Silence et discrétion...

— Vous ne m'invitez pas à entrer ?

— Non, répondit Ellery, vissé au sol.

Delia était adossée contre la porte. Son sourire s'effaça, puis refleurit.

— Oh ! ne soyez pas si austère ! Je passais par là et j'ai eu l'idée de venir vous demander où vous en étiez.

— Au sujet de l'affaire ?

— Naturellement.

Elle avait des fossettes. Comment ne les avait-il pas remarquées auparavant ?

— Fâcheuse inspiration, Delia. Hollywood est un trou rempli d'yeux et d'oreilles. Un rien suffit pour démolir la réputation d'une femme.

— Oh ! ça... Naturellement, vous avez raison, continua-t-elle en souriant. J'ai agi comme une sotte. Mais parfois, je...

— Parfois, Delia ?

— Rien. Je m'en vais. Y a-t-il du nouveau ?

— L'histoire de la mort-aux-rats, c'est tout.

— Je croyais réellement que nous avions des souris.

Elle haussa les épaules.

— Bien entendu.

— Bonne nuit, Ellery.

— Bonne nuit, Delia.

Ellery ne proposa pas de l'accompagner jusqu'au bas de la côte, et elle n'en marqua aucune déception.

Il garda longtemps les yeux fixés sur la porte.

Puis il monta et déboucha une bouteille de whisky.

A 3 heures, Ellery renonça au sommeil. Quittant son lit, il alluma une pipe, éteignit l'électricité et s'assit devant sa fenêtre. Quand il tâtonnait dans l'obscurité, la lumière le gênait toujours.

Or il tâtonnait dans de profondes ténèbres.

Certes, l'affaire était un casse-tête. Mais la perplexité est un élément normal, puisqu'elle naît de l'absence de réponse et cesse dès que la solution est trouvée. L'ambiance fantastique où il baignait n'était pas gênante non plus ; tout crime est fantastique en ce sens qu'il représente un fait brutal dont le commun des mortels repousse l'idée... à moins qu'il ne la caresse en rêve. Ici, le rêve de l'ennemi avait mis plus de vingt ans à se réaliser.

Ellery eut un clappement de langue et revint à l'auteur du message.

L'étonnant n'était pas qu'il fît présent de chiens empoisonnés, accompagnés d'étranges billets promettant la mort lente, et d'avertissements symboliques. La singularité résidait dans le fait d'avoir pu nourrir une haine implacable pendant près d'un quart de siècle. Ici, l'on sortait du domaine de la fantaisie pour entrer dans celui de la pathologie.

La fantaisie étant l'opposé des usages reçus, Hollywood pouvait en revendiquer la palme. Ici, un Roger Priam pouvait s'épanouir librement ; ici, parmi les houris qui peuplaient le paradis de Mahomet, une Delia Priam restait l'idéal féminin vers lequel montent tous les désirs ; ici, le sylvain de l'âge atomique (qui, à New York, eût été mis en observation à l'hôpital Bellevue) n'était qu'un objet d'admiration publique auquel les journalistes consacraient volontiers des articles humoristiques.

S'il n'y avait que la fantaisie...

Mais le diable, c'était l'absence de faits.

On se trouvait devant un ennemi surgi du passé. Quel passé ? Point d'interrogation. L'ennemi préparait une série d'avertissements. Lesquels ? Dans l'ordre : un chien crevé, le contenu ignoré d'une petite boîte en carton, une dose d'arsenic calculée pour n'être pas mortelle. Les avertissements suivants étaient encore à venir. Combien y en aurait-il ? *Des avis d'un sens spécial*... Une série, alors, un plan général ? Mais quel pouvait être le rapport entre un chien crevé et une salade de thon saupoudrée d'arsenic ? Si l'on connaissait le contenu de la mystérieuse boîte adressée à Roger Priam, ce serait une aide sérieuse. Oui, mais... Points de suspension. Priam avait probablement détruit le contenu de la boîte. Toutefois il le connaissait. Comment amener Priam à parler ? Il fallait lui arracher son secret.

« C'est la nuit noire, songea Ellery, tirant sur sa pipe. Le plan général ne fait aucun doute, mais comment savoir s'il ne se divise pas en *deux* séries distinctes ? » Si le chien était le premier avertissement symbolique de la série Hill, la suite prévue ne verrait jamais le jour, puisque Hill était mort prématurément. Dans ce cas, le contenu ignoré de la boîte constituerait le premier avertissement de la série Priam, suivi par l'empoisonnement... C'était possible. Il se pouvait parfaitement que les avertissements adressés à Hill et les avertissements adressés à Priam n'aient pas le même sens.

Le mieux, pour l'instant, était d'ignorer le chien mort reçu par Hill et de concentrer son attention sur Priam, en partant de la supposition que le contenu ignoré de la boîte et l'empoisonnement de la salade de thon étaient les deux premiers avertissements d'une série absolument indépendante de l'autre.

Ellery regagna son lit. Il s'endormit en pensant qu'il fallait à tout prix savoir ce que contenait la boîte mystérieuse et que la seule ligne de conduite consistait à attendre le troisième avertissement destiné à Priam.

Mais il rêva de Delia Priam, dans un décor de jungle, lui souriant de toutes ses belles dents.

7

Le dimanche inoubliable où Ellery accourut de bon matin chez les Priam, appelé par Delia, se présenta cinq jours après la tentative d'empoisonnement, deux jours après l'étrange visite de la jeune femme à Ellery. Les récits de Delia, d'Alfred Wallace et du vieux Mr Collier permirent de reconstituer approximativement les faits suivants : levée tôt, Delia s'était rendue à l'église. Elle y allait « irrégulièrement » et, sentant une vive réticence à ce sujet, Ellery se garda d'insister. Il se trouvait devant une femme qui souffrait de ne pouvoir mieux pratiquer sa religion et devait attendre une occasion favorable pour s'échapper de sa prison afin d'aller se prosterner dans une vieille chapelle où le pieux murmure des fidèles la ramenait à son enfance, à ses ancêtres.

Wallace, par contre, s'était levé exceptionnellement tard. Le dimanche, Priam préférait faire la grasse matinée, sans être dérangé ; cette bonne habitude permettait à son secrétaire de dormir jusqu'à 9 heures, puis de s'habiller et de prendre tranquillement son petit déjeuner.

Mr Collier se levait invariablement avec les oiseaux. Ce matin-là, il prit son petit déjeuner avec sa fille et, après le départ de celle-ci pour Los Angeles, il sortit faire sa promenade hygiénique dans les bois. Au retour, il s'arrêta sous le gros chêne et appela son petit-fils ; ne recevant d'autre réponse que le ronflement sonore du dormeur, le vieux monsieur rentra et s'installa dans la bibliothèque pour coller de nouveaux timbres dans son album.

— J'ai roulé ma bosse aux quatre coins du monde, et mon plaisir est de collectionner les timbres des pays que j'ai visités, avait-il dit à Ellery. Voulez-vous voir mes albums ?

Ellery avait décliné cet honneur, étant fort occupé à ce moment-là.

La bibliothèque était située au rez-de-chaussée, en face de l'appartement de Roger Priam. Mr Collier y était entré à 8 heures et quelques, en laissant la porte ouverte. Alfred Wallace, qui descendit une heure plus tard, lui dit bonjour et il pénétra dans la salle à manger sans s'approcher de la porte de Priam.

Servi par Mrs Guittierez, Wallace lut les journaux dominicaux en mangeant. Comme c'était le jour de congé de la femme de chambre et du chauffeur, la maison était exceptionnellement silencieuse et l'on entendait la cuisinière préparer le petit déjeuner de Roger Priam.

Quelques minutes avant 10 heures, Wallace replia soigneusement les journaux et il les remit dans leurs bandes. Son patron aimait à avoir les journaux dès son réveil, et il piquait un accès de rage s'ils ne lui étaient pas présentés intacts.

Avant d'atteindre la porte de Priam, Wallace vit un rai de lumière qui filtrait en dessous.

Il pressa le pas et entra sans frapper.

Passons la parole au vieux Mr Collier :

— L'alerte me fut donnée par le cri de Wallace venant de la chambre de Roger : « Mr Collier ! Mr Collier ! venez ! » J'accourus. Wallace, qui était au téléphone, me lança : « Occupez-vous de Mr Priam ! Voyez s'il n'a pas de mal ! » Wallace était affolé. Comme j'allais au fauteuil de mon gendre – toujours au lit – je l'entendis bredouiller dans l'appareil des mots sans suite parmi lesquels je distinguai : « Police » et « lieutenant Keats ». Priam, en pyjama, était soulevé sur un coude ; il roulait des yeux égarés, sa barbe frémissait, sa bouche était ouverte, mais aucun son n'en sortait. A première vue, il ne souffrait que d'une terreur aiguë. Je l'allongeai et essayai de le rassurer ; mais il était dans un état comateux et gardait les yeux fermés, pour échapper à une vision d'épouvante...

A cet instant, Delia Priam rentra de l'église.

Un cri parti de la porte attira l'attention des deux hommes valides. Plus pâle que son mari, apparemment sur le point de s'évanouir d'une horreur mêlée d'incrédulité, Delia regardait dans la pièce.

— Tous ces... tous ces...

Elle chancela.

— Sortez d'ici, ordonna Wallace.

— Il est mort. Il est mort.

Collier courut à elle.

— Non, non, ma fille. Il en est quitte pour la peur. Monte dans ta chambre. Nous nous occuperons de Roger.

— Il n'est pas mort ? Alors, pourquoi... Comment tous ces...

— Delia.

Le vieux monsieur caressa la main de sa fille.

— Ne touchez à rien. A rien !

— Non, non, mon enfant.

— Tout doit rester *exactement* comme vous l'avez trouvé.

— Oui, oui, mon enfant.

Delia traversa le hall d'un pas chancelant et elle appela Ellery par téléphone.

Ellery arrêta sa Kaiser de location derrière une voiture radio de la police, occupée par un jeune policeman congestionné qui transmettait sur ondes courtes son rapport au bureau central. Son compagnon était apparemment dans la maison.

— Hep ! cria-t-il en sautant de voiture. Où allez-vous ?

— Je suis un ami de la famille. Mrs Priam vient de m'appeler par téléphone. Que s'est-il passé ?

Ellery bouillait intérieurement. Delia avait été d'une incohérence, au téléphone... Le seul mot qu'il eût saisi :

grenaille, laissait la porte ouverte à toutes les hypothèses.

— Je l'ai dit au bureau central et on m'a cru soûl, riposta le policeman énervé. Ça suffit ! Pour qui me prend-on ? Et un dimanche matin pardessus le marché ! J'ai vu pas mal de drôles de choses dans cette ville de loufoques, mais...

— Savez-vous si le lieutenant Keats a été prévenu ?

— Un camarade l'a eu au bout du fil. Il était chez lui et doit être en route actuellement.

Ellery monta le perron quatre à quatre. Blême sous son chapeau qui accompagnait une modeste robe noire, Delia était adossée au mur, à l'autre bout du hall ; Alfred Wallace tenait une de ses mains gantées entre les siennes et lui parlait à l'oreille. Mais le nouvel arrivant ne fit qu'entrevoir cet aparté inattendu : Delia l'avait aperçu ; elle murmura quelques mots à son compagnon, retira sa main et s'avança vivement. Wallace se retourna avec la brusquerie d'un homme surpris et il se hâta à son tour vers la porte, comme s'il craignait de rester seul.

— Ellery.

— Mr Priam n'a pas de mal ?

— Il n'est pas remis de son saisissement.

— On serait ébranlé à moins, murmura Wallace, tapotant d'une main tremblante ses joues avec son mouchoir. Nous ne parvenons pas à remettre Mr Priam d'aplomb, mais le docteur sera ici dans un instant.

Ellery s'avança dans le hall, Delia pendu à son bras. Wallace resta planté là, épongeant toujours son visage défait.

— Vous m'avez bien parlé de grenaille, Delia ?

— Mais non. Je n'ai pas dit grenaille, j'ai dit...

Ellery s'arrêta sur le seuil de la chambre.

Le second policeman de la voiture radio était assis à califourchon sur une chaise, sa casquette en auréole, visiblement abasourdi.

Figé dans son lit, Roger Priam fixait le plafond.

Sur son drap et sa couverture, sur les étagères et dans les casiers de son fauteuil roulant, sur sa machine à écrire, semées sur le tapis et les meubles, le divan de Wallace et les appuis de fenêtres, la cheminée, partout en un mot : des grenouilles.

Des grenouilles et des crapauds.

Par centaines.

Petits crapauds des bois.

Rainettes.

Grosses grenouilles.

Tous les petits cous étaient tordus.

On marchait littéralement sur des cadavres de batraciens.

Ellery resta coi. A ce degré d'absurdité, le rire est dépassé et l'on plonge dans les plus sombres abysses de l'esprit. Apis, un dieu, se dressait au bord du Nil derrière le bœuf sacré, marqué d'un aigle sur le dos et portant l'image d'un scarabée sous la langue. Au-delà de l'absurde, on trouve le tyran de tous les âges : la peur. Au milieu du XXe siècle, elle prenait la forme d'un gigantesque champignon... Alors pourquoi ne revêtirait-elle pas une peau de grenouille ? Jéhovah manifesta son implacable colère contre l'Egypte avec des grenouilles et du sang, des bêtes sauvages, de longues ténèbres, des massacres de premiers-nés... Comment reprocher à Roger Priam d'être glacé d'effroi ? Etant, à sa manière, une sorte de demi-dieu, il comprenait le langage des hôtes de l'Olympe.

Laissant Keats et les policemen visiter la maison, Ellery arpentait le salon en cherchant à rassembler ses idées. Le dernier épisode l'irritait et l'enchantait. Pour le vulgaire cela n'avait ni rime ni raison. Mais Priam trônait dans une salle intérieure du temple. Il *savait* ce que les autres ignoraient. Il connaissait le sens de ce non-sens apparent, il connaissait la nature de ce mystère...

Mais la connaissance ne confère pas toujours la puissance, la certitude n'apporte pas forcément la paix. Dans le cas présent, la connaissance était paralysante, la certitude engendrait la terreur.

Keats le trouva en train de se ronger les ongles sous le portrait du Grand d'Espagne.

— Le docteur est parti, toutes les grenouilles sont ramassées et nous ferions peut-être bien d'examiner la situation ensemble.

— Certainement.

— A votre sens, il s'agit du troisième avertissement adressé à Priam ?

— Oui, Keats.

— Pour moi, c'est de la folie pure et simple, déclara le détective en s'affalant dans un fauteuil monumental.

— Grossière erreur.

— Hein ? Je ne donne pas dans ce genre de loufoquerie, Mr Queen. Même quand je vois ces choses-là de mes yeux, je n'y crois pas. Pourquoi l'assassin (futur et hypothétique) se donnerait-il tant de mal, je vous prie ?

Au ton de Keats, on sentait qu'il eût de beaucoup préféré une honnête balle qui tue son homme sans complication.

— Comment va Priam ?

— Il vivra, mais je retiens ce Dr Voluta ! Nous l'avions apparemment arraché à une belle blonde et il a pris les grenouilles comme une offense personnelle. A peine son malade revenu à lui et endormi, notre Voluta a bondi dans sa voiture.

— Avez-vous parlé à Priam ?

— J'ai parlé à une carpe !

— Vous n'en avez rien tiré ?

— Priam m'a seulement dit qu'une fois réveillé, il avait allumé l'électricité, vu les petites bêtes et perdu la notion de ce qui s'était passé ensuite.

— Aucun commentaire ou début d'explication ?

— Vous ne pensez tout de même pas qu'il connaisse l'explication de ce coup-ci !

— Quelques centaines de grenouilles répandues dans la pièce et jusque sur son lit ne suffisent pas à mettre K.O. quelqu'un comme notre ami Priam, lieutenant. Sa réaction *trop* violente prouve qu'il connaît bel et bien l'explication... D'où sa terreur. Qu'avez-vous découvert ?

— Rien.

— Pas de trace révélant une entrée clandestine dans la maison ?

— Non. Mais c'est normal, ici. Il faut venir de l'Est pour s'enfermer en Californie, Mr Queen. Même un débiteur traqué n'a pas l'idée de se protéger par un tour de clef... Il sait trop bien comment répondre, si on vient l'embêter à domicile ! – Keats fit rouler sa cigarette mâchonnée d'un coin de la bouche à l'autre et se leva brusquement avant d'ajouter : – Le chiendent est que Priam refuse de regarder les choses en face. Empoisonnez-le, il reste songeur. Semez deux cents et quelques cadavres de grenouilles dans sa chambre, il hoche la tête et reste bouche cousue ! Savez-vous ce que je pense ? Je pense que tout ce beau monde, vous et moi exceptés, est bon pour le cabanon !

Ellery tournait en rond, les yeux fixés sur un invisible horizon.

— Bien, dit-il. Le collectionneur de batraciens s'introduisit sans peine, par une porte non verrouillée, en pleine nuit vraisemblablement. Le voici donc dans la chambre de Priam, avec un sac plein de grenouilles et de crapauds morts. Priam dort. Il dort même si profondément que le visiteur peut à loisir semer de deux à trois cents cadavres de grenouilles dans la chambre – dans l'obscurité, naturellement – sans le déranger le moins du monde ! Pouvez-vous expliquer cela, lieutenant ?

— Oui. Priam n'est pas un dormeur ordinaire. Il avait vidé une bouteille hier soir et il était ivre mort.

— Bien, répéta Ellery, reprenant sa promenade interrompue. Revenons-en aux avertissements. N° 1, le contenu ignoré d'une boîte en carton. N° 2, une salade empoisonnée. N° 3, des grenouilles étranglées. Le fait de connaître la nature du premier avertissement nous aiderait certainement.

— A supposer que ce soit une noix de coco frite, serions-nous plus avancés de le savoir ?

— Tout se tient, lieutenant. Nous sommes en présence d'un plan général.

— Je vous écoute, soupira Keats.

— On ne tire pas des grenouilles de son chapeau, n'est-ce pas ? Celles-ci ont un sens caché.

— Entendu. Les grenouilles ont un sens caché, le reste itou... Et après ? Personnellement, je m'en moque ! Si Priam est dingue au point de s'abandonner sans combat à l'ennemi, qu'y puis-je ?

— Il livre un dur combat, à sa manière, déclara Ellery. Appeler à l'aide, accepter même une assistance qui s'offre serait une défaite pour Priam. Il lui faut dominer, être seul maître de sa destinée. Sinon, il perd sa raison de survivre à son infirmité. N'oublions pas que nous avons affaire à un homme cloué dans son fauteuil roulant et ne participant plus à la vie que par sa volonté, Keats. Il dort, dites-vous ?

— Gardé par Wallace, oui. Il m'a lancé des journaux à la tête, quand j'ai proposé d'attacher un policeman à sa personne, et je n'ai même pas réussi à lui faire promettre de fermer dorénavant la porte de sa chambre à clef.

— Où en êtes-vous de l'enquête relative au passé des associés ?

Le détective jeta sa cigarette mâchonnée dans la cheminée et en prit une autre.

— On a l'impression d'arracher des dents gâtées, dit-il lentement. Je n'y comprends rien. Hier, j'ai affecté deux nouveaux types aux recherches et j'attends toujours un premier petit résultat. Soit dit sans offense, j'ai l'impression que nous pataugeons comme les derniers des policemen, Mr Queen. Il faut prendre le taureau par les cornes, obliger Priam à parler. Il connaît toute l'histoire, toutes les réponses, lui ! Priam connaît son ennemi et il sait pourquoi cet individu lui en veut mortellement depuis tant d'années. Alors, à quoi bon...

— Priam sait aussi ce qu'il y avait dans la fameuse boîte, murmura Ellery.

— Parfaitement. J'ai promis au Dr Voluta de laisser son malade tranquille aujourd'hui ; mais, demain, Mr Priam pourrait bien passer un mauvais quart d'heure ! acheva Keats en enfonçant son chapeau sur sa tête.

Un silence de mort régnait dans le hall. Crowe Macgowan s'était élancé à travers bois pour mettre Laurel au courant de l'invasion batracienne. La porte de Priam étant hermétiquement close, Delia avait dû monter dans sa chambre, s'y enfermer et s'étendre sur son lit comme elle l'avait annoncé en se retirant. Elle paraissait souffrante et complètement indifférente à l'état de santé de son mari.

Ellery étouffa un soupir et il allait se résigner à partir – faute de prétexte pour rester, peut-être – quand il pensa à Mr Collier. Il revint donc sur ses pas et ouvrit la porte de la bibliothèque.

Assis devant son bureau, le père de Delia examinait attentivement un timbre à la loupe. Il se leva aussitôt et dit en souriant :

— Entrez, Mr Queen. L'ordre est rétabli, j'espère ?

— Nous sommes débarrassés des grenouilles, c'est déjà ça, répondit Ellery.

Le vieux monsieur hocha la tête.

— La cruauté humaine est sans limite. Ne pourrions-nous concentrer nos instincts meurtriers sur nos semblables ? Mais non, une sombre brute doit apaiser sa soif de destruction sur les *Hyla regilla* les plus inoffensives...

— Comment dites-vous, Mr Collier ?

— *Hyla regilla*. Les grenouilles et les crapauds des bois, monsieur. Pauvres petites bêtes ! Etranglées ! Comment un homme de l'âge de Roger Priam a-t-il pu se rendre malade de frayeur à leur vue ? Je n'y comprends rien.

— Avez-vous une idée de ce que tout ceci peut signifier ? demanda Ellery.

— Certes. C'est l'éternelle histoire qui englobe la corruption et le mal, l'égoïsme et la concupiscence, la violence et la haine. C'est l'histoire des ténébreux secrets, des cœurs secs, du désordre et de la peur. C'est le résultat auquel on arrive à force de mépriser ce que l'on possède et de désirer autre chose. C'est l'aboutissement logique de l'envie et de la suspicion, de la luxure, de l'ivrognerie, des goûts malsains, de l'amour des richesses et du sang frais. C'est l'histoire de l'homme, Mr Queen.

— Merci, dit humblement Ellery.

Et il regagna, tête basse, son cottage.

Le lendemain matin, le lieutenant Keats s'arma de sa trique (au figuré) et il fonça sur l'objectif avec autant d'ardeur que si le sort de Los Angeles dépendait des réponses de Priam. Or il ne résulta rien de cette mémorable entrevue, sinon que Keats finit par voir rouge, employa un vocabulaire non conseillé par les manuels de la police, et battit piteusement en retraite sous le feu de mots plus vigoureux encore, sans parler du bombardement de projectiles variés, dirigé contre Ellery et lui. Dans sa fiévreuse recherche de munitions, le paralytique alla jusqu'à dépouiller son fauteuil roulant de tous ses accessoires.

Priam avait repris du poil de la bête durant la nuit. Ses orbites creuses et un tremblement très accentué prouvaient que tout le terrain perdu n'avait pas été regagné, mais ses yeux lançaient des éclairs significatifs et le tremblement n'affectait que sa sûreté de main, sans diminuer sa force. Il transforma sa chambre en champ de bataille.

Keats avait employé tous les moyens : raisonnement, flatterie, plaisanteries, appels à la fierté personnelle et au sens des responsabilités sociales, ironie, menaces, injures et – finalement – volume du son. Priam ne réagit qu'aux menaces, injures et cris... Et il réagit si bien que le détective, blême de fureur, dut s'avouer battu sur son propre terrain.

Alfred Wallace conserva une belle attitude durant toute la scène : debout près de fauteuil de son employeur, un demi-sourire aux lèvres. Lui aussi avait repris du poil de la bête, à moins qu'il ne possédât la faculté de s'assimiler à son entourage immédiat, comme un caméléon. La veille, Priam était à plat, Wallace de même. Aujourd'hui, Priam était fort, Wallace aussi. Irritant phénomène, mais d'importance secondaire !

Sur le seuil de la chambre, assourdi par la dernière bordée de vociférations, alors même que Wallace refermait la porte, Ellery entrevit une explication toute différente du phénomène en question. Pourquoi ? Parce qu'il eut le temps d'apercevoir un autre homme dans le même fauteuil mécanique. Priam n'était plus le titan furieux d'il y a un instant. La barbe retombée sur sa poitrine, il se cramponnait aux bras de son fauteuil comme à une planche de salut, ses yeux étaient fermés, le mouvement de ses lèvres aurait évoqué l'idée de la prière si cette seule pensée n'eût été blasphématoire.

Wallace claqua la porte sur les talons des indésirables.

— Nous n'avons pas perdu notre temps, Keats, déclara Ellery.

— Vous trouvez ? riposta le détective. Ce démon enchaîné a refusé de dire ce qu'il y avait dans la boîte en carton, il a refusé de nommer son ennemi, il a refusé de dire pourquoi cet ennemi le poursuivait ! Bref, il a refusé de parler, sauf pour nous envoyer au diable et jeter un défi à *l'autre*. « Qu'il vienne, s'il l'ose ! » Alors, Mr Queen, avons-nous avancé d'un pas ?

— Oui.

— Vers quel but ?

— L'effondrement de Priam. Nous venons d'entendre les beuglements d'un taureau perdu dans la nuit, Keats. Notre homme est encore plus démoralisé que je ne pensais. Cette scène a été jouée en notre honneur, et fort bien jouée, dois-je dire, vu le cancer moral qui ronge son auteur.

» La prochaine fois, peut-être, Keats, murmura Ellery. La prochaine fois...

8

Laurel attacha une grande importance aux grenouilles.

— Mac, où iriez-vous chercher des rainettes, s'il vous en fallait ?

— Que ferais-je de rainettes, grands dieux ?

— Vous iriez chez un marchand d'oiseaux, de poissons rouges, etc. !

Macgowan manifesta une profonde admiration.

— Pourquoi de telles idées ne me viennent-elles jamais à l'esprit ? soupira-t-il. Visitons les boutiques spécialisées.

Mais l'entrain de nos détectives amateurs s'effrita peu à peu. Le district urbain de Los Angeles s'étend de Burbank à Long Beach (nord-sud) et de Santa Monica à Monrovia (ouest-est)... soit un territoire composant une centaine de villes, plus trente-six cités incorporées, qui possèdent chacune bon nombre de boutiques d'animaux ! Au terme d'une interminable journée, il apparut que l'agence privée Hill et Macgowan s'était assignée une tâche digne du noble but poursuivi, mais qui peut-être surpassait quelque peu leurs possibilités à tous deux.

— A ce train-là, nous y serons encore à Noël, dit Laurel, découragée, comme Mac et elle visitaient De Luxe Steerburgers au cours d'une incursion dans Beverly Hills.

— Abandonnez la partie si vous voulez, grogna Crowe. Quant à moi, je ne calerai pas devant deux cents grenouilles ! Je continuerai seul demain.

— Caler, moi ? s'écria Laurel. J'allais dire que nous avons agi comme les amateurs que nous sommes, mon cher. Partageons-nous la liste et demain allons chacun de notre côté. Ainsi nous battrons le double de terrain dans le même temps.

— Quel trait de génie ! Entendu, Sherlock. Et maintenant, allons dîner. Je connais un petit restaurant...

Le lendemain, nos détectives se retrouvèrent comme convenu, à 18 h 30, au parc à autos de Grauman's Chinese.

Macgowan était déprimé.

— Rien ! annonça-t-il. Rien, et j'ai encore une liste longue comme le bras. Et vous ?

— J'ai eu un faux espoir, soupira Laurel. Une commande de grenouilles chez un marchand d'Encino... J'ai bondi chez le client et me suis trouvée devant un acteur de cinéma qui avait acheté deux douzaines de rainettes pour son bassin en rocaille. Je n'ai récolté pour ma peine qu'un autographe que je n'avais pas demandé et un rendez-vous que j'ai refusé.

— Le nom de ce salaud ?

— Nous n'avons pas de temps à perdre. Puisque nous sommes dans le voisinage, je propose d'aller chez Ellery.

— Pourquoi ?

— Peut-être aura-t-il une idée à nous suggérer.

— Il s'agit de recevoir des directives du maître, hein ? Ne comptez pas sur moi pour lui lécher les bottes, mais allons-y !

Crowe se faisait déjà les poings sur la porte d'Ellery quand Laurel descendit de son Austin.

— Ouvrez, Queen ! Quelle idée de s'enfermer !

— Mac ? questionna Ellery de l'intérieur.

— Et Laurel, ajouta Laurel d'une voix suave.

— Un instant...

Quand il ouvrit enfin la porte d'entrée, Ellery apparut avec des paupières gonflées et un costume froissé.

— Je faisais un somme, et Mrs Williams a dû partir. Entrez. Diable ! Vous avez l'air harassés par une dure journée de labeur !

— Y a-t-il de quoi se rafraîchir dans cette oasis ? demanda Macgowan.

— Puis-je utiliser votre salle de bains, Ellery ?

Laurel s'avança vers la porte de la chambre, qui était fermée.

— Elle est tellement en désordre, Laurel... Mais vous avez le lavabo du rez-de-chaussée, au pied de l'escalier. Servez-vous, Mac.

Quand Laurel remonta dans le living-room, elle trouva son assistant en train de montrer leur liste à Ellery.

— Deux jours de travail et chou blanc ! grommelait Crowe.

— Vous avez certainement couvert beaucoup de terrain, mes amis. Le bar est à votre disposition, Laurel.

— Merci.

— Qui aurait pensé que ce serait si difficile ? continua Mac, son verre à la main. Les grenouilles ne sont pas un article courant, que diable ! Les boutiques d'animaux vendent des canaris, des bengalis, des perruches et des perroquets à la douzaine. Commerce très actif de chiens, chats, poissons d'aquarium, singes, coqs d'Inde, tortues, etc. Les serpents ont également leurs amateurs et je sais maintenant où acheter un éléphant à bon compte. Mais les grenouilles n'existent pour ainsi dire pas, et on passe pour un piqué quand on parle de crapauds.

— Où nous sommes-nous trompés ? demanda Laurel, perchée sur le bras du fauteuil de Crowe.

— Vous avez péché par étourderie. Oui, on peut acheter des grenouilles. Mais si l'on en veut une grosse quantité, il faut les commander, et toute commande chez un marchand laisse des traces. Or nous n'avons pas affaire à un idiot, mes amis. Vous êtes-vous renseignés auprès du service des Eaux et Forêts ?

Nos amateurs écarquillèrent les yeux, et Ellery continua, avec un sourire :

— Si vous l'aviez fait, vous auriez appris que presque toutes les grenouilles semées dans la chambre de Priam appartiennent à une espèce appelée *Hyla regilla*, laquelle est très répandue par ici. Donc, le meilleur moyen de se procurer discrètement une grosse quantité de rainettes et de petits crapauds consiste à les chasser soi-même.

— Deux journées entières ! grogna Macgowan, vidant son verre.

— Par ma faute, Mac, dit humblement Laurel. Bah ! c'est de l'expérience acquise pour la prochaine fois.

— La prochaine fois, il n'utilisera pas des grenouilles !

— Mac, dit Ellery, tapotant ses dents avec le tuyau de sa pipe. J'ai pensé à votre grand-père.

— Vraiment ?

— C'est un homme intéressant.

— Et un chic type ! Pour ne jamais se trouver sur le chemin de personne, grand-père n'a pas son pareil.

— Depuis combien de temps vit-il avec les Priam ?

— Depuis quelques années. Quand il a dû cesser de rouler sa bosse de par le monde, à cause de son âge, il est revenu auprès de Delia. Pourquoi vous intéressez-vous tant à mon grand-père ?

— Est-il très attaché à votre mère ?

— Si Delia était Dieu, bon-papa irait à l'église, voilà, répondit Crowe, louchant vers son verre vide. Il l'adore au point de supporter le voisinage de Roger. Quant à moi, je suis loin d'adorer ce genre de questions, Queen. Parlons de quelqu'un d'autre, si vous le voulez bien.

— Vous n'aimez pas votre grand-père, Mac ?

— Si ! Changez de sujet, je vous prie.

— Il collectionne des timbres-poste, continua Ellery, songeur. Quand un homme de l'âge de Mr Collier se laisse aller aux marottes, il les cumule généralement. Quels autres passe-temps votre grand-père a-t-il, Mac ?

Crowe posa brutalement son verre sur la table.

— N'espérez pas m'arracher un mot de plus à ce sujet ! Vous venez, Laurel ?

— Pourquoi jeter feu et flammes, Mac ?

— Pourquoi m'assaillir de questions au sujet de bon-papa ?

— Faute de mieux, je réfléchis et je tâtonne.

— Tâtonnez dans une autre direction !

— Non, déclara Ellery. Il faut chercher dans toutes les directions ou changer de métier. Mr Collier connaissait le nom scientifique des rainettes, ce qui permet de supposer qu'il s'était documenté sur la question, et cela m'amène à demander : votre grand-père aurait-il collectionné des grenouilles durant ses longues promenades dans les bois ?

Macgowan avait pâli et ses traits s'étaient contractés.

— Je n'en sais rien.

— Il y a un clapier près de la maison, Mac, murmura Laurel. Nous pourrions regarder dedans.

— Pour qui me prenez-vous ? gronda Macgowan, les poings menaçants. Admettons que grand-père ramasse des grenouilles... Et après ? C'est son droit, et vous avez dit vous-même que les rainettes abondent par ici !

— Parfaitement, parfaitement, fit Ellery pour le calmer. Prenez un autre verre, Mac. Le vieux monsieur m'a conquis, moi aussi. A propos, Laurel...

— Dois-je m'attendre au pire ?

— Mes pensées se sont arrêtées sur vous aussi, répondit Ellery, souriant. La première fois que vous êtes venue me voir, vous m'avez dit que vous étiez la fille adoptive de Leander Hill, et que vous n'aviez gardé aucun souvenir de votre mère, n'est-ce pas ?

— Oui.

— Vous ne savez absolument rien de vos véritables parents ?

— Non.

— Je regrette d'insister sur un sujet qui peut vous peiner...

— Sale fouinard ! Ignoble...

Laurel interrompit cette explosion avec un courageux sourire.

— Vous ne me peinez pas, Ellery. Mais j'ignore tous de mes origines. Je suis, à la lettre, un bébé abandonné sur un pas-de-porte. Papa n'avait pas le droit de me garder... Mais il le prit, engagea une nurse, et attendit plus d'un an avant de me déclarer. Ses ennuis commencèrent aussitôt. Les autorités m'enlevèrent à lui, et mon cas donna lieu à d'interminables discussions juridiques. Enfin, le mystère de ma naissance subsistant et personne ne m'ayant réclamée, papa gagna son procès et reçut l'autorisation de m'adopter légalement. Je ne me rappelle rien de tout cela, naturellement, mais je sais que papa continua pendant des années à faire rechercher mes parents. Il redouta longtemps que quelqu'un vînt un beau jour me réclamer... Mais ses craintes restèrent vaines et il put garder l'enfant abandonnée. Telle est mon histoire.

— Merci, Laurel, murmura Ellery. J'ai insisté parce que l'idée m'est venue que toute l'affaire – les circonstances entourant le décès de votre père adoptif et les menaces dirigées contre Roger Priam – pouvait se rattacher d'une façon quelconque à votre passé.

Laurel écarquilla les yeux.

— Comment cela, chef ? demanda ironiquement Macgowan. Je salue ce tour de force d'un grand détective, mais j'aimerais avoir des éclaircissements.

— Ce n'est qu'une supposition, et je vous la donne pour ce qu'elle vaut, répondit Ellery avec un haussement d'épaules. Mais votre passé peut entrer dans le problème, Laurel, même si mon hypothèse est fausse, ce qui est fort possible. Votre volonté d'aller jusqu'au fond des choses, votre soif de vengeance...

— Qu'y a-t-il de mal à cela ? l'interrompit vivement la jeune fille.

— Une certaine exagération de sentiments. Non, Laurel, ne vous fâchez pas. J'ai l'impression que cette volonté, ce désir de vengeance ne sont pas dans votre caractère.

— C'est la première fois que je perds mon père !

— Naturellement. Mais...

— Vous ne me connaissez pas.

— C'est vrai. Mais comment savoir si la force qui vous anime est le désir de venger votre père adoptif ou l'espoir inconscient d'éclaircir d'une façon quelconque le mystère de votre passé par la découverte de l'assassin ?

— Je n'avais pas pensé à ça, murmura Laurel. – Elle réfléchit un moment, le menton dans la main. Puis, secouant la tête, elle acheva : – Non, vous faites fausse route, Ellery. J'aimerais savoir qui je suis, d'où je viens, et ainsi de suite ; mais la question ne me pèse pas réellement sur le cœur. Mes parents, si je les retrouvais, seraient des étrangers pour moi, et tous mes souvenirs sont ici. J'aimais papa comme un père. C'était mon père. Et je veux – sans arrière-pensée – que soit puni le responsable de la crise cardiaque qui me l'a ravi.

Après le départ de ses visiteurs, Ellery ouvrit la porte de sa chambre.

— Fin d'alerte, Delia ! annonça-t-il.

— Je croyais qu'ils ne s'en iraient jamais !

— Par ma faute, dois-je dire.

— Vous vouliez me punir de m'être cachée ?

— Peut-être.

— Votre chambre me plaît, dit lentement Delia, assise sur le lit. J'aime ces meubles clairs.

Elle avait gardé son chapeau et ses gants, et Ellery aurait juré qu'elle était restée là, l'esprit dans le vague, depuis l'arrivée inopinée de Laurel et de Mac. Avec Delia, tout demeurait vague... à commencer par la raison pour laquelle elle était sortie : une visite en ville, dans un cercle où le chapeau et les gants sont de rigueur.

— Pourquoi avez-vous éprouvé le besoin de vous cacher, Delia ?

— C'était le meilleur moyen d'éviter des explications, des mensonges, une scène possible. J'ai horreur des scènes.

La maison semblait l'intéresser beaucoup plus qu'Ellery.

— ... Un homme seul ! J'ai peine à m'imaginer cette vie d'ermite.

— Pourquoi êtes-vous revenue ?

— Le sais-je ? Peut-être avais-je envie de vous revoir, malgré votre réception de l'autre soir ? Celle-ci ne vaut guère mieux, d'ailleurs. Sans être très intelligente, je commence à penser que je vous déplais.

— Quand avez-vous cru le contraire ? demanda brutalement Ellery.

— Oh ! Lors de nos deux première rencontres.

— Ne revenons pas là-dessus, Delia. Devant vous, tout homme normal se métamorphose en coq, voilà !

— Ah ! Ah ! Faut-il conclure de votre attitude actuelle que cette ardeur de coq est passée ?

— Je me ferai un plaisir de répondre à cette question dans le living-room.

Elle se leva du lit.

— Je vous dispense de répondre, dans votre living-room ou ailleurs, mon cher, dit-elle en le frôlant au passage.

Puis, comme Ellery refermait la porte de la chambre, elle se retourna pour ajouter doucement :

— Ai-je le malheur de vous déplaire réellement ?

— Vous me plaisez beaucoup, Delia. Voilà pourquoi il ne faut pas revenir ici.

— Mais vous m'avez dit, à côté...

— Il le fallait bien, *à côté*.

Avait-elle compris ? On n'aurait pu le jurer à son signe de tête. Ignorant un miroir, la jolie femme s'approcha du bureau et caressa une pipe du bout des doigts.

Fixant ses gants transparents, Ellery fit un effort.

— Delia...

— La solitude ne vous pèse jamais ? murmura-t-elle. Pour ma part, j'en souffre à crier, j'en meurs à petit feu... Personne à qui parler, à qui se confier ! Les femmes me haïssent. Les hommes... ceux qui s'intéressent à moi, veux-je dire... Suis-je bête à ce point ? Est-ce ma sottise qui me prive d'un ami ? Répondez !

Le premier effort n'était rien en comparaison de celui qu'Ellery dut fournir pour dire entre ses dents :

— Rentrez chez vous, Delia. Il le faut.

— Pourquoi ?

— Parce que vous êtes esseulée et enchaînée à un mari paralysé. Parce que je ne suis pas un salaud et que vous n'êtes pas une traînée, Delia. Telles sont les raisons, et je crains de les oublier toutes quatre si vous vous attardez ici.

Elle lui lança une gifle à lui arracher la tête.

Brutalement projeté contre le mur, Ellery la vit dans un brouillard gagner la porte.

— Je regrette, dit-elle d'un ton pathétique. Vous êtes un imbécile, et je regrette d'être venue. C'est la dernière fois.

Ellery la suivit des yeux jusqu'au moment où elle se perdit dans la brume du soir.

Au cours de la nuit passée devant sa fenêtre panoramique, il vida presque une bouteille de whisky. Le rideau de brume s'était épaissi et l'on n'y voyait goutte. C'était le chaos, rien ne signifiait rien.

Mais Ellery se sentait désintoxiqué, à l'abri d'une rechute et noblement valeureux.

9

D'après les journaux, il fallait remonter de quarante-trois ans en arrière, dans les annales météorologiques de Los Angeles, pour trouver un 29 juin aussi torride que celui-ci.

Mais Ellery, promenant son veston de lainage sur Hollywood Boulevard, sentait à peine la brûlure du soleil. Il vivait dans un rêve, ces temps-ci : un rêve décevant au possible, puisqu'il consistait à chasser les pièces d'un énorme puzzle cubiste, qui tourbillonnaient dans un paysage hallucinant.

Keats venait d'annoncer par téléphone qu'il était prêt à donner le résultat de l'enquête relative au passé de Hill et de Priam. Il était temps !

Ellery passa devant la poste avant de tourner dans Wilcox Avenue.

On pouvait naviguer à l'aveuglette pendant un certain nombre d'heures ou de jours. Puis venait le moment où il fallait trouver une boussole et une carte lisible, sous peine de devenir fou.

Oui, il était temps de mettre la main sur une boussole et une carte.

Keats avait sa cravate dénouée et les cheveux hérissés.

— Je croyais que vous n'arriveriez jamais ! s'écria-t-il.

— Je suis venu à pied, répondit Ellery en s'asseyant. Alors ?

Keats ôta des brins de tabac collés à ses lèvres.

— Satanées cigarettes ! Elles sont de plus en plus mal roulées. Qu'attendez-vous de moi, Mr Queen ?

— Des renseignements, parbleu !

— Je n'en ai pas une miette à vous offrir.

— Comment ! Vous n'avez *rien* trouvé ?

— *Rien* avant 1927, date à laquelle Hill et Priam montèrent leur affaire de joaillerie à Los Angeles. Ils venaient certainement d'ailleurs... D'où ? Mystère. Nous avons épuisé toutes les sources de renseignements allant de la recette principale de la perception au bureau central du service anthropométrique... Rien, je le répète. Ils n'étaient pas connus par la police de Californie, et j'ai lieu de penser qu'ils étaient exempts d'antécédents judiciaires.

» Les associés édifièrent en deux ans une fortune qui leur permit de surmonter la crise de 1929. Aujourd'hui, la firme Hill et Priam passe pour posséder un des plus gros stocks de pierres précieuses des Etats-Unis. Cela nous fait une belle jambe, n'est-ce pas ?

— Mais deux hommes tombés de la lune ne montent pas du soir au matin un commerce de joaillerie en gros, voyons ! protesta Ellery.

— Leurs noms ne figurent dans aucun annuaire professionnel antérieur à 1927.

— Laurel m'a parlé de succursales à Amsterdam et en Afrique du Sud. Hill, du moins, devait se rendre de temps en temps à l'étranger, pour visiter ses succursales. Cela signifie : passeport, extrait de naissance et que sais-je encore ?

— C'était mon as d'atout, soupira Keats en collant une nouvelle cigarette à ses lèvres. Or, renseignements pris, la firme Hill et Priam ne possède qu'une succursale proprement dite, ouverte à New York en 1929. Priam la dirigea pendant quelques années, pour former le personnel ; puis il la confia à un directeur – qui est toujours en place –, revint ici et épousa Delia Collier-Macgowan. A l'étranger, la firme Hill et Priam n'a que des agences ou, plus exactement, des accords commerciaux avec des sociétés indépendantes dans lesquelles elle possède de gros intérêts. Il n'existe aucune trace d'un voyage hors du territoire américain effectué par Hill ou Priam au cours des vingt-trois dernières années. Depuis l'attaque de paralysie de son associé, Hill se rendait périodiquement à New York pour les besoins de la succursale.

— Priam ne s'est jamais vu obligé de produire un extrait de naissance ?

— Non. Il n'a jamais voté, par exemple. On pourrait évidemment le contraindre à prouver sa nationalité américaine, l'obliger à révéler son lieu de naissance, et ainsi de suite... Mais ce biais demanderait trop de temps, je le crains.

— La guerre...

— Priam et Hill avaient passé l'âge de la conscription quand l'Amérique entra dans la Seconde Guerre mondiale.

En ce qui concerne la Première, les recherches entreprises sont restées infructueuses : leurs noms ne figurent sur aucune liste d'enrôlement.

— Vous commencez à m'énerver, lieutenant. Leander Hill n'avait pas contracté d'assurances ?

— Avant 1927, non. Celles qu'il contracta ultérieurement portent Chicago comme ville natale. Or le nom de Leander Hill ne figure sur aucun registre d'état civil de l'Illinois. Priam n'a pas d'assurance personnelle, et l'assurance commerciale de la firme ne nous apprend naturellement rien.

» En d'autres termes, il apparaît que les deux hommes effacèrent volontairement toute trace du passé quand ils débarquèrent à Los Angeles, conclut Keats.

— Ce qui revient à dire que Leander Hill et Roger Priam n'existaient pas avant 1927, murmura Ellery. Hill et Priam sont des faux noms.

— Parfaitement.

Ellery gagna la fenêtre. Au bout d'un moment, il se retourna pour demander :

— La paralysie de Priam...

Son interlocuteur l'interrompit avec un sourire.

— J'ai un volumineux dossier à ce sujet, émanant de plusieurs sommités médicales américaines. Rien de louche de ce côté-là, Mr Queen, sinon que les spécialistes consultés ne purent jamais obtenir de Priam un renseignement quelconque sur ses antécédents médicaux.

— Votre conscience professionnelle est digne de tous les éloges, Keats. Mais je n'ai pas le cœur d'applaudir. Apprenez-moi maintenant que vous n'avez rien trouvé sur le compte d'Alfred Wallace, et je vous couronnerai roi des détectives !

Keats prit un encrier et le tendit à Ellery.

— Couronnez-moi !

— Quoi ! Rien sur Wallace non plus ?

— Le passé connu de Mr Alfred Wallace est plus récent encore. Il date de son entrée au service de Roger Priam, voici un peu plus d'un an.

— Mais c'est impossible, voyons ! Un, oui. Deux, passe encore. Mais trois, dans une même affaire !

— Je crois pouvoir avancer que Wallace n'est pas de Los Angeles. A part ça, je ne sais rien et fais poursuivre les recherches.

— Un an ! C'est incroyable.

— Je sais, dit Keats, souriant sans dommage pour sa cigarette collée au coin de la bouche, vous pensez : « Que suis-je venu faire dans ce pays de fous ? » Eh bien, Mr Queen, je vous ai ménagé une surprise, à titre de petite compensation. Voulez-vous entendre Mr Wallace, en chair et en os ? Je ne lui ai pas encore parlé.

— Il est ici ?

— Notre homme attend dans l'antichambre, avec un policeman pour le distraire. Ma convocation a revêtu la forme d'une invitation courtoise, et elle n'a pas paru l'ennuyer.

Ellery attira une chaise dans un coin sombre du bureau.

— Je suis prêt, dit-il, une fois assis.

Alfred Wallace semblait être insensible à la chaleur qui accablait le commun des mortels. Il tenait son chapeau à la main, ses cheveux ondulaient comme des vagues écumeuses et un petit aster rouge à la boutonnière complétait sa tenue impeccable.

— Ah ! Mr Queen, dit-il en souriant. C'est donc à vous que je dois d'avoir attendu plus d'une heure ?

— Je le crains, répondit Ellery sans se lever.

Keats montra plus de politesse.

— Excusez-moi à ce sujet, Mr Wallace. Prenez donc cette chaise... On n'est malheureusement pas toujours libre de son temps au cours d'une enquête criminelle.

— D'une enquête qui peut se révéler criminelle, voulez-vous dire, lieutenant ? Ou bien un fait nouveau serait-il intervenu ?

Wallace s'était assis, les jambes croisées, son chapeau bien posé sur un genou.

— Vous pouvez sans doute nous éclairer en répondant à quelques questions, Mr Wallace.

— Moi ? Est-ce la raison pour laquelle vous m'avez fait asseoir dans un rayon de soleil ? demanda l'autre, amusé.

Keats baissa le store.

— Merci, lieutenant. Je répondrai bien volontiers à toutes les questions que vous aurez à me poser. Dans la mesure de mes moyens, naturellement.

— Celle-ci ne devrait pas vous embarrasser, Mr Wallace. D'où venez-vous ?

— Oh ! Pas de chance, lieutenant. Voilà précisément le genre de questions auxquelles je suis incapable de répondre.

— C'est un refus ?

— Nullement. C'est un cas de force majeure, une impossibilité.

— Vous ne savez pas d'où vous venez, hein ?

— Très exactement.

— Si Mr Wallace adopte cette attitude, autant en rester là, dit Ellery dans son coin.

— Vous n'y êtes pas, Mr Queen, je suis de bonne foi, déclara Wallace sur le ton de la sincérité. Je ne puis dire d'où je viens, messieurs, pour la bonne raison que je l'ignore moi-même. Vous avez devant vous un de ces cas dont les journaux parlent volontiers... Je suis une victime de l'amnésie cérébrale.

Keats échangea un regard avec Ellery. Puis il se leva.

— Bien, Wallace. Ce sera tout pour aujourd'hui.

— Mais non, lieutenant ! proposa l'autre. Maintenant que la question est soulevée, je tiens à vous apporter mes preuves. Notez, je vous en prie. J'insiste pour que ce que vous allez entendre prenne la forme d'une déclaration officielle.

Keats ouvrit un carnet de sténo. Il était devenu très attentif, avec une nuance d'admiration.

— Le 16 janvier de l'année dernière – voici dix-huit mois environ – je me trouvais au coin d'une rue de Las Vegas, Nevada, commença posément Wallace. Je ne savais qui j'étais, d'où je venais, comment je me trouvais là, en piteux état physique, sale, vêtu de hardes qui ne m'allaient pas. Rien dans mes poches, ni portefeuille, ni pièce d'identité, ni menue monnaie... en un mot, *rien*. Fichue situation, vous en conviendrez ! Je m'adressai à un policeman qui m'emmena au poste de police où je fus interrogé, puis examiné par un médecin : le Dr James V. Cutbill, demeurant 515, North Fifth Street, à Las Vegas. Vous avez noté le nom et l'adresse, lieutenant ?

» Le Dr Cutbill jugea que j'étais un homme d'au moins cinquante ans, de bonne éducation, en parfaite condition physique, mais souffrant apparemment d'amnésie cérébrale. Mon élocution et mon accent correspondaient à ceux d'un Américain du Nord, mais je ne portais sur le corps aucune cicatrice chirurgicale ou autre marque distinctive. Enfant, j'avais dû être opéré des végétations et des amygdales (ce qui ne fournissait aucune indication, naturellement) ; mes dents étaient bien soignées, mais – là encore – il n'y avait aucun travail de prothèse marquant. Ma photo et mon signalement furent transmis par la police de Las Vegas à tous les bureaux des personnes recherchées des Etats-Unis. Ces pièces doivent figurer dans les archives de Los Angeles, lieutenant.

— Je vérifierai ça, et bien d'autres choses encore, grogna Keats, les joues enflammées.

— Je m'en rapporte à vous, répondit Wallace, souriant. La police de Las Vegas me procura des vêtements convenables et une place de garçon dans un modeste hôtel (n° 711, sur la route 91, à la sortie de Las Vegas), lieutenant. J'y travaillai environ un mois, nourri et logé, économisant mes quelques dollars de salaire hebdomadaire. Quand la police m'apprit qu'aucun individu répondant à mon signalement n'était recherché d'un bout à l'autre du territoire américain, je quittai mon emploi et pris la route de Californie.

» En avril de l'année dernière, je me trouvai à Los Angeles, hébergé au Y.C.A. de South Hope Street – comment mon nom n'a-t-il pas été relevé sur le registre de l'œuvre, lieutenant ? C'est assez surprenant, à moins que mes antécédents ne vous aient pas intéressé jusqu'ici ? – et je cherchai un emploi dans mes cordes. Mes connaissances en sténodactylo et en comptabilité montraient que j'avais reçu une certaine formation commerciale, en complément d'une instruction assez étendue, et cela me permit de répondre à une annonce qui recherchait un secrétaire-infirmier pour un homme d'affaires impotent. Je racontai toute mon histoire à Mr Priam, comme je viens de vous la raconter, il vérifia mes dires et m'engagea pour un mois, à l'essai… J'y suis toujours.

— Priam vous a pris sans références ?

— Il avait vu défiler plusieurs secrétaires en quelques années, et il se pique de juger les gens sur leur mine. Tant mieux pour moi, d'ailleurs, car je ne suis pas encore certain de connaître parfaitement mon propre caractère.

Ellery alluma une cigarette. Wallace fixa la petite flamme de l'allumette, et sourit quand le fumeur la souffla.

— Comment avez-vous pris le nom d'Alfred Wallace si vous aviez perdu tout souvenir de votre passé ? demanda Ellery.

— Je l'ai inventé, Mr Queen. Ce sont des noms très simples et qui sonnent bien, à mon humble avis. Allez-vous vérifier mon histoire, lieutenant Keats ?

— Assurément. Et je sais d'avance que tout « collera » à merveille : dates, noms, lieux, etc. Le malheur est que tout cela est une vaste blague, Wallace. Je le sens dans la moelle de mes os. Pas vous, Mr Queen ?

— Le médecin de Las Vegas a-t-il recouru à l'hypnose ? demanda Ellery à l'amnésique, toujours souriant.

— A l'hypnose ? Non, monsieur. C'était un docteur de médecine générale.

— Vous n'avez pas consulté un spécialiste depuis ?

— Non.

— Verriez-vous un inconvénient à vous laisser examiner par un spécialiste… un psychiatre que le lieutenant Keats vous indiquerait, par exemple ?

— Oui, Mr Queen. Au fond, je ne tiens pas tant que ça à savoir qui je suis en réalité. Risquer d'apprendre que je suis un voleur évadé de prison, ou que j'ai quelque part une femme moche et une couvée d'enfants idiots ! Non, merci ! Mon sort actuel me convient parfaitement. Roger Priam n'est pas le patron rêvé, certes, mais la générosité étant une de ses rares qualités, je suis très bien payé et princièrement logé. La grosse Mrs Guittierez est excellente cuisinière et, sous le rapport du service, je n'ai pas à me plaindre de la femme de chambre, bien que cette vierge rébarbative m'ait pris en grippe. Enfin, ma situation résout fort heureusement la question de ma vie sexuelle… Oh ! j'ai eu la langue trop longue ! Je compte sur vous, messieurs, pour oublier ce que vous venez d'entendre.

Keats était debout, Ellery s'écria malgré lui :

— Qu'entendez-vous au juste par là, Wallace ?

— Un gentleman se doit de glisser sur un sujet aussi délicat, Mr Queen.

— Un gentleman aurait évité ce genre de confidence. Je répète ma question, Wallace : en quoi votre poste auprès de Priam comporte-t-il des avantages sexuels ?

Wallace prit un air malheureux et en appela à Keats.

— Suis-je obligé de répondre, lieutenant ?

— Vous n'êtes forcé de répondre à aucune question, Wallace, et vous auriez pu éviter celle-ci en n'amenant pas le sujet sur le tapis. Personnellement, je me moque de votre vie sexuelle, à moins qu'elle n'ait un rapport quelconque avec l'affaire. Dans ce cas, vous feriez mieux de répondre.

— Ce rapport n'existe pas. Comment pourrait-il en être autrement ?

— Comment pourrais-je le savoir ?

— Répondez, dit doucement Ellery.

— Mr Queen paraît plus intéressé que vous, lieutenant.

— Répondez.

— Bien. Mais vous témoignerez des efforts que j'ai déployés en vue de ménager la dame intéressée, lieutenant. Mr Queen, poursuivit Wallace, en plantant un regard amusé dans celui d'Ellery, j'ai l'inestimable faveur de coucher avec la femme de mon patron. La chair étant faible, et Mrs Priam étant exceptionnellement désirable, je partage sa couche plusieurs fois par semaine, depuis près d'un an. Êtes-vous satisfait ?

Keats se trouva brusquement pris entre les deux hommes.

— Votre présence n'est pas nécessaire, Queen, murmura-t-il. Sortez donc...

— Pourquoi sortirais-je ?

Keats hésita. Puis il s'écarta, et Ellery dit distinctement :

— Vous mentez, Wallace. Sachant qu'un honnête homme ne peut poser certaines questions à une honnête femme, vous croyez pouvoir mentir impunément. Eh bien, vous allez voir ! Passez-moi le téléphone, Keats.

Ellery parlait contre sa pensée. L'histoire de l'amnésie n'était que superficiellement vraie : Wallace avait fait peau neuve en prenant la police et un médiocre médecin de Las Vegas pour complices involontaires de sa supercherie. Mais ce dernier point était vrai, foncièrement vrai. Ah ! pouvoir étrangler l'individu au sourire glacé qui restait piqué sur sa chaise et disait l'odieuse vérité !

— Je ne vois pas à quoi ça servirait, dit Keats. Elle ne pourrait que nier, ce qui ne prouverait rien.

— Il ment, Keats.

— Je suis heureux de vous voir prendre cette attitude, Mr Queen, déclara Wallace avec une pointe de moquerie. Mais oui, je mens. Puis-je me retirer, lieutenant ?

— Non, Wallace. Maintenant que c'est sorti, je veux aller au fond des choses. Vous cocufiez Priam depuis près d'un an, dites-vous. Delia Priam vous aime-t-elle ?

— Je ne crois pas, répondit l'autre. Je pense que, pour Delia comme pour moi, nos rapports sont question de commodité.

— Mais ils ont cessé depuis un moment, n'est-ce pas ? demanda Keats, troquant le ton officiel contre celui de la camaraderie masculine. C'est une histoire finie.

— Finie ? Mais non, voyons ! Elle continue.

— Félicitations, Wallace. Manger le pain d'un homme, boire son vin, accepter son argent et coucher avec sa femme, tandis qu'il est cloué sur son fauteuil roulant, à l'étage au-dessous ! Joli rôle ! Tromper la confiance d'un infirme qui ne pourrait vous donner la correction méritée, même s'il savait ce qui se passe chez lui !

— Me suis-je donc mal expliqué ? demanda Wallace en souriant. Priam est au courant, lieutenant. En y regardant bien, je crois même pouvoir affirmer qu'il avait tout combiné à l'avance.

— *Quoi ?*

— Du moment que vous vous ingéniez à sauver la vie à Priam, je vais essayer de vous éclairer sur le personnage, messieurs. Je le connaissais imparfaitement quand tout commença avec Delia, et je pris naturellement les précautions indiquées. Mais Delia me rit au nez. Elle me dit que son mari *savait*, et qu'il l'avait voulu ainsi, dans son for intérieur.

» Je n'en crus rien de prime abord, continua modestement Wallace. Puis je commençai à remarquer certains détails : un coup d'œil, la façon dont Priam nous ménageait des tête-à-tête, et ainsi de suite. Ces observations m'ayant amené à me renseigner discrètement, j'appris que mon patron n'avait jamais pris pour secrétaires que des hommes à l'aspect très viril. Je me souvins alors des questions qu'il m'avait posées quand je m'étais présenté, de son regard qui me détaillait comme si j'étais un cheval à vendre.

Wallace prit un cigare dans sa poche et l'alluma. Tirant dessus avec satisfaction, il continua :

— Franchement, je n'ai jamais osé poser ouvertement la question à Delia. Mais, à moins que je ne m'abuse (ce qui m'étonnerait), mes prédécesseurs ont tous cumulé les deux fonctions, depuis dix ans. Cela explique le fréquent changement de secrétaires. Certains types n'ont pas le tempérament que leur physique laisse supposer, d'autres sont pris de scrupules... Mais le fait demeure : Priam a engagé des hommes capables de servir en même temps le maître et la maîtresse de maison.

— Faites-le sortir, Keats ! voulut dire Ellery, mais sa gorge contractée ne laissa passer aucun son.

Wallace poursuivit, en agitant son cigare :

— Roger Priam est un sujet intéressant que j'ai pu observer à loisir. Le besoin de dominer est le trait essentiel de ce curieux caractère. Il prétendit dominer Leander Hill en faisant mine de diriger une grosse affaire de son fauteuil roulant ; il essaya de dominer Crowe Macgowan jusqu'au jour où celui-ci fut de taille à secouer son joug, et il a toujours dominé Delia, trop indifférente à tout pour se révolter. Jusqu'à son attaque de paralysie, il l'avait dominée physiquement, par les plus incroyables dépravations et brutalités, m'a-t-elle dit.

» Voici Priam paralysé à partir de la taille, impuissant. Sa femme, sur laquelle il a perdu tout pouvoir, est belle, passionnée, excitante en diable. Connaissant Delia, Priam ne se fait point d'illusions. Un jour, un homme le remplacera… ce n'est qu'une question de temps. Et alors ? Quel sera le rôle du mari infirme, bafoué, ignorant très probablement ce qui se passe ? Delia et ses amours échapperaient à son contrôle. Inimaginable !

» Priam tourna donc la difficulté à sa façon. Pour continuer à dominer sa femme – par procuration – il choisit des suppléants à son image, il jeta Delia à leur tête et réciproquement, puis il s'en remit à la nature pour compléter son œuvre.

Wallace secoua son cigare dans le cendrier posé sur le bureau de Keats.

— J'ai d'abord cru qu'il avait puisé l'inspiration dans le *Sanctuaire*, de Faulkner, mais j'en suis arrivé à me demander si Priam a lu un seul livre en quarante-cinq ans. C'est un ignorant dans toute l'acception du terme, et je suis sûr qu'il ne connaît pas le premier mot de la psychanalyse. Comme beaucoup d'ignorants, c'est un homme d'action : en jetant son épouse dans les bras d'un secrétaire choisi à cet effet, il conserve en quelque sorte le pouvoir marital, et reste maître de la situation en feignant d'ignorer ce qui se passe, au-dessus de sa tête. Roger Priam, *deus ex machina*, et ses marionnettes ! Voilà, messieurs. Et maintenant, lieutenant, si vous ne voyez plus rien à me demander, j'aimerais profiter des derniers instants de ma journée hebdomadaire de congé.

— Vous êtes un fieffé menteur et une sale langue de vipère, Wallace ! lança distinctement Keats. Je ne crois pas un traître mot de cette fable.

Et quand j'aurai acquis la preuve de vos mensonges, je laisserai ma plaque de détective à la maison, avec ma femme et mes gosses, je vous entraînerai dans une sombre impasse et je vous *les* écraserai à coups de pied !

Wallace cessa de sourire. Subitement vieilli de plusieurs années, il alla au bureau, prit le téléphone et tendit le récepteur à Keats en disant :

— Allez-y ! Dois-je demander le numéro ?

— Sortez !

— Mais vous désirez une preuve. Delia est une femme très à la page, lieutenant. Elle reconnaîtra le fait, si vous lui posez bien la question.

— Foutez le camp !

Wallace rit. Il raccrocha délicatement le récepteur, mit avec soin son élégant chapeau et sortit en fredonnant.

Keats tint à déposer Ellery chez lui.

17 heures, une circulation intense qui absorbait l'attention du conducteur... L'esprit d'Ellery vagabonda.

Le moment d'intimité, surpris le matin où il était accouru chez les Priam pour déchiffrer le mystère des grenouilles étranglées... Wallace, se tenant beaucoup plus près de Delia qu'un homme ne le ferait normalement, à moins d'être sûr de ne pas être repoussé. Or elle avait accepté son contact, de même qu'elle lui abandonnait sa main pendant qu'il lui parlait à l'oreille... Et puis, certains regards dc Wallace fixés sur elle : des regards secrètement amusés d'homme qui connaît son pouvoir. « *J'adopte toujours la tactique de moindre résistance...* » Un autre souvenir : le soir où elle s'était cachée dans sa chambre, à l'arrivée de Laurel et de Mac. Ce soir-là, elle était venue chercher ce à quoi la vie sous le toit conjugal l'avait habituée. Curiosité malsaine pour les « célébrités », à un moment où le remplaçant choisi par son mari ne lui suffisait plus ? Probablement. (Serait-ce, alors, la vengeance de Wallace ?) Fallait-il être aveugle pour avoir ignoré les symptômes évidents, pour avoir attribué à la réserve cette mollesse particulière...

— Nous voici arrivés, Mr Queen.

Ellery reconnut son cottage.

— Oh ! merci. Bonne nuit.

Ellery descendit machinalement.

Au lieu de s'éloigner, Keats tendit l'oreille.

— N'est-ce pas la sonnerie de votre téléphone ?

— Si. Pourquoi Mrs Williams ne répond-elle pas ? Suis-je bête ! Je lui ai donné congé jusqu'à demain matin ! Au revoir.

— Attendez ! s'écria Keats, sautant sur la route après avoir arrêté son moteur. C'est peut-être pour moi. J'avais dit au bureau que je viendrais sans doute chez vous.

Ellery entra.

— Allô !

Debout sur le seuil de la porte, Keats le vit se raidir.

— Oui, Delia.

Ellery écouta en silence. Son compagnon perçut les vibrations de la voix gutturale, chaude, émolliente.

— Keats est ici. Cachez-la jusqu'à notre arrivée, Delia. Nous venons.

Ellery raccrocha.

— Que veut la belle dame ? demanda Keats.

— Delia vient de trouver – dans la boîte aux lettres de la grille – une nouvelle boîte de carton adressée à Priam. Elle n'en a pas parlé à son mari, et elle demandait ce qu'il fallait faire à ce sujet. Vous avez entendu ma réponse.

— Un nouvel avertissement !

Keats bondit vers sa voiture.

10

Keats ayant arrêté sa voiture à cinquante mètres de la grille de Priam, Ellery et lui continuèrent à pied, en examinant la route. Les traces de pneus étaient trop nombreuses et trop enchevêtrées pour fournir une indication quelconque, et les marques de talons féminins, près de la boîte aux lettres, prouvaient seulement le passage de Delia. A part cela, rien.

La boîte aux lettres était ouverte et vide.

Les deux hommes parcoururent l'avenue à pied. Keats entra sans sonner ni frapper, mais la soubrette affligée d'un tic s'avança vivement vers eux.

— Madame vous prie de monter directement dans sa chambre, murmura-t-elle en regardant par-dessus son épaule la porte fermée de Priam. Elle vous recommande de ne pas faire de bruit, parce qu'*il* a l'oreille fine.

— Bien, fit Keats.

Mag s'enfuit sur la pointe des pieds.

Ellery et Keats montèrent l'escalier à pas de loup. Comme ils atteignaient le palier du premier étage, une porte s'ouvrit devant eux et ils entrèrent dans la chambre.

Delia Priam resta adossée contre la porte qu'elle s'était empressée de refermer. Son short dégageait ses longues cuisses richement modelées, ses seins débordaient de l'étroit bain de soleil, ses cheveux de jais étaient négligemment relevés et, débarrassés des sandales à hauts talons, ses pieds nus reposaient fermement sur le tapis. Dans la pénombre créée par les stores baissés, ses yeux pâles luisaient d'un éclat ensommeillé.

Keats la détailla de haut en bas.

— Hello ! Ellery, dit-elle, avec une nuance de soulagement.

— Hello ! Delia.

Bien. La voix ne trahissait rien, absolument rien.

— Ne croyez-vous pas qu'il vaudrait mieux vous couvrir un peu, Mrs Priam ? demanda Keats. En toute autre circonstance, ce serait un privilège et un plaisir… Mais nous sommes ici pour une affaire sérieuse, et j'ai besoin de toute ma tête.

Elle sursauta et regarda sa tenue. Sa réponse témoigna d'une colère mêlée de perplexité.

— Excusez-moi, lieutenant. Avant d'aller regarder dans la boîte aux lettres, je prenais un bain de soleil sur la terrasse…

— Il n'y a pas de mal, Delia, fit Ellery. L'œil qui voit et apprécie est seul fautif dans ces cas-là.

Elle pâlit, croisa vivement les bras sur sa poitrine découverte et alla s'enfermer dans une salle de bains dont elle claqua la porte.

— Grue, murmura Keats, bon enfant.

Il porta une cigarette à sa bouche et il la coupa involontairement d'un coup de dents. Tandis qu'il se détournait pour cracher le bout cassé par la fenêtre, Ellery regarda autour de lui.

Le sombre mobilier de style espagnol, le tapis de haute laine rouge, la tapisserie et les tentures surchargées de fleurs tropicales formaient un ensemble déjà écrasant auquel venait s'ajouter une profusion de coussins et de tabourets multicolores, d'énormes vases uniformément remplis de lis, des tableaux sévères et un grand Christ en vieux fer forgé accroché à la tête du lit. Plusieurs niches servaient de vitrines ; les céramiques y voisinaient avec des bibelots exotiques, en métal, ivoire ou bois sculpté, d'inspiration moderne, et parmi lesquels prédominaient les reproductions d'hommes nus. Ellery remarqua une curieuse bibliothèque accrochée au mur par une chaîne en fer. Thomas d'Aquin, Kinsey, Pierre Loti, Havelock Ellis, *La Vie des saints*… Les autres livres étaient des romans policiers, y compris le dernier ouvrage signé Ellery Queen. Le lit était massif, immense, avec des pieds très bas et une courtepointe en drap doré sur lequel s'épanouissait un grand arbre de vie brodé en fils métalliques aux tons éclatants. Une glace de même dimension et encadrée de tubes fluorescents miroitait au plafond, juste au-dessus de la couche monumentale.

La porte de la salle de bains s'ouvrit et une remarque de Keats tira Ellery de sa méditation.

— Je me sens plus à l'aise ! Merci mille fois, Mrs Priam. Où est la boîte, je vous prie ?

Elle avait mis une robe sévère, en toile marron, avec des bas et des souliers de sport assortis. Ses cheveux formaient un nœud serré sur la nuque, son visage ne portait aucune trace de maquillage, son attitude était glacée.

Les yeux baissés, elle alla ouvrir un grand coffre indien, placé au pied du lit, et elle en tira une boîte plate, en carton blanc (mesurant environ douze centimètres sur vingt), entourée d'une ficelle blanche ordinaire.

— La voici, lieutenant.

— L'avez-vous ouverte, madame ?

— Non.

— Vous ne savez donc pas ce qu'il y a dedans ?

— Non.

— Voulez-vous nous répéter exactement où et dans quelles circonstances vous l'avez trouvée.

— J'étais descendue dans le jardin pour cueillir des fleurs et je fus surprise de voir la boîte aux lettres ouverte. Je regardai dedans, trouvai cette boîte que je montai dans ma chambre et enfermai dans ce coffre avant de téléphoner.

La boîte, de qualité très ordinaire, ne portait aucune indication. A la ficelle était attachée une étiquette en papier sur laquelle le nom Roger Priam était écrit au crayon noir, en majuscules d'imprimerie.

— Articles de magasin à prix unique, déclara Keats, après avoir examiné la boîte et l'étiquette.

— Delia. Vous avez vu la boîte envoyée à votre mari le jour où Hill reçut le chien mort. L'ensemble du paquet – boîte, ficelle, étiquette – ressemblait-il à celui-ci ?

Au son de sa voix, elle s'était tournée vers Ellery. Mais, voyant son expression, elle avait aussitôt regardé ailleurs.

— Oui. La boîte était plus grande, c'est tout.

— L'écriture de cette seconde étiquette ressemble-t-elle à celle de la première ?

— Apparemment, oui. – Elle posa soudain une main sur son bras, mais ses yeux allèrent à Keats... – Lieutenant, j'aimerais dire deux mots en particulier à Mr Queen.

— Je n'ai pas de secrets pour Keats, dit Ellery, regardant la main restée sur sa manche.

— Je vous en prie !

Keats alla se planter devant une fenêtre.

— Ellery, est-ce à cause de l'autre soir ? De ce qui s'est passé ?

— Il ne s'est rien passé, l'autre soir.

— Voilà peut-être le malheur ! murmura-t-elle en riant.

— Mais il s'est passé beaucoup de choses depuis.

— Comment ? Expliquez-vous.

— Bah ! Laissons ça.

— Ellery, qui vous a raconté des mensonges sur mon compte ?

Il regarda de nouveau la main féminine sur son bras.

— L'expérience m'a appris que le fait d'appeler « mensonge » ce que l'on n'a pas entendu exprimer équivaut à reconnaître la véracité de l'accusation portée.

Prenant la main de Delia Priam entre le pouce et l'index, comme on le fait d'un objet gluant, Ellery la laissa retomber.

Puis il lui tourna le dos.

Debout devant sa fenêtre, Keats secouait attentivement la boîte, près de son oreille.

— On dirait un objet solide, assez léger, enveloppé dans du papier de soie. Je n'ai pas autorité pour ouvrir ce paquet, Mrs Priam. Mais aucun règlement ne vous en empêche, vous.

— Je ne dénouerai pas cette ficelle, sachant toutes les saletés qui souillent votre esprit, lieutenant Keats, répondit Delia Priam d'une voix tremblante.

— Qu'ai-je fait ? demanda le détective, perplexe, en tendant la boîte à Ellery. A vous de décider, dans ce cas, Mr Queen. Que voulez-vous faire ?

— Sortez tous les deux de ma chambre !

— Je l'ouvrirai, Keats, mais pas ici. J'estime qu'elle doit être ouverte devant Roger Priam, en présence de Mrs Priam et de Laurel Hill.

— Vous pouvez vous passer de moi, murmura Delia. Sortez !

— Votre présence est très importante, dit Ellery.

— Vous n'avez pas qualité pour m'imposer une ligne de conduite !

— Dans ce cas, je me ferai appuyer par une personne plus autorisée.

— Personne n'a aucun droit sur moi !

— Pas même Wallace ? demanda Ellery, souriant. Ni lui ni un de ses nombreux prédécesseurs ?

Les yeux écarquillés, Delia Priam tomba assise sur le coffre indien.

— ... Venez, Keats. Nous nous sommes assez attardés dans ce pâturage à étalons.

Laurel arriva au bout de dix minutes, manifestant une curiosité intense et suivie par l'homme de l'avenir.

— Que se passe-t-il encore ? demanda plaintivement le jeune Macgowan, revenu à son aspect post-atomique.

Sa question se perdit dans un profond silence. Alors, poussé par une sorte d'instinct, il passa un grand bras protecteur autour des épaules de sa mère et l'embrassa. Delia le remercia d'abord d'un sourire anxieux, puis garda une de ses mains quand il se redressa. Visiblement surpris par l'atmosphère qui régnait dans le hall des Priam, Macgowan enveloppa d'un regard assassin Keats et la boîte qu'il tenait à la main.

— Détendez-vous, mon garçon, dit le détective. Nous sommes entre gens civilisés. Vous y êtes, Mr Queen ?

— Oui.

Le jeune Macgowan ignorait tout. Laurel savait – depuis longtemps –, mais l'autre vivait dans le cocon de l'adoration filiale. « Dieu me préserve d'être le premier à lui ouvrir les yeux », songea Ellery.

Quant à Laurel, elle avait regardé tour à tour Delia et Ellery, puis elle s'était effacée, tandis que Keats faisait l'historique de la boîte.

— Le chien mort portait une étiquette toute semblable à celle-ci, avec le même genre de suscription au crayon, dit la jeune fille. Qu'y a-t-il là-dedans ?

— Nous serons fixés dans un instant, répondit Ellery.

Il prît la boîte des mains de Keats et se dirigea vers la porte de Priam. Les autres suivirent le mouvement.

— L'union fait la force ! lança une voix moqueuse.

— Ah ! Mr Collier. Voulez-vous vous joindre à nous ? Il y a du nouveau.

Le père de Delia était apparu sur le seuil de la bibliothèque.

— Merci. J'aime mieux rester dans les coulisses, répondit-il. N'y a-t-il pas eu assez de perturbations sans cela ?

— Nous cherchons à en éviter de plus sérieuses, déclara doucement Keats.

— Tant pis pour votre tranquillité et celle d'autrui ! soupira le vieux monsieur. Je préfère la formule : vivre et laisser vivre, qui se complète par : mourir et laisser mourir. Si l'une est bonne, l'autre l'est aussi.

Il rentra dans la bibliothèque et la porte l'escamota à la vue des perturbateurs.

Celle de Priam était fermée à clef. Ellery frappa bruyamment.

— Qui est-ce ?

— Répondez, Delia, murmura Ellery.

— Roger, ouvrez, je vous prie.

Sa voix, comme son attitude, exprimait une soumission mêlée d'ennui.

— Delia ? Que voulez-vous ?

Du hall, on entendit rouler le fauteuil et tinter de la verrerie. Puis la voix furieuse reprit :

— Maudit tapis ! Depuis le temps que je dis à Alfred de l'arranger !

La porte s'ouvrit. Sur la tablette du fauteuil, on voyait un carafon de whisky, un siphon et un verre à moitié vide. Priam fixa ses yeux injectés sur Ellery.

— Je croyais vous avoir interdit de reparaître chez moi ? Que...

Il vit la boîte dans la main d'Ellery. Son regard de taureau furieux resta fixé dessus, puis se porta vers Laurel avec de tels éclairs de haine que Crowe Macgowan émit un grognement involontaire. Laurel pinça les lèvres.

— Donnez-moi cette boîte !

— Non, Mr Priam, répondit Ellery, ignorant la patte velue qui se tendait vers lui.

— Donnez-la-moi ! Elle m'est adressée !

— Je regrette, monsieur...

— Voleur ! Misérable !

— Je n'ai pas l'intention de garder cette boîte, Mr Priam. Je veux seulement voir son contenu. Voulez-vous avoir l'obligeance de dégager la porte, afin de nous permettre d'entrer et d'agir comme des gens normaux ?

De mauvaise grâce, le paralytique fit reculer son fauteuil roulant.

Keats ferma la porte et resta adossé contre le battant, les yeux rivés sur Priam.

Ellery se mit à dénouer la ficelle, en homme que rien ne presse.

Penché en avant, Priam suivant la lente opération. La vague sanguine qui avait empourpré son visage s'était retirée, laissant une sorte de masque terreux, où la barbe suivait le mouvement d'une respiration saccadée.

Laurel observait.

Le jeune Macgowan se balançait d'un pied nu sur l'autre, avec un malaise évident.

Delia Priam gardait une immobilité de statue.

— Lieutenant, dit soudain Ellery, arrivé au dernier nœud, que vous attendez-vous à découvrir dans cette boîte ?

— Tout est possible, après les grenouilles mortes !

— Ouvrez donc ! s'écria Macgowan. Quel besoin y a-t-il de défaire les nœuds ?

— Quelqu'un a-t-il envie de jouer aux devinettes ?

— De *grâce*... commença Laurel.

— Mr Priam ?

Les lèvres et la barbe du paralytique remuèrent, ce fut tout.

Ellery ôta brusquement le couvercle.

Priam retomba si lourdement en arrière qu'il faillit renverser son fauteuil ; puis, conscient de l'effet produit sur les autres, il saisit son verre de whisky et but, les yeux rivés sur la boîte.

On ne voyait encore qu'une couche de papier de soie.

— Votre réaction ferait supposer que vous vous attendiez à voir un serpent à sonnettes affamé vous sauter à la figure, monsieur, dit Ellery.

Priam posa son verre d'une main tremblante.

— Je n'ai pas peur, bredouilla-t-il. Je n'ai peur de rien ! Cessez de me harceler, sinon, je jure...

Son bras qu'il levait dans un accès de colère aveugle heurta le carafon de whisky qui alla se briser sur le sol.

Ellery présentait en l'air le contenu de la boîte, débarrassé de sa légère enveloppe.

Son expression et celle de Keats reflétaient une même stupeur. Car l'objet qu'il tenait par les bords, entres ses paumes ouvertes, n'avait certes rien de redoutable !

C'était simplement un grand portefeuille d'homme, en peau de crocodile teinte en vert bouteille : un article de luxe, liséré d'or, sans tache sinistre et même sans histoire, parce que sortant visiblement de chez le fabricant. Ellery l'ouvrit avec précaution. Les poches étaient vides. Aucun billet ou carte de visite n'accompagnait l'envoi, dans la boîte.

— Montrez, dit Keats.

Rien de nature à faire trembler un homme, ou pâlir une femme.

— Pas d'initiales, constata Keats. Aucune indication, sauf le nom du fabricant.

Il se frotta la joue et reporta son attention sur Priam.

— Qui est-ce, lieutenant ? demanda Laurel.

— Pardon, Miss Hill ?

— Quel est le nom du fabricant ?

— Le Palais du Cuir, Hollywood, Californie.

La barbe de Priam était retombée sur sa poitrine.

Plus pâle que son mari, à la vue du portefeuille, Delia avait ouvert des yeux immenses, tandis que le sang se retirait de son visage ; puis ses paupières s'étaient abaissées comme pour masquer sa réaction.

Un profond saisissement. La peur ? Oui, la peur y était, mais elle n'avait pas causé le saisissement. Elle l'avait suivi. Alors ?

La réponse se présenta brusquement à Ellery : *la reconnaissance.*

Curieuse énigme. Le portefeuille était flambant neuf. Delia n'avait pu le voir avant. A moins que... Priam non plus, pour la même raison. L'objet avait-il le même sens pour l'un et l'autre ? C'était douteux, car chaque réaction présentait un caractère particulier. La foudre les avait frappés tous deux ; mais Priam avait été affecté à la manière d'un météorologiste qui connaît la nature du fléau, tandis que sa femme ressemblait à un assistant non prévenu, qui ressent la décharge électrique. « Du calme ! se rabroua Ellery. La vérité ne s'inscrit pas sur les physionomies... Ce serait trop facile ! Inutile d'essayer de la faire parler maintenant. » Il s'en réjouit, d'une manière indéfinissable. Désormais, la vue de Delia ne lui inspirait rien, pas même de la répulsion. Ce dégoût qu'il éprouvait venait de lui-même, de la facilité avec laquelle il s'était laissé abuser.

— Delia, où allez-vous ?

Elle quittait la pièce.

— Maman, qu'y a-t-il ?

Crowe l'avait vue lui aussi. Il rattrapa sa mère à la porte.

— Toute cette histoire est trop bête, mon chéri, répondit-elle avec un effort couronné de succès. J'en ai assez ! Un si beau portefeuille... C'est probablement un cadeau d'anniversaire offert à Roger par une personne bien intentionnée qui s'est trompée de date. Lâche-moi, Crowe. Il faut que je voie Mrs Guittierez au sujet du dîner.

— Oh ! certainement.

Mac paraissait visiblement soulagé.

Et Laurel ?

— A la place de Mr Priam, je ne serais tracassé que par cette seule petite question : « A quoi diable ce portefeuille doit-il me servir, dans l'esprit de l'expéditeur ? » dit Keats. Autant doter un cuirassé d'une tondeuse à gazon perfectionnée !

Laurel n'avait ressenti qu'une perplexité bien naturelle à la vue du portefeuille ; mais, quand ses yeux s'étaient tournés vers Delia, sa perplexité avait fait place au choc. Non pas au choc de reconnaître l'objet, mais de constater que Delia le reconnaissait. Autrement dit, une chaîne de réactions.

— A la réflexion, tout ce que nous savons jusqu'ici de ces présents recèle un point commun...

— Un point commun ? répéta Ellery. Lequel, Keats ?

— Arsenic, grenouilles mortes, un portefeuille destiné à un homme qui ne sort jamais de chez lui... Ces cadeaux brillent uniformément par leur complète *inutilité*.

— Ah ! fit Ellery en riant. Voici une théorie que vous pouvez confirmer ou détruire séance tenante, Mr Priam. Votre présent numéro un était-il également inutile ?

Priam ne releva même pas la tête.

— Qu'y avait-il dans la première boîte en carton, monsieur ?

Le paralytique se conduisit comme s'il n'avait même pas entendu la question.

— Que signifie tout cela ?

Même silence.

— Puis-je emporter ce portefeuille à fin d'examen ? demanda Keats.

Priam ne donnait toujours pas signe de vie.

— J'ai cru deviner le battement d'un cil, Mr Queen, dit Keats en remettant soigneusement le portefeuille dans sa boîte. Après vous avoir ramené chez vous, je porterai l'objet au laboratoire.

Ils laissèrent Roger Priam momifié dans son fauteuil mécanique.

Keats conduisit lentement, les yeux fixés sur la route comme si la réponse s'y trouvait inscrite.

— Je me suis lourdement trompé au sujet de Priam, dit Ellery en riant.

— Comment cela ?

— J'avais prédit une explosion révélatrice au quatrième avertissement. Au lieu de quoi, notre homme est rentré sous terre. Espérons qu'il ait seulement reculé pour mieux sauter.

— Vous êtes sûr qu'il s'agit d'un avertissement ?

— Oui.

— Pas moi, soupira le détective. Le sens de cette affaire m'échappe, comme des gouttes de mercure que l'on voudrait saisir. Passe encore pour l'arsenic, bien que je n'aie rien pu en tirer. Mais pour tout le reste...

— Vous ne pouvez nier l'existence de tout ce reste, Keats. Le chien crevé était tangible. La première boîte adressée à Priam et son contenu ignoré l'étaient aussi. Nous avons vu de nos yeux les grenouilles étranglées, ainsi que le portefeuille, n'est-ce pas ? Enfin, le point de départ de toute l'affaire, le billet adressé à Hill, a bel et bien existé.

— Qu'en savons-nous ? Rien. Ce que nous avons n'est pas l'original. C'est, *peut-être*, une copie. Qui nous dit que le singulier poulet n'est pas sorti de l'imagination de Hill ?

— L'arsenic, les grenouilles et le portefeuille n'ont pas été « inventés » par un homme mort et incinéré, dit sèchement Ellery. Gare, Keats ! Vous cédez à la tentation de penser à tout cela de façon raisonnée ; or cette affaire est une fantaisie qui demande un effort d'imagination. Les quatre « avertissements » constituent un groupe, ils sont liés les uns aux autres par un facteur commun.

Des brins de tabac voltigèrent de la cigarette mâchonnée.

— Une salade empoisonnée, des grenouilles mortes, un portefeuille valant au bas mot cent dollars ! Et Dieu sait ce que contenait la première boîte... à en juger par la suite, ce pouvait être un costume de clown, ou un calendrier publicitaire pour l'année 1897 ! Vous ne pouvez rattacher ces éléments-là les uns aux autres, Mr Queen. Ils n'ont pas de facteur commun, voyons ! – Keats leva les bras au ciel et la voiture zigzagua sur la route... – Le mieux que je puisse faire est de leur trouver un sens à chacun. L'arsenic ? Un rappel du passé : *Souvenez-vous de la façon dont vous avez voulu m'empoisonner jadis*. Les grenouilles ? Hum... A vous l'honneur de trouver l'explication.

Ellery hocha la tête.

— Non, dit-il. Ma seule certitude actuelle est que les avertissements s'ajoutent les uns aux autres pour former un « tout ». Or ce « tout » se rapporte au passé de Hill, à celui de Priam, et à celui de leur ennemi commun. De plus, je jurerais que notre homme comprend ce qui nous échappe et qu'il en meurt de peur, à petit feu.

» L'essentiel, lieutenant, est de trouver le mot de l'énigme, ou de vaincre l'entêtement de Priam avant qu'il ne soit trop tard.

— Je lui ouvrirais avec plaisir le crâne, pour voir ce qu'il y a dedans ! déclara Keats.

Le trajet jusqu'au cottage d'Ellery s'acheva en silence.

Keats téléphona juste avant minuit.

— J'ai pensé que vous seriez intéressé de savoir ce que l'examen du portefeuille et de la boîte a révélé.

— Quoi ?

— Rien. La boîte ne portait que les empreintes de Mrs Priam. Pas d'empreinte sur le portefeuille. Bonne nuit, Mr Queen. Je rentre chez moi pour savoir si je suis encore marié et père de famille. Que pensez-vous de la Californie ?

11

A la porte de son garage, Laurel regarda furtivement à la ronde. Dieu merci, le misérable n'était pas perché sur le noyer, et il n'y avait pas de trace de lui alentour.

Laurel se glissa dans le garage et courut à son Austin.

— Bonjour, petite fouine.

— Mac ! Sale espion !

Crowe Macgowan quitta en souriant l'abri de la grosse Packard. Habillé, il était presque aussi beau que nu. Ce matin, il portait même un chapeau genre tyrolien, avec une petite plume...

— J'avais senti anguille sous roche hier soir, rien qu'à la façon dont vous m'avez annoncé votre intention de faire la grasse matinée, ma cocotte. Mission officielle, hein ? Je vous accompagne.

— Je ne veux pas, aujourd'hui.

— Pourquoi ?

— Je ne veux pas de vous, c'est tout, Mac.

— Trouvez une meilleure raison !

— Vous... vous ne prenez pas les choses assez au sérieux.

— Je croyais avoir fait mes preuves à l'occasion des grenouilles.

— Mais... Bah ! ne perdons pas de temps à discuter. Montez. Laurel conduisit son Austin en silence, et Macgowan put dévorer tranquillement des yeux son profil.

— Prenez Third Street, puis Fairfax Avenue, dit-il soudain. C'est le plus court chemin.

— Mac ! Vous êtes au courant !

— Nous allons au Palais du Cuir, n'est-ce pas ? Le seul magasin de ce nom se trouve dans Farmer's Market. Tournez à droite.

— Descendez !

— Nenni, ma belle. Supposons que vous tombiez dans une fumerie d'opium ?

— Il n'y en a pas dans ce quartier-là.

— Bien. Mais n'oubliez pas les gangsters, sans parler des touristes qui envahissent Farmer's Market.

Laurel se tint coite. Mais son cœur était barbouillé, et un crocodile vert flottait devant ses yeux.

Elle laissa son Austin dans le parking de Gilmore Stadium, déjà encombré de voitures malgré l'heure matinale.

— Comment allez-vous vous y prendre ? demanda Crowe, raccourcissant ses enjambées pour ne pas l'obliger à courir.

— C'est facile. Les modèles du Palais du Cuir sont exclusifs, fabriqués et vendus sur place. Je demanderai donc à voir des portefeuilles d'homme de plusieurs genres : cuir ordinaire, crocodile, crocodile vert...

— Et après ?

— Hum... Je trouverai bien le moyen de savoir qui en a acheté un récemment. On ne doit pas vendre souvent un portefeuille en crocodile vert, avec guillochage d'or. Quelle est votre idée de derrière la tête, Mac ?

Ils arrivaient au Palais du Cuir, une boutique décorée dans le style « rancho ». Derrière la vitrine, pavoisée de peaux multicolores, on voyait un essaim d'aguichantes vendeuses en tenue de cow-girls.

— Comment gagnerez-vous la confiance d'une de ces mignonnes ? demanda Crowe en retenant Laurel par le bras. *Primo*, elles ont la tête à autre chose qu'à se souvenir du nom des clients. *Secundo*, aucune ne consultera *pour vous* sa souche de débits. *Tertio*, suis-je un propre à rien ?

— J'aurais dû flairer le coup !

— Je n'ai qu'à montrer mon authentique insigne de Red Ryder Sheriff, user de mon charme, et le tour est joué, ma chère enfant.

— Déshabillez-vous et vous aurez plus de propositions que vous ne pourrez en retenir, dit amèrement Laurel.

— Observez-moi. Tout habillé, mais irrésistible quand même !

Tête haute, Mac entra dans la boutique.

Laurel feignit beaucoup d'intérêt pour une selle cloutée d'argent présentée en vitrine.

Le magasin avait beau être bondé, une des cow-girls remarqua Crowe et fonça sur lui. Bouillant intérieurement, Laurel suivit la scène : si seulement un des « avantages » provocants pouvait glisser ! Mais non, les seins de la vendeuse étaient solidement attachés, le misérable se rinçait l'œil, et la cow-girl se rengorgeait !

Au bout de deux longues minutes de conversation – ponctuée de force sourires – ils s'éloignèrent vers le fond du magasin. Mac repoussa son chapeau en arrière à la manière des favoris de l'écran, et s'accouda sur le comptoir, tandis que la Vénus de rodéo déballait des portefeuilles en faisant mille agaceries. Le manège se prolongea, le « client » se penchant de plus en plus sur le comptoir jusqu'au moment où son front effleura la belle poitrine. Soudain il se redressa, regarda à la ronde, mit la main dans sa poche et la retira à demi fermée sur un objet. La cowgirl écarquilla les yeux…

Quand il sortit enfin du magasin, Crowe passa devant Laurel en faisant mine de ne pas la connaître, mais avec un clin d'œil.

Elle le suivit, furieuse et soulagée. Le pauvre nigaud n'avait donc rien compris ? Mais les hommes – ceux de l'espèce de Mac, s'entend – ne remarquent jamais rien, sauf les femmes. Elle tourna un coin de rue et tomba dans ses bras.

— Embrassez-moi, dit-il en souriant. J'ai tous les renseignements.

— Est-ce bien tout ce que vous avez recueilli ? riposta froidement Laurel sans s'arrêter.

— Je croyais avoir mérité la médaille d'or !

— Cela ne me regarde pas... Mais un bon conseil n'est jamais perdu : si vous constituez un choix de futures reproductrices de la race pour le nouveau monde radioactif, prenez des spécimens qui paraissent capables de grimper à un arbre ! Il faudrait un système de poulies pour hisser celle-ci.

— Comment ? C'est ça, ma récompense ? Vous m'avez vu à travers la vitrine. Notre entretien pouvait-il être plus correct ?

— Je vous ai vu inscrire son numéro de téléphone !

— Petite oie ! Il s'agissait d'une annotation professionnelle. Venez... – Il souleva Laurel de terre, la déposa dans l'Austin, s'assit à côté d'elle et reprit : – La dernière série de portefeuilles d'homme en crocodile fut teinte en trois ou quatre couleurs différentes, avec trois modèles verts seulement. Deux de ces portefeuilles verts ont été vendus avant Noël – voici près de sept mois – comme cadeaux. Les acheteurs étaient : un acteur de Broadway et un directeur de studio. Le magasin se chargea d'expédier l'un à un agent théâtral de New York, l'autre à un grand producteur cinématographique parisien. La vente du troisième et dernier portefeuille de cette série n'a pas laissé de trace qui nous soit utile. Le duplicata de la fiche – que ma complaisante cow-girl a retrouvé – ne porte pas de nom. Il s'agissait d'une vente au comptant, et le client a emporté le paquet.

— Il y a bien une date, sur la fiche ?

— Le carbone a dû glisser, car le jour et le mois sont gribouillés. De toute la date, on ne lit que l'année : 1950.

— Votre conquête n'a gardé aucun souvenir de l'acheteur ? Ce serait toujours une indication...

— Ce n'était pas un client de ma cow-girl. La fiche portait les initiales d'une autre vendeuse.

— Alors ? Vous en êtes resté là ?

— Non, bien sûr.

— Mais vous n'avez pas parlé à l'intéressée, que je sache ! Vous étiez évidemment trop absorbé par Miss Faux Nichons !

— Ah ! Vous devez avoir raison... Je me disais bien qu'ils étaient trop beaux pour être vrais. Malgré ma meilleure volonté, je n'ai pu parler à l'autre vendeuse. Elle a rendu son costume de cow-girl la semaine dernière.

— Vous vous êtes procuré son nom et son adresse, au moins ?

— Elle s'appelle Lavis La Grange. Un faux nom, affirme mon amie la cow-girl qui n'en connaît point d'autre. Lavis La Grange s'est déclarée lasse de Hollywood et décidée à rentrer chez elle. Où cela ? Mystère, la belle étant partie sans laisser d'adresse au Palais du Cuir. Et même si nous arrivions à retrouver Lavis, mon amie affirme qu'elle ne se souviendrait probablement de rien. Mon amie dit que Lavis a autant de cervelle qu'un grain d'orge.

— Nous ne connaîtrons même pas le sexe de l'acheteur, dit amèrement Laurel. Fichus détectives que nous sommes !

— Où allons-nous maintenant ? Faire notre rapport au maître ?

— Bah ! Pour l'intérêt de ce que nous avons à lui apprendre... Et puis il en saura certainement autant que nous d'ici ce soir. Je rentre. Descendez si le cœur vous en dit et si votre amie la cow-girl...

— Vous me plaisez davantage. Je ne vous lâche pas.

Le jeune Macgowan ne « lâcha » Laurel que le lendemain matin, à 2 h 5 très exactement... Et encore s'élança-t-il à sa suite quand elle sauta du dernier échelon de l'échelle dans la clairière illuminée par le réflecteur du chêne.

— L'homme et la femme, éternels ennemis, dit-il gaiement, un bras enserrant son cou, tandis qu'il la ramenait chez elle.

— J'aurais pu tomber plus mal, murmura Laurel qui croyait avoir quelques os brisés.

Elle lui offrit sa bouche pour en finir, mais se débarrasser de Mac prit encore un précieux quart d'heure après ce baiser-là...

Laurel attendit dix minutes, derrière sa porte refermée, pour être sûre que la voie soit libre.

Puis elle sortit furtivement de chez elle et gagna la route. Sa lampe électrique l'éclairait, son petit Browning alourdissait une de ses poches.

Juste avant d'atteindre l'avenue de la propriété voisine, elle entra dans le bois, masqua la lumière de la lampe à l'aide de son mouchoir et avança prudemment vers la maison des Priam.

Laurel ne s'estimait guère, à ce moment-là. Comment les héroïnes de roman pouvaient-elles... Mais ce n'étaient que des héroïnes de roman. Dans la vie réelle, une jeune fille qui accepte les caresses d'un homme dans le seul but de lui voler une clef est... Eh bien, oui, cette fille-là n'est qu'une grue. Moins encore. Car une grue tire quelque avantage de son amour vénal : de l'argent, ou un appartement, du champagne, voire – moins probablement – du plaisir. Mais elle... De bout en bout, elle avait dû jouer la comédie, en cherchant désespérément la fameuse clef. Le pire était encore d'essayer de ne pas trouver ça bon. Ce diable de Macgowan était d'une sincérité enfantine, il faisait l'amour de si bon cœur – et il était tellement gentil, le pauvre chéri – que ses efforts pour le haïr, en se haïssant elle-même, avaient abouti à un piètre résultat.

« C'est du propre, songea Laurel, arrêtée derrière un bosquet de lilas et serrant la clef dans sa poche. Aucune fenêtre éclairée. Parfait. Allons-y. »

Le fait que *sa mère* fût en cause aggravait encore le cas. Comment Mac vivait-il depuis tant d'années avec Delia sans avoir jamais rien soupçonné ? Il était donc aveugle ? Pourquoi fallait-il que Delia fût sa mère ?

La porte d'entrée était bien sûr fermée. Laurel l'ouvrit avec la clef volée, en bénissant l'absence d'un chien de garde. Une fois le battant refermé, elle s'orienta à l'aide de sa lampe électrique, puis elle éteignit celle-ci et monta l'escalier dans le noir, en suivant la rampe.

La lampe lui servit de nouveau pour inspecter le palier. Les quatre portes des chambres étaient fermées. Mrs Guittierez et Mag occupaient deux chambres de domestique, au rez-de-chaussée ; le chauffeur couchait au second ; mais, à près de 3 heures du matin, le silence régnait du haut en bas de la maison.

Laurel alla sur la pointe des pieds coller son oreille contre une porte ; puis se glissa comme une ombre dans la chambre de Delia Priam. Avec quel à-propos Delia avait décidé de passer le week-end à Santa Barbara ! La courtepointe sur laquelle s'épanouissait l'arbre de vie recouvrait chastement le lit. De qui Mrs Priam partageait-elle la couche cette nuit ?

La lampe électrique accrochée à la ceinture de son manteau, Laurel s'attaqua à la commode. Fouiller dans les affaires de Delia, à la lueur d'une sorte de lanterne sourde... Quelle action inconcevable, même sans avoir l'intention de dérober une épingle ! Si le père de Delia ou l'horrible Alfred la prenait la main dans le sac ? Cambrioleuse sans l'être, Laurel se raccrochait à l'image de Leander Hill sur son lit de mort.

Ce qu'elle cherchait n'était pas dans la commode. Elle entra dans la grande penderie.

Delia usait d'un parfum personnel, composé à son intention par un célèbre fabricant anglais, associé de Roger Priam. Etait-ce une façon de remercier Priam de la quinzaine passée sous son toit, plusieurs années auparavant ? Toujours est-il que, chaque Noël, depuis ce séjour, Delia recevait des Bermudes un litre de *son* parfum, un extrait de fleurs de la passion. Laurel lui avait un jour gentiment conseillé de le baptiser *Prophétique,* puisque l'inventeur lui avait laissé le choix du nom... Mais Delia n'avait manifestement pas apprécié l'idée.

Rien dans la penderie. Laurel en sortit étourdie par l'odeur de la naphtaline mêlée au parfum exotique.

Ne s'était-elle pas trompée, après tout ? Etait-elle le jouet d'une fausse impression, basée sur son aversion pour Delia et sur l'éclair qui avait passé dans les yeux de celle-ci quand Ellery avait montré à tous le portefeuille vert ?

Mais s'il ne s'agissait pas d'une illusion ? Dans ce cas, le fait de ne trouver un objet à aucune des places indiquées pouvait être significatif. Delia s'était empressée de quitter l'antre de Roger ; elle avait pu monter directement dans sa chambre et retirer l'objet de sa place habituelle pour le mettre ailleurs... Là où Mag ne risquerait pas de le voir, par exemple.

Quelle pouvait être la cachette choisie par Delia ? Laurel voulait voir l'objet, vérifier son existence.

Il n'était pas dans le coffre indien, placé au pied du lit. Laurel le vida complètement, puis remit chaque chose à sa place.

Elle trouva ce qu'elle cherchait, après avoir remporté une victoire sur la triple tentation de renoncer, de rentrer chez elle, de se glisser dans son lit et de chercher l'oubli sous ses couvertures. Le but de son expédition était dans la penderie, après tout, mais évidemment pas à une place normale. Il était glissé dans la large manche d'une somptueuse pelisse blanche, laquelle était enfermée dans une housse en matière plastique transparente. Une bonne cachette, simple et sûre. « Il fallait être un détective, ou une autre femme, songea Laurel, pour *le* dénicher là ! »

Le couronnement de ses efforts ne lui apporta qu'une douleur cuisante, rappelant la piqûre d'une aiguille hypodermique brutalement enfoncée dans les chairs. Puis Laurel se raidit.

Elle n'avait pas rêvé. Plusieurs semaines auparavant, Delia avait bien porté un sac en crocodile vert : une grande poche sur laquelle se détachaient les initiales d'or. A l'intérieur, on lisait le nom du fabricant : *Au Palais du Cuir. Hollywood. Californie.*

Le sac s'appariait au portefeuille que quelqu'un avait envoyé à Roger Priam. Adam avait trouvé son complément : Eve.

Laurel courut le lendemain chez Ellery.

— J'aurais peut-être dû vous dire hier que nous avions suivi la piste du portefeuille vert, Mac et moi. Mais nous n'avons rien appris, et je savais que, de toute façon, vous seriez renseigné.

Ellery observa curieusement sa visiteuse.

— Keats m'a communiqué un rapport complet. Le signalement donné par la vendeuse désignait clairement votre Tarzan en costume de civilisé, et il était évident que Mac agissait sous votre directive.

— Eh bien, il y a une chose que vous ignorez encore.

— L'information est l'aliment vital de cette affaire, déclara Ellery. Est-ce très sérieux ? Vous semblez déprimée.

— Moi ? fit Laurel en riant. Ce doit être le reflet de mon trouble intérieur. J'ai fait une découverte, concernant une personne mêlée à l'affaire, qui pourrait...

— Qui pourrait quoi ?

— Désigner le coupable ! acheva Laurel, les yeux brillants. Mais je ne parviens pas à coordonner les faits, Ellery. Celui-ci paraît significatif mais, en même temps...

Bref, cette nuit – à 3 heures du matin plus exactement –, j'ai commis une action malhonnête et profondément répréhensible. Alfred Wallace ferme les portes à double tour depuis l'empoisonnement de Roger. J'ai commencé par voler la clef de Mac, puis je me suis introduite nuitamment chez les Priam et...

— Vous êtes montée à pas de loup et avez fouillé la chambre de Delia Priam.

— Comment le savez-vous ?

— Avant-hier, j'ai été frappé par votre expression quand vous avez observé celle de Delia à la vue du portefeuille en crocodile. De deux choses l'une : ou elle reconnaissait le portefeuille, ou il lui rappelait un objet de même nature. Or le sursaut de l'intéressée fit jaillir une étincelle dans votre esprit, Laurel. Delia quitta la pièce aussitôt après, et nous apprîmes ensuite que, sortant de chez son mari, elle était montée directement dans sa chambre.

» Elle est partie pour Santa Barbara hier après-midi. Or cette nuit – pendant que la clef du jeune Macgowan passait tout doucement de sa poche dans la vôtre, j'imagine – j'exerçai mes talents de cambrioleur et visitai de fond en comble la chambre de Delia. Rien ne justifiant la délivrance d'un mandat de perquisition en règle, et la police de Los Angeles ayant reçu récemment un sérieux rappel à cet égard, Keats ne pouvait se charger de l'opération sans risquer une histoire à tout casser s'il était pris en flagrant délit de visite domiciliaire illégale. Je pris donc l'affaire sous ma responsabilité personnelle et laissai le sac en crocodile vert dans la manche de la pelisse blanche, là où vous l'avez trouvé à votre tour, quelques heures plus tard, si j'ai bien compris. J'espère que vous avez tout laissé en place.

— Oui, murmura Laurel. Que de battements de cœur pour rien !

Ellery alluma une cigarette, et les premières bouffées de fumée parurent voiler ses yeux qui n'avaient pas souri.

— Apprenez maintenant une chose que vous ignorez, dit-il. Delia n'a pas acheté ce sac elle-même, il lui a été offert pour son anniversaire à la mi-avril de cette année. L'acheteur paya comptant et emporta son paquet ; néanmoins la vendeuse se le rappelait assez bien pour le décrire d'une façon très précise. Enfin elle le reconnut quand on lui présenta la photo correspondante : c'était celle d'Alfred Wallace.

— Alfred...

La jeune fille se mordit la lèvre inférieure.

— Parlez sans scrupule, dit Ellery. Je suis au courant en ce qui concerne Delia et Alfred.

— Ah ! je me demandais... Qu'est-ce que cela signifie, à votre avis ? reprit Laurel, relevant la tête au bout d'un instant.

— Rien, une simple coïncidence, peut-être, bien que je sois brouillé depuis des années avec les trop fameuses coïncidences. L'autre hypothèse me paraît meilleure : la personne que nous cherchons remarqua le sac de Delia et cela l'inspira – consciemment ou non – pour son quatrième avertissement à Priam. Dans le cadre de cette hypothèse, les agissements suspects de Delia après l'incident du portefeuille s'expliqueraient par la crainte de se trouver mêlée à une sale histoire. Les innocents agissent souvent plus en coupables que les vrais coupables eux-mêmes, vous savez.

» Le rapport entre les deux objets peut signifier cela, ou... J'y réfléchirai, acheva Ellery, haussant les épaules.

12

Mais, brusquement, un point du globe appelé le trente-huitième parallèle fixa l'intérêt de cent cinquante millions d'Américains, et la pensée d'Ellery suivit naturellement le courant général.

Los Angeles, en particulier, connut de vives alarmes.

Quelques jours auparavant, la Corée du Sud avait été envahie par les Coréens du Nord, équipés de tanks et de canons soviétiques. Le sens volcanique de cette agression mit un certain temps à entamer le calme américain ; mais les troupes d'occupation hâtivement envoyées du Japon en Corée méridionale se trouvèrent débordées, et quand les correspondants de guerre parlèrent de blessés américains achevés par les envahisseurs, le président évoqua de cuisants souvenirs. Des réservistes furent rappelés sous les drapeaux, les Nations unies entrèrent en effervescence, le prix du bœuf et du café monta en flèche, et, comme on parlait beaucoup de la prochaine pénurie de savon et de sucre, chacun s'employa à en constituer une provision. Les habitants de Los Angeles s'en allaient répétant : « La Troisième Guerre mondiale est commencée, et la première bombe atomique lancée sur le continent nord-américain sera pour nous... Cette nuit, qui sait ? » San Diego, San Francisco et Seattle ne dormaient donc que d'un œil, mais ce n'était qu'une maigre consolation pour Los Angeles.

Allez donc résister à la nervosité publique, même si celle-ci vous paraît ridicule ! Il reste toujours la possibilité qu'elle ne soit que trop fondée.

Le roman qui avançait à pas de tortue tomba dans les oubliettes, et Ellery se jeta sur la radio, dans le vain espoir d'étouffer les lamentations coupées de sombres prophéties qui montaient quotidiennement de la cuisine entre 8 et 17 heures. Sa pensée revenait souvent à Crowe Macgowan. Le sylvain de l'âge atomique avait perdu sa note d'originalité amusante.

Keats ne donnait pas signe de vie.

Ellery savait que Delia Priam était rentrée de Santa Barbara, c'était tout.

Laurel téléphona une fois pour demander des nouvelles et non pour en donner. Macgowan lui causait des soucis.

— Il broie du noir à longueur de journée, Ellery. On aurait pu croire qu'il se consolerait des événements de Corée en répétant : « Je vous l'avais bien dit ! » Mais non. Monsieur n'ouvre plus la bouche !

— Le monde irréel, qui est le nôtre, s'impose peut-être d'une façon pénible à Crowe, répondit Ellery. Rien de neuf chez les Priam ?

— Calme plat. Qu'en pensez-vous ?

— Rien.

— Je ne sais plus où j'en suis ! Avec ce drame mondial, je me dis parfois que le reste ne compte pas. Et puis je rougis de cette sorte de lâcheté… Une guerre d'agression est un genre de meurtre, et on ne l'arrête pas en se bouchant les yeux et les oreilles. Il faut au contraire lutter, se battre en commençant par les infimes « poches » d'intérêt personnel. Sinon on est vaincu d'avance.

— C'est vrai, soupira Ellery. Si seulement notre petit front local pouvait être un peu moins… fluide ! Nos forces peuvent se targuer d'un bon état-major et d'une armée de choc bien entraînée, mais notre Intelligence Service est faible, hélas ! Pour quand la prochaine attaque ? D'où viendra-t-elle ? Sous quelle forme sera-t-elle déclenchée ? Quel est le sens de la stratégie ennemie ? Autant de points d'interrogation, Laurel. Notre seule ressource est d'attendre, sur le pied d'alerte. Je ne désarme pas.

— Merci, Ellery.

Laurel raccrocha vivement.

La nouvelle attaque se produisit dans la nuit du 6 au 7 juillet.

Il était un peu plus de 1 heure du matin, et Ellery allait se coucher, quand Crowe Macgowan téléphona.

— Queen. Il vient de se passer une drôle de chose, ici. J'ai pensé que vous deviez en être averti.

— Que s'est-il passé, Mac ?

— Quelqu'un s'est introduit dans la bibliothèque en cassant une vitre de la fenêtre. Peut-être n'est-ce qu'un vulgaire cambriolage, mais...

— *La bibliothèque ?* Manque-t-il quelque chose ?

— A première vue, tout est là.

— Ne touchez à rien. Je serai chez vous dans dix minutes.

Ellery appela Keats chez lui. Il reçut une réponse ensommeillée et sauta dans sa voiture.

Le jeune Macgowan l'attendait dans l'avenue... La maison était éclairée du haut en bas, sauf les portes-fenêtres de Roger Priam donnant sur la terrasse.

— Il vaut mieux que vous soyez au courant, avant d'entrer...

— Qui est là actuellement ?

— Delia et Alfred.

— Allez-y, Mac. Mais soyez bref.

— Je couche ici, dans mon ancienne chambre, depuis deux nuits...

— Comment ? Vous avez abandonné votre arbre ?

— Vous m'avez recommandé d'être bref, n'est-ce pas ? grogna le géant. Ce soir, je me suis couché tôt, mais allez donc dormir quand... Bref, longtemps après, j'entendis du bruit au rez-de-chaussée : dans la bibliothèque, apparemment, puisque ma chambre se trouve juste au-dessus. Pensant que c'était mon grand-père, l'idée me vint de bavarder avec lui. Je me levai et l'appelai du haut de l'escalier. Pas de réponse, plus de bruit au rez-de-chaussée. Une sorte d'impulsion me poussa à revenir sur mes pas et à jeter un coup d'œil dans la chambre de grand-père. Elle était vide, le lit n'avait pas été défait. Je rebroussai chemin et me heurtai à Wallace, en haut de l'escalier.

— Wallace ?

— En robe de chambre. Il avait entendu du bruit, en bas, et s'apprêtait à descendre, me dit-il. Mais cette rencontre me causa une drôle d'impression, Queen. Je me demande encore si Wallace allait réellement descendre... ou s'il venait juste de monter.

Macgovan n'avait pas son timbre de voix habituel, et le clair de lune faisait ressortir la dureté de son regard planté dans les yeux d'Ellery.

Une automobile arrivait à toute vitesse.

— La vie est remplie de ce genre d'impressions, Mac, dit Ellery. Avez-vous trouvé votre grand-père ?

— Non. Je vais aller faire un tour dans les bois... Grand-père se promène souvent, la nuit. A son âge, on a moins besoin de sommeil, vous savez.

— Oui.

Ellery regarda le fils de Delia s'éloigner en sortant une lampe électrique de sa poche.

La voiture s'arrêta juste derrière celle d'Ellery.

— Qu'y a-t-il, cette fois ?

Keats n'avait pas pris le temps de boutonner sa veste en cuir sur sa chemise, et semblait de fort méchante humeur.

Ellery le mit au courant, puis ils entrèrent ensemble.

Delia portait un négligé d'inspiration monacale, serré à la taille par une chaîne en cuivre ; ses cheveux flottaient sur son dos, des cernes violacés sous les yeux accentuaient son expression de lassitude déconcertée. Tandis qu'elle inspectait les tiroirs du bureau, Wallace – toujours en robe de chambre – fumait une cigarette dans le meilleur fauteuil de la bibliothèque.

Il se leva, et Delia se retourna quand Ellery et son compagnon entrèrent ; mais tous deux gardèrent le silence.

Keats alla directement à la seule fenêtre ouverte.

— Forcée, dit-il après avoir examiné la fermeture arrachée. Quelqu'un a-t-il touché à cette fenêtre ?

— Nous l'avons tous touchée, je crois, répondit Wallace.

Le détective lâcha un juron et quitta la pièce. Au bout d'un instant, les autres l'entendirent marcher dehors, sous la fenêtre ouverte.

Ellery regarda autour de lui. Cette bibliothèque lui plaisait décidément beaucoup ; c'était la seule pièce qui gagnât à la sévérité de l'intérieur Priam, car les reliures se mariaient parfaitement aux boiseries de chêne sombre. Les livres garnissaient les quatre murs, du haut en bas, la cheminée de pierre avait la patine du temps et de l'usage, plusieurs lampes assuraient un bon éclairage sous lequel cuir et dorures luisaient doucement.

— Rien n'a disparu, Delia ?

— Non. Je ne comprends pas...

— Nous l'avons probablement mis en fuite, Crowe et moi, expliqua Wallace.

— Les albums de timbres de votre père ?

Ellery posa la question au dos de Delia. Il eût été bien embarrassé de dire ce qui l'avait inspirée, sinon que la collection du vieux monsieur pouvait avoir de la valeur.

— Ils n'ont pas été touchés, apparemment.

Ellery fit le tour de la bibliothèque.

— A propos, Crowe me dit que Mr Collier ne s'est pas encore couché. Avez-vous une idée de l'endroit où il peut être, Delia ?

— Non. – Elle se retourna et ses yeux flamboyaient pour ajouter : –... Nous ne nous surveillons pas mutuellement, mon père et moi. Et je ne me souviens pas de vous avoir autorisé à m'appeler par mon prénom, Mr Queen. Veuillez vous en abstenir, dorénavant.

Ellery la regarda en souriant, et elle se détourna. Enfoncé dans son fauteuil, Wallace fumait tranquillement.

Keats revint au bout d'un moment, sa lampe électrique à la main.

Rien dehors, annonça-t-il. Avez-vous trouvé quelque chose ?

Ellery était à quatre pattes devant la cheminée.

— J'en ai l'impression, lieutenant. Venez voir.

A ces mots, Delia Priam et Wallace se retournèrent.

La dernière flambée avait laissé un tas de cendres. Sur celui-ci, on voyait un objet trop calciné pour qu'il fût possible de l'identifier.

— Touchez la cendre de chaque côté, Keats, reprit Ellery.

— Elle est froide.

— Maintenant, tâtez celle sur laquelle repose le débris calciné.

— Brûlante ! s'écria le détective en retirant vivement sa main.

— A-t-on fait du feu ici ce soir... Mrs Priam ? demanda Ellery.

— Non. On en a allumé un ce matin, mais il s'est éteint vers midi.

— Merci. Cet objet a donc été brûlé récemment sur la cendre refroidie, Keats.

Le lieutenant entoura sa main d'un mouchoir, il prit avec précaution l'objet calciné et le posa sur le devant de la cheminée.

— Qu'est-ce que c'est ?

— Un livre.

— Un livre, Mr Queen ? Je me demande... commença Keats dont le regard fit le tour des rayons.

— Je n'en sais pas davantage. Les pages sont entièrement consumées, et ce qui reste de la couverture ne nous apprend rien.

— La plupart des volumes ont des reliures d'art, ils portent le titre en lettres dorées marquées au fer sur leurs dos. Si celui-ci allait avec les autres, ce qui est probable, il devrait rester une indication. Voyons...

Keats retourna le livre brûlé.

— Il en resterait une si la personne qui en voulait à cet ouvrage n'avait pas commis un petit acte de vandalisme avant de le livrer aux flammes, déclara Ellery. Regardez ces traces de coupure, de chaque côté du dos... Le volume a d'abord été mutilé à l'aide d'un instrument tranchant.

Keats se tourna vers Delia et Wallace, qui regardaient par-dessus son épaule.

— Avez-vous une idée à suggérer, concernant ce livre ?

— *Enfer et damnation ! Vous revoilà tous les deux !*

Le fauteuil roulant transformé en lit obstruait l'embrasure de la porte. Les cheveux de Roger Priam étaient hérissés, sa barbe pointait d'une façon menaçante, ses couvertures traînaient par terre, la veste de son pyjama s'ouvrait sur sa poitrine de singe ; les boutons avaient dû être arrachés dans un récent accès de fureur.

— Empêcher les gens de dormir chez eux, c'est un comble ! Alfred, où diable étiez-vous ? Pas dans votre chambre, certainement, puisque je me suis tué à vous appeler par le téléphone intérieur !

— Il s'est passé quelque chose ici, monsieur, dit le secrétaire d'un ton apaisant.

— Quoi ?

Ellery et Keats observaient le paralytique. Le bureau et un gros fauteuil placé entre la porte et la cheminée empêchaient Priam d'apercevoir le livre brûlé, et il avait évité de regarder sa femme.

— Si vous m'avez assez vu, croyez bien que la réciproque est vraie, et que je ne suis pas ici pour mon plaisir, Mr Priam. Quelqu'un s'est introduit chez vous cette nuit, voilà ! Et si vous caressez l'idée de me chasser une fois de plus à coups d'injures, abandonnez cette illusion. La violation de domicile avec effraction est un acte illégal, et je représente ici la loi. Maintenant, vous allez répondre à mes questions. Sinon, je jure bien de vous boucler sous l'inculpation d'obstruction volontaire à une enquête de police ! Pourquoi ce livre a-t-il été coupé et brûlé ? acheva Keats en mettant le débris calciné sous le nez de Priam.

— Un livre ? Brûlé ?

Priam eut un mouvement de recul involontaire. Sa rage était tombée, la terreur reparaissait.

— Reconnaissez-vous ceci ?

— Non.

— Vous ne savez rien de cette affaire ?

— Non, répéta Priam d'une voix cassée.

Keats se détourna avec un haussement d'épaules.

— C'est possible. Voyons...

— Permettez, lieutenant, intervint Ellery qui avait procédé à une rapide inspection de la bibliothèque.

C'était une magnifique collection de volumes à tirage limité, sur papier de luxe, illustrés, dorés sur tranche, reliés par les maîtres de l'art. Rien que des ouvrages classiques, princièrement présentés... Bravo, Priam ! Le malheur était qu'après avoir feuilleté une trentaine de livres, Ellery attendait encore d'en trouver un dont les pages fussent coupées. Personne ne les avait lus, ils donnaient même l'impression de sortir des mains du relieur, sans avoir jamais été ouverts.

— Depuis combien de temps possédez-vous ces livres, Mr Priam ? demanda Ellery.

— Depuis... Depuis quand, Delia ?

— Ils remontent au début de notre mariage.

— Pour garnir une bibliothèque, il faut des livres, n'est-ce pas ? Je fis venir un type auquel je dis de mesurer la longueur totale des rayons, puis de me procurer ce qu'il fallait de volumes pour la remplir. « Je veux le mieux en tout », lui précisai-je. Quand il revint avec son chargement de bouquins, je le lui jetai à la tête. « Le mieux en tout, ai-je commandé ! Remportez cette camelote et faites-la relier avec les meilleurs matériaux – cuir et autres – existant sur le marché. J'en veux pour mon argent, sinon vous ne tirerez pas un cent de moi ! »

Priam avait repris de l'assurance en évoquant ce souvenir. Keats s'arma de patience et rentra dans l'ombre.

— Votre ordre a été parfaitement exécuté, monsieur, dit Ellery. Tous ces beaux livres sont absolument intacts... On jurerait même qu'ils n'ont jamais été ouverts.

— Ouverts ! Pour abîmer les reliures ! J'ai fait estimer ma collection, monsieur. Elle vaut une fortune. J'interdis à quiconque de feuilleter un de mes livres !

— Vous n'avez jamais eu la curiosité de savoir ce que racontaient certains de ces auteurs ?

— Je n'ai pas lu un seul livre depuis ma sortie de l'école, riposta Priam. Les bouquins sont pour les femmes et les fainéants. Les journaux et les magazines illustrés, ça, c'est une autre paire de manches... Au fait, où voulez-vous en venir ?

— J'aimerais passer une heure ici afin de regarder votre collection, monsieur. Si vous m'y autorisez, je m'engage sur l'honneur à manier vos volumes avec le plus grand soin.

— Vous écrivez des romans, je crois ?

— Oui.

— Vous arrive-t-il d'écrire des articles consacrés aux livres ?

— Parfois.

— Songeriez-vous à en consacrer un à la bibliothèque Priam ?

— On ne peut rien vous cacher, Mr Priam, répondit Ellery avec un sourire.

— Je vous y autorise, dit noblement le paralytique dont le teint s'était ranimé. Le marchand de livres m'avait bien dit que ma collection intéresserait les bib... bib...

— Bibliophiles ?

— C'est ça. Et il m'avait décidé à faire imprimer un catalogue personnel. Vous en trouverez un exemplaire sur cette étagère. Il m'a coûté gros, je vous prie de le croire : impression en quatre couleurs, sur papier spécial, avec la description des livres et des tas de mots techniques que je ne peux même pas prononcer. Mais on n'a pas besoin de tout savoir, hein, du moment qu'on peut payer ? conclut Priam en riant. Allez-y, monsieur... rappelez-moi votre nom.

— Queen.

— Ma bibliothèque est à votre disposition, Queen.

— Merci, monsieur. A propos, avez-vous fait d'autres acquisitions depuis que votre catalogue existe ?

— Pourquoi ? demanda Priam surpris. Tous les bons, je les ai. Alors, que souhaiter de plus ? A propos, quand voulez-vous regarder ma collection ?

— Autant le faire maintenant, monsieur. La nuit est perdue de toute façon pour le sommeil...

— Et j'aurai peut-être changé d'avis demain, hein ? rétorqua l'autre avec une grimace qui se voulait un sourire amical. Bien raisonné, Queen. Vous montrez qu'on peut écrire des romans sans être un imbécile. Allez-y ! Quant à vous, Alfred, ramenez-moi dans ma chambre ! Je vous garde près de moi cette nuit.

— Bien, monsieur.

— Que faites-vous debout à cette heure, Delia ? Retournez vous coucher.

— Bien, Roger.

Priam agita aimablement les bras en signe d'adieu, tandis que Wallace roulait son fauteuil dans le hall. Impossible de savoir s'il avait oublié l'objet de sa frayeur ou s'était simplement ressaisi par un effort de volonté.

— J'espère que notre présence ne vous contrarie pas, Mrs Priam ? dit Ellery, quand la porte de Priam fut refermée. Il nous faut identifier le livre brûlé.

— Vous prenez Roger pour un imbécile, n'est-ce pas ?

— Je m'en voudrais de vous empêcher de vous recoucher et...

— Gardez-vous de commettre cette erreur. Roger... Ah ! Crowe. D'où viens-tu, mon chéri ? Je commençais à m'inquiéter. As-tu retrouvé ton grand-père ?

La voix de Delia Priam s'était adoucie à la vue de son fils qui remplissait l'embrasure de la porte.

— Vous ne devinerez jamais où je l'ai déniché, répondit-il gaiement.

Il s'écarta, et les autres virent Mr Collier, souriant béatement, le nez barbouillé d'un colorant chimique.

— Dans la cave ! acheva Crowe.

— Dans la *cave ?*

— Grand-père s'est installé une chambre noire en bas, maman. Il s'est pris de passion pour la photographie.

— Il me reste beaucoup à apprendre, dit le vieux monsieur en secouant la tête. Le développement est loin d'être parfait. Enfin... Bonjour, messieurs. Crowe m'apprend qu'il y a une nouvelle alerte.

— Vous avez passé toute la soirée dans la cave, Mr Collier ? demanda Keats.

— Et une partie de la nuit. J'y suis descendu aussitôt après le dîner.

— Vous n'avez entendu aucun bruit suspect ? Quelqu'un a forcé cette fenêtre.

— C'est ce que mon petit-fils me dit. Non, je n'ai rien entendu. Et si j'avais entendu quelque chose, je me serais sans doute enfermé dans la cave en attendant que le cambrioleur ait fini ! Tu as bien mauvaise mine, Delia. Il ne faut pas se laisser abattre...

— Je survivrai à tout ceci, papa.

— Va te coucher, ma fille. Bonne nuit, messieurs.

Son père parti, Delia prit une expression hostile.

— Crowe, Mr Queen et le lieutenant vont travailler un moment dans la bibliothèque. Il vaudrait peut-être mieux que tu restes avec eux.

— Entendu, maman. Je ne demande pas mieux...

Macgowan se baissa pour embrasser sa mère et quand il referma la porte derrière elle, il n'avait pas adressé un seul regard aux deux hommes présents dans la pièce. Alors, se tournant vers Ellery, il demanda d'un ton plaintif :

— Vous êtes en froid, maman et vous ? Que s'est-il passé ?

A quoi Ellery répondit sèchement, en désignant un fauteuil placé dans un coin :

— Si vous devez nous surveiller, Mac, faites-le de là-bas, afin de ne pas être dans nos jambes. Au travail, Keats !

La « collection Priam » était une monstruosité bibliographique, mais Ellery s'y attaqua dans un esprit dénué de tout préjugé tant artistique que moral : il se contenta de pointer sur le catalogue les titres que Keats lisait à haute voix, d'un bout à l'autre de chaque étagère.

L'inventaire dura près de deux heures, et Crowe Macgowan dormait à poings fermés dans son fauteuil quand Keats arriva au dernier volume du dernier rayon.

— Attendez... dit Ellery, feuilletant en arrière les pages du catalogue détaillé, enluminé et doré.

— Alors ?

— Vous avez nommé tous les livres, sauf un, lieutenant. – Posant le catalogue, Ellery présenta le débris calciné en ajoutant : – C'était un exemplaire in-octavo – relié en chêne laminé et soie brochée – des *Oiseaux* d'Aristophane.

— Plaît-il ?

— *Les Oiseaux*. Une comédie d'Aristophane, le plus célèbre poète comique d'Athènes au ve siècle avant J.-C.

— Je ne saisis pas la plaisanterie, grogna Keats. Dois-je en conclure que le fait de brûler une œuvre écrite voici plus de vingt-quatre siècles constitue un nouvel « avertissement » ?

— C'est évident, Keats. Nous sommes en présence d'un livre mutilé et brûlé, n'est-ce-pas ? Au moins deux sur quatre des précédents avertissements portaient la marque de la violence, sous une forme ou une autre : la salade empoisonnée, les grenouilles étranglées... – Ellery se redressa brusquement sur sa chaise. – *Les Grenouilles !* s'écria-t-il. Une autre comédie d'Aristophane !

— Heu ! fit le détective avec une moue chagrine.

— Mais il ne s'agit certainement que d'une coïncidence. Les autres éléments ne cadreraient pas... Voyons, faisons notre inventaire : le contenu non connu d'une boîte, un aliment empoisonné, un coûteux portefeuille et, maintenant, un exemplaire des *Oiseaux*, comédie satirique jouée pour la première fois en 414 avant J.-C., si ma mémoire est fidèle.

— Zut ! Je n'ai plus de cigarettes ! – Keats attrapa au vol le paquet qu'Ellery lui lança. – Merci. Il y a une constante dans ce méli-mélo, dites-vous ?

— Rappelez-vous les termes du billet, Keats. « Chaque pas sera précédé d'un avis... Un avis d'un sens spécial pour chacun, un sens caché qu'il vous faudra découvrir. »

— On ne fait pas mieux comme casse-tête ! grogna Keats. Pour moi, Queen, je reste sur mes positions : si cette histoire veut dire quelque chose, chaque incident a un sens propre.

— *Chaque pas*... Non, Keats, il s'agit d'une chaîne, d'un mouvement progressif. Et je ne suis même plus certain que Priam en connaisse le sens. La forme du dernier avertissement ajoute à la confusion générale, voyez-vous. Priam est virtuellement un illettré. Comment diable pourrait-il percer le sens attaché à la destruction d'une comédie de l'Antiquité grecque ?

— De quoi s'agit-il ?

— Dans la pièce ? Eh bien, autant que je m'en souvienne, deux Athéniens décident les oiseaux à bâtir une cité aérienne afin de séparer les dieux de l'homme.

— Voilà de quoi éclairer notre lanterne !

Keats ne tenait plus en place.

Il alla se planter devant une fenêtre, le jeune Macgowan ronflait innocemment dans son fauteuil, Ellery resta si longtemps songeur que son silence finit par frapper l'esprit engourdi de Keats.

Le détective se retourna d'un mouvement las, et sursauta :

— Quelle mouche vous a encore piqué, Queen ?

L'homme qu'il avait devant lui était un évadé d'un asile d'aliénés : grand et sec, mal rasé, avec des yeux éperdus où brillaient une joie inexplicable, une extase de jouvencelle rêvant à son premier baiser.

— Les avertissements *ont* un point commun, Keats !

— Bien sûr. Vous l'avez répété sur tous les tons.

— *Deux points communs*, veux-je dire !

Keats s'avança et prit une autre cigarette dans le paquet d'Ellery.

— L'affaire est dans le sac, hein ? Rentrez chez vous, prenez une douche et reposez vos méninges, Queen. De quoi parlez-vous, au fait ?

— Deux points communs, lieutenant !

Ellery avait la langue collée au palais et les tempes serrées ; mais qu'était tout cela devant la certitude de tenir le mot de l'énigme ? De le tenir enfin !

— Vous y *êtes*, pour de bon ?

— Je connais le sens général. *Je sais*.

— Quoi ? Quoi ?

Ellery parut ne point entendre. Le voyant prendre une cigarette, Keats lui donna du feu, après quoi il alluma machinalement sa propre cigarette et retourna devant la fenêtre, en aspirant la fumée avec volupté. Soudain, le malheureux fumeur s'aperçut de ce qu'il faisait ; son visage trahit un conflit de sentiments : surprise, décision héroïque, hésitation, capitulation nuancée de défi... Il tira goulûment sur sa cigarette et attendit.

— Keats.

— Oui ?

Le détective avait pivoté sur ses talons. Ellery était debout.

— Le propriétaire du chien... Rappelez-moi son nom et son adresse.

— Hein ? Le propriétaire de quel chien ?

— Celui qui fut vraisemblablement empoisonné avant d'être déposé à la porte de Hill. Comment s'appelait son propriétaire ?

— Henderson. Clybourn Avenue, Toluca Lake.

— J'irai le voir dès que possible. Vous rentrez chez vous ?

— Oui. Pourquoi ?

— Prenez deux heures de sommeil. Vous serez au poste de police dans le courant de la matinée ?

— Oui. Mais pourquoi...

Peine perdue. Ellery gagnait la porte d'une démarche de somnambule. Sa Kaiser démarra presque aussitôt.

Macgowan s'éveilla au moment où Keats ramassait ce qu'il restait du livre brûlé, après avoir empoché le paquet de cigarettes entamé.

— Tiens ! vous êtes toujours là ? Où est Queen ? Avez-vous trouvé quelque chose ? demanda-t-il entre deux bâillements.

Keats alluma une cigarette avec le mégot de la précédente.

— Je vous télégraphierai les nouvelles, grogna-t-il avant de sortir à son tour.

Dès 6 heures du matin, Ellery faisait du café, dans sa cuisine. Autant se lever, quand le sommeil vous fuit !

Il but trois tasses de café noir, en contemplant la brume qui recouvrait Hollywood. On ne voyait encore qu'un monde grisâtre que le soleil s'efforçait de percer. Bientôt le brouillard serait dissipé et le soleil brillerait de tout son éclat.

La révélation, elle aussi, cherchait à percer le brouillard. Il fallait l'y aider.

Que verrait-on ensuite, dans l'éblouissante lumière ? Ellery osait à peine approfondir la question ; mais il savait d'instinct que ce serait une chose monstrueuse mais empreinte de la grandeur qui accompagne certaines monstruosités.

Il regagna sa chambre, fit sa toilette et prit sa voiture.

13

Il était près de 8 heures quand Ellery arrêta sa Kaiser devant une maisonnette bleu vif de Clybourn Avenue.

Au milieu de la petite pelouse, Dopey, le nain de Walt Disney (en bois et peinturluré), portait une pancarte sur laquelle on lisait : HENDERSON.

Les fenêtres aux jalousies fermées n'étaient pas très engageantes. Comme Ellery s'avançait vers la porte, une voix féminine cria :

— Si vous cherchez Henderson, il est absent.

Une grosse voisine en peignoir orange se courbait sur un massif de violettes, cherchant à tâtons un objet invisible.

— Savez-vous où je pourrais le joindre, madame ?

Soudain, six gerbes d'eau jaillirent d'un irrigateur pour rafraîchir la pelouse du jardin contigu.

L'opulente propriétaire se redressa, congestionnée et triomphante.

— Henderson tourne un film du côté de Catalina, répondit-elle. Il est parti pour plusieurs semaines, sans laisser d'adresse. Vous êtes un agent publicitaire ?

— Dieu m'en garde, murmura Ellery. Connaissiez-vous le chien de Mr Henderson ?

— Frank ? J'étais payée pour le connaître, ce sale cabot qui sautait tout le temps chez moi et saccageait mes corbeilles de pensées ! Mais n'allez pas vous imaginer que je suis pour quelque chose dans l'empoisonnement de Frank, ajouta vivement la grosse femme. J'ai horreur des gens qui font du mal aux animaux, même nuisibles. Henderson ne s'est pas remis de la perte de son chien.

— De quelle race était-il ?

— Là, vous m'en demandez trop. C'était une espèce de chien de chasse, ni grand ni petit… A propos, seriez-vous membre de la Société protectrice des animaux, monsieur ? Je suis contre la vivisection. Si le Bon Dieu a…

— Un chien de chasse, dites-vous. Setter anglais ? Pointer ? Epagneul ?

— Je n'y connais rien, répondit la grosse voisine d'Henderson.

— De quelle couleur était Frank ?

— Brun et blanc. Non, noir. Attendez... Plutôt crème que blanc, avec des taches foncées.

— Merci, madame.

Ellery remonta en voiture. Il s'éloigna de la maisonnette bleue, s'arrêta pour réfléchir, trouva la solution et reprit la route de Hollywood.

La grande librairie était encore fermée !

Ellery ressentit ce contretemps comme une offense personnelle. Errant à pied dans Hollywood Boulevard, il se trouva devant le *Café Dan's ;* à cette vue, son estomac s'éveilla pour crier famine. Il entra, commanda un petit déjeuner et lut en se restaurant un journal qui traînait sur le comptoir. Quand il régla l'addition, le caissier lui demanda : « Quelles nouvelles de Corée, ce matin ? » A quoi il répondit bêtement, faute de se rappeler un traître mot du communiqué qu'il avait lu consciencieusement : « Situation stationnaire sur tout le front. »

La grande librairie avait ouvert ses portes !

Ellery entra et fonça tête baissée sur un vendeur.

— Vite ! Un livre sur les chiens.

— Sur quelle espèce canine de préférence ? demanda le vendeur sans s'émouvoir.

— Les chiens de chasse. Je veux un ouvrage illustré, en couleurs !

La grande librairie méritait son nom. Moyennant sept dollars et demi, plus taxes, Ellery emporta un gros volume sous son bras. Il lança la Kaiser à l'assaut des collines et surprit Laurel Hill au moment de sa douche matinale.

— Sortez ! dit Laurel d'une voix étouffée par le bruit de l'eau. Je suis nue.

— Fermez le robinet et venez !

— Sortez ! vous dis-je.

— Oh !... Votre académie ne m'intéresse pas le moins du monde...

— Merci. En avez-vous dit autant à Delia Priam ?

— Tenez ! Couvrez l'essentiel avec ça ! Vous me trouverez dans votre chambre.

Ellery lança une serviette éponge dans la direction voulue, et battit vivement en retraite.

Laurel le fit attendre cinq minutes derrière la porte de la salle de bains.

— Je n'espérais pas vous séduire, dit-elle en reparaissant dans un peignoir bleu, blanc, rouge. Mais auriez-vous l'amabilité de frapper, la prochaine fois ? Bonté divine ! Regardez mes cheveux...

— Oui, oui, dit Ellery. Ecoutez, Laurel. Je vous demande de *revivre* la scène qui se déroula devant votre porte le matin où votre père trouva le chien mort.

— Bien.

— Voyez-vous le chien ?

— Aussi nettement que si je l'avais sous les yeux.

— Retenez l'image !

Comme Ellery l'entraînait par le bras vers son lit, elle poussa un petit cri et referma son peignoir. Un gros volume était ouvert sur la couverture ; un épagneul colorié occupait l'une des pages exposées.

— Etait-ce un chien comme celui-ci ?

— N... non.

— Feuilletez attentivement cet ouvrage. Quand vous arriverez au cabot d'Henderson, ou à une illustration qui lui ressemble, criez : « Eurêka ! »

Laurel le toisa d'un œil soupçonneux. De si bonne heure, un homme n'a pas eu le temps de vider une bouteille, or celui-ci était rasé de frais et tiré à quatre épingles... Sa visite intempestive ne terminait donc pas une ribote prolongée jusqu'au jour. Alors ?

— Ellery ! Vous avez trouvé quelque chose !

— Allez-vous regarder, à la fin ?

Laurel obéit de si bon cœur qu'Ellery intervint au bout d'un instant.

— Pas si vite ! Vous risquez de le sauter !

— Je trouverai le frère de Frank, rassurez-vous... – Les feuilles voltigèrent comme des fleurs d'acacia dans le vent printanier. –... Le voici !

— Ah !

Ellery s'empara du livre.

La gravure montrait une sorte de basset à pattes droites, avec des oreilles pendantes et la queue relevée à l'extrémité. Le petit chien avait un museau et un fond de pelage blanchâtre, une tache noire formant selle sur le dos et des oreilles noires ; d'autres marques d'un jaune brunâtre se mélangeaient au noir sur le postérieur et la queue en fil de fer.

Beagle, lisait-on au bas de la page, dans un cartouche.

— *Beagle !* dit Ellery, les yeux brillants. Naturellement. *Naturellement !* C'était inévitable. Si j'avais eu l'esprit d'une punaise de bois... *Beagle,* Laurel, *beagle !*

Il souleva la jeune fille dans ses bras et posa cinq baisers sur la tête mouillée ; après quoi il l'assit sur son lit défait et dansa la gigue des grandes occasions... une exhibition chorégraphique qui comptait parmi les secrets sacro-saints d'Ellery, pour son père y compris, et qui s'accompagna cette fois d'une cantate appropriée :

— Merci, ma jolie, mon adorable détective féminin. Tu as brillé dans l'affaire de l'arsenic, dans celles des petites grenouilles et du portefeuille... Tu t'es donné un mal fou, alors qu'il suffisait de te rappeler ce que tu savais depuis le début : le *beagle*. Oh ! le *beagle !*

— Mais qu'est-ce que la race du chien vient faire dans tout ceci, Ellery ? demanda Laurel, abasourdie. *Beagle* – *bigle* dans son autre forme orthographique – désigne une personne qui louche... Je ne vois pas d'autre sens possible. Alors ?

— Louchera bien qui louchera le dernier ! chanta Ellery.

Il exécuta quelques entrechats accompagnés de baisers d'adieu, envoyés du bout des doigts à son aimable spectatrice, et il faillit écraser le gros nez de Mrs Monk, la femme de charge de Laurel, appendice ornant un visage absolument horrifié, passé dans la fente de la porte donnant sur le palier.

Vingt minutes plus tard, Ellery se trouvait en conférence avec le lieutenant Keats, à la division de Hollywood. Les usagers du couloir qui passèrent devant la porte fermée ne distinguèrent qu'un murmure à une voix, ponctué par une série de sons inarticulés qui n'avaient aucun rapport avec le ton habituel du détective.

Plus d'une heure s'était écoulée quand la porte se rouvrit enfin. A voir Keats, branlant du chef et balbutiant des mots inintelligibles, on eût juré que le malheureux venait de se relever après avoir encaissé un coup de pied dans la figure. Ellery le suivit d'un pas ferme. Tous deux s'engouffrèrent dans le bureau du chef divisionnaire.

Ils en sortirent au bout d'une heure et demie. Keats avait dépassé le stade de la convalescence. Il avait retrouvé toute sa vigueur.

— Je n'y crois pas encore, dit-il. Mais, par le diable, tout est possible dans ce drôle de monde !

— Combien de temps cela demandera-t-il, à votre avis, Keats ?

— Quelques jours, maintenant que nous savons ce que nous cherchons. Qu'allez-vous faire entre-temps ?

— Dormir et attendre le pas suivant.

— D'ici là, nous aurons peut-être de solides renseignements sur notre trio, dit le détective en souriant.

Ils se quittèrent sur une poignée de main solennelle : Ellery pour rentrer chez lui et se coucher, Keats pour lancer une machine compliquée, qui s'appelait la police de Los Angeles et qui travaillerait vingt-quatre heures sur vingt-quatre – avec toutes les chances de succès, cette fois – en vue d'éclaircir une situation remontant à un quart de siècle.

Tous les fils moisis par le temps n'avaient pu être assemblés au bout de trois jours, mais ceux qui avaient été obtenus grâce au télégraphe et au téléphone interurbain concordaient parfaitement avec les éléments déjà connus.

Réunis dans un bureau de la division de Hollywood, Ellery et Keats supputaient ensemble la nature et la longueur des fils qui manquaient encore quand le téléphone sonna. Keats répondit.

— Lieutenant Keats, Ellery Queen est-il là ? demanda une voix féminine, à l'intonation pressante.

— C'est Laurel Hill, pour vous, dit le détective.

Ellery prit le récepteur.

— Je vous ai négligée, ces temps-ci, Laurel. Qu'y a-t-il ?

— J'ai commis un crime, répondit la jeune fille, avec un rire nerveux.

— C'est sérieux ?

— De quelle peine est-on passible pour détournement d'un objet adressé à autrui ?

— A Priam ?

Les échos d'une lutte, à l'autre bout du fil, parvinrent à Ellery.

— Ce n'est pas elle, Queen. C'est moi ! lança vivement Crowe Macgowan.

— Il ment ! cria Laurel. Non, Mac ! Je sais prendre mes responsabilités ! Je n'en pouvais plus d'attendre et j'ai...

— L'objet de la discussion est-il destiné à Roger Priam ? interrompit Ellery.

— Oui, répondit Macgowan. C'est un grand carton qui était posé sur la boîte aux lettres. Mais, vis-à-vis de

Roger, Laurel n'y est pour rien. C'est moi qui l'ai pris, voilà !

— L'avez-vous ouvert, Mac ?

— Non.

— Où êtes-vous ?

— Chez vous.

— Attendez-moi, et n'y touchez pas. – Ellery raccrocha ; puis il dit : – Le sixième avertissement, Keats !

Ils trouvèrent Laurel et Macgowan dans le living-room d'Ellery, montant la garde devant un paquet dont le format rappelait celui des cartons de tailleur. Il était emballé dans du papier brun, solidement ficelé et muni de l'étiquette habituelle adressée à Roger Priam.

— Porté à domicile, comme les précédents, dit Keats. Comment avez-vous mis la main dessus, Miss Hill ?

— On me tient à l'écart, et je me ronge... Voilà plusieurs jours que je guette, cachée derrière un buisson. Et tout ça pour la manquer, en fin de compte !

— *La* manquer ? répéta Crowe Macgowan, surpris. Au féminin ? Pourquoi ?

— Pour rien, répondit Laurel en rougissant.

Crowe la dévisagea.

— Soyons pratiques, intervint Keats. Ouvrez ce paquet, Macgowan, pour soulager notre conscience.

— Très drôle ! grommela le géant.

Il déballa en silence un carton blanc, ne portant aucune inscription, de qualité très ordinaire, gonflé par son contenu.

Mac ôta le couvercle.

La boîte débordait de papiers. Tous étaient imprimés, mais il y avait un assortiment de teintes et de formats différents.

— Par exemple ! s'écria Keats, piochant au hasard. Des titres !

— Un carton plein de valeurs ! renchérit Ellery au bout d'un instant.

Ils s'entre-regardèrent. Ce nouvel « avertissement » ne cadrait pas avec la théorie d'Ellery.

— Laurel, Mac, y comprenez-vous quelque chose ?

Laurel regardait fixement le nom inscrit sur l'action nominative qu'elle tenait à la main. Elle fit un signe de tête négatif, remit le titre dans la boîte et se détourna.

— Il y en a sûrement pour une fortune ! s'exclama Mac. Un généreux avertissement !

Ellery observait Laurel.

— Faisons d'abord l'inventaire de cet envoi, Keats, nous aviserons ensuite. Laurel, qu'avez-vous ?

— Où allez-vous ? demanda Macgowan.

La jeune fille atteignit la porte. Là, elle se retourna.

— Je suis lasse d'attendre, de guetter, d'attendre encore sans jamais agir, sans aboutir à rien. Je suis lasse de tout ! Si vous êtes sur une piste quelconque, le lieutenant et vous, parlez enfin, Ellery.

— Une certaine enquête n'est pas encore terminée, ma petite.

— Le sera-t-elle jamais ?

Laurel sortit. Peu après, les autres entendirent l'Austin s'éloigner avec une lenteur qui trahissait le découragement de sa conductrice.

Le même soir, vers 19 heures, Keats et Ellery arrivèrent ensemble chez les Priam. L'un conduisait sa voiture, l'autre portait un carton de titres, et Crowe les attendait devant la porte.

— Où est Laurel, Mac ? s'enquit Ellery. Mon message téléphonique ne vous aurait-il pas été transmis ?

— Laurel est ici. Je... je me demande ce qu'elle a, continua le jeune homme après une seconde d'hésitation. Pour une fille qui ne boit pas un cocktail par semaine, elle a descendu au moins huit martinis ce soir, et je ne peux rien en tirer !

— Même une jolie femme a le droit de prendre une cuite de temps à autre, dit Keats sans s'émouvoir. Votre mère est là ?

— Oui. Je l'ai mise au courant. Avez-vous appris quelque chose ?

— L'examen du papier et de la boîte n'a rien donné. Notre ami aime les gants. Avez-vous averti Priam ?

— Je lui ai annoncé votre venue, au sujet d'une importante question. C'est tout.

Priam dînait d'un gros bifteck saignant, avec une garniture d'oignons et de champignons. Il mangeait bestialement, la bouche ouverte, la barbe dégoulinante de sauce, mastiquant à belles dents. La bouteille de vin rouge placée à portée de sa main était aux trois quarts vide, Alfred Wallace cuisait un second bifteck sur un réchaud, et Delia Priam, assise près de son mari, avait l'expression d'une femme raffinée qui visite le zoo lors du repas des fauves.

La fourchette chargée de viande était à mi-chemin entre l'assiette et la bouche du dîneur quand les trois hommes entrèrent. Elle parvint à destination, avec une lenteur marquée, et Priam mastiqua distraitement cette bouchée-là, car ses yeux s'étaient aussitôt fixés sur la boîte qu'Ellery portait.

— Excusez-nous d'interrompre votre dîner, Mr Priam, dit Keats. Mais il vaut mieux tirer ceci au clair sans retard.

— L'autre bifteck, Alfred, dit le paralytique, tendant son assiette.

Wallace la remplit en silence, et Priam ajouta :

— Qu'est-ce encore ?

— Le sixième avertissement, monsieur, dit Ellery.

Priam attaqua son second bifteck.

— Je renonce à vouloir vous empêcher de fourrer vos deux nez dans mes affaires personnelles, dit-il presque amicalement.

— J'ai pris cette boîte, déclara soudain Crowe Macgowan. Elle était posée sur la boîte aux lettres, et je l'ai prise.

— Vraiment ?

— L'atmosphère de cette maison devient irrespirable. Je ferai tout pour tirer cette sale histoire au clair !

Lancée à toute force, l'assiette de Priam frappa Macgowan au-dessus de l'oreille. Le géant chancela sous la violence du coup ; livide, il s'écrasa contre la porte.

— *Crowe !*

Mac repoussa sa mère.

— Roger, si vous avez le malheur de recommencer, je vous tuerai, dit-il d'une voix sourde.

— Que je ne vous revoie plus ! Partez ! rugit le paralytique.

— Pas tant que Delia sera sous ce toit. Sans elle, je serais déjà en uniforme. Dieu sait pourquoi Delia reste, mais je resterai autant qu'elle. Je ne vous dois rien, Roger. Je paie mon écot, ici, et j'ai le droit de savoir ce qui se passe. Laissez maman…

Delia épongeait son oreille ensanglantée avec un mouchoir de batiste ; les traits pincés, elle paraissait brusquement plus que son âge.

— Rappelez-vous mon avertissement, Roger, acheva Macgowan. Ne recommencez plus.

Wallace, à quatre pattes sur le tapis, se mit à ramasser les débris de l'assiette et son contenu.

Les joues en feu, la tête rentrée dans les épaules, Priam fixait son beau-fils avec une haine presque tangible.

— Mr Priam, dit tranquillement Ellery, avez-vous déjà vu ces valeurs ?

Priam regarda la masse de titres posée sur la table de son fauteuil roulant. Au début, il n'y toucha pas, ne parut même pas les voir… Puis la conscience chassa l'hébétude et elle agit comme un décolorant chimique sur ses joues : le violet s'effaça, laissant une pâleur mortelle.

Soudain, il se mit à farfouiller à pleines mains dans le carton, saisissant un titre après l'autre avec un intérêt fébrile. Enfin ses pattes retombèrent et il regarda sa femme d'une façon bizarre.

— Je reconnais ces titres, dit-il. Pas vous, Delia ?

Ce trait perça l'armure de son épouse.

— Moi ?

— Regardez-les, ma chère. Si vous ne les avez vus récemment, c'est l'occasion ou jamais.

Elle s'approcha à contrecœur du fauteuil mécanique, flairant un désagrément qui réjouissait son mari. Si la nature du sixième avertissement allarmait Priam, il n'y paraissait plus.

— Lisez, Delia, reprit-il en lui tendant un certificat nominatif. Le papier ne mord pas.

— Quel mauvais coup préparez-vous ? grogna Crowe, prêt à s'élancer.

— Vous avez vu ces titres tantôt, Macgowan, dit Keats.

Le géant se figea, visiblement anxieux. Keats observait son monde d'un œil plus brillant que d'ordinaire ; il ne faisait exception que pour Wallace, retourné à son réchaud comme si de rien n'était, comme s'il était seul dans la pièce.

— Harvey Macgowan, lut Delia d'une voix atone.

— C'est ça, c'est cela même ! s'écria Priam. Ce titre est bien au nom d'Harvey Macgowan, Delia. Votre père, Crowe. Ha, ha !

— Je n'avais pas remarqué le nom, maman.

Elle leva une main, comme pour imposer silence à un enfant.

— Sont-ils tous...

— Tous, sans exception, Mrs Priam, déclara Keats. Les connaissiez-vous ?

— Ces valeurs appartenaient à mon premier mari. Je ne les ai pas vues depuis des années.

— Vous en avez hérité à la mort d'Harvey Macgowan, votre époux décédé ?

— Oui, si ce sont les mêmes.

— Ce sont bien les mêmes, madame. Les archives de l'enregistrement prouvent que ces actions vous furent remises après liquidation de la succession de votre premier mari. Où les avez-vous gardées depuis cette date éloignée ?

— Les titres étaient dans une boîte… Pas celle-ci. C'est si vieux… Je ne me rappelle plus.

— Mais vous avez apporté ce portefeuille ici, avec vos autres affaires, quand vous avez épousé Mr Priam en secondes noces ?

— Sans doute. J'ai apporté toutes mes affaires.

Delia s'exprimait difficilement. Souriant, Priam suivait le mouvement de ses lèvres.

— Tâchez de vous rappeler l'endroit où ces titres se trouvaient, Mrs Priam. C'est important.

— Au grenier, probablement. A moins que ce ne soit à la cave, avec des malles et des cartons.

— Hum ! Vous ne nous aidez guère, madame.

— Laissez ma mère tranquille ! gronda Macgowan, qui, n'y comprenant rien, préférait prendre les devants. Savez-vous où je trouverais votre diplôme d'études élémentaires ?

— Le cas est un peu différent, répondit le détective. D'après la valeur nominale de ces titres, il y en a là pour plus d'un million de dollars.

— Quelle ânerie ! s'écria Delia Priam avec un retour d'esprit agressif. Ce fameux « portefeuille » n'a aucune valeur !

— Parfaitement, Mrs Priam. Je me demandais si tout le monde était au courant… Bref, ces titres ne représentent même pas le prix du papier sur lequel ils sont imprimés. Toutes les sociétés qui émirent ces actions ont fait faillite.

Priam plaça son mot, avec un plaisir manifeste :

— En langage de Bourse, ces valeurs bonnes à jeter au feu portent un nom. On les appelle : *chiens et chats*. Ha, ha !

— Mon mari employa presque tout son avoir à collectionner ce genre de papiers, dit Delia. Les « bonnes affaires » – qui tournaient toujours mal – attiraient irrésistiblement son argent ; mais je ne l'ai su qu'après sa mort, et je me demande encore pourquoi j'ai conservé ces vieux titres.

— Pour les montrer à votre second adorateur et époux, voyons ! répondit Roger Priam. Rappelez-vous, Delia. Vous me les avez montrés aussitôt après notre mariage et je me souviens même de mon conseil d'alors : « Tapissez la chambre du cher petit Crowe avec ce beau papier colorié, en souvenir de son papa ! » Je vous rendis aussitôt ce fatras et ne l'ai jamais revu avant ce soir.

— Ces titres étaient dans un coin quelconque de la maison, vous dis-je ! Là où n'importe qui pouvait mettre la main dessus !

— Là où quelqu'un les a trouvés, effectivement, dit Ellery. Nous sommes en présence d'un de ces singuliers avertissements qui vous sont adressés, Mr Priam. Comment l'expliquez-vous ?

— Ces *chiens et chats* ? demanda Priam en riant. Je vous laisse le soin de trouver l'explication, mon ami.

Son intonation était méprisante. Avait-il réussi à se convaincre que toute la série d'incidents fantastiques était l'œuvre d'un fou et, partant, dépourvue de signification ? Avait-il, au contraire, dominé une terreur qu'il savait fondée, au point de pouvoir jouer la comédie en grand acteur ? C'était possible. Enfermé entre quatre murs depuis tant d'années, le paralytique avait pu développer ses dons naturels, devenir un grand comédien toujours en représentation dans son fauteuil mécanique.

— Bien, dit le lieutenant Keats, bon enfant. L'incident paraît clos.

— Le pensez-vous ?

La question venait de l'autre bout de la pièce.

Toutes les têtes se tournèrent de ce côté.

Pâle et les narines pincées, Laurel Hill venait d'entrer par la porte-fenêtre donnant sur la terrasse.

Ses deux mains étaient enfoncées dans les poches d'une veste de cuir. Ses yeux troubles fixaient Delia Priam.

Elle s'avança lentement, se raidissant pour ne pas tituber.

— Laurel… commença Crowe.

— Ne m'approchez pas, Mac. Delia, j'ai à vous parler.

— Oui ? fit Delia Priam.

— Le portefeuille vert m'a rappelé quelque chose : un objet qui vous appartenait. J'ai fouillé votre chambre pendant que vous étiez à Santa Barbara, et je l'ai trouvé. C'est un de vos sacs… un sac en crocodile, teint en vert, venant de chez le même fabricant que le portefeuille. Je sus ainsi que vous étiez à la base de toute cette affaire, Delia.

— Il vaudrait mieux l'emmener, dit soudain Alfred Wallace. Elle est ivre.

— Silence, Alfred, grogna Roger Priam sans colère.

— Miss Hill…

— Non, lieutenant ! – Laurel rit, puis reprit sans quitter l'autre femme des yeux. – Je savais à quoi m'en tenir sur votre compte, Delia. Mais Ellery Queen, un célèbre détective, ne partageait apparemment pas ma conviction et je pouvais me tromper… Le cas est différent, maintenant. Ces titres vous appartenaient. C'est vous qui les aviez rangés et vous saviez où les prendre. Vous êtes la seule personne à avoir pu les envoyer !

— Laurel, commença Ellery, cette conclusion est profondément illogique...

— *Ne m'approchez pas !*

La main droite de la jeune fille jaillit de sa poche. Elle tenait un revolver, pointé sur le cœur de Delia Priam.

La stupeur clouait Macgowan sur place.

— Or si vous avez envoyé ce dernier « avertissement », vous avez envoyé aussi les autres, Delia. Et personne ne veut agir. Avec les hommes, une femme de votre espèce s'en tire toujours à bon compte ! Mais je suis là, pour venger mon père ! Vous allez payer. Imm...

Ellery lui frappa le bras au moment où le coup partait, et Keats attrapa le Browning au vol. Crowe poussa un cri étranglé en courant à sa mère. Delia Priam n'avait pas bronché. Roger Priam regardait la tablette de son fauteuil mécanique : la balle avait cassé la bouteille de vin, à cinq centimètres de sa main.

— Bon sang ! cria-t-il. Elle a failli me tuer !

— Mauvais travail, Miss Hill, dit Keats. Me voici obligé de vous arrêter pour tentative de meurtre.

Le regard trouble de Laurel allait de Delia au revolver que Keats tenait à la main. Ellery sentait la jeune fille se recroqueviller dans ses bras, comme si elle cherchait à rentrer sous terre.

— Excusez-moi, Mrs Priam, continua le détective. Je ne pouvais me douter qu'elle était armée, et elle m'inspirait toute confiance. Vous voudrez bien m'accompagner, pour signer une plainte.

— Ne dites donc pas de bêtises, lieutenant.

— Pardon ?

— Je ne porterai pas plainte contre cette enfant.

— Mais, Mrs Priam, elle a tiré sur...

— Sur moi ! hurla Roger Priam.

— C'est moi qu'elle visait, dit Delia Priam d'une voix indifférente. Elle se trompe, mais je comprends que la perte d'un être cher puisse pousser à de telles extrémités. Laurel a du caractère. Je l'envie. Crowe, quitte cet air de carpe frite ! Garde-toi de dramatiser cet incident. Elle aimait son père ; et, après des semaines de chagrin rentré, il lui a encore fallu s'enivrer pour se donner du courage. C'est une fille de cœur. Elle a besoin de toi, et je sais que tu l'aimes.

Laurel poussa un soupir et Ellery eut l'impression de soutenir une poupée de chiffons.

— Je crois que la fille de cœur s'est évanouie, murmura-t-il.

Du coup, Macgowan ressuscita. Il arracha Laurel aux bras d'Ellery et courut comme un fou, en la serrant sur son cœur. La porte s'ouvrit devant lui, Wallace s'effaça en souriant.

— Ce ne sera rien. Je suis bonne infirmière, déclara Delia Priam avant de quitter la pièce.

Les autres la regardèrent monter l'escalier derrière son fils : tête haute, taille cambrée, hanches provocantes.

14

Le 13 juillet au soir, tous les rapports étaient arrivés.

— Si je suis détective, vous avez, vous, le don de double vue, soupira Keats. Je me demande encore si vous n'avez pas accompli ce tour de force grâce à des renseignements secrets, Queen.

Ellery rit.

— Quelle heure avez-vous fixée à Priam et aux autres ?

— 20 heures.

— Nous avons juste le temps d'arroser le succès, Keats.

Il ne manquait personne, à l'appel quand les deux hommes entrèrent dans la chambre de Priam, à 20 heures tapantes. Delia était là, ainsi que son père, Crowe Macgowan, une Laurel blême et silencieuse. Roger Priam s'était mis en frais d'élégance : cheveux et barbe bien peignés, veste de velours vert, chemise à poignets empesés... Il flairait apparemment l'importance de cette réunion et tenait à se montrer à la hauteur de toute circonstance. Alfred Wallace restait à l'écart, discrètement effacé et toujours surprenant, avec son demi-sourire moqueur qui finissait par vous taper sur les nerfs.

— La séance promet de se prolonger, dit Keats, mais je pense que personne ne s'ennuiera. Sur ce, je passe la parole à Queen.

— Pardon, fit Priam avec bonne humeur. Quand vous déciderez-vous l'un et l'autre à comprendre que vous perdez votre temps, sans parler du mien ? Je n'ai pas demandé votre assistance, je n'en veux pas, je n'en ai pas besoin, et je n'ai pas de renseignements à vous communiquer.

— Nous sommes ici pour vous en donner, monsieur.

Priam écarquilla des yeux où luisait la curiosité. De tous, il était certainement le plus à l'aise.

— Vraiment ?

— Mr Priam, nous connaissons toute l'histoire.

— Quelle histoire ?

— Nous savons votre vrai nom. De même pour Leander Hill. Nous connaissons votre double passé antérieur à 1927, date de votre apparition à Los Angeles et de la fondation de votre affaire de joaillerie. Nous savons, par exemple, le nom de la personne qui fut mêlée à votre vie et à celle de Hill avant 1927... votre ennemi mortel d'aujourd'hui.

Le paralytique se cramponna aux bras de son fauteuil, mais garda un masque absolument impénétrable. Delia se pencha en avant, comme une spectatrice intéressée par une pièce de théâtre ; le vieux Collier manifesta une certaine inquiétude ; Macgowan resta absorbé ; Wallace conserva son sourire habituel ; Laurel parut revenir lentement à la vie.

— Je puis même vous dire le contenu de la boîte qui fut envoyée le jour où Hill reçut le chien mort, continua Ellery.

— La bonne blague ! s'écria Priam. J'ai brûlé le jour même la boîte et son contenu. Dans cette cheminée ! Si votre fameuse histoire n'est que du bluff comme cela...

— Je ne bluffe pas, monsieur.

— Vous savez ce qu'il y avait dans cette boîte ?

— Oui.

— Parmi les myriades d'objets possibles, vous êtes tombé juste, hein ? J'apprécie votre flair, Queen. Vous devez être bon au poker. Mais c'est un jeu que j'ai moi-même pratiqué, jadis. A nous deux ! Qu'est-ce que c'était ?

Souriant, Priam porta un verre de whisky à ses lèvres.

— *Une chose qui ressemblait à une anguille morte.*

Ellery eût-il dit : « Une chose qui ressemblait à une licorne vivante », le paralytique n'aurait pu réagir plus violemment. Il s'étrangla à demi, arrosa sa barbe de whisky et se mit aussitôt à l'éponger.

Keats eut l'impression que les autres étaient simplement stupéfaits. Wallace lui-même en perdit son sourire, mais il le retrouva vite et ne le quitta plus.

— J'ai rapidement acquis la conviction que ces « avertissements » se tenaient, qu'ils entraient dans un plan général. Et c'est bien le cas. Le plan est fantastique (je parie que le lieutenant Keats a peine à y croire, même à l'heure actuelle) ; mais, fantastique ou non, il existe. Sachant qu'il existait, je m'attachai à le découvrir... Or maintenant que c'est chose faite, le plan cesse d'être fantastique, il est « simple », dirais-je presque. Dans cette affaire-ci comme dans tant d'autres, la bizarrerie tient au cerveau qui conçut l'idée beaucoup plus qu'au plan lui-même.

» Au fur et à mesure que les avertissements arrivaient, je cherchais à découvrir leur dénominateur commun, le ciment qui les unissait. Il m'apparut enfin : *un animal figurait dans chacun des avertissements.*

— Quoi ! fit Laurel.

— Le chien qui servit d'instrument pour remettre le billet à Hill n'entre pas en ligne de compte. L'avertissement était donné à Hill, non à vous, Mr Priam. C'était le premier d'une série indépendante... Néanmoins, il est intéressant de noter au passage que la série destinée à Hill – qui ne dépassa pas le premier avertissement – débuta elle aussi par un animal.

» Laissons momentanément de côté le contenu de votre première boîte, Mr Priam, et cherchons le principe animal dans les avertissements connus de tous. Le second était une dose non fatale d'arsenic dans une salade de *thon.*

» Le troisième avertissement ? *Grenouilles et crapauds.*

» Le quatrième est moins apparent. Il fut donné sous forme d'un portefeuille. Mais ce portefeuille était en cuir de *crocodile.*

» Le principe animal sautait aux yeux, dans le cinquième : *Les Oiseaux,* comédie satirique d'Aristophane.

» Sans votre collaboration, Mr Priam, le sixième avertissement – des vieux titres sans valeur – m'aurait donné beaucoup de mal. Mais vous m'avez rappelé fort à propos le nom sous lequel on désigne ces titres en langage de Bourse : des *chiens et chats.*

» Nous avons donc : thon, grenouilles, crocodile, oiseaux, chiens et chats. Les trois premiers tangibles, les deux autres sous forme d'allusion. Tous des animaux. Le fait était surprenant. Plaît-il, Mr Priam ?

Mais le paralytique marmottait simplement dans sa barbe, et Ellery reprit, après avoir jeté sa cigarette dans la cheminée :

— J'avais trouvé le *facteur animal*, mais il ne signifiait rien en soi. La signification devait exister, cependant... Pour l'atteindre, il fallait creuser beaucoup plus profondément.

» Il s'agissait de trouver le sens caché, dis-je.

» On le voit ou on ne le voit pas... C'est tout. Mais il est là, de *a* à *z*, sans fard ni autres artifices. Comme dans toutes les grandes mystifications – les grandes conceptions – il a seulement revêtu le manteau de l'invisibilité.

— Pour l'amour du ciel, parlez d'une façon intelligible ! s'écria Crowe Macgowan. On n'y comprend goutte !

— Mac, dit Ellery, que sont les grenouilles et les crapauds ?

— Que sont... ?

— Les grenouilles et les crapauds. A quelle classe appartiennent-ils ? Macgowan resta bouche bée.

— Celle des batraciens, répondit son grand-père.

— Merci, Mr Collier. Et que sont les crocodiles ?

— Des reptiles.

— Le portefeuille dérivait d'un reptile. Maintenant, que représentent les chiens et les chats dans la classification des animaux ?

— Les mammifères.

— Merci, Mr Collier. Récapitulons. Dans l'ordre des avertissements – en commençant toujours au deuxième – nous avons : *poisson, batracien, reptile, oiseaux, mammifères*.

» La physionomie générale change aussitôt. Elle revêt un caractère scientifique.

» Pourquoi ?

» *Parce que cet ordre reproduit exactement les stades successifs de l'évolution de l'homme.*

Les yeux de Priam papillotaient de façon continue.

— Vous voyez qu'il n'y avait aucun bluff de ma part, Mr Priam, dit Ellery en souriant. Etant donné que le deuxième avertissement - poisson - représente le deuxième stade de l'évolution de l'homme, que le troisième avertissement - batraciens - représente le troisième stade de ladite évolution, et ainsi de suite, le premier avertissement représentait forcément le premier stade de l'évolution de l'homme. Nous arrivons ainsi aux cyclostomes, soit à la lamproie qui ressemble à l'anguille, mais appartient à un ordre différent. Voilà le mystère éclairci, monsieur. Le premier envoi ressemblait à une anguille morte.

— Je croyais que c'en était une.

— Connaissiez-vous le sens de ce que vous avez pris pour une anguille morte, Mr Priam ?

— Non.

— La boîte ne contenait pas de note explicative ?

— Non.

— L'expéditeur ne pouvait s'attendre à ce que la nature individuelle des avertissements vous éclaire sur le sens général, déclara Ellery. Ici, l'intuition s'accompagne forcément d'un certain niveau d'instruction que vous ne possédez pas, Mr Priam. L'expéditeur le sait. Il vous connaît très bien, je crois.

— Comment ? s'écria Laurel. Il envoyait tous ces avertissements sans se soucier qu'ils soient compris ou non ?

La même question se lisait dans les yeux du lieutenant Keats.

— Il me semble maintenant que notre homme préférait que ses envois ne soient *pas* compris. Son but était de créer la terreur pour la terreur.

Ellery prit une expression soucieuse et se détourna légèrement.

— Je n'ai jamais su ce que tout cela signifiait, murmura Roger Priam. C'était cette ignorance qui me rendait…

— Il est grand temps de vous éclairer, monsieur, dit Ellery, rasséréné. Votre persécuteur voulait inspirer la terreur, châtier, faire mourir sa victime à petit feu ; mais le moyen choisi dans ce but dénote un esprit orienté dans une certaine direction. Pourquoi baser sa campagne démoralisante sur la théorie de l'évolution ? La réponse s'impose, voyons ! L'ennemi juré de Leander Hill et de Roger Priam avait une formation scientifique déterminée. C'était un biologiste, un zoologue, un anthropologue… ou un naturaliste.

» Penser aux stades de l'évolution ramène automatiquement l'esprit à Charles Darwin, père de la théorie sur l'évolution qu'il développa, voici près d'un siècle, dans son ouvrage : *De l'origine des espèces*, publié en 1859.

» L'idée d'un naturaliste m'amena donc à Darwin, le plus grand naturaliste connu, et à son voyage d'études scientifiques à la suite duquel il édifia sa théorie relative à l'origine des espèces et à leur perpétuation par voie de sélection naturelle. Giboyeux retour en arrière ! s'écria Ellery, serrant à pleines mains le dossier de la chaise sur laquelle il s'appuyait. Car le voilier sur lequel Charles Darwin s'embarqua à Plymouth, Angleterre, en 1831, s'appelait : *H.M.S. Beagle.*

— *Beagle !* répéta Laurel, abasourdie. *Le chien mort !*

— Parfaitement. Quelles étaient les possibilités ? En envoyant un *beagle* à Hill, l'expéditeur pouvait livrer la clef des avertissements futurs : *Beagle*, le voilier de Darwin, son évolution. Mais Hill et Priam n'étaient pas hommes à connaître le nom du bateau sur lequel le grand naturaliste navigua voici plus d'un siècle… A supposer qu'ils eussent entendu parler de Darwin, ce qui n'est pas impossible, l'ennemi à tournure d'esprit scientifique avait-il voulu résumer en quelque sorte son plan de campagne ? C'était encore moins probable : à son niveau intellectuel assez élevé, on ne gaspille pas son temps en gestes inutiles.

» Il y avait d'autres possibilités dans le même sens ; mais j'acquis vite la conviction que cette direction ne menait à rien. Non, le *beagle* mort ne conduisait pas à Darwin. Il se rapportait à un fait déterminé et significatif du passé commun à Hill, Priam et leur ennemi. Quel pouvait être le rapport entre les éléments singulièrement disparates qui formaient le méli-mélo suivant : un célèbre naturaliste et deux hommes sans connaissances scientifiques, le mot *beagle* ou son concept, et un événement remontant à vingt-cinq ans environ ?

» Une hypothèse attrayante par sa simplicité se présenta aussitôt. Elle se résume en quelques mots : voici un quart de siècle, un naturaliste projeta une expédition scientifique de concert avec Hill et Priam. A cette époque, l'aviation était loin d'avoir atteint son développement actuel, les expéditions de ce genre se faisaient en bateau, et le souvenir de Darwin avait fort bien pu inspirer notre naturaliste au moment de baptiser le navire construit ou aménagé en vue d'une croisière d'étude...

» Je suggérai au lieutenant Keats de rechercher un petit bateau qui ait été construit, acheté ou loué en vue d'une expédition scientifique, baptisé ou rebaptisé *Beagle* et qui ait quitté un port américain aux alentours de 1925.

» Avec la coopération de la police et des services affectés au contrôle de la navigation, le lieutenant Keats retrouva la trace de ce bateau. Dois-je poursuivre, Mr Priam ?

Ellery s'arrêta pour allumer une nouvelle cigarette.

Le grésillement de la flamme et la respiration de Priam emplirent le silence de la pièce...

— Qui ne dit mot consent... murmura Ellery en exhalant la première bouffée de cigarette. Je vous passe la parole, lieutenant.

Keats tira un papier de sa poche et il s'avança.

— L'homme que nous recherchons s'appelle Charles Lyell Adam, commença le détective. Seul descendant d'une riche famille du Vermont, Charles Lyell Adam hérita d'une grosse fortune à la mort de ses parents. Mais (à notre connaissance) il ne s'intéressait ni à l'argent, ni aux femmes, ni aux plaisirs de ce monde. Elevé à l'étranger, il resta célibataire et fraya le moins possible avec ses semblables.

» Adam était un homme distingué et instruit qui consacra sa vie et sa fortune au naturalisme, tout en conservant la pleine indépendance d'un amateur. Toujours à notre connaissance, il ne fut jamais attaché à un musée, à une université ou à une quelconque organisation scientifique, et il vécut à sa guise, laquelle était de courir le monde, étudiant la flore et la faune des contrées peu explorées.

» Nous ne connaissons pas son âge exact, poursuivit Keats en consultant ses notes. Les registres d'état civil de sa ville natale furent détruits par un incendie vers 1910, et nous n'avons pas trouvé trace d'un acte de baptême. L'enquête menée auprès des habitants de sa ville natale en vue de déterminer approximativement l'âge d'Adam a donné des résultats contradictoires, nous ne lui avons pas trouvé de parents vivants, et il ne figure sur aucune liste d'enrôlement datant de la Première Guerre mondiale... Bref, pour toute certitude, nous ne possédons que celle-ci : en 1925, quand il organisa une expédition en Guyane, notre naturaliste avait entre vingt-sept et trente-neuf ans.

» Adam fit construire pour ce voyage un voilier muni d'un moteur auxiliaire et d'un équipement scientifique exécuté d'après ses plans. Personne ne semble avoir connu le but exact de cette expédition ; mais durant l'été 1925, le *Beagle* quitta le port de Boston et cingla vers le sud en longeant la côte.

» Le bateau d'Adam fit une longue escale à Cuba, imposée par des réparations ; puis il reprit la mer... Et personne n'entendit plus jamais parler ni du *Beagle*, ni de Charles Lyell Adam, ni de son équipage. L'arrêt forcé à Cuba s'était prolongé jusqu'aux abords de la mauvaise saison. Les recherches activement menées pour retrouver le voilier demeurèrent vaines, et le *Beagle* fut porté « perdu corps et biens ».

» L'équipage se composait de deux matelots expérimentés ayant l'un et l'autre atteint la quarantaine à l'époque. Nous connaissons leurs vrais noms, mais nous continuerons à leur donner ceux qu'ils prirent en 1927 : Leander Hill et Roger Priam.

Lancé par Keats comme une balle de tennis, le nom cingla Priam en pleine figure et, tels les spectateurs d'un match, tous les auditeurs braquèrent les yeux sur lui. Le paralytique se cramponna aux bras de son fauteuil et se mordit la lèvre jusqu'au sang. Il lécha la première goutte, la seconde coula dans sa barbe, puis les autres... Mais il tint bon, avec la crânerie d'un naufragé, jeté sur un récif, et qui mesure ses chances de salut contre la fureur d'une mer déchaînée.

— Bien, grogna-t-il. Vous savez. Et après ?

— Le reste dépend de vous, Mr Priam, dit Ellery.

— Comment ça ?

— Toute la question est de savoir si vous êtes prêt à dire la vérité ou s'il nous faudra essayer de la reconstituer, monsieur.

— A vous l'honneur, monsieur.

— Vous refusez toujours de parler ?

— Je vous laisse la parole.

— A votre aise. Tout en étant incomplets, les éléments que nous possédons devraient suffire. Vingt-cinq ans plus tard, vous êtes de ce monde. Leander Hill aussi, jusqu'à une date toute récente. Et, d'après l'auteur du billet attaché au collier du *beagle*, Charles Lyell Adam fut laissé pour mort voici vingt-cinq ans, dans des circonstances criminelles (à son point de vue, tout au moins). « Vous me croyiez aux enfers. Assassiné », écrit-il... Car, lui aussi est encore de ce monde, contrairement à ce que vous pensiez.

» Avez-vous sabordé le *Beagle* dans la mer des Antilles ? Vous étiez deux contre un, Mr Priam. Avez-vous *cru* assassiner Adam, avez-vous sabordé le voilier et pris la fuite dans le canot de sauvetage ? Les Haïtiens couvrent aisément six cents milles dans des coques de noix ; or Adam (qui s'y connaissait) vous avait jugés assez bons marins, Hill et vous, pour constituer son équipage.

» Mais des marins ne se livrent pas sans raison à une tentative de meurtre sur la personne de leur commandant, puis au sabordage d'un bon bateau. Quelle était la raison, Mr Priam ? S'il s'agissait d'un règlement de comptes entre hommes, ou d'une mutinerie à bord, ou d'un naufrage dû soit à l'incompétence, soit à la négligence de l'équipage, ou d'une autre raison ordinaire, vous aviez la ressource, Hill et vous, de gagner le port le plus proche pour y expliquer comme vous l'entendiez la disparition d'Adam et de son voilier. Eh bien, pas du tout ! Vous avez choisi, Hill et vous, de disparaître avec Adam, de noyer du même coup votre personnalité de matelots. Aux yeux de tous, le *Beagle* fut perdu corps et biens... Et deux années entières furent consacrées par Hill et par vous à préparer votre double résurrection : faux noms, nouvelles personnalités, etc. Pourquoi ? Parce que vous aviez quelque chose à cacher. *Une chose qu'il vous aurait été impossible de cacher si vous aviez reparu en tant que membres de l'équipage d'Adam.*

» La réponse est d'une logique élémentaire, Mr Priam. Voulez-vous maintenant nous dire ce qui s'est passé ?

Le paralytique conserva une immobilité de statue.

— Je continue donc, reprit Ellery. Nous connaissons toute votre histoire, et celle de Hill, du jour de votre naissance à celui où vous avez signé un engagement pour la première et dernière croisière du *Beagle*. Qu'étiez-vous, l'un et l'autre ? Des matelots aux poches plates qui bourlinguaient sur les mers, depuis leur jeune âge. Le *Beagle* disparut en 1925, je le répète. En 1927, vous apparaissez tous deux à Los Angeles où vous montez une très grosse affaire de pierres précieuses. *Etait-ce cela que vous n'auriez pu cacher si vous aviez reparu en tant que membres de l'équipage d'Adam ?* Car alors les autorités n'auraient pas manqué de demander : *D'où ces deux pauvres matelots ont-ils tiré tout cet argent... ou toutes ces pierres précieuses ?* Voilà la question que vous vouliez éviter, Hill et vous, Mr Priam.

» Il est donc raisonnable de conjecturer que le *Beagle* ne sombra pas dans une tornade, qu'il arriva à destination (un îlot inhabité, peut-être) et qu'au cours de fouilles consacrées à l'étude de la faune et de la flore locales, Adam fit une découverte sortant complètement du cadre de sa curiosité scientifique. Je pense à un trésor, enterré par une des bandes de pirates qui infestaient jadis la mer des Antilles, Mr Priam... Un vieux coffre de corsaire, rempli de pierres précieuses. Et que firent les deux pauvres matelots, éblouis par tant de richesses ? Ils attaquèrent Adam et le laissèrent pour mort ; puis ils emmenèrent le *Beagle* en haute mer, sabordèrent le bateau et s'enfuirent avec le trésor dans le canot de sauvetage. Voilà ce que vous avez fait, Hill et vous, Mr Priam.

» Et après ? A quoi bon posséder une fortune en bijoux si l'on ne peut en jouir ? L'un de vous eut alors un trait de génie : enterrer votre ancienne personnalité, mourir aux yeux du monde... puis reparaître un beau jour sous les traits d'hommes entièrement différents *et ouvrir une grande maison de joaillerie !*

» Deux années furent consacrées à vous initier aux affaires. Où avez-vous passé ces deux années, Hill et vous ? Nous n'avons pu le découvrir. Mais nous vous retrouvons à Los Angeles, en 1927, fondant une affaire de joaillerie, puisant à pleines mains dans le coffre qu'Adam avait trouvé dans son île et que vous vous étiez criminellement approprié. Maintenant, vous pouviez écouler le trésor. Ouvertement. Légitimement. Vous pouviez vendre des pierres et vous enrichir, encore et encore.

Priam avait la tête sur une épaule, les yeux clos... comme s'il dormait ou rassemblait ses forces.

— Mais vous n'aviez pas frappé assez fort, Hill et vous, dit doucement Ellery. Adam survécut. Lui seul sait comment il pansa ses blessures, recouvra la santé, revint dans le monde civilisé, et le reste. Il est seul à savoir où et comment il a vécu depuis lors. Mais son billet d'avertissement nous éclaire sur un point, Mr Priam. Adam consacra plus de vingt ans de son existence à rechercher les deux matelots qui l'avaient laissé pour mort : ses meurtriers. L'argent ne l'intéressait pas ; il avait de toute façon sa fortune personnelle, ce qu'il voulait, c'était la vengeance.

» Un jour, la victime trouva ses assassins, dit Ellery d'une voix durcie.

» Hill lui causa une déception. Le cœur de votre associé n'était pas en état de surmonter le saisissement causé par une nouvelle chargée d'aussi tragiques conséquences : contrairement à toute attente, Adam était encore de ce monde ! J'ai le sentiment que Hill différait sensiblement de vous, Mr Priam. Chez lui, le passé était bien enterré ; ayant fait peau neuve, il avait acquis – extérieurement tout au moins – les qualités d'un bon citoyen. Peut-être n'avait-il jamais été foncièrement mauvais, d'ailleurs. C'est vous qui avez toujours été le risque-tout, n'est-ce pas ? Ebloui par la récompense promise, Hill ne fut peut-être qu'un témoin complaisant de votre crime... Vous aviez besoin de lui pour vous enfuir, et je crois que vous ne pouviez vous passer de son intelligence supérieure. De toute façon, après un faux pas criminel, Hill parvint à devenir l'objet du respect et de l'affection d'une jeune fille irréprochable... Un homme pour la mémoire duquel Laurel était prête à tuer.

» Hill était un être sensible et imaginatif. Si je ne me trompe, la crainte des conséquences qu'aurait pour Laurel la révélation de son crime passé l'abattit du premier coup, tout autant que la tragique surprise de se retrouver en face d'Adam, vivant et assoiffé de vengeance.

» Mais vous êtes d'une autre trempe, Mr Priam. Vous n'avez point déçu Adam, au contraire. Votre victime d'antan a conservé sa tournure d'esprit scientifique : travailler sur vous, comme sur un cadavre que l'on dissèque à loisir, est un plaisir délectable. Pour un Charles Lyell Adam, vous êtes un gibier de roi, Mr Priam. Le savez-vous ?

— Qui est-ce ? demanda le paralytique, sortant de sa torpeur. Comment se fait-il appeler maintenant ? Le savez-vous ?

— Non, monsieur, répondit Ellery en souriant. Nous savons seulement que l'homme que vous croyiez avoir tué, voici un quart de siècle, a aujourd'hui entre cinquante-deux et soixante-quatre ans. Il vit, mais vous ne le reconnaîtriez pas si vous l'aviez devant vous. Le temps – ou la chirurgie esthétique – a complètement changé son apparence, j'en réponds. Et même si Adam n'avait pas pris une ride depuis vingt-cinq ans, cela ne vous avancerait pas, Mr Priam, ni nous non plus. Pourquoi ? Parce qu'il peut agir par procuration tout en restant dans l'ombre, voyez-vous ?

Les yeux du paralytique ne cessèrent de papilloter, tandis qu'Ellery lui assenait les derniers coups.

— Vous n'attirez pas précisément l'affection générale et il y a, dans votre entourage immédiat, des personnes qui trouveraient peut-être un certain plaisir à aider votre persécuteur. Si vous nourrissez l'illusion de n'avoir à vous défendre que contre un homme entre deux âges, répondant à un certain signalement, chassez cette idée sur-le-champ. Le complice d'Adam, travaillant pour sa satisfaction personnelle – si j'ose dire –, peut être jeune ou vieux, d'un sexe comme de l'autre… et il peut vivreici même, sous votre toit, Mr Priam.

L'immobilité absolue de Priam rappelait celle d'un chat effrayé, mais qui ne se tient pas encore pour battu.

— Quelle ignoble insinuation ! Je…

— Silence, Mac ! ordonna Keats d'un ton péremptoire.

Le fils de Delia pinça les lèvres et il ne les desserra plus.

— Adam s'amuse, ai-je dit tout à l'heure, reprit Ellery. Comprenez-vous la plaisanterie, Mr Priam ? En voyez-vous l'aboutissement logique ?

— Quoi donc ?

— Tous les avertissements qu'il vous a envoyés ont entre eux deux points communs et non un seul. *Tous concernent non seulement un animal, mais encore un animal mort.*

— Hein ?

— *Primo :* une lamproie morte. *Secundo* : un poisson en conserve. *Tertio,* des grenouilles et des crapauds étranglés. Puis un objet en peau de crocodile. Ensuite : *Les Oiseaux,* avec une touche symbolique pour ce cinquième avertissement, car le seul moyen de « tuer » un livre consiste à le mutiler et à le détruire ! Même le dernier avertissement, les *chiens et chats,* porte en soi le principe de mort ; rien n'est aussi « mort » que les actions émises par une société défunte, n'est-ce pas ? Un grand humoriste, cet Adam !

» Avec lui, nous gravissons l'échelle de l'évolution, de bas en haut. Du premier à l'avant-dernier échelon des vertébrés. De la lamproie aux chiens et chats. Et partout, au propre ou au figuré : la mort.

» Mais il reste le dernier échelon, Mr Priam. Le faîte de l'échelle darwinienne, réservé à la classe supérieure des mammifères.

» L'œuvre attend certainement son couronnement : un spécimen de l'espèce supérieure, représenté sous la même forme que les précédents. La prochaine fois, Charles Lyell Adam présentera *un homme mort*, monsieur, et la plaisanterie darwinienne perdrait non moins certainement de son sel si cet homme mort était autre que Roger Priam.

L'infirme conserva une immobilité de statue.

Keats prit à son tour la parole.

— Ayant étudié la question à fond, nous sommes tombés d'accord sur la mesure qui s'impose. Vous êtes marqué, Priam. Demain, l'ennemi frappera. Or, en bon serviteur de la loi, je vous veux vivant. De même pour Adam, si possible. Il importe donc que vous soyez gardé, nuit et jour, à partir de maintenant : un homme ici, dans votre chambre, un sur la terrasse, deux ou trois autres dans la...

Roger Priam aspira profondément.

Son rugissement fit tinter les cristaux du lustre.

— Je suis un criminel, hein ? Sur quoi fondez-vous votre accusation ? Je n'admets rien, vous ne pouvez rien prouver, et je ne sollicite pas votre protection. Bien mieux, je la refuse ! C'est compris ?

— Que redoutez-vous ? demanda le détective d'un ton cinglant. Que nous retrouvions Adam ?

— Je me suis toujours tiré d'affaire tout seul ! Par Satan, je réglerai le compte de celui-ci comme j'ai réglé celui des autres !

— De votre fauteuil roulant ?

— De mon fauteuil roulant ! Maintenant, foutez le camp, espèce de... ! Et ne remettez plus les pieds chez moi !

15

Nos amis se le tinrent pour dit. Apparemment, ils en avaient fini avec Roger Priam et ses affaires personnelles. Le lieutenant Keats vaquait à ses occupations quotidiennes, Ellery « travaillait » chez lui. Lisez : il fixait une éternelle feuille blanche sur sa machine à écrire silencieuse, sortait rarement le jour et jamais la nuit. Sa consommation en cigarettes, tabac pour la pipe, café et alcool fournit à Mrs Williams un second sujet digne d'alimenter ses interminables monologues. Quand l'excellente femme en avait fini avec la guerre de Corée et ses funestes conséquences, elle dédiait ses prédictions à Ellery : détraquement nerveux, cancer et autres maux tout aussi inévitables.

Parfois, Laurel, Crowe Macgowan, Alfred Wallace, Collier ou même Delia Priam elle-même téléphonaient ou venaient voir l'ermite soit de leur propre initiative, soit sur invitation. Mais tous raccrochaient ou s'en allaient aussi perplexes, pensifs ou soucieux qu'avant. Si Ellery se confia à l'un d'eux, ou réciproquement, rien n'en transpira à l'extérieur.

Et tandis qu'Ellery grillait des cigarettes, mâchonnait le tuyau de sa pipe, avalait du café brûlant ou étranglait une bouteille de whisky, les lamentations de

Mrs Williams s'élevaient avec ferveur vers le plafond de la cuisine.

L'appel attendu arriva au début de la quatrième semaine de juillet, juste après minuit.

Ayant écouté, dit quelques mots et raccroché, Ellery demanda le numéro téléphonique personnel de Keats.

— Queen ? demanda le détective, à peine la sonnerie déclenchée.

— Oui. En avant !

Ellery bondit dans sa Kaiser qui passait depuis quelque temps la nuit dehors, devant sa porte.

La voiture de la police stationnait déjà sur la route, avant la grille des Priam. Ellery arrêta la sienne derrière et il gagna le côté de la maison en ayant soin de marcher sur l'herbe pour étouffer le bruit de ses pas.

On ne distinguait rien sur la terrasse. Mais une main effleura son bras et il reconnut la voix de Keats contre son oreille :

— Vite !

La maison était plongée dans l'obscurité. La seule lumière venait de la chambre de Roger Priam, dont une porte-fenêtre donnant sur la terrasse était ouverte.

Keats et Ellery s'avancèrent à quatre pattes et ils regardèrent à travers la porte grillagée, fermée à cause des insectes.

Le fauteuil mécanique était déplié en lit pour la nuit. Dedans, on voyait Priam, couché sur le dos, immobile, la barbe pointée vers le plafond.

Plusieurs minutes s'écoulèrent sans amener aucun changement.

Ah ! Un léger bruit métallique !

La veilleuse électrique brûlait contre la porte donnant sur le hall. Nos deux guetteurs virent distinctement la poignée tourner. La porte s'entrouvrit avec un léger grincement.

Priam devait dormir.

La porte s'ouvrit toute grande.

Mais le battant était retombé contre le mur, masquant aux trois quarts la veilleuse, et les observateurs de la terrasse ne distinguaient presque plus qu'une tache sombre, qui se mouvait dans l'obscurité presque complète et avançait vers le lit de Priam. L'ombre était précédée d'une sorte de tentacule dont l'extrémité entra soudain dans le mince rayon que diffusait encore le bout dégagé de la veilleuse. Le tentacule était un bras, précédé d'une main armée d'un revolver.

Arrivé au fauteuil-lit, l'ombre s'immobilisa.

Le revolver s'éleva légèrement.

Keats se raidit. La main d'Ellery était posée sur sa manche.

Le drame se joua avec la rapidité de l'éclair.

Levant brusquement un bras, Priam happa le poignet de la main qui tenait le revolver. Ses doigts se refermèrent comme les mâchoires d'un crocodile et, rugissant, accroché à ce point d'appui, il parvint à soulever sa masse clouée au fauteuil par la paralysie. Dans la pénombre, les deux adversaires ressemblaient à des pieuvres engagées dans une lutte à mort, au fond des mers.

Un coup de feu partit. Le bruit sourd d'une chute suivit la détonation, puis tout retomba dans le silence.

Quand Ellery actionna l'interrupteur principal, Keats était déjà agenouillé devant l'homme qui gisait sur le tapis dans une position presque confortable, un bras replié, l'autre étendu. La main visible semblait désigner le revolver, tombé un peu plus loin.

— En pleine poitrine, murmura Keats.

Priam foudroyait du regard les deux indésirables.

— C'est Adam, dit-il d'un ton rauque. D'où sortez-vous l'un et l'autre ? Il voulait me tuer. C'est Adam. Je vous avais dit que j'en faisais mon affaire ! Ha, ha !

Son rire s'étrangla dans sa gorge et il se mit à trembler en se penchant vers sa victime.

— Comment est-il ? Je veux le voir !

— C'est Alfred.

— *Alfred ?*

Une fois relevé, Keats fit le tour du fauteuil et décrocha l'un des récepteurs.

— *Alfred est Adam ?*

Priam semblait hébété. Il eut un brusque mouvement de recul, mais ce n'était qu'Ellery, ôtant la couverture du lit pour l'étendre sur la forme inanimée.

— Il est... ? Il est mort ? balbutia le paralytique.

— Le Bureau central ? dit Keats au téléphone. Ici, Keats, signalant un homicide. Roger Priam vient de tuer Alfred Wallace, son secrétaire-infirmier... C'est ça. Une balle en plein cœur. Je me trouvais sur la terrasse et j'ai été témoin du meurtre.

— Il est mort ! Il est mort ! répéta Priam. Mais j'étais en cas de légitime défense. Vous l'avez vu... Vous l'avez vu ! Il s'est introduit ici sur la pointe des pieds. Je l'entendais approcher, mais je faisais semblant de dormir. On ne me prend pas en traître, moi ! Vous avez bien vu son revolver braqué sur moi ? Je lui ai tordu le bras ! Il voulait me tuer...

— Nous avons vu toute la scène, Mr Priam, déclara Ellery d'un ton apaisant.

— Bien, vous me servirez de témoins. Il est mort. Que le diable le prenne ! Wallace... Le salaud voulait ma peau, hein ? Bon sang, c'est fini. C'est fini !

— Oui, continuait Keats dans le récepteur. Quand cela ? Entendu, nous n'en sommes pas à quelques minutes près.

— Vous avez entendu Mr Queen, lieutenant ? murmura Priam quand il eut raccroché. Queen a tout vu, et...

— Je sais. – Keats souleva un coin de la couverture, puis il le laissa retomber et prit une cigarette qu'il alluma. – Attendons, dit-il entre deux bouffées.

Le paralytique pressa un bouton. La tête du lit se releva, le pied retomba, son occupant se trouva de nouveau assis dans son fauteuil.

— J'ai soif, dit-il. Vous me tenez compagnie, messieurs ? Buvons à la mémoire de mon ennemi mortel... De plus, un petit coup ne me fera pas de mal !

Ellery errait dans la pièce. Un pli soucieux creusait son front et il avait une façon éloquente de se frotter la nuque ou de taquiner son oreille.

Keats le suivait des yeux, en fumant.

Priam remplit un verre.

— Alfred Wallace... Il avait dû faire modifier son nez. Je ne l'aurais jamais reconnu. Un as, à sa manière ! Cette façon de se faufiler dans la place, et de se payer une bosse à mes dépens ! Mais rit bien qui rit le dernier. Ha, ha !

Il but son whisky d'un trait, avec une expression sauvage. Sa main ne tremblait plus quand il reposa le verre vide sur la tablette et ajouta :

— Cette fois, il est bien mort. Tout est fini.

— Mr Priam, dit Ellery.

Le vainqueur avait baissé la tête et il ne la releva pas.

— Mr Priam ?

— Hein ?

— Une question me tracasse encore. Maintenant que tout est fini, voulez-vous combler cette lacune ?

Priam dévisagea le curieux Mr Queen. Puis il se versa une seconde rasade d'un geste décidé.

— Entendons-nous, commença-t-il. Si vous espérez me faire admettre des tas de balivernes – avec un sténographe aux aguets sur ma terrasse, qui sait ? – vous perdez votre temps. Autrement... Soit, cet homme voulait ma peau. Pourquoi ? Pour la seule et unique raison qu'il avait perdu la boule, durant ce voyage, mes amis... Une crise de fièvre chaude, voilà.

» A bord du *Beagle*, mouillé devant un sale îlot, il nous pourchassa, armé d'un coutelas, mon camarade et moi. Quel mauvais quart d'heure ! Rien de mieux à faire que de sauter à la mer, gagner la rive à la nage et nous cacher dans les bois. Le lendemain matin, plus de bateau ! La forte tornade qu'il y avait eue cette nuit-là avait évidemment arraché le *Beagle* à son ancre... Nous ne le revîmes jamais, ni Adam non plus. Nous découvrîmes un trésor sur cette île, mon camarade et moi. Ça nous donna du cœur pour construire un radeau et nous sauver, avec le magot.

» Pourquoi avons-nous fait peau neuve et changé de nom ? C'est bien simple. Adam avait exploré cette île, il pouvait donc revendiquer un tiers du trésor et, même sans réclamer sa part, c'était un fou dangereux qui pouvait bien être repris de l'envie de nous tuer. Mieux valait s'appeler Hill et Priam, on était plus tranquilles. Voilà mon histoire. Et je n'en démordrai pas, mes amis. A votre santé !

Priam vida en souriant son second verre. Keats le regarda avec admiration.

— C'est un conte à dormir debout, Priam. Mais nous sommes bien obligés de l'accepter.

— Je suis à votre entière disposition, Mr Queen, reprit l'autre, sûr de lui désormais. J'irai même au-devant de vos désirs... Quel est le sujet qui vous a tant tracassé ?

— La lettre d'Adam à Leander Hill.

— La lettre ?... Je ne comprends pas.

Ellery tira un papier de sa poche.

— Voici la copie du billet que Hill trouva dans la boîte attachée au collier du *beagle*. Je vais le relire à haute voix, pour vous rafraîchir la mémoire.

— Allez-y, fit Priam très surpris.

— « Vous me croyiez aux enfers. Supprimé, assassiné. Depuis des années, plus de deux décennies, je vous cherche. Lui aussi… les deux. J'ai enfin mis la main sur vous. Pouvez-vous deviner mon plan ? Vous allez mourir. D'un coup ? Non ! *Piano, piano*. Ainsi en ai-je décidé, pour me payer de ces années de recherches, pour apaiser ma soif de vengeance. Vous mourrez à feu doux, lui comme vous. Préparez-vous à une agonie prolongée, à une fin inexorable. Un ver rongeur dévorera peu à peu les corps, les âmes. Chaque pas sera précédé d'un avis… Un avis d'un sens spécial pour chacun, un sens caché qu'il vous faudra découvrir. Ceci marque le premier pas, le premier avis. »

— Là ! fit Priam. Qu'est-ce que je vous disais ? Un fou en liberté !

— *Supprimé, assassiné*. Par une tornade, Mr Priam ? demanda Keats en souriant.

— Adam avait la folie de la persécution, lieutenant. Je me rappelerai toujours la scène à bord. Tandis qu'il nous poursuivait en faisant des moulinets avec son coutelas, il criait que nous voulions l'assassiner. Et c'était lui qui voulait nous tuer ! Interrogez les spécialistes des maladies mentales, ils s'y connaissent, eux ! Etait-ce cette question-là que vous ne parveniez pas à digérer, Mr Queen ?

— Pardon ? Oh ! non, monsieur. C'est le style… la façon dont le billet est rédigé qui m'a tant tracassé.

— Que lui trouvez-vous de remarquable ?

— Ce message nous offre la plus extraordinaire collection de mots qu'il m'ait été donné de lire jusqu'ici, déclara Ellery. Combien compte-t-il de mots, Mr Priam ?

— Comment le saurais-je ?

— Cent dix-sept.

Priam regarda Keats. Mais, comme le détective était tout au plaisir de fumer après une longue abstinence, Priam se retourna vers Ellery.

— Va pour cent dix-sept mots ! Et après ?

— Totalisant cinq cent six lettres de l'alphabet, monsieur.

— Je ne saisis toujours pas... Que cherchez-vous à démontrer ? Que vous savez compter ?

— Je veux, et je peux démontrer l'anomalie de ce texte.

— L'anomalie ?

— Les mots sont mes outils professionnels, Mr Priam. Non content d'en aligner, je lis beaucoup – avec envie parfois – les assemblages de mots heureusement imaginés par d'autres. Voilà d'où me vient l'autorité voulue pour appuyer l'observation suivante : ce texte comprend cent dix-sept mots, soit plus de cinq cents lettres, *dans lesquels la lettre t n'est jamais employée.*

— La lettre *t*, répéta Priam.

Avec ses lèvres qui continuaient à remuer en silence, il donnait l'impression de mastiquer une bouchée au goût inconnu et désagréable.

— Il m'a fallu du temps pour distinguer la fausse note de ce message, continua Ellery, tournant autour de la dépouille d'Alfred Wallace. Quand nous lisons, nous avons toujours tendance à nous attacher au sens du texte beaucoup plus qu'à sa structure matérielle. Remarquons-nous les briques qui entrent dans la composition d'un édifice ? Non. Et cependant...

» Revenons-en au *t*, Mr Priam. C'est la vingtième lettre de l'alphabet, l'une des consonnes les plus employées.

» Le *t* termine tous les adverbes ainsi que la troisième personne (singulier et pluriel) de la plupart des verbes, il entre dans la composition d'une foule de mots, dont la conjonction *et*, si souvent employée.

» L'importance du *t* est telle que je défie quiconque de rédiger un texte de cent dix-sept mots sans l'employer une seule fois... à moins de s'être creusé la cervelle pour l'éviter !

» Le message s'adresse à deux personnes : Leander Hill et vous. *Je vous cherche. Lui aussi... les deux,* écrit l'auteur. Pourquoi n'écrit-il pas simplement : *Je vous cherche tous deux,* ou encore : *Je vous cherche l'un et l'autre ? Lentement* ne serait-il pas préférable à : *Piano, piano ?* Et ainsi de suite, car il est inutile de se perdre dans les détails. Il suffit de relire le texte pour relever toutes les périphrases employées en vue d'éviter le mot qui vient naturellement à l'esprit, mais qui prend un *t*.

» C'est d'ailleurs ce souci constant d'éviter une des principales lettres de l'alphabet qui choque le lecteur à première vue, sans qu'il en distingue aussitôt la raison. Enfin je termine par l'essentiel : dans cet *avertissement de mort,* les mots *avertissement* et *mort* ne figurent pas une fois. Êtes-vous convaincu, Mr Priam ?

Roger Priam cherchait à saisir, ou à ressaisir une lueur fugitive. L'effort de mémoire creusait plus profondément ses rides, et ses yeux roulaient dans leurs orbites ; mais ses lèvres restèrent pincées.

Dans le fond de la pièce, Keats fumait toujours. Au premier plan, Alfred Wallace gisait sous la couverture.

— La question qui se pose est naturellement la suivante, dit Ellery : Pourquoi l'auteur du billet a-t-il évité la lettre *t ?*

» L'original était-il écrit à la main ou à la machine ? A nous d'examiner la question, faute de preuve ou d'indication précise : l'original a disparu, et Hill se détourna pour lire le message qu'il venait de prendre dans la boîte d'argent, empêchant ainsi Laurel de distinguer le mode d'écriture.

» Mais la plus simple analyse nous renseigne. Le billet ne pouvait être manuscrit, pour la bonne raison que le *t* s'écrit aussi facilement que n'importe quelle autre lettre.

Vu le propos de son message, l'auteur ne cherchait évidemment pas à réussir un tour de force divertissant, le choix de ses termes lui fut donc dicté par la nécessité.

» Le billet n'était pas écrit à la main, dis-je. Il était donc dactylographié. Vous l'avez vu, Mr Priam. Hill vous le montra le lendemain de sa crise cardiaque... Il était bien dactylographié, n'est-ce pas ?

Priam releva la tête avec un singulier froncement de sourcils ; mais il garda le silence.

— Il était dactylographié, reprit Ellery. Le problème simplifié se résume donc ainsi : pourquoi l'auteur d'un message tapé à la machine évita-t-il d'employer un seul *t* ? La réponse saute aux yeux, voyons ! *Parce qu'il ne pouvait faire autrement*. La touche du caractère *t* ne fonctionnait pas. Elle était cassée.

— Vous devinez, murmura le paralytique.

— Vous me faites trop d'honneur... ou trop d'injure, Mr Priam. Je m'interdis de « deviner » autant qu'un évêque s'abstient de jurer. Enfin, mettons qu'il s'agisse d'une « inspiration » ou d'une conjecture, si vous préférez. Elle a le double mérite d'être plausible et vérifiable.

» Mon hypothèse comporte une machine à écrire avec une touche cassée. Connaissons-nous, dans cette affaire, une machine à écrire endommagée ?

» *Oui, Mr Priam.*

» En me rendant pour la première fois chez vous, j'interrogeai Laurel à votre sujet. Par elle, j'appris qu'une infirmité qui aurait dû vous mettre sous la dépendance d'autrui avait développé en vous le besoin de vous suffire à vous-même... A propos de cet esprit de réaction, et pour l'illustrer d'un exemple, Laurel me raconta qu'elle était allée vous voir *la veille*, et qu'elle était mal tombée. *Votre machine à écrire venait d'être envoyée en réparation*, et le fait d'être obligé de dicter votre courrier à Wallace, au lieu de l'écrire vous-même, vous avait rendu de méchante humeur.

Keats s'était approché du fauteuil roulant. Il releva l'étagère à laquelle la machine à écrire était fixée.

Priam poussa un grognement étranglé. L'ignorant, les deux autres examinèrent la machine.

Ils échangèrent un regard, puis Keats tapa du bout d'un doigt la touche du *t*.

— La seule touche neuve de cette machine est celle du *t*, Mr Priam, dit-il. Le billet adressé à Hill fut tapé ici.

Keats resta contre le fauteuil, caressant presque tendrement la machine révélatrice.

— Qui a pu taper cette lettre sur votre machine, Mr Priam ? demanda doucement Ellery. Elle est vissée à l'étagère qui se rabat de côté quand vous avez fini de taper… Je le savais par Laurel.

» Donc, sauf en cas de réparation importante, votre machine fait en quelque sorte partie de votre fauteuil. L'original du billet adressé à Hill fut-il tapé sur votre machine après qu'elle eut été dévissée pour être envoyée chez le mécanicien, après donc que la touche du *t* eut été remplacée ? Non, parce que Hill reçut le message quinze jours *avant* que vous ne vous soyez décidé à envoyer votre machine à Hollywood. Quelqu'un s'est-il servi de votre machine pendant que nous n'étiez pas dans votre fauteuil ? Non plus. Vous n'avez pas bougé de ce fauteuil depuis quinze ans, Mr Priam. Quelqu'un s'est-il servi de votre machine en profitant de votre sommeil ? Pas davantage. Quand le fauteuil est mis en lit, l'étagère ne peut se remonter.

» Force nous est donc d'admettre la seule conclusion possible, Mr Priam.

» Le billet fut tapé de vos mains.

» C'est vous qui avez menacé votre associé de mort.

» Le seul ennemi de votre passé commun à Hill et à vous n'est autre que Roger Priam, monsieur.

— Entendons-nous, continua Ellery. Charles Adam n'est pas un personnage imaginaire. Il a réellement existé, et notre enquête a confirmé sa disparition, dans la mer des Antilles, « voici plus de deux décennies », comme vous l'avez écrit dans votre avertissement à Hill. Adam n'a plus donné signe de vie depuis, seuls les termes du billet nous amenèrent à croire qu'il était encore de ce monde. Le fait de savoir que vous avez écrit ce billet nous autorise à une première mise au point : Adam ne revint pas de son expédition sur le *Beagle ;* voici vingt-cinq ans, vous avez bel et bien réussi à l'assassiner, Hill et vous. Enfin sa réapparition en Californie, cet été, fut une pure invention de votre part.

» Vous saviez ce que faisiez, Priam. Vous saviez quel choc causerait à votre associé la révélation qu'Adam (tenu pour mort depuis un quart de siècle) était encore vivant et assoiffé de vengeance. Hill s'était racheté à sa manière. Il aimait Laurel, sa fille adoptive, et il vivait maintenant de manière à mériter le respect et l'affection qu'elle lui portait.

» La réapparition d'Adam menaçait non seulement la sécurité personnelle de Hill, mais encore tout l'édifice sentimental de sa vie. Votre associé avait déjà eu deux crises cardiaques ; tout vous permettait donc de prévoir que son cœur ne résisterait pas à un tel choc. Les événements confirmèrent cette prévision : votre billet tua Hill.

» Si votre victime douta un instant de son authenticité, vous avez pris soin de l'en convaincre durant la visite que vous lui avez faite le lendemain matin. C'était la première fois que vous sortiez de chez vous depuis quinze ans, Priam. Pour expliquer une sortie aussi exceptionnelle, il faut croire que vous aviez convenu par téléphone, Hill et vous, d'avoir un entretien confidentiel et urgent au sujet de cette lettre, et aussi que vous teniez à vous assurer que le billet était détruit, afin qu'on ne puisse en aucun cas remonter jusqu'à votre machine à écrire personnelle. Si Hill ne le détruisit pas sous vos yeux, il vous le remit et vous le fîtes disparaître ultérieurement. Vous n'ignoriez qu'une chose : à savoir que votre victime avait déjà caché dans son matelas une copie de l'original, écrite de sa main ! Pourquoi cette précaution ? Hill avait pu être averti par « son sixième sens » que tout n'était pas franc dans cette affaire... Nous ne saurons jamais ce qui se passa dans l'esprit de votre victime, Priam.

» Mais la force du choc moral précipita un homme dans la tombe. « Meurtre par frayeur », donc. Tuer de cette façon-là exige un maximum de soin et de préméditation... Le poison lui-même est moins lâche, moins révoltant ! On reste confondu devant un tel crime. Pourquoi vouliez-vous supprimer Hill ? Pourquoi avez-vous exhumé « un ennemi du passé » pour camoufler votre meurtre ?

» Quel était votre mobile ? L'appât du gain ? Non, puisque la mort de Hill ne vous rapporta rien. La crainte de voir dénoncer le meurtre d'Adam, vieux d'un quart de siècle ? Non encore, puisque votre associé d'aujourd'hui était votre complice d'alors. Hill ne pouvait vous perdre sans se perdre en même temps, et perdre du même coup l'affection respectueuse de Laurel. Vous seriez-vous rendu coupable d'autres crimes, plus récents, et auxquels votre associé n'aurait pas participé ? Des détournements opérés au détriment de la firme Hill et Priam, par exemple ? C'est fort improbable, pour la bonne raison que vous n'étiez en réalité qu'un « associé honoraire ». Hill dirigeait l'affaire, et on ne voit véritablement pas comment vous auriez pu falsifier des écritures ou détourner des fonds, puisque vous ne sortiez jamais de chez vous. La jalousie ? Non plus. Hill entretenait avec votre femme des rapports amicaux et corrects, il commençait d'ailleurs à passer l'âge des tentations, ajouta sèchement Ellery.

» En tuant Leander Hill vous n'avez obtenu qu'un seul résultat, Priam. Donc, en l'absence de toute indication dirigée dans une autre direction, je me vois obligé de prendre le résultat obtenu pour mobile du crime. Ce mobile se trouve d'ailleurs confirmé par votre caractère, par l'essence même de votre personnalité.

» Hill mort, vous vous trouviez débarrassé de votre associé. C'est le seul fait positif. Est-ce la clef de voûte de toute l'affaire ? Je le crois.

» Le trait essentiel de votre caractère est le besoin de dominer. Vous voulez régner en maître sur votre entourage. Etouffer toute liberté individuelle, imposer votre loi. L'infirmité vous a rendu despotique. Ce besoin de domination est tel que, dans le cas de votre femme, vous n'hésitez pas à vous servir d'un autre homme pour l'exercer.

» Vous haïssiez Hill en tant que « maître » de la firme Hill et Priam qu'il dirigeait depuis quinze ans, sans votre collaboration effective. Les employés l'aimaient, et ils vous détestent. Le fait de devoir à votre associé la bonne marche de l'affaire et votre sécurité matérielle fut le ferment d'une rancœur sans merci. Vous aviez beau bénéficier du travail et de la réussite de Hill, ils développèrent en vous une aigreur qui finit par vous empoisonner.

» L'idée du crime germa dans votre esprit.

» Débarrassé de votre associé, vous deviendriez le maître incontesté de l'affaire. L'idée que celle-ci puisse péricliter entre vos mains ne vous effleura sans doute pas, et si cette crainte vous traversa l'esprit, elle ne suffit pas cependant à vous faire hésiter. L'important était d'amener le personnel de Hill et Priam, du haut en bas de l'échelle, à ramper devant vous. L'important était d'être le *patron*.

Cette fois, Roger Priam ne poussa même pas un grognement, mais ses petits yeux roulèrent dans leurs orbites.

Keats se rapprocha encore de lui.

— Votre décision criminelle prise, l'état d'infériorité dans lequel vous mettait votre infirmité vous apparut, continua Ellery. Impossible d'aller et venir à votre guise, vous étiez cloué dans votre fauteuil. La ressource d'abattre Hill ici même, au cours d'un entretien d'affaires, ne vous menait à rien.. Il fallait le tuer de manière à n'être jamais soupçonné.

» Quel était le meilleur moyen de détourner les soupçons ? Créer l'impression d'être vous-même menacé de mort pour les mêmes raisons que votre victime. L'idée n'est pas nouvelle, bon nombre de meurtriers l'eurent avant vous, Priam. En d'autres termes, il fallait inventer une menace bien marquée et dirigée simultanément contre Hill et contre vous.

» Votre rapport commun avec Charles Lyell Adam, voici vingt-cinq ans, servit votre projet. Si Adam était encore de ce monde, il pouvait avoir un mobile plausible de vous poursuivre tous deux. Les autorités retrouveraient sans peine la trace d'Adam, jusqu'à la tragique disparition du *Beagle*, porté « perdu corps et biens », et le fait que vous ayez échappé au naufrage, Hill et vous – plus les allusions que vous glisseriez dans le billet prétendument écrit par Adam –, amènerait tout enquêteur compétent à la conclusion que vous escomptiez.

» En évitant l'erreur psychologique d'être trop explicite dans « l'avertissement d'Adam », vous avez fait preuve d'une grande intelligence. De même, votre refus répété de fournir une indication susceptible de guider nos recherches fut très adroit... Apparemment, vous étiez « contre nous », alors que nous suivions exactement la voie que vous aviez tracée à notre intention !

» Et Dieu sait si nous avons peiné sur cette voie fantastique !

» Mais si votre plan général, basé sur la théorie de l'évolution, tombait dans le fantastique, ce débordement d'imagination ne faisait que renforcer la logique de l'affaire. Il faut être un peu fou pour nourrir un désir de vengeance pendant vingt-cinq ans, et le fantastique attire de tout temps les esprits déséquilibrés ; de plus, un homme se tourne toujours du côté de ses connaissances... Le chemin que vous aviez tracé à notre intention, avec la certitude que nous finirions par le reconnaître et le suivre, menait tout droit à la conclusion que le naturaliste Charles Adam était « l'ennemi de votre passé commun, à Hill et à vous ».

» Votre camouflage était de première qualité ; toute l'affaire était si bien peinturlurée à la mode darwinienne que nous nous serions probablement contentés d'attribuer le meurtre à un homme décédé depuis un quart de siècle si vous n'aviez commis la sottise d'employer votre machine à écrire dont la touche *t* était cassée.

Priam inclina légèrement la tête. Signe d'assentiment ou contraction passagère des muscles du cou ? Impossible de le savoir, de savoir même s'il écoutait.

— En un sens, le sort vous joua un mauvais tour, Priam. Vous croyiez le cœur de votre victime plus solide, ou vous n'avez su prévoir la puissance dévastatrice de votre premier avertissement. Vous vous en étiez adressé un le même jour, avec l'intention – j'imagine – de procéder toujours par paire : un avertissement pour Hill, un autre pour vous-même. Après la mort presque foudroyante de votre victime, il était trop tard pour vous retirer du jeu. Votre cas peut se comparer à celui d'un général qui, ayant conçu un plan de campagne compliqué, atteint l'objectif dès le premier assaut et ne peut plus décommander les attaques suivantes ! Si vous vous étiez arrêté après vous être adressé ce premier avertissement, cet arrêt brusque aurait paru suspect. Vos « avertissements » devaient continuer à arriver de façon à renforcer l'impression qu'Adam avait engagé une double lutte à mort, qu'un de ses adversaires était tombé du premier coup et qu'il poussait l'autre vers la tombe.

» Des six avertissements adressés à vous-même, le plus remarquable fut celui de la salade empoisonnée. Elle vous permit de tomber malade, après en avoir mangé, et d'attirer ainsi notre attention sur l'indice « poison ». Au bout de la demi-douzaine, vous pouviez vous féliciter de nous avoir complètement détournés de la « source du mal » ; mais il n'en restait pas moins dangereux de cesser brusquement la campagne, alors que vous étiez encore vivant. Nous aurions pu nous demander pourquoi « Adam » avait déposé les armes, dans votre cas ; or bon nombre de criminels ont trébuché sur une moindre pierre d'achoppement.

» Pour assurer votre parfaite sécurité, il fallait encore nous fournir une fin convaincante de toute l'affaire.

» La capture « d'Adam » était, naturellement, la fin idéale.

» Un homme de moindre envergure n'aurait pas perdu dix secondes à considérer le problème qui consistait à « ressusciter » un individu mort depuis vingt-cinq ans et à remettre son cadavre pantelant à la police. Mais vous êtes de taille à ne pas abandonner un problème pour cette seule raison qu'il paraît insoluble, Priam.

» Vous étiez de taille à le résoudre !

» Encore fallait-il tourner une difficulté inhérente à votre incapacité physique. Vous avez le libre usage de votre cerveau et – dans un rayon limité – l'usage des yeux, des oreilles et des mains ; mais ce n'était pas suffisant. L'exécution de votre plan nécessite des déplacements... or vos jambes ne vous servent plus. Par vous-même, vous ne pouviez vous procurer un *beagle*, l'empoisonner, le déposer avec le billet devant la porte de Hill ; vous ne pouviez acheter des boîtes en carton, trouver une lamproie morte Dieu sait où ? chasser des grenouilles, et ainsi de suite. Il est vrai que la petite bonbonnière d'argent dut être laissée ici par Laurel ; que l'arsenic venait certainement de la boîte de mort-aux-rats trouvée dans votre cave ; que les rainettes furent ramassées dans les bois voisins ; que l'idée du portefeuille en crocodile vous fut suggérée par le sac assorti de votre femme ; que vous avez trouvé dans une caisse ou une malle du grenier les titres dévalorisés que Mrs Priam avait hérités de son premier mari et que vous avez choisi un livre de votre bibliothèque pour illustrer les oiseaux. Tout cela prouve votre constant souci de prendre sur place, ou le plus près possible, ce dont vous aviez besoin. Pourquoi ? Pour exercer un contrôle plus direct, sans doute. Mais, même dans le cas d'objets se trouvant sous votre toit, vous deviez recourir à une personne capable de se déplacer : à une paire de jambes, si vous préférez.

» Qui agit sous vos ordres ?

» Alfred Wallace, naturellement. Votre secrétaire-infirmier, attaché jour et nuit à votre personne... Comment auriez-vous pu lui cacher ce qui se passait, si vous aviez recouru à un autre ? Wallace était tout indiqué pour tenir ce rôle, et il le joua. De bonne grâce, parce qu'il était bien payé ? continua Ellery, les yeux fixés sur la couverture qui épousait la forme du corps. De force, parce que vous le teniez d'une façon quelconque ? Vous êtes seul à le savoir, maintenant, Priam, et la question est d'importance secondaire. Fait certain, Alfred vous servit de jambes, il exécuta fidèlement vos ordres.

» Désormais, son rôle était terminé. N'ayant plus besoin de lui, vous avez pensé peut-être (comme des générations de meurtriers l'ont pensé avant vous) que des instruments de ce genre deviennent souvent des armes à double tranchant. Seul Wallace savait que vous étiez le *deus ex machina* de l'affaire, Priam. Quelle que fût votre emprise sur lui – si elle existait –, Wallace vivant menaçait à jamais votre sécurité et votre repos d'esprit.

» Pouviez-vous le supprimer ? Oui, certes ! Wallace emporterait le secret de votre culpabilité dans la tombe, vous goûteriez la satisfaction d'abattre l'amant de votre femme, et, enfin, Wallace mort devenait un Charles Adam fait sur mesure ! L'âge concordait, personne ne savait rien du passé de Wallace antérieur à sa récente crise d'amnésie, sa personnalité elle-même correspondait parfaitement à celle que l'on pouvait prêter à Charles Adam.

» Si le voile du mystère se déchirait sur la révélation qu'Alfred Wallace était en réalité votre ennemi du passé, Charles Adam, vous auriez fait d'une pierre trois coups.

» Ainsi donc, vous avez préparé la mort de Wallace.

Priam leva la tête. Son teint s'était animé, une note presque amusée perçait dans sa voix.

— Je lirai quelques-uns de vos livres, déclara-t-il. Vous avez certainement le don d'inventer une histoire.

— Merci, fit Ellery en souriant. Pour faire honneur à votre compliment, je vais vous en raconter une meilleure encore.

» Voici quelques mois, vous avez chargé Alfred Wallace d'une commission : l'achat d'un revolver que vous avez payé, naturellement. Il fallait seulement qu'en remontant à la source on puisse en attribuer la propriété à votre victime.

» Cette nuit, ayant appelé Wallace par le téléphone intérieur, vous lui avez dit avoir entendu un rôdeur, dehors. Vous lui avez demandé de prendre le revolver, de s'assurer qu'il était bien chargé et de descendre dans votre chambre le plus silencieusement...

— C'est faux, l'interrompit Roger Priam.

— C'est vrai, déclara Ellery.

— Vous n'êtes qu'un bluffeur, après tout. C'est faux. Mais, en admettant que ce soit vrai, comment le sauriez-vous ?

— Je le tiens d'Alfred Wallace.

Priam blêmit de nouveau.

— J'ai mis Wallace dans la confidence quand j'ai compris le danger qu'il courait, expliqua Ellery. L'ayant averti de vos intentions à son égard, je lui conseillai – s'il tenait à sa peau – de s'allier au lieutenant Keats et à moi.

» Wallace n'opposa guère de résistance, Priam. Comme vous vous en êtes certainement aperçu, c'est un type qui sait voir où se trouve son intérêt... Il promit de me tenir au courant et, le moment venu, de suivre *mes* instructions et non les vôtres.

» Cette nuit, aussitôt après avoir reçu votre ordre de descendre avec le revolver chargé, Wallace me téléphona. Je lui dis de « traîner en haut » le temps voulu pour nous permettre d'arriver. Nous avons battu tous les records de rapidité, Keats et moi, n'est-ce pas ? Il faut dire que nous étions sur le qui-vive depuis plusieurs nuits, attendant d'un moment à l'autre l'appel téléphonique de Wallace.

» Je jurerais que vous escomptiez la présence d'un policeman, sur la terrasse. Vous ne pouviez, naturellement, vous attendre à ce que nous soyons dehors, Keats et moi, à la suite de l'alerte donnée par Wallace ; mais vous êtes assez malin pour avoir prévu que nous ne tiendrions pas compte de votre refus d'être gardé par la police. Très adroit, ce refus, Priam. Il faisait partie de votre comédie, et nous avions toutes les raisons de passer outre... comme vous le désiriez.

» Quand Alfred, armé d'un revolver, se glissa dans votre chambre, vous aviez lieu d'espérer que le « factionnaire » serait sur la terrasse et croirait que Wallace venait vous tuer. S'il n'y avait personne sur la terrasse, il y aurait du moins un policeman de garde dans la propriété. Alerté par la détonation, celui-ci se précipiterait dans votre chambre. Il trouverait Wallace mort, au pied de votre lit, il ne recueillerait que *votre* version de l'histoire et la discuterait d'autant moins que chacun savait votre vie menacée. Au pire, si la propriété n'était pas gardée, vous téléphoneriez immédiatement à la police et vous invoqueriez le cas de légitime défense. Le revolver ayant été acheté par Wallace, l'affaire en resterait là, pensiez-vous. C'était un plan hardi, Priam, et il a failli réussir.

— Alfred a menti, déclara posément le paralytique. Je ne lui ai jamais fait acheter un revolver. Je ne l'ai pas appelé dans ma chambre cette nuit. Et vous ne pouvez *rien* prouver contre moi ! Vous avez vu de vos yeux ce misérable s'introduire ici pendant mon sommeil, avec un revolver chargé ; vous m'avez vu défendre ma peau. J'ai gagné la partie, et l'autre est *mort*.

Priam appuya légèrement sur le dernier mot, comme pour souligner que le témoignage de Wallace ne serait jamais entendu.

— Votre plan a *failli* réussir, ai-je dit, Priam, rectifia Ellery. Croyez-vous sérieusement que j'aurais laissé Alfred risquer sa vie, ou une blessure grave ? Suivant mes instructions, le revolver avec lequel il est descendu, cette nuit, était chargé à blanc. Nous vous avons joué la comédie, Priam. *Levez-vous, Wallace !*

Sous les yeux hébétés de Priam, la couverture se souleva du sol comme un tapis enchanté. Alfred Wallace rejeta son suaire et se leva en souriant.

Roger Priam poussa un cri.

16

La façon dont Roger Priam réagit à son arrestation, emprisonnement et jugement surprit tout le monde, y compris Ellery. A la réflexion, c'était cependant la seule attitude possible pour lui... Seul Alfred Wallace n'en fut sans doute pas étonné ; mais il observa de bout en bout une discrétion aussi absolue que compréhensible.

Priam revendiqua toutes les responsabilités, avec un superbe mépris pour le rôle joué par son « employé ». A l'entendre, Wallace n'avait été qu'un vulgaire instrument, qui avait exécuté des ordres sans en comprendre la portée. Bref, Priam fit passer son « complice » pour un imbécile, et Wallace entra dans la peau d'un idiot. Nul ne s'y trompa : mais la justice s'exerce selon des lois formelles. Les seuls témoins de l'affaire étant l'accusé et son complice, lesquels – pour des raisons différentes – s'accordaient pour charger l'un et pour disculper l'autre, Wallace fut acquitté à l'unanimité.

— Sacré Priam, grogna Keats. Il n'aurait pas accepté de partager la première place, même en cour d'assises !

Le bruit courut que l'avocat de Priam, un as du barreau, avait pris une cuite monumentale après le verdict de condamnation à mort et qu'il manqua le « clou » de l'affaire. Bien que toutes les précautions habituelles contre le suicide d'un condamné eussent été prises, Roger Priam se donna la mort la nuit même. On le trouva dans sa cellule, les dents découvertes en un sourire de triomphe qui rappelait celui d'un corsaire pourfendu sur le pont de son bateau. « Personne ne m'imposera sa loi, disait ce sourire. Pas même la justice souveraine de l'Etat de Californie ! » Si Roger Priam devait mourir, ce serait à son heure, et de la façon qu'il aurait choisie.

La dernière victoire de celui dont la seule ambition était de dominer fut remportée sur la mort.

A la surprise générale, Alfred Wallace trouva immédiatement un nouvel employeur : un certain Ellery Queen, auteur de quelque réputation. Dès la fin du procès, Wallace et sa valise entrèrent par une porte dans le cottage de la colline, tandis que Mrs Williams et ses deux uniformes sortaient par l'autre.

L'employeur ne perdit pas au change, car Wallace montra des talents culinaires très supérieurs à ceux de Mrs Williams, bien qu'il eût été engagé comme secrétaire et non comme cuisinier… Ellery prolongeait son séjour en Californie à cause du roman négligé et, une fois l'affaire Hill-Priam classée, il se consacra à son labeur littéraire.

— Vous ne craignez pas qu'il mette de l'arsenic dans votre potage ? demanda Keats, abasourdi.

— Pourquoi chercherait-il à m'empoisonner ? répliqua judicieusement Ellery. Je le paie bien, pour sténographier sous ma dictée et taper mon manuscrit. Alors ? A propos de cuisine, Wallace fait *una sopa de almendras, a Mallorquina* que je serais très heureux de vous faire déguster. Un régal ! Voulez-vous venir dîner demain soir ?

Keats se déclara très touché, mais déclina l'invitation. Il n'était pas gourmet, dit-il, le pot-au-feu familial lui suffisait et, de plus, sa femme avait convié des amis à passer la soirée suivante autour de son nouveau poste de télévision.

Sur ce, le lieutenant Keats s'empressa de raccrocher le téléphone.

Vis-à-vis de la presse, Mr Queen se montra magnanime ! « Wallace cherchait un emploi, je cherchais un secrétaire, et voilà tout. On ne jette d'ailleurs pas un homme à la rue pour ses erreurs passées. »

Wallace se contentait de sourire.

Delia Priam disparut, après avoir vendu la propriété de la colline.

Divers bruits circulèrent discrètement à son sujet. Delia Priam avait été aperçue à la roulette de Las Vegas, en compagnie d'un « maquereau » bien connu ; elle était installée sous un faux nom à Taos, Nouveau-Mexique, où elle rédigeait ses Mémoires (déjà achetés par un syndicat de journaux et de magazines) ; son épaisse voilette n'avait pas empêché un passager de l'avion pour Rome de la reconnaître... et ainsi de suite. Aux dernières nouvelles, Delia était aux Indes, elle séjournait dans le palais d'un rajah, célèbre pour sa fortune et son goût pour les femmes occidentales.

Personne ne prenait au sérieux ces bobards alléchants, mais les renseignements de source autorisée manquaient. Le père de Delia avait fourré quelques effets dans un sac de matelot, et était parti chercher de l'uranium au Canada. Le fils de Delia refusait purement et simplement d'ouvrir la bouche en présence d'un reporter.

A Ellery, Crowe Macgowan confia sous le sceau du secret que sa mère s'était retirée près de Santa Maria, dans une maison de retraite. Il parla d'elle comme s'il devait ne jamais la revoir. Quant à lui, il mettait ses affaires en ordre, avant de s'engager dans l'armée.

— Il me reste dix jours et des masses de choses à faire, me marier entre autres, dit-il à Ellery. J'ai eu beau lui répéter qu'on ne se marie pas à la veille de partir en Corée, Laurel n'a rien voulu entendre. Alors...

Laurel donnait l'impression de relever d'une grave maladie. Pâle et amaigrie, mais en paix, elle s'accrochait avec autorité au bras de son fiancé.

— Je ne veux pas vous perdre, Mac.

— Vous redoutez les Coréennes ? demanda le futur soldat en riant. L'ail est leur parfum préféré, me suis-je laissé dire.

— Je m'engagerai dans les W.A.C.[1], à condition d'être envoyée là-bas, déclara Laurel. Cette restriction ne fait sans doute pas honneur à mon patriotisme, mais je veux être sur le même continent que mon mari.

— Vous serez probablement envoyée en Allemagne occidentale, grogna le géant. Pourquoi ne pas rester tranquillement ici, et occuper votre temps à m'écrire de longues lettres d'amour ?

Laurel caressa son bras.

— Pourquoi ne restez-vous pas tranquillement ici, perché sur votre arbre, Crowe ? demanda Ellery.

— Oh ! ça... fit Mac, rougissant. Mon arbre est vendu.

— Trouvez-en un autre.

— Ecoutez, Queen, menez votre paisible barque, et laissez-moi conduire la mienne ! Je ne suis pas un héros, mais on se bat quelque part et... Je serais d'ailleurs mobilisé de toute façon.

— Je comprends parfaitement, dit Ellery. C'est votre brusque changement d'attitude qui me surprend, Mac. Qu'est devenu le Sylvain de l'âge atomique ? Auriez-vous décidé, maintenant que vous avez trouvé une compagne, que vous n'étiez pas digne de vous ménager en vue de perpétuer la race future ? Ce n'est guère flatteur pour Laurel, mon ami.

— Fichez-moi la paix... Laurel, non !

— Laurel, si ! dit la jeune fille. Vous devez bien ça à Ellery, Mac. C'est à propos de l'enfantillage de l'arbre, Ellery...

— Oui ? J'espérais voir un jour s'éclaircir ce petit mystère.

— J'ai fini par arracher la vérité à ce grand cachotier, dit Laurel. Mac pensait au cinéma, Ellery. Ayant appris qu'un producteur jaloux de la série *Tarzan* projetait de

1. Corps auxiliaire féminin.

créer un héros du même genre, *L'Homme de la Jungle*, Mac eut la bonne inspiration de devenir l'homme de la jungle dans la vie réelle, à Hollywood même, et d'inventer le boniment de l'âge atomique pour mieux attirer l'attention des journalistes. Ce n'était pas si bête. Les journaux firent un tel tam-tam autour de cette histoire que le producteur fit des ouvertures. Mac discutait les termes du contrat secret au moment où papa mourut et où je commençai à crier au meurtre. La rumeur d'un crime possible, et les articles de journaux mêlant le beau-père de Mac à l'affaire...

— A propos, demanda le géant, renfrogné, qui avait donné ces fameux « tuyaux » à la presse ?

— Priam, certainement. Directement, ou par l'intermédiaire de Wallace, peu importe, répondit Ellery. Alors, Laurel ?

— La crainte du scandale fit reculer le producteur, qui interrompit les pourparlers. Vous étiez furieux contre moi à ce moment-là, n'est-ce pas, mon chéri ?

— Moins furieux que je ne le suis maintenant ! Pour l'amour du ciel, Laur, êtes-vous obligée de claironner mes petits secrets au monde entier ?

— Je n'en suis qu'une infime partie, mon cher, dit Ellery en souriant. Voilà donc pourquoi vous m'avez engagé pour tirer l'affaire au clair ? Vous espériez me voir aboutir assez vite pour vous permettre de rattraper votre producteur de cinéma.

— Je l'ai raccroché, soupira le jeune Macgowan. Il m'a renouvelé son offre la semaine dernière, mais il s'inquiétait de savoir si je ne serais pas mobilisé... Je lui ai proposé les services de mon grand-père, qui aurait été si content de devenir un homme de la jungle ! Le croiriez-vous ? Cet ingrat m'a envoyé au diable, et me voici en route pour la Corée.

Laurel et Crowe furent mariés à Santa Monica devant Ellery et le lieutenant Keats, leurs témoins. Un dîner de quatre couverts suivit, dans une auberge voisine d'Oxnard, puis les nouveaux époux s'envolèrent vers le nord dans l'Austin de Laurel, tandis que les autres reprenaient la route du sud.

Le champagne new-yorkais avec lequel Ellery avait traîtreusement arrosé le repas nuptial embrumait l'esprit et les yeux, tant et si bien que nos deux témoins se retrouvèrent sur une plage déserte, bras dessus, bras dessous et chantant une sérénade au Pacifique argenté par le clair de lune.

Fin septembre, comme Wallace allumait une flambée, après le dîner, Keats entra dans le living-room d'Ellery. Il s'excusa d'arriver ainsi à l'improviste et il expliqua que, passant par là pour rentrer chez lui, il n'avait pu résister au désir subit de s'arrêter.

— De grâce, ne vous excusez pas de cet acte de charité ! s'écria Ellery. Voici plus de huit jours que je n'ai vu quelqu'un d'autre que mon secrétaire. Le lieutenant met du soda dans son whisky, Wallace.

— Pour l'eau, allez-y doucement, dit Keats à Wallace. Puis-je téléphoner à ma femme, Queen ?

— Bravo ! Vous passez la soirée avec nous !

— Ma foi, oui. Je vous demande juste un instant.

Observant Keats pendant qu'il téléphonait, Ellery lui trouva l'air fatigué.

Un verre attendait le visiteur sur la table à thé, placée devant la cheminée et entourée de trois fauteuils. Deux étaient occupés par Ellery et Wallace. Keats s'allongea dans celui du milieu, après avoir téléphoné à son épouse. Il but une longue gorgée, Ellery lui offrit une cigarette et Wallace lui donna du feu, après quoi il resta songeur, les yeux fixés sur les flammes.

— Quelque chose vous chiffonne, Keats ? demanda enfin Ellery.

— Je n'en sais rien moi-même... Ce sont peut-être des idées de vieille fille, Queen, mais voilà longtemps que j'ai envie de bavarder avec vous. J'ai résisté jusqu'ici à la tentation, en me traitant d'imbécile. Mais ce soir...

Le lieutenant saisit son verre et but à longs traits.

— Qu'est-ce qui vous tracasse ?

— L'affaire Priam. Elle est enterrée, mais...

— Qu'est-ce qui vous tracasse encore, à propos de l'affaire Priam ?

Keats fit une grimace. Puis il posa brusquement son verre sur la table.

— Queen, j'ai repassé plus de cent fois dans ma tête le discours que vous m'avez tenu à la division de Hollywood, puis à Priam durant cette nuit mémorable. Or, malgré tous mes efforts, je ne comprends toujours pas...

— Ma solution de l'affaire ?

— Quand j'y repense seul, elle ne « colle » pas, elle ne paraît pas aussi satisfaisante que lorsque vous l'avez développée.

Keats se tourna ostensiblement vers son voisin de gauche. Wallace soutint poliment son regard.

— Wallace peut rester sans aucun inconvénient, Keats, déclara Ellery avec un sourire. En disant à Priam que je l'avais mis dans ma confidence, j'exprimais l'entière vérité. Wallace en sait autant que moi, il connaît même la réponse aux questions qui semblent vous donner du fil à retordre.

Le détective hocha la tête et il vida le fond de son verre. Wallace se leva aussitôt pour le remplir.

— Pas maintenant, merci.

Wallace se rassit, et Keats continua d'un ton hésitant :

— ... Je ne puis arriver à mettre le doigt dessus. Ce n'est pas une *erreur* que l'on peut distinguer. C'est... Par exemple, Queen, des tas de choses que vous avez attribuées à Priam ne *s'accordent pas*.

— Ne s'accordent pas avec quoi ? demanda doucement Ellery.

— Avec le personnage. Prenez la lettre qu'il tapa sur la machine cassée et fit parvenir à Hill au moyen du *beagle* mort…

— Que lui reprochez-vous, à cette lettre ?

— Tout ! Priam manquait complètement d'instruction. S'il a jamais employé un mot recherché, je n'étais pas là pour l'entendre. Alors, je vous le demande, comment cet homme, fruste par excellence, a-t-il pu rédiger ce billet ? Eviter d'employer la lettre *t*, recourir à des périphrases appropriées… Cela demande du doigté littéraire, une certaine habitude de la « composition », n'est-ce pas ?

— Alors ? Êtes-vous arrivé à une conclusion ?

— Eh bien !… oui.

— Vous ne croyez pas que Priam ait tapé ce billet ?

— Oh ! il l'a certainement tapé. Je ne discute pas la partie « manuelle » de votre conclusion. Ecoutez, Queen. Traitez-moi d'imbécile si vous voulez, mais plus j'y réfléchis moins j'accepte le point final. Priam tapa cette lettre, mais quelqu'un la lui *dicta*, mot à mot, virgule après virgule.

Le détective jeta son mégot de cigarette dans le feu et se leva, comme pour mieux affronter l'orage inévitable. Puis voyant qu'Ellery gardait un air songeur et tirait paisiblement sur sa pipe, il se rassit.

— Vous êtes un homme compréhensif, reprit-il. Maintenant, dites-moi ce qui ne tourne pas rond chez moi.

— Non, continuez, Keats. Qu'avez-vous encore sur le cœur ?

— Des tas de choses. Vous avez vanté l'intelligence de Priam, ses qualités de tacticien et que sais-je encore… Allons donc, Priam avait l'imagination d'un bouvier et l'astuce d'un coup de poing sur le nez. Il était incapable de combiner un menu. Pour toute arme, ce type-là ne connaissait que la matraque !

» Priam inventa – à notre profit – une série d'indices concordants dont la somme désignait un naturaliste, dites-vous. Evolution, échelle scientifique et que sais-je encore. Comment un esprit borné, un homme qui se vante de ne pas avoir lu un livre depuis l'âge des culottes courtes, aurait-il pu concevoir ce plan-là, et l'exécuter ? Rien que le choix d'une comédie d'Aristophane pour symboliser les oiseaux… Non, monsieur, je ne marche pas !

» Loin de moi la pensée de discuter la culpabilité d'un type qui confessa lui-même son crime. Priam assassina bel et bien son associé ; mais la méthode, jusque dans ses moindres détails, n'était pas de lui. Voilà !

— Autrement dit, vous pensez que Priam recourut non seulement aux jambes d'un autre, mais aussi à la matière grise d'un autre ?

— C'est ça. Et je vide mon sac d'un coup. Je pense qu'un seul et même homme valide fournit le double apport des jambes et de la matière grise !

Keats foudroya du regard son voisin de gauche qui était allongé dans son fauteuil, les mains mollement nouées autour du verre appuyé sur son estomac, et qui fixait ses yeux luisants sur son accusateur.

— Vous êtes cet homme, Wallace ! continua Keats. Vous avez eu une sacrée veine, mon ami, que Priam vous fasse passer pour un pauvre pantin dont il tirait les ficelles !

— Une sacrée veine ? murmura Ellery. Non, Keats. Priam *croyait* que Wallace n'était qu'un instrument docile. Il croyait avoir conçu le plan mirifique. Etant Roger Priam, il ne pouvait croire autre chose, et Wallace – qui le connaissait intimement – avait prévu sa réaction inévitable. Wallace déploya tant de subtilité dans ses suggestions, il conduisit avec un tel doigté son patron par le bout du nez, que Priam ne soupçonna jamais qu'*il* était l'instrument au service d'un maître manœuvrier.

Keats regarda de nouveau son voisin. Wallace était allongé confortablement, les pieds posés sur les chenets, il avait même l'air content.

— Vous voulez dire…

— Oui, mon cher, répondit Ellery. Le véritable meurtrier n'était pas Priam. C'est Wallace. D'un bout à l'autre de l'affaire.

Wallace tendit paresseusement le bras pour prendre une cigarette que lui offrait son nouvel employeur. Ellery lui ayant lancé une boîte d'allumettes, il le remercia d'un signe de tête, alluma sa cigarette, relança la boîte et reprit sa position favorite.

Keats restait confondu. Ses yeux allèrent d'Ellery à Wallace, puis revinrent à Ellery, lequel fumait paisiblement sa pipe.

— Vous voulez dire qu'au bout du compte Priam n'a pas assassiné Hill ?

— Votre question en appelle une autre, mon cher, murmura Ellery. Gangster A, assez haut placé pour charger un autre de la sale besogne, emploie sous-fifre C pour tuer gangster B. Sous-fifre fait le coup. Qui est coupable du meurtre de B ? Réponse : A et C, le supérieur et l'inférieur. Priam et Alfred se partageaient la culpabilité.

— Priam loua les services de Wallace pour exécuter son crime, résuma le détective.

— Non, fit Ellery, occupé à débourrer sa pipe. Non, Keats, cela renverserait l'ordre des valeurs. L'affaire est autrement subtile, mon ami. Priam *croyait* être le supérieur, et il *prenait* Wallace pour un vulgaire instrument. Mais il se trompait. C'était l'inverse. Alors que Priam *croyait* employer Wallace pour tuer Hill, c'était Wallace qui employait Priam pour tuer le même Hill. Et quand Priam projeta, de lui-même cette fois, de liquider Wallace, celui-ci retourna complètement la situation à son avantage : il se servit du dessein de Priam pour amener Priam à se donner la mort.

— Pitié, s'écria Keats. J'ai eu une semaine chargée ! Mettons cela en langage clair, Queen.

» Selon vous, mon voisin de gauche, l'homme que vous traitez de meurtrier – ce qui ne l'empêche pas de boire votre whisky et de fumer vos cigarettes, sans parler de sa paye –, ce Wallace si bien traité par vous projeta le double meurtre de Hill et de Priam en se servant de Priam si adroitement que ledit Priam put se croire jusqu'au bout le grand manitou de l'affaire. Mon esprit borné ne peut accoucher que d'une question : *pourquoi ?* Pourquoi *Wallace* voulait-il supprimer Hill et Priam ? Qu'avait-il contre eux ?

— Vous connaissez la réponse, lieutenant.

— Moi ?

— Qui voulait supprimer Hill et Priam depuis le début ?

— Qui ?

— Oui, qui avait ce double mobile dès l'origine de l'affaire ?

Debout et cramponné aux bras de son fauteuil, Keats regarda Alfred Wallace sans le voir.

— Vous me faites marcher, dit-il faiblement. C'est une plaisanterie.

— Non, Keats. Charles Adam était seul à avoir un double mobile de meurtre visant Hill *et* Priam. *Dito* pour Wallace ? Non ! Pourquoi chercher deux hommes à la place d'un seul ? Deux quantités égales à une troisième sont égales entre elles. Wallace est Adam. Wallace, remplissez donc le verre du lieutenant.

Tandis que Wallace s'exécutait aimablement, Keats l'observa comme s'il s'attendait presque à le voir verser de la poudre blanche dans son verre... Il but une gorgée de whisky et resta songeur, les yeux fixés sur le breuvage qui restait.

— Je ne suis pas particulièrement bouché, dit-il enfin. Je cherche seulement à m'évader de votre logique personnelle, Queen. Oublions-la. Vous concluez que cet homme est Charles Adam. Bien. Mais je n'accepte pas certaines « coïncidences ». Sur les millions de types qui auraient pu servir de secrétaire-infirmier à un paralytique, nous trouvons précisément dans la place le seul au monde qui voulait tuer Priam ! Trop facile, Queen.

— Pourquoi parler de coïncidence ? demanda Ellery. La coïncidence n'est pour rien dans le fait que Charles Adam soit devenu la nourrice sèche de Priam. *Adam l'a voulu ainsi.*

» Pendant un quart de siècle, il rechercha Priam et Hill. Il les retrouva un jour. Résultat : il devint le secrétaire-infirmier de Priam... pas en tant qu'Adam, naturellement, mais sous les traits d'un personnage créé pour les besoins de la cause et baptisé Alfred Wallace. J'imagine qu'Adam joua un rôle non négligeable dans le départ de plusieurs de ses prédécesseurs ; mais ce n'est qu'une opinion personnelle, et Wallace reste – non sans raison – bouche cousue à ce sujet. J'imagine aussi qu'il séjourna à Los Angeles plus longtemps que l'histoire de sa crise d'amnésie à Las Vegas ne semble l'indiquer. Peut-être guettait-il l'occasion sur place, depuis des années... N'est-ce pas, Wallace ?

L'interpellé ne répondit que par un haussement énigmatique des sourcils.

— De toute façon, il réussit à entrer dans la place et à duper complètement son employeur. Priam mourut fermement convaincu que les os d'Adam jonchaient le sable d'un îlot perdu dans la mer des Antilles. Malgré la « résurrection d'Adam », inventée pour jeter de la poudre aux yeux des autorités, il ne soupçonna jamais la véritable identité de son secrétaire.

Ellery attacha un regard pensif sur Wallace, qui buvait son whisky avec la décontraction d'un clubman affranchi de tout souci.

— Je cherche l'homme que vous seriez aujourd'hui, si vous n'aviez pris soin de changer votre apparence, Wallace. Les photos de journaux que nous avons trouvées ne nous ont guère renseignés... Certes, on change beaucoup, en vingt-cinq ans, mais l'effet du temps ne suffisait pas dans votre cas. Vous avez certainement recouru à la chirurgie esthétique de premier ordre, celle qui ne laisse pas de marques. Avec cela, une soigneuse « rééducation » en ce qui concerne l'intonation, la démarche, les gestes familiers et tout ce qui s'ensuit. Cela doit remonter à plusieurs années, de sorte que vous avez eu le temps d'effacer toute trace du vieil Adam. Priam n'avait aucune chance de vous reconnaître. Hill non plus. Et vous aviez la virilité que Priam exigeait de ses secrétaires. Vous aviez sans doute découvert à l'avance cette condition attachée à l'emploi, et la vue de Delia Priam dut vous enchanter : un dessert de roi pour compléter le bifteck quotidien.

Wallace sourit à d'aussi agréables réminiscences.

— J'ignore quand et comment Priam exprima pour la première fois son secret désir d'être débarrassé de Hill, poursuivit Ellery. Peut-être ne le formula-t-il pas ouvertement, au début tout au moins, mais vous étiez jour et nuit auprès de lui, et vous l'étudiiez à loisir. La haine de votre patron ne pouvait échapper à votre perspicacité, Wallace. Je crois que vos antennes captèrent vite les pensées intimes de Priam, et que vous avez pris plaisir à sentir d'abord les désirs de votre confiante victime, puis à les diriger dans le sens de vos desseins personnels. Il ne suffisait pas que Priam souhaitât la mort de Hill ; il fallait l'amener à prendre conscience de ce sentiment, souffler sur le feu, attiser la haine... Ce fut le travail de plusieurs mois, sans doute. Mais vous aviez le temps, et la patience voulue.

» Enfin le désir criminel devint une idée fixe chez Priam.

» Mais il lui fallait de toute nécessité un complice. Inutile de chercher plus loin : ce complice indispensable, il l'avait sous la main en la personne d'un secrétaire dévoué, lequel lui avait, j'imagine, laissé entendre qu'il possédait une certaine expérience en la matière... Il vous restait quelques « souvenirs », peut-être, qui perçaient de temps à autre le rideau baissé par l'amnésie sur votre vie antérieure... Ce fut un travail de patience, dis-je, mené de main de maître, par étapes insensibles. Et puis : le but. Le meurtre est décidé, vous servirez de jambes à votre patron.

Wallace regardait les flammes d'un air songeur. En l'observant pendant qu'il écoutait Ellery, Keats eut l'impression de rêver tout éveillé.

— Priam avait ses idées personnelles sur la question, des idées à la Priam : simplistes et explosives. Et vous de les admirer. Mais un moyen légèrement détourné ne donnerait-il pas d'aussi bons résultats à meilleur compte ? Au cours d'une discussion amicale, vous aviez la partie belle pour suggérer qu'il y avait peut-être, dans le passé commun des deux associés, un fait quelconque qui donnerait à Priam – à Priam toujours – une excellente fondation psychologique sur laquelle édifier un plan magistral. Un jour, le succès couronna vos efforts persévérants : Priam vous conta l'histoire d'Adam... la vôtre. C'était le but que vous poursuiviez depuis le début.

» Après cette « confession », votre rôle devint ridiculement facile. Il suffisait désormais de souffler à Priam les idées que vous vouliez lui entendre exprimer et, ce faisant, le convaincre qu'elles lui étaient propres. Le nouveau but se trouva atteint au bout d'un certain temps. Priam avait accepté le plan qui lui conférerait l'inviolable manteau de l'innocence, il croyait dur comme fer que l'idée avait germé dans son esprit... Or, de bout en bout, c'était *votre* plan, celui que vous aviez imaginé pour vos desseins personnels. Quel grand jour pour vous, Wallace !

Ellery se tourna vers Keats.

— On entra alors dans la période active des opérations. Adam, déguisé en Wallace, avait réussi à cocufier Priam au propre comme au figuré ; il amena son homme à croire que lui, Priam, dirigeait les événements et que son secrétaire ne faisait qu'exécuter ses ordres. Mais, à chaque pas, Priam ordonnait exactement ce que Wallace voulait qu'il ordonnât.

» Vous avez vu juste, Keats. Priam a bien tapé le billet destiné à Hill, sous la dictée de Wallace, qui dut parler – en toute humilité – de « suggestions ». Et, pour taper ce billet, Priam se servit d'une machine sans *t*.

» Un hasard ? Le hasard est à éliminer quand Wallace-Adam est en cause. Il avait réussi d'une façon quelconque, et à l'insu de Priam, à casser cette touche. De même qu'il réussit ultérieurement à convaincre son patron qu'il n'y avait aucun danger à écrire une lettre dans laquelle la lettre *t* ne figurerait pas, étant donné qu'il importait, pour la réussite du plan, que Hill détruisît de toute façon le billet après l'avoir lu. Naturellement, Wallace agissait dans le but de *nous* fournir un indice. Si Hill n'avait pas copié secrètement l'avertissement sans *t*, je parie à coup sûr que Wallace nous aurait fait « trouver » une copie soit directement, soit par l'intermédiaire de Laurel dont le premier geste eût été de nous apporter sa trouvaille. Finalement, l'indice du *t* manquant désignerait Priam, à cause de la touche neuve de sa machine... Ainsi le voulait Wallace.

L'intéressé se permit un léger sourire. Il regardait modestement le fond de son verre.

— Et j'en arrive au dénouement, continua Ellery. Quand Wallace comprit que Priam voulait le tuer... Eh bien, il retourna une fois de plus la situation à son avantage, et exploita les événements de manière que le chien prêt à mordre fût mordu. Quand j'appris à Wallace ce que je « savais », mes confidences s'accordèrent parfaitement avec le dénouement qu'il cherchait. Le seul ennui était que j'en savais un peu trop long. Pas vrai, Adam ?

Wallace leva son verre. (Un salut ? Presque.) Puis il le porta à ses lèvres et il devint difficile de prêter un sens quelconque à son geste.

Keats s'agita dans son si confortable fauteuil. Un pli s'était creusé entre ses sourcils, son front ressemblait à un chemin raboteux.

— Je ne suis pas en forme, ce soir, Queen, grogna-t-il. Cet homme est Charles Adam, dites-vous. Et vous arrosez votre affirmation d'une sauce d'arguments qui la rendent convaincante. Mais enfin... Comment pouvez-vous être *sûr* de votre fait ? Il est *possible* que ce ne soit pas Charles Adam, ce me semble. Sinon *prouvez-moi* le contraire !

Ellery se mit à rire.

— Grâce à Dieu, je ne me vois pas obligé de défendre ce que l'on a coutume d'appeler – de façon péjorative parfois – la méthode Queen. Parfaitement, Keats ! Je puis démontrer qu'il est *impossible* que cet homme soit un autre mortel que Charles Adam. Où a-t-il pris le nom d'Alfred Walace, d'après lui ?

— Il l'a « inventé » au réveil de sa crise d'amnésie, alors qu'il ne savait plus qui il était. Voilà son explication... Une bonne blague, pardi !

— Une bonne blague, qui contient un fond de vérité. Quel que fût son nom, ce n'était certainement pas Alfred

Wallace. Il choisit de s'appeler ainsi le jour où il décida de prendre un faux nom.

— Et après ? Alfred Wallace n'est pas un nom extraordinaire.

— Erreur, Keats. Alfred Wallace est plus qu'un nom extraordinaire. C'est un nom unique.

» Alfred Wallace – Alfred Russel Wallace – était un naturaliste anglais, contemporain de Charles Darwin, qui arriva presque en même temps à des conclusions similaires à celles de Darwin sur l'évolution des espèces. Les deux rapports scientifiques furent publiés conjointement, en 1858.

Ellery tapa le fourneau de sa pipe sur un cendrier.

— Aujourd'hui, nous avons un homme mêlé jusqu'au cou à l'affaire Priam-Hill qui porte le nom (reconnu emprunté) d'Alfred Wallace. Cette affaire est caractérisée par le fait qu'un naturaliste nommé Charles Adam prit la théorie sur l'évolution – enfantée au XIXe siècle par Darwin et le véritable Alfred Wallace – comme base d'un plan criminel. Coïncidence, le fait que le secrétaire d'une des victimes d'Adam eût emprunté, comme faux nom, celui d'un des deux savants qui formulèrent la théorie sur l'évolution ? *Alfred Wallace,* alors que les combinaisons de lettres permettent de composer des millions de noms ! Allons donc ! Charles Adam tira de ses connaissances scientifiques à la fois son plan criminel *et* son nom d'emprunt. S'arrêter à celui de Darwin eût été indigne de lui... Notre ami aime la subtilité, et le grand public n'a pour ainsi dire jamais entendu parler du véritable Alfred Wallace. Toutes ses « inspirations » jaillirent peut-être dans l'inconscient d'Adam ; quelle délectable ironie si cet homme, qui s'enorgueillit de mener les événements à sa guise, tombait pour finir dans un piège fatal tendu par son inconscient !

Keats se leva si brusquement que Wallace lui-même en fut saisi.

Mais le détective ignora son voisin de gauche. Ses joues rivalisaient d'éclat avec les flammes, ses yeux foudroyaient Ellery, qui soutenait son regard avec un sourire interrogateur.

— Ainsi, Queen, quand vous avez engagé cet individu comme secrétaire, vous saviez que c'était Adam, un meurtrier chanceux ?

— C'est bien ça, oui.

— Pourquoi ?

Ellery agita sa pipe refroidie.

— N'est-ce pas évident ?

— Non. Pourquoi ne m'avez-vous pas mis au courant beaucoup plus tôt ?

— Réfléchissez, lieutenant ! Pas un mot de tout cela n'aurait pu être rapporté au procès : il n'y a dans tout ce récit pas l'ombre d'une preuve légale. Même si l'histoire avait pu être présentée à la cour, Wallace aurait certainement, vu l'absence de preuves, bénéficié d'un non-lieu... Il n'en serait pas moins en liberté à l'heure actuelle, et le plus clair résultat de mon intervention eût été d'embrouiller l'affaire au point d'amener l'acquittement de Priam par-dessus le marché.

» Je ne voulais pas, du fait simplement d'un excès de complications, fournir à Priam une chance d'échapper à la peine encourue par son crime, Keats. Mieux valait le laisser recevoir une condamnation méritée, et m'occuper ensuite du monsieur que vous voyez assis dans ce fauteuil. Or je l'ai sous les yeux depuis deux mois, et je n'ai toujours pas trouvé la réponse. Avez-vous une idée à suggérer ?

— C'est un meurtrier ! gronda Keats. Le fait d'avoir reçu un mauvais coup, voici vingt-cinq ans, ne constitue pas une excuse valable ; il devint aussi coupable que les deux autres bandits le jour où il s'arrogea le droit d'exercer sa propre justice. Si vous prenez ça pour un sermon, tant pis !

— Non, c'est l'expression exacte de la vérité, reconnut tristement Ellery. Cet homme est bien un mauvais sujet, lieutenant. Nous sommes trois à le savoir : vous, lui et moi. Mais il se tait, et que puis-je prouver ?

— Un interrogatoire mené de la manière forte...

— Ne donnerait rien, je crois, soupira Ellery. Non, Keats, Wallace-Adam est un cas spécial. Pouvons-nous prouver qu'il sabota la machine à écrire de Priam ? Qu'il souffla à Priam le plan dont celui-ci se servit pour assassiner Hill ? Qu'il poursuivit ce plan, pour son compte personnel, sous forme de « menaces » adressées à Priam... menaces dont Priam se vanta, au procès, de se les être adressées à lui-même ? Pouvons-nous fournir une *seule preuve* à l'appui d'une action, d'une pensée, d'une suggestion que nous attribuons à ce coupable ? Possédons-nous une seule preuve de tout cela, Keats ?

Wallace soutint pendant trois bonnes minutes, avec un intérêt respectueux, le regard flamboyant du lieutenant Keats, attaché à la division de Hollywood.

Puis le représentant de la loi prit son chapeau, l'enfonça jusqu'aux oreilles et sortit.

Le claquement de la porte d'entrée retentit comme une gifle.

Puis la voiture de Keats dévala la colline à l'allure d'un bolide.

Ellery bourra une nouvelle pipe.

— Bon sang ! soupira-t-il. Que vais-je faire de vous, maintenant, Adam ?

L'intéressé prit délicatement une autre cigarette dans le paquet de son employeur.

— Vous pouvez m'appeler Alfred, répondit-il avec son sourire calme et énigmatique au point d'en être légèrement irritant.

LE CAS DE L'INSPECTEUR QUEEN

Inspector Queen's Own Case
1957

D'après la traduction de S. Lechevrel

1

Nouveau-né

La Chevrolet gris tourterelle qui stationnait à quinze mètres de l'entrée de l'hôpital était une honnête voiture pour promenades dominicales en famille, usagée sans excès, avec des pare-chocs cabossés çà et là.

Son gros conducteur la complétait, telle une roue de secours pareillement défraîchie. Il voulait ressembler à quelques millions d'autres New-Yorkais et portait en conséquence un costume bleu marine aux revers graisseux avec une cravate fripée du même ton. Par cette chaude matinée de juin, sa chemise blanche était déjà humide, et le cuir du feutre posé sur l'autre siège avant portait la marque d'abondantes transpirations.

Le gros individu s'appelait A. Burt Finner. « Dans mon boulot, disait-il volontiers, s'agit pas d'être remarqué par un sale physionomiste qui pourrait ensuite vous identifier devant un tribunal. Et puis, à quoi bon se mettre en frais d'élégance ? Mes clients habituels solliciteraient mes services même si je m'amenais en bikini ! »

Nombre de jolies filles employées dans les boîtes de nuit connaissaient « Fin » pour sa marotte de glisser des billets de cinq dollars dans leur bas nylon. Mais, en dépit de ces largesses, Finner avait un modeste petit bureau dans un vieil immeuble commercial de la 49e Rue.

Il se cura les dents avec une allumette et se détendit afin de digérer son petit déjeuner.

Finner était en avance. Mais, dans ce genre d'affaires, le type trop ménager de son temps risquait de rester le bec dans l'eau. Ces pauvres têtes de linottes changeaient si souvent d'idée à la dernière seconde ! Mieux valait attendre tranquillement, en surveillant la porte de l'hôpital.

Ses yeux perçants s'enfoncèrent davantage dans leurs nids de graisse, une expression réfléchie se peignit sur son visage en forme de poire, ses lèvres s'arrondirent inconsciemment et il siffla son air préféré, *Ah ! doux mystère de la vie*. Comme toujours, cet air l'enchanta... Finner était cet oiseau rare : un obèse heureux.

Quand la fille sortit de l'hôpital, il se trouva sur les marches, souriant et plein de sollicitude.

— Bonjour ! Tout s'est bien passé ?

— Oui.

Elle avait une voix grave, légèrement enrouée.

— Aucune complication d'aucune sorte ?

— Non.

— Notre petit homme est bien portant, j'espère ?

Finner voulut soulever un coin de la couverture bleue pour regarder le bébé que la fille portait.

— Ne le touchez pas ! dit-elle, en se détournant vivement.

— Là, là ! fit l'autre. Je parie qu'il est beau comme le jour. Avec une si jolie maman, comment pourrait-il laisser à désirer ?

Finner essayait toujours de découvrir le visage de l'enfant, mais la jeune mère continuait à l'en empêcher.

— Bien, dit-il sèchement. En route !

Il la débarrassa de son sac caoutchouté et se dirigea vers la Chevrolet. La fille le suivit d'un pas traînant, en serrant son précieux ballot bleu ciel sur son cœur.

Finner tint la portière ouverte. Elle repoussa la main offerte et monta.

Il haussa les épaules.

— Où dois-je vous conduire ?

— Ça m'est égal... Chez moi, si vous voulez.

Le gros individu démarra doucement. Sa passagère lui inspirait des inquiétudes. Il fallait voir la façon dont cette blonde tape-à-l'œil tenait son enfant !

Elle portait un ensemble de sport vert et un feutre d'allure masculine, rabattu sur l'un de ses grands yeux noisette. Comme elle avait négligé de se farder, sa bouche largement fendue était d'une pâleur frappante, et ses lèvres tremblaient de façon peu rassurante pendant qu'elle regardait, avec une attention extraordinaire, le visage fripé du nouveau-né.

— Pas de difformité ou de signe distinctif ? s'enquit brusquement Finner.

— Quoi ?

Il répéta sa question.

— Non.

Elle se mit à bercer son petit.

— Vous avez suivi mes instructions au sujet de ses vêtements ?

— Oui.

— Vous êtes sûre de n'avoir laissé *aucune* marque sur ses petites affaires ?

— Je vous l'ai dit !...

Les yeux flambants de colère, elle se tourna vers Finner :

— Vous voulez donc le réveiller ? Il dort.

— On a un sommeil de plomb, à cet âge-là. Votre accouchement a été facile ?

— Facile !

La blonde se mit à rire. Puis elle pinça les lèvres et regarda de nouveau le bébé.

— Oh ! fit Finner, tendant le cou pour voir les traits de l'enfant, je demandais ça parce que les fers laissent parfois...

— C'est une marchandise de premier choix.

Elle se remit à bercer le ballot bleu ciel en chantonnant d'une chaude voix de contralto. Le nouveau-né vagit, et la mère s'affola.

— Mon chéri, mon amour, qu'y a-t-il ? Ne pleure pas… Tu es dans les bras de ta maman. Dodo !

— Des gaz, déclara le gros individu. Tapotez-lui le dos, c'est tout.

La blonde le gratifia d'un regard chargé de haine. Mais elle suivit nerveusement son conseil. Le bébé fit un petit rot et se rendormit.

A. Burt Finner observa le silence qui convenait.

— Je ne peux pas ! Je ne le ferai pas ! s'écria soudain la jolie fille.

— Naturellement, vous ne le pouvez pas, approuva Finner du tac au tac. Croyez-moi, je n'ai pas un cœur de pierre… Et j'ai trois gosses pour mon compte personnel. Mais *lui* ?

Elle le laissait parler, serrant son bébé dans ses bras, avec une expression de bête traquée.

— Dans un cas semblable, il faut savoir s'oublier. Ecoutez, continua le gros type avec l'accent de la sincérité. Chaque fois que vous vous surprendrez à ne penser qu'à vous-même, stop ! Songez plutôt à ce que cela signifierait pour ce beau petit gars. Allez-y ! Si vous reculiez maintenant, qu'aurait-il à espérer ?

— Eh bien, quoi ? demanda-t-elle d'une voix dure.

— Il serait élevé dans une malle, voilà ! Et qu'aurait-il pour emplir ses petits poumons, je vous prie ? Fumée de cigares et sales relents d'alcool, au lieu de l'air vivifiant du bon Dieu. Vous voulez élever un gosse dans ces conditions-là ?

— Jamais de la vie ! Je lui trouverais une bonne nourrice…

— On voit que vous avez sérieusement étudié la question, interrompit A. Burt Finner avec un sourire approbateur. Soit. Laissons de côté notre engagement réciproque, et regardons les choses en face. Vous confiez l'enfant à une nourrice expérimentée. Et après ? Qui serait sa mère ? Vous ou la nourrice ? Vous trimeriez nuit et jour pour payer ses mois, le lait concentré et le reste... Et c'est à l'autre femme que le bébé s'attacherait. Pas à vous. Alors, quel serait votre bénéfice ?

La fille ferma les yeux.

— La nourrice est donc exclue. Le petit sera trimballé dans une malle. Qui jouera avec lui ? Un vieux pantin abandonné par une cliente de cabaret ? Sur quoi se fera-t-il les dents ? Sur des ouvre-bouteilles et des mégots ? Enfin, continua doucement Finner, fera-t-il ses premiers pas autour des tables, en appelant « papa » tous les habitués de l'établissement ?

— Bâtard ! lança la jeune mère.

— Précisément. Votre fils en est un.

— Je pourrais me marier !

Ils avaient atteint une rue tranquille de West Side. Finner s'arrêta devant une impasse où il entra en marche arrière.

— Félicitations, dit-il. Je connais ce brave cœur disposé à appeler « fiston » le produit d'un autre ?

— Laissez-moi descendre, gros porc !

— Je vous en prie, dit Finner, souriant.

Le foudroyant du regard, elle descendit à reculons.

L'homme attendit, dans l'incertitude.

Il sut que la partie était gagnée quand les épaules de l'adversaire s'affaissèrent. La blonde se retourna ; elle posa doucement le ballot bleu ciel sur le siège libre et referma silencieusement la portière.

— Adieu, murmura-t-elle, sans pouvoir détacher son regard du pitoyable petit baluchon.

Finner en transpirait. Il s'épongea le front, et tira une grosse enveloppe de sa poche intérieure.

— Tenez, ma petite, dit-il avec compassion. Voici le reliquat de votre fric.

Elle le regarda un instant sans le voir. Puis, saisissant l'enveloppe, elle la lui jeta de toutes ses forces à la tête. Une pluie de billets de banque se répandit sur Finner, les sièges et le tapis pendant que la malheureuse s'éloignait en courant.

— L'affaire n'en sera que meilleure, murmura le gros individu. Allons-y...

Quand les billets furent ramassés et fourrés dans son portefeuille, il s'assura que l'impasse était déserte. Puis il dépaqueta le nouveau-né afin d'examiner la « marchandise » et ses petites affaires... Ah ! L'étourdie avait laissé une marque de fabrique sur le cache-maillot et la minuscule chemise ! Finner les arracha toutes deux. Après quoi il renveloppa le bébé endormi dans sa couverture et inspecta le contenu du sac caoutchouté. Là, aucune indication compromettante. On pouvait livrer le tout.

— Eh bien, mon petit gars, te voilà parti pour un long et terne voyage sur cette terre, dit Finner au ballot posé près de lui. Avec elle, la vie aurait été autrement plus gaie ! Voyons, quelle heure est-il ?...

Le gros homme démarra. Conduisant la Chevrolet à une vitesse strictement réglementaire, il se mit à siffler.

Au bout d'un moment, il chanta :

— *Ahhh ! doux mystère de la vie et de l'amour, je t'ai trouvéééé...*

Une grosse Cadillac démodée, éblouissante et immatriculée dans le Connecticut, stationnait dans un petit chemin, entre Pelham et New Rochelle. A l'avant, il y avait deux personnes : un chauffeur aux cheveux blancs et une femme approchant de la cinquantaine, vigoureuse, et dotée d'un très joli nez. Sous son léger manteau, elle portait un uniforme de nurse en nylon.

Les Humffrey occupaient le fond de la limousine.

— Alton, demanda Sarah Siles Humffrey. N'est-il pas en *retard* ?

Son mari sourit.

— Tranquillise-toi, Sarah. Il viendra.

— Je suis nerveuse comme une chatte !

Mrs Humffrey était une forte femme aux traits lourds. Alton K. Humffrey caressa sa grande main que la meilleure manucure ne pouvait affiner. Mais il retira vite la sienne car, s'il acceptait facilement les imperfections physiques de son épouse, il ne pouvait se pardonner d'être venu au monde avec le petit doigt de la main droite inachevé : la phalangette manquait. Habituellement, le milliardaire dissimulait sa légère infirmité en repliant l'auriculaire contre sa paume. L'annulaire suivait le mouvement et, quand il levait la main pour saluer quelqu'un, son geste avait une allure romaine, presque papale. Il le savait et n'en était pas mécontent. Cette dignité convenait parfaitement, estimait-il, au descendant du Humffrey que le *Mayflower* avait amené sur le Nouveau Continent en 1620. Sa femme appartenait d'ailleurs à une famille presque aussi distinguée.

— Mais si elle avait changé d'avis à la dernière minute, Alton !

— Tu te montes la tête, Sarah.

— Comme je regrette que nous ayons choisi ce moyen-là !

Alton Humffrey portait un sinistre costume noir, comme pour accentuer volontairement son type sec et anguleux. Il pinça les lèvres. Dans les cas importants, Sarah était une enfant.

— Tu connais la raison, ma chère.

— Mais non, justement !

— As-tu oublié que nous n'avons pas l'âge voulu ?

— Oh ! Alton, tu aurais pu tourner la difficulté !

La ferme conviction que son mari pouvait « tout arranger » était un des charmes de Mrs Humffrey.

— C'est le moyen le plus sûr, ma chère amie.

— Oui, sans doute...

Sarah Humffrey frissonna. Alton avait toujours raison. Mais... « Si seulement les gens de notre monde pouvaient vivre comme le commun des mortels ! » songea-t-elle.

— Le voici ! s'écria le vieux chauffeur.

Les Humffrey se retournèrent vivement.

La Chevrolet gris tourterelle s'arrêta derrière eux, et la nurse descendit aussitôt de voiture.

— Restez, Miss Sherwood, ordonna Alton Humffrey, descendu en même temps qu'elle. Je vais le chercher.

Tandis qu'il se hâtait vers la Chevrolet, Miss Sherwood monta dans le fond de la limousine.

— Oh ! mon Dieu ! murmura Mrs Humffrey.

— Je l'apporte, annonça triomphalement Finner.

Humffrey regarda le ballot bleu ciel, puis il ouvrit la portière.

— Pardon, intervint l'autre. Réglons d'abord notre petit compte si vous le voulez bien, Mr Humffrey.

Avec un geste d'impatience, le milliardaire lui remit une grosse enveloppe. Finner l'ouvrit et compta méthodiquement les billets qu'elle contenait.

— Prenez votre bien, dit-il enfin.

Humffrey souleva gauchement le bébé empaqueté. Il prit aussi, de l'autre main, le sac caoutchouté que le gros individu lui tendait en disant :

— Vous trouverez là-dedans du lait, des biberons et des couches pour le voyage, monsieur.

Le milliardaire attendit.

— Qu'y a-t-il ? demanda Finner. Ai-je oublié quelque chose ?

— Le certificat de naissance et les papiers.

— Mes associés ne sont pas des magiciens, expliqua l'autre, souriant. Vous recevrez les pièces manquantes par la poste, dès qu'elles seront prêtes. Je vous promets des chefs-d'œuvre, Mr Humffrey !

— Adressez-les-moi par courrier recommandé, je vous prie.

— Vous pouvez dormir sur vos deux oreilles ! dit Finner, et il démarra.

Humffrey revint lentement à sa voiture. Le chauffeur tenait la portière du fond ouverte, et Sarah Humffrey tendait les bras.

— Donne-le-moi, Alton !...

Son mari obéit. Elle souleva d'une main tremblante le bout de la couverture et poussa une exclamation :

— Miss Sherwood... Regardez !

— C'est une petite merveille, madame, dit la nurse d'une voix douce et impersonnelle. Vous permettez ?

Prenant le bébé, elle le posa sur un strapontin et ouvrit la couverture.

— Nanny, il va tomber !

— Pas à huit jours, madame. Mr Humffrey, voulez-vous me donner le sac, je vous prie.

— Oh ! il crie, cet amour ! Pourquoi ?

— Si vous étiez un nouveau-né sale et affamé, madame, vous feriez la même comédie, expliqua Miss Sherwood en réprimant un sourire. Ce gros chagrin sera fini dans un instant. Henry, branchez le chauffe-biberon sur le tableau de bord, je vous prie. Mr Humffrey, il vaudrait mieux fermer cette portière pendant que je change Master Humffrey.

— Master Humffrey !...

Sarah Humffrey riait d'un œil et pleurait de l'autre tandis que son mari, planté devant la portière, semblait fasciné par le petit être gigotant.

— Alton, nous avons un fils. Un *fils !*

— Te voilà tout agitée, ma chère, constata Alton Humffrey, montrant sa satisfaction.

— Non, Nanny, laissez ce sac, dit Mrs Humffrey qui ouvrait déjà une riche trousse de toilette. Vous trouverez tout ce qu'il vous faut ici !...

La nurse prit, en silence, un flacon d'huile pour bébé et une boîte de poudre.

— Il faudra le faire examiner au plus vite par ce fameux pédiatre de Greenwich, continua Mrs Humffrey. *Alton*

— Oui, ma chère ?

— Et si le docteur ne le trouve pas... comme il devrait être ?

— Voyons, Sarah. Lis de tes yeux les « garanties » qui nous ont été données.

— Nous ne connaissons pas ses parents...

— Ne revenons pas là-dessus, veux-tu ? dit patiemment le mari. Je ne *veux* pas savoir qui sont ses parents. Les renseignements que nous avons suffisent. C'est la meilleure façon d'éviter le risque de chantage, la publicité et le reste. Nous savons que l'enfant est d'une bonne origine anglo-saxonne et qu'il n'y a dans ses deux ascendances ni tare héréditaire ni instinct criminel... Le reste a-t-il de l'importance ?

— Non, sans doute, dit Mrs Humffrey d'un ton hésitant. Nanny, pourquoi crie-t-il toujours ?

— Regardez, madame.

Miss Sherwood versait quelques gouttes de lait sur le dos de sa main, pour en vérifier la chaleur. Parfait ! Elle introduisit doucement la tétine dans la petite bouche impatiente. Le bébé se calma comme par enchantement et se mit à téter de bon cœur.

Mrs Humffrey ouvrait des yeux émerveillés.

— En route, Henry, dit presque gaiement le milliardaire.

Richard Queen se retourna dans son lit et leva instinctivement les bras pour protéger ses yeux contre une lumière qui dérangeait ses habitudes. Pourquoi venait-elle de ce côté-là ? Le matin... Mais était-ce bien le matin ? Tout cela demandait réflexion.

Le bruit de la mer sur les galets tira le vieux monsieur de son demi-sommeil et de ses incertitudes. Maintenant qu'il savait où il était, il ouvrit les yeux et examina ses bras nus. « Des os recouverts d'une vilaine peau tannée ! » songea mélancoliquement Richard Queen. Pourtant la vie circulait en eux. Ils étaient encore bons à quelque chose, ces vieux bras ! Mais à quoi serviraient-ils désormais ?

L'inspecteur Richard Queen, en retraite, referma les yeux. Il était tôt. Presque aussi tôt que l'heure à laquelle son réveil avait sonné, pendant tant d'années, alors qu'il faisait déjà sa culture physique sur le tapis. Hiver comme été, tous les jours... Ensuite, la douche froide, avec la porte de la salle de bains fermée pour ménager le sommeil de son fils. Le rapport du lieutenant, pendant le petit déjeuner. La voiture de la police qui attendait devant son domicile pour le conduire au Bureau central... Une nouvelle journée de travail commençait. Son bureau, à l'étage supérieur de l'imposant building à la coupole dorée. « Quoi de neuf ce matin ? »... Des ordres... Le volumineux courrier... Le rapport téléstéréographié quotidien... L'inspection de neuf heures...

Tout cela, y compris les migraines et les déceptions, faisait partie de sa vie. En dépit des bouleversements administratifs, les « anciens » tenaient bon. Jusqu'au jour, naturellement, où ils étaient jetés aux chiens.

« C'est dur de rompre les habitudes de toute une vie, pensa l'inspecteur Queen. C'est impossible. A quoi pensent les vieux chevaux en broutant l'herbe fade de la retraite ? Aux courses gagnées ? A celles qu'ils pourraient gagner encore, si on leur faisait confiance ?

» Des jeunes, et des jeunes, qui poussaient leurs aînés, prenaient leurs places et s'y installaient. A qui jouerait le mieux des coudes... Hardi, les gars ! Et moi, je suis au rebut. »

Beck Pearl remuait doucement dans la chambre voisine. Richard Queen séjournait depuis assez longtemps chez les Pearl pour avoir appris certains détails familiers. Il savait, entre autres choses, qu'Abe était aussi bruyant qu'un gros chien ; donc, c'était bien Becky qui descendait comme une souris afin de laisser dormir son mari et leur invité. L'arôme de son excellent café monterait bientôt de la cuisine.

Richard Queen paressa dans le bon lit de la chambre d'amis et une vive discussion qui se poursuivait entre les mouettes, sur la plage, accompagna sa rêverie. Beck Pearl éveillait en lui le souvenir de sa femme. Voyons, comment était-elle, au juste ? Mais la mère d'Ellery était morte depuis plus de trente ans... Autant essayer d'évoquer les traits d'une inconnue, aperçue à l'autre bout d'un corridor obscur.

Beck apporta le café. Petite et dodue, elle avait un bon sourire et une inlassable activité. Un veinard, cet Abe !

Décidément, le vieux monsieur n'était pas pressé de se lever, ce matin ! Il se laissa bercer par le bruit de la mer et referma les yeux. Bientôt, il eut l'impression d'être allongé sur la plage, au ras des vagues qui déferlaient sur lui pour le rafraîchir... Ou pour le vider de ses dernières forces ?

Comment employer la journée qui commençait ?

A quelques milles de là s'élevait une île reliée à la terre ferme par une chaussée privée. Le promeneur qui s'y aventurait se heurtait, à son extrémité, à une barrière fermée, flanquée d'une maison couverte de plantes grimpantes.

Sur la barrière on lisait :

NAIR ISLAND
PROPRIÉTÉ PRIVÉE
INTERDITE AUX TOURISTES

Deux vigiles, en tenue d'inspiration nautique, montaient alternativement la garde dans la maison rustique.

Six propriétaires se partageaient en lots à peu près égaux les deux cents et quelques acres de Nair Island... « Million-Nair Island » disait-on ironiquement à Taugus (le centre administratif du Connecticut dont l'île dépendait) pour désigner la retraite estivale des six favorisés de la fortune.

Chaque propriété était entourée de murs imposants, surmontés d'une couche de coquillages et de piques rapprochées. Chacune possédait son petit port et sa plage personnels. Les six milliardaires ne fraternisaient pas, loin de là ! Leurs réunions annuelles, destinées à régler les petites affaires d'intérêt commun, étaient menées tambour battant, dans une atmosphère presque hostile.

Bref, Nair Island était la forteresse de six personnalités haut placées, unies par la passion de l'exclusivité : un sénateur très influent ; la veuve octogénaire d'un roi du rail ; un banquier international ; un vieux philanthrope qui aimait le commun des mortels en général, mais ne pouvait le supporter individuellement ; un amiral en retraite, marié à la fille unique d'un gros armateur.

La sixième personnalité était Alton K. Humffrey.

L'inspecteur Queen soigna sa mise ce matin-là : chemise de sport en nylon, pantalon beige, souliers acajou et blanc. Il portait son veston sur le bras quand il descendit et trouva Beck Pearl – en blouse d'intérieur rose – occupée à servir le petit déjeuner de son mari.

— Quelle élégance, Richard ! s'écria-t-elle. Auriez-vous rencontré une jolie baigneuse hier sur la plage ?

Le vieux monsieur rit.

— Le jour où je m'intéresserai à une femme, les poules auront des dents !

— Ça ne prend pas, déclara Mrs Pearl. Et croyez-vous qu'Abe n'est pas ennuyé de me laisser tous les jours seule à la maison avec un homme séduisant ?

— C'est un fait, grogna Abe Pearl, en uniforme et prêt à partir. Asseyez-vous, Dick. Vous avez bien dormi ?

— Oui, merci...

L'inspecteur s'assit en face de son ami et Becky lui versa une tasse de café :

— Vous êtes bien matinal, aujourd'hui, Abe, constata-t-il.

— L'été est ma mauvaise saison. La nuit dernière, une partie de plaisir entre moins de vingt ans a dégénéré en bagarre. Vous voulez me prêter votre concours, Dick ?

L'inspecteur hocha négativement la tête.

— Allez-y, Richard, insista Beck Pearl. Vous trouvez le temps long. C'est l'inconvénient des vacances.

— Ceux qui travaillent prennent des vacances. Pas un vieux rebut comme moi.

— Bien parlé ! Comment voulez-vous vos œufs, ce matin ?

— Ce café me suffira, Becky. Merci.

Les Pearl échangèrent un regard, et l'aimable femme comprit qu'il ne fallait pas insister.

— Quelles nouvelles de votre fils, Dick ? s'enquit Abe. J'ai vu que vous aviez une lettre de Rome, hier.

— Ellery est en pleine forme. Il projette maintenant de visiter Israël.

— Pourquoi ne l'avez-vous pas accompagné ? Auriez-vous été de trop, par hasard ? demanda Mrs Pearl qui avait deux fils mariés, et une opinion personnelle sur « l'égoïsme » de la jeune génération.

— Ellery m'a supplié de l'accompagner, mais j'ai résisté à la tentation. Il se promène en Europe, à la recherche d'idées pour ses prochains livres, et je n'aurais été qu'un encombrement. D'ailleurs, ajouta Richard Queen, mon excellent fils aurait renoncé à son voyage si vous n'aviez eu la gentillesse de m'inviter pour l'été.

— C'est normal.

Abe Pearl se leva.

— Vous ne voulez vraiment pas vous intéresser à l'affaire de ces jeunes pochards, Dick ?

— Je pensais faire une petite promenade en mer, Abe. Si cela ne vous ennuie pas que je sorte votre bateau...

— Il est à vous, voyons !

Pearl embrassa sa femme et sortit fougueusement, en faisant tinter les assiettes du vaisselier.

L'inspecteur Queen le vit, par la fenêtre, sortir du garage son coupé noir et blanc, muni d'un projecteur sur le toit. La visière de sa casquette et l'insigne doré qui la surmontait luirent un instant au soleil ; puis le grand Abe démarra, sur un geste d'adieu.

« Avec ses qualités professionnelles et sa popularité, il peut conserver sa vie durant le poste de chef de la police à Taugus, songea l'inspecteur. Abe a vu juste en quittant la filière à un âge où il pouvait encore se créer une carrière personnelle. Il n'est pas beaucoup plus jeune que moi, ce gaillard, et il a gardé toute son activité. »

— Encore des idées noires, Richard ? s'enquit Beck Pearl, guidée par son intuition féminine.

Rougissant, l'inspecteur se tourna vers elle, et l'excellente femme continua doucement :

— Nous devons tous nous adapter à ceci ou cela. Pensez au frère aîné d'Abe, mon ami. Joe n'avait pas fondé de foyer, il manquait d'instruction et a travaillé toute sa vie à une machine. L'âge et la maladie venus, il s'est trouvé seul, sans économies, sans autres ressources que la misérable pension du gouvernement et le chèque qu'Abe lui envoie tous les mois. Il y a des millions d'autres Joe de par le monde, Richard. Vous avez mené une existence intéressante, vous avez la santé, un fils qui a bien réussi, une bonne retraite jusqu'à la fin de vos jours… Franchement, qui de Joe Pearl ou de vous est le plus favorisé ?

— Donnons à l'heureux Abe une raison d'être jaloux, déclara l'inspecteur rajeuni par un sourire.

Il se leva et embrassa affectueusement l'épouse de son ami.

— Richard ! Vieux démon ! s'écria Becky, piquant un fard.

— Vieux, moi ? Servez-moi ces œufs, mon ange. Et ne brûlez pas le bacon !

Mais Richard Queen était déjà rembruni quand il détacha le canot automobile d'Abe Pearl. Un passé bien rempli et la sécurité financière pour les vieux jours ne suffisent pas… Becky avait oublié le plus important : *le présent*.

A un homme vigoureux encore, il fallait une occupation.

Le réservoir du canot automobile contenait tout juste assez d'essence pour permettre à Richard Queen d'atteindre une petite jetée déserte et de s'y amarrer. En panne ! Et personne sur la plage, sauf une nurse en uniforme de nylon, plongée dans la lecture d'un magazine à côté d'un landau d'enfant.

L'inspecteur la héla. Elle sursauta et regarda de son côté.

— Puis-je acheter de l'essence ici ?

La nurse secoua énergiquement la tête et, un doigt sur les lèvres, montra la petite voiture. Richard Queen suivit la jetée, descendit sur la plage et s'avança avec l'impression désagréable de souiller une nappe fraîchement repassée. Quel sable !

— Excusez-moi, dit-il en se découvrant. Je n'ai pas réveillé le bébé, au moins ?

La nurse était penchée sur le landau. Elle se redressa.

— Il dort à poings fermés, murmura-t-elle en souriant.

C'était une grande et robuste femme, dotée d'un beau sourire et d'un joli nez (qui pelait, malheureusement, à la suite d'un coup de soleil.) « Elle frise la cinquantaine mais paraît dix ans de moins », estima l'inspecteur, trop expérimenté pour se tromper sur l'âge de quelqu'un.

La nurse l'entraîna un peu plus loin.

— Vous êtes en panne d'essence, si je comprends bien ?

— Oui. J'ai oublié de jauger le réservoir avant de partir. C'est un bateau emprunté, et je n'ai rien d'un marin, expliqua modestement le vieux monsieur. Une chance d'avoir vu votre pompe et réussi à atteindre la jetée !

— Vous êtes sur une propriété privée, en contravention par conséquent, déclara l'aimable femme, le visage éclairé par son séduisant sourire.

— Nair Island, je sais. Mais, vu la situation, puis-je acheter un peu d'essence ?

— Avec l'autorisation du propriétaire seulement. Et, si vous la lui demandez, Mr Humffrey est capable d'appeler la police de Taugus !

— Est-il chez lui ?

L'inspecteur rit intérieurement. Abe Pearl accourant à Nair Island pour l'arrêter… Tableau !

— Non. Mr et Mrs Humffrey sont partis sur leur yacht pour assister aux régates de Larchmont.

— Alors, je pourrais me servir sans que personne ne le sache.

— *Je* le saurais.

— Laissez-moi prendre quelques dizaines de litres et j'enverrai un chèque à Mr Humffrey.

— Vous m'attirerez des ennuis…

— Je ne mentionnerai même pas votre nom... A propos, comment vous appelez-vous ?

— Jessie Sherwood.

— Richard Queen, Mrs Sherwood.

— *Miss* Sherwood, Mr Queen.

— Oh ! fit-il. Enchanté de faire votre connaissance.

— C'est réciproque.

Ils sourirent ensemble, pour une obscure raison. Et, soudain, le monde parut meilleur à l'inspecteur Queen. Le soleil était plus réconfortant, la mer plus bleue, la brise marine plus vivifiante.

— J'étais parti sans but précis, Miss Sherwood, dit le vieux monsieur. Si nous nous asseyions pour faire un brin de causette ?

— Mr et Mrs Humffrey me congédieraient s'ils apprenaient que j'ai bavardé avec un étranger pendant que je gardais le bébé, dit la nurse avec une pointe de regret. Ils auraient raison, et je me suis tant attachée au petit Michael ! Excusez-moi de ne pouvoir accepter votre aimable proposition, Mr Queen.

« Bravo ! songea l'inspecteur. Cette femme est une perfection. »

— C'est à moi de m'excuser, dit-il. Mais je pensais... Voyez-vous, le chef de la police de Taugus est un vieil ami. Je passe même l'été chez lui, au bord de la mer.

— Ah ! fit-elle. Voilà des références ! Seulement, Mr et Mrs Humffrey sont tellement nerveux quand il s'agit du bébé que...

— C'est leur premier enfant ?

— Oui.

— Ils ont raison. Des parents ne prennent jamais trop de précautions, surtout s'ils sont riches.

— Les Humffrey ont une énorme fortune.

— Je tiens du chef Pearl que Nair Island est divisée entre quelques milliardaires. Et cela me rappelle une affaire d'enlèvement dont je me suis occupé il y a quelques années...

— Etes-vous également un officier de police, Mr Queen ?

— En retraite, soupira l'inspecteur.

— A votre âge ?

— Quel âge me donnez-vous ?

— Cinquante-cinq ans, environ.

— Vraiment ?

— Je ne parle jamais contre ma pensée. Pourquoi ? Vous ai-je rajeuni ?

— Dans la Police métropolitaine, la limite d'âge est fixée à soixante-trois ans, Miss Sherwood. Mon dernier anniversaire, hélas !

— Je n'en reviens pas, murmura-t-elle. Ah ! Michael se réveille...

Nurse Sherwood alla vivement au landau. En la suivant, l'inspecteur ne put s'empêcher de remarquer sa tournure jeune et ses longues jambes aux chevilles fines.

Le bébé avait seulement poussé une petite plainte dans son sommeil. Miss Sherwood remit la moustiquaire en place.

— Ça va être l'heure de son biberon, dit-elle doucement. Votre femme est avec vous chez Mr et Mrs Pearl ?

— Je suis veuf depuis presque autant d'années que vous comptez, Miss Sherwood.

— Impossible ! s'écria l'intéressée en riant. A mon tour de demander : quel âge me donnez-vous ?

L'inspecteur mentit hardiment :

— Trente-neuf ou quarante ans.

— Merci ! J'en aurai cinquante en janvier. Voici près d'un quart de siècle que je suis infirmière diplômée.

— Ce bébé est malade ?

— Grands dieux, non ! Regardez-le, Mr Queen. Il est magnifique, notre Michael. Seulement, Mrs Humffrey ne voulait pas le confier à une nurse ordinaire, et il se trouve que j'ai fait presque toute ma carrière dans les maternités et les hôpitaux d'enfants. Ordinairement, j'aurais refusé de m'occuper d'un bébé en excellente santé – au détriment peut-être d'une personne qui aurait eu vraiment besoin de mes soins. Mais j'étais surmenée, et Mr Humffrey m'a offert une si large rétribution...

Miss Sherwood s'interrompit brusquement. Où avait-elle la tête pour raconter tout cela à un parfait inconnu ?

— Jamais mariée ? demanda incidemment l'inspecteur.

— Pardon ? Oh ! c'est de moi qu'il s'agit ! J'ai été fiancée à un médecin, pendant la guerre. Il a été tué en Normandie.

Les yeux de la nurse s'étaient voilés, et l'inspecteur regarda discrètement le nourrisson endormi. « Où ai-je la tête ? pensa-t-il. Une femme vigoureuse et attrayante... Et toi, Richard, tu n'es qu'un fossile doublé d'un imbécile ! »

— Je ne puis vous exprimer le plaisir que m'a procuré votre conversation, Miss Sherwood, dit-il.

— Vous partez ?

— Il est temps de chiper un peu d'essence à Mr Humffrey et de prendre le chemin du retour. Becky – Mrs Pearl, veux-je dire – aura une attaque si je manque le déjeuner, alors qu'elle a entrepris de me remplumer un peu.

— Pourquoi ? Vous me paraissez en excellente forme pour...

— Un homme de mon âge, acheva l'inspecteur, souriant. J'espère que nous aurons l'occasion de nous revoir.

— Et moi aussi, dit Jessie Sherwood malgré elle. Je ne connais pas une âme ici. Le jeudi, mon jour de congé, je deviens folle.

— Je suis bien placé pour vous comprendre, déclara simplement Richard Queen, avec un sourire figé. Au revoir et merci, Miss Sherwood. J'enverrai ce soir un chèque à Mr Humffrey.

— Au revoir, répondit-elle.

Sa nouvelle connaissance ne lui adressa même pas un signe de main quand son canot automobile démarra.

Independence Day tomba un lundi et troubla le calme accoutumé de Nair Island. L'unique route fut aussi bruyante et encombrée que le boulevard du Littoral de Taugus ; par centaines, des bateaux de plaisance dansèrent en vrombissant une véritable sarabande autour de l'île ; Henry Cullum, le chauffeur, dut défendre énergiquement la plage des Humffrey contre les citadins en congé qui prétendaient y pique-niquer ; feu d'artifice et pétards furent de la fête… Nurse Sherwood s'en souviendrait de ce 4 juillet-là !

Le petit Michael passa une mauvaise journée et ses pleurs contaminèrent toute la maisonnée. Au désespoir, Mrs Humffrey ne tenait plus en place. Mrs Lenihan, la gouvernante d'intérieur, n'y alla pas de main morte : après une vive discussion avec Mrs Charbedeau, la cuisinière, au sujet d'un rôti trop cuit, elle traita Rose Healy (première femme de chambre) de tous les noms et faillit décider Marie Tompkins (seconde femme de chambre) à donner son congé. Même Stallings, le vieux jardinier bon enfant, menaça Henry Cullum, le chauffeur, de lui défoncer le portrait s'il recommençait à érafler le gazon en sortant une voiture du garage.

Pire que tout, Ronald Frost, le neveu d'Humffrey, fit une scène terrible. Frost complétait une petite rente héritée de sa mère (la sœur unique du milliardaire) en passant le plus clair de son temps chez des amis fortunés qui offraient volontiers l'hospitalité à un garçon toujours disposé à faire danser une jeune fille prolongée ou apprendre au cousin d'Un tel à jouer au tennis.

Il était venu pour le week-end à Nair Island, avec des parents de Sarah Humffrey, lesquels étaient sagement repartis le dimanche soir, afin d'éviter l'encombrement des routes le 4 juillet. Pourquoi Ron Frost avait-il prolongé son séjour, alors qu'il s'ennuyait avec une sorte d'ostentation ? Jessie Sherwood se posa la question et la façon dont le jeune homme appréciait le bar de son oncle lui parut la seule explication possible.

Grand et mince, avec des épaules étriquées, des cheveux ternes et des yeux à fleur de tête, Ron ressemblait beaucoup au frère de sa mère. Mais il avait en outre un vilain sourire, mi-onctueux, mi-supérieur, et une façon méprisante de traiter les domestiques.

C'est de la nursery, située au premier étage, en face du bureau d'Humffrey, que Jessie Sherwood entendit la fameuse scène. Ron Frost s'était évidemment mis dans un grave pétrin financier et comptait sur son oncle pour l'en tirer.

— Adresse-toi ailleurs, cette fois, déclara Alton Humffrey d'un ton sec.

— Comment ?

C'était un cri de stupeur, et la discussion s'échauffant, nurse Sherwood n'en perdit pas un mot.

— Ma source est tarie, Ronald. Le moment est venu de te parler très sérieusement, mon garçon. Si tu es incapable de t'amender, apprends du moins à te tirer d'affaire par tes propres moyens.

— Je n'en crois pas mes oreilles, dit l'autre. Vous avez toujours été si compréhensif, oncle Alton ! Comment pouvez-vous me refuser votre aide quand... Ne me dites pas que *vous* avez actuellement des difficultés financières !

— Je mène mes affaires de façon à les éviter, Ronald. (Jessie Sherwood crut voir le sourire glacial du milliardaire.)

— Si je comprends bien, continua Humffrey, cette requête était l'objet réel de ta visite. Dans ces conditions...

— Permettez, mon oncle. Est-ce un moment d'humeur, parce que votre précieux domaine a été souillé toute la journée par le populo, ou s'agit-il d'une mesure définitive ?

— C'est une politique, Ronald. J'estime que tu m'as coûté assez cher avec tes dettes de jeu et tes belles amies inconsolables... J'ai un meilleur emploi de mon argent, voilà.

— Le lardon, dit Frost entre ses dents.

— Pardon ?

— Cette larve humaine que vous avez ramassée dans le ruisseau !

— Tu es saoul !

— Pas au point d'oublier vos discours sur « l'honneur du nom », « le sang des Humffrey » et le reste ! Sans parler de vos promesses à ma mère, oncle Alton !

— Cesse d'être un parasite avant de le prendre sur ce ton, Ronald. Et commence par t'excuser de l'ignoble façon dont tu viens de désigner mon fils.

— Votre fils ! hurla Frost. Un enfant abandonné, oui !

— Va-t'en.

— La vérité vous écorche les oreilles, hein ? Vous m'aviez toujours donné à entendre que je serais votre héritier. Et maintenant, ce sale petit...

— Ronald ! Un mot de plus, et je te jette dehors !

Le ton du milliardaire fit sursauter Jessie Sherwood. Puis il y eut un silence dans le bureau.

Frost le rompit avec un rire nerveux.

— Je dois être saoul, mon oncle. Excusez-moi, je vous prie.

— Bien, dit Humffrey après un nouveau silence. Et maintenant, laisse-moi.

Jessie Sherwood entendit Frost sortir. Mais il revint au bout de quelques minutes et resta sur le seuil de la porte ouverte.

— Je pars, mon oncle, dit-il. Veuillez dire au revoir de ma part à tante Sarah et lui transmettre mes remerciements. Vu les circonstances...

— Je comprends, répondit Humffrey comme s'il pensait déjà à autre chose.

— Heu... Au revoir, oncle Alton.

— Au revoir, Ronald.

— J'espère vous revoir prochainement, ma tante et vous.

Le jeune Frost ne reçut pas de réponse. Il descendit pesamment l'escalier et Jessie entendit bientôt sa Jaguar s'éloigner à toute allure.

Quelle horrible journée, couronnée par une scène de famille !

A deux heures du matin, dans la maison endormie, nurse Sherwood cherchait encore le sommeil. Pour une femme qui possédait – entre autres qualités d'infirmière – le don de se détendre immédiatement et de « dormir à volonté », c'était anormal.

Pourtant, le petit Michael reposait comme un ange, dans la nursery contiguë. Après une journée agitée, le trésor avait retrouvé sa bonne humeur et son appétit ; Jessie était allée le voir, avant de se coucher, et sa respiration régulière l'avait complètement rassurée. Quel bébé en or, ce petit bonhomme ! Depuis dix jours qu'il s'était déshabitué de son biberon de deux heures du matin, sa nurse passait d'excellentes nuits.

« Non, décida Jessie, Michael n'y est pour rien. C'est le reste : tout ce bruit inusité, l'énervement de Mrs Humffrey, la mauvaise humeur générale, la scène entre l'oncle et le neveu... »

Miss Sherwood répugnait à s'avouer qu'un nommé Richard Queen y était peut-être pour quelque chose. Penser à un sexagénaire, rencontré par hasard ! Elle rougit en se rappelant la façon détournée dont elle lui avait indiqué son jour de sortie. Et le jeudi suivant, où avait-elle passé l'après-midi ? Sur la plage publique de Taugus, à l'ombre d'un parasol de location, à espérer que Richard Queen paraîtrait, et à se traiter d'imbécile en même temps. Et s'il était venu sur la plage, ce jour-là ? Que vaut une femme de quarante-neuf ans, même présentable en costume de bain, à côté des jeunesses dorées par le soleil et vêtues (si l'on pouvait dire !) d'un bikini ? Ce soir-là, en regagnant Nair Island, Miss Sherwood ne savait pas au juste si elle était soulagée ou déçue... Mais elle avait envie de se flanquer des coups. Un homme si sympathique, pourtant ! Pas seulement un sexagénaire bien conservé et souffrant de son inaction forcée : un ancien inspecteur de la police, habitué à juger son monde et qui l'avait sans doute prise pour une vieille fille sentimentale, en quête d'une victime.

Jessie Sherwood se retourna avec un soupir et enfouit son visage dans l'oreiller.

Dans le silence qui suivit le léger craquement du sommier, elle crut entendre ouvrir, très doucement, une fenêtre de la nursery.

Etait-ce un effet de son imagination ? Tirée de sa rêverie personnelle, elle tendit l'oreille.

La nursery était une pièce d'angle, éclairée par deux fenêtres dont une donnait sur le jardin et l'autre sur la mer. Après avoir couché le bébé, Jessie les avait ouvertes en grand ; puis la brise s'était levée, amenant un si net rafraîchissement qu'elle avait dû sauter du lit pour aller se chercher un léger édredon supplémentaire. Par la même occasion, elle était entrée dans la nursery afin de fermer complètement la fenêtre donnant sur la mer et d'abaisser le panneau de l'autre en ne laissant au bas qu'un espace d'une dizaine de centimètres.

Le même bruit !

Encore !

Il semblait venir du côté du jardin. C'était un léger grincement, coupé de silences… Quelqu'un remontait, par petits coups, la fenêtre laissée entrouverte !

Un kidnapper !

« Des parents ne prennent jamais trop de précautions, surtout s'ils sont riches. »

La réflexion de Richard Queen revint à l'esprit de Jessie pendant qu'elle s'élançait dans la-pièce communicante, son peignoir jeté sur sa chemise de nuit.

A la lueur de la veilleuse électrique, elle vit une sorte d'ombre chinoise se découper dans le cadre de la fenêtre donnant sur le jardin. Un homme, décapité par le store à demi baissé, avait une jambe dans la nursery et l'autre évidemment appuyée contre les derniers barreaux d'une échelle.

Nurse Sherwood hurla et bondit vers le berceau.

L'homme retira vivement sa jambe et disparut.

Un affolement général suivit. Mr Humffrey accourut en boutonnant sa veste de pyjama sur sa poitrine velue ; transformée en furie, sa femme le dépassa pour arracher le bébé des bras de sa nurse ; Mrs Lenihan, Mrs Charbedeau et les deux femmes de chambre déboulèrent de leur étage en enfilant des négligés et demandant à qui mieux mieux ce qui se passait. Les chambres du chauffeur et du jardinier, situées au-dessus du garage, s'éclairèrent. Le petit Michael piqua une colère, Mrs Humffrey cria plus fort, Mr Humffrey rugit pour obtenir des explications et Jessie Sherwood crut qu'elle allait se casser la voix en pure perte. Quand elle parvint à se faire entendre, Alton Humffrey courut à la fenêtre et regarda au dehors. Personne en vue, sauf le vieux Stallings et Henry Cullum (nu-pieds et en pyjama) qui, le nez en l'air, demandaient, eux aussi, ce qui se passait.

Une haute échelle était appuyée contre le rebord de la fenêtre.

— Fouillez la propriété ! ordonna Alton Humffrey aux deux hommes abasourdis. Je vais téléphoner aux gardiens.

Le milliardaire revint au bout d'un instant, furieux.

— Je me demande pourquoi je paie ces gardes, dit-il. Ou cet imbécile de Peterson dormait, ou il est ivre mort. Sarah, cesse cette comédie, je te prie. Donne Michael à Miss Sherwood. Tu vas le rendre malade.

— Oh ! Alton, si c'était un *kidnapper*...

Les dents de Mrs Humffrey s'entrechoquaient. Son mari lui coupa la parole.

— Sottise ! C'était un cambrioleur, et Miss Sherwood l'a mis en fuite. *Donne-moi* le petit.

— Laissez, monsieur, intervint Jessie en prenant le bébé. Mrs Lenihan, voulez-vous avoir l'obligeance de préparer un biberon. Je crois que nous ferons une exception cette nuit. Mais changeons d'abord Master Humffrey...

Elle emporta le nourrisson dans la salle de bains et prit soin de fermer la porte de communication.

Quand elle la rouvrit, Alton Humffrey était seul dans la nursery, les yeux fixés sur le chauffe-biberon.

— Michael va bien ? s'enquit-il brusquement.

— A merveille, monsieur.

— Vous êtes sûre que c'était un homme ?

— Oui.

— Rien de familier, dans son apparence ?

— Le store cachait sa tête. Le reste de sa personne m'est apparu comme une ombre chinoise qui se détachait sur le clair de lune. Mr Humffrey, continua tranquillement Jessie Sherwood, je ne crois pas que c'était un cambrioleur.

Le milliardaire la dévisagea.

— Vraiment ?

— Pourquoi un cambrioleur chercherait-il à s'introduire par une fenêtre du premier étage, quand celles du rez-de-chaussée sont ouvertes ?

Humffrey resta silencieux. Jessie Sherwood s'assit pour donner au bébé son biberon supplémentaire.

— Mr Humffrey ? appela Cullum d'en bas.

— Oui ?

— Nous n'avons trouvé trace de personne, dit le chauffeur, et Stallings approuva d'un signe de tête.

— Habillez-vous, puis montez un peu la garde dehors.

Quand il se retourna, sans avoir touché la fenêtre, le milliardaire avait la mine plus soucieuse que jamais.

— Ne feriez-vous pas mieux d'appeler la police, monsieur ? murmura Jessie Sherwood.

— Si.

La sonnerie du téléphone, de l'autre côté de la cloison, réveilla instantanément l'inspecteur Queen.

— J'écoute, grogna Abe Pearl, d'une voix ensommeillée. J'arrive à l'instant, dit-il ensuite, sur un tout autre ton. Deux de mes hommes iront directement chez vous.

Quand le chef Pearl sortit de sa chambre, il trouva son vieil ami sur le palier, en robe de chambre.

— J'ai entendu le téléphone, Abe. Du vilain ?

— C'est possible. Quelqu'un a essayé de s'introduire chez un des milliardaires de Nair Island. Par la fenêtre de la nursery. Il s'agit peut-être d'une tentative de rapt d'enfant.

— Serait-ce chez les Humffrey ?

— Justement, répondit Abe Pearl, surpris.

— Personne n'a eu de mal ?

— Non. Le type a été mis en fuite. Mais comment avez-vous tout de suite pensé aux Humffrey, Dick ?

— Je suis à vous dans trois minutes.

La villa des Humffrey était illuminée du haut en bas quand les deux amis y arrivèrent. Un des subordonnés de Pearl examinait l'échelle, tandis que son camarade interrogeait les parents et la nurse, dans la chambre du bébé. Un paravent entourait le berceau et Sarah Humffrey, calmée, se mordillait les lèvres dans le rocking-chair.

Richard Queen et Jessie Sherwood échangèrent un rapide regard, sans plus. Le premier resta discrètement dans l'ombre, très attentif néanmoins ; la seconde ferma mieux son peignoir sur sa chemise de nuit en simple cotonnade.

Après avoir recueilli les dépositions, le chef Pearl alla à la fenêtre.

— Cette échelle vous appartient, Mr Humffrey ?

— Oui. Elle provient du hangar dans lequel Stallings, mon jardinier, range ses instruments de travail.

— Allez voir, Borcher...

Le détective sortit et Abe Pearl se tourna vers Jessie :

— Pourriez-vous reconnaître cet individu si vous le revoyiez, Miss Sherwood ?

— J'en doute. Il s'est enfui quand je suis accourue.

— Avez-vous entendu une voiture ?

— Non. Je ne m'en souviens pas, veux-je dire.

— Oui, ou non ?

Jessie Sherwood commençait à s'échauffer.

— Je n'en sais rien, vous dis-je !

— Bien, fit Pearl. Ne nous énervons pas...

Il tourna le dos à Jessie, et Richard Queen devina sa pensée : « La nurse vaut peut-être un point d'interrogation. » Abe ne la connaissait point, parbleu ! Sans quoi... Ici, le vieux monsieur s'aperçut qu'il était prêt à répondre de Jessie Sherwood comme d'une vieille amie.

— Avez-vous entendu une voiture s'éloigner, Mr Humffrey ? continua le chef de la police.

— Non, mais cela ne veut pas dire grand-chose. A la suite de l'alerte donnée par Miss Sherwood, il y a eu forcément beaucoup de bruit ici.

— Forcément. Si cet homme est venu en voiture, il l'a laissée sans doute sur la route. Vous n'avez trouvé aucun billet d'aucune sorte, monsieur ?

— Un *billet ?* murmura Sarah Humffrey.

— Sarah, je crois que tu ferais mieux d'aller te recoucher, dit vivement son mari.

— Non, Alton, je t'en prie. Je ne pourrais pas dormir, de toute façon. Je vais très bien, mon chéri.

— Mais oui, elle va très bien, monsieur. Etes-vous en état de répondre à quelques questions, Mrs Humffrey ? demanda Pearl avec déférence.

— Oui. Mais je ne sais rien.

— Au sujet de votre personnel, madame.

— Les *domestiques ?*

— C'est une question de routine, Mrs Humffrey. Combien en avez-vous, et depuis combien de temps sont-ils à votre service ?

— Notre femme de charge, Mrs Lenihan, est avec nous depuis notre mariage. Mrs Charbedeau, la cuisinière, va avoir dix ans de service. Rose Healy et Marie Tompkins, les femmes de chambre, sont également ici depuis des années.

— Et les deux vieux types dehors ?

— Henry Cullum était le chauffeur de mon père avant d'être le nôtre, répondit Alton Humffrey. Stallings, le jardinier, est attaché à la propriété depuis que nous l'avons achetée ; il y reste en hiver, comme gardien. Je réponds de ces deux hommes, et du personnel féminin également. Nous exigeons des garanties avant d'engager quelqu'un, Mr Pearl.

— Et Miss Sherwood ? demanda négligemment le chef de la police.

— Vous me faites injure ! s'écria Jessie.

— Miss Sherwood est arrivée ici une huitaine de jours avant la venue du bébé. Mais elle nous a été chaudement recommandée par le Dr Holliday, notre pédiatre de Greenwich, ainsi que par le Dr Wicks, de Taugus, notre médecin de famille pendant l'été.

— Vous avez contrôlé ses références, Mr Humffrey ?

— Très sérieusement, oui.

— J'ai vingt-trois ans de service dans les hôpitaux, comme infirmière diplômée, intervint Jessie Sherwood. Autant dire que j'en ai vu de toutes les couleurs, mais ceci est un comble ! Si j'étais de connivence avec un bandit pour kidnapper cet adorable bébé, croyez-vous que j'aurais mis mon complice en fuite, par mes hurlements ?

— Je dois me créer un tableau d'ensemble, dit doucement le chef Pearl, et il sortit.

— Ne blâmez pas le chef, déclara l'inspecteur à la cantonade. Il fait son métier.

Nurse Sherwood se redressa.

Abe Pearl revint peu après.

— L'échelle est poussiéreuse, annonça-t-il à Humffrey. Nous relèverons peut-être des empreintes. Miss Sherwood, vous n'avez sans doute pas remarqué si l'homme que vous avez vu portait des gants ?

— Non, répondit sèchement Jessie.

— Eh bien, Mr Humffrey, nous ne pouvons rien faire de plus, cette nuit. Personnellement, je crois que vous n'avez pas lieu de vous tracasser ; mais je vous laisserai un détective si vous le désirez.

— Je vous en prie. Autre chose, Mr Pearl. Je ne veux pas de publicité autour de cette affaire.

— Comptez sur moi pour faire le nécessaire, monsieur Dick ? continua Abe Pearl en interrogeant son ami du regard.

Richard Queen sortit de l'ombre.

— Permettez-moi de vous poser une question, Mr Humffrey... Ce bébé est-il votre propre enfant ?...

Sarah Humffrey sursauta. Son mari parut remarquer, pour la première fois, la présence du vieux monsieur.

— Vous avez dit au chef Pearl que vous n'aviez pas d'autre enfant, poursuivit tranquillement l'inspecteur. Sans vouloir vous offenser, il me semble que vous êtes l'un et l'autre un peu âgés pour avoir un nouveau-né.

— Est-ce un de vos hommes, chef ? s'enquit le milliardaire.

— Inspecteur Queen, de la police new-yorkaise. En retraite depuis peu, dit vivement Abe Pearl. L'inspecteur était mon lieutenant quand je patrouillais à Manhattan. Actuellement, il est mon invité pour l'été.

— L'homme qui m'a envoyé un chèque d'un dollar, cinquante *cents*, dit Alton Humffrey. Avez-vous l'habitude de prendre l'essence d'autrui, monsieur ?

— Je vous ai expliqué la situation par écrit.

— C'est exact. Eh bien, inspecteur, la pertinence de votre question m'échappe.

— Vous n'y avez pas répondu, fit remarquer Richard Queen, souriant.

— Michael est un enfant adopté. Pourquoi ?

— L'explication recherchée se trouve peut-être dans ses antécédents, monsieur.

— Je puis vous assurer que c'est absolument impossible, déclara Humffrey d'un ton glacial. Et maintenant, messieurs, si vous voulez bien nous excuser, ma femme et moi...

Richard Queen sortit derrière son ami, sans avoir adressé la parole à Jessie Sherwood.

Le mardi, après dîner, nurse Sherwood monta s'assurer que le petit Michael dormait paisiblement. Puis elle changea son uniforme contre une robe de cretonne bleue, lissa ses cheveux, mit un brin de poudre et sortit discrètement.

« De quoi parlent les Humffrey dans l'intimité ? » se demanda-t-elle en suivant l'avenue. Ce soir encore, elle les avait aperçus sur la terrasse, en train de contempler la mer et de siroter leur cognac dans un profond silence. En public, Mrs Humffrey était cependant un moulin à paroles, et son mari ne manquait pas de verve caustique.

« Drôles de gens ! » songeait-elle, quand l'éclat d'une torche électrique, en pleine figure, la fit sursauter.

— Oh ! Excusez-moi, Miss Sherwood, dit l'homme qui venait de surgir d'un buisson de lauriers, à l'entrée de la propriété.

— Il n'y a pas de mal, dit Jessie, mal remise de son émotion.

Alton Humffrey avait bien besoin d'engager trois nouveaux gardes ! C'étaient des détectives privés, arrivés le matin même de Bridgeport et qui rôdaient dans la propriété tels des chats de gouttière.

Une fois sur la route, Jessie respira plus librement, et marcha d'un bon pas jusqu'à la barrière.

— Mr Peterson ?

Le grand gardien parut sur le seuil de la maison rustique.

— Vous quittez l'île ? s'enquit-il avec mauvaise humeur.

— Non. Je prends l'air, c'est tout. Qu'y a-t-il, Mr Peterson ? Vous semblez ulcéré.

— On le serait à moins, après un pareil week-end. Vous avez vu ce flot de voitures ? Et il faudrait encore me rappeler qui est entré et sorti !

— Pauvre Mr Peterson ! soupira Jessie, compatissante. Avec toute cette circulation, je comprendrais que vous ayez laissé la barrière ouverte toute la nuit.

— C'est ce que j'ai fait, Miss. Fallait bien me reposer un brin !

— Ainsi, vous n'avez pas vu la voiture qui est arrivée un peu après minuit et a quitté Nair Island vers deux heures du matin.

— J'ai aperçu son arrière.

Jessie aspira une bouffée d'air parfumé.

— Je parie que c'était une voiture que vous connaissiez, raison pour laquelle vous n'avez pas arrêté le conducteur, hein ?

— Y a de ça, oui.

— Quel genre de voiture était-ce, Mr Peterson ?

— Une marque étrangère : une Jaguar.

— Parfaitement, dit Jessie, le cœur battant. Alors ?

— Le neveu de Mr Humffrey... Comment s'appelle-t-il déjà ? Mr Frost a la même. J'ai cru que c'était lui. Il n'a fait qu'aller et venir pendant tout ce maudit week-end.

— Vous n'êtes pas sûr que c'était lui ?

— J'pourrais pas en jurer, non.

Jessie sourit gentiment.

— Ne vous tracassez pas, Mr Peterson. On sait que vous remplissez votre devoir aussi consciencieusement que possible.

— Voilà une parole réconfortante !

— Bonne nuit.

— Bonne nuit, Miss Sherwood, répondit l'autre avec un large sourire.

Il rentra dans la maison, et Jessie rebroussait chemin lorsqu'une voix masculine la tira de ses réflexions.

— Bravo !

— Mr Queen ! s'écria-t-elle, remise de sa frayeur. Que faites-vous ici ?

Rajeuni par son costume Palm Beach et un air amusé, il lui barrait la route.

— La même chose que vous, mais j'ai une sérieuse avance, Miss Sherlock Holmes, déclara l'inspecteur en lui prenant le bras. Je vous reconduis ?

Jessie accepta et ils allèrent à pas lents dans la nuit qu'embaumaient les roses grimpantes accrochées aux murs des belles propriétés.

— Vous avez soupçonné Ron Frost depuis le début ? demanda soudain le vieux monsieur.

— Pourquoi vous intéressez-vous tant à cette affaire ? murmura Jessie.

— Mettons que je n'aime pas qu'on touche aux fenêtres des nurseries. Par ailleurs, si je peux donner un coup de main à Abe Pearl…

En mer, un patriote infatigable tira une dernière chandelle romaine. Les flâneurs s'arrêtèrent pour la voir éclater et retomber en globes de feu. La nuit parut plus sombre après cette brève illumination, et Jessie eut un petit frisson.

— Continuons, dit-elle. Il est temps que je rentre. Pour en revenir à votre question, Mr Queen, je me demande si je devrais parler, étant au service des Humffrey. Mais les menaces à l'endroit des bébés m'indignent encore plus que vous… Bref, une violente discussion a éclaté hier entre Mr Humffrey et Ronald Frost, au sujet de Michael.

Jessie raconta ce qu'elle avait entendu de la nursery, la veille.

— Frost pensait hériter de son oncle, et il se sent supplanté par l'enfant adopté, résuma l'inspecteur. Il était ivre en partant, dites-vous ?

— Il avait certainement bu, oui.

— Notre homme souffrait d'une grosse migraine, ce matin, et il y avait une bouteille de whisky vide sur son bureau. En fin de soirée, il devait être plein comme une outre et…

— Vous l'avez vu ? s'écria Jessie.

— Chez lui, à Old Greenwich. J'y suis allé pour rendre service à Abe Pearl, en quelque sorte.

— Que vous a dit Frost ? Racontez-moi !

— A l'en croire, il est rentré directement chez lui et s'est couché en arrivant. Comme il vit seul, personne ne l'a vu. En d'autres termes, pas d'alibi.

— S'est-il formellement défendu d'être revenu ici ?

— Pouvait-il reconnaître le fait ? s'enquit l'inspecteur d'un ton amusé. De toute façon, je vous garantis qu'il a eu chaud ! Si c'est Frost qui a essayé de s'introduire par cette fenêtre, j'ai lieu de croire qu'il ne recommencera pas.

— Mais quelle pouvait être son idée ?

— Un ivrogne ne réfléchit pas.

Jessie frissonna.

— Une rançon, peut-être ? Il a dit à son oncle qu'il était perdu de dettes.

— L'auteur du coup manqué portait des gants, de sorte qu'aucune empreinte digitale n'a pu être relevée ni sur l'échelle, ni sur le hangar. Peterson *croit* avoir reconnu Frost ; mais son identification est très discutable. Bref, nous n'avons aucune preuve. Et même si nous en avions, Mr Humffrey tiendrait à étouffer l'affaire, si j'en juge par le ton de son coup de téléphone à Abe Pearl, ce matin. En ce qui vous concerne, ma jeune amie, le mieux est d'oublier l'alerte de cette nuit.

— Ma *jeune* amie ! s'écria Jessie en riant. Merci.

— Mais vous êtes jeune, déclara l'inspecteur, surpris. Certaines personnes ne vieillissent jamais. Ma mère était du nombre. Vous lui ressemblez beaucoup et... Nous y sommes, n'est-ce pas ? Il fait noir comme dans un four.

— Oui...

« Pourvu que le détective de Bridgeport ait le bon goût de rester derrière son buisson et de ne pas allumer sa torche électrique ! pensa Jessie. Puis :

— Vous disiez, Mr Queen ?

— Oh ! rien !

— En tout cas, je dormirai plus tranquille grâce à vous, inspecteur, soupira Jessie après un silence. Merci de m'avoir ramenée.

— J'ai été heureux de cette rencontre, répondit le vieux monsieur avec une inexplicable mélancolie. Bonne nuit, Miss Sherwood.

— Bonne nuit, murmura Jessie qui se demandait si elle le reverrait jamais.

L'éclat d'une torche électrique l'aveugla comme elle écoutait ses pas s'éloigner dans la nuit.

— Qui vous accompagnait, Miss Sherwood ? s'enquit le détective privé.

— Oh ! laissez-moi tranquille... Chien de chasse !

Sur ces mots, nurse Sherwood s'élança vers la maison en courant comme une jeune fille poursuivie.

Les semaines s'écoulèrent sans que Jessie revît l'homme qui avait paru la comprendre, comme un vieil ami. Il n'y avait décidément plus que le petit Michael pour la retenir à Nair Island... « Le pauvre trésor a besoin de moi », se répétait-elle souvent, cherchant à ignorer la morsure d'une jalousie qui se manifestait chaque fois que Mrs Humffrey lui prenait le bébé des bras, avec une mine de propriétaire.

Et puis, le troublant incident du 4 juillet trottait toujours dans la tête de nurse Sherwood. Si le misérable revenait à la charge, sans qu'elle fût là pour protéger son cher petit rayon de soleil ?

Le 31 juillet, Alton Humffrey congédia les trois détectives privés.

Le jeudi suivant, après la toilette matinale, Jessie remit Michael à sa mère adoptive, qui souffrait d'un léger rhume de cerveau.

— Vous êtes en état de le garder ? demanda-t-elle anxieusement. Je puis très bien rester, madame.

— Non, non, Nanny. Je ne veux pas en entendre parler... Nous nous passerons à merveille de Nursey, pas vrai, mon amour ?

Mrs Humffrey portait un masque antiseptique blanc. Pour un rhume de rien du tout ! Elle suivait à la lettre les conseils d'innombrables ouvrages de puériculture et, à la moindre occasion, mettait un de ces affreux masques qui effrayaient le petit Michael. A quoi bon, vraiment ? Les enfants trop protégés contre les microbes en bas âge le paient toujours plus tard, pensait Jessie, en infirmière raisonnable.

— Il vaudrait peut-être mieux que je rentre ce soir, dit-elle, le cœur chaviré par la grimace du bébé inquiet.

— Jamais de la vie !...

Mrs Humffrey eut l'heureuse inspiration de chatouiller le ventre du petit :

— Guidi-guidi ! Allons, mon chéri, fais risette à ta maman !

— Cela ne me coûterait pas, insista Jessie qui aurait voulu pouvoir crier : « Arrêtez cette imbécillité ! »

Michael sauva la situation par un vomissement suivi de cris perçants. Mrs Humffrey baissa pavillon.

— Ce n'est rien, déclara Jessie en reprenant le poupon. Il n'est seulement pas très indiqué de chatouiller un enfant qui vient de boire son biberon.

Elle nettoya Michael et le rendit à sa mère adoptive.

— Mon Dieu ! soupira Sarah Humffrey. J'ai tant à apprendre !

— C'est surtout une question de bon sens, madame, ne put s'empêcher de dire Jessie. Décidément, je rentrerai ce soir.

— Je vous l'interdis formellement. N'allez pas vous priver du plaisir de passer une nuit chez votre amie.

Finalement, Jessie céda aux instances de Mrs Humffrey et elle se raisonna en allant à la gare dans sa petite Dodge 1949. Michael ne lui appartenait pas. Il était à

Mrs Humffrey, et celle-ci gagnerait à tenir son rôle maternel pendant vingt-quatre heures. Tout se passerait bien...

Néanmoins, Jessie repensa trop souvent à la grimace du pauvre bébé, avant son départ, pour profiter réellement de sa journée en ville. Sa vieille amie Belle Berman, infirmière-major dans un hôpital new-yorkais, eut beau l'accompagner dans ses courses, déjeuner avec elle au restaurant et l'emmener voir un beau film, rien n'y fit. Le soir venu, elle n'arrêta pas de regarder sa montre pendant tout le dîner.

— Qu'as-tu ? demanda enfin Belle Berman, en desservant la table. On dirait que tu as quitté un grand malade !

— Excuse-moi, Belle, murmura Jessie. Je suis inquiète pour le bébé. Mrs Humffrey est réellement enrhumée, alors si elle commence à gémir et à se dorloter... Elle qui est déjà si inexpérimentée !

— Justement, ça lui fera le plus grand bien de se dégourdir un peu, déclara son amie. Fiche-moi la paix avec ta Mrs Humffrey et les autres femmes trop riches pour s'occuper elles-mêmes de leurs enfants. Non ! Je tiens à faire la vaisselle seule. Assieds-toi et raconte-moi des histoires. A propos, comment fais-tu pour conserver ta ligne ? Tu dévores !

Belle avait invité quelques communes amies, après le dîner. Jessie fit de son mieux pour se remettre dans le ton du papotage d'hôpital et s'associer au jeu de massacre habituel dont certains médecins et infirmières faisaient les frais. Peine perdue. Finalement, n'y tenant plus, elle se leva.

— Belle, mets ma nervosité sur le compte du retour d'âge si tu veux, mais laisse-moi partir maintenant au lieu de demain matin, comme convenu.

— Du calme, nurse Sherwood.

— Je souffre de penser que mon précieux bébé est entre les mains de cette incapable, dit impétueusement Jessie. Et si son rhume s'était aggravé aujourd'hui ? Les domestiques en savent encore moins qu'elle... En sautant dans un taxi, je peux attraper le train de vingt-trois heures cinq...

Il était un peu plus de minuit quand Jessie descendit en gare de Taugus, après un voyage étouffant qu'elle payait par une forte migraine.

Sa Dodge hermétiquement fermée avait emmagasiné la chaleur de la journée. Tant pis ! Elle ouvrit les vitres, mais démarra sans laisser à la voiture le temps de se rafraîchir.

A l'entrée de Nair Island Charlie Peterson mit un temps fou à venir ouvrir la barrière.

— Quelle nuit ! dit-il en bâillant. J'ai jamais vu autant de moustiques... Il faisait chaud à New York aussi, Miss Sherwood ?

— Terriblement. Et j'en rapporte une migraine épouvantable. Si vous voulez bien me laisser passer, Mr Peterson...

— Excusez-moi !

Frustré d'un brin de causette, le gardien leva la barrière.

« Je me suis sottement monté la tête », se dit Jessie en approchant du but. La villa des Humffrey était plongée dans l'obscurité. Donc, tout allait bien. A la moindre indisposition du bébé, tout le personnel eût été debout, comme cela se passait pour un oui ou un non chez des milliardaires. « Eh bien, mon retour ne dérangera personne », décida Jessie, et elle laissa sa voiture à l'entrée de la propriété, pour éviter de réveiller quelqu'un en allant au garage.

Elle ouvrit la porte à tâtons avec sa clef personnelle et poussa les précautions jusqu'à monter dans le noir, sur la pointe des pieds. Le palier du premier, la porte de sa chambre... Patatras ! Son sac lui échappa des mains et le bruit de sa chute retentit comme l'explosion d'une bombe dans la maison endormie.

La maladroite était à quatre pattes, cherchant son sac à tâtons, quand un ordre donné d'une voix cinglante la fit sursauter.

— Ne bougez pas !

— Oh ! mon Dieu ! fit-elle avec un rire nerveux. Ce n'est que moi, Mr Humffrey. Je suis désolée de vous avoir réveillé.

— Miss Sherwood ! Je croyais que vous passiez la nuit à New York !

Humffrey était en robe de chambre. Il avait allumé la torche électrique qu'il tenait d'une main. Dans l'autre luisait un revolver.

Jessie ramassa son sac. « Imbécile, va ! pensa-t-elle. Et pourquoi garde-t-il son doigt sur la détente ? »

— J'ai changé mes projets, monsieur. Il faisait si chaud là-bas que j'ai attrapé une forte migraine et...

— Alton ! Qu'y a-t-il ?

Mrs Humffrey venait d'ouvrir la porte de sa chambre. Serrant sur sa poitrine un vaporeux négligé, elle était défigurée par la frayeur.

— C'est Miss Sherwood, Sarah, répondit son mari, glissant enfin le revolver dans sa poche. Quelle idée, Miss Sherwood, de rentrer ainsi, comme un voleur. J'aurais pu vous abattre. Pourquoi n'avez-vous pas téléphoné ?

— Le temps m'a manqué. Je me suis décidée à la dernière minute...

Jessie eut un sursaut de colère. Etre interrogée comme une criminelle !

— Excusez-moi de vous avoir réveillé, dit-elle sèchement. Le bébé va bien, madame ?

Sarah Humffrey sortit sur le palier et donna de la lumière. Son mari rentra aussitôt dans la chambre conjugale.

— Michael dormait la dernière fois que je suis allée le voir, répondit la mère adoptive. Etes-vous déjà entrée dans la nursery ?

— Non. Comment va votre rhume ?

— Oh ! il suit son cours ! Le petit a été grognon toute la journée. Je ne l'ai pas quitté un instant, et suis allée le voir deux fois depuis que je l'ai mis au dodo. Croyez-vous qu'il ait pu attraper mon rhume ?

— Je vais lui donner un coup d'œil, déclara Jessie. Mais il est certainement bien, madame, sans quoi tout ce tapage l'aurait réveillé. A votre place, j'irais me recoucher.

Jessie faillit hausser les épaules. Elle ouvrit la porte de sa chambre, alluma la lampe de chevet, jeta son chapeau et ses gants sur une chaise.

— J'espère mériter des compliments, continua Mrs Humffrey. A dix heures et demie, juste avant de me coucher, je suis entrée une dernière fois dans la nursery. Michael s'agitait tellement, à ce moment-là, que j'ai mis un gros oreiller entre sa tête et le bois de lit. S'il allait se cogner, le pauvre chéri ! Les bébés ont le crâne si fragile, n'est-ce pas ?

Souhaitant que son propre crâne cessât d'être douloureux, Jessie s'efforça de contenir son agacement.

— Je vous répète, madame, qu'un oreiller n'est pas indiqué pour les tout-petits. Le rembourrage intérieur du berceau suffit amplement à protéger leur tête.

— Mais notre bébé est si robuste et remuant, Nanny !

Un mouchoir hygiéniquement pressé sur son nez et sa bouche, Mrs Humffrey s'arrêta sur le seuil de la nursery.

Jessie eut l'impression d'entrer dans une étuve. Cependant, la lueur de la veilleuse montrait que le store de la fenêtre donnant sur le jardin était complètement relevé et la fenêtre grande ouverte. De plus, quelqu'un avait eu la fâcheuse idée de déplacer l'écran grillagé, si bien que les moustiques et autres insectes n'avaient eu qu'à entrer.

Mrs Humffrey eut mérité d'être fouettée pour tant d'incompétence !

Nurse Sherwood s'approcha du berceau sur la pointe des pieds.

Son cœur cessa de battre. Le bébé avait repoussé ses couvertures. Il était couché sur le dos, et on ne voyait que ses jambes potelées, jetées à droite et à gauche. L'oreiller cachait son visage et son torse.

Pour Jessie, un siècle s'écoula avant que son cœur ne reparte, brutalement. Et pendant ces secondes d'angoisse, elle ne put que regarder le petit corps immobile, paralysé.

Puis elle arracha l'oreiller, rabattit le côté du berceau, se pencha.

— Allumez le plafonnier ! dit-elle d'une voix rauque.

— Quoi ? Qu'y a-t-il ? bredouilla Mrs Humffrey.

— Allumez !

Tenant toujours le mouchoir plaqué sur son nez et sa bouche, Mrs Humffrey mit un moment à trouver l'interrupteur.

Jessie Sherwood, infirmière diplômée, fit exactement ce que les circonstances commandaient. Et pendant que ses mains fermes pratiquaient la respiration artificielle – des mains qui auraient pu appartenir à un autre « professionnel », médecin ou infirmière – la révolte et l'incrédulité lui soulevaient le cœur, comme une nausée.

Deux mois, Michael, âgé de deux mois.

Elle essayait bien, nurse Sherwood, de ne pas le voir tel qu'il était maintenant ; de le voir comme il était la veille : dans ses bras, dans son bain, dans sa petite voiture, sur la plage... A quoi bon ? C'était fini.

— Il est asphyxié, dit Jessie sans lever les yeux, sans cesser de travailler sur les petits membres glacés. Je continue la respiration artificielle, mais c'est inutile. Il est mort depuis un bon moment, Mrs Humffrey. Appelez votre mari, appelez le Dr Wicks. Ne vous évanouissez pas avant de les avoir appelés. Non, ne vous évanouissez...

Mrs Humffrey poussa un cri perçant et s'écroula, sans connaissance.

Longtemps après, Jessie crut s'éveiller d'un cauchemar. Elle enveloppait Sarah Humffrey dans une seconde couverture et le flacon de sels était débouché sur la table de chevet, à côté des ouvrages de puériculture. Donc, elle avait donné machinalement les soins nécessaires. A moins qu'elle n'ait seulement suivi les indications du Dr Wicks qui parlait sur le palier ? Mrs Humffrey était couchée en travers du grand lit, la tête pendante. Elle avait repris connaissance et poussait de faibles gémissements. « Une pitié de l'avoir ranimée, songea Jessie. Cette pauvre femme serait mieux dans l'autre monde. »

Puis la mémoire lui revint et elle commença à se poser des questions. Combien de temps s'était écoulé depuis l'horrible découverte ? Le Dr Wicks avait certainement mis un moment pour s'habiller et venir de Taugus en auto... Depuis quand était-il là ?

Soudain, Jessie s'aperçut que Mrs Humffrey gisait comme un paquet en travers du lit. Elle la prit à bras-le-corps et l'allongea confortablement. Puis, la conscience tranquille de ce côté-là, elle quitta la pièce.

Le Dr Wicks parlait à Alton Humffrey sur le palier.

— C'est une possibilité, Mr Humffrey, et nous sommes malheureusement peu renseignés sur la question. Dans certains cas, nous trouvons une infection étendue et diffuse qui apparaît seulement à l'autopsie, et pas toujours, notez-le. Ce pourrait être cela. Si vous acceptez l'autopsie...

Le milliardaire était adossé contre le mur et, d'une main, protégeait ses yeux, comme si la lumière les blessait.

— Non, dit-il. Non, docteur.

Jessie se rappellerait toujours son expression à la vue du cadavre dans le berceau, quand le cri de Mrs Humffrey l'avait attiré dans la nursery. Cette horrible expression, rappelant beaucoup le *risus sardonicus* du tétanos, avait duré plus d'une minute, pendant qu'elle s'efforçait de rendre à la petite cage thoracique une élasticité perdue à jamais, de réveiller un petit cœur qui ne battait plus depuis longtemps.

— Il est vraiment mort, avait-il fini par dire.

— Appelez le Dr Wicks, je vous en prie, avait-elle demandé alors.

Humffrey avait emporté sa femme évanouie avant de téléphoner au médecin.

Jessie avait abandonné la lutte inutile au bout d'un moment. Après avoir recouvert le petit corps, elle avait été relayer le milliardaire qui, dans la chambre, essayait de ranimer sa femme.

Humffrey était sorti. Bientôt, Jessie l'entendit parler aux domestiques. La nouvelle fut suivie d'un concert de lamentations féminines, entrecoupées de sanglots. Puis le milliardaire poussa un cri terrible : une explosion de fureur bestiale véritable... Lui, le parfait gentleman qui n'élevait jamais la voix ! Ensuite, ne tenant pas en place, il s'était promené dans toute la maison jusqu'à l'arrivée du médecin.

— Ah ! Miss Sherwood, dit le Dr Wicks, visiblement soulagé, à la vue de Jessie. Comment va Mrs Humffrey ?

— Elle a repris connaissance, docteur.

— Je vais aller la voir. Il faudra veiller sur votre femme pendant quelque temps, Mr Humffrey.

— Oui.

Le milliardaire et Jessie suivirent le petit Dr Wicks dans la chambre.

Mrs Humffrey sanglotait éperdument.

— Mon bébé. Mon bébé ! gémissait-elle, ses maigres épaules agitées par le désespoir.

— Ne vous souciez pas de nous, madame, dit le Dr Wicks comme s'il parlait à une enfant, pleurez. Les larmes soulagent. Vous vous sentirez mieux après.

— L'oreiller, docteur ! Je l'avais mis pour protéger sa petite tête. Mon Dieu, comment aurais-je pu prévoir ce malheur ?

— A quoi bon revenir là-dessus ? Maintenant, il faut essayer de dormir, Mrs Humffrey.

— Miss Sherwood m'avait proposé de rester. J'aurais dû accepter. Mais non, je voulais avoir l'air de savoir m'en occuper et...

— Là, là, madame ! si vous ne vous dominez pas...

— Je l'aimais tant, ce petit ange !

Le Dr Wicks chercha un soutien professionnel et se tourna vers Jessie, mais celle-ci était pétrifiée tandis que d'étranges questions tourbillonnaient dans sa tête en feu. Comment le dire ? Est-ce possible ? Oui. Mais c'est trop horrible...

« Je vais vomir d'un instant à l'autre ! » pensa-t-elle.

— Nous allons vous donner quelque chose, déclara le médecin avec une fermeté inhabituelle.

« Ça se voit donc ? » se demanda Jessie, surprise. Puis elle s'aperçut que le Dr Wicks parlait toujours à Mrs Humffrey.

— Non ! cria celle-ci. Non, non et non !

— Je n'insiste pas, dit vivement le médecin. Calmez-vous, c'est tout. Allongez-vous et fermez les yeux. Là ! Parfait.

— Docteur... dit Alton Humffrey.

— Oui, monsieur ?

— Vous comptez probablement saisir le coroner du comté de cette affaire ?

— Oui. Ce n'est qu'une formalité, bien entendu, et…

— Inutile de vous dire l'horreur que m'inspire cette pensée. J'ai une certaine influence à Hartford, docteur. Si vous acceptez de coopérer…

— Je crains que ce soit impossible, monsieur. Les médecins doivent remplir leurs obligations, sous peine de faillir à leur serment.

— Je comprends. Néanmoins, dans des cas exceptionnels, certaines considérations priment les obligations professionnelles. Ne l'avez-vous pas constaté dans votre clientèle ?

— Franchement, non, répondit le Dr Wicks d'un ton beaucoup plus sec. Quelle que soit votre idée, Mr Humffrey, ma réponse ne peut qu'être défavorable.

Le milliardaire pinça les lèvres.

— Je demande seulement que l'épreuve d'une enquête du coroner nous soit épargnée à Mrs Humffrey et à moi. Déposer publiquement, affronter la curiosité des reporters… Tout cela serait intolérable ! Ma femme n'est pas en état de le supporter ; vous le savez mieux que quiconque, docteur.

— Je suis navré de ce malheur, déclara le médecin. Mais qu'y puis-je ?

— Il s'agit d'un accident ! Faut-il, à cause d'un accident, crucifier publiquement des gens malheureux ?

« S'ils continuent, je vais hurler ! » pensa Jessie Sherwood.

— Je sais que ç'a été un accident, Mr Humffrey, mais vous me mettez…

— Non, intervint Jessie d'une voix claire. Non, ça n'a pas été un accident.

Le Dr Wicks se retourna vivement.

— Vous dites, nurse ?

Dans le lit, Mrs Humffrey se retourna également, pour regarder.

— Je dis, docteur, que ça n'a pas été un accident.

Jessie crut un instant qu'Alton Humffrey allait lui sauter à la gorge... Non.

— Qu'entendez-vous par là, Miss Sherwood ? demanda-t-il simplement.

— Qu'une autre personne est entrée dans la nursery après la dernière visite qu'y a faite Mrs Humffrey, avant de se coucher...

Jessie se raidit pour soutenir le regard furieux de son employeur :

— Ce bébé a été assassiné, Mr Humffrey. Et si vous n'appelez pas la police, à l'instant même, c'est moi qui vais le faire.

2

Au train d'un escargot

Jessie avait l'étrange impression que sa tête allait s'envoler, comme un ballon gonflé d'air. Mais une certitude dominait son cauchemar, peuplé de visages qui flottaient dans la pièce brumeuse : son réveil sonnerait d'un instant à l'autre et elle reprendrait pied dans la réalité. Vite levée, elle entendrait Michael gazouiller et passerait dans la nursery avec un joyeux : « Bonjour, mon chéri ! »

— Asseyez-vous, Jessie.

— Comment ?

Miraculeusement, Richard Queen l'obligeait à se rasseoir et lui présentait un verre d'eau. Il l'avait appelée Jessie... Donc, le cauchemar se muait en rêve inoffensif.

— Buvez.

L'eau froide coulant dans sa gorge desséchée opéra un nouveau miracle. Elle se retrouva sur terre dans la nursery remplie d'hommes qui fouinaient, mesuraient, parlaient entre eux avec un flegme tout professionnel. C'étaient des policiers de Taugus, des représentants de la police d'Etat et un individu sans cravate, qui, croyait-elle se rappeler, portait une serviette en arrivant.

— Vous sentez-vous mieux, Miss Sherwood ? demanda le chef Pearl.

— C'est le manque de sommeil, sans plus, expliqua Jessie.

De quoi parlaient ces hommes quand tout s'était mis à tourner autour d'elle ? Il y avait un trou dans sa mémoire. Elle se rappelait seulement la voix de basse et les yeux perçants comme des vrilles de l'énorme chef Pearl.

— Donc, après être entrée dans la nursery avec Mrs Humffrey, vous vous êtes penchée au-dessus du berceau. L'oreiller était sur la tête du bébé. Vous l'avez arraché et constaté que le petit était étouffé, mort très probablement. Néanmoins, vous avez machinalement pratiqué la respiration artificielle.

» Réfléchissez, Miss Sherwood. Combien de temps s'est écoulé entre le moment où vous avez vu l'oreiller sur le visage du bébé et celui où, le premier saisissement passé, vous l'avez arraché ?

— Combien de temps ? murmura Jessie. Une éternité, serais-je tentée de répondre. Voyons... Une ou deux secondes, sans doute.

— Une ou deux secondes. Puis vous avez saisi l'oreiller. Qu'en avez-vous fait ?

Jessie crut avoir affaire à un fou.

— Je l'ai jeté de côté.

— Jeté où ? insista Pearl.

— Au pied du berceau.

L'individu sans cravate et mal rasé s'en mêla.

— Vous rappelez-vous exactement l'endroit où l'oreiller est tombé, Miss Sherwood ?

« Ils sont tous cinglés ! se dit Jessie. Attacher de l'importance à ça ! »

— Non, naturellement, répondit-elle. Je n'ai plus dû regarder cet oreiller, après l'avoir arraché. A ce moment-là, je ne pensais qu'à une seule et unique chose : essayer de sauver le bébé. Ce que j'avais vu sur l'oreiller ne m'est revenu à l'esprit que longtemps après, et j'ai eu la révélation de ce que cela signifiait.

— Veuillez nous redire exactement ce que vous avez cru voir sur cet oreiller, Miss Sherwood.

Encore ! Jessie se demanda si elle avait rêvé, ou si quelqu'un avait réellement dit devant elle que cet homme insistant et débraillé appartenait au cabinet du procureur de Bridgeport.

— Ce que j'ai *cru* voir ? s'écria-t-elle. Douteriez-vous de ma parole ?

Dans sa colère, Jessie voulut savoir si Richard Queen était aussi de leur bord. Mais il se tenait seulement debout derrière elle, caressant en silence sa petite moustache grise.

— Répondez à la question, je vous prie.

— Je suis sûre d'avoir vu l'empreinte d'une main sale sur la taie.

— De quelle couleur était cette empreinte, Miss Sherwood ? Noire ? Brune ? Grise ?

— Je ne sais pas au juste. Grisâtre, peut-être. Comme la poussière.

— Précisons. Etait-elle grisâtre, comme la poussière, ou non ?

— Je crois que oui.

— Vous *croyez*, c'est bien ça ?

— C'était l'empreinte d'une main sale, répéta Jessie avec lassitude. Poussiéreuse ? Je le crois, sans pouvoir l'affirmer.

— Il semblait que quelqu'un avait posé une main sale sur l'oreiller, dit l'interrogateur sans cravate. Posé comment, Miss Sherwood ? A plat ? Repliée ? Toute la main, ou une partie seulement ?

— Absolument à plat.

— A quel endroit de l'oreiller ?

— Vers le milieu.

— L'impression était assez nette pour vous permettre d'affirmer qu'elle avait été faite par une main humaine ?

— Elle était plutôt brouillée. Mais c'était *certainement* l'empreinte d'une main...

Jessie ferma les yeux. Elle la voyait avec une horrible clarté, cette empreinte révélatrice !

— Sans être nette, l'impression n'avait pas de bavures. La main posée à plat avait été fermement appuyée sur l'oreiller, continua Jessie, rouvrant les yeux. Autrement dit, quelqu'un a pressé de sa main sale l'oreiller sur la tête du bébé et l'y a maintenu jusqu'au moment où la petite victime a cessé de respirer. Voilà pourquoi j'ai dit à Mr et à Mrs Humffrey que Michael avait été assassiné. Encore une fois, l'image que mes yeux avaient vue est restée d'abord enfouie dans mon subconscient. Quand j'en pris conscience, je dis aux parents d'appeler la police. Pourquoi me posez-vous toutes ces questions au lieu d'examiner purement et simplement l'oreiller ?

— Levez-vous, Miss Sherwood, grogna le chef Pearl. Tenez-vous debout.

— Oh ! mon malaise est passé ! déclara impatiemment Jessie en se levant.

— Allez au berceau. N'y touchez pas. Contentez-vous de regarder l'oreiller.

Regardez l'oreiller ! Ne pouvaient-ils le regarder eux-mêmes, ces imbéciles ? Jessie était maintenant convaincue d'être le jouet de ces songes bizarres dans lesquels le dormeur croit se réveiller alors que le rêve continue.

Et pourquoi lui en coûtait-il tant d'aller au berceau ? Cette répugnance étonnait chez une infirmière familiarisée depuis tant d'années avec la mort sous toutes ses formes. En réalité, Jessie avait craint la mort trois fois seulement : au décès de ses parents et en recevant l'annonce officielle que Clem, son fiancé, avait été tué. Etait-ce la tendresse qui changeait tout ? Sans doute. Parce qu'elle avait pansé son nombril de nouveau-né, et à cause du regard de confiance absolue qu'il fixait sur elle en buvant son biberon, Michael était entré dans son cœur.

« Seigneur, faites qu'il n'y soit plus ! » pria-t-elle.

— Allez-y, Jessie, murmura Richard Queen. Le bébé a été emporté.

Il comprenait, lui.

Elle s'avança comme un automate, puis se força à regarder.

L'oreiller était bien au pied du berceau, avec un coin replié.

La taie garnie de dentelle était immaculée.

— Ah ! fit Jessie, fronçant les sourcils. Il a dû se retourner quand je l'ai lancé.

— Borcher, présentez l'autre côté à Miss Sherwood, dit le chef Pearl.

Le détective prit un coin de la dentelle du bout des doigts et obéit.

L'autre côté de la taie était pareillement immaculé.

— C'est incompréhensible, murmura Jessie. J'ai vu cette empreinte de mes yeux. Il est impossible que je me sois trompée !

— Miss Sherwood, dit le représentant du procureur avec une politesse glacée. Devons-nous croire que vous avez pu voir clairement *l'empreinte d'une main poussiéreuse* (j'insiste sur les précisions) pendant les deux secondes d'attention que vous avez accordées à cet oreiller, dans une pièce *éclairée par une veilleuse ?*

— Libre à vous d'en douter, répondit Jessie. C'est ce que j'ai vu.

— Ce serait un record d'acuité visuelle si l'empreinte existait, déclara l'autre. Mais, comme vous pouvez le constater, Miss Sherwood, cet oreiller est immaculé des deux côtés. On peut donc se demander s'il ne s'agit pas d'une illusion d'optique, due à l'émotion et au faible éclairage... N'auriez-vous pas cru voir une tache, qui, en réalité, n'existait pas ?

— Je n'ai, de ma vie, eu une illusion d'optique. J'ai vu cette empreinte exactement comme je vous l'ai décrite.

— C'est votre dernier mot ? Vous ne désirez pas reconsidérer la question ?

— Certainement pas.

Le personnage sans cravate parut ennuyé. Pendant qu'il s'entretenait, à voix basse, avec le chef Pearl, Richard Queen sourit à Jessie.

Puis les hommes allèrent retrouver un policier qui travaillait avec une brosse et des bouteilles devant la fenêtre donnant sur le jardin et le garage.

Le représentant du procureur regarda dehors et le chef Pearl parla d'une échelle coulissante, en aluminium.

Jessie tendit l'oreille et fit signe à Richard Queen d'approcher.

— Une échelle ? dit-elle.

— La même que le mois dernier, Jessie, expliqua le vieux monsieur. Vous ne l'avez pas remarquée, le long du mur, quand vous avez rentré votre voiture dans le garage ?

— Je l'ai laissée à la grille, pour éviter de réveiller la maisonnée.

— Ah, c'était votre voiture ! dit Richard Queen.

— L'échelle poussiéreuse... Voilà comment le... le monstre a sali sa main ! En montant ! Tenez ! continua Jessie, les yeux fixés sur l'oreiller. Pourquoi n'ai-je pas remarqué ça plus tôt ?

— Remarqué quoi, Jessie ?

— Ce n'est pas la même taie sur laquelle j'ai vu l'empreinte d'une main ! *Inspecteur Queen, c'est une autre taie d'oreiller.*

Le vieux monsieur la scruta d'un long regard, puis il appela son ami et le représentant du procureur.

— Miss Sherwood vient de s'apercevoir que cette taie d'oreiller n'est pas celle qui portait l'empreinte d'une main, dit-il.

— Vraiment ?...

Le chef Pearl regarda le personnage sans cravate :

— C'est un intéressant additif à l'histoire, Merrick.

— Comment le savez-vous ? demanda ce dernier à Jessie.

— Mr Merrick, n'est-ce pas ? commença-t-elle. La dentelle est différente, voilà. Les deux taies sont en fine batiste ; mais l'autre était bordée de valenciennes et celle-ci de guipure d'Irlande.

— Vous en êtes sûre, Miss Sherwood ?

— Certaine.

— Changée, remarqua Richard Queen. Si vous acceptez le témoignage de Miss Sherwood, quelqu'un a changé après coup la taie d'oreiller sale contre une propre presque semblable. C'est intéressant, Abe.

Le chef de la police émit un grognement, promena son regard autour de la nursery et montra une sorte de tiroir au pied du mur, près de la porte.

— Est-ce une chute de blanchissage, Miss Sherwood ?

— Oui.

Pearl alla ouvrir la porte de la chute et se pencha pour regarder à l'intérieur.

— Elle aboutit où ? demanda-t-il.

— Au sous-sol, dans la buanderie.

— Qui fait la lessive ?

— Mrs Smith. Mrs Sadie Smith.

— Sadie Smith ? répéta le chef de la police. Elle n'est pas de la maison, n'est-ce pas ?

— C'est une blanchisseuse de Norwalk qui vient deux fois par semaine laver et repasser le linge fin. Je lavais moi-même les couches de... du bébé.

Jessie ferma les yeux. Mrs Smith venait le mardi et le vendredi, demain, vendredi... Non, dans quelques heures, elle viendrait laver et repasser les ravissantes petites affaires de Michael et...

— Tinny, Borcher !...

Les deux subordonnés de Pearl s'avancèrent.

— Prenez un homme chacun et formez deux équipes. Cherchez une taie d'oreiller bordée de dentelle, avec l'empreinte d'une main sale dessus. Fouillez la buanderie, les armoires, placards et corbeilles à linge. Ensuite : les cheminées, boîtes à ordures, etc. Si vous ne la trouvez pas, mettez la maison sens dessus dessous.

Jessie savait qu'il lui fallait, sous peine de catastrophe, « tenir bon » dans le monde étrange où elle se trouvait. Il lui fallait continuer de regarder des marionnettes imprécises qui s'agitaient sans cesse, écouter des bruits tantôt confus, tantôt assourdissants... Et, sans cesse, elle tendait l'oreille pour entendre la voix du petit Michael. Car, naturellement, tout cela était un mauvais rêve, ou un horrible film. Tôt ou tard, le film s'interromprait net, et la vie reprendrait son cours normal.

De temps à autre, Richard Queen posait la main sur son épaule. Une fois, il la posa sur son front. La fraîcheur du contact était si agréable que Jessie leva les yeux.

— Laissez votre main, murmura-t-elle. Ça fait du bien.

Mais il la retira au bout d'un moment et parut gêné. Pourquoi ?

L'interrogatoire de Mrs Humffrey fut un épisode particulièrement mouvementé du film. Agitée de soubresauts dans son lit, elle n'arrêtait pas de crier et de s'accuser :

— Je suis la seule coupable ! J'ai tué mon bébé, mon cher trésor ! Je suis un monstre, une criminelle ! Oh ! laissez-moi mourir ! Tuez la mère indigne qui a étouffé son enfant !

Les voix masculines bourdonnaient autour de cette cascade de lamentations, réussissant parfois à la dominer. « Quelle symphonie ! songea Jessie emportée par son imagination. Le mari est le violon qui implore et veut apaiser ; le Dr Wicks est le hautbois aux notes aiguës ; Merrick, l'homme de Bridgeport, injecte un coup de trombone et on peut toujours compter sur le chef Pearl pour sonner du cor à contretemps ! » Les musiciens quittèrent finalement la chambre et la discussion se poursuivit sur le palier.

Merrick et Pearl étaient furieux contre le Dr Wicks, Alton Humffrey se tordait les mains de désespoir.

— Elle est malade ! répétait-il d'une voix pointue que Jessie ne lui connaissait pas. Comprenez la situation, messieurs. Ma femme a toujours été hypersensible. Cet horrible choc...

— Mrs Humffrey m'inquiète, interrompit le Dr Wicks. En fait, son désespoir est si grand qu'elle est capable de dire n'importe quoi. C'est son médecin qui parle, messieurs : si vous poursuivez cet interrogatoire inutile, je dégage complètement ma responsabilité.

— Je m'y oppose formellement, Mr Pearl, déclara Humffrey. Formellement, vous m'entendez ?

Abe Pearl consulta Merrick du regard, et celui-ci capitula par un haussement d'épaule.

— Bien, grogna le chef Pearl, je m'incline. Tâchez de calmer votre malade, docteur.

Le Dr Wicks disparut. Les autres l'entendirent ronronner, dans la chambre, tel un disque contre l'insomnie. Sanglots et cris s'apaisèrent peu à peu.

Plus tard, Jessie se retrouva sur la sellette. Les policiers avaient apparemment fouillé la maison de fond en comble, sans trouver une taie d'oreiller répondant à la description qu'elle avait donnée.

Oui, l'éclairage de la nursery était très faible. Mais non, elle ne s'était pas trompée. On y voyait assez pour distinguer l'empreinte d'une main.

Non, elle ne portait pas de lunettes. Oui, elle avait une excellente vue.

Non, ce n'était pas une illusion due à l'éclairage, une ombre portée ayant la forme d'une main. C'était une véritable empreinte. Celle d'une main droite.

— Une main *droite ?* Comment le savez-vous ?

— Le pouce était du côté gauche.

Un homme rit d'une façon méprisante. Jessie n'en fut pas blessée.

— Si ce n'est pas une vision, elle a été brûlée, ou coupée en morceaux et jetée dans les w.-c.

— Qu'y a-t-il, dans l'île ? Des fosses septiques ?

— Non, le tout-à-l'égout qui se déverse dans la mer, comme à Taugus.

— Alors, nous ne saurons jamais.

— C'est probable.

Pour Jessie, ce n'étaient que des voix. Mais Richard Queen prit la parole et, comme toujours, elle se sentit plus rassurée.

— Si je peux placer mon mot, Abe…

— Bien sûr, voyons !

— Cette taie d'oreiller est le point essentiel : la différence entre le meurtre et un accident. A votre place, je n'y renoncerais pas, Abe.

— Mais nous ne sommes même pas certains qu'elle existe !

— Miss Sherwood l'est.

— Bon sang, Dick ! Elle a pu…

— Je ne le crois pas, mon cher.

Les voix s'assourdirent. « Il me défend, songea joyeusement Jessie. Qu'il est bon ! Depuis le temps que personne ne m'a défendue ! » Puis elle trouva une explication plus naturelle et sa joie tomba. « Suis-je sotte ! Il sait que je dis vrai et soutient simplement son point de vue. »

Le ton monta brusquement et une exclamation tira Jessie d'un court assoupissement.

— Et l'échelle ! Qu'en faites-vous, Dick ?

— Elle confirme la théorie du meurtre.

— Erreur. Mr Humffrey, voulez-vous avoir l'obligeance de dire à l'inspecteur comment l'échelle se trouve là ?

— Le vent du large s'était levé, commença le milliardaire d'un ton las. Vers vingt-deux heures, une persienne de la nursery se mit à battre. Craignant qu'elle ne réveille le bébé, j'essayai de l'attacher, de l'intérieur. Impossible, je n'avais pas le bras assez long. Stallings et Cullum ont campos le jeudi soir et ils n'étaient pas rentrés. La seule chose à faire, dans ce cas, était d'aller prendre l'échelle dans le hangar, y monter et attacher la persienne moi-même. Ce que je fis. Puis le bébé se réveilla, ma femme s'énerva et nous eûmes du mal à le rendormir. Du coup, l'échelle me sortit complètement de l'esprit. Je ne vois pas le rapport que cet incident domestique peut avoir avec votre enquête.

— Mr Humffrey a raison, Dick. L'échelle ne signifie rien.

— Elle ne réfute certainement pas l'hypothèse du crime, Abe. S'il s'agit d'un meurtre, l'assassin a utilisé l'échelle qui se trouvait là. Et Miss Sherwood est tellement affirmative au sujet de cette taie…

— Pour l'amour du ciel, Dick, que voulez-vous que je fasse ?

— Continuer à chercher la taie jusqu'à ce qu'on la trouve.

— Mr Humffrey, avez-vous vu une taie d'oreiller avec l'empreinte d'une main dessus ?

— Non.

— Et vous, Dr Wicks ?

— Dans l'affirmative, j'aurais signalé le fait, répondit sèchement le médecin.

— Une des seules choses sensées que nous ait dites Mrs Humffrey est qu'elle ne l'a pas vue non plus. Or elle était dans la même pièce, Dick.

— Mrs Humffrey était restée sur le seuil, riposta Richard Queen. Le pied du berceau pouvait limiter son champ visuel. Et les domestiques, Abe ?

— Le jardinier et le chauffeur ne sont rentrés qu'à une heure du matin. Les femmes ne savent rien.

— Jessie Sherwood contre tout le monde.

Jessie reconnut sa voix. Quelle drôle de remarque ! Elle éclata d'un rire strident qui lui écorcha les oreilles, puis sombra.

Quand elle reprit connaissance, elle était dans les bras de quelqu'un et le Dr Wicks l'obligeait à boire l'amer contenu d'une grande cuillère.

Après cela... rien.

En descendant à grandes enjambées vers la plage des Humffrey, le chef Pearl aperçut son ami au bord de l'eau. Le jour se levait et le ciel était de nacre rose, au-dessus de la mer ; mais l'inspecteur Queen n'était pas d'humeur à l'admirer et marchait le nez baissé.

— Je vous ai cherché partout ! s'écria l'autre. Que diable faites-vous là ?

Le vieux monsieur leva les yeux.

— Pas grand-chose, Abe. Je regarde seulement si un canot n'a pu accoster ici, cette nuit.

— Un canot ? Pourquoi ?

— Parce qu'il doit être assez intelligent pour avoir voulu éviter de repasser en auto par la barrière de la chaussée.

— Vous parlez de Frost ? demanda Pearl d'un ton bizarre.

— Naturellement. Mais j'aurais dû y penser dès notre arrivée. Trop tard maintenant, la mer est presque haute. Les recherches se poursuivent ?

— Ouais. Je vous ramène ?

Le géant bourru et son ancien supérieur marchèrent côte à côte, en silence mais unis par un lien invisible. Le rideau d'arbres franchi, ils traversèrent le jardin merveilleusement entretenu que plusieurs policemen fouillaient encore.

— Poursuivez les recherches jusqu'à nouvel ordre, dit Pearl. Même consigne pour les gars de l'intérieur. Transmettez-la.

Les deux amis montèrent dans la voiture noire et blanche de la police et Pearl démarra.

— Vous avez parlé au garde-barrière Peterson ? demanda son compagnon.

— Ceux de la police d'Etat l'ont interrogé. Il n'a rien vu, cet imbécile. Mais d'un autre côté, Dick, un type ne peut voir une chose inexistante.

L'inspecteur Queen garda le silence.

Arrivé à la barrière, le chef Pearl fit signe à Peterson d'approcher.

— Allons-y, Peterson, grogna-t-il. Recommençons tout, depuis le début.

— Soit, fit le gardien avec une vilaine lippe. Je vais répéter mon histoire une fois de plus, ensuite je fous le camp de cette île et je n'y remettrai jamais les pieds ! Comme je l'ai dit aux policiers d'Etat, la dernière voiture qui a franchi la barrière avant qu'on ne trouve le bébé Humffrey mort était le coupé de la nurse : une Dodge démodée. Miss Sherwood s'est amenée vers minuit trente. Une heure environ avant cela, j'avais fait rentrer une voiture de la vieille Mrs Dandridge, ramenant des domestiques de Taugus où ils avaient passé la soirée au cinéma. Plus tôt encore, vers vingt-trois heures, le chauffeur du sénateur...

— Une voiture inconnue est-elle entrée ou sortie à un moment donné, à partir de l'heure à laquelle vous avez pris votre service ? interrompit Pearl. Autrement dit, avez-vous eu à vérifier l'identité d'un conducteur, allant dans un sens ou dans l'autre ?

— Non.

— Quelqu'un a-t-il franchi la barrière à pied ? intervint Richard Queen.

— Hein ? fit Peterson, saisi.

— Un piéton ? Entrant dans l'île ou en sortant ?

— Non.

— Mais une personne à pied aurait pu franchir la barrière à votre insu, n'est-ce pas ?

— Ecoutez, l'ami, grogna Peterson. Cette barrière est une frime. J'suis pas un pur esprit. J'ai besoin de m'asseoir, de manger et de pisser comme tout le monde, quoi ! Un type peut se faufiler de cent façons dans cette maudite île, sans être vu.

— Il a raison, Abe, dit Richard Queen, un peu plus loin Nair Island est accessible, au prix d'un petit effort, à n'importe qui. Un rameur qui accoste, nuitamment, sur une des plages privées... Un piéton guettant le bon moment pour se faufiler par la barrière... Un garçon de l'âge de Ron Frost pourrait même venir à la nage de Taugus, et s'en aller par le même moyen.

— Vous donneriez votre tête à couper qu'il s'agit d'un meurtre et que le jeune Frost a fait le coup, Dick ?

— Je ne donnerais ma tête à couper pour rien, riposta l'inspecteur. Je crois simplement que Jessie Sherwood a vu quelque chose sur cette taie d'oreiller. *Si* c'était l'empreinte d'une main, le meurtre paraît signé. Et *si* le bébé a été criminellement étouffé, Ron Frost est notre suspect numéro un.

— Erreur, déclara Pearl. Le rapport m'est parvenu pendant que vous cherchiez les traces d'une barque, sur la plage. Il est matériellement impossible que Frost soit venu à Nair Island, la nuit dernière.

Pourquoi ?

— Le bébé a succombé entre vingt-deux heures et minuit trente, dans l'île. Pendant cette période de deux heures, Ronald Frost était à Stamford, inconscient.

— Inconscient ?

— Il se trouvait dans un immeuble de Long Ridge Road, chez un ami. Vers vingt et une heures, on a dû le transporter d'urgence, à l'hôpital de Stamford, en ambulance. A vingt-deux heures, sept minutes, il a été opéré à chaud de l'appendicite et ne s'est réveillé de l'anesthésie qu'à trois heures du matin...

Abe Pearl sourit en tournant dans sa rue :

— Que pensez-vous, maintenant, de l'histoire de votre nurse Sherwood concernant cette fameuse taie d'oreiller ?

Richard Queen tiqua. Un peu plus loin, son ami s'arrêta devant sa villa et lui tapa dans le dos.

— Consolez-vous, Dick ! dit-il gaiement. Vous faut-il l'odeur d'un meurtre pour cultiver Miss Sherwood ? Si elle vous plaît, prenez du bon temps avec elle et n'en parlons plus !...

Le chef Pearl renifla bruyamment :

— Je sens d'ici le bacon de Becky. Venez, mon cher. Un confortable petit déjeuner, quelques heures de sommeil et...

— Merci, Abe, je n'ai pas faim, dit le vieux monsieur. Rentrez sans moi. J'ai besoin d'air.

Il resta, longtemps, assis dans la voiture.

Arrêtée devant la barrière, Jessie Sherwood klaxonna impatiemment pour appeler Monty Burns, le gardien de jour. La semaine écoulée depuis la tragédie, longue comme sept années semblait-il, avait amené la première tempête de la saison. Dans l'île, des caves étaient encore inondées et la chaussée, endommagée par d'énormes lames, était en cours de réparation.

Mais la plus terrible tempête n'aurait pu retenir nurse Sherwood à Nair Island ce jeudi-là. Combien de fois avait-elle regretté de s'être laissée apitoyer par Alton Humffrey qui la suppliait de rester pour soigner sa femme ? Tout lui rappelait l'ange envolé, dans cette grande maison, et les nerfs les plus solides ne pouvaient résister aux « crises » de Mrs Humffrey. « Oui, songea Jessie, la semaine a été infernale. Rien que l'enquête et l'inhumation auraient suffi à bouleverser une personne bien portante, sans parler d'une hystérique bourrelée de remords. »

De l'enquête du coroner, Jessie se rappelait surtout une horrible odeur de transpiration, des yeux écarquillés, son humiliation et sa colère. Ces individus l'avaient traitée comme une vipère, ou une demi-folle. Sarah Humffrey, par contre, avait été entourée d'égards… Son mari avait évidemment le bras long !

Verdict : mort accidentelle, par inadvertance.

Un accident !

Et puis, l'inhumation…

Malgré toutes les mesures prises, une fuite s'était naturellement produite. Cette foule de curieux… L'armée de reporters et de photographes… L'horrible scène dans le cimetière de Taugus, quand Sarah Humffrey, hurlant, voulut sauter dans la fosse où l'on venait de descendre le minuscule cercueil blanc, couvert de fleurs…

Frissonnante, Jessie appuya sur son klaxon, Monty Burns sortit enfin de la maison rustique, en boutonnant sa tunique, et la laissa passer.

Elle avait le pied sur l'accélérateur, au bout de la chaussée encombrée d'ouvriers, quand un promeneur à la moustache grise quitta l'ombre d'un érable et lui barra la route en souriant.

— Bonjour !

— Que faites-vous ici ? demanda sottement Jessie.

— Je me suis souvenu que c'était votre jour de congé et je vous attendais. Vous avez un but déterminé ?

— Non.

— Si vous m'acceptez comme compagnon de promenade...

— Montez !

« Il a une idée derrière la tête », se dit Jessie, en suivant la route du littoral, inondée par endroits.

— Une barque vaudrait mieux ! s'écria-t-elle au bout d'un moment, en jetant son chapeau de paille noire dans le fond de la voiture. Quelle brise vivifiante, n'est-ce pas ?

— Oui, après la pluie, le beau temps, approuva son compagnon qui ne la quittait pas des yeux.

— Je serai toute décoiffée, mais tant pis !

— Avec ces cheveux-là, vous pouvez tout vous permettre, Jessie. Peut-être suis-je vieux jeu, mais chez une femme, je préfère de beaucoup les cheveux longs.

— Quelle chance ! dit Jessie, flattée.

Elle rit, pour la première fois depuis longtemps, et s'étonna d'avoir repris goût à la vie.

— Si nous pensions au déjeuner ? demanda son compagnon. Je commence à avoir faim.

— Et moi, donc ! Où aller ?

Ils trouvèrent un petit restaurant renommé pour ses « produits de la mer ». Installés devant la fenêtre panoramique à laquelle les hautes vagues ourlées d'écume semblaient donner l'assaut, chacun s'attaqua courageusement à des montagnes de coquillages. Une langouste suivit, et Jessie se sentit heureuse.

Mais, au café, Richard Queen rompit le charme :

— J'ai été à Stamford cette semaine, Jessie. J'y ai fait une longue visite, à l'hôpital.

— Ah ! soupira Jessie. Vous avez vu Ronald Frost.

— Lui, le chirurgien qui l'a opéré, les amis chez lesquels il a eu sa crise d'appendicite... Bref, j'ai tout vérifié. Frost a le meilleur des alibis. Physiquement, il ne pouvait être à Nair Island quand le bébé est mort.

— Heureuse appendicite foudroyante ! Pour lui, veux-je dire.

— Providentielle, Jessie. Parce que notre Frost est bel et bien l'auteur du coup manqué, dans la nuit du 4 au 5 juillet.

— Il l'a reconnu ?

— On ne peut lui en demander tant. Mais tout ce qu'il a dit, et son attitude générale valaient un aveu. Quelle était son intention ? En avait-il seulement une ? Je crois qu'il l'ignore lui-même. Frost était ivre, ce soir-là, et il n'a matériellement pas pu commettre le crime... Voilà où nous en sommes.

Jessie reposa sa tasse de café sans l'avoir portée à ses lèvres.

— Est-ce une façon de me dire que vous ne croyez plus au meurtre, inspecteur Queen ?

Le vieux monsieur fit soigneusement fondre son sucre.

— « Inspecteur Queen » est bien cérémonieux, dit-il enfin. Si nous sommes appelés à nous voir souvent...

— Mais très volontiers... Richard.

— Dick, plutôt, rectifia-t-il, rayonnant. Mes amis m'appellent toujours ainsi.

— Oh ! je préfère de beaucoup Richard !

Son sourire s'effaça.

— Dick est un peu jeunet pour moi, c'est vrai.

— Ce n'est pas une question d'âge ! protesta Jessie. Et ne détournez pas la conversation, je vous prie. A votre avis, est-ce un meurtre ou non ? Inutile de me rappeler que les jurés du coroner ont conclu à un accident !

— Mettez-vous à leur place, dit doucement l'inspecteur. Sans cette taie d'oreiller pour appuyer votre témoignage...

— Eh bien, qu'est-elle devenue ?

— Détruite, probablement. Ou cachée de manière à échapper aux recherches.

— Par qui ?

— Par une personne de la maison.

— Mais ça ne tient pas debout ! s'écria Jessie, horrifiée.

— Si vous admettez l'existence de l'empreinte d'une main, c'est la conclusion logique.

— Mais quel membre de la maisonnée aurait pu faire une chose pareille, Richard ?

— Je vous le demande, ma chère amie.

— Vous ne me croyez pas, hein ? Il faut pourtant que quelqu'un...

— Naturellement, je vous crois, Jessie. C'est même de là que je m'élance.

— Comment cela ?

— J'ai parlé à Abe Pearl hier soir. Abe est la conscience personnifiée, et c'est un bon policier. Mais, avec le verdict de mort accidentelle et l'alibi de Frost pour jeudi soir...

— Le chef de la police classe l'affaire, si je comprends bien ? interrompit amèrement Jessie.

— Oui. C'est la raison pour laquelle j'ai annoncé aux Pearl, hier soir, que j'écourtais mes vacances.

— Vous partez ?...

La langouste commença brusquement à lui peser sur l'estomac, et le chant de la mer s'arrêta net :

— Où allez-vous ?

— Je regagne New York.

— Oh ! mais j'avais cru comprendre...

— Précisément. Le fruit de mûres réflexions est que l'enquête doit partir de New York. Il faut que quelqu'un prenne cette affaire en main. Abe ne le peut pas, les Humffrey s'y refusent… Qui reste-t-il, en dehors de moi ? Et je n'ai d'ailleurs aucun autre emploi de ma personne.

Les yeux de Jessie s'emplirent de larmes.

— J'en suis heureuse, Richard. Si heureuse !

— A vrai dire…

Il la regarda par-dessus la table avec une curieuse expression :

— J'espérais que vous m'accompagneriez, Jessie.

— *Moi ?*

— Vous pourriez m'aider de mille façons, expliqua-t-il, cachant mal son embarras.

« Ne fais pas l'imbécile, songea Jessie, le cœur battant. Il est bon, c'est tout. Ou… Sait-on jamais ? Je le connais si peu, au fond… »

— Il me faudrait d'abord connaître le genre de concours que je pourrais vous apporter, Richard, dit-elle lentement. De plus, j'ai promis de rester quelque temps auprès de Mrs Humffrey.

— Que son mari cherche une autre infirmière !

— Non. Je le lui ai promis, Dick.

— Mais combien de temps…

— Nous en parlerons pendant le retour, interrompit-elle. Je veux savoir à quoi m'en tenir, au juste. Ça ne vous fait rien ?

L'inspecteur prit sa main, en travers de la table.

— Vous êtes une femme remarquable, Jessie. Vous l'a-t-on jamais dit ?

— Pas de flatteries, je vous prie !

Jessie retira sa main en riant et se leva de table :

— Je vous rejoindrai dans la voiture.

Richard Queen la regarda s'éloigner vers les lavabos. « Elle a une démarche de jeune fille, songea-t-il. Une jeune fille… »

Il fit signe à la servante. La vue de sa main lui donna un coup. La main d'un... Il la cacha vivement sous la table.

Finalement, Jessie n'eut pas de décision à prendre.

Le mardi suivant, 16 août, Mrs Humffrey profita d'une courte absence de son infirmière pour courir jusqu'à la plage en chemise de nuit et piquer une tête dans la mer. Elle aurait pu réussir à se noyer si Henry Cullum (qui révisait le moteur du yacht) ne s'était trouvé là pour la repêcher.

— Je veux mourir ! Je veux mourir ! criait encore la désespérée quand le Dr Wicks arriva.

Le médecin commença par la calmer, puis parla sérieusement au mari, en présence de Jessie.

— Il faut regarder la situation en face, Mr Humffrey. L'état de votre femme nécessite des soins médicaux qui dépassent ma compétence. De plus, cette maison est le dernier endroit où Mrs Humffrey devrait rester, vu ce qui s'y est passé. A mon avis...

— Vous cherchez, je crois, à me dire que je devrais mettre Mrs Humffrey dans une maison de santé ?

— Heu !... Oui. Je puis vous recommander en toute confiance celle de Great Barrington. Le psychiatre qui la dirige jouit d'une excellente réputation...

— Sait-il se taire ? demanda Alton Humffrey. Si le fait qu'elle ait voulu se noyer venait à transpirer...

— Connaissant votre horreur de la publicité, monsieur, je ne vous recommanderais pas un confrère sans pouvoir me porter garant de sa discrétion, répondit sèchement le Dr Wicks.

— Un psychiatre, dites-vous ?

— Un des plus sérieux.

— Bien. J'y réfléchirai.

Alton Humffrey se leva et fit un pas vers la porte.

Le Dr Wicks sortit, rouge comme un coq.

Ce fut sa dernière visite.

Le mercredi après-midi, Humffrey entrouvrit la porte de la chambre et fit signe à Jessie d'approcher.

— Pouvez-vous la quitter pendant quelques minutes, Miss Sherwood ?

— Je viens de lui donner un calmant.

— Venez, je vous prie.

Jessie le suivit dans son bureau du premier étage, prit le fauteuil qu'il lui montrait et attendit.

Il alla se planter devant la grande fenêtre et resta le dos tourné pendant toute la conversation.

— Miss Sherwood, je ferme la villa.

— Ah ! fit Jessie.

— Toutes mes dispositions sont prises. Stallings reste, comme gardien. Je n'emmène à New York que Mrs Lenihan et Henry. Mrs Charbedeau et les femmes de chambre retourneront dans ma résidence de Concord. L'été est très avancé, de toute façon.

— Vous comptez rester longtemps à New York ?

— Tout l'hiver, je pense.

— Le changement sera sans doute profitable à Mrs Humffrey.

— Elle ne m'accompagne pas. Je l'envoie dans une maison de repos.

— Tant mieux, dit Jessie. Mrs Humffrey a grand besoin de soins spéciaux. Le Dr Wicks vous recommandait, hier, un établissement de Great Barrington...

— Wicks...

Le milliardaire haussa ses épaules étriquées :

— En matière aussi importante, Miss Sherwood, on ne s'en remet pas à des Wicks !

« C'est la psychiatrie qui l'a effrayé », pensa Jessie.

— Sans indiscrétion, monsieur, quelle maison de santé avez-vous choisie ? demanda-t-elle le plus négligemment possible.

Alton Humffrey parut se ratatiner. Mais c'était une impression fausse évidemment, car il souriait presque quand il se retourna.

— C'est plutôt un home de convalescents, Miss Sherwood. Le conseil de recourir à la psychiatrie ne tient pas debout, voyons ! Mrs Humffrey n'a que des troubles nerveux. Il lui faut seulement un repos complet, dans de bonnes conditions. Le sanatorium Duane, à New Haven, est le meilleur choix que je puisse faire, m'assure-t-on.

Jessie inclina la tête. Elle connaissait l'établissement du Dr Samuel Duane par plusieurs infirmières. Son amie Elizabeth Currie, en particulier, y travaillait depuis huit ans. C'était une forteresse, gardée par des détectives privés ; ou encore, c'était (à des conditions astronomiques) un « placard à squelettes distingués ».

Alton Humffrey ne pouvait choisir mieux, à son point de vue. Une fois sa femme dans cette luxueuse prison, finis les tracas ! Les gardes du Dr Duane flairaient un reporter de très loin.

— Quand part Mrs Humffrey ? s'enquit Jessie.

— Ce soir. Le Dr Duane vient la chercher personnellement, avec une de ses infirmières.

— Mrs Humffrey est-elle prévenue ?...

Avertie par le froncement de sourcils du milliardaire, Jessie s'empressa d'ajouter :

— Je m'informe afin de savoir au juste comment la préparer à partir.

— Elle ne sait rien encore. Le Dr Duane préfère être là quand je la mettrai au courant.

— Vous accompagnerez Mrs Humffrey ?

— Je n'en sais rien. Cela dépendra du Dr Duane. Je compte naturellement sur votre discrétion absolue, Miss Sherwood.

— Cela va de soi.

Alton Humffrey s'assit à son bureau et tira son carnet de chèques. Pendant qu'il en remplissait un, Jessie suivit machinalement sa main droite des yeux : quatre doigts blancs, allongés sur le stylo, l'auriculaire replié dans sa cachette, aussi secret que la personnalité de l'énigmatique milliardaire.

— Si je comprends bien, vous désirez me voir partir le plus vite possible, dit Jessie.

— Mais pas du tout. Les domestiques s'en iront seulement dans le courant de la semaine prochaine, rien ne vous empêche donc de rester encore quelques jours.

— Merci, monsieur. Vous êtes très aimable, mais je pense vous quitter demain matin.

— A votre aise. Voici, Miss Sherwood...

— Comment ! s'écria Jessie, remettant sur le bureau le chèque qu'il venait de lui remettre. C'est beaucoup trop, Mr Humffrey. La semaine dernière est réglée, et...

— Je ne vois pas pourquoi ma décision soudaine au sujet de ma femme vous porterait préjudice, déclara le milliardaire, souriant. J'ai donc inscrit votre semaine complète, plus un petit quelque chose, en reconnaissance de votre dévouement à Mrs Humffrey et Michael.

— « Un petit quelque chose »... répéta Jessie. Cinq cents dollars ! Vous êtes très généreux, monsieur, mais je ne puis réellement accepter cela.

— Pourquoi donc, Miss Sherwood ? demanda Alton Humffrey, surpris.

— Mon Dieu...

Jessie avait les mains moites, mais elle le regarda dans les yeux :

— Franchement, Mr Humffrey, je préfère ne pas être votre obligée.

— Je ne comprends pas, dit le milliardaire d'un ton glacial.

— Si je pensais différemment au sujet du petit Michael, monsieur, je pourrais accepter ce don. Vu la situation, non.

— Au sujet de la mort de Michael ? précisa l'autre comme s'il voulait l'encourager à parler.

— Oui, monsieur.

Alton Humffrey pianota sur son bureau avec ses quatre doigts normaux, le dernier plus replié que jamais contre la paume ; puis il se carra dans son fauteuil.

— Vous refusez toujours de croire à un accident, Miss Sherwood ?

— Ce fut un meurtre. Quelqu'un a étouffé volontairement le bébé sous l'oreiller que contenait la taie disparue… Celle qu'on n'a pas réussi à retrouver.

— Voyons, chère Miss Sherwood. Le jury du coroner a conclu à un accident. La police de même. Moi aussi. Pourquoi vous dressez-vous, seule, contre le jugement général ?

— Je suis seule à avoir vu l'oreiller qui portait l'empreinte d'une main, Mr Humffrey.

— Vous vous êtes trompée, de bonne foi.

— Non, je ne me suis pas trompée.

— Il n'y a pas l'ombre d'un indice à l'appui de votre opinion.

— Mr Humffrey, je sais ce que j'ai vu.

— Indiquez-moi une personne compétente qui soit d'accord avec vous et…

— Richard Queen.

— Qui ?

— L'ami du chef Pearl, un ancien inspecteur de la police métropolitaine. Il me croit, lui.

Le milliardaire haussa les épaules.

— Ces vieux désœuvrés s'occupent comme ils peuvent, en fouinant dans les affaires d'autrui. Votre inspecteur a dû être mis à la retraite pour sénilité.

— Il n'a que soixante-trois ans, et il est en pleine possession de ses facultés !...

Jessie se mordit la lèvre. Son interlocuteur l'observait d'un œil amusé.

— De toute façon, l'inspecteur Queen est d'accord avec moi, et nous allons...

— Vous allez... ? demanda Alton Humffrey, avec une tout autre expression. Qu'allez-vous faire, cet homme et vous, Miss Sherwood ?

— Rien. Rien...

Jessie se leva nerveusement :

— Je dois retourner auprès de ma malade...

— Miss Sherwood. Pensez-vous, un seul instant, que je laisserais classer l'affaire si je croyais que Michael a été assassiné ?

Il parlait, les mains posées à plat sur son bureau, et Jessie eut la singulière impression qu'il allait lui sauter à la gorge. Effrayée, elle recula instinctivement, puis s'arrêta.

— Vous me posez une question à laquelle je ne puis répondre, dit-elle. Excusez-moi ! Maintenant je dois retourner auprès de Mrs Humffrey... Mais avant cela, je vous prie de déchirer ce chèque et d'en rédiger un autre, pour la somme que vous me devez...

— Vous ignorez donc ce que Michael signifiait pour moi ? insista le milliardaire, les yeux flamboyants.

— C'était tout votre espoir, je le sais. Mais... Vous m'aurez obligée à parler, Mr Humffrey ! Maintenant que le bébé n'est plus, vous voulez enterrer l'affaire avec ses restes. Tout, plutôt que de voir votre nom mêlé à une enquête criminelle ! Je ne parviens pas à comprendre les gens de votre espèce. Il y a des choses beaucoup plus graves que le respect d'un nom. Entre autres, laisser courir l'assassin d'un petit enfant.

— Vous avez terminé ?

— Oui, murmura Jessie.

— Non, un instant, Miss Sherwood...

Jessie avait atteint la porte. Elle se retourna, comme une bête prise au piège.

— Vous connaissez l'état de ma femme, continua Humffrey d'un ton venimeux. J'ignore les projets que vous nourrissez, ce Queen et vous. Mais prenez garde ! Si, par vos activités, vous aggravez l'état de ma femme, ou si mon nom doit subir de nouvelles éclaboussures, par votre faute, vous aurez affaire à moi. A *moi*, vous entendez ?

— J'ai compris, dit Jessie, la gorge sèche. Puis-je partir maintenant, Mr Humffrey ?

— Certainement.

Jessie s'enfuit.

Dix minutes plus tard, sa valise faite, elle téléphona à son seul ami.

— Richard, je vous en supplie, demandez à Mrs Pearl si elle peut me recevoir pour la nuit. Au besoin, je dormirai dans ma voiture ou sur un matelas, par terre... N'importe quoi plutôt que passer une heure de plus ici !

A l'autre bout de la chaussée, Richard Queen sauta de la Plymouth de Beck Pearl et arrêta Jessie, au volant de sa Dodge.

— Oh ! Richard, quel bonheur de vous trouver là !

— Que s'est-il passé ?

— Rien de grave. Mr Humffrey envoie sa femme dans une maison de santé et il m'a congédiée. Malheureusement, j'ai commis la sottise de lâcher que nous ne laisserions pas tomber l'affaire, vous et moi. Alors, il m'a menacée et...

— Vraiment...

— Que devez-vous penser de moi ? Mrs Pearl doit me prendre pour une cinglée qui va tout casser chez elle !

— Vous ne connaissez pas Beck Pearl, Jessie.

— Par malchance, mon cottage de Rowayton est loué à des estivants. Mais je suis si gênée de déranger, Richard ! Je trouverai bien une chambre d'hôtel ou...

— Becky m'a dit : « Amenez-la tout de suite, ou ne remettez plus les pieds ici. » La discussion est close, ma chère. Suivez-moi.

Jessie fut réconfortée par l'accueil des amis de Richard Queen. Mrs Pearl la regarda dans les yeux, puis sourit approbativement à l'inspecteur ; quant au chef Pearl, il fut le parfait « maître de maison », recevant un invité d'honneur.

— Je reviens sur ma première impression, Mr Pearl, dit Jessie en riant. Vous n'êtes pas un ogre, après tout. Savez-vous que j'ai eu très peur de vous ?

Il baissa le nez comme un gamin fautif.

— Vous a-t-il malmenée ? s'enquit Beck Pearl, en regardant son mari du coin de l'œil.

— Je vais chercher votre valise dans votre voiture, Miss Sherwood.

Abe Pearl sortit vivement.

— Porte-la dans la chambre de Richard, Abe.

— Jamais de la vie, Mrs Pearl ! protesta Jessie.

— Vous prendrez la chambre d'amis, Richard dormira dans le second lit jumeau de notre chambre et je serai la mieux couchée de tous, sur le divan du living-room.

— Oh ! non...

— C'est décidé, dit fermement Mrs Pearl. Quand j'aurai préparé le dîner de Richard et le vôtre, nous irons au cinéma, Abe et moi.

— Félicitez-vous d'avoir de pareils amis, Richard, dit doucement Jessie après le départ des Pearl.

— Ils vous plaisent ?

— J'ai l'impression de les connaître depuis toujours.

— Tant mieux, dit-il simplement. Et, maintenant, faisons honneur à la merveilleuse cuisine de Becky.

Après le dîner, Jessie fit la vaisselle, en collaboration avec Richard Queen qui l'essuyait et remettait chaque chose à sa place. Et pendant qu'il parlait de son été avec les Pearl, sans se permettre la moindre allusion à la raison qui l'avait en quelque sorte jetée dans ses bras, Jessie se disait : « Attention ! N'attache pas trop de prix à cette soirée. Rappelle-toi ce que tu as souffert, quand tu as perdu Clem. » Pourquoi associer dans son esprit son ancien fiancé et Richard Queen ? C'était idiot, et injuste. Clem était tellement plus jeune... Grand, débordant de vie et d'assurance, avec les doigts déliés qui font les bons chirurgiens. L'idée de travailler côte à côte avec Clem, devant un évier, ne lui serait jamais venue à l'esprit. Ceci, cette scène domestique, était tout autre chose. Avec ce petit monsieur à la moustache grise, une femme se sentirait toujours à l'aise, et secondée, dans le domaine des menus travaux quotidiens. Et comme il possédait en même temps une magnifique réserve de vitalité, une profonde expérience humaine, une femme pourrait encore en être fière...

— Vous êtes fatiguée, dit soudain Richard Queen. Je crois, Jessie, que je vais vous envoyer au lit.

— Oh ! non ! Cette soirée est tellement reposante ! Et puis, je veux vous raconter les derniers événements, Richard.

— Bien. Le quart d'heure de grâce est accordé. Venez.

Il installa Jessie dans le meilleur fauteuil du petit living-room, alluma une cigarette et écouta le récit de la tentative de suicide de Sarah Humffrey, etc. Jessie termina par son entrevue avec Alton Humffrey.

— C'est un drôle de numéro, dit l'inspecteur pour tout commentaire. Et maintenant, Miss Sherwood, votre quart d'heure est écoulé.

— Vous n'allez pas me dévoiler vos projets ?

— Pas ce soir.

— Et les miens, alors ? Ils ne vous intéressent pas ?

Richard Queen rit.

— Dans mon temps, j'ai fait trembler d'énormes sergents de la police ; mais je ne saurai probablement jamais m'y prendre avec une femme. Allez-y, Jessie.

— Je suis cent pour cent avec vous maintenant.

— Je le sais, mais c'est Alton Humffrey qui a vaincu vos réticences, pas moi.

— Il est vrai que je n'aime pas les menaces, reconnut Jessie. Mais ce n'est pas le seul motif.

— Le bébé ?

— Et d'autres raisons.

Le vieux monsieur la scruta d'un regard pénétrant, puis il se leva et fit les cent pas.

— Ecoutez, Jessie. Je me demande si je ne vous ai pas entraînée, par pur égoïsme, dans une aventure hasardeuse. Cette affaire est très singulière. *Pourquoi* le bébé a-t-il été assassiné ? Depuis que Frost et son mobile d'héritage sont éliminés, la question se pose plus que jamais.

— J'y ai pensé, dit posément Jessie. A mon sens, c'est du côté de l'adoption de Michael qu'il faut chercher.

— Ah ! fit l'inspecteur. Vous l'avez senti ? Continuez, Jessie.

— J'ai pensé aux véritables parents... Vous savez, Richard, chaque côté ignore tout de l'autre. C'est un notaire, agissant pour les *deux* parties intéressées, qui a traité toute l'affaire d'adoption.

— Un nommé A. Burt Finner, n'est-ce pas ?

— Oui. Vous le connaissez ?

— De réputation. C'et un affairiste véreux. Il pratique le marché noir des bébés avec des gens qui ne remplissent pas les conditions exigées pour une adoption légale ou préfèrent, pour une raison quelconque, agir en sous-main. L'important est que Finner connaît la véritable parenté de ce bébé. Donc, Jessie, c'est par Finner que nous commençons.

— Mais si les véritables parents ignorent qui a acheté Michael…

— Procédons par étapes, interrompit Richard Queen. Demain matin, nous partons pour New York. En attendant, au lit !

— J'ai l'impression d'être redevenue une petite fille ! s'écria gaiement Jessie. N'ai-je pas un mot à dire sur la question de mon logement ?

— Elle est réglée. Vous viendrez chez moi.

— *Inspecteur* Queen. Je n'en ferai rien.

Le vieux monsieur rougit jusqu'aux oreilles.

— J'irai au Club, ou ailleurs. Ellery ne reviendra pas avant longtemps et…

— Allons ! fit Jessie, riant de son embarras. A mon âge, je n'ai plus à me soucier beaucoup de ma réputation. Mais il n'est naturellement pas question de vous mettre à la porte de chez vous.

— Je viendrai tous les matins prendre le petit déjeuner avec vous…

— Non, Richard. J'ai des tas d'amies à New York, des infirmières qui vivent seules dans leur petit appartement et ne trouvent pas ça très drôle. Mais… merci de tout cœur.

Il parut si chagriné que Jessie serra longuement sa main, puis elle s'élança vers l'escalier.

Ragaillardi, l'inspecteur arpenta le rez-de-chaussée, en souriant à ses pensées, jusqu'au retour de Pearl.

Le jeudi matin, Jessie donna à Richard Queen le résultat de plusieurs communications téléphoniques avec New York.

— J'ai de la chance. Mon amie Belle Berman, une infirmière-major, insiste pour m'avoir. Et Gloria Sardella, une camarade avec laquelle j'ai obtenu mon diplôme, s'embarque demain pour une croisière de six semaines. Elle m'offre son appartement de la 71e Rue.

— Où habite votre amie Berman ? demanda l'inspecteur.

— Dans la 11e Rue.

— L'appartement Sardella, dans ce cas.

— C'est aussi mon avis. Gloria se laissera convaincre de me le sous-louer, tandis que Belle ne voudrait pas entendre parler de partager les frais. Quelle est *votre* raison, Richard ?

— Elle est d'ordre géographique. Chez votre amie Sardella, nous serons à moins d'un kilomètre l'un de l'autre.

— A votre place, je me méfierais de cet homme, Jessie, conseilla Beck Pearl. Il est dangereux, sans en avoir l'air.

— J'en ai bien l'impression !

L'intéressé battit en retraite, sous prétexte d'aller faire sa valise.

Jessie rappela Gloria Sardella pour retenir son appartement puis tint à payer ses nombreux coups de téléphone, en dépit des protestations de Mrs Pearl, et alla chercher sa Dodge au garage.

Enfin, les deux amis partirent et Beck Pearl les regarda s'éloigner en agitant la main, comme une affectueuse parente.

— Elle vous aime certainement beaucoup, dit Jessie. Et Abe Pearl aussi. Savez-vous ce qu'il m'a dit ce matin, avant de partir ?

— Quoi ?

— Que vous étiez transformé depuis... depuis le 4 juillet. Avant cela, vos pauvres amis se tracassaient à votre sujet, paraît-il.

— Un homme a besoin d'un intérêt, dans la vie, Jessie.

— Oui. Cette affaire...

— Qui parle de l'affaire ?

— Je me souviendrai du conseil de Beck Pearl ! Ils bavardèrent joyeusement jusqu'à New York.

Le premier geste de Jessie, en entrant dans l'appartement des Queen, fut d'ouvrir les fenêtres en grand. Puis elle aéra les lits, inspecta la cuisine avec horreur et se mit à ouvrir les placards.

— Que cherchez-vous ? demanda faiblement l'inspecteur.

— Du linge propre, un aspirateur et le reste. Vous devez coucher ici cette nuit ! Qui tient votre ménage habituellement ?

— Une certaine Mrs Fabrikant. Elle était payée pour venir une fois par semaine.

— Mais elle n'a pas mis le pied ici depuis deux mois ! Allez donner vos coups de téléphone pendant que je rends votre chambre *habitable*.

L'inspecteur en eut le cœur tout réchauffé, et se retira docilement dans le bureau d'Ellery.

A son retour, il poussa un cri d'admiration.

— C'est propre comme une chambre d'hôpital ! Comment avez-vous été aussi rapide ?

— Oh ! vous pourrez dormir ici sans risquer d'attraper le choléra, sans plus, soupira Jessie. Quelle poussière ! Rapide ? Une infirmière est toujours prompte. Avez-vous joint Finner ?

— Après une douzaine de coups de téléphone, oui. Il sera à son bureau tout l'après-midi. Je n'ai pas fixé d'heure, Jessie, parce que j'ignore le temps qu'il vous faudra pour vous installer.

— Ne vous souciez pas de ça. Gloria fait une garde de jour. Je ne pourrai entrer chez elle avant quatre heures et demie, au plus tôt.

— Mais elle part demain !

— Les infirmières marchent à la vapeur. Le temps de me débarbouiller, Richard, et nous allons ensemble tirer les vers du nez de Mr Finner.

— La première chose inscrite au programme est un déjeuner au *Baltimore*, avec des cocktails.

— Bravo ! J'ai une faim de loup. A tout de suite.

Jessie disparut dans la salle de bains, et l'inspecteur l'attendit en sifflotant comme un gamin.

« Finner, A. Burt : 622 » lisait-on sur une plaque, à l'entrée d'un immeuble commercial démodé.

— Nous y sommes, déclara l'inspecteur. Jessie, parlez le moins possible.

— Comme si je savais que dire ! Mais j'y pense, Richard. Finner a pu m'apercevoir, le matin où les Humffrey ont « pris livraison » du bébé. S'il allait me reconnaître ?

— C'est peu probable, mais vous faites bien de m'avertir. Donnez-moi tous les détails de cette scène, Jessie. Ça pourra servir.

Jessie évoqua le rendez-vous, aux environs de Pelham.

— Merci, dit Richard Queen. Autre chose, Jessie...

— Oui ?

— Notre tâche sera simplifiée si Finner me croit toujours en service. N'ayez donc pas l'air étonné quand je me présenterai officiellement.

— Bien, monsieur.

Le bureau 622 se trouvait au sixième étage, au fond d'un couloir malodorant. Richard Queen sourit à sa compagne, puis ouvrit brusquement la porte.

A. Burt Finner fronça les sourcils et se souleva à demi dans son fauteuil à pivot.

— Entrez, Miss Sherwood, dit sèchement l'inspecteur. Rassurez-vous, ce vieux renard ne vous mordra pas. N'est-ce pas, Finner ?

Jessie était assez effrayée pour tenir avec naturel le rôle d'une femme obéissant à contrecœur.

Le gros individu retomba dans son fauteuil. On aurait juré qu'il portait le même costume bleu marine depuis deux mois, et son misérable bureau sentait la transpiration.

Richard Queen conduisit Jessie, par le bras, jusqu'au fauteuil inoccupé.

— Asseyez-vous, Miss...

Il regarda froidement le gros individu :

— A nous deux maintenant, Finner.

— Permettez...

A. Burt Finner dévisagea Jessie avec une évidente perplexité. « Mes traits lui paraissent vaguement familiers, songea-t-elle, mais il n'arrive pas à me situer. Et qu'est-ce qui me prend ? Ce n'est qu'un gros type à l'aspect inoffensif, et ton cœur bat, nurse Sherwood ! »

— Qui êtes-vous, et que me voulez-vous ? demanda enfin l'autre.

— Je vous ai téléphoné avant le déjeuner, Finner. Vous rappelez-vous le nom que j'ai prononcé ? Il vaut celui de Crésus.

— Quel nom ?

— Humffrey.

La face de pleine lune se dérida complètement.

— Oh ! parfaitement ! Je vous ai répondu que je ne comprenais rien à votre histoire.

— Mais vous avez ajouté que vous seriez ici tout l'après-midi, et que mon heure serait la vôtre. Eh bien, nous voici, Finner. Cette fois, vous êtes jusqu'au cou dans un sale pétrin, hein ?

— Qui êtes-vous ? demanda lentement le gros individu.

— Queen. Et voici le titre.

Il tira de sa poche un étui plat, en cuir. Quand il l'ouvrit, un rayon de soleil, qui s'obstinait à entrer par la fenêtre poussiéreuse, fit luire un insigne doré.

Finner cligna des yeux.

Le vieux monsieur rempocha l'étui.

— Un insigne d'inspecteur, dit l'autre. Bien, bien. Enchanté, inspecteur. Et cette dame est... ?

Dévisagée de nouveau par les yeux pâles qui l'effrayaient, Jessie croisa les mains sur ses genoux.

— Vous ne la reconnaissez pas, Finner ?

— Non. Devrais-je la reconnaître, inspecteur ? s'enquit le gros homme avec un sourire forcé.

— Comment donc ! C'est la nurse du bébé, et elle était dans la voiture des Humffrey, ce jour-là.

— Quelle voiture, quel jour et quel bébé, je vous prie ? Et pourquoi me parlez-vous toujours des Humffrey ? Je ne connais personne de ce nom.

— Dans votre intérêt, Finner, je vous engage à cesser cette comédie et à reconnaître vos fautes, dit sèchement l'inspecteur. Miss Sherwood, est-ce bien l'homme que vous avez vu s'arrêter, au volant d'une Chevrolet, derrière la limousine des Humffrey qui attendait près de Pelham, sur une route déserte, le vendredi 3 juin, au début de la matinée ? Est-ce bien lui qui a remis à Mr Alton K. Humffrey, de Nair Island, Connecticut, un bébé de huit jours empaqueté dans une couverture bleue ?

— C'est lui, inspecteur Queen !

Jessie se demanda si elle devait désigner le gros homme d'affaires d'un doigt tremblant, comme une héroïne de film policier. Mais elle renonça à cet effet théâtral.

— La dame se trompe, déclara Finner avec un large sourire. Elle ne m'a jamais vu faire telle chose, à telle date et en tel endroit.

— Menteur ! s'écria Jessie, indignée. Je vous ai vu de mes yeux, et vous n'êtes pas un homme qu'on peut confondre avec un autre.

— Pourtant, Miss, le secret de ma carrière est précisément d'avoir été un Américain comme les autres.

Enfin... Ma mémoire peut me trahir. Avez-vous de quoi la stimuler, inspecteur ? Un témoin corroborant, par exemple ?

— *Trois*, Finner, dit Richard Queen qui paraissait s'amuser beaucoup. Mr et Mrs Humffrey : deux. Leur chauffeur – un type avec des cheveux blancs et un teint frais : trois !

— Le chauffeur qui conduisait la voiture des Humffrey ce matin-là ?

— Précisément.

— Mais comment savez-vous qu'il corroborerait l'identification de cette dame, inspecteur ? Je ne le vois pas ici.

— C'est facile à vérifier. Vous permettez que je téléphone ?

— Ne vous donnez pas cette peine...

Finner fit la lippe. Puis il tourna son fauteuil à pivot vers la fenêtre et croisa les mains sur les bourrelets graisseux de sa nuque.

— Si j'avais la faiblesse de reconnaître que j'étais là-bas, ce jour-là... ? demanda-t-il à la fenêtre. C'est une supposition, naturellement. Alors, quoi, inspecteur ?

— Vous voulez savoir ce que j'ai contre vous, Finner ?

— Quelque chose dans ce genre, oui.

— Eh bien, je vais vous le dire. Les filles mères sont votre « spécialité ». Vous cherchez un acquéreur, vous faites le nécessaire pour que la fille accouche dans un hôpital sous un faux nom et une fausse histoire de famille, vous la payez – avec l'argent de l'acheteur – et vous prenez possession du bébé quand la mère sort de l'hôpital. Seconde partie de l'opération : vous remettez le nouveau-né à votre acquéreur, vous empochez le reliquat de votre commission et vous fournissez probablement un faux acte de naissance. Affaire terminée... A la suivante ! C'est un commerce lucratif et de tout repos, Finner, le plus piquant de l'affaire étant que toutes les personnes en cause ont intérêt à vous couvrir. Comme vous le voyez, je me suis documenté sur votre compte.

— Je n'ai pas entendu un traître mot, dit le gros individu, s'adressant toujours à la fenêtre. Et pourtant, j'écoute des deux oreilles.

— Je laisse à d'autres le soin de sanctionner, avec preuves à l'appui, votre sale marché noir de bébés, déclara Richard Queen. Cette question ne m'intéresse pas actuellement. Je chasse un autre gibier.

— Pardon ?

Finner se retourna si brusquement que le ressort de son fauteuil à pivot grinça.

— Vous allez me nommer les véritables parents du bébé Humffrey.

— Sans blague ?

— Finner, videz votre sac.

Jessie retint sa respiration.

Le gros individu rit.

— A supposer que je puisse satisfaire votre curiosité, inspecteur – et je n'admets rien de rien ! – pourquoi parlerais-je ? Un type qui exerce ce genre de métier est tenu au secret professionnel, *dit-on*. Une indiscrétion, et vous êtes cuit ! Je n'ai pas la prétention de vous l'apprendre.

— Vous savez naturellement que le bébé est mort.

— Mort, dites-vous ?...

Finner souffla énergiquement sur la poussière qui couvrait son bureau :

— Je crois avoir lu, quelque part, qu'un enfant Humffrey s'était étouffé dans son berceau. S'agit-il du bébé que vous cherchez à me mettre sur les bras, inspecteur ?

— Oui.

— Dommage ! J'aime les gosses, voyez-vous. C'est normal, vu que j'en ai trois pour mon compte. Mais ce genre d'accident...

— Il s'agit d'un meurtre, Finner.

Le gros individu se redressa, et Jessie pensa à une baleine faisant surface.

— Allons donc ! Je lis les journaux, moi aussi. Le jury du coroner a rendu un verdict de mort accidentelle. L'affaire est classée. Que voulez-vous de plus ?

— Il s'agit d'un meurtre, Finner.

L'autre déglutit. Il prit un coupe-papier d'acier, hésita à se curer les ongles et reposa le coupe-papier sur son bureau.

— Un fait nouveau ?

Richard Queen se contenta de regarder, en silence, les mains grasses qui trahissaient la nervosité de leur propriétaire.

Finner les cacha rapidement.

— Entendons-nous, inspecteur, dit-il. Cette affaire commence à sentir mauvais. *Sans m'incriminer aucunement*, je pourrai peut-être vous procurer des informations. Au sujet des véritables parents du bébé, veux-je dire. Une de mes relations pourrait...

— Agissez comme il vous plaira, Finner. Je veux des noms.

— Quel jour sommes-nous ? Jeudi. Je pourrai peut-être faire mieux encore, inspecteur. Je ne promets rien, mais c'est possible...

— Quoi ?

— Il se peut que ma relation soit en mesure de vous présenter les parents ici même, dans mon bureau.

— Ce serait parfait, Finner. Quand ? demanda l'inspecteur, radouci.

— Disons : samedi prochain, le 20. Seize heures, ça vous va ?

— Entendu. Pour une petite réunion privée, rien ne vaut un immeuble commercial désert. Je vois que vous partagez mon sentiment.

— A mes yeux, le meurtre est une ânerie impardonnable, déclara le gros individu, soufflant comme un phoque. Si je réussis ce coup-là pour vous, inspecteur, pas de crocs-en-jambe, hein ? J'ai votre parole ?

— Pas de marché, Finner. Mais une honnête coopération n'a jamais nui à personne.

Richard Queen regarda Jessie et lui fit signe de se lever.

— Nous partons, Miss Sherwood. Merci pour l'identification. A jeudi après-midi, Finner. Je compte sur vous.

Le gros type inclina tristement la tête.

Le vendredi matin, Jessie téléphona de chez Gloria Sardella pour informer Richard Queen qu'elle serait occupée toute la journée : embarquer son amie, s'installer, quelques courses... Dîner ensemble ? Peut-être, mais elle ne pouvait prendre un engagement ferme dès maintenant. L'inspecteur l'appela à dix-sept heures. Non, décidément, elle était morte de fatigue, dînerait d'un sandwich et se coucherait aussitôt après.

— Il me semble que je ne vous ai pas vue depuis des années, Jessie ! s'écria plaintivement l'inspecteur. Nous déjeunons ensemble demain, au moins ?

— D'accord ! Franchement, Richard, je suis un peu nerveuse pour demain. Peut-être l'idée d'avoir à serrer la main qui a pressé l'oreiller sur le visage du petit Michael...

— Il y a peu de chances que la chose se produise.

— Comment ? Finner a dit...

— J'ai entendu. Cette histoire de faire venir les parents samedi est une façon de gagner du temps. Finner veut simplement essayer d'en tirer des renseignements utiles.

— Mais s'il ne vous les présente pas, demain...

— Faute de mieux, il les nommera ! Finner est assez malin pour se couvrir, le moment venu. A quelle heure nous retrouverons-nous, Jessie ?

— Vers treize heures.

— Si tard !

— Mais votre rendez-vous est à seize heures, voyons ! Combien de temps restez-vous habituellement à table ?

Richard Queen raccrocha avec un soupir. Décidément, tout l'abandonnait ! Il avait passé presque toute la journée au Bureau central, à serrer des mains amies et évoquer des souvenirs communs... Ses anciens collègues avaient rivalisé de gentillesse ; mais tout le monde était très occupé, et il avait emporté de sa visite l'horrible impression d'être de trop.

Revenu dans son home désert, il songea mélancoliquement. Que font de leurs jours et de leurs nuits les hommes au rancart ? Combien de journaux peut-on lire ? Combien de films peut-on voir ? Combien d'heures peut-on passer sur un banc de Central Park, à regarder roucouler les amoureux et les pigeons ? Combien de temps peut-on tourner autour d'anciens compagnons de travail avant de les agacer au point qu'ils vous le fassent sentir ?

Le vendredi, Richard Queen se coucha à vingt et une heures quinze, en souhaitant ardemment d'être au lendemain, seize heures.

— C'est décidé, Jessie, chuchota l'inspecteur. J'entrerai *seul*, et vous resterez ici, à l'autre bout du couloir. Pour plus de sûreté, laissez la grille entrouverte, afin que l'ascenseur soit à cet étage. Si tout va bien, je vous ferai signe de venir. Autrement, ne vous montrez pas. Enfin, si vous entendez un bruit insolite, filez en quatrième vitesse.

— Comptez sur moi !

— Suivez bien mes instructions. S'il vous arrivait quelque chose, je ne me le pardonnerais jamais.

— C'est drôle, dit-elle avec un rire ému. Je pensais exactement la même chose, Richard.

Il la dévisagea, puis serra sa main en souriant et se dirigea vivement vers le bureau 622.

Jessie ne le quitta pas des yeux. Il colla un instant l'oreille contre le battant, frappa, tourna la poignée sans attendre de réponse et entra.

Plusieurs secondes s'écoulèrent.

La porte se referma.

L'immeuble commercial était un puits de silence dans la bruyante cité.

Pourquoi la porte restait-elle close ?

« Ne sois pas ridicule ! se dit Jessie. C'est son métier. On n'arrive pas au grade d'inspecteur sans s'être familiarisé avec la violence. Et, d'ailleurs, il n'y a rien à craindre. Le gros type est certainement inoffensif et froussard. Les autres... Ceux-là, je ne les connais pas, mais ils ont probablement plus peur que moi, à l'heure actuelle. »

Son cœur battait beaucoup trop vite, malgré tout.

Richard était si joyeux, en venant la chercher chez Gloria pour l'emmener déjeuner ! Tiré à quatre épingles, comme un garçon qui sort pour la première fois avec une femme, il lui avait même offert une boutonnière.

— La fleuriste m'a pris pour un fou, dit-il, gêné. Le réséda ne se porte plus du tout, paraît-il. Mais c'était la fleur préférée de ma femme et...

Rien ne pouvait aller plus mal qu'un bouquet de résédas sur un ensemble de toile verte, et une femme n'est pas spécialement enchantée de se voir offrir par un veuf la « fleur préférée » de son épouse, même décédée depuis trente ans ! Mais dire tout cela eût été un crime. Jessie s'était donc extasiée sur la boutonnière de réséda en l'épinglant à son revers et elle avait été changer discrètement de chapeau car le réséda jurait également avec celui qu'elle portait.

« L'ennui, songea-t-elle, comme la veille au soir, dans le deux-pièces en désordre de Gloria Sardella, l'ennui est que ce n'est pas vraiment *moi*. Il a seulement retrouvé une présence féminine. La première venue aurait eu le même effet. N'importe quelle autre femme pourrait me remplacer, demain... »

Que se passait-il, au fond du couloir ?

Jessie eut beau tendre l'oreille, elle n'entendit que le bruit de la circulation, montant de la Quarante neuvième rue.

Elle avait passé les dernières vingt-quatre heures à s'analyser impitoyablement. Quelle faiblesse subite l'avait entraînée dans un appartement meublé, à New York qu'elle détestait ? Comment s'était-elle embarquée dans une aventure avec un homme qu'elle connaissait à peine ? Et le coup de téléphone de Belle Berman, évidemment informée par Gloria, qui avait vu Richard Queen jeudi, après la visite à Finner : « Est-ce possible, Jessie ? On vient de me parler de toi, et d'un *homme !* »

Combien de fois Jessie avait-elle voulu se forcer à lui téléphoner en substance : « Dick, nous avons, l'un et l'autre, passé l'âge du romanesque. Quittons-nous bons amis. Que chacun retourne à ses occupations : nurse Sherwood à ses bassins et ses sondes, Richard Queen à ses flâneries, au bord de la mer... »

« Oh ! Je ne devrais pas être ici ! songea-t-elle. Mrs Jones est sur le point d'accoucher, et je lui ai promis... »

Il était au fond du couloir, et l'appelait de la main.

Jessie n'avait pas entendu s'ouvrir la porte du bureau 622.

Elle s'avança rapidement.

Richard Queen avait l'expression tendue d'un inspecteur de police dans l'exercice de ses fonctions, et il tenait la porte entrebâillée.

— Je peux entrer maintenant, Richard ?

— Cela dépend de vous, Jessie. De votre résistance nerveuse, plus exactement.

— Comment ? Finner n'est pas dans son bureau ?

— Si. Mais il est mort.

3

L'amant

Mort, le gros individu rappelait un énorme ballon en train de se dégonfler. Le menton sur la poitrine et les bras ballants, il débordait de son fauteuil à pivot, légèrement détourné. Tout son côté gauche était inondé de sang et le coupe-papier que Jessie avait vu sur son bureau, l'avant-veille, était plongé jusqu'au manche dans sa poitrine.

— N'avancez pas, Jessie, dit l'inspecteur après avoir refermé la porte. Et tenez votre sac à deux mains, c'est un bon truc. Vous n'êtes pas obligée de le regarder.

— J'ai déjà vu un ou deux cas d'homicide, déclara Jessie, cramponnée à son sac.

— Je n'en attendais pas moins de mon assistante. Et voici mes premières constatations. La fenêtre donne sur le mur sans ouvertures d'une usine ; donc, il est probable que personne n'a rien vu. Porte-clefs – arraché de sa poche de pantalon – par terre, derrière le bureau. La clef est toujours dans la serrure du classeur. Quelqu'un était pressé. Mais prudent malgré sa hâte ; très prudent.

— Nous devrions peut-être...

— Restez où vous êtes.

Quarante-huit heures auparavant, le gros individu paraissait enchanté de vivre. Et maintenant, le sang de son cœur transpercé teignait en rouge la moitié de sa personne… Les filles enceintes devraient s'adresser ailleurs pour caser le nouveau-né embarrassant. Combien de clients satisfaits serreraient leur précieuse acquisition dans leurs bras en apprenant la mort du pourvoyeur de bébés ? Mrs A. Burt Finner pleurerait-elle à chaudes larmes le soutien de famille disparu, et ferait-elle inscrire sur sa tombe : AU MEILLEUR DES ÉPOUX ET DES PÈRES ? A ces regrets conjugaux s'ajouteraient, d'ailleurs, ceux des professionnelles de cabarets qui accueillaient volontiers dans leurs bas nylon des billets de cinq dollars réduits à la taille d'un timbre-poste.

Jessie retint un rire déplacé.

La main droite entourée de son mouchoir, l'inspecteur tira, avec l'adresse d'un pickpocket, le portefeuille de la poche du mort.

— Bourré de billets, Jessie, dit-il après l'avoir ouvert, et il le remit aussi délicatement à sa place.

— Pas de vol, par conséquent.

— Non.

Richard Queen examina minutieusement, du regard, le bureau et tout ce qu'il y avait dessus.

— Aucune note, résuma-t-il. Pas trace de rouge à lèvres sur les mégots écrasés dans le cendrier. La corbeille à papier ne contient qu'un paquet de cigarettes vide, de la même marque que les mégots. Personne d'autre que Finner n'a fumé ici. Nous avons affaire à une personne connaissant le danger des indices, ma chère amie.

— Les tiroirs du bureau… commença Jessie, humectant ses lèvres sèches.

— Je les laisse aux camarades de la Brigade des homicides, pour la bonne raison qu'ils ne ferment pas à clef, répondit l'inspecteur, souriant. A votre avis, *nurse* Sherwood, depuis combien de temps est-il mort ?

— C'est difficile à préciser.

— Votre avis ?

— Il fait chaud. La fenêtre est fermée… Il faudrait au moins que je le tâte. Ce ne serait pas le premier cadavre…

— Sans le toucher.

— Peu de temps, dit Jessie, continuant à réfléchir. Une heure, peut-être, d'après l'aspect du sang. Mais je puis me tromper grossièrement, Richard.

Il tâta, du dos de la main, la joue du mort et approuva l'estimation d'un signe de tête.

— Au classeur maintenant, Jessie !

Le tiroir supérieur contenait des chemises munies d'un porte-étiquette en matière plastique, et dans chaque porte-étiquette on lisait un nom écrit à l'encre rouge, sur un rectangle de carton. La première chemise était marquée ABRAMSON, la dernière DUFFY. L'inspecteur ferma ce tiroir et ouvrit le suivant. Aux deux tiers environ de la rangée, il y avait un léger intervalle entre deux chemises marquées respectivement HUGUES et HYAMS.

— Pas de Humffrey, dit doucement Richard Queen.

— Le nom inscrit sur le dossier est peut-être celui de la mère, suggéra Jessie. Pas celui de l'adoptant.

— Vous êtes une femme de tête, ma chère amie. Voyons…

De sa main protégée par le mouchoir, il vérifia plusieurs dossiers pris au hasard :

— Néanmoins, vous vous trompez. Les noms sont ceux des adoptants.

L'inspecteur examina encore les deux derniers tiroirs, puis se releva.

— Sans aucun doute, Jessie, ce meurtre est lié à l'affaire du Connecticut. Finner s'est servi de notre première visite pour essayer d'obtenir d'un des véritables parents de Michael – ou des deux – des renseignements sur la mort du bébé. Fâcheuse inspiration, car les intéressés l'ont réduit au silence, et ont emporté le dossier de l'affaire. Finner était probablement le seul à savoir – au moins – qui était la mère, dans quel hôpital Michael était né, et tout ce qui s'ensuit.

— Le même meurtrier, murmura Jessie. Le bébé, Finner... Cela prouve que nous sommes sur la bonne piste, Richard !

— Ce dossier détruit, nous sommes de nouveau dans une impasse, oui. De quel côté diriger nos pas, maintenant ?...

L'inspecteur semblait interroger A. Burt Finner d'un regard sombre. Mais les morts ne parlent pas :

— Je crois, Jessie...

Le téléphone sonna.

Le cœur de Jessie bondit dans sa poitrine.

Richard Queen s'approcha du bureau et son regard, fixé sur l'appareil, effraya son assistante.

— Richard, pour l'amour du ciel, ne répondez pas !

— Chut !

Sa main droite était toujours entourée du mouchoir. Il décrocha.

— Allô ! dit-il en imitant bien la voix de Finner. Oui... Merci...

Il tint l'embouchure du récepteur contre sa poitrine :

— On appelle de New Haven.

Jessie écarquilla les yeux.

— De *New Haven ?*

— Sait-on jamais ? Ce coup-ci peut me coûter l'estime de mes vieux amis, mais je suis dans la place et... Oui, j'écoute.

— Ici, le Dr Samuel Duane, dit une voix impérative. Mr Alton K. Humffrey est-il là ?

— Humffrey ? Que lui voulez-vous, docteur ?

— C'est confidentiel. Je désire parler à Mr Humffrey.

— A quel sujet, Dr Duane ? demanda l'inspecteur, avec un clin d'œil à Jessie. Vous pouvez parler librement.

— Je soigne Mrs Humffrey. Elle... Son état a empiré, et je dois joindre son mari. Savez-vous... ?

— Empiré de façon alarmante ?

— Ah, ça ! Mr Humffrey est-il là, oui ou non ?

— Eh bien, non, docteur. Mais je pourrai peut-être le joindre. Avez-vous appelé sa résidence d'été, à Nair Island ?

— Me prenez-vous pour un imbécile, l'ami ? Sa femme de charge vient de m'apprendre qu'il avait quitté Nair Island hier, dans la petite voiture, en annonçant qu'il rentrerait ce soir ou demain. Si vous...

— Il n'a pas dit où il allait ?

— Non ! La gouvernante m'a donné le numéro de téléphone des endroits où j'avais des chances de le trouver : plusieurs cercles, son appartement de Park Avenue, sa maison de Concord, et ainsi de suite, y compris l'adresse de parents de Mrs Humffrey, dans le Massachusetts. Mais personne n'a pu me dire où il était. En avez-vous l'idée ? Si j'ai bien compris, vous avez conduit pour son compte certaines affaires, de nature confidentielle, c'est pourquoi je m'adresse à vous.

— De qui tenez-vous cela ?

— Du chauffeur, je crois. Mais qu'importe ? fit le Dr Duane, exaspéré. Voulez-vous me répondre ou non ? C'est urgent, vous dis-je !

— Je crains de ne pouvoir vous donner l'indication demandée, docteur. Mais si je recevais de ses nouvelles...

Le Dr Duane raccrocha brusquement.

Richard Queen regarda Jessie.

— C'est étrange...

— Qu'a-t-il dit ? Je n'ai entendu que vos réponses !

Il la mit au courant.

— Mais je ne vois rien d'étrange à cela, sauf la coïncidence d'avoir téléphoné ici juste au moment... Richard, pourquoi prenez-vous cette mine soucieuse ?

— Ecoutez, Jessie. Je veux que vous rentriez chez vous.

— Seule ?

— Je dois avertir la police. Il faut signaler un homicide dès qu'on le découvre.

— Alors, pourquoi n'avez-vous pas bondi sur le téléphone, en entrant ici ?

— Vous êtes une femme difficile, murmura-t-il. Soit. Plus ça va, plus j'ai l'impression que c'est *mon* enquête, *notre* affaire personnelle. Nous savons, vous et moi, que les deux meurtres sont liés. Mais, avec la disparition du dossier Humffrey, la police n'a aucune raison de rattacher immédiatement celui de Finner à la mort – déclarée accidentelle – d'un bébé étouffé dans le Connecticut. Le rapport apparaîtra peut-être, mais plus tard. En attendant, nous aurons les coudées franches.

— Ne vaudrait-il pas mieux demander votre réintégration, Richard ? suggéra Jessie. Si on savait, en haut lieu, que vous suivez cette affaire depuis le début, l'enquête pourrait vous être confiée, à titre exceptionnel.

L'inspecteur eut un pâle sourire.

— Vous voyez les choses en rose, Jessie. Outre les policiers de patrouille et le personnel du Bureau central, la police new-yorkaise compte deux mille détectives. Ajoutez encore des milliers (une vingtaine environ) d'hommes et de femmes employés dans divers services de la police, et vous comprendrez que le vieux Queen a fait son temps. Venez, Jessie, pour plus de sécurité, je vais vous accompagner jusqu'à la rue.

Avant de fermer la porte, Jessie regarda une dernière fois le ballon abandonné qui occupait la place du gros homme.

Il était plus de vingt-trois heures quand le téléphone sonna enfin.

— Jessie ?

— Richard, je commençais à... Où êtes-vous ? Tout va bien ?

— A merveille. Je suis au Bureau central, en train de mâcher la besogne avec les garçons. Vous vous couchez ?

Elle comprit qu'il ne pouvait parler librement.

— Vous êtes retenu, ce soir ? C'est bien ça ?

— Oui. Je vous appellerai demain matin.

— Bonne nuit, Richard.

Jessie raccrocha et regarda la table mise pour deux personnes. Les bonnes choses achetées en rentrant resteraient dans le réfrigérateur ! C'était donc ça la vie des femmes de policiers...

« A quoi vais-je penser ! » songea-t-elle, un peu honteuse, et elle alla se coucher.

Le lendemain, un coup de sonnette matinal la surprit en peignoir, et la tête hérissée de bigoudis. Elle ouvrit la porte, mais en ayant soin de laisser la chaîne de sûreté.

— *Richard !*

— Je pensais bien vous surprendre, dit-il en souriant dans l'entrebâillement. J'apporte les journaux du dimanche, des petits pains chauds, des œufs...

— Mais je ne suis pas montrable ! protesta Jessie, aplatie contre la porte. Ecoutez, Richard, je vais ôter la chaîne ; mais je vous interdis d'entrer avant d'avoir compté jusqu'à dix ! Le temps de me rendre présentable, et je reviens...

En sortant de la petite chambre à coucher, elle trouva l'inspecteur assis au bord de sa chaise, avec une mine de chien battu.

— Vous êtes fâchée, Jessie ?

— Grands dieux, non, assura-t-elle en riant. Une femme n'aime pas se montrer à son désavantage, c'est tout. Et maintenant, passez-moi ce sac et aidez-moi à préparer le petit déjeuner.

Elle lui versait sa seconde tasse de café quand elle aborda le sujet sérieux.

— Que s'est-il passé hier soir, Richard ?

— Oh ! rien de particulier ! Les hommes d'une voiture-radio... sont arrivés les premiers, puis deux détectives... Je les connaissais tous, naturellement. Après ça, je me suis cru revenu au bon vieux temps, Jessie. L'inspecteur en chef Tom Mackey, le chef des détectives Brynie Phelan, les gars de la Brigade des homicides... Une foule d'anciens camarades, quoi !

— Et quand ils ont demandé à leur ancien camarade Queen comment il était tombé, par hasard, sur un cadavre, qu'a répondu le nommé Queen ?

Il posa sa tasse et haussa les épaules.

— J'ai menti, voilà. Au début, ç'a été un peu pénible, mais je crois avoir réussi à leur faire avaler mon histoire. Inutile d'ajouter, n'est-ce pas, que je n'en suis pas plus fier pour autant ?

— Qu'avez-vous raconté, au juste ? J'ai besoin de le savoir, au cas où vos « anciens camarades » viendraient jusqu'à moi.

Il la regarda avec admiration, puis baissa les yeux.

— Voici, en deux mots, mon tissu de mensonges. L'inaction me pesait tellement que j'ai commencé à passer en revue, dans ma tête, les rats d'égout que la police connaissait, sans avoir jamais pu les prendre. Finner et son ignoble commerce était du nombre. Si j'arrivais à le démasquer, celui-là, j'aurais bien employé mon temps. Bref, jeudi dernier (leur ai-je raconté) je me suis présenté au bureau du trafiquant de bébés et, laissant croire à Finner que j'étais toujours en activité, je l'ai informé que nous avions enfin quelque chose de tangible contre lui. Le procédé d'intimidation réussit, Finner parla de liquider son affaire avant d'avoir de graves ennuis et m'invita à revenir le samedi après-midi. Je vins au rendez-vous, et le trouvai mort. Voilà, Jessie.

— Votre histoire n'est pas tellement éloignée de la vérité, Richard.

— C'est la pire espèce de demi-mensonge qui existe, oui ! Elle ne donne pas aux enquêteurs *une seule* des indications que je possède et qui pourraient les aider. Jessie, je reprendrais volontiers du café.

Elle vida, en silence, la cafetière dans sa tasse.

— Tom Mackey et ses hommes sont partis à fond sur l'idée d'une tentative de vol des dossiers d'adoption, dans un but de chantage : le meurtrier, effrayé, aurait pris la fuite sans emporter son butin. Mais, simultanément, ils cherchent du côté des cabarets et de toutes les filles que Finner fréquentait. Bref, la police fourre son nez dans le « milieu », en tournant le dos à la bonne route. *Mea culpa...*

L'inspecteur poussa du pied les journaux dominicaux, jetés par terre.

— Tout est là-dedans. Lisez.

— Allons, Richard, n'exagérez pas vos torts.

Jessie posa une main sur la sienne. Il la serra et la garda prisonnière.

Les joues roses, elle se dégagea au bout d'un moment et commença à desservir.

— Que faisons-nous maintenant ?

Il se leva d'un bond.

— Laissez-moi vous aider... Il s'agit toujours de savoir qui sont les parents du bébé.

— Désormais, je ne vois aucun moyen de trouver la réponse.

— Il y en a un.

— Lequel ?

— Ne prend-on pas les empreintes digitales de tous les enfants nés dans un hôpital ?

— L'empreinte d'identification est obligatoire, oui. Mais, aujourd'hui, on prend plutôt celle des pieds.

— Vu sa méthode habituelle, Finner devait faire accoucher les pauvres filles dans un hôpital. Il nous faut maintenant l'empreinte de Michael. Cela signifie évidemment une exhumation…

— Quelle tête feriez-vous, inspecteur, dit Jessie sans se détourner de l'évier, si je vous disais que j'ai l'empreinte de ses pieds ?

— Comment !

— Mrs Humffrey avait acheté un mémento médical intitulé *Le Journal de Bébé*. Une sorte de registre sur lequel on inscrit le poids, les tétées, la date des premières dents et ainsi de suite. Une page est réservée aux empreintes… J'y ai imprimé celle des pieds de Michael.

— Et vous avez ce document ? demanda Richard Queen, incrédule.

— Oui. Après l'inhumation, Mrs Humffrey piqua une crise de nerfs quand je lui demandai où je devais le ranger. « Faites-le disparaître ! » cria-t-elle entre autres choses, et j'en profitai pour m'approprier ce souvenir de *mon* bébé. Attendez. Il est dans une de mes valises, je vais le chercher.

Jessie passa dans la chambre. Elle revint après un instant avec un volume à la couverture bleu layette.

— Naturellement, nous avons dû laisser en blanc la case réservée à l'état civil. Il n'y a que la date de naissance… La date de naissance, Richard !

— Le ciel est avec nous, dit-il. Avec ces empreintes et la date de naissance, il ne nous reste qu'à trouver l'hôpital. Du moment que Finner a livré de bon matin le bébé près de Pelham, tout semble indiquer qu'il l'avait pris à la porte d'un hôpital de New York. Je ferai photographier ces empreintes dès demain matin… Jessie, qu'avez-vous ?

Elle regardait, sans les voir, les minuscules empreintes noires.

— Rien, Richard. Rien.

Jessie se détourna et chercha son mouchoir. Il avança une main compatissante, mais la retira aussitôt.

— C'est dur, Jessie. Je comprends.

— Il était si petit, dit-elle entre deux sanglots. Et si beau ! Quand j'embrassais ses orteils un à un, il gloussait de joie et...

Elle se moucha rageusement :

— Excusez-moi. Je ne me reconnais plus, depuis quelque temps.

— Vous êtes une femme, murmura l'inspecteur. Peut-être jusqu'ici, n'avez-vous pas eu le loisir de vous en apercevoir.

— Que dois-je faire maintenant, Richard ? demanda-t-elle en détournant son visage.

— D'abord, considérer le risque que vous courez.

— *Moi ?*

Du coup, elle se retourna.

— Ce *Journal de Bébé* est une chose dangereuse à posséder. Si j'avais su que vous l'aviez, jamais je ne vous aurais associée à cette enquête. Finner a été supprimé parce qu'il était un maillon de la chaîne conduisant à la mère du petit Michael. Ce mémento en est un autre. Qui sait que vous l'avez en votre possession ?

Jessie se laissa tomber dans un fauteuil.

— Sarah Humffrey seulement, je pense. Et encore n'est-ce pas certain. Elle peut croire que je l'ai détruit.

— Le tueur peut le croire aussi, ou ignorer purement et simplement son existence, dit l'inspecteur. Néanmoins, Jessie, la plus grande prudence s'impose. Plus j'y réfléchis, moins me plaît votre idée de vivre seule ici. Je voudrais...

— Quoi ?

— Enfin, je pourrais être votre garde du corps dans la journée... Et maintenant, ma chère, continua-t-il souriant, qu'aviez-vous envie de faire aujourd'hui ?

Lundi après-midi, avant de commencer la tournée des hôpitaux, Richard Queen tapota la poche qui contenait la photographie des empreintes et mit les choses au point.

— C'est une opération de longue haleine, Jessie. Entre Manhattan et le Bronx, il doit y avoir soixante-quinze ou quatre-vingts hôpitaux... Sans parler de Brooklyn, Queens, Staten Island, Westchester, Long Island et Jersey !

— Si nous commencions par les maternités ? suggéra Jessie. Elles semblent tout indiquées, n'est-ce pas ?

— Raison pour laquelle Finner les aura évitées. A mon sens, il devait penser que ses poulinières passeraient plus facilement inaperçues dans un grand hôpital général.

— Va pour les grands hôpitaux, dit Jessie. Afin de gagner du temps, nous pourrions en dresser une liste et nous la partager.

— Vous perdre de vue ? Jamais. Et ne comptez pas avoir libre accès aux fichiers des hôpitaux, *nurse* Sherwood ! Mon insigne servira, vous verrez.

Le mercredi, troisième jour de chasse, ils quittaient un hôpital du Bronx quand Jessie n'y tint plus.

— Qu'y a-t-il, Richard ? Depuis ce matin, vous êtes tout drôle.

L'inspecteur la poussa vers son coupé.

— Je pensais que ça ne se voyait pas, dit-il sèchement.

— Je commence à vous connaître, voilà tout. Vous êtes soucieux. Pourquoi ?

— Regardez, dans le rétroviseur.

Il démarra et faufila la Dodge dans le flot de la circulation. Au premier croisement, une Chrysler noire et poussiéreuse déboucha de la rue transversale, tourna dans la même direction et roula un moment, juste derrière la Dodge. Jessie aperçut le visage grisâtre et taillé à coups de hache du conducteur. L'homme était seul.

Un peu plus loin, Jessie le perdit de vue. Mais quand l'inspecteur tourna à l'ouest, la Chrysler en fit autant.

— Nous sommes suivis, Richard !

— Depuis ce matin, par un nommé George Weirhauser, petit détective privé de troisième ordre, déclara l'inspecteur. Le Bureau central a l'œil sur lui, mais Weirhauser a réussi jusqu'ici à éviter une infraction flagrante qui aurait entraîné le retrait de sa licence.

— Mais à quel titre nous surveille-t-il ?

— Je l'ignore, répondit Richard Queen, la mine sombre. Enfin, étant donné ce qu'il a vu aujourd'hui, essayer de s'en débarrasser ne servirait à rien. Supportons-le en pensant qu'il nous servira peut-être, d'une façon ou de l'autre.

— Il a l'air d'un « dur », Richard.

— Bah ! Ce n'est qu'une façade. N'allez pas vous tracasser à son sujet, Weirhauser n'en vaut pas la peine, croyez-moi.

A vingt-deux heures passées, nos chasseurs laissèrent la Dodge au garage. Puis, comme l'inspecteur ramenait Jessie à l'appartement de Gloria Sardella, la Chrysler passa devant eux, accéléra et ne reparut plus.

— Ouf ! soupira Jessie. Cet individu me rend nerveuse. Vous montez, Richard ? Je ferai du café.

— Non, vous allez vous coucher illico.

— Je suis fatiguée, c'est vrai. Merci de l'avoir remarqué, mon… *Richard*.

Elle saisit son bras et s'y accrocha.

— Oui ?

— Il y en a un autre !

— Un autre quoi, Jessie ?

— Un autre homme à nos trousses ! Je l'ai aperçu près du garage, tout à l'heure. Et maintenant il est dissimulé de l'autre côté de la rue, dans l'entrée d'une maison !

— Vous avez raté votre vocation, dit l'inspecteur, très calme.

— Richard, que faites-vous... ?

Il la conduisait, par le coude, vers l'entrée en question. Les voyant venir, l'homme s'y enfonça davantage et l'inspecteur le suivit, sans lâcher la malheureuse Jessie.

— Honte à vous, Wes ! dit-il gaiement. Jessie, je vous présente Wes Polonsky, détective de première classe (Brigade des automobiles, faux et pickpockets), en retraite.

— Seigneur ! fit Jessie. Bonsoir, Mr Polonsky.

— Enchanté, Miss Sherwood. Non, j'exagère. Ça prouve seulement que je suis rouillé. Vous allez me congédier, inspecteur ? C'est la première occasion que j'ai depuis huit ans...

C'était un vieil homme aux cheveux blancs qui frappait par son nez écrasé et la candeur de ses yeux bleus. Il donnait l'impression d'avoir été fort, mais il avait aujourd'hui la poitrine creuse, et Jessie remarqua le tremblement de ses mains, quand il alluma une cigarette.

— Ne soyez pas ridicule, déclara Richard Queen avec une pointe de fierté. Cette femme a des yeux derrière la tête. Wes, nous avons été suivis toute la journée.

— Je viens de voir une Chrysler noire passer dans la rue à une allure suspecte. Mais impossible de distinguer les traits de son conducteur.

— Il n'était pas dans les parages, hier soir ?

— Non. Pas dans cette voiture, du moins.

— C'est George Weirhauser.

— Ce petit salaud ? Faut-il lui ôter l'envie de vous suivre, s'il reparaît ?

— Non, laissez-le. Veillez seulement à ce qu'il ne s'approche pas de Miss Sherwood.

— Entendu, inspecteur.

— Je n'y comprends rien ! s'écria Jessie. Expliquez-moi, Richard.

— C'est très simple, et il n'y a pas de quoi vous fâcher, commença l'inspecteur. Dimanche soir, en rentrant de chez vous, j'ai rencontré Wes par hasard. Il m'a confié qu'il souffrait horriblement de son inaction...

— Je ne demande qu'à travailler, intervint Polonsky. Seulement, personne ne veut employer un type de mon âge.

— Nous avons bavardé, reprit l'inspecteur. Et, de fil en aiguille, Wes m'a supplié de l'engager.

— Ainsi, Mr Polonsky est devenu mon ange gardien ?

— Depuis dimanche soir, Miss, précisa l'ancien détective, rayonnant.

— Wes n'est de garde que la nuit, Jessie. Lorsque je ne suis pas avec vous.

— Merci, Mr Polonsky, murmura Jessie.

— C'est un plaisir, Miss.

Jessie dormit profondément cette nuit-là.

Le septième jour, dans un grand hôpital général du centre, nos enquêteurs virent leurs efforts récompensés.

— Nous y sommes, Jessie ! annonça l'inspecteur après avoir longuement comparé, à la loupe, sa photographie aux empreintes de pieds d'un nouveau-né.

— Vous en êtes sûr ?

— Certain.

« Bébé Exeter », lisait-on au-dessus des petites empreintes.

— Allez vous asseoir dans le hall, Jessie. Je vous y rejoindrai quand je me serai renseigné sur la mère.

L'inspecteur reparut au bout d'un moment, avec des notes griffonnées.

— La mère est une certaine Mrs Willis P. Exeter (Lois Ann Edwards avant son mariage.) De faux noms naturellement. J'ai vérifié l'adresse donnée. C'est celle d'un petit hôtel. A mon idée, Finner y gardait une chambre sous le nom de Willis P. Exeter. Sans doute en avait-il quelques-unes en réserve à New York, sous des noms différents et il lui suffisait d'en assigner une, avec un « Mrs » devant le nom correspondant à chacune des filles appelées à fournir une adresse lors de leur hospitalisation.

» D'après les notes de l'inspecteur, « Mrs Willis P. Exeter », vingt-quatre ans, était une blonde aux yeux noisette. Hospitalisée le 26 mai à neuf heures dix-huit, elle avait accouché le 27, à trois heures cinquante-six. La mère et l'enfant avaient quitté l'hôpital le 3 juin, à dix heures quinze. La jeune femme avait occupé une chambre à deux lits, dans l'aile de la maternité.

— Le médecin était-il de connivence ? demanda Jessie. Comment s'appelle-t-il ?

— Sûrement pas. Finner restait dans les coulisses. Il se contenta d'envoyer « Mrs Willis P. Exeter » à un honorable gynécologue, et celui-ci la suivit de bonne foi pendant sa grossesse. A condition de changer de médecin pour chaque fille, notre homme jouait sur le velours. Quant à nous, ces renseignements ne nous donnent rien ! Avez-vous déjà travaillé dans cet hôpital, Jessie ?

— Oui.

— Alors, vous connaissez probablement les infirmières de la maternité.

— Quelques-unes, oui.

— Si vous alliez faire un tour là-haut ? Vous trouverez peut-être une infirmière qui se rappelle cette accouchée.

— Quel prétexte donnerai-je ?

— Vous aidez un notaire à retrouver Mrs Exeter au sujet d'un héritage. Cette raison-là prend toujours, ajouta le vieux monsieur avec un sourire.

Jessie revint de sa mission, embellie par ses yeux brillants.

— Eurêka ! Geneviève Fuller nous rejoindra dans dix minutes, au café du coin.

Nurse Fuller était une petite femme grisonnante, vive d'allure et à l'œil fureteur.

— Je me rappelle parfaitement Mrs Exeter, Mr Queen. Elle était si triste, la pauvre petite ! L'accouchée qui partageait sa chambre la trouvait ennuyeuse comme la pluie ; mais je sentais, moi, qu'il y avait une histoire là-dessous. Une jolie fille, ma foi. Son petit garçon était un amour.

Jessie but une grande gorgée de café.

— Vous a-t-elle jamais parlé d'elle-même, Miss Fuller ?

— Non, et je n'ai pas sollicité de confidences. Je sentais instinctivement qu'il y avait un drame dans sa vie. Le croiriez-vous ? Son mari n'est pas venu une seule fois la voir !

— Vraiment ?

— Certains hommes mériteraient... D'autant plus qu'elle n'a pas eu *une* visite, Mr Queen ! Ni parents, ni frère ou sœur, ni amie... Personne !

— A-t-elle jamais donné une indication sur l'endroit où elle demeurait ?

— Non...

L'infirmière regarda autour d'elle et baissa le ton :

— Mais je jurerais presque qu'Exeter n'était pas son vrai nom.

— Tiens ! fit l'inspecteur. Voilà qui expliquerait tout. Qu'est-ce qui vous a mis la puce à l'oreille ?

— De prime abord, j'ai eu l'impression de l'avoir déjà vue quelque part. Où cela ? Impossible de m'en souvenir. Et puis, un matin, la veille de son départ, j'entendis chanter en passant devant sa chambre. Cette voix tout à la fois sensuelle, douce et un peu faubourienne, je l'aurais reconnue n'importe où. Tu sais, Jessie, que j'ai une oreille infaillible, et que j'adore... Bref, j'entrai dans la chambre, Mr Queen. La petite Exeter chantait en allaitant son bébé. Voilà une maman qui méritait un bon point ! Tant de femmes, aujourd'hui semblent croire que le bon Dieu leur a donné des seins comme parure et non...

— Vous avez reconnu la chanteuse à sa voix, Miss Fuller. Comment s'appelle-t-elle, en réalité ?

— Connie Coy, Mr Queen. Mais ce n'est sans doute que son nom professionnel. Connie Coy, la future étoile des cabarets ! En attendant, la pauvre petite est certainement à plaindre. Je l'ai senti et je me serais fait couper la langue plutôt que de trahir son incognito. Vous dites qu'elle va recueillir un héritage ? Tant mieux, mon Dieu ! Quand vous la verrez, Mr Queen, dites-lui bien que je suis une de ses premières admiratrices, et complimentez-la de ma part sur son magnifique petit garçon. C'était le plus joli...

— Connie Coy, dit l'inspecteur après le départ de l'enthousiaste Geneviève Fuller. Vous en avez entendu parler, Jessie ?

— Je ne suis pas entrée dans une boîte de nuit depuis le 18 décembre 1943... Non, Richard.

— Un jour ouvrable, j'aurais dix façons de me procurer son adresse. Mais, puisque c'est dimanche, il nous faudra attendre à demain.

— Je connais un onzième moyen, murmura Jessie.

— Lequel ?

— L'annuaire du téléphone.

L'inspecteur la dévisagea.

— Parfois, Jessie, je me demande comment j'ai pu vivre sans vous, dit-il. Excusez-moi !

Il revint peu après, rayonnant et en agitant un papier.

— C'est dans la 88e Rue, du côté de West End Avenue, annonça-t-il. Après vous, chef !

— J'ai beau me tordre le cou, je ne vois toujours pas la Chrysler noire, dit Jessie.

— Bizarre, murmura son compagnon.

— Mr Weirhauser observe peut-être le repos dominical. Ou encore, son employeur l'a remercié.

Richard Queen garda le silence. Mais, pendant tout le trajet, il consulta fréquemment son rétroviseur.

L'immeuble correspondant à l'adresse donnée par l'annuaire était surchargé de « pâtisseries » en stuc et de faux balcons. On se demandait comment ce vestige lépreux de l'architecture 1900 tenait encore debout, et qui pouvait y demeurer.

Au fond de l'entrée malodorante, l'inspecteur et Jessie trouvèrent le gardien dans sa loge, à table.

— Vous désirez ?

— Miss Connie Coy habite bien ici ?

— Oui, mais elle est en voyage.

Jusque-là, tout allait bien. Puis les choses se gâtèrent quand il fut question de donner des renseignements sur une locataire absente. Le gardien commença par le prendre de haut, mais la vue de l'insigne doré l'amadoua instantanément et lui délia la langue.

— Fallait le dire plus tôt, chef ! McKeown, à votre service... Oui, Miss Coy est une chanteuse de cabaret. Elle est partie depuis trois semaines, pour un engagement à Chicago. J'imagine qu'on l'a retenue, là-bas, car elle prévoyait une absence de huit jours.

— Elle peut donc rentrer d'un moment à l'autre ?

— Certainement. Sans indiscrétion, chef, qu'a-t-elle à se reprocher ? ajouta le gardien, baissant le ton.

— Rien, McKeown, Miss Coy peut simplement être appelée à témoigner dans une affaire.

— Tant mieux ! C'est une personne bien aimable et tranquille... Et ce n'est déjà pas drôle d'avoir son mari en Corée.

— Ah ! fit Richard Queen. Elle a un mari ?

— Un lieutenant, oui. Pauvre garçon ! Il est parti en laissant sa femme enceinte et n'est pas revenu depuis. Ils n'ont vraiment pas de chance, ces jeunes gens... Elle a accouché seule, et a perdu son bébé en lui donnant le jour. Fallait voir dans quel état elle est rentrée de l'hôpital.

— C'est triste, dit Richard Queen. Quel hôpital, McKeown ? Le savez-vous, par hasard ?

— Un hôpital militaire de Jersey, m'a-t-elle dit. Sa grossesse commençait juste à se voir quand elle a emménagé ici, il y a huit mois.

— On la connaît sous son nom de femme, dans la maison ?

— Ouais. Mrs Arthur Dimmesdale.

— Dimmesdale ? Voulez-vous épeler le nom, McKeown ?

« Arthur Dimmesdale... Ce nom me dit quelque chose », songea Jessie pendant que l'inspecteur écrivait sous la dictée de McKeown, au dos d'une enveloppe venant d'Italie.

— Si je comprends bien, reprit Richard Queen, vous n'avez jamais vu le lieutenant Dimmesdale ?

— Jamais, chef.

— Une ou deux questions encore, et nous vous laisserons à votre dîner dominical, McKeown. Quel est le numéro de l'appartement de Miss Coy ?

— C-5. Au dernier étage.

— Appartement C., au cinquième. Elle vit seule ?

— Toute seulette.

— Elle n'a jamais reçu personne à coucher ?

Le gardien sourit.

— On ne tient pas ce genre de contrôle ici, chef. Du moment qu'elle ne fait pas de tapage, le reste ne me regarde pas.

— Quand Miss Coy… Mrs Dimmesdale, veux-je dire, rentrera, ne lui parlez pas de ma visite.

— Compris, chef.

— Mais où m'emmenez-vous, Richard ? demanda brusquement Jessie comme l'inspecteur l'entraînait vers Broadway. Pourquoi ne sommes-nous pas remontés en voiture ?

— Il faut bien dîner, Jessie. Or je connais un agréable restaurant…

— Le dîner est un prétexte. Donnez-moi la véritable raison.

— Puisque je ne peux rien vous cacher, nous nous trompions au sujet de Weirhauser. Je l'ai aperçu en sortant de l'immeuble. Il avait beau essayer de dissimuler son visage derrière un journal déplié, je l'ai vu de mes yeux.

— C'est incompréhensible ! J'ai passé la journée à guetter la Chrysler noire.

— Moi aussi. C'est pourquoi nous ne l'avons pas vue. Ne regardez pas en arrière, Jessie. Il entrera dans l'immeuble dès que nous aurons tourné dans Broadway. Weirhauser nous a eus, aujourd'hui ! Il a changé sa vieille Chrysler contre une Ford flambant neuve.

— Que c'est malin ! dit Jessie avec une gaieté forcée. Alors, Mr Weirhauser est en train d'apprendre que nous nous sommes renseignés sur Connie Coy.

— Plus important encore : il sait que nous l'avons trouvée. Et, dans la soirée, quiconque le paie pour nous filer l'apprendra à son tour.

L'inspecteur était soucieux quand ils entrèrent dans le restaurant.

— Qu'allons-nous faire, Richard ?

Il lui étreignit affectueusement le bras :

— Dîner, Jessie.

Pas de George Weirhauser en vue quand ils quittèrent le restaurant. Ils revinrent à la Dodge et y montèrent.

— Il est parti, constata Richard Queen en se frottant le menton.

— Ouf ! C'est un soulagement.

— Croyez-vous ? Cela signifie probablement que son client apprend dès maintenant – au lieu d'un peu plus tard – que nous connaissons le domicile de Connie Coy.

Après avoir ramené Jessie chez elle, l'inspecteur fit quelques pas dans la rue et monta vivement dans une Studebaker bleue, rangée le long du trottoir.

— Bonsoir, inspecteur, dit Polonsky.

— Avez-vous aperçu, ce soir, une Ford saumon et gris, Wes ?

— Comment ? Je croyais que Weirhauser conduisait une Chrysler noire ?

— Il a changé de voiture aujourd'hui.

— Malédiction ! Quelqu'un lui aura appris son métier... J'ai pu voir sa nouvelle bagnole sans la remarquer, inspecteur. Je n'avais pas l'œil sur les Ford.

— Moi non plus...

Le vieux monsieur réfléchit en mordillant sa moustache :

— Wes, savez-vous ce qu'est devenu Pete... Son nom m'échappe. Votre ancien coéquipier, Pete ? Le voyez-vous quelquefois ?

— Pete Angelo ? Il est veuf, ses trois enfants sont dispersés et il habite le quartier. C'est vous dire, inspecteur, qu'on évoque souvent l'heureux temps ensemble, dans la cafétéria du coin !

— Angelo n'a pas d'emploi, si je comprends bien ?

— Trop vieux. Il crève d'inaction, comme nous tous.

— A votre avis, Pete accepterait de travailler pour mon compte ?

— Inspecteur, il vous sauterait au cou de reconnaissance !

— Voyez-vous un autre policier retraité qui ferait équipe avec Angelo ? Il me˙ faudrait immédiatement deux gars.

L'ancien détective réfléchit, puis tapa sur le volant.

— Murph ! Je l'ai rencontré la semaine dernière. Vous vous rappelez le sergent Al Murphy, inspecteur ? Il est à la retraite depuis trois mois et traîne son ennui.

— Au fait, j'aurais besoin de deux équipes : une de jour et une de nuit. Débrouillez-vous avec les autres, Wes, pour recruter deux autres hommes.

— Quand vous les faut-il, inspecteur ?

— Ce soir, si possible.

Polonsky descendit de la Studebaker.

— A vous de monter la garde, inspecteur. Je n'en ai pas pour longtemps.

Quand il revint, Polonsky avait un large sourire.

— Pete Angelo et Al Murphy vous retrouveront, dans quinze minutes, à la caféteria de la 71e Rue. Pete se charge de vous procurer dix équipes, si besoin est. D'après lui, la seule difficulté consistera à vous débarrasser des candidats que vous ne pouvez employer.

Au bout d'un moment, Richard Queen serra le bras de Polonsky. Puis il descendit de voiture et s'éloigna vers Broadway d'un pas de jeune homme qui ragaillardit l'autre vieux type, resté dans la Studebaker.

Le lundi matin, Richard Queen téléphona pour dire qu'il avait mis le Pentagone en branle (par l'intermédiaire d'une personne haut placée) au sujet du lieutenant Dimmesdale, et devait passer la journée près de son téléphone.

— Quels sont vos projets, Jessie ? s'inquiéta-t-il. Le jour, vous n'avez d'autre ange gardien que moi...

— Oh ! il ne m'arrivera rien ! D'abord, j'ai l'emploi de ma matinée ici. Ensuite, si cela ne vous ennuie pas, je prendrai un taxi pour finir de nettoyer chez vous.

— M'ennuyer ! Moi qui prévoyais une journée sans soleil... A bientôt, Jessie, et soyez prudente en chemin !

Jessie arriva vers midi. Mais, alors qu'elle s'attendait à tout trouver en triste état, elle entra dans un intérieur propre et soigné – à quelques détails près – et n'eut qu'à s'asseoir en face de Richard Queen, devant une table joliment servie pour deux.

Pendant le déjeuner, l'inspecteur lui annonça qu'il faisait surveiller, nuit et jour, l'immeuble de Connie Coy.

— Par qui ? demanda-t-elle, étonnée.

— J'ai engagé quatre anciens détectives de la police métropolitaine, expliqua-t-il. Al Murphy et Pete Angelo pour le jour, Giffin et Kripps pour la nuit. La fine fleur, ma chère ! Johnny Kripps est un ex-lieutenant de la Brigade des homicides, et il a tenu à en être aussi.

— Connie Coy est rentrée ?

— Non. C'est une des raisons pour lesquelles j'ai organisé cette surveillance. Ainsi, je serai immédiatement averti de son retour.

Quand Jessie (qui n'avait pas renoncé à son projet de grand nettoyage) sortit de la salle de bains en blouse de travail et avec un turban sur la tête, l'inspecteur faisait la vaisselle du déjeuner.

— Laissez, Richard ! Je m'en charge.

— Vaquez à vos occupations, ma chère amie. Il y a longtemps que la plonge me connaît !

Mais, sa tâche terminée, il tourna en rond dans l'appartement, la mine satisfaite et, pour tout dire, assommant.

— Vous n'avez donc rien à faire, Richard ?...

Jessie lavait les fenêtres du living-room et avait l'impression d'avoir une tache noire sur le nez :

— Ah ! Les hommes !

— Je vais téléphoner à Abe Pearl, dit-il vivement. Je veux le faire depuis ce matin.

— Allez-vous lui annoncer la disparition de Finner et lui dire que ce meurtre se rattache à la mort du bébé ?

— Abe est déjà au courant. Je l'ai appelé à ce sujet au début de la semaine.

— Tiens, vous ne m'aviez pas parlé de ce coup de téléphone. Qu'a dit votre ami ?

— Je ne peux pas le répéter.

— Alors, le chef Pearl n'est plus tellement sûr que j'aie eu une illusion d'optique, ne put s'empêcher de dire Jessie.

— Abe n'est plus sûr de rien, je le crains.

L'inspecteur alla dans le bureau et appela le Bureau central de la Police à Taugus.

— Abe ? Ici, Dick Queen.

— Sans blague ! J'ai demandé plus de vingt fois votre maudit numéro depuis l'autre jour. Jamais personne ! Vous êtes donc toujours dehors ? Que se passe-t-il, Dick ? Lune de miel – ou quoi ? – avec votre Miss Sherwood ?

— Epargnez-moi ce genre de plaisanterie, dit sèchement le vieux monsieur.

— Bien, bien. Mais vous m'avez lié les mains. Comme je n'ose pas me renseigner auprès du Bureau central, je me morfonds dans mon coin. Allons, Dick, déboutonnez-vous !

Richard Queen raconta comment il avait réussi à identifier la mère du bébé décédé.

— J'attends le retour de cette fille à New York, Abe. Entre-temps, je me renseigne sur son prétendu mari, Dimmesdale. Qu'avez-vous appris sur les Humffrey ? Comment va Mrs Humffrey ?

— Mystère. Ce Duane est plus hermétique que le F.B.I. J'ai même mis un ami à contribution – un médecin de New Haven qui connaît bien Duane et a envoyé des malades chez lui. Mais tout ce que Jerry a pu savoir, c'est qu'un grand spécialiste a été appelé en consultation pour Mrs Humffrey.

— Et Alton Humffrey, Abe ? Quand est-il revenu de son « éclipse », pendant l'avant-dernier week-end ?

— Ce dimanche-là, dans la soirée, Humffrey a dû apprendre par son personnel que le Dr Duane avait fait l'impossible pour le joindre, car il est reparti immédiatement pour New Haven et rentré le lundi matin.

— Il y a exactement huit jours ? Le 22 ?

— Ouais. Le lendemain – mardi dernier –, Humffrey a fermé la villa de Nair Island – en n'y laissant que le jardinier, Stallings – et s'est installé à New York pour de bon.

Richard Queen réfléchit.

— Abe, dit-il enfin, avez-vous pu savoir où était Humffrey pendant sa disparition de quarante-huit heures ?

— Non. Mais de quoi diable s'agit-il, Dick ? Je suis en plein brouillard !

— Changez de climat ! conseilla le vieux monsieur en riant.

Mais il avait la mine soucieuse en raccrochant.

Le téléphone sonna à seize heures douze minutes.

— C'est Washington, Jessie ! cria l'inspecteur en attendant la communication. Allô ?

Il raccrocha au bout de deux minutes.

— Le Pentagone déclare qu'aucun Arthur Dimmesdale – officier, soldat, auxiliaire ou employé civil – n'est inscrit sur les rôles de l'armée américaine, en Corée ou ailleurs.

— Elle l'avait donc inventé, dit lentement Jessie. Pauvre fille.

— Je voudrais que la pauvre fille entre en scène, grogna Richard Queen. Je voudrais que quelque chose arrive !

Son vœu fut exaucé à seize heures vingt-cinq. Répondant à un coup de sonnette, il se trouva nez à nez avec son vieil ami Thomas F. Mackey, inspecteur en chef pour le district de Manhattan-Est.

Les yeux bleus de l'inspecteur Mackey étaient durs, mais le reste de sa personne débordait d'aménité. Il parla du temps écoulé depuis sa dernière visite, s'enquit d'Ellery, complimenta son vieil ami sur le goût qu'il apportait à choisir ses femmes de ménage (Jessie, qui s'éclipsait hâtivement avec ses chiffons et autres, en eut un frisson dans le dos). Il n'aborda les choses sérieuses qu'au moment où Richard Queen lui offrit un verre.

— Merci, Dick, mais je suis en service, répondit-il, gêné.

— Je me laisserai emmener sans résistance, Tom, promit le vieux monsieur.

— Ne faites pas l'imbécile. Dick, nous pouvons parler franchement ensemble. Au sujet de l'affaire Finner, nous sommes à zéro. Après avoir suivi des centaines de pistes, indiquées principalement par ses dossiers, nous n'avons pas le moindre indice, *rien !* De quelque côté que nous nous tournions, nous nous heurtons à un mur. C'est incompréhensible. Dick, êtes-vous sûr de nous avoir tout dit, samedi dernier ?

Richard Queen rougit.

— Quelle surprenante question, Tom !

L'inspecteur Mackey rougit lui aussi, mais ne quitta pas son ami des yeux.

— Je sais, et j'ai hésité toute la semaine à faire cette démarche. Ce qui m'a poussé est une étrange impression que j'ai eue, sur le coup. J'ai cru sentir que vous me taisiez quelque chose... Suis-je dans le vrai, Dick ?

— Je ne répondrai pas à ça, Tom !

Les deux amis s'affrontèrent du regard.

Richard Queen pensa d'abord que sa dérobade n'avait servi à rien. Mais l'autre interpréta favorablement son émotion.

— Je vous comprends, dit-il. On ne pose pas ce genre de question à un homme qui a consacré le meilleur de sa vie à New York City. Oubliez-la, Dick. Et maintenant, j'accepterais volontiers un verre, avant de m'en aller !

Après le départ de l'inspecteur Mackey, Jessie sortit du bureau.

— Vous n'aviez pas le choix, dit-elle, une main sur l'épaule de Richard Queen, effondré dans son grand fauteuil.

Il prit cette main et la garda dans la sienne.

— Je suis le dernier des salauds, murmura-t-il. Et pourtant, je ne puis passer l'affaire aux autorités. Je serais immédiatement évincé. C'est *notre* affaire, Jessie. Personne d'autre n'en voulait...

— Oui, Richard.

Ils regardaient la télévision, après le dîner, quand un coup de téléphone de l'ancien lieutenant Johnny Kripps changea le cours de leur soirée.

Connie Coy, entourée de valises portant des étiquettes à son nom, venait de rentrer chez elle !

Deux files de voitures stationnaient dans la 88e Rue. A la stupéfaction de Jessie, une voix masculine partit de l'auto près de laquelle son compagnon s'était brusquement arrêté – au hasard, semblait-il – pour allumer une cigarette.

— Tout va bien, inspecteur.

— Où est Giffin, Johnny ?

— Dissimulé dans un coin, là-haut. Si vous ne désirez pas être vu par le gardien, je vous recommande l'entrée de service et le monte-charge.

— Vous êtes perspicace, Johnny.

Kripps rit. « Quelle tête a-t-il ? » se demanda Jessie.

Nos enquêteurs se faufilèrent discrètement dans l'immeuble, trouvèrent le monte-charge et y prirent place à côté d'une poubelle.

— Pourquoi agissons-nous comme des malfaiteurs, Richard ? s'enquit Jessie pendant la montée cahotante.

— Nous n'avons pas autorité pour opérer au grand jour, lui rappela l'inspecteur d'un ton sombre.

Le monte-charge s'arrêta au dernier étage de l'immeuble, sur un petit palier faiblement éclairé. L'escalier de service continuait évidemment jusqu'à la sortie de secours ménagée dans le toit, mais sa partie supérieure était plongée dans l'obscurité.

— Giffin ?

— Présent, inspecteur. Du moment que Kripps gardait l'entrée principale, je me suis chargé de l'escalier de service.

— Parfait.

Quatre portes marquées A, B, C, D, donnaient sur le palier. Richard Queen sonna à la porte C.

Jessie retint sa respiration. La mère du petit Michael… Enfin !

La porte, maintenue par une chaîne, s'entrouvrit.

— Qui est-ce ? demanda une voix féminine légèrement enrouée.

— Miss Connie Coy ?

— Oui. Vous désirez ?

Richard Queen montra son insigne par la fente.

— Puis-je entrer ?

— Police ?…

La voix de la chanteuse tremblait à peine. Jessie entrevit des cheveux dorés, un trait rouge indiquant la bouche et un œil noisette, agrandi par le maquillage.

— Que me voulez-vous ?

— Ouvrez, je vous prie, Miss Coy, dit doucement l'inspecteur, je crois que vous serez la première à vouloir éviter la curiosité de vos voisins.

Connie Coy ôta la chaîne. Elle portait un peignoir vert avec des sandales assorties, qui laissaient voir des ongles peints en doré.

Richard Queen referma la porte et remit la chaîne.

— Excusez-moi de m'introduire ainsi chez vous, Miss Coy, mais il n'y avait pas moyen de faire autrement. Je suis l'inspecteur Queen, et Miss Sherwood m'accompagne. Où pouvons-nous causer ?

— Mais de quoi s'agit-il ? demanda-t-elle, carrément effrayée maintenant.

— Votre living-room est bien par là ?

L'inspecteur traversa rapidement une jolie petite cuisine et entra dans un vaste studio.

— Rassurez-vous, Miss Coy, dit doucement Jessie.

La chanteuse lui lança un regard perplexe. Puis elle rit et secoua sa tête dorée.

— C'est la première visite de ce genre que je reçois. Etes-vous une auxiliaire de la police ?

— Non. Je suis infirmière diplômée.

Connie Coy l'invita à passer dans le studio. Richard Queen était dans la chambre et jetait un coup d'œil dans la salle de bains. Il y avait plusieurs valises ouvertes sur le lit et par terre des robes du soir étalées un peu partout.

— Que cherchez-vous, inspecteur ? demanda la blonde avec nervosité.

— Je m'assurais que vous étiez bien seule, c'est tout.

Richard Queen revint, la mine soucieuse.

Le studio moderne échappait à la banalité grâce aux couleurs vives du divan et des sièges. Un piano Steinway ivoire et or occupait la place d'honneur, près d'une large fenêtre grande ouverte. Entre les rideaux de velours pourpre, d'un effet théâtral, on apercevait un coin du ciel étoilé et, de l'autre côté d'une courette, le toit de l'immeuble voisin. Des photographies dédicacées d'artistes et quelques bonnes reproductions de tableaux couvraient les murs, tout autour d'une haute étagère bourrée de livres et de disques. L'ensemble, complété par un petit bar et un poste de télévision, était confortable et gai.

— Asseyez-vous, je vous en prie, dit Connie Coy avec un sourire tendu. Excusez-moi de ne rien vous offrir... Je viens de rentrer de voyage, et mon bar est à sec.

Jessie s'installa sur le divan et regarda distraitement un livre ouvert, sur la table basse, en fer forgé et glace.

La blonde s'assit au bord d'un fauteuil.

— Alors ? dit-elle. Je suis prête.

Planté devant la fausse cheminée, l'inspecteur regardait un bouquet de roses qui s'étaient desséchées en l'absence de la chanteuse. Il se retourna brusquement.

— Miss Coy, quand avez-vous vu votre bébé pour la dernière fois ?

La brutalité de sa question frappa Jessie comme un soufflet. « Cette pauvre fille encaisse le coup mieux que moi, pensa-t-elle, furieuse contre l'inspecteur, en regardant Connie Coy. Elle s'y attendait. »

— Quel bébé ? Je ne sais pas de quoi vous parlez.

— Miss Coy, voici sept ou huit mois, étant enceinte, vous avez loué cet appartement sous le nom de Mrs Arthur Dimmesdale, dit l'inspecteur. Il n'y a pas d'Arthur Dimmesdale. Entre l'époque de votre installation ici et le mois de mai un homme d'affaires nommé Finner proposa de vous tirer d'embarras, à condition que vous lui remettiez votre nouveau-né. Il s'occupait d'adoptions, vous dit-il, et s'engagea à mettre votre enfant entre d'excellentes mains. Tous frais payés, vous recevriez une grosse somme et Finner se chargerait des formalités « légales ». Dans votre désarroi, vous avez accepté. Finner s'est occupé de tout, comme il l'avait promis, et vous a même donné un faux état-civil. Sous le nom de Mrs Willis P. Exeter, vous avez mis au monde, le 27 mai, un enfant du sexe masculin. Le nouveau-né pesait six livres treize onces, avait des cheveux blonds et des yeux bleus. Le 3 juin, en quittant l'hôpital, Finner prit le bébé et vous donna la somme convenue. Etes-vous disposée, maintenant, à me répondre ?

— J'ai jeté l'argent à la tête de ce gros cochon !

Connie Coy tremblait. Elle enfouit son visage entre ses mains et fondit en larmes.

Jessie voulut la rejoindre. L'inspecteur coupa son élan d'un signe de tête impératif.

— Excusez-moi...

La blonde se ressaisit presque immédiatement :

— Oui, j'étais affolée. Finner était un habitué du cabaret dans lequel je chantais. Comment a-t-il appris que j'étais enceinte ? Une de mes camarades a dû, j'imagine, se douter de mon état et lui vendre le renseignement. Que désirez-vous savoir ?

— Vous n'avez pas revu votre bébé depuis le matin du 3 juin ?

— Non.

Elle se mordait la lèvre inférieure et tortillait ses mains, sur ses genoux.

— Maintenant, où étiez-vous le samedi 20 août, dans l'après-midi ?

— A Chicago. J'en reviens, après avoir rempli un contrat de trois semaines au *Club Intime*.

— Vous rappelez-vous l'emploi de votre après-midi, ce samedi-là ?

— Certainement. L'agent publicitaire du Club m'avait procuré un numéro de chant, dans un programme de télévision. J'ai passé toute la journée dans un studio de Chicago. L'émission a commencé à seize heures trente.

— Voilà un alibi que nul ne pourra discuter, dit l'inspecteur, les traits radoucis. Je m'en réjouis pour vous, Miss Coy.

— Un alibi ? répéta la chanteuse, stupéfaite. Pourquoi, inspecteur ?

— Le samedi 20 août, vers le milieu de l'après-midi, A. Burt Finner a été assassiné à New York, dans son bureau.

— Finner... assassiné ?

— Vous ne le saviez pas, Miss Coy ?

— Non. Finner, liquidé... Par qui ?

— C'est la raison de notre visite, fit doucement le vieux monsieur.

— Ah ! Je comprends. Vous pensiez que j'avais fait le coup... Eh bien, j'espère que vous ne retrouverez jamais la fille qui a supprimé ce salaud ! Finner ne se contentait pas d'emplir ses poches avec son ignoble commerce de bébés... Il se faisait aussi payer en nature. Si vous saviez...

L'inspecteur laissa couler ce flot d'amertume, mais son silence finit par impressionner Connie Coy :

— Vous me cachez quelque chose, dit-elle lentement. Le meurtre de Finner a-t-il un rapport quelconque avec mon bébé ?

— Miss Coy...

L'inspecteur hésita une seconde :

— Miss Coy, savez-vous qui a acheté votre enfant à Finner ?

— Non. Ce chien m'avait fait signer des tas de papiers. Promesse de ne jamais chercher à savoir qui étaient les adoptants. Promesse de ne jamais essayer de retrouver l'enfant... Et ainsi de suite. Mais *vous* êtes renseigné, inspecteur ! s'écria la chanteuse, levée d'un bond. Qui sont ces gens ? Dites-le-moi, je vous en prie.

— Un ménage de milliardaires : Mr et Mrs Alton K. Humffrey.

Ses paupières barbouillées de kohol battirent interminablement ; puis elle alla prendre une cigarette sur la table basse, et son mouvement fut assez brusque pour faire tomber la boîte sur les genoux de Jessie.

— Continuez, ordonna-t-elle en malmenant un briquet d'appartement. Les Humffrey ont acheté mon bébé à Finner, et après ? Il s'est passé quelque chose. Je le sais. *Quoi*, inspecteur ?

Richard Queen regarda Jessie.

— Eh bien, Miss Coy...

— Laissez, Richard...

Sans lâcher le livre qu'elle avait pris sur la table, Jessie se leva et effleura l'épaule de la chanteuse.

— Tirez une bonne bouffée, Miss Coy. Le coup va être très dur. J'étais la nurse de votre bébé chez les Humffrey. Le petit est mort.

Connie Coy se retourna, bouche ouverte. Jessie prit la cigarette collée à sa lèvre inférieure et la jeta dans un cendrier.

— Mieux vaut en finir, murmura Richard Queen. Votre bébé a été assassiné.

— *Assassiné... ?*

Elle chancela. Mais, écartant les bras tendus des deux autres, elle retourna s'asseoir au bord du fauteuil et resta là, foudroyée, le regard fixe.

Jessie courut chercher un verre d'eau dans la cuisine.

— Buvez, Connie.

— Assez, mumura la chanteuse après deux ou trois petites gorgées. Assassiné. Quand ?

— Dans la soirée du 4 août, répondit l'inspecteur. Tous les journaux ont parlé du décès d'un bébé nommé Michael Stiles Humffrey, survenu à Nair Island, Connecticut... Vous ne les avez donc pas lus ?

— Ils l'avaient baptisé Michael. Je l'appelais toujours Bébé, en pensée veux-je dire. Michael... Pourquoi ? Les journaux de cette époque ? Non, je n'ai pas dû les lire. Je suis partie pour Chicago le vendredi 5, avec mes bagages à faire, je n'ai pas acheté de journal ce jour-là ; puis, durant tout mon séjour à Chicago, je n'ai pas vu un seul journal de New York...

Elle secoua violemment la tête :

— C'est si brutal ! Assassiné... Moi qui me consolais de mon mieux en répétant : « C'est pour son bien. Il ne saura pas qu'il est un bâtard et poussera comme une belle plante, dans de la bonne terre. Un jour, il sera un homme... » Non, il a été assassiné. A deux mois. C'est fou, mes amis. Fou !

La pauvre fille rejeta la tête en arrière et éclata d'un rire hystérique. Jessie laissa passer l'accès, sans intervenir. Se calmant, Connie Coy demanda une cigarette.

Jessie en alluma une et la lui mit entre les lèvres.

— C'est un bon coup d'alcool qu'il vous faudrait, dit-elle. Voulez-vous du café ?

— Non, merci. Je vais bien maintenant. Résumons la situation, inspecteur. Un riche ménage avait acheté mon bébé à Finner. Le bébé est mort assassiné. Deux semaines plus tard, Finner a été liquidé. Où est le rapport ?

Richard Queen vint s'asseoir près d'elle.

— Nous ignorons encore le mobile du premier crime, Connie, dit-il. Mais, apparemment, Finner fut supprimé parce qu'il était la seule personne étrangère connaissant la véritable parenté du bébé. Vous ne saviez pas comment Finner avait appris que vous étiez enceinte, disiez-vous tout à l'heure. Avez-vous une raison précise de croire qu'une de vos camarades s'est douté de votre état et lui a vendu le renseignement ?

— Non, dit lentement Connie Coy. Je n'ai mis personne dans la confidence, et mon début de grossesse n'apparaissait absolument pas à ce moment-là. Mais je ne vois pas comment Finner aurait pu l'apprendre autrement...

— Il y a cependant un moyen beaucoup plus probable. Dites-moi, Connie : le père de cet enfant savait-il que vous étiez enceinte ?

— Oui. Je le lui avais dit. Il voulait me faire avorter par un médecin marron. Mais j'ai eu peur. Alors, cet homme m'a lâchée. Au fond, je l'excuse. J'avais cru l'aimer et j'ai découvert mon erreur trop tard. Tant pis pour moi ! J'ai toujours su qu'il était marié. Excusez-moi d'évoquer ces souvenirs personnels, ajouta la chanteuse avec un haussement d'épaules. Vous disiez, inspecteur ?

— Trois personnes étaient au courant, Connie. Vous, cet homme et Finner. Comment ce dernier a-t-il appris votre état ? *Cet homme avait dû le mettre dans la confidence*.

— C'est touchant, murmura Connie Coy. Continuez, inspecteur.

Elle se leva et alla écraser, nerveusement, sa cigarette dans le cendrier posé sur la table de divan.

Richard Queen se leva lui aussi.

— Finner connaissait donc l'identité des deux parents. Et c'est à cause de cela qu'on l'a tué. Alors, vous êtes également en danger, Connie.

— Moi ?...

Elle se retourna, le visage pareil à un masque.

— Comment cela ?

— Les parents sont les seules personnes ayant intérêt à réduire définitivement Finner au silence touchant la parenté de l'enfant. Vous êtes la mère, mais vous avez un solide alibi pour le jour du meurtre. Reste le père. Je crois, Connie, que le père de votre enfant a tué Finner. Si je suis dans le vrai, cet homme peut s'en prendre à vous maintenant. C'est pourquoi je veux savoir qui est le père.

La blonde alla au piano et promena silencieusement sa main gauche sur le clavier.

— Il est marié, et vous vous êtes détachée de lui depuis longtemps, insista l'inspecteur. Ai-je raison de croire que c'est une personnalité marquante, qui pourrait tomber de très haut si une histoire comme celle-là s'ébruitait ? La crainte du scandale peut faire d'un homme un assassin, c'est connu. Votre meilleure protection est de révéler son identité, Connie. Plus il y aura de personnes à la connaître, moins vous serez directement menacée. Cet homme ne peut nous tuer tous. Qui est-ce ?...

Connie Coy prit une cigarette dans une autre boîte, posée sur le piano. Elle la porta à sa bouche et l'inspecteur lui tendit le briquet d'appartement :

— Qui est-ce, Connie ?

— Arthur Dimmesdale, dit Jessie, toujours assise sur le divan.

La blonde prit le briquet, l'actionna mais tint la flamme à petite distance de sa cigarette.

— Comment, Jessie ? demanda Richard Queen.

Jessie montra le livre qu'elle avait pris sur la table basse.

— Ce nom-là me disait quelque chose, Richard. Naturellement ! C'est celui de l'amant d'Hester Prynne dans le roman d'Hawthorne, *La Lettre écarlate*.

— Ah, ça ! fit Connie Coy en riant. J'ai acheté ce livre chez un bouquiniste au moment où je venais de découvrir que j'étais enceinte. Puisqu'il me fallait inventer un mari, le nom de l'amant d'Hester convenait parfaitement. Voilà toute l'histoire.

— Qui est cet homme, adultère et probablement assassin ? Il ne mérite pas d'être ménagé, croyez-moi.

— Eh bien, je vais vous le nommer.

Elle approcha le briquet allumé de sa cigarette.

La flamme parut exploser avec un claquement sec, et un petit disque noir marqua le front de la blonde, entre les yeux.

Un flot rouge jaillit de la blessure. Briquet et cigarette tombèrent sur le tapis.

Connie Coy parut tituber. Dans sa chute, elle frappa un accord discordant sur le clavier de son Steinway et s'écroula.

— *Par terre, Jessie !*

Richard Queen avançait comme un crabe vers l'interrupteur. Jessie s'aplatit sur le tapis. Elle entendit deux nouvelles détonations et la vitre d'un cadre vola en éclats, derrière elle.

Brusquement, le studio se trouva plongé dans l'obscurité.

Son oreille renseigna Jessie sur les mouvements de l'inspecteur. Il traversait la cuisine, ouvrait la porte de service, parlait bas à Giffin... Puis la porte se referma, des pas pressés s'éloignèrent et tout retomba dans le silence.

Seule, dans le noir, Jessie appuya sa tête contre le divan. Ses oreilles bourdonnaient. Sous ses paupières closes, elle voyait encore l'assassin tel qu'il lui était apparu, découpé sur le ciel rougeâtre de New York. Avec la flamme du briquet, la tête blonde de Connie offrait une excellente cible. L'homme avait tiré du toit de la maison d'en face, éloignée de cinq ou six mètres seulement...

Il avait tiré par la fenêtre ouverte, dans la pièce éclairée.

La fenêtre était encore ouverte !

Jessie rampa jusqu'à la fenêtre, chercha à tâtons le cordon de tirage et ferma les rideaux de velours pourpre.

Le bruit de la circulation, mêlé à celui des postes de télévision, fut en partie étouffé. « Personne n'a dû entendre les détonations », songea Jessie en se relevant.

Elle atteignit l'interrupteur en suivant le mur, donna de la lumière et regarda.

Connie Coy gisait sur le dos, entre le Steinway et le tabouret de piano écarté. Son peignoir s'était ouvert dans sa chute. Elle ne portait rien en dessous et fixait le plafond comme si elle cherchait à y lire le fin mot d'une énigme.

4

Dans la gueule du loup

— Ne touchez à rien, Jessie.

Il était rentré silencieusement, essoufflé, le visage ruisselant de transpiration.

— Elle est morte, Richard.

— Je sais. Ah, vous aviez gardé vos gants. Parfait.

La main droite enveloppée dans son mouchoir, Richard Queen remit chaque chose à sa place, essuya tous les objets auxquels il avait touché, puis il prit le sac de Jessie, sur le divan.

— Venez maintenant.

— Richard, je voudrais seulement refermer son peignoir...

— Elle est morte, Jessie. Venez.

Avant de sortir, l'inspecteur éteignit l'électricité, puis alla ouvrir les rideaux pourpre que Jessie avait tirés.

Dehors, Jessie se laissa conduire par le bras, comme une automate aux jambes raides. Où l'emmenait Richard, sans desserrer les lèvres et en s'arrêtant tous les vingt pas pour s'éponger le front, allumer une cigarette, ou regarder une vitrine ? Peu lui importait. Elle ne pouvait penser qu'à la belle fille, découverte jusqu'au nombril, qu'on venait d'abandonner, là-bas...

Jessie ne sut jamais comment elle se trouva assise dans une cafétéria de la 72e Rue, en face de l'inspecteur, à une table déjà occupée par deux hommes âgés. L'un avait le visage balafré, l'autre portait de grosses lunettes.

— Giffin, Kripps, dit Richard Queen, sortant enfin de son mutisme. Que s'est-il passé ?

— Nous l'avons perdu, inspecteur.

— Je vous écoute, Giffin.

Le balafré fit un rapport détaillé, en semblant s'adresser à sa tasse de café. Il avait cherché l'assassin sur le toit de l'immeuble d'en face, inspecté l'escalier, l'ascenseur et le sous-sol, questionné des gamins qui jouaient dans la cour, et ainsi de suite. Le tout en pure perte.

— A vous, Johnny.

L'homme qui portait des lunettes avait une allure distinguée et des cheveux blancs.

— Dès que vous êtes sorti en courant pour m'apprendre la nouvelle, inspecteur, j'ai filé avec la voiture dans la 89e Rue. Mais j'y suis arrivé trop tôt, ou trop tard... Au bout de quelques minutes, une auto rangée le long du trottoir démarra à toute allure. Je la suivis. Ce n'était qu'un gigolo, en retard pour un rendez-vous !

— Ce sont les jambes, confia mélancoliquement Giffin à son café. Autant le reconnaître, nous ne sommes plus aussi lestes que jadis.

— Nous n'étions pas assez nombreux, c'est tout, répliqua Johnny Kripps. Inspecteur, vous ne nous avez pas encore présentés à madame...

— Excusez-moi. John Kripps, Hugh Giffin. Miss Sherwood.

— Comment allez-vous ? demanda machinalement Jessie. Richard, il a tiré deux autres coups de feu, alors qu'elle était déjà tombée. C'est nous qu'il visait.

— Je sais, Jessie, dit doucement Richard Queen, en prenant sa main sous la table. Quant à vous, mes amis, vous allez rentrer chez vous, et oublier cette affaire. Téléphonez à Pete Angelo et Al Murphy d'en faire autant.

Les deux anciens détectives rirent.

— Vous perdez votre temps, inspecteur, déclara Kripps. Et je parle pour les autres comme pour moi. On est dans le coup, on y reste !

— Pardon, dit Richard Queen. J'apprécie votre attitude, les gars, mais je ne puis vous laisser compromettre votre pension, et même risquer de vous retrouver en prison. Au point où nous en sommes, Jessie et moi, nous ne pouvons plus reculer, même si nous le désirions. Pour vous autres, il est encore temps et...

— Economisez votre salive, inspecteur, interrompit Kripps. Qui va donner l'avertissement voulu ?

— Moi !

— Jamais de la vie ! protesta Giffin. Votre voix est trop connue, inspecteur. Nous ferons le nécessaire, Johnny ou moi.

— Quel avertissement ? s'enquit Jessie.

— Signaler le meurtre à la police, Miss, expliqua l'ancien lieutenant de la Brigade des homicides. Nous ne pouvons la laisser couchée sur son tapis jusqu'à ce que l'odeur attire le commissaire là-haut.

— Un coup de téléphone anonyme ?

Les trois hommes rougirent et finirent leur café.

Jessie s'aperçut qu'elle n'avait pas touché au sien. Elle porta, comme les autres, la tasse à ses lèvres.

L'inspecteur fit entrer Jessie chez elle, referma la porte et mit le verrou de sûreté.

— Pourquoi suis-je gelée ? demanda nurse Sherwood, qui commençait à claquer des dents. Fait-il froid, tout d'un coup ?

Il tâta son front et sa main.

— C'est la réaction nerveuse, dit-il. Pour l'instant, au lit ! Je vous renverrais demain dans le Connecticut si...

— Je m'y refuse.

— La seule chose qui me retienne, c'est que je ne veux pas vous perdre de vue. Il croit sans doute qu'elle nous l'avait nommé.

— Il a tiré sur nous, Richard. Une balle a brisé la vitre d'un cadre, derrière moi.

— Je sais. Nous en reparlerons demain. Allez dans la chambre et déshabillez-vous.

— Et vous, Richard, qu'allez-vous faire ?

— M'installer pour la nuit sur le divan du living-room. Couchez-vous vite.

Jessie n'était plus en état de protester. Et puis, c'était si doux de s'abandonner à la volonté vigilante de cet homme...

Plus tard, il lui apporta une tasse de lait chaud et un somnifère.

— Buvez, Jessie.

— Oui, monsieur.

Sa tête semblait collée à l'oreiller. Richard Queen hésita. Puis, passant un bras sous ses épaules, il la souleva pour la faire boire comme un enfant.

— C'est chaud !

— Pardon. Prenez votre temps, dit-il d'une voix altérée.

Quand elle retomba sur l'oreiller, il retira presque brutalement son bras.

— Merci, Richard.

« Est-ce vraiment *moi ?* songea Jessie. Et je porte justement ma chemise de nuit la plus décolletée ! Il va croire... »

L'inspecteur regardait par la fenêtre. L'escalier d'incendie parut le contrarier. Il ferma hermétiquement la fenêtre et alla ouvrir celle de la salle de bains.

— Je laisserai la porte de communication avec le living-room ouverte, afin que l'air puisse circuler, dit-il en revenant. A moins que la lumière vous gêne ?

— Ne vous en allez pas, c'est tout.

Elle recommençait à frissonner.

— Dormez tranquille, Jessie. Je suis à côté. Si vous avez besoin de quelque chose, appelez.

Il éteignit l'électricité de la chambre, mais Jessie ne l'entendit pas sortir.

— Bonne nuit, dit-elle, envahie par une agréable torpeur.

— Dormez bien, Jessie.

Il s'éloigna, d'un pas mal assuré.

« Il ne m'a pas regardée comme si j'étais une femme quelconque. Ses yeux parlaient pour lui et... »

Au moment de s'endormir, Jessie entendit les sirènes de la police hurler dans la rue.

Abe Pearl criait si fort, à l'autre bout du fil, que Richard Queen regarda la porte ouverte sur la chambre.

— Inutile de hurler, Abe, grommela-t-il. Je ne suis pas encore sourd.

— J'ai essayé de vous atteindre toute la soirée, Dick ! Où diable étiez-vous ? D'où m'appelez-vous, à cette heure ?

Le chef Pearl paraissait furieux.

— Je suis chez Jessie Sherwood, à New York.

— Ecoutez, Dick. Roucoulez tant qu'il vous plaira, mais donnez-moi le numéro de téléphone de votre belle, afin que je puisse vous joindre. C'est vous qui avez levé ce lièvre, après tout !

— Epargnez-moi ce genre de plaisanterie, Abe, grogna le vieux monsieur. Je ne roucoule avec personne.

— Ah ! Elle se fait prier... Becky, tais-toi, je te prie ! Dick, pouvez-vous m'accorder cinq minutes ?

— Je vous écoute.

— Le Dr Duane m'a téléphoné ce soir de New Haven, en désespoir de cause. Humffrey est de nouveau « introuvable », paraît-il, et Duane m'a prié d'aller à Nair Island, pour savoir s'il n'y était pas revenu. Duane avait téléphoné à la villa avant de m'appeler, mais personne n'avait répondu. Depuis, j'ai appris que Stallings était au cinéma. De toute façon, il ne savait rien d'Humffrey. Bref, Mrs Humffrey a piqué une nouvelle crise, et j'ai l'impression que le toubib a fait sur son compte une découverte dont il a hâte de partager la responsabilité avec quelqu'un. Vous ne savez pas où est Humffrey, par hasard, Dick ? Je voulais vous poser la question avant de rappeler Duane.

— Je n'ai pas vu Humffrey, non, dit lentement Richard Queen. Abe...

— Oui ?

— A quelle heure notre milliardaire a-t-il quitté son appartement de Park Avenue, aujourd'hui ? Duane a-t-il eu Mrs Lenihan au bout du fil ?

— Oui. Il est sorti de bonne heure ce matin, sans dire où il allait. Quand Duane m'a téléphoné, vers vingt et une heures, Humffrey n'était pas encore rentré chez lui.

— Cullum, son chauffeur, le conduisait, ou est-il parti seul ?

— Je l'ignore. Dick, je sens qu'il s'est passé quelque chose, ce soir. Quoi ?

— Connie Coy a été assassinée.

— La *mère* ?

Quand il eût entendu toute l'histoire, Abe Pearl prit le temps de la réflexion.

— J'essaie d'assembler ces éléments épars... dit-il après un long silence.

— C'est compliqué, déclara sèchement Richard Queen.

— Dick. Pourquoi m'avez-vous demandé l'heure à laquelle Humffrey était sorti de chez lui, ce matin ?... Dick ? Vous êtes au bout du fil ?

— Oui. Abe, ne trouvez-vous pas curieux qu'Humffrey ait précisément « disparu de la circulation » les jours où Finner et Connie Coy ont été assassinés ?

— *Comment ?*

— Je maintiens ma question. Alors ?

— Vous êtes fou ! C'est une simple coïncidence, Dick. Vous ne parlez pas sérieusement, j'espère ?

— On ne peut plus sérieusement, Abe.

— Depuis quand cette idée saugrenue vous trotte-t-elle dans la tête ?

L'inspecteur Queen garda le silence.

— Maintenant que sa femme est bouclée à New Haven, cet homme a pu dénicher une blonde aguichante, ce qui expliquerait...

— *Maintenant ?* interrompit Richard Queen. La blonde aguichante a pu exister il y a un an, Abe.

— Vous déraillez, Dick. Alton Humffrey avoir une liaison ? Jamais ! Même s'il était accessible à la tentation (ce dont je doute), sa vanité personnelle et l'orgueil de son nom le retiendraient.

— Soyez logique, mon ami. A l'instant, vous invoquiez une affaire de femme pour expliquer les absences d'Humffrey. Mais vous jetez les hauts cris quand je suggère que le même Humffrey a eu une liaison avec Connie Coy, voici un an !

» Je reconnais que c'est une hypothèse, continua l'inspecteur. Mais résumons les faits. Le bébé. Finner et la disparition du dossier concernant l'adoption. Ce soir,

Connie Coy (trouvée par des voies détournées) abattue au moment où elle allait nous nommer le père de son enfant... Je ne puis attendre la quatrième victime, Abe. Il faut que je prenne l'initiative.

— Vous allez au-devant de graves difficultés, grommela le chef Pearl. On ne s'attaque pas à Alton Humffrey avec un pistolet à bouchon.

— Rassurez-vous, je n'en ai pas l'intention. J'attendrai, pour agir, d'avoir des munitions adéquates et je crois savoir où me les procurer.

— Où donc ?

— Vous le saurez quand j'aurai réussi. Mon affectueux souvenir à Becky, Abe.

Après avoir raccroché, Richard Queen réfléchit longtemps, dans un fauteuil. Puis il prit l'annuaire du téléphone, classé par professions, et chercha une adresse sous la rubrique « Agences de Police Privée ».

Le lendemain matin, George Weirhauser ouvrit distraitement la porte de son agence. Plongé dans la lecture du *Daily News*, il traversa la petite antichambre, entra dans son bureau, remonta le store de l'unique fenêtre, s'assit dans son fauteuil à pivot et continua à dévorer des yeux la troisième page de son journal.

— Intéressante histoire, n'est-ce pas ?

L'autre regarda vivement autour de lui.

Richard Queen était assis derrière la cloison de l'antichambre. Il se leva, posa son chapeau sur une chaise et entra dans le bureau.

— De la façon dont vous lisiez le récit du meurtre de cette jeune femme, hier soir, je conclus que nous sommes d'accord sur l'intérêt de cette histoire, Weirhauser.

— Devrais-je vous reconnaître, grand-père, ou est-ce une blague ? demanda le détective privé d'une voix dure.

— Allons, George, trêve de pitreries, dit tranquillement l'inspecteur. J'ai pensé que nous pourrions causer avant l'arrivée de votre secrétaire, et je n'avais pas envie d'attendre sur le palier ; voilà pourquoi vous me trouvez installé dans la place. Et maintenant, dites-moi qui vous a engagé pour me filer.

— Secret professionnel. Prenez la porte, ou je vous jette dehors !

— Doucement, George ! recommanda le vieux monsieur en le dévisageant. Savez-vous dans quoi vous avez marché, ou êtes-vous encore plus bête que vous ne le paraissez ?...

Le visage de Weirhauser vira du grisâtre au rouge brique. Ignorant ses poings crispés sur le bureau, l'inspecteur consulta sa montre :

— Je n'ai pas de temps à perdre, Weirhauser, et vous savez qui je suis. Encore une fois, qui vous a engagé ?

— Je sais qui vous étiez. Mais adieu l'autorité ! Vous n'êtes *plus* l'inspecteur Queen, puisqu'il faut vous rafraîchir la mémoire.

— Passez-moi le téléphone.

Weirhauser commençait à reprendre son teint naturel.

— Qu'allez-vous faire ?

— Téléphoner au Bureau central, pour vous montrer si je ne suis plus l'inspecteur Queen !

— Attendez...

— Alors ?

— Je n'ai pas le droit de donner ce genre de renseignements, inspecteur. Nous sommes tenus au secret professionnel...

— Vous auriez mieux fait de continuer à ramasser de la boue, pour des affaires de divorce, l'interrompit Richard Queen. Ça vous plaît d'être mêlé à un meurtre, Weirhauser ?

— Qui est mêlé à un meurtre ? Je n'ai rien fait d'autre que vous filer, la femme et vous, et rendre compte à mon client.

— Dimanche soir – après m'avoir suivi pendant plusieurs jours d'hôpital en hôpital – vous avez « rendu compte » à votre client que je m'étais renseigné sur une chanteuse nommée Connie Coy, laquelle rentrerait à New York d'un jour à l'autre. Ce matin, mardi, votre journal vous apprend qu'une chanteuse nommée Connie Coy, rentrée hier soir de Chicago, a été abattue chez elle d'un coup de revolver tiré du toit de la maison d'en face. La pauvre fille n'avait même pas eu le temps de défaire ses valises, paraît-il. Et vous vous défendez d'être mêlé à cette affaire, Weirhauser ? En réalité, vous cherchiez à vous rappeler vos prières en arrivant ici, ce matin.

— Ecoutez, inspecteur...

— Combien de temps conserveriez-vous votre licence de détective privé, George Weirhauser, si l'on apprenait au Bureau central que vous avez fourni des renseignements sur Connie Coy à un client que vous refusez de nommer ?

Weirhauser alla à la fenêtre, réfléchit un instant et revint à sa place.

— Ecoutez, inspecteur, répéta-t-il. Mon client n'a rien à voir avec ce meurtre. Je ne l'ai pas vu hier. Je ne lui ai même pas parlé au téléphone ! Dimanche soir, quand je lui ai présenté mon dernier rapport, il m'a congédié. Il s'était ravisé, me dit-il. Les renseignements que je lui apportais n'étaient pas du tout ceux qu'il cherchait, et ainsi de suite... Je n'en sais pas davantage.

» Maintenant, entre nous, si j'avais pu me douter que l'affaire prendrait cette sale tournure, j'aurais refusé la « provision » de ce client et pris mes jambes à mon cou. Parole d'honneur !

— Qui est-ce ? redemanda Richard Queen, les yeux brillants.

— Il est bien entendu que vous me laisserez en dehors de tout ?

— Personnellement, je me moque pas mal de vous ! En ce qui me concerne, vous êtes hors de cause dès maintenant. Qui est-ce, Weirhauser ?

Le détective privé alla fermer la porte de l'antichambre.

— C'est un ponte de Park Avenue…

Même vaincu, l'homme au visage terreux demeurait réticent. On eût dit qu'il se voyait contraint de vendre pour une bouchée de pain une valeur très bien cotée en Bourse.

— Son nom !

Weirhauser lâcha un juron.

— Alton K. Humffrey.

— Ça va, Jessie ?

— Parfaitement.

L'ascenseur venait de les déposer sur le luxueux palier de l'étage qu'occupait l'appartement des Humffrey.

— Ne craignez rien, dit Richard Queen. C'est l'endroit par excellence où il se tiendra tranquille. Autrement, je ne vous aurais pas amenée.

— Je n'ai pas peur, répondit Jessie avec un pâle sourire.

— Si cette visite vous coûte…

— Non. Au contraire, j'ai besoin de regarder cet homme en face pour me convaincre… Le meurtre doit marquer un visage, Richard.

L'inspecteur épongea sa nuque moite avant de sonner. Avec quelle assurance il avait donné leurs noms, en bas, au gardien en livrée ! Tout s'était très bien passé. Mr Humffrey avait accepté de les recevoir. Dans quelques minutes. Il préviendrait le gardien, par le téléphone intérieur, quand ce monsieur et cette dame pourraient monter.

On était le vendredi 2 septembre, dans la soirée. Lundi : Fête du Travail. La ville se vidait, depuis le matin, pour ce week-end prolongé.

Jessie se sentait épuisée, elle aussi. C'était certainement la rançon de la vie étrange qu'elle menait ces jours-ci aux côtés de Richard.

Le soir de la visite à George Weirhauser, l'inspecteur avait tenu un étrange conseil de guerre, à un endroit vraiment inattendu... Six hommes âgés et une femme, alignés sur un banc, dans un endroit écarté de Central Park. Assistaient à cette conférence : l'élégant Johnny Kripps, ancien lieutenant de la Brigade des homicides : Hugh Giffin, le balafré ; l'ancien sergent Al Murphy, le benjamin de la vieille équipe, qui avait conservé sa tignasse rousse ; le grand Wes Polonsky, aux mains tremblantes ; Pete Angelo qui portait sur son visage, tracée par des rides, la carte détaillée de ses soixante-dix ans.

Ils avaient écouté Richard Queen dans un amical recueillement. Et quand ils s'étaient égaillés dans la nuit, chacun instruit de sa mission, Jessie avait pensé à haute voix :

— Dans un sens, je le plains.

— Qui ça, Jessie ?

— Alton Humffrey.

— Ne gaspillez pas votre sympathie, conseilla son compagnon. Il nous reste une longue route à parcourir.

— Bonsoir, dit le milliardaire, ouvrant lui-même sa porte.

Il était en smoking, suprêmement à l'aise et aussi impénétrable qu'un brahmane.

« Non. C'est impossible », pensa Jessie.

— Vous avez très bonne mine, Miss Sherwood.

— Merci.

— Je crains de ne pouvoir vous en dire autant, Mr Queen. Entrez, je vous en prie. Excusez-moi de vous recevoir ainsi. J'ai malheureusement donné campos aux domestiques.

— Durant le dernier quart d'heure ? demanda Richard Queen.

Alton Humffrey hocha la tête en souriant.

— Vous êtes extrêmement soupçonneux.

— Oui, reconnut le vieux monsieur. C'est exact.

L'appartement ressemblait à un monde étrange, rempli de bois précieux et de cristaux scintillants, de meubles anciens et de tableaux, de vieilles tapisseries et de tapis éclatants... L'immense salon menait à une bibliothèque d'une somptuosité pareillement écrasante.

— Veuillez vous asseoir, Miss Sherwood, dit Humffrey. Vous prendrez un peu de xérès ?

— Non, merci. Comment va Mrs Humffrey ?

— Pas trop bien, malheureusement. Mr Queen, du whisky ?

— Rien, merci.

— Vous ne vous asseyez pas ?

— Non.

— Brrr ! fit le milliardaire avec un léger sourire. On dirait un inspecteur de police.

Richard Queen ne broncha pas :

— Puis-je commencer ?

— Certainement. Oh ! un instant, je vous prie...

Humffrey s'installa derrière son bureau, dans un fauteuil seigneurial et se tourna vers Jessie :

— Puisque vous accompagnez Mr Queen, Miss Sherwood, je présume que vous poursuivez votre chimère au sujet de la mort du pauvre petit Michael ?

— Je crois toujours qu'il a été assassiné, oui, répondit Jessie d'une voix trop forte.

— Merci, du moins, pour la discrétion avec laquelle vous la poursuivez.

— Vous avez fini ? s'enquit le vieux monsieur.

— Excusez-moi, Mr Queen. Je vous écoute.

— Le 20 août, un nommé Finner, homme d'affaires véreux, a été assassiné dans son bureau de la 49e Rue.

— Oui.

— C'était ce Finner qui vous avait remis le bébé, en juin.

— Ah ?

— Allons, Mr Humffrey, vous pouvez difficilement nier le fait. Il s'est passé devant deux témoins : Jessie Sherwood et votre chauffeur.

— Je ne le nie pas, Mr Queen. Je vous encourageais simplement à continuer, répliqua le milliardaire, souriant.

— Le jeudi 18, ou le lendemain peut-être, Finner vous a contacté. Je le tenais à la gorge, vous a-t-il dit, et il vous a prié d'assister à son entrevue avec Miss Sherwood et moi, le samedi 20, à seize heures, dans son bureau. Vous avez accepté.

— Permettez, Mr Queen. Ici, vous entrez dans le domaine des suppositions fantaisistes.

A partir de là, Richard Queen se heurta à un mur. Humffrey rejeta purement et simplement, avec dédain, l'accusation d'avoir poignardé Finner, ce samedi-là, afin de s'emparer du dossier d'adoption avant la réunion prévue pour seize heures. Puis il laissa l'inspecteur raconter comment Weirhauser les avait filés, pour son compte, Jessie Sherwood et lui. La visite des hôpitaux avait duré une huitaine de jours, précisa le vieux monsieur avant de nommer Connie Coy.

Le milliardaire ne sourcilla pas, mais Jessie se raidit dans son fauteuil.

— Tirez-vous également de votre imagination cette histoire de détective privé engagé par moi pour vous filer, Miss Sherwood et vous ?

— Non, répondit le vieux monsieur, souriant pour la première fois. J'ai sur moi une attestation de George Weirhauser à ce sujet. Désirez-vous la voir ?

— Je serais tenté de refuser, murmura Humffrey. Mais, puisque vous l'avez apportée, montrez-moi cette première « preuve » que je ne rêve pas.

Jessie retint un cri quand Richard Queen posa un papier plié en quatre sur le bureau. Humffrey le lut, puis il le rendit poliment à son propriétaire et croisa les mains derrière sa tête.

— A supposer que ce ne soit pas un faux, dit-il, j'imagine que Weirhauser n'a pas trop bonne réputation. Si on en arrivait là, sa parole ne pèserait pas lourd en regard de la mienne.

— Ainsi, vous niez cela comme le reste ?

— Entre nous, je reconnais que j'ai effectivement engagé un détective privé pour vous suivre, la semaine dernière, déclara Humffrey avec un sourire glacial. Miss Sherwood avait lâché, à Nair Island, que vous étiez lancés à fond sur sa conviction ridicule que le bébé avait été assassiné ; aussi – dans l'intérêt de ma femme, principalement – je me sentis autorisé à être renseigné sur vos activités. Mais, quand le rapport de mon informateur montra que votre chasse aux papillons incluait une femme dont je n'avais jamais entendu parler, l'affaire cessa naturellement de m'intéresser. Mon seul regret est d'avoir apparemment commis une erreur en engageant Weirhauser. Je déteste les erreurs en général et les miennes en particulier.

— Votre position est donc : « Je n'ai jamais connu Connie Coy, la chanteuse de cabaret ? »

— Oui, Mr Queen, dit doucement le milliardaire. Telle est ma position.

— Dans ce cas, je ne comprends pas vos activités de lundi dernier. Dimanche soir, Weirhauser vous a appris que nous nous renseignions sur Miss Coy, laquelle devait rentrer très prochainement de Chicago. Ce soir-là, Mr Humffrey, vous avez congédié Weirhauser. Et le lendemain, lundi, *vous avez passé toute la journée et une bonne partie de la soirée à Grand Central Terminal, à surveiller tous les trains venant de Chicago*. Un porteur et un employé du kiosque à journaux vous ont identifié, d'après une de vos photographies publiées dans un quotidien du Connecticut.

Les deux hommes s'affrontèrent du regard.

— Ma patience a des limites, Mr Queen, dit sèchement Humffrey. Ayant été un officier de police compétent, paraît-il, vous devez connaître la mince valeur qu'on peut attacher à ce genre d'identifications. Sur ce, veuillez m'excuser.

Il se leva.

— Au moment où j'en arrivais à la partie la plus intéressante, monsieur ?

Le sourire de l'inspecteur décida Humffrey à se rasseoir.

— Bien, dit-il. Qu'avez-vous rêvé d'autre ?

— Miss Coy est arrivée par un train du soir. Elle a pris un taxi et vous l'avez suivie jusqu'à la 88e Rue.

— Vous avez un témoin de la chose ?

— Non.

— Mon cher Queen !

— Pas encore, du moins.

Humffrey se carra dans son fauteuil.

— Autant attendre la fin de cette histoire à dormir debout, soupira-t-il.

— Connie Coy rentra chez elle. Vous étiez armé et vous avez alors pris position sur le toit de la maison d'en face. De là-haut, vous voyiez ce qui se passait dans le studio... A un moment donné, Connie Coy vous offrit une cible de premier ordre et votre balle l'atteignit au front, entre les yeux.

» Ne m'interrompez pas, dit doucement le vieux monsieur. Finner a été supprimé parce qu'il détenait le dossier de l'affaire et connaissait les parents du bébé. Connie Coy, la mère, a été abattue parce qu'elle connaissait forcément le père. Or, Mr Humffrey, la seule personne ayant intérêt à supprimer ces papiers et réduire tant Finner que la mère au silence, est le véritable père du petit Michael.

» Vous avez commis deux meurtres de sang-froid pour empêcher votre femme, sa famille, vos élégantes relations, Jessie Sherwood, moi et les autres d'apprendre que vous aviez adopté *votre fils, le fruit de vos amours illégitimes avec une petite chanteuse de cabaret*.

Humffrey ouvrit un tiroir de son bureau.

Le cœur de Jessie bondit dans sa poitrine.

Richard Queen était prêt à plonger la main dans son veston.

Mais le milliardaire prit seulement une boîte de cigares.

— Vous permettez, Miss Sherwood ? Je fume rarement. En fait, je ne fume que lorsque je suis à deux doigts de m'emporter…

Il alluma un cigare et transperça Richard Queen d'un regard glacé :

— Ce que je prenais pour de la sénilité est une folie dangereuse, Mr Queen. D'après vous, j'ai commis deux meurtres pour cacher à tous que j'avais adopté mon fils adultérin. Puisque Miss Sherwood et vous-même n'avez cessé de prétendre que le pauvre petit avait été assassiné, je suis curieux de savoir si vous m'accusez, en plus, d'avoir tué mon propre enfant ?

— Je crois que vous avez volontairement étouffé le petit Michael, oui, Mr Humffrey. Je le crois…

— Ce qui fait de moi un monstre, interrompit le milliardaire d'une voix sifflante. Seul un monstre tue la chair de sa chair… N'est-ce pas, Mr Queen ?

— S'il commet l'acte en croyant que c'est la chair de sa chair.

— Pardon ? fit Humffrey, apparemment stupéfait.

— En apprenant que Connie Coy était enceinte, vous avez pris vos dispositions pour adopter le bébé, par l'intermédiaire de Finner et à l'insu de la mère. Pourquoi ? Parce que vous vouliez avoir votre enfant. Mais permettez-moi une supposition, Mr Humffrey. Une fois l'adoption terminée, vous commencez brusquement à avoir des doutes sur votre paternité... Cette chanteuse de cabaret vous aurait-elle menti, après tout ? Vous vous renseignez, et vous apprenez que Connie Coy couchait avec d'autres hommes pendant qu'elle était votre maîtresse. Ce n'est qu'une supposition, je le répète. Mais, dans ce cas-là, un homme dominé comme vous par un sens excessif de sa position familiale et sociale pourrait fort bien prendre en haine « l'intrus » qu'il a introduit dans son foyer, par surprise. Voilà pourquoi vous avez saisi la première occasion favorable pour supprimer le fils d'un autre.

Humffrey jeta son cigare éteint. Il était blême.

— Sortez ! dit-il d'une voix rauque. Non, attendez. Mieux vaut connaître toutes les inventions de votre imagination déréglée contre lesquelles j'aurai encore à me protéger. D'après vous, j'ai procréé illégitimement cet enfant ; je l'ai assassiné ; j'ai assassiné Finner et la mère du bébé. Bien. A l'appui de ces insanités, vous produisez deux prétendues preuves : je vous ai fait suivre par un détective privé (ce que j'ai expliqué) et j'ai été vu lundi dernier à Grand Central Terminal, surveillant l'arrivée des trains de Chicago, ce que je nie formellement. Qu'avez-vous d'autre ?

— Vous étiez dans la villa de Nair Island la nuit où le bébé a été assassiné.

— Le jury du coroner a conclu à une mort accidentelle.

— Vous aviez, plus que tout autre, intérêt à faire disparaître le « dossier Humffrey ».

— Pouvez-vous prouver que ce dossier a existé ? Non. Ensuite ?

— Vous n'avez pas d'alibi pour l'après-midi où Finner a été assassiné.

— En admettant que ce soit vrai, des milliers d'autres hommes sont dans le même cas. Quoi encore, Mr Queen ?

— Vous n'avez pas d'alibi pour la soirée où Connie Coy a été tuée.

— Reportez-vous à ce que j'ai dit au sujet de Finner. C'est tout ?

— Pour l'instant, oui. Mais sachez, Mr Humffrey, que j'ai recruté une troupe d'officiers de police, en retraite comme moi, pour suivre cette affaire. Vous ne gagneriez donc rien à nous supprimer, Miss Sherwood et moi, comme vous avez essayé de le faire lundi soir. Ces hommes sont au courant de toute l'histoire... *Et vous ne les connaissez pas*. Venez, Jessie.

Carré dans son fauteuil seigneurial, le milliardaire se contenta de regarder sortir ses visiteurs.

Ce soir-là, Richard Queen tint une conférence avec ses cinq associés.

— Ce sera dur, annonça-t-il. Notre homme est très fort. Ne comptons pas sur une imprudence de sa part. Il nous faut revenir en arrière, chercher la preuve de sa liaison avec Connie Coy. Si nous pouvions découvrir qu'Humffrey a payé son loyer ou sa note d'hôpital, trouver des gens qui les ont vus ensemble au restaurant, dans des boîtes de nuit, au théâtre...

L'inspecteur parla jusqu'à deux heures du matin. Jessie s'endormit contre son épaule, et il ne voulut pas troubler son sommeil.

L'automne s'installa brusquement ; New York connut l'animation habituelle qui précède la rentrée scolaire ; le cambriolage spectaculaire d'une banque jeta dans l'oubli les affaires Finner et Coy, qui n'intéressaient déjà plus personne.

Kripps et Polonsky suivaient, à tour de rôle, Alton Humffrey partout où il allait. Mais comme le milliardaire mena une vie exemplaire d'homme seul, riche et haut placé, les deux anciens détectives n'eurent jamais à signaler que la lassitude de leurs extrémités inférieures.

— Je savais qu'il se tiendrait à carreau, dit l'inspecteur. Mais pourquoi ne va-t-il pas voir sa femme à New Haven ?

— Le Dr Duane doit le tenir au courant par téléphone, répondit Jessie.

Richard Queen gardait une mine soucieuse.

Les anciens détectives Angelo, Murphy et Giffin fournirent des rapports aussi peu encourageants que ceux de leurs camarades. Ils avaient facilement retrouvé la trace de Connie Coy, à l'époque où le bébé avait été conçu ; mais tous les efforts en vue de mêler Alton Humffrey à sa vie, en août et septembre derniers, demeurèrent vains.

— Quelle guigne d'avoir affaire à un type aussi soucieux de sa respectabilité ! soupira l'ancien sergent Murphy.

— En fait de prudence, il en remontrerait à un sergent, approuva l'inspecteur.

Le 14 septembre, Jessie annonça qu'elle devait aller à Rowayton. Ses locataires partaient le lendemain, et elle s'inquiétait de l'état dans lequel ils laisseraient sa maison.

— C'est une bicoque, dit-elle, mais j'y ai quelques jolies choses auxquelles je tiens.

— J'ai bien envie de vous accompagner, déclara l'inspecteur.

— Pourquoi, Richard ? Il ne peut rien m'arriver tant que ce monstre est surveillé jour et nuit.

— Ce n'est pas ça, Jessie. Plus j'y pense, moins je comprends qu'Humffrey n'aille jamais voir sa femme...

Si vous voulez bien me prêter votre voiture, je vous laisserai chez vous et continuerai jusqu'à New Haven. Avec ma visite au Dr Duane, ce sera l'affaire de quelques heures.

Johnny Kripps, muni d'instructions spéciales, téléphona le lendemain matin, annonçant qu'Humffrey avait un premier rendez-vous pour déjeuner au restaurant avec un banquier, et un autre en fin de soirée, avec des amis, à un de ses clubs.

Le sanatorium Duane était une énorme construction blanche, à flanc de coteau ; des acres de merveilleux jardins s'étendaient devant, mais le mur de prison qui entourait la propriété et le gardien auquel Richard Queen se heurta, à la grille, n'avaient rien d'accueillant.

— Je regrette, monsieur. Personne ne peut entrer sans un rendez-vous ou une autorisation écrite. Il vous faudra écrire ou téléphoner.

Richard Queen montra son insigne doré.

— Prévenez votre Dr Duane qu'un inspecteur de la police métropolitaine veut le voir… Et pas la semaine prochaine ! Immédiatement.

Dix minutes plus tard, l'inspecteur se trouva assis en face d'un homme à l'allure imposante, dans un cabinet digne d'une production cinématographique de la M.G.M.

— Je sais que votre temps est précieux, dit-il après s'être présenté. Aussi irai-je droit au but. Je désire voir Mrs Sarah Humffrey.

— C'est malheureusement impossible, déclara le Dr Duane. Ma patiente n'est pas en état de recevoir des visites et, de plus, les instructions de Mr Humffrey sont formelles à ce sujet.

— Mr Humffrey vous a recommandé d'empêcher sa femme de parler à un officier de police ? demanda sèchement l'inspecteur Queen.

— Je n'ai pas dit cela, inspecteur. En tant que médecin, j'approuve pleinement le désir de Mr Humffrey. Ma patiente a subi un choc violent. Depuis son entrée dans mon établissement, elle n'a vu personne de l'extérieur, en dehors de son mari.

— Comment va-t-elle ?

— Mieux. Le pronostic est nettement plus encourageant désormais. Mais la moindre émotion…

Le médecin était nerveux. Il n'arrêtait pas de tripoter tout ce qu'il avait à sa portée : son nœud de cravate, ses papiers, le fil du téléphone.

— De quoi souffre-t-elle, au juste ?

Le Dr Duane se retrancha, comme prévu, derrière le secret professionnel, et l'inspecteur s'inclina. Mais il tira de sa poche un petit calepin noir qu'il feuilleta un instant.

— Autre chose, docteur, dit-il enfin. Je veux parler de votre coup de téléphone, le samedi 20 août, dans l'après-midi, au bureau d'un homme d'affaires new-yorkais nommé Finner…

Le médecin se raidit comme s'il venait de recevoir une décharge électrique.

— *Mon* coup de téléphone ? s'écria-t-il. Pourquoi revenez-vous là-dessus ? Il y a longtemps que j'ai répondu à vos détectives que j'ignorais tout de ce prétendu coup de téléphone !

— Ah ! fit l'inspecteur. Les gars sont venus vous voir à ce sujet ? Quand cela, Dr Duane ?

— Fin août. Au cours de son enquête sur le meurtre de Finner, la police new-yorkaise avait, paraît-il, relevé une communication interurbaine entre ce numéro-ci à New Haven et le bureau de la victime…

Le médecin se méfia brusquement :

— Vous ignoriez la visite de ces détectives, inspecteur ?

— Je la connaissais, naturellement. Je sais de même que vous avez donné ce coup de téléphone.

— Prouvez-le ! Dois-je rabâcher ce que j'ai déjà dit à vos types ? C'est une erreur. Mes archives montrent que je n'ai jamais eu dans ma clientèle un Finner, ou un malade ayant un rapport direct avec une personne de ce nom. Il se pourrait évidemment qu'un de mes employés ait demandé ce numéro ; mais tous les membres du personnel ont nié le fait. La seule explication que je puisse offrir à la police est, je le répète, que quelqu'un demandant d'ici un numéro de New York a été mis par erreur en communication avec le bureau de Finner...

— Nous marquons un point, dans un sens, dit Richard Queen, revenu à Rowayton. Son mensonge au sujet du coup de téléphone donné au bureau de Finner, après le meurtre, a stoppé la police sur la seule piste qui menait à Humffrey.

— Vous ne m'avez même pas dit ce que vous pensiez de ma maison !

Jessie était en plein nettoyage et furieuse.

— Elle est ravissante, ma chère amie. Duane aurait trop à perdre si son nom se trouvait mêlé à une affaire criminelle. Il ne couvre pas Humffrey. Il ménage seulement sa clientèle et son compte en banque.

— Oh ! ces *gens !*

— Quels gens, Jessie ?

— Mes locataires ! Dans quel état ont-ils laissé ma petite bonbonnière, Seigneur ! Si j'avais pu me douter que j'y installais des porcs... Regardez-moi cette saleté, Richard !

— J'ai envie d'aller surprendre Abe Pearl, puisque Taugus n'est pas loin d'ici.

— Excellente idée ! Cela me permettra d'être à mon travail. Prenez votre temps, Richard.

Abe Pearl leva les bras au ciel à la vue de son visiteur.

— Dick ! Saurai-je enfin ce qui se passe ?

L'inspecteur le mit au courant et conclut :

— Ma visite à Duane et l'interdiction de voir Mrs Humffrey confirme une impression déjà ancienne.

— Vous croyez que la pauvre femme est complètement dingue ?

— Non, Abe, vous n'y êtes pas. Je crois qu'en la confiant à ce cerbère de Duane, Humffrey voulait surtout nous empêcher de l'approcher.

— Expliquez-vous, je ne comprends pas, dit le chef Pearl.

— Humffrey a retiré sa femme de la circulation. Il voudrait, j'en suis sûr, que nous oubliions son existence... Pourquoi ? *Parce qu'il crève de peur que Mrs Humffrey nous dise une certaine chose.*

— Le concernant ?

— Lui et le décès de Michael. La révélation que Mrs Humffrey *ne doit pas nous faire* concerne évidemment le meurtre du bébé. On a dû lui cacher les deux autres, Abe. A nous de découvrir ce qu'Alton Humffrey veut nous cacher. Le tout est de savoir comment joindre Sarah Humffrey...

Jessie voulait rester pour remettre son cottage en état ; mais Richard Queen la ramena impitoyablement à New York.

Ils y trouvèrent Hugh Giffin et Al Murphy, pareillement démoralisés.

Le premier fouillait toujours le passé de Connie Coy, sans parvenir à trouver la moindre trace de sa liaison avec Humffrey.

Le second n'arrivait pas à mettre la main sur le chauffeur de taxi qui avait amené le milliardaire de Grand Central Terminal à l'adresse de la chanteuse – ou dans le voisinage – le lundi soir.

L'inspecteur réconforta ses aides d'une tape sur l'épaule et leur conseilla d'aller se coucher.

Le lendemain soir, quand Johnny Kripps vint faire son rapport quotidien sur Humffrey, Richard Queen l'informa de la décision qu'il venait de prendre.

— Dorénavant, Johnny, Pete Angelo filera Humffrey à votre place.

— Vous me congédiez, inspecteur ? demanda Kripps. Je retourne au chômage ?

— Pour ce que vous gagnez sous mes ordres ! rétorqua le vieux monsieur. Johnny, avez-vous été repéré par un des veinards qui sont encore en activité ?

— Je ne le crois pas.

— Alors, comme nous n'arrivons à rien par nos propres moyens, Johnny, je vous charge d'une mission délicate. Allez dire bonjour aux anciens copains de la Brigade des homicides...

— Une fois dans la place, j'amène adroitement la conversation sur les affaires Finner et Coy, chef ?

— Sur l'affaire Coy principalement. Tâchez de découvrir ce que les autorités savent. Allez-y doucement, Johnny. Je ne tiens pas à me porter caution pour vous tirer de prison !

Kripps vint rendre compte le lendemain après-midi.

— Le coup de téléphone de New Haven était leur seul atout, inspecteur. Le fait d'avoir affaire au médecin-directeur d'une maison de santé privée leur avait suggéré l'idée que Duane pouvait être mêlé au trafic de bébés exercé par Finner. Mais, renseignements pris sur Duane, ils ont gobé son mensonge et classé leur première hypothèse. D'autre part, ils ont épuisé tous les dossiers d'adoption de Finner, sans rien tirer de ces innombrables enquêtes.

— Et l'affaire Coy ? demanda l'inspecteur d'un air sombre.

— C'est presque incroyable. Les gars n'ont pas trouvé une seule personne ayant remarqué quelque chose de louche le soir où la chanteuse a été abattue. A propos, ils croient comme nous que le meurtrier a franchi trois ou quatre toits avant de descendre tout bonnement par l'escalier et de filer.

» Pour tout indice, ils ont la balle extraite du front de Connie Coy et les deux qui vous ont ratés, Miss Sherwood et vous, continua Kripps. Trois balles déchargées par le même pétard : un 38 Spécial.

— Pete a réussi à soutirer aujourd'hui le renseignement sur le permis d'Humffrey concernant les armes à feu, dit l'inspecteur. Parmi les revolvers que notre milliardaire possède figure – ou figurait – un Colt Cobra calibre 38. Mais le revolver a disparu, *très certainement*. Humffrey a dû le jeter dans l'Hudson, le soir où il a descendu Connie.

— C'est quelqu'un ! fit Kripps avec une pointe d'admiration.

— Comment le savez-vous ? s'enquit Jessie.

— Que c'est quelqu'un, Miss Sherwood ?

— Qu'il a fait disparaître le revolver.

— Voyons, Jessie, protesta Richard Queen, Humffrey est assez intelligent pour connaître le danger de conserver l'arme qui a tiré la balle meurtrière ! Un examen balistique suffirait pour l'envoyer à la chaise électrique, ma chère amie.

— On a vu des gens intelligents commettre les pires bêtises, à force de se croire supérieurs, déclara Jessie. Je rangerais volontiers Humffrey dans cette catégorie-là.

L'ex-inspecteur Queen et l'ex-lieutenant Kripps s'entre-regardèrent.

— Qu'en pensez-vous, Johnny ?

— Qu'avons-nous à perdre ?

— Beaucoup, si nous sommes pincés.

— Ne le soyons pas.

Richard Queen se mit à rire.

— Ça en vaudra peut-être la peine, mes amis ! J'aurais dû y penser plus tôt. Consultons Murph, Giffin et les autres... Ils ont également leur mot à dire.

— A quel sujet ? demanda Jessie. De quoi parlez-vous, Richard ?

— Le moment est venu, Jessie, de prendre le taureau par les cornes, annonça-t-il solennellement. Nous allons fouiller l'appartement d'Humffrey.

L'occasion se présenta le surlendemain. Conduit par Cullum, Alton était parti dîner chez des amis à Oyster Bay et le personnel féminin profitait de sa soirée de congé.

Les faux cambrioleurs s'introduisirent dans l'immeuble de Park Avenue par le toit de la maison voisine et la fenêtre d'une mansarde inoccupée. Ils entrèrent chez Humffrey par la porte de service.

— Je ne veux *aucun* dégât, ordonna Queen. Mais inspectez tout à fond.

Les hommes ne trouvèrent rien. Ni revolver, ni lettre d'amour, ni correspondance avec Finner... Pas le moindre indice susceptible de rattacher Alton Humffrey à la chanteuse assassinée, ou à l'homme d'affaires assassiné, ni – par conséquent – au bébé assassiné.

Le téléphone sonna à trois heures du matin.

— Mr Queen ? demanda une voix nasillarde bien connue.

— Oui, répondit Richard Queen, complètement réveillé.

— Vous me décevez. Espériez-vous réellement trouver chez moi de quoi étayer vos élucubrations ?

— Pour la forme, Mr Humffrey, je vous dirai que j'ignore de quoi vous parlez.

— Bien, bien...

Le ton du milliardaire était à la fois menaçant et amusé :

— Prenez note, et réfléchissez-y quand vous retrouverez la mémoire. Me faire filer, ratisser mon appartement et fouiller dans mon passé... Tout ce beau travail ne vous mènera à rien. Au point où vous en êtes, avez-vous pensé à consulter une cartomancienne ?

Le téléphone cliqueta doucement à l'oreille de Richard Queen.

Les journaux du lendemain ne soufflèrent mot d'une tentative de cambriolage dans Park Avenue.

L'inspecteur tint une nouvelle conférence.

— Humffrey a raison, reconnut-il d'un air sombre. Je vous licencie tous.

— Comment ? s'écria Jessie.

Les cinq retraités regardèrent le sixième avec incrédulité.

— Jusqu'ici, nous n'avons fait que gaspiller du temps, de l'argent et du cuir à semelle, dit posément Richard Queen. En ce qui concerne Finner et Connie Coy, notre homme peut se reposer sur les précautions prises de longue date. De ce côté-là, Humffrey est fort. Il nous faut attaquer son point faible.

— En a-t-il un ? s'enquit amèrement Jessie.

— Oui. Il est mêlé à ce qui s'est passé le 4 août à Nair Island. Que ce soit pour un meurtre ou un autre, Humffrey finira bien par payer sa dette à la société.

— Sarah Humffrey ? Vous y revenez toujours, Richard.

— J'aurais dû m'y tenir. Mrs Humffrey sait, sur le meurtre du bébé, une chose que son mari tremble de lui voir révéler. Il *faut* la faire parler, Jessie. Il faut qu'une femme gagne sa confiance.

— Moi, dit Jessie.

Richard Queen prit gauchement sa main.

— Je vous le demande en désespoir de cause, Jessie. Voyez-vous un moyen d'entrer à la maison de santé Duane comme infirmière ?

5

Et enfin... la justice

— Elle nous a posé un lapin, votre Miss Currie ! Déjà plus d'une demi-heure de retard !

— Elisabeth m'a promis de venir, Richard, dit doucement Jessie. Mais, si vous gardez ce ton-là, elle ne vous prendra jamais pour un fiancé ! On dirait plutôt un mari.

Il rougit et s'empressa de commander d'autres cocktails.

La scène se passait dans un restaurant de Stamford où nos enquêteurs attendaient une amie de Jessie, nurse Currie, attachée depuis des années au sanatorium Duane. Le déjeuner avait été organisé en vue de « tâter le terrain », et l'inspecteur tenait à y assister. Encore fallait-il justifier sa présence... L'idée de « jouer aux fiancés » venait de lui, et Jessie se sentait un peu émue.

Elisabeth Currie, une Ecossaise à l'aspect hommasse, s'écria :

— Voilà l'élu, Jessie ! Tu permets que je le regarde ? Hum ! Je l'imaginais un peu plus jeune... N'empêche que c'est merveilleux, ce roman d'amour quand tout espoir était perdu. Ah, ah ! Dis-moi, fine mouche, comment as-tu capturé cet homme sympa ?

— Oh ! ç'a été le coup de foudre ! N'est-ce pas... mon chéri ?

— Le vrai coup de foudre, bafouilla l'inspecteur. Un cocktail, Miss Currie ?

Une heure plus tard, Richard Queen faisait désespérément du genou à Jessie, sous la table.

— Pas tout de suite, hélas ! continua Jessie comme si de rien n'était. Sa société envoie Richard en Europe, pour quelques mois, et nous ne nous... marierons sans doute qu'à son retour.

— C'est affreux ! s'écria nurse Currie. Epouse-le tout de suite, imbécile, et accompagne-le !

— Nos moyens ne nous le permettent malheureusement pas, dit l'inspecteur. Jessie cherche donc un emploi pour la durée de mon absence et...

— J'en ai assez des gardes privées, soupira Jessie. Crois-tu, Elizabeth, que j'aurais des chances d'entrer chez le Dr Duane ?

— Tu es folle, dit l'autre. Et moi, je suis paf, ma parole. Ecoute, Jessie, si tu veux entrer dans cette prison, j'en fais mon affaire... Ça ne fera jamais qu'une dingue de plus chez Duane ! Ha ! ha !

— Vos malades sont gravement atteints, dans l'ensemble ? s'enquit l'inspecteur.

— Nous sommes surtout encombrés d'hypocondriaques, oui ! Une bande de singes qu'il faut contenter... Ça pousse une infirmière à boire. A propos, vous m'offrez un autre Manhattan, mon cher ?

— Vaut mieux pas, Elizabeth, intervint Jessie. A propos de malades, vous avez des gens très importants là-haut, n'est-ce pas ?

— Des galéteux, oui ! Auriez-vous l'amabilité...

— Au fait, n'est-ce pas le Dr Duane qui soigne Mrs... Son nom m'échappe. Tu sais qui je veux dire, Elizabeth. Cette femme richissime des environs, dont le bébé s'est étouffé dans son berceau...

— Oh ! Mrs Humffrey !

— C'est ça, oui !

« Si Elizabeth se rappelle les articles de journaux, je suis fichue », pensa Jessie. Elle consulta son complice des yeux, et il lui fit signe de continuer :

— Cette Mrs Humffrey a eu une dépression nerveuse, je crois ?

— Elle ne se contrôlait plus. « Choc dû à la perte du bébé », a-t-on appelé ça ! Je reconnais que c'était un coup terrible ; mais, Seigneur ! si elle était restée beaucoup plus longtemps, je crois que toutes les infirmières seraient devenues enragées.

— Comment ? Mrs Humffrey a quitté le sanatorium Duane ? demanda Jessie, sans oser, cette fois, regarder Richard Queen.

— Oui, Dieu merci. Une grosse limousine particulière, avec deux infirmières, est venue la chercher vendredi dernier, de bonne heure.

— Tiens ! Où l'a-t-on emmenée, je me le demande.

— Silence et discrétion... Personne ne le sait, et on s'en moque. Richard – je peux vous appeler Richard, n'est-ce pas ? – un dernier petit Manhattan, je vous en prie ! Il est vraiment sympa, Jessie.

L'après-midi s'avançait quand les deux complices purent enfin se débarrasser d'Elizabeth Currie, vaguement stupéfaite par la volte-face de son amie qui, tout compte fait, renonçait à se faire présenter au Dr Duane.

Au volant de la Dodge, Richard Queen fulminait.

— Vendredi dernier ! Le lendemain de ma visite à Duane. Un coup de téléphone entre New Haven et New York, et hop ! Humffrey fait enlever sa femme par procuration. Allez courir après maintenant... Sans la moindre indication, nous pourrions chercher Sarah Humffrey pendant des mois, et ne jamais la retrouver.

— Pourquoi ne renonçons-nous pas ?

— Non !

— Mais cela paraît sans espoir !

— Qu'en savez-vous ? demanda Richard Queen, souriant. Mr Alton K. Humffrey marque un point *mais* nous avons appris quelque chose sur son compte.

» L'enlèvement de Sarah Humffrey, à notre barbe, confirme mon opinion que le meurtre du bébé est le point faible de notre homme. Et nous avons appris autre chose encore, à savoir qu'Humffrey réagit quand on lui force la main. Si nous pouvons le désarçonner…

— Vous avez une idée ?

— Oui. Si ça marche, l'affaire pourrait être dans le sac en un clin d'œil.

— Quelle idée, Richard ?

— Chut ! Laissez-moi réfléchir.

Jessie ferma les yeux. Elle les rouvrit au pont George Washington.

— J'ai dormi, murmura-t-elle.

— Comme une petite fille. Jessie…

— Oui, Richard.

— Ça ne vous a pas fait une drôle d'impression à Stamford ?

— Quand Elizabeth nous a appris l'escamotage de Sarah Humffrey ? J'ai cru mourir !

— Non. Quand nous faisions semblant d'être fiancés, vous et moi.

— Je n'ai rien trouvé de drôle à ça, dit-elle froidement. J'étais ravie.

— Alors…

« Parlez ! pensa Jessie. Parlez, Richard ! »

Mais quand il rompit le silence embarrassé, ce fut pour exposer sa fameuse « idée ».

Les Pearl avaient repris leurs quartiers d'hiver, en ville, quand Richard Queen et Jessie revinrent à Taugus, le 28 septembre, après le dîner.

Pendant que son compagnon sortait de la Dodge en portant avec d'infinies précautions un grand paquet carré et plat, Jessie admira la charmante maison de Beck Pearl et ne put retenir un soupir d'envie. Si, un jour…

Becky ouvrit la porte, sans leur laisser le temps de sonner, et se jeta à leur cou.

— Laissez-moi vous regarder ! Abe, ils sont rayonnants ! A-t-on jamais vu pareille transformation chez deux personnes ?

— Eh bien, écarte-toi pour les laisser entrer, grommela Abe Pearl, de l'intérieur. Si tu m'avais permis...

Un regard de son épouse le réduisit au silence.

— Donnez-moi votre sac, Jessie. Je ne comprends pas comment Abe a pu vous laisser venir après le dîner. Il est désespérant pour certaines choses !

Beck accapara Jessie, et Abe Pearl emmena son ami dans le living-room.

— Je me demandais si vous finiriez par arriver. Qu'est-ce qui vous a retenu, Dick ?

L'inspecteur posa délicatement son paquet sur la grande table d'acajou.

— Le jour, répondit-il. Je peux fermer les stores ?

— Fichtre ! Vous êtes bien mystérieux. Qu'y a-t-il là-dedans ?

Richard Queen tira tous les stores jusqu'en bas, puis se planta devant la table.

Les femmes arrivèrent peu après, en bavardant. Mais, à la vue de son vieil ami, Beck Pearl se tut et alla s'asseoir dans un coin. Jessie s'installa près d'elle et noua les mains sur ses genoux.

— Abe, commença l'inspecteur, que diriez-vous si je vous annonçais que nous avons enfin la preuve contre Alton Humffrey ?

— Dans ce paquet ?

— Oui.

— Alors, l'affaire me retombe sur les bras...

Le chef de la police de Taugus vint lentement à la table :

— Montrez.

Richard Queen apporta tous ses soins au déballage du colis, puis il s'écarta.

Etendue à plat entre deux carrés de verre épais, il y avait une taie d'oreiller entourée de fine dentelle qui gardait des traces de chiffonnage. La marque d'une main sale, sur du linge de cette qualité, jurait de façon outrageante ; mais, bien qu'elle fût un peu brouillée, tout le monde reconnaissait à première vue l'empreinte d'une main droite masculine avec l'auriculaire arrêté à la seconde phalange.

— Elle vous plaît, mon cher ?

— Si elle me plaît ! Cette phalange en moins !... Quand Merrick verra cette pièce à conviction... Oh ! mes amis !

— Vous devez des excuses à Jessie, n'est-ce pas ? dit Richard Queen, souriant.

— Les plus plates, Miss Sherwood. Je brûle de voir l'expression de cette face d'iceberg, louchant là-dessus. Mais vous ne m'avez toujours pas dit où vous aviez trouvé cette fameuse taie, Dick ?

— Nous l'avons fabriquée, répondit calmement le vieux monsieur. C'est un faux, Abe. Un bon « faux », d'après votre réaction. Me voici tranquille. Du moment que vous vous y êtes laissé prendre, Humffrey donnera dans le panneau lui aussi.

— Un faux...

— Nous y travaillons depuis une semaine. Jessie a couru tous les magasins de New York pour trouver une taie d'oreiller identique à celle qui a disparu.

— Batiste, entourée de valenciennes, précisa Jessie. Gardez vos excuses, Mr Pearl.

Le chef de la police eut un mouvement d'impatience, puis se tourna vers son ami.

— J'écoute la suite, Dick.

— Nous avons présumé qu'Humffrey devait porter des gants sur mesure, à cause de son auriculaire écourté. Son domicile principal étant à Concord, c'était évidemment à Boston qu'il fallait chercher le gantier... Pete Angelo y alla, et la chance le servit. Il trouva, non seulement le gantier, mais aussi une paire de gants qu'Humffrey avait refusé de prendre, parce qu'elle ne lui plaisait pas. Je fis alors appel à Willy Kuntzman, un des as des Services Techniques de la Police, en retraite, naturellement. A l'aide du gant rapporté de Boston, il fit un moulage de la main droite d'Humffrey dans une matière – plastique, je crois – qui a toutes les apparences de la chair. Jessie décrivit l'empreinte qu'elle avait vue sur la taie d'oreiller de Nair Island, Willy suivit ses indications avec le moulage... Et voici le résultat.

— N'est-ce pas bougrement risqué ?

— Je suis prêt à courir ce risque, Abe. J'en espérais autant de vous.

— Vous voulez que je joue un tel tour à Humffrey ? Hum !

— Votre intervention n'est pas absolument nécessaire, Abe. Mais le crime ayant été commis dans votre juridiction, vous êtes la personne la plus apte à avoir trouvé cette taie.

— Où, je vous prie ?

— Il n'aura même pas l'idée de poser la question. La vue île ceci l'assommera d'un seul coup. Et s'il demande des explications, retranchez-vous derrière moi. J'assisterai à la mise à mort.

— Ecoutez, Dick, ça ne prendra pas, dit lentement le chef de la police. Même sans discuter davantage le témoignage de Miss Sherwood, ça ne marchera pas, vous dis-je ! Vous pensez bien qu'*Humffrey a détruit la taie d'oreiller incriminante le 4 août, avant notre arrivée !* Qu'il l'ait brûlée ou découpée et jetée dans les lavabos, il sait comment il l'a détruite, et il devinera immédiatement le piège.

Une discussion s'ensuivit, jusqu'au moment où Beck Pearl intervint, d'une voix douce :

— Hésiterais-tu si ce monstre avait tué Donny ? Ou petite Lawrence ?

— Vas-y ! Jette-moi mes petits-enfants à la tête !... Le grand Abe Pearl fit trembler la pièce en se levant.

— Soit, j'accepte, Dick ! Quel est votre plan ?

Le lendemain matin, deux voitures de la police amenèrent huit détectives et policiers de Taugus à la villa de Nair Island. Le chef Pearl descendit de la première et mit un mandat de perquisition sous le nez de Stallings, le jardinier, qui essayait de protester.

Abe Pearl distribua la tâche à ses hommes, entra dans la maison sur les talons de deux détectives. Arrivé au premier étage, dans le bureau d'Humffrey, il s'installa confortablement et décrocha le téléphone.

Dix minutes plus tard, Stallings appelait en cachette, de l'office, l'appartement de New York.

— C'est vous, Mrs Lenihan ? Ici, Stallings. Le patron est là ? Faut que je lui parle. Grouillez-vous !

— Qu'est-ce qui vous prend, vieil imbécile ? riposta la gouvernante. Vous êtes saoûl, pour changer, non ? Mr Humffrey est absent.

— Où est-il ?

— Je l'ignore. Henry l'a emmené de bonne heure, dans la limousine, c'est tout ce que je sais. Il se passe quelque chose ? demanda Mrs Lenihan, baissant le ton.

— Et comment ! Des flics plein la maison. Le chef Pearl avec un mandat de perquisition. Vous n'avez aucune indication sur l'endroit où le patron est parti ?

— Miséricorde, murmura Mrs Lenihan. Non, Stallings, aucune. Que cherchent-ils ?

— Comment le saurais-je ? riposta Stallings. En tout cas, j'ai fait mon devoir.

Il raccrocha et retourna à ses oignons de tulipes.

En haut, Abe Pearl raccrocha pareillement.

Stallings rappela New York vers quatorze heures.

Cette fois, il était beaucoup plus agité et alarma Mrs Lenihan pour de bon. Humffrey n'était toujours pas rentré.

A seize heures trente, Mrs Lenihan répondit d'une voix perçante :

— Non, il n'est *pas* encore rentré, chef Pearl. Je vous ai dit que j'avertirais Mr Humffrey *dès* son retour. Pitié !

— N'y manquez pas, Mrs Lenihan, grogna le chef de la police. Et maintenant, souhaitons que ça marche ! ajouta-t-il après avoir raccroché.

— Ça marchera, Abe, assura Richard Queen.

Il était près de dix-huit heures quand Alton Humffrey appela.

— Le chef Pearl ! réclama-t-il, furieux.

— Ah, vous êtes enfin en possession de mes messages, dit froidement Abe Pearl.

— Je rentre à l'instant. Au nom du ciel, que se passe-t-il ? Ma femme de charge est en larmes. Stallings est comme fou. Il parle d'une descente de police dans ma propriété de Nair Island…

— Ah, vous avez parlé avec Stallings.

— Naturellement ! Il n'a pas arrêté de téléphoner, lui aussi. De quel droit, chef Pearl, avez-vous fouillé ma maison, saccagé mes plates-bandes, fait draguer devant ma plage ? De quel droit, je vous prie ?

— Le droit de tout officier de police ayant autorité pour rechercher des preuves dans une affaire criminelle.

— Une affaire *criminelle ?* Vous parlez du bébé ? Ciel, la rengaine recommence ! Auriez-vous oublié, Mr Pearl ? L'affaire est classée. Par vous-même !

— Un meurtre non éclairci n'est jamais classé.

— Il s'agissait d'un accident, voyons !

— Non, Mr Humffrey. Et nous en possédons maintenant la preuve.

Il y eut un silence prolongé.

— La preuve, dites-vous ? demanda enfin le milliardaire sur un tout autre ton. Quelle preuve ?

— Je vous engage à venir immédiatement à Taugus, Mr Humffrey. Ce soir.

— Ce soir ? Je ne bougerai pas d'ici avant d'avoir obtenu des éclaircissements. Quelle preuve ?

— Il s'agit d'une chose que nous n'aurions jamais dû cesser de chercher, monsieur. Vous comprenez ?

Humffrey fit attendre sa réponse :

— Parlez-vous, par hasard, de la taie d'oreiller dont cette femme... nurse Sherwood, nous a rebattu les oreilles ?

Consulté du regard, Richard Queen hésita. Puis il hocha la tête.

— Oui, dit le chef Pearl.

— Vous l'avez trouvée ? demanda le milliardaire avec une amertume saisissante.

— Je ne puis en dire plus par téléphone. Voulez-vous venir me parler de votre plein gré, Mr Humffrey, ou... ?

Abe Pearl n'acheva pas et attendit.

— Bon, soit, dit enfin l'autre. Je serai à Taugus dans une heure.

Sitôt la communication terminée, Richard Queen accourut.

— Vous êtes convaincu maintenant ? s'écria-t-il. Notre homme a demandé si nous avions retrouvé la taie d'oreiller. Et sur quel ton ! Donc, il sait qu'elle n'a pas été détruite ! Nous le tenons, Abe. Nous le tenons, vous dis-je !

Le chef Pearl reçut Humffrey en présence d'un sténographe en uniforme, armé d'un crayon et d'un calepin. Sitôt la porte vitrée refermée, deux autres détectives s'y adossèrent, dans le couloir, et leurs silhouettes découpées en ombres chinoises ajoutaient à l'atmosphère qui régnait dans le bureau.

Humffrey, très pâle, prit le seul siège disponible, une chaise d'aspect inconfortable.

— Quelle réception impressionnante ! remarqua-t-il avec un sourire forcé. On croirait que vous vous préparez à m'arrêter... Aurais-je dû amener mon avocat ? continua-t-il, avec ironie.

— Ce soir, votre avocat ne pourrait rien pour vous, dit le chef Pearl. Ce soir, on va vous présenter quelque chose, et je suis prêt à recueillir votre déposition. Après quoi, libre à vous d'engager dix avocats.

— Me présenter quelque chose ? Serait-ce la taie d'oreiller, Mr Pearl ?

Abe Pearl alla ouvrir la porte de l'antichambre.

— Venez, Dick. Vous aussi, Miss Sherwood.

L'inspecteur entra, chargé du fragile paquet enveloppé de papier brun. Jessie le suivait.

— J'aurais dû m'y attendre, dit lentement Humffrey debout. J'aurais dû m'en douter !

— A vous, Dick, dit le chef Pearl. Notez, Harris.

Richard Queen posa son paquet sur le bureau de son ami. Il ôta la ficelle, mais laissa le papier, après quoi il se retourna, face au milliardaire.

— C'est une véritable pièce à conviction, Mr Humffrey, dit-il. Je comprends que vous ayez prié le ciel pour que nous ne la trouvions pas...

» C'est la preuve que Michael Stiles Humffrey a été volontairement assassiné, comme Miss Sherwood l'a soutenu depuis le début, continua l'inspecteur. Plus encore, cette pièce désigne le coupable...

Richard Queen arracha le papier :

— Miss Sherwood, veuillez identifier cette taie d'oreiller. Est-ce celle que vous avez vue sur la tête et le torse de Michael Stiles Humffrey, le 4 août, quand vous avez trouvé le bébé étouffé dans son berceau ?

— Oui, dit-elle d'une voix tendue, et elle s'écarta.

Humffrey était devenu livide. Il s'avança d'un pas chancelant vers le bureau et regarda la taie, entre deux plaques de verre.

— Vous n'aviez jamais pensé que nous la retrouverions, n'est ce pas ? demanda doucement l'inspecteur. Eh bien, la voilà, avec l'empreinte d'une main droite, sale, et dont l'auriculaire n'a que deux phalanges !

Abe Pearl saisit brusquement la main droite du milliardaire et en déplia le petit doigt.

— Monstre, dit Abe Pearl. Un homme capable de tuer un bébé de deux mois, un enfant auquel il a donné son nom... Miséricorde ! Mais vous allez payer, Humffrey. Avec cette taie d'oreiller comme preuve, pas la moindre chance de vous en tirer ! Le mieux que vous puissiez faire est de parler. Je veux une confession complète, et je la veux tout de suite !

— Félicitations, chef, pour cette splendide comédie.

Abe Pearl fit volte-face. Alton Humffrey le bravait, avec un sourire empreint de cruelle assurance.

— Vous dites ?

— J'aurais dû vous mettre en garde contre Queen, Mr Pearl, répondit le milliardaire en passant dédaigneusement l'inspection du bureau. Sa folie est apparemment contagieuse. Oh, la mise en scène était parfaite. La perquisition inutile chez moi ; les nombreux coups de téléphone ; la convocation menaçante et, couronnant le tout, l'apparition de ces deux charlatans avec leur chef-d'œuvre. Sans doute est-ce votre travail, Queen, en collaboration avec votre troupe d'anciens flics ? Malheureusement, j'ai vu, du premier coup, que c'était un faux. Vous n'aviez pas prévu ça, n'est-ce pas ? Toute cette peine... Pour rien !

Alton K. Humffrey ouvrit brusquement la porte du couloir.

Les deux détectives postés derrière se retournèrent, saisis.

— On le coffre maintenant, chef ? demanda l'un.

— Otez-vous de mon chemin, imbécile ! ordonna Alton Humffrey, et il sortit.

Harris, le sténographe, s'éclipsa et les complices restèrent seuls dans le bureau.

— Puisque vous affirmez que c'est une taie identique à l'original, Jessie, dit l'inspecteur au bout d'un moment de discussion sur les causes de l'échec, je ne comprends pas. Jusqu'à un certain moment, nous l'avons eu au bout de notre ligne, comme un poisson. Et puis, crac ! Il regarde la taie, et s'aperçoit instantanément de la supercherie. Où nous sommes-nous trompés ? La place de l'empreinte ? Une autre marque – une tache, une larme, que sais-je ? – qui existait sur la véritable taie, et que nous n'avons pas reproduite sur celle-ci, parce qu'elle vous avait échappée, dans la demi-obscurité de la nursery ?

— Sans doute, murmura Jessie, effondrée. Dans quoi vous ai-je entraîné, Richard...

— Dans quoi ai-je entraîné Abe ! interrompit l'inspecteur. Regardez-le. S'il pouvait m'étrangler...

— Vous ne m'avez pas arraché mon consentement sous la menace, Dick, rétorqua l'intéressé. J'essaie seulement d'envisager les conséquences... Croyez-vous qu'il portera plainte ?

— Sûrement pas. Une nouvelle enquête, sur une grande échelle, est la dernière des choses qu'Humffrey puisse souhaiter. Donc, il se taira...

L'inspecteur releva la tête :

— Notre expérience n'est qu'un demi-échec, mes amis. Elle a confirmé deux points importants. Primo, Humffrey a bien changé la taie, cette nuit-là, sans quoi il n'aurait pas remarqué la différence. Secundo, il n'a pas détruit la taie sale... Il était prêt à croire que nous l'avions trouvée. Notre dernier mot n'est pas dit !

— Richard, murmura Jessie en le regardant, vous voulez continuer ?

— Mais naturellement ! répondit-il, surpris. Le gibier est levé. Ce n'est pas le moment d'abandonner la chasse, voyons !

Jessie passa plusieurs heures à se retourner dans son lit, en proie à une épouvantable migraine que l'aspirine ne calmait pas. Au petit jour, elle prit un somnifère et sombra dans un lourd sommeil.

Un bruit insolite ; dans le living-room, la réveilla en sursaut. Il était midi moins cinq, et Gloria Sardella venait de rentrer de sa croisière, avec armes et bagages.

« Mon Dieu ! songea Jessie. C'est aujourd'hui le 30 ! »

Sa décision fut prise à l'instant même.

— Vous m'entendez, Richard ? demanda Jessie pour la seconde fois depuis le début de son coup de téléphone.

— Oui, j'entends.

— Gloria m'avait pourtant prévenue qu'elle rentrait le 30 ! Il faut croire que j'avais perdu la notion du temps, comme de tout le reste... Oh ! Gloria a été très chic ! Elle m'a excusée de ne pas être allée la chercher au bateau et même proposé de me garder chez elle aussi longtemps que je voudrais.

— Pourquoi n'acceptez-vous pas ? demanda l'inspecteur Queen d'une voix enrouée.

— Son appartement est trop petit. Je la gênerais. Et puis, à quoi bon ? Tout a été une erreur, Richard...

Jessie s'arrêta, le cœur battant. Mais il ne dit rien, et elle reprit :

— Hier soir, à Taugus, je me suis brusquement réveillée d'un rêve. Le mieux est de rentrer chez moi et de reprendre mon métier d'infirmière.

— Jessie...

— Oui, Richard ?

— On s'entend mieux de vive voix. A moins que vous préfériez ne pas me revoir...

— Où allez-vous chercher une telle idée ?

— Alors, je peux vous accompagner à Rowayton ?

— Si ça vous dit, murmura Jessie.

A Rowayton, Richard Queen porta les valises dans le cottage, arrangea le robinet de la cuisine qui fuyait, admira les zinnias du petit jardin, accepta une tasse de café... Mais tout cela dénotait une sorte de contrainte, et Jessie sentit sa migraine se réveiller.

« Je ne l'aiderai pas, se dit-elle, exaspérée. Non, je ne l'aiderai pas ! »

Il refusa de se laisser conduire à la gare de Darien et téléphona pour commander un taxi. Puis, à la dernière minute, avec le taxi attendant devant la porte :

— Jessie, je ne peux partir sans... sans...

— Oui ?

— Sans vous remercier.

— *Me* remercier ? De quoi, Richard ?

« Imbécile, pensa-t-elle, désespérée. Ce n'est pas ça qu'il fallait dire ! »

— Pour les deux plus merveilleux mois de ma vie, Jessie.

— Ces deux mois compteront pour moi aussi, croyez-le bien.

De mieux en mieux, nurse Sherwood !

— Je ne parle pas de l'histoire Humffrey...

Il s'éclaircit la voix, avec une sorte d'irritation et garda les yeux fixés sur le tapis du living-room :

— Vous représentez beaucoup pour moi, Jessie. Je sais que je n'ai pas le droit...

— Oh ! Richard !

— Un homme de mon âge, veux-je dire...

— Faut-il revenir *là-dessus ?*

— Et vous si jeune, si jolie...

Le chauffeur de taxi choisit cet instant précis pour klaxonner impatiemment. Richard Queen rougit jusqu'aux oreilles, saisit la main de Jessie et la secoua de toutes ses forces :

— Je vous téléphonerai un de ces jours, Jessie.

Il s'enfuit.

Jessie s'assit et sanglota.

C'est fini. Pourquoi me téléphonerait-il ? Je l'ai mis dans le bain, et puis je l'ai lâché. Il ne reviendra pas.

Elle avala deux comprimés d'aspirine sans eau, pour se punir, et se mit à ranger ses affaires dans la garde-robe.

« Vieille fille ! Avant de voir le mal partout, pense à celui que tu as fait. Tu as entraîné cet homme dans une sale histoire, tu t'es jetée à sa tête, tu l'as fait marcher jusqu'au moment où le malheureux s'est senti reverdir... Et alors tu as joué la sainte nitouche, pour lui compliquer encore la situation ! »

Lâchant la robe qu'elle allait accrocher à un cintre, Jessie s'assit devant la fenêtre qui donnait sur son jardin miniature. Clématites et pétunias le pailletaient de taches vives, et jamais les oiseaux n'arriveraient à manger toutes les baies du cornouiller... Mais Jessie ferma résolument les yeux, pour ne plus penser qu'à la taie d'oreiller.

« Je la retrouverai, se promit-elle. Je la retrouverai, pour *lui*.

» Mets-toi à la place de l'assassin, se dit-elle avec un frisson. Là, j'y suis. Je viens d'étouffer le bébé. La nurse fouineuse a découvert le petit cadavre, la maison est sens dessus dessous, le Dr Wicks se trouve dans la pièce voisine, et la police va arriver d'un instant à l'autre... Et, soudain, épouvantée, je vois l'empreinte de ma main sur la taie de l'oreiller avec lequel j'ai tué Michael ! Il faut faire disparaître la taie. Vite. Au plus vite... Est-ce qu'on vient ? Qui parle, sur le palier ? Je suis dans la nursery... Il ne faut pas qu'on me trouve ici... Où cacher la taie ? Où ?

» *La chute du blanchissage !*

» Une petite porte à ouvrir, un geste à faire... Et la taie d'oreiller accusatrice tombe, en bas, dans la corbeille. Elle s'y mêle au linge sale de la maisonnée... Le moyen le plus facile, et le plus rapide de s'en débarrasser ! Là, c'est fait ! Je suis tranquille pour un moment.

» Le plus tôt possible, dès que je pourrai descendre au sous-sol sans attirer l'attention, j'irai reprendre la taie, et je la détruirai.

» Attention ! se dit Jessie. Ne t'emballe pas, ma fille. En raison de l'agitation qui régnait dans la maison, Humffrey n'a peut-être pas eu la possibilité de descendre au sous-sol. *Mais* les policiers avaient fouillé partout, sans retrouver la taie. Alors ?

» *La taie avait échappé à leurs recherches !*

» C'était sûrement cela. Humffrey avait dû se sentir mourir à petit feu, pendant la fouille, et ressusciter miraculeusement quand les policiers annoncèrent leur échec au chef Pearl. A la toute première occasion, dès que la police aurait quitté la propriété...

» Mais le jour se leva et, comme tous les mardis et vendredis matin, Sadie Smith s'amena de Norwalk dans son vieux tacot… *Pour faire la lessive.*

» La journée s'écoula. Plus le temps passait, plus Humffrey pensait pouvoir dormir sur ses deux oreilles. Sadie Smith avait lavé la taie avec l'autre linge fin, sans remarquer l'empreinte d'une main sale, ou sans y attacher d'importance.

» La « preuve » avait disparu.

Jessie soupira.

Adieu l'espoir d'aider Richard.

Doucement !

Sadie ne pouvait ignorer ce qui se passait dans la maison, ce vendredi-là. Mrs Lenihan, la cuisinière, une des femmes de chambre… *quelqu'un* lui avait certainement parlé de la raison pour laquelle les policiers mettaient tout sens dessus dessous.

Dans ces conditions, *la blanchisseuse n'aurait-elle pas cherché, de son côté, la taie d'oreiller parmi les pièces de linge qu'elle devait laver ce jour-là ?*

Si !

Alors, pourquoi ne l'avait-elle pas trouvée ?

Le temps de se rendre à Norwalk, Sadie Smith serait rentrée de sa journée… C'était le bon moment pour l'aller voir.

Jessie sut si bien gagner la confiance de la blanchisseuse qu'elle en tira plusieurs renseignements intéressants, tout en prenant le thé avec elle, dans sa cuisine éblouissante de propreté.

Certes, Mrs Lenihan d'abord, puis les détectives, avaient signalé à Sadie Smith, dès son arrivée, la disparition d'une taie en batiste portant l'empreinte d'une main poussiéreuse.

— Je peux dire que je l'ai cherchée partout, cette taie, Miss Sherwood ! Elle n'était *pas* dans le linge sale. En fait, il n'y avait pas une seule taie à laver, ce vendredi-là. Vous prenez du sucre et du lait, Miss ?

— Ni l'un ni l'autre, merci. *Aucune* taie d'oreiller, dites-vous ? C'est bizarre.

— Prenez un petit pain, pour me faire plaisir. A propos de cette lessive, j'ai d'abord accusé la femme de chambre d'avoir bouché la chute, en y jetant un trop gros paquet de linge. Elle a déjà fait le coup deux ou trois fois, et il nous a fallu « pêcher » le linge, dans la chute, avec un crochet de plombier que l'on garde à cet effet, dans le sous-sol.

Une chute bouchée !

— Croyez-vous, Sadie, que la taie d'oreiller ait pu être jetée dans une chute déjà obturée et...

— Non, Miss Sherwood. Il n'y avait pas de chute bouchée ce matin-là. Je m'en suis assurée en jetant des épingles à linge dans toutes les chutes... Et mes épingles sont passées comme lettres à la poste. Comment trouvez-vous mes petits pains, Miss ?

— Délicieux. Vous avez vérifié toutes les chutes, Sadie ? Celle de la nursery également ?

— Non. On ne m'a pas laissée entrer dans la nursery.

« Serait-ce possible ? songea Jessie, frémissante. Mais non, j'ai toujours jeté le linge pièce par pièce, et même les draps de Michael étaient si petits que... »

— J'y pense ! continua la blanchisseuse. Ça m'était sorti de l'esprit, mais il y a eu un défaut de construction, quand on a installé cette chute.

— Un défaut de construction ? s'écria Jessie. Expliquez-vous, Sadie.

— Quand les Humffrey décidèrent d'adopter un enfant, Miss Sherwood, ils sacrifièrent leur salon du premier étage pour loger le bébé et sa nurse. La chute de la nursery date de ce moment-là. Et vous savez comme Mr Humffrey est tâtillon ! Il voulut expérimenter lui-même la nouvelle chute, en jetant des affaires dedans, et découvrit ainsi le défaut de construction dont je vous parlais. C'était, paraît-il, une petite pièce métallique qui dépassait et accrochait de temps en temps quelque chose au passage. Mais la pièce fut aussitôt aplatie avec des outils spéciaux. Vous n'avez jamais eu d'ennuis avec cette chute, n'est-ce pas ?

« Non, pensa Jessie, jamais. Aucune petite affaire de Michael n'a disparu en cours de route. »

Mais il suffirait d'une fois...

Si, le soir du drame, la taie d'oreiller incriminante s'était accrochée à ce qui subsistait du défaut de construction ?

Contrairement à ce qu'Humffrey croyait, Sadie Smith n'avait pas fait disparaître la « preuve », en la lavant. *Elle était encore accrochée dans la chute, entre la nursery et le sous-sol !*

Jessie remit les pièces dans son sac et réfléchit un instant avant de quitter la cabine téléphonique. Le numéro de Richard, à New York, ne répondait pas. Celui des Pearl non plus. Où contacter Richard ? Quant aux Pearl, ils devaient passer la soirée chez des amis.

Que faire ?

« Il faut que je sache, se dit-elle. Ce soir-même... Mais, au fait, je n'ai besoin de personne ! »

Elle s'en persuada aussitôt, s'interdisant d'envisager les difficultés. « Si j'y pense, je calerai, décida-t-elle. Donc, n'y pensons pas. »

Jessie quitta le drugstore, monta dans son coupé et prit la route de Taugus. « En cette saison, la barrière doit être toujours levée, et la maison du garde fermée », songea-t-elle pour se donner du courage.

Non. Barrière et garde défendaient l'accès de Nair Island en toute saison, et Charlie Peterson empestait le whisky plus que jamais.

— Par exemple ! Miss Sherwood, s'exclama-t-il, saisissant l'occasion de faire un brin de causette. Ça va ?

— Oui, merci. Je vois que vous avez renoncé à votre idée de quitter Nair Island, Mr Peterson.

— Oh ! vous savez, la place n'est pas si mauvaise que ça, une fois l'été passé, j'veux dire !

— Et quand il n'y a plus de policiers pour vous empoisonner la vie ? ajouta Jessie, souriante.

Il faut que je trouve un prétexte plausible. Lequel, Seigneur ?

— J'croyais bien ne jamais vous revoir. Au fait, qu'est-ce qui vous ramène à c't' heure, Miss ? J'ose pas croire que c'est moi...

Jessie faillit pouffer.

— Voyons, Mr Peterson ! dit-elle malicieusement. Un père de famille et tout !

— Ah ! Ah ! fit-il. On n'est pas en bois pour autant ! Vous allez à la villa Humffrey ? Y a personne.

— Personne, Mr Peterson ? Zut ! Où est le gardien ?

— Stallings est parti ce soir pour Concord, la résidence d'hiver des Humffrey. Le patron lui a téléphoné d'y aller pour une question de jardinage... des bulbes à transplanter, je crois.

— Que faire ? soupira Jessie. Stallings rentre ce soir ?

— Demain soir, je crois.

— Je pourrais évidemment revenir, mais maintenant que je suis ici...

Jessie y alla d'un regard implorant, espérant que le whisky ferait le reste :

— Croyez-vous que quelqu'un trouverait à redire si je passais quelques minutes dans la villa ? J'y ai oublié des affaires, en partant, et il faut absolument que je les récupère.

— Heu ! Puisque c'est vous, Miss Sherwood... Non, attendez ! ajouta Peterson, la main sur la barrière. Comment allez-vous entrer ?

— Oh ! je me débrouillerai ! assura Jessie avec une fausse légèreté.

— Un instant...

Le garde disparut et revint en brandissant fièrement une clef :

— Stallings me laisse toujours le passe au cas où Mr Humffrey s'amènerait en son absence. Vous m' le rendrez en repartant, Miss Sherwood. Vous n'avez pas besoin d'un coup de main ?

— Non, merci ! A tout de suite, Mr Peterson ! lança Jessie, un peu étourdie par son succès, en s'engageant sur la route de Nair Island.

Stallings avait laissé l'entrée de service éclairée.

Jessie descendit de voiture ; mais le crissement du gravier, sous ses pas, l'alarma. « Pourquoi suis-je si nerveuse ? se demanda-t-elle. Personne ne peut m'entendre. »

Mais son soulagement fut de courte durée. Dans la nuit noire, les planchers et les murs semblaient respirer comme des guetteurs prêts à sauter sur leur proie. « Imbécile ! se dit-elle. La villa et l'île sont désertes... Rappelle-toi le petit cadavre de Michael, et avance ! »

Elle respira bien à fond, pour calmer les battements de son cœur. Elle trouva la porte du sous-sol à tâtons, l'ouvrit, donna de la lumière et descendit l'escalier en courant.

Ah, la grande corbeille à linge était restée à sa place, sous le débouché de la chute venant de la nursery. Tout le linge de Michael ne descendait pas par là... Jessie avait tenu à laver elle-même les brassières et les couches du bébé. « J'ai vu trop de petits derrières échauffés ! » avait-elle répondu à Mrs Humffrey, qui voulait l'en dissuader.

Quelle idée de repenser à cela dans un moment pareil !

« Un crochet de plombier », avait dit Sadie Smith. Ce devait être une sorte de câble, pour déboucher les tuyaux et conduits engorgés. Mais où le trouver ? Au bout du sous-sol évidemment, sur la grande étagère qui servait à ranger les accessoires de ménage, outils et objets divers.

Jessie passa devant les bacs pour le linge fin, devant la machine à laver et le séchoir... Plus loin, sur la dernière planche de l'étagère, elle trouva l'objet de ses recherches, parmi des bouts de tuyaux, joints et autres articles de plomberie. C'était bien un long câble métallique, avec une tête en forme de boucle.

Nurse Sherwood, femme détective, revint sur ses pas. Elle introduisit la tête du câble dans la chute et poussa de bas en haut, tout en dévidant le rouleau.

Ce fut un véritable ramonage, car Jessie secoua le câble tout le long du trajet afin de racler les bords. Et rien ne gêna l'opération jusqu'au moment où la tête heurta un obstacle infranchissable, là-haut : la porte de la chute, dans la nursery, évidemment.

Rien n'était tombé.

Il n'y avait plus qu'à remettre le crochet sur l'étagère et se sauver honteusement.

Toujours assise par terre, Jessie fit redescendre le câble en l'enroulant. La tête apparut.

Une pièce de lingerie chiffonnée tomba de la boucle sur les genoux de notre Sherlock Holmes en jupon.

La taie d'oreiller !

Jessie la prit par deux coins pour la regarder. L'empreinte d'une main droite sale marquait presque le centre du carré de batiste entouré de valenciennes.

— Ça y est ! dit Jessie à haute voix, comme pour se convaincre qu'elle ne rêvait pas. Je l'ai trouvée !

— Eh oui, Miss Sherwood, vous l'avez trouvée. Et vous allez payer.

Jessie tourna la tête comme une poupée mécanique.

Alton K. Humffrey se tenait au pied de l'escalier et il braquait un revolver sur elle.

Richard, Richard ! Il ne sait pas où je suis. Le chef Pearl non plus. Personne ne le sait, sauf Charlie Peterson, qui se taira. Humffrey a fait le nécessaire, sans quoi il ne serait pas ici, prêt à me tuer. Tu vas mourir seule, Jessie Sherwood. Seule dans une maison vide, sur une île déserte.

Humffrey s'était avancé. De sa main libre, il lui arracha la taie et la fourra dans sa poche.

— Vous avez peur, Miss Sherwood. C'est naturel, dit presque aimablement le milliardaire. Mais je n'ai pas le choix. Maintenant que vous avez trouvé et examiné cette taie d'oreiller, je dois vous tuer. Cela me navre, et c'est même dangereux pour moi, puisque Peterson m'a dit que vous étiez ici…

Je vais me réveiller d'une seconde à l'autre.

— Quand j'aurai immergé votre corps en pleine mer, il me faudra encore inventer une histoire plausible. Personne n'y croira, évidemment. Mais, sans cadavre et sans preuve, j'ai des chances de m'en tirer une fois de plus.

Richard. Richard ! Du calme, Jessie. Il ne parlerait pas si tranquillement s'il comptait vraiment te tuer. Il veut t'effrayer, c'est tout.

— Je ne m'attendais certainement pas à vous trouver ici, continua Humffrey. Vous m'avez devancé, car je voulais moi aussi vérifier la chute de la nursery. La farce d'hier soir – avant que ce maudit Queen n'exhibât son faux – a fait travailler mon esprit. Comment diable ont-ils retrouvé la taie ? me suis-je demandé, et cela m'a remémoré l'engorgement de cette chute, lors de son installation. C'était avant votre arrivée... Comment l'avez-vous su, Miss Sherwood ?...

» En un sens, il a été regrettable pour vous que j'emploie un gardien, poursuivit Humffrey. Sans la présence de Stallings, je serais venu hier soir. Mais, vu les circonstances, j'ai dû regagner New York et inventer un prétexte pour éloigner mon homme. Qu'est-ce qui vous a donné l'idée de venir examiner la chute, ce soir ?

— Quelle importance cela peut-il avoir ? demanda Jessie, comme s'il s'agissait d'une conversation ordinaire.

— Aucune. Allons-y !

Le milliardaire recula et étendit le bras droit. Les yeux agrandis d'épouvante, Jessie vit les reflets bleutés du revolver pointé sur elle.

— Je ne veux pas mourir, dit-elle doucement. De grâce, ne me tuez pas, Mr Humffrey.

— Il le faut.

— *Non !* cria la malheureuse, et elle ferma les yeux.

L'explosion ébranla le sous-sol.

« Je n'ai aucun mal, songea Jessie, abasourdie. J'ai seulement entendu la détonation et le bruit de verre brisé... »

Du verre ?

Elle rouvrit les yeux.

Humffrey grimaçait de souffrance. Sa main droite était une bouillie sanglante et, de l'autre, il serrait convulsivement son poignet. Jessie vit encore une main masculine, armée d'un revolver fumant, qui se retirait d'un trou fait dans une vitre de soupirail ; puis deux autres hommes dévalèrent l'escalier du sous-sol et se jetèrent sur le milliardaire blessé.

Enfin, celui qu'elle aimait tant apparut en haut de l'escalier. C'était lui qui avait tiré par le soupirail ! Il dégringola les marches aussi vite qu'un gamin, et le revolver fumait encore dans sa main quand Jessie tomba dans ses bras.

Jessie s'éveilla dans une pièce familière. « Où suis-je ? se demanda-t-elle vaguement. Mais dans ma chambre, naturellement. Le bébé va réclamer son premier biberon, puis mon réveil sonnera et je sauterai du lit… »

La mémoire lui revint et elle se souleva sur un coude. Mrs Pearl était assise à son chevet.

— Comment vous sentez-vous, Jessie ? demanda-t-elle, souriante.

— Assez bien, merci…

Jessie constata que quelqu'un – Beck Pearl, espérait-elle – lui avait enlevé sa robe et sa gaine :

— C'est vous qui m'avez déshabillée ?

— Oui. Le Dr Wicks vous a fait une piqûre, et vous avez bien dormi.

— Où est Richard ?

— Ici, avec tous les autres. Abe m'a amenée dès que nous avons appris ce qui s'était passé. Humffrey a perdu beaucoup de sang, et n'est pas encore transportable, paraît-il. C'est curieux comme on prend soin des assassins. S'il n'avait tenu qu'à moi…

Jessie se leva, et Mrs Pearl s'interrompit pour lui proposer de l'aider à s'habiller.

— Non merci, Becky. Vous seriez gentille de prévenir Richard que je suis debout.

Beck Pearl sortit en souriant.

Il l'attendait devant la porte.

— Vous m'avez sauvé la vie, Richard, murmura Jessie pendant qu'il la conduisait, comme une enfant, vers le grand canapé du palier.

— Là, asseyez-vous. Et maintenant, Jessie, que faisiez-vous ici ? Je n'en ai pas cru mes yeux quand je vous ai vue, par le soupirail, face au revolver d'Humffrey pointé sur vous.

Jessie le mit au courant de tout ce qui s'était passé depuis le moment où il l'avait quittée pour regagner New York.

— A votre tour, mon ami, de me dire ce que *vous* faisiez ici, acheva-t-elle. Moi qui vous croyais à New York, en train de poursuivre seul notre enquête !

— J'ai eu la bonne inspiration de vouloir interroger Henry Cullum, avec le vague espoir qu'il conduisait la limousine particulière dans laquelle Mrs Humffrey avait été emmenée du sanatorium Duane, expliqua l'inspecteur. C'était une vague possibilité, et faute de mieux... Bref, je me suis rendu une fois de plus à Park Avenue. Là, j'ai eu la chance de tomber sur Johnny Kripps et Wes Polonsky, qui surveillaient l'appartement d'Humffrey pour leur compte personnel. Nous attendions, ensemble, une occasion favorable de parler au chauffeur quand Humffrey sortit, alla prendre sa voiture au garage et fila en direction de West Side Highway. Il avait un air si furtif que nous décidâmes de le suivre... Et il nous mena directement à Nair Island. Voilà toute l'histoire, Jessie.

— C'est fini, Richard.

— Non, ce n'est pas fini.

— Quoi !

— Je me demande... commença-t-il. Etes-vous en état de supporter un grand choc, Jessie ?

— Parlez, Richard !

— J'en arrive presque à regretter... Venez, Jessie, vous allez tout savoir, acheva l'inspecteur, debout et la prenant par la main.

Les détectives Borcher et Tinny gardaient la bibliothèque d'Humffrey. Ils se levèrent d'un bond, mais l'inspecteur les invita à se rasseoir et mena Jessie au bureau.

La taie d'oreiller sale était étalée dessus, tout le reste avait été enlevé.

— C'est celle que j'ai tirée de la chute, dit Jessie. Et puis ; il est arrivé et me l'a arrachée des mains.

— Vous l'avez donc vue.

— Oh ! très rapidement !

— Examinez-la.

Jessie obéit et rendit intérieurement hommage à sa mémoire visuelle. La position de l'empreinte, sur le faux, était excellente.

— Je ne vois rien de particulier, Richard, dit-elle au bout d'un moment. Y a-t-il quelque chose derrière ?

— Une petite tache de sang, venant probablement d'un doigt écorché, répondit l'inspecteur. Mais peu importe, puisque notre homme n'a vu que le dessus du faux. Regardez bien l'empreinte, Jessie. Vous ne repérez toujours pas notre erreur ?

— Non... Si !

Jessie Sherwood se trouva subitement ramenée à la tragique soirée d'août, dans la nursery éclairée par une veilleuse. Pour la première fois depuis lors, elle vit la taie d'oreiller comme elle l'avait aperçue, à ce moment-là.

Jusqu'ici, elle avait oublié que l'auriculaire de l'empreinte était un doigt normal, composé de trois phalanges.

L'inspecteur Queen haussa les épaules.

— Humffrey savait que la taie originale portait l'empreinte d'une main complète et, sur la nôtre, le bout du petit doigt manquait... Voilà !

— Voyons, je ne comprends pas... dit Jessie. Il paraît impossible qu'Humffrey ait laissé l'empreinte d'une main droite complète alors...

— C'est impossible.

— Mais, Richard...

— C'est impossible, donc l'empreinte n'est pas de lui.

Jessie resta bouche bée et la densité du silence qui suivit frappa les détectives. Borcher ferma son livre et Tinny ouvrit un œil.

— J'étais évidemment bon pour la retraite, soupira l'inspecteur. Humffrey n'a pas étouffé le bébé, Jessie. J'étais tellement sûr qu'il avait supprimé Finner et Connie Coy, que j'ai tout mis dans le même sac. Un tueur. Eh bien, non. Humffrey a bien assassiné les deux autres, mais pas le petit Michael.

Jessie se prit le front à deux mains, pour tenter de mettre un peu d'ordre dans ses idées.

— Autre erreur de ma part : Humffrey n'a jamais douté de sa paternité. Il savait que le bébé était de lui. Et quand il vit la taie d'oreiller, cette nuit-là, il sut que *son* enfant avait été assassiné. Il connut en même temps l'auteur du crime et décida de maquiller le meurtre en mort accidentelle. Voilà pourquoi il fit aussitôt disparaître la taie et déclara ensuite avoir mis l'échelle sous la fenêtre. En réalité, il n'y avait pas touché. C'était l'assassin du bébé qui l'avait placée là, pour attirer les soupçons sur le neveu.

» Puis, quand Finner contacta le milliardaire à la suite de notre visite et du rendez-vous pris pour le samedi, Humffrey comprit le danger. La parenté réelle du bébé risquait d'être dévoilée, et de jeter une clarté nouvelle sur la mort de Michael. Humffrey a donc supprimé

Finner et le dossier d'adoption, puis il a abattu Connie Coy, pour la même raison.

» Humffrey a commis deux crimes, Jessie, pour nous empêcher de découvrir la raison du premier meurtre, particulièrement révoltant. Pour éviter le scandale et ne pas voir son nom sacro-saint traîner dans les journaux.

— Quelqu'un d'autre, Richard ? dit Jessie, cherchant à suivre. Qui ?

— Qui avait la meilleure raison de haïr l'enfant illégitime d'Alton Humffrey, Jessie ? Qui Humffrey se sentait-il obligé de protéger, ne fût-ce que pour sauvegarder l'honneur du nom ? Qui n'a cessé de se déclarer « responsable » de la mort du petit Michael… Jusqu'au moment où son mari la fit enfermer ?

— Sarah Humffrey ? murmura Jessie.

— C'est la seule qui ait pu tuer le bébé, oui. Et elle a signé son crime sur cette taie d'oreiller.

Le chef Pearl entrouvrit la porte.

— Ça va maintenant, Jessie ? Dick, il a repris pleinement conscience et est prêt à faire une déposition. Vous feriez bien de venir.

La grande chambre principale était pleine d'hommes. Plusieurs policiers ; le représentant du procureur d'Etat, Merrick (toujours sans cravate) ; le Dr Wicks ; Wes Polonsky et Johnny Kripps.

Alton Humffrey enfin : exsangue, adossé à une pile d'oreillers, le bras droit bandé. Toute la vie s'était concentrée dans ses yeux, lesquels faisaient penser à des captifs cherchant à s'évader.

Jessie s'arrêta sur le seuil.

— J'attendrai avec Beck Pearl, Richard, dit-elle faiblement, et elle s'en fut d'un pas chancelant.

Richard Queen exprima béatement sa satisfaction.

— Voilà bien le meilleur déjeuner dominical auquel il m'ait jamais été donné de faire honneur, mes amis.

— Délicieux, Jessie ! opina Beck Pearl (avec une légère réserve mentale au sujet du vin employé pour la sauce.) Cette infirmière est un véritable cordon-bleu, Richard.

On était le dimanche 9 octobre, une belle journée d'arrière-saison qui fouettait le sang. Jessie en avait rêvé de cette réception intime, dans son cottage de Rowayton ! Qu'il serait doux d'entendre les amis de Richard vanter – devant lui – ses qualités de femme d'intérieur ! Mais voilà que ce lourdaud d'Abe Pearl revenait toujours sur le sujet qu'elle aurait tant voulu éviter.

— Merveilleux, dit Richard Queen, épanoui. Merveilleux, Jessie.

— Comme je le disais, reprit Abe Pearl, on trouve rarement une meurtrière de cet acabit. Sa grande patte correspond exactement à l'empreinte de main. Son sang est du même groupe que celui de la petite tache brune, sur la taie (elle s'était écorché le doigt après l'échelle, paraît-il). Enfin, quand les types du service anthropométrique se sont vraiment mis au travail sur la taie, qu'ont-ils relevé comme empreintes digitales dues au mélange de poussière et de transpiration ? Les siennes !...

» Et pourtant, Sarah Humffrey ne finira pas sur la chaise électrique ! prédit-il solennellement. Même si elle n'a pas perdu complètement la boule après l'adoption du bébé, quand elle a surpris une conversation téléphonique entre Humffrey et Finner et a compris que son mari modèle lui avait fait adopter le fruit de l'adultère, même si elle n'est pas devenue folle sur le coup, dis-je, elle l'est certainement à l'heure actuelle. Le jury mettra son crime sur le compte de la démence, et on l'enfermera tout bonnement dans une maison de santé.

Un peu plus tard, les deux héros de l'aventure se trouvèrent seuls dans le jardinet fleuri. Abe Pearl flânait au bord de la mer et son épouse faisait bruyamment la vaisselle, pour bien prouver qu'elle n'écoutait pas par la fenêtre ouverte de la cuisine.

Et maintenant qu'ils étaient livrés à eux-mêmes, ils ne trouvaient plus rien à se dire et laissaient s'établir un silence embarrassé.

Jessie se mit à cueillir des zinnias. Assis sous le cornouiller, Richard Queen regarda les reflets dans ses cheveux éclairés par un rayon de soleil.

« S'il ne se décide pas à parler, je hurle, pensa-t-elle. Je ne peux pas cueillir indéfiniment des zinnias ! »

Mais il continuait de se taire.

Soudain, les fleurs tombèrent par terre et Jessie s'écria malgré elle :

— Richard, au nom du ciel, qu'est-ce qui vous arrive ?

— Ce qui m'arrive, Jessie ?

— Est-ce à moi de vous faire une déclaration ?

— Une… *déclaration ?*

Jessie fondit en larmes.

— Oui ! J'ai attendu, attendu… Et je me suis toujours heurtée à un mur. Pourquoi ? Nous sommes un homme et une femme, après tout. Nous sommes deux solitaires, Richard, et je crois que nous nous aimons…

Il s'était gauchement mis debout, doutant encore de son bonheur.

— Je ne rêve pas ? Vous accepteriez de… de *m'épouser*, Jessie ?

— Croyez-vous que je vous propose un match de tennis, Richard Queen ?

Il avança d'un pas et déglutit péniblement.

— Mais, Jessie, je suis vieux…

— Oh, zut ! Vous êtes un vieil imbécile, ça oui !

Alors il franchit la distance qui les séparait.

Bien plus tard – le soleil se couchait et les Pearl s'étaient retirés depuis longtemps – Richard Queen laissa glisser son bras des épaules de Jessie Sherwood jusqu'à sa taille et murmura, dans un soupir heureux :

— Je me demande ce qu'Ellery va dire.

ET LE HUITIÈME JOUR...

And on the Eighth Day
1964

Traduction de Jean-Paul Gratias

1

Dimanche 2 avril

Il flottait dans l'air une odeur d'armoise qui brûle, mais, ni à gauche ni à droite de la route, Ellery ne voyait la moindre fumée. A un certain moment, il crut distinguer un feu. Ce n'était qu'un buisson d'ocotillo aux fleurs flamboyantes. Sans doute les pluies de printemps étaient-elles tombées plus tôt que d'habitude, pour qu'il ait fleuri si précocement. A moins que cette partie du désert ne reçoive, en raison de son altitude, des averses sporadiques tout au long de l'année.

Il se dit que l'odeur d'armoise devait provenir d'un feu de camp, peut-être parce qu'il aurait aimé qu'il en fût ainsi. Il n'avait pas aperçu le moindre signe d'activité humaine depuis des heures, exception faite de la route elle-même.

Sur un vague coup de tête, il avait emprunté une route secondaire à l'est d'Hamlin (ville ainsi nommée, lui avait appris un panneau brûlé de soleil, en l'honneur du premier vice-président de Lincoln). La route était jusqu'au bout en assez bon état. Mais, malheureusement, elle ne l'avait pas mené très loin. A quatre-vingts kilomètres d'Hamlin environ, elle s'était brusquement transformée en une sorte de piste défoncée. Apparemment, la déclaration de guerre avait empêché les services de voirie de l'Etat de Californie de terminer leurs travaux de réparation. Plutôt que retourner vers Hamlin, Ellery s'était risqué à prendre une déviation. Il n'avait pas tardé à le regretter. Dépourvue de revêtement, la route était ravinée, caillouteuse, et elle ne rejoignait absolument pas la nationale. Après avoir été secoué pendant plusieurs heures par les cahots incessants, Ellery avait acquis la certitude qu'il ne s'agissait pas du tout d'une déviation, mais plutôt d'une piste abandonnée datant de l'époque des pionniers, et qui ne menait nulle part.

Inquiet, il se demanda s'il n'allait pas manquer d'eau.

Il ne voyait aucun panneau de signalisation. Il ne savait même pas s'il se trouvait encore en Californie ou s'il avait franchi la frontière du Nevada.

L'odeur persistante du feu d'armoise s'évanouit. Il l'avait déjà oubliée lorsqu'il aperçut la baraque en planches au bord de la route.

Ellery aurait dû partir tôt pour Hollywood, mais la perspective de devoir affronter la circulation intense de la veille de Noël et de passer la nuit quelque part dans un motel l'avait décidé à attendre. De plus, le fonctionnaire hypernerveux, fumant cigarette sur cigarette, avec qui il avait discuté de son voyage, lui avait déclaré : « Au point où nous en sommes, M. Queen, il nous est plus facile de vous procurer de l'essence pour votre voiture qu'une place dans un train ou dans un avion. Ou même dans un autobus, à vrai dire. »

En ce mois de décembre 1943, on pouvait voir dans toutes les gares, dans tous les aéroports, dans toutes les salles d'attente du pays, des affiches qui demandaient : « Votre voyage est-il vraiment indispensable ? » et les foules qui s'y bousculaient étaient persuadées que la réponse était oui. Des hommes d'affaires qui brandissaient des ordres de priorité ; des étudiants qui voulaient rentrer chez eux passer les dernières vacances de leur vie civile ; des appelés qui manifestaient bruyamment leur joie de partir en permission. Des officiers décorés vêtus d'uniformes sur mesure, impeccablement coupés. Des anciens combattants drapés de silence ; et, partout, des fiancées, des jeunes épouses enceintes et des mères de famille serrant contre elles leurs enfants : « Je vais voir mon papa, il est soldat » – ou marin, ou aviateur mais, dans tous les cas, le papa n'avait pas réussi à obtenir une permission de Noël. Et partout fusaient des exclamations de joie (« Il sera si heureux – Il n'a jamais vu le bébé ! ») et de détresse (« Alors, je voyagerai *debout*. Je n'ai pas besoin d'une place assise. Je vous en supplie... ») Et derrière tout cela, les mots que personne ne prononçait, que personne n'osait prononcer : « *Mais il faut que j'y aille. Je ne le reverrai peut-être jamais...* »

— Je prendrai ma voiture, avait déclaré Ellery.

Il avait donc passé Noël en compagnie de son père, à écouter la radio. Le jour de Noël, ils étaient allés à l'église, avaient mangé de la dinde (non rationnée), et ils avaient fait une promenade dans Central Park. Après cela, l'inspecteur s'était installé confortablement pour se consacrer à son passe-temps du moment, à savoir : relire *Histoire du déclin et de la chute de l'Empire romain*, de Gibbon, avec force gloussements provoqués par le récit des méfaits de quelque gangster latin de haut vol. Ellery, pour sa part, avait répondu à quelques lettres en souffrance depuis un temps considérable.

Le 26, il avait fait ses bagages et s'était reposé en prévision du long voyage qui l'attendait et qu'il envisageait sans aucun plaisir. Il avait travaillé dur ces derniers temps et il manquait de ressort. A 8 heures le lendemain mâtin, il empila ses valises dans son antique Duesenberg, embrassa son père et partit.

L'ironie du sort voulut qu'au début de son voyage il prît en auto-stop plusieurs militaires qui le relayèrent au volant alors qu'il était encore frais et dispos ; mais, une fois franchi le Mississippi, lorsqu'il commença à ressentir la fatigue, aucun de ses passagers occasionnels ne se révéla capable de conduire. Aussi le 31 décembre, lorsqu'il pénétra dans Hollywood où régnait déjà l'effervescence des réjouissances de la Saint-Sylvestre, il était absolument rompu et aurait donné n'importe quoi pour un bain chaud et un lit confortable.

— Je sais bien, monsieur Queen, lui répondit le réceptionniste, avec des yeux de chien battu, je sais bien que nous avons effectivement confirmé votre réservation. Mais...

Il semblait bien qu'on avait donné sa chambre à deux enseignes de vaisseau qui venaient de débarquer, à leur retour du Pacifique sud.

— Et pour rester fidèles à la tradition de la Marine, soupira Ellery, ils n'abandonneront pas le navire. Très bien, je m'incline. Où puis-je téléphoner ?

Mais l'employé ne l'écoutait déjà plus et il dut trouver tout seul le téléphone le plus proche.

Lew Walsh s'exclama :

— Ellery ! Bien sûr qu'on peut te loger. Aussi longtemps que tu voudras. Viens le plus vite possible. La soirée est bien partie.

Elle l'était effectivement. Et il ne lui fut pas possible de se retirer poliment. Le jour se levait presque lorsqu'il put enfin prendre un bain et se coucher. Il eut un sommeil agité. Des hurlements lointains résonnaient dans sa tête, il longeait à toute vitesse une bande blanche ininterrompue sur une route interminable et ses doigts étaient douloureux à force de se crisper sur le drap comme s'ils tenaient un volant.

De temps à autre, ses perceptions et ses rêves se mêlaient pour engendrer de bizarres fantasmes. A un moment, il vit une tache de soleil, sentit un parfum de roses, une odeur de terre après la pluie ; puis ses paupières se refermèrent et il se débattit dans la grisaille du crépuscule, au flanc d'une montagne couverte de neige, une neige souillée de taches de sang pareilles à des roses. Plus tard, il entendit une voix, à la radio, appeler : « *Hélène !* » avec passion, et, immédiatement, il fut ballotté entre une tempête en mer, au temps d'Homère, et un océan de 1943 éclairé de lueurs d'enfer par l'explosion d'une flotte de navires de guerre, cependant que résonnaient des coups de gong à l'infini et que la tempête faisait rage.

Il dormit jusqu'au soir, et il était encore fatigué en se réveillant. La douche chaude ne suffit pas pour chasser sa fatigue. Evelyn Walsh lui bondit dessus : « Ellery ! On a cru que tu ne te réveillerais jamais ! » et elle entreprit de le bourrer de jus d'orange, d'œufs, de toasts, de crêpes et de thé clair. (« On est à court de café, bon Dieu ! » Les Walsh, apparemment, n'avaient pas été avares de leurs tickets de rationnement.) Ellery but son thé à petites gorgées. Il rêvait de litres de café.

Lew Walsh lui laissa le choix : il pouvait les accompagner chez un de leurs amis, vedette de cinéma, pour « une petite sauterie de réveillon », ou bien « rester à la maison à bavarder ». Fort de son expérience des « petites sauteries de réveillon » telles qu'on les concevait à Hollywood, Ellery choisit sans vergogne la seconde solution. Ils parlèrent de la guerre, de la situation de l'emploi des comédiens (Lew était l'associé d'une agence artistique), des histoires qui circulaient sur les camps de concentration nazis, puis les voix commencèrent à lui paraître plus lointaines et, tout à coup, Ellery entendit Evelyn dire : « Ça y est, cette fois », et il releva brusquement la tête, il ouvrit les yeux.

— Tu vas retourner directement au lit, Ellery, même si je dois te déshabiller moi-même pour cela.

— Eh bien... mais est-ce que Lew et toi irez à cette soirée ?

— Oui. Et maintenant, *au lit*.

Quand il rouvrit les yeux, l'après-midi du dimanche était bien avancé. Il était encore rompu de fatigue. Et de plus, il tremblait.

— Mais qu'est-ce que tu peux bien avoir ? demanda Evelyn. (Elle avait chipé un peu de café quelque part, et il s'efforçait de tenir sa tasse d'une main ferme tout en buvant.) Tu fais peur à voir.

— Je n'arrive pas à me débarrasser de cette fatigue, Evelyn.

Lew Walsh secoua la tête.

— Si tu es dans un état pareil avant de commencer ton travail, Ellery, comment vas-tu résister à ce qui t'attend ? J'ai entendu dire que ce type du Bureau d'Information des Armées pour qui tu vas travailler à la Metropolitan est décidé à gagner la guerre à lui tout seul.

Ellery ferma les yeux et demanda :

— Je peux avoir encore un peu de café, s'il vous plaît ?

Le lendemain matin, il mit un point d'honneur à se présenter à la Metropolitan à 9 heures – ce qui, pour la plupart des écrivains de Hollywood, représentait le milieu de la nuit. Il était attendu par le lieutenant-colonel Donaldson, qui l'accueillit avec un sourire figé.

— Pas encore remis de votre réveillon, Queen ? (Le colonel, qui avait le regard limpide d'un écolier, était très à cheval sur le règlement.) Je préfère vous avertir tout de suite que c'est la dernière fois que vous faites la grasse matinée. Je suis très exigeant sur le chapitre de la ponctualité. Vous connaissez Charley Dyers ?

— Salut, Charley, dit Ellery.

Si Charley Dyers était déjà au travail un lundi à 9 heures du matin, après le week-end de la Saint-Sylvestre, le colonel devait être vraiment très exigeant. Dyers pondait des scénarios de films depuis l'époque où le gros plan était encore une audacieuse innovation.

— Salut, fiston, dit le vieux bonze, et il loucha sur la cendre de son cigare, longue de deux centimètres, qui pendait sous son nez écarlate. Bienvenue au Corps d'Arrière-Garde.

— Bien, dit le colonel Donaldson. Queen, savez-vous quel genre de travail nous faisons ici ?

— Un ami m'a dit l'autre soir que vous écriviez des scénarios du genre : « L'importance de la lutte contre les mouches pour la propreté des réfectoires » et « Attention ! Les maladies vénériennes vous guettent ! ».

Le sourire quelque peu figé du colonel se fit carrément glacial.

— Votre ami ne sait pas de quoi il parle. On ne s'occupe absolument pas des maladies vénériennes, ici. C'est une autre unité qui s'en charge.

Ellery jeta un coup d'œil en direction de Charley Dyers, mais Dyers regardait innocemment par la fenêtre d'où leur parvenait une odeur médicinale d'eucalyptus. Hollywood sera toujours Hollywood. La seule différence, c'était que l'homme assis derrière le bureau gigantesque à la Cecil B. De Mille portait un uniforme.

— Ecoutez-moi bien, dit le colonel Donaldson, sèchement. Nous avons trois mois – quatre, au maximum – pour préparer vingt scénarios, dix pour le personnel des armées, le reste pour les civils. Cela dit, messieurs, pour citer un proverbe chinois, une image remplace mille mots, vous pouvez donc en déduire le nombre de mots qu'il vous faudra produire pour que ces films soient prêts à être tournés. Et nous n'avons pas le temps de commettre la moindre erreur, ajouta-t-il, l'air sombre. L'erreur est humaine mais, en temps de guerre, nous devons être divins. Dans ce pays, pas un seul coup de feu n'a été tiré avec des intentions belliqueuses depuis 1865. Et la plupart d'entre nous ne se rendent pas compte – ne se rendent absolument pas compte – que nous pouvons fort bien perdre cette satanée petite guerre.

Pendant qu'Ellery essayait de démêler le sens de cette juxtaposition de pensées, le colonel poursuivit son attaque :

— En tout cas, ce n'est pas dans *mon* secteur que la guerre se perdra, affirma-t-il d'une voix coupante comme l'acier. Le travail d'équipe, Queen ! Rappelez-vous que je représente les forces armées, Dyers le studio et vous... (Un moment, le colonel sembla perdu.) Et vous, reprit-il, vous allez travailler *avec* nous, Queen, pas *pour* nous et, quand je dis travailler, je veux vraiment dire... *travailler !*

Et il travailla, assurément, au coude à coude avec un Charley Dyers des mauvais jours. Douze heures par jour, parfois plus. Si Ellery était arrivé exténué à Hollywood, il fut bientôt dans un état d'épuisement chronique.

Le Bureau d'Information des Armées lui avait bien promis de lui trouver un logement, mais ces vagues promesses s'évanouirent dans la confusion générale et il dut rester, bien qu'il protestât mollement, au doux logis des Walsh. Mais, malgré les efforts d'Evelyn qui le couvait sous son aile et de Lew dont l'hospitalité était exemplaire, même les week-ends étaient insupportables. La discipline pavlovienne du colonel l'avait si bien dressé à se lever tôt qu'il lui était impossible de rester au lit le dimanche matin, si bien qu'il passait ses dimanches à revoir son travail de la semaine au lieu de se consacrer à tout autre chose. Et la simple pensée du lundi matin le révulsait.

Non seulement il devait supporter le colonel Donaldson et son haleine au parfum agressif de menthe verte mais, pire encore, il devait sans cesse revoir et réviser son travail des semaines passées. A peine Ellery et Dyers s'étaient-ils attelés à un nouveau scénario que le précédent revenait, ou deux ou trois autres, plus anciens, pour que certaines scènes soient réécrites, d'autres ajoutées, d'autres supprimées, sans oublier les enchaînements à remanier, etc., des modifications et des révisions en tous genres. Par deux fois au moins, Ellery se surprit à inclure dans un scénario une scène qui provenait d'un autre.

Dyers et lui avaient depuis longtemps cessé de se parler, sauf en cas de force majeure. Ils s'étaient l'un et l'autre retranchés derrière les frontières de leur propre purgatoire. Le visage d'un gris de cendre, les yeux rougis comme ceux d'un albinos, ils devinrent des prisonniers de guerre qui n'avaient plus au cœur qu'une haine farouche, désespérée.

Le point culminant fut atteint au lendemain du 31 mars : le jour du poisson d'avril.

Ce matin-là, Ellery s'était présenté au studio à 7 h 30. Pendant combien de temps avait-il martelé sa machine à écrire ? Il n'en savait rien, mais il avait senti soudain une main glacée se poser sur la sienne et, levant les yeux, il avait découvert le colonel Donaldson penché sur lui.

— Comment ? dit Ellery.

— Je vous ai demandé ce qui n'allait pas, Queen. Regardez !

Ellery suivit des yeux l'index du colonel, braqué avec une fermeté toute militaire sur la feuille de papier engagée dans la machine. *Richard Queen Richard Queen Richard Queen*, put-il lire. *Richard Queen Richard...*

— Je vous ai parlé, dit le colonel. Vous ne m'avez ni répondu ni même regardé. Vous continuiez à taper *Richard Queen*. Qui est Richard Queen ? Votre fils ?

Ellery secoua la tête, mais s'arrêta aussitôt. Il aurait juré qu'il avait entendu un bruit métallique, à l'intérieur de son crâne, comme celui d'une longue chaîne dont les anneaux s'entrechoquent.

— C'est mon père, répondit-il et il écarta sa chaise du bureau avec précaution.

Comme il ne se passait rien de particulier, il agrippa le rebord du bureau et exerça une poussée verticale, et non plus horizontale. Il s'aperçut avec surprise que cela était considérablement plus difficile à faire. Qui plus est, ses jambes tremblaient. Les sourcils froncés, il resta agrippé à son bureau.

Le colonel Donaldson fronçait les sourcils, lui aussi. Il affichait l'expression typique du meneur d'hommes qui s'interroge sur les décisions à prendre avant de poursuivre le combat.

— Colonel, commença Ellery.

Puis il se tut. Avait-il bégayé ? Il lui semblait bien avoir bégayé. Ou alors son ouïe le trahissait. Il respira vivement et fit une nouvelle tentative.

— Colonel... (Là. C'était parfait. Mais il était vraiment très très très fatigué.) Je crois que je suis au bout du rouleau.

— Je le crains, répondit le colonel.

Il n'y avait aucune aigreur dans le ton de sa voix. Dans sa machine militaire, un engrenage s'était usé ; la décision la plus sensée était de le remplacer avant qu'il ne casse. Ce sont les hasards de la guerre.

— Je suis heureux que cela ne se soit pas produit plus tôt... Nous avons presque atteint notre objectif. Ne vous inquiétez pas, ajouta-t-il, nous continuerons sans vous. A propos, ajouta-t-il, vous vous sentez bien, Queen ?

Est-ce que je me sens bien ? pensa Ellery.

— Non, répondit-il. Oui.

Le colonel Donaldson approuva d'un rapide signe de tête et se dirigea vers la porte. Mais, au moment de sortir, il hésita, comme s'il venait de se rappeler quelque chose.

— Eh bien, dit-il, et il se racla la gorge. Bonne chance, Queen, bonne chance !

Et il partit.

Ellery se demanda où était passé Charley Dyers. Probablement sorti pour une pause-whisky. Ce bon vieux Charley. Qu'il aille au diable.

Et New York. Ah, New York, ses brumes d'avril et ses rues crasseuses. Adieu, Californie, je rentre chez moi, épuisé, mais le cœur plein de gratitude. Je vais retrouver ce vieil appartement, un peu étriqué, mais si confortable. Et, comme à la fin de tant d'autres journées passées à New York, je vais retrouver mon cher père, enveloppé dans son peignoir de bain élimé, plongé dans la lecture de son édition reliée cuir de l'ouvrage de Gibbon. Et me reposer. Enfin, me reposer. Donne-t-on la croix de guerre aux écrivains victimes de surmenage ?

Ainsi donc, le lendemain matin, avant que les Walsh ne soient sortis du lit – il avait fait ses adieux la veille au soir – Ellery rangea sa valise dans la Duesenberg et sortit d'Hollywood, en direction de l'est.

La baraque en planches, il s'en rendit compte plus tard, était visible depuis un bon kilomètre, mais il n'avait pas compris tout de suite de quoi il s'agissait. L'air était limpide, pourtant. Seul le relief la dévoilait et la soustrayait à ses yeux, tour à tour. Si elle avait été plus présentable, elle aurait très bien pu servir de décor à un western. Mais elle n'avait sans doute jamais été autre chose qu'une bicoque sans prétention et rien n'indiquait qu'elle eût jamais reçu la moindre couche de peinture.

Mais il y avait une enseigne, en tout cas – une enseigne peinte. Elle devait bien mesurer un mètre cinquante de large. L'exécution n'était pas à la hauteur des ambitions de l'artiste, mais le texte disait :

MAGASIN DU BOUT-DU-MONDE
OTTO SCHMIDT, PROPRIÉTAIRE
VOTRE DERNIÈRE CHANCE

DE VOUS RAVITAILLER
ET DE FAIRE LE PLEIN D'ESSENCE.
LE PROCHAIN MAGASIN
EST DE L'AUTRE CÔTÉ DU DÉSERT.

Ellery supposa qu'il ne devait pas se trouver très loin de la Vallée de la Mort ; mais, dans ce pays, les suppositions menaient au désastre, et il ne se sentait pas de force à affronter le désastre. De plus, l'indication de sa jauge de réservoir lui fit penser qu'il était plus sage de s'arrêter pour prendre de l'essence. Et bien qu'il n'eût pas encore touché au panier de victuailles qu'Evelyn l'avait pressé d'accepter, il ne savait pas ce que son voyage lui réservait. Oui, c'était sans doute une bonne idée de s'arrêter et de voir ce qu'il pourrait se procurer comme provisions supplémentaires – et, bien sûr, comme renseignements.

Ellery dirigea la Duesenberg vers la véranda branlante, se demandant vaguement pourquoi il avait ainsi besoin de se trouver de bons prétextes pour s'arrêter. Peut-être était-ce parce que l'endroit avait quelque chose d'inattendu. La maison était complètement isolée dans ce paysage brûlé de soleil. Il n'y avait aucune autre construction, pas même à l'état de ruine ; pas de voiture, non plus.

Il y avait un chariot, cependant, attelé à deux bêtes de trait.

Ellery crut d'abord qu'il s'agissait de mulets ; de petits mulets, sans aucun doute, mais leur taille n'était pas moins surprenante que leur simple présence en cette partie du pays. Il n'avait jamais vu de mulets à l'ouest du Texas. Mais, au second coup d'œil, alors qu'il coupait son moteur, il s'aperçut que ce n'étaient pas des mulets, mais des ânes. Non pas les baudets nains utilisés par les prospecteurs au temps de la ruée vers l'or, mais des ânes d'une race plus robuste, comparables à ceux du

Proche-Orient – de belles bêtes, bien soignées et bien nourries.

Ellery n'en avait jamais vu de semblables ailleurs qu'au cinéma et en peinture, et seul son état d'épuisement chronique le retint d'aller les examiner de plus près. Des marchandises étaient entassées près du chariot : des sacs, des cageots, des cartons.

Mais, tout à coup, il oublia le chariot et les bêtes. Car, dans le silence qui avait succédé au bruit de son moteur, il entendit des voix d'hommes, des voix profondes et calmes. Elles venaient du magasin. Il s'extirpa pesamment de la Duesenberg et se dirigea vers la véranda d'un pas laborieux, comme s'il pataugeait dans la boue.

Les planches de la véranda s'enfoncèrent sous ses pas et il redoubla de précautions. Parvenu à la porte, il s'arrêta pour reprendre des forces. Puis, au moment où il allait la pousser, la porte sembla s'ouvrir d'elle-même. Ellery s'interrogeait sur ce phénomène lorsque deux hommes franchirent le seuil, deux hommes très étranges et vêtus d'une façon tout aussi étrange.

Ce furent les yeux du premier, de loin le plus âgé des deux, qui le frappèrent. Plus tard, il devait penser : *Il a des yeux de prophète* ; mais ce ne fut pas ce qu'il pensa sur-le-champ. Ce qui lui vint à l'esprit au moment de cette rencontre, ce fut une citation du Cantique des Cantiques : *Tes yeux sont ceux d'une colombe* ; et, au même instant, il se rendit compte que ses yeux n'étaient pas du tout ceux d'une colombe. Des yeux d'aigle, peut-être ? Mais non, ils n'avaient rien de cruel ni de destructeur. Ils étaient d'un noir brillant, d'un noir étincelant, tels deux soleils jumeaux que l'on observe à l'œil nu. Et ils semblaient regarder au loin. Et pourtant, on aurait dit qu'ils ne voyaient rien, en même temps. C'était la chose la plus étrange au monde. Peut-être – oui, c'était ça ! – voyaient-ils des choses qui n'étaient visibles que pour eux.

Cet étrange personnage était grand, squelettique et extrêmement âgé. Il avait certainement plus de quatre-vingts ans, peut-être plus de quatre-vingt-dix. Sa peau avait tellement souffert des atteintes de l'âge et du soleil qu'elle avait pris une teinte très foncée, presque noire. De son menton partait une petite barbiche aux poils d'un blanc jauni ; son visage était, à cette exception près, parfaitement glabre. Il était vêtu d'une robe, une robe dont la coupe et le drapé étaient ceux d'un burnous arabe ou *djellaba,* faite d'une toile écrue qui avait été blanchie, non pas par des produits chimiques, mais directement par les rayons du soleil. Ses pieds nus étaient chaussés de sandales ; il tenait un bâton plus grand que lui. Et, sur son épaule, il transportait un tonneau de clous sans aucun signe de fatigue.

Aucun acteur ne pourrait jouer un rôle pareil, pensa instantanément Ellery. (Cette constatation s'imposa à lui avant même qu'il ne développe l'hypothèse qui l'avait suscitée et selon laquelle le vieillard venait d'Hollywood pour tourner les extérieurs d'une quelconque production biblique.) Il n'était pas maquillé pour jouer un rôle ; il était réellement âgé ; de toute façon, il était inimitable. Ce vieil homme se contente d'exister, se dit Ellery. Il est lui-même, il est authentique.

Le vieillard passa près de lui. Son extraordinaire regard s'était posé un instant sur le visage d'Ellery, puis s'était détourné, non pas par manque d'intérêt, mais plutôt comme s'il avait été transparent.

Le deuxième homme ne paraissait banal qu'en comparaison avec le vieillard. Il était, lui aussi, brûlé par le soleil – et si son teint était moins sombre que celui de l'ancêtre, c'était sans doute parce qu'il était deux fois moins âgé. Il devait avoir une quarantaine d'années, supposa Ellery ; il portait une barbe noire et lustrée. Ses vêtements étaient coupés dans la même étoffe bizarre, mais étaient d'un style entièrement différent :

une simple chemise en forme de blouse, sans col et ouverte sur la gorge, et un pantalon qui ne descendait pas plus bas que le mollet. Il portait un sac de cinquante kilos sur chaque épaule, l'un de sel, l'autre de sucre.

Il avait des yeux d'un gris limpide, et il fixa Ellery un court instant avec une curiosité mêlée de timidité. Puis les yeux gris se posèrent sur la Duesenberg et, grands ouverts, ils exprimèrent une crainte respectueuse que le vénérable véhicule avait rarement inspirée, si ce n'est en raison même de son grand âge. Le regard se posa de nouveau sur Ellery, exprimant toujours la même timidité, puis l'homme suivit l'ancêtre, alla jusqu'au chariot et commença à charger les provisions.

Ellery entra dans le magasin. Par contraste avec l'enfer qui régnait au-dehors, la fraîcheur et la pénombre lui procurèrent un accueil digne d'un bon Samaritain. Il resta un moment immobile, à en goûter les bienfaits tout en examinant les lieux. C'était un magasin fort médiocre, dont les étagères affaissées étaient dégarnies. Du toit en fer-blanc pendait une forêt d'ustensiles divers, couverts de poussière. Le magasin proprement dit était trop petit pour occuper la construction tout entière ; il y avait une porte, dans le fond, presque condamnée par une pile de cartons marqués *Tomates*, et qui menait sans doute à la remise.

Le long du magasin courait un comptoir à la peinture écaillée ; derrière le comptoir, penché sur un registre corné, se tenait un petit homme replet dont le visage rond et rougeaud s'ornait d'une petite moustache de phoque : de toute évidence, il s'agissait de l'« Otto Schmidt, *Propriétaire* » annoncé par l'enseigne. Il gardait les yeux fixés sur son registre.

Ellery ne bougea pas ; il s'imprégnait de l'atmosphère de l'endroit plutôt qu'il ne l'observait, prenant un plaisir sensuel à cette fraîcheur dans laquelle il baignait. Puis le grand vieillard rentra dans le magasin. Se déplaçant sans bruit, il alla jusqu'au comptoir. Il glissa une main brûlée de soleil dans une fente située sur le côté de son vêtement et en sortit un objet qu'il posa sur le comptoir devant le petit homme rond.

Schmidt leva les yeux. Au même instant, il découvrit Ellery. Il ramassa vivement l'objet et le fourra dans sa poche. Mais Ellery avait eu le temps de voir ce que c'était.

C'était une pièce de monnaie, assez grande pour être un dollar d'argent, et remarquablement brillante, comme si elle était neuve. Pourtant, la Monnaie n'avait pas frappé de dollars d'argent depuis des années. Peut-être était-ce une pièce étrangère, pensa-t-il simplement. Il existait des colonies de religieux barbus, au Mexique, d'origine russe pour la plupart…

Mais qu'il s'agît de dollars ou de pesos, la quantité de marchandises chargées sur le chariot semblait bien trop importante pour être payée à l'aide d'une seule pièce d'argent.

Ni le vieillard ni l'homme derrière le comptoir ne prononcèrent un seul mot. Apparemment, ils avaient pris toutes leurs dispositions avant qu'Ellery n'entre dans le magasin et cela rendait toute parole supplémentaire superflue. Une fois de plus, le regard étrange passa sur lui sans paraître remarquer sa présence ; puis, incroyablement droit, avec une légèreté étonnante, le vieillard sortit du magasin. Il n'était pas possible de résister à l'attrait d'une telle énigme ; et même si Ellery avait eu le désir de ne pas y succomber, il était trop épuisé pour faire un pareil effort de volonté. Il sortit à son tour.

Juste à temps pour voir le vieillard poser le pied sur une roue du chariot et se hisser avec aisance sur la banquette du cocher où l'autre homme était maintenant juché. Et pour l'entendre parler pour la seconde fois, car l'une des voix profondes et calmes qu'il avait entendues en s'approchant du magasin avait été la sienne.

— Très bien ; Storicaï.

Storicaï ? C'était du moins ce qu'il avait entendu. Storicaï... Quel nom singulier ! Ellery ne pouvait en situer l'origine ni dans le temps ni dans l'espace. Et cette voix... Cette voix qui l'avait prononcé, si riche, si puissante et si tranquille... Une voix dont l'accent était des plus étranges, et infiniment paisible...

Ellery soupira et hocha la tête en rentrant dans le magasin. Distrait seulement par le souvenir du vieillard et non plus par sa présence, il laissa l'atmosphère du magasin l'imprégner par tous les pores de sa peau : odeur de vieux bois moisi, de café, de pétrole, d'épices, de tabac, de vinaigre – et sa fraîcheur, par-dessus tout, sa fraîcheur...

— Vous n'avez jamais rien vu de pareil, n'est-ce pas ? demanda le commerçant avec entrain. (Et Ellery reconnut qu'en effet il n'avait jamais rien vu de pareil.) Après tout, poursuivit le commerçant, nous sommes dans un pays libre, et ils ne dérangent personne. Que puis-je faire pour vous ?

Ellery répondit qu'il pourrait faire le plein de sa Duesenberg avec du super. Pas de super ? Il n'y avait pas assez de demande sur une route secondaire comme celle-ci. Eh bien, de l'ordinaire ferait l'affaire. Il, faudrait bien s'en contenter. Comment ? Oui, bien sûr, il avait des tickets de rationnement pour l'essence... Otto Schmidt revint et prit le billet de dix dollars d'Ellery comme s'il n'en avait jamais vu auparavant, se gratta la tête deux ou trois fois et lui rendit sa monnaie. Rien d'autre ?

Ellery regarda autour de lui, pensant qu'il devait lui manquer quelque chose ; il demanda du tabac pour sa pipe, le paya, regarda de nouveau... il lui manquait encore quelque chose...

— Que diriez-vous d'un bon dîner ? suggéra finement M. Schmidt.

Et aussitôt, Ellery se rendit compte que c'était exactement ce dont il avait envie. Il acquiesça.

— Asseyez-vous à cette table-là. Je peux vous proposer des œufs au jambon, du café et de la tarte. Ça ira ? Sinon je pourrai ouvrir une boîte de soupe...

— Non, non, ça ira très bien.

Il se sentait un peu coupable de n'avoir pas touché aux provisions préparées par Evelyn, mais il avait besoin d'un repas chaud. Il s'installa à la table. Il n'y avait pas de nappe, mais elle était parfaitement propre. Elle portait un exemplaire fatigué du *Soleil d'Austin* daté du mois de novembre précédent.

Austin... C'était dans l'Etat du Nevada. Cela ne pouvait pas être au Texas ni en Californie. Il devait donc se trouver au Nevada. A moins que... Non, ce n'était pas logique. N'importe quel voyageur en provenance du Nevada aurait pu laisser ce journal ici. Il allait demander à Schmidt dans quel Etat ils se trouvaient. Mais M. Schmidt était en train de faire cuire ses œufs à la cuisine ; et, lorsqu'il revint, Ellery pensait à autre chose.

Les œufs au jambon, le café et la tarte arrivèrent en même temps. Tout était étonnamment bon pour une épicerie de campagne perdue en plein désert. Même la tarte lui réservait une surprise. Non seulement la pâte était dorée, croustillante et feuilletée, mais la garniture était succulente, ni acide ni trop sucrée, et son goût légèrement épicé évoquait celui de la cannelle ; mais il y avait autre chose, en plus.

Il leva les yeux et vit que M. Schmidt souriait.

— C'est de la girofle, dit M. Schmidt.

— C'est bien ça, reconnut Ellery. J'avais bien senti une odeur de girofle, mais je pensais que cela venait du jambon. C'est délicieux.

Le visage lunaire du commerçant s'éclaira d'un sourire.

— Dans la région d'où je viens, il y a beaucoup de Cornouaillais – les Cousins Jacks, on les appelait – et ils mettaient toujours du girofle dans leurs tartes à la place de la cannelle. Je me suis dit : et pourquoi pas les deux ? Et c'est ce que je fais depuis ce temps-là.

Ellery indiqua une chaise de l'autre côté de la table.

— Et si vous preniez le café avec moi ?

— Ma foi, ce n'est pas de refus. Je vous remercie.

Otto Schmidt était radieux. Il apporta une tasse de café de la cuisine, s'assit en face d'Ellery et commença à parler comme si Ellery avait ouvert une bonde. Le plaisir qu'il prenait à la compagnie et à la conversation était celui d'un homme qui ne profitait que rarement de l'une et de l'autre.

Il était originaire du Wisconsin, semblait-il – d'une petite ville située dans le nord de l'Etat où il avait longtemps tenu l'épicerie de son père.

— Ça me permettait tout juste de vivre, dit Schmidt. Je n'avais pas d'autre famille que mon père aux Etats-Unis et, quand il est mort, je me suis retrouvé tout seul. Je vivotais péniblement. Puis il y a eu deux coups durs qui se sont produits plus ou moins à la même époque...

La crise économique avait éclaté dans le pays tout entier, et Schmidt était tombé malade. Son médecin lui avait conseillé un climat chaud et sec ; et comme ses clients avaient de plus en plus de mal à régler leurs notes d'épicerie, il avait décidé de partir.

— Le magasin appartenait à ma famille depuis plus de quarante ans, dit le petit homme replet, mais je n'avais pas le choix. J'ai payé mes fournisseurs, j'ai mis mes comptes à jour, j'ai vidé les étagères et je me suis retrouvé en route vers l'ouest avec cinq cents dollars en poche sans savoir le moins du monde où j'allais ni ce que j'allais faire. Puis ma guimbarde est tombée en panne d'essence à un kilomètre d'ici. J'ai terminé le chemin à pied et j'ai fait la connaissance d'un certain Parslow qui tenait ce magasin. Il en avait assez de s'en occuper et je lui ai offert cinq cents dollars pour les murs, le stock et tout le tremblement, dont deux cent cinquante en liquide. Il voulait trois cents dollars tout de suite. « Je vais vous dire ce qu'on va faire, j'ai dit. Ma voiture est à un kilomètre d'ici, sur la route, et la seule chose dont elle ait besoin, c'est d'essence. Je vous la laisse pour les cinquante dollars qui manquent. » « Topez là ! » il m'a dit. On a conclu l'affaire, il a rempli un bidon d'essence et il était prêt à partir. « Vous n'avez rien oublié ? » je lui dis. « Quoi ? » il me demande, en tâtant ses poches. « Ça fera cinquante *cents* pour l'essence », je dis. Eh bien, il m'a traité de tous les noms, mais il a payé. Et c'est comme ça que j'ai atterri ici, et je n'en ai jamais bougé depuis.

Et il gloussait de satisfaction. Il ne partirait jamais, affirma-t-il à Ellery. Il gagnait très peu d'argent mais, malgré tout, ses voyages à Los Angeles, où il se rendait une fois par an, ne lui donnaient pas envie de changer de façon de vivre. A chaque fois, il était content de rentrer. Tout était tellement... Il hésita ; de ses mains potelées, il fit des gestes vagues, dans le vide. Tout était tellement *propre*, ici, à la limite du désert. Pendant la journée, le regard portait à plusieurs kilomètres, et la nuit... il portait à des *millions* de kilomètres.

— Dites-moi, ces deux hommes qui étaient ici quand je suis arrivé... demanda soudain Ellery. Qui sont-ils ?

— Oh ! ils vivent quelque part dans le désert. Des ermites.

— Des ermites ?

— Oui, quelque chose comme ça. Je ne sais pas trop de quoi ils vivent – ils ne viennent au magasin que deux fois par an. Ils sont bien gentils, en tout cas. Un peu bizarres, peut-être, mais comme je dis toujours, ils ne dérangent personne. Chacun est libre de vivre comme il veut, du moment qu'il ne gêne personne. C'est ce que je dis toujours.

Ellery affirma qu'il était tout à fait de son avis, puis il se leva. M. Schmidt s'empressa de lui proposer un autre café et une part de tarte, ce qui n'était qu'un grossier stratagème pour le retenir quelque temps. Ellery eut un léger sourire, secoua la tête, régla son addition et lui dit qu'il aurait besoin de quelques renseignements avant de prendre la route.

— Pour aller où ? demanda le petit homme.

Ellery eut l'air perplexe. Où voulait-il aller, au fait ?

— Las Vegas, dit-il.

Schmidt prit Ellery par le bras et l'accompagna jusqu'à la porte. Là, avec force gestes, de nombreuses répétitions et rectifications, il lui indiqua un itinéraire. En clair, il se résumait à ceci (pour autant qu'Ellery pût faire confiance à sa mémoire) : « Suivez cette route qui longe la limite du désert. Ne prenez aucune des routes qui partent vers la gauche. Quand vous arriverez au premier embranchement, prenez à droite. C'est la route qui vous ramènera sur la nationale qui conduit à Las Vegas. »

Ellery lui adressa un signe de la main et démarra. Il pensait ne jamais revoir le Magasin du Bout-du-Monde ni Otto Schmidt, *Propriétaire*.

Une fois de plus, il était en route pour rentrer chez lui, empruntant en sens inverse le chemin des pionniers et, à bien y réfléchir, celui du soleil lui-même. A sa fatigue s'ajoutait la tendance à la somnolence provoquée par son repas chaud, et il devait lutter pour ne pas succomber au sommeil.

Il guettait l'apparition du « premier embranchement » où il était censé tourner à droite pour retrouver la nationale menant à Las Vegas.

A une ou deux reprises (peut-être trois, il n'était pas sûr) il remarqua un sentier assez large (cela ne semblait pas être autre chose) qui pouvait être l'une de ces

« routes qui partent vers la gauche » signalées par Schmidt, et il l'évita avec un léger sentiment de victoire. Il avait oublié de demander à Schmidt à quelle distance il se trouvait de Las Vegas et combien de temps il lui faudrait passer au volant.

Le jour déclinait et son imagination commença à vagabonder. Il pensa même un instant – et cela n'avait rien de réjouissant – qu'il n'atteindrait aucune destination précise cette nuit-là. Cela le fit songer à la légende de Peter Rugg, le Disparu, la version américaine du Hollandais Volant. Après avoir défié le ciel, Peter Rugg, pour châtiment, avait été condamné à galoper éternellement dans sa chaise de poste fantôme, talonné par un orage, essayant en vain d'atteindre la ville de Boston qui lui échappait toujours. Peut-être, pensa Ellery, les voyageurs des temps futurs répéteront-ils l'histoire de l'antique Duesenberg et de son conducteur fantôme qui s'arrête sans cesse pour demander s'il se trouve bien sur la route de Las Vegas !

Quels que fussent ses efforts pour fixer sur la route à suivre non seulement ses yeux fatigués, mais son esprit vagabond (« ... *premier embranchement... tournez à droite...* »), ses pensées revenaient constamment à ce vieillard au langage étrange, à son costume étrange, et à sa sérénité étrangement puissante. C'était vraiment bizarre de rencontrer un tel personnage en 1944, cent soixante-huit ans après la Déclaration d'Indépendance des Etats-Unis, même dans un désert intemporel. Avait-il seulement existé une époque à laquelle ce vieillard n'aurait pas attiré l'attention, provoqué une fascination proche de la crainte ?

Le regard d'Ellery fut attiré par un bouquet de saules du désert aux fleurs roses ; un instant plus tard, il les avait oubliés, mais peut-être fut-ce à cause d'eux que son esprit fit un bond dans le passé, vers un autre millénaire, un autre désert et d'autres personnages vêtus de djellabas auxquels se mêlaient des hommes semblables à ce vieillard : des hommes qu'on appelait des patriarches, ou des prophètes, ou des apôtres.

Ce vieil homme sur le chariot et son « Très bien, Storicaï » prononcé avec un accent étrange – non, tout compte fait, ce n'était pas l'accent de ces religieux russes installés au Mexique... Ce n'était pas son accent, ni sa voix, ni son visage, ni son vêtement qui étaient tellement étonnants, bien que la somme de tous ces éléments fût assez étonnante en elle-même. C'était plutôt son ineffable sérénité, une certaine aura, assez extraordinaire, de... grandeur ? Non, non ! Quel mot convenait le mieux ?

Vertu, c'était ça. Une vertu véritable, sans ostentation... une rectitude inébranlable... une parfaite communion avec Dieu... Cela se comprenait à l'éclat de son regard. C'était ça ! Comme les yeux de ce vieillard étaient étonnants !

Plus tard, en se remémorant ce voyage pareil à un rêve, Ellery en vint à croire que, dans un état de quasi-hallucination, alors qu'il repensait au regard du vieillard, son propre regard l'avait trahi et qu'il n'avait pas vu l'embranchement signalé par Otto Schmidt. Il n'avait certainement pas tourné à droite, comme Schmidt le lui avait conseillé. Il avait dû tourner à gauche.

Il se rappela comment, flottant entre ses réflexions et son épuisement, il s'était rendu compte que la route ne longeait plus du tout le désert, mais qu'elle s'y enfonçait peu à peu. Des arbres de Josué brandissaient leurs branches épineuses en tous sens, comme s'ils cherchaient aveuglément à saisir quelque chose ; le parfum fugace de la verveine des sables lui parvenait aux narines...

... puis un autre parfum le remplaça peu à peu, doucement, lentement, de façon presque imperceptible jusqu'à ce que, tout à coup, Ellery se rendît compte qu'il avait disparu, effacé par une odeur plus forte, plus lourde, qu'il reconnut pour l'avoir sentie peu de temps auparavant...

... la fumée d'un feu d'armoise, de nouveau.

Il fronça les sourcils, cligna des yeux, remarquant – de façon consciente, cette fois-ci – à quel point la route avait changé. Le chemin, empierré au début, l'avait été de moins en moins jusqu'à ne plus être qu'une bande de terre battue. Avant de réfléchir à la situation, il remarqua que ce n'était guère autre chose qu'un ruban d'herbe encadré par deux ornières étroites. A ce moment-là, il ne pensa même pas : je me suis trompé de route, je ferais mieux de rebrousser chemin tout de suite, tant qu'il fait encore assez jour. Il se dit : c'est certainement une très vieille voiture qui emprunte cette route, sans doute une Ford modèle T... puis : non, aucune voiture ne passe ici, car il n'y a pas de traces d'huile sur l'herbe au milieu du chemin.

Là-dessus, Ellery arrêta la Duesenberg pour regarder autour de lui. De tous côtés, il ne voyait que le désert – des buissons d'argémone, les masses grisâtres des bouquets de chardons, les couronnes d'épines de yuccas, des rochers, du sable, des cailloux. Il s'était arrêté juste à temps. La route se terminait brusquement, devant lui, après une légère montée. Il préféra ne pas trop se demander ce qu'il y avait derrière. Peut-être le vide – le flanc d'une falaise.

La lumière commençait à baisser et, sans perdre de temps, Ellery se mit debout dans la voiture et tendit le cou.

Il découvrit tout de suite que la pente, devant lui, appartenait à la bordure d'une colline basse en forme de couronne, une colline entourant une vallée. Du moins, c'est ce qu'il crut voir à la lumière pauvre du jour déclinant. La vallée avait la forme d'une vasque ; ce n'était donc pas vraiment une vallée, mais une cuvette. Les subtilités géologiques, cependant, ne le préoccupaient guère. Ce fut le mot *vallée* qui vint tout d'abord à son esprit engourdi de fatigue ; et le terme de *vallée* devait lui rester par la suite.

Tandis qu'il observait le bord de la colline, debout dans sa voiture, et que montait autour de lui la chaleur du moteur, une silhouette surgit soudain sur la crête et se détacha nettement sur le ciel jaune citron alors que sous ses yeux la colline rose devenait rose-rouge, puis virait au pourpre. Une robe à capuchon d'où émergeait une tête au profil aigu, une barbiche en pointe, un long bâton dans une main, et dans l'autre... C'était, ce devait être, ce ne pouvait être que le vieillard au chariot du Magasin du Bout-du-Monde.

Pendant un temps indéfini, Ellery resta ainsi, debout dans la Duesenberg, prêt à croire qu'il était victime d'un mirage ou que l'apparition de cet archétype de toutes les représentations du père était liée d'une certaine façon au fait que, récemment, il avait progressivement perdu conscience du monde extérieur, au point d'en arriver un jour à répéter le nom de son propre père sur une machine à écrire, ce qui n'avait aucun sens... Il vit que la silhouette sur la colline (étrangement mince, elle se détachait si nettement sur le ciel qu'elle semblait ne pas avoir d'épaisseur) portait un objet à ses lèvres.

Une trompette ?

Dans le silence qu'aucun souffle ne troublait (pas même le sien, car il retenait sa respiration), Ellery entendit, ou crut entendre un son d'un autre monde. Il était étranger et pourtant familier, d'une façon obsédante. Ce n'était pas la sonorité des longues et archaïques trompettes d'argent qui avaient salué le couronnement du roi d'Angleterre (et, huit mois plus tard, de son frère), ce n'était pas le son rauque, et pourtant terriblement émouvant du *shofar*, la corne de bélier des synagogues, qui fait fuir Satan et déchire l'oreille des pécheurs assoupis pour les conduire au repentir ; ni celui, grave et baroque, de la conque avec laquelle on sollicite la compassion des cent mille avatars de Brahma ; ni le son lointain du royaume des Elfes ; ni le jazz mélancolique d'un cornet à piston lors d'un enterrement traditionnel à La Nouvelle-Orléans... Cela ne ressemblait à aucun de ces sons particuliers et, pourtant, cela les évoquait tous d'une façon ou d'une autre...

Si, du moins, il avait vraiment entendu quelque chose.

Comme dans un rêve, Ellery coupa le contact, sortit de sa voiture et avança en direction de la silhouette, le long et étrange écho résonnant encore dans ses oreilles. (Mais n'était-ce pas simplement le silence bourdonnant du désert ?)

Il commença à escalader la colline basse.

Alors qu'il s'en approchait, la haute silhouette parut prendre du volume et se retourna vers lui. La main qui ne tenait pas le bâton était invisible, maintenant ; elle était enfouie dans les plis de la robe... tenant toujours la trompette ? Ellery n'aurait pu le dire. Ce dont il était sûr, cependant, c'est qu'il s'agissait bien du vieillard du chariot. Et lorsque Ellery atteignit le sommet, le vieil homme commença à parler.

Il s'exprima comme la première fois, avec cet accent et ce rythme singuliers dont l'étrangeté frappait l'oreille. Mais ce qui frappait était peut-être moins un accent qu'une intonation particulière. Que disait le vieil homme ? Ellery fronça les sourcils, concentrant toute son attention.

— *Que le Seigneur soit avec vous !*

— Le Seigneur... pensa Ellery à voix haute.

Le vieillard le fixa, une lueur dans le regard.

— Qui êtes-vous ? demanda-t-il.

Assez bizarrement, Ellery sentit la tête lui tourner. La route avait-elle pris de l'altitude depuis qu'il avait quitté le magasin, pour qu'il ressentît ainsi les effets d'une atmosphère raréfiée ? Ou l'effort qu'il avait fourni pour gravir la pente avait-il été trop pénible, dans son état de fatigue générale ? Il se campa solidement sur ses pieds, jambes écartées (cela aurait été tellement ridicule de s'évanouir maintenant !) et il fut contrarié de constater que son élocution était terriblement embrouillée lorsqu'il répondit :

— Je m'appelle Ellery...

Avant qu'il ait pu finir, il se produisit une chose étonnante : le vieil homme se plia en deux et commença à tomber. Instinctivement, Ellery tendit les deux mains pour le retenir, pensant qu'il venait de s'évanouir, qu'il allait mourir, peut-être. Mais le vieillard lui échappa et tomba à genoux, dans le sable, et il saisit le revers poussiéreux du pantalon d'Ellery et le baisa.

Et Ellery, stupéfait, persuadé qu'il assistait à une manifestation de sénilité ou de démence, vit le vieillard se prosterner ; et il l'entendit dire quelque chose, et le répéter en relevant la tête.

— Elroee.

C'était à cela que ressemblait son nom, lorsque le vieil homme le prononça avec son curieux accent. Et Ellery frissonna et se sentit glacé. Car n'était-il pas fait mention quelque part dans la Bible *d'El-roï* ou *d'Elroy ?* Ce qui signifie... *Dieu voit ?* Ou : *Dieu me voit ?...*

Tout cela ne prit que quelques secondes – le vieil homme entendant son prénom, s'agenouillant spontanément et répétant ce prénom selon sa propre version – si bien qu'Ellery, machinalement, termina sa phrase et ajouta son nom de famille :

— ... Queen.

Et, une fois de plus, l'événement extraordinaire se produisit. Car, en entendant *Queen*, le vieillard baisa le revers du pantalon d'Ellery *(le bas de mes vêtements !* pensa Ellery, presque avec colère), se prosterna de nouveau dans la poussière ; et, de nouveau, il répéta ce qu'Ellery avait dit, lui donnant une sonorité bizarre, inhabituelle.

— Quenan, répétait le vieillard. Quenan... Quenan...

Mais cette nouvelle version de son nom de famille ne lui rappelait rien. *Quenan... ?*

Et le vieillard, toujours à genoux, parlait et parlait encore, mais ce qu'il disait n'avait aucun sens pour Ellery dont les pensées vagabondaient dans une tout autre direction. La main qu'il avait instinctivement tendue pour retenir le vieillard reposait maintenant, à son grand étonnement, sur la tête encapuchonnée de ce dernier. Comment avait-elle pu atterrir là ? Sûrement par accident. Mon Dieu ! se dit-il. Le brave homme va penser que je lui donne ma bénédiction. Et il se retint pour ne pas sourire. Il ne comprenait rien à ce que disait le patriarche barbu – un murmure rapide de mots méconnaissables qui aurait très bien pu être une prière.

Il se ressaisit. Le vieillard s'était relevé et avait pris la main d'Ellery dans les siennes ; et ses yeux étranges reflétaient un sentiment proche d'une vive émotion (mais ce n'était pas exactement cela), un sentiment qui n'avait pas tout à fait l'intensité de l'anxiété (mais qui s'en rapprochait, malgré tout). Et il dit à Ellery, d'une façon tout à fait intelligible :

— Le temps des labours est passé, les jours de l'attente touchent à leur fin.

Ellery fouilla dans sa mémoire. Le vieil ermite avait-il utilisé une citation précise ? Non, cela ne lui rappelait rien. Et où était donc passé le deuxième homme ?

— Le temps est venu de battre le grain, et le malheur va bientôt descendre sur nous.

Non, décidément, pensa Ellery, cela ne me dit rien.

— Etes-vous le premier ?

La question résonna dans la tête d'Ellery.

— Le premier ? répéta-t-il stupidement.

— Le premier. Celui qui doit venir à nous au temps de notre malheur, et préparer le chemin pour le second. Loué soit le Seigneur !

Mais qu'est-ce que tout cela signifiait ? Il ne put que fixer ce regard insondable et répéter :

— Le second ?

Le vieillard acquiesça lentement.

— Le second sera le premier, et le premier sera le second. Cela est écrit. Nous te remercions, ô Seigneur !

Si quelqu'un d'autre avait déclaré cela, Ellery ne l'aurait sans doute pas pris au sérieux, considérant ses paroles comme une sorte de charabia paraphrasant un quelconque évangile imaginaire. Mais cet homme – « cet homme si vieux, si vieux » –, cet homme forçait le respect. Il forçait presque la conviction.

— Qui êtes-vous ? demanda Ellery.

— En vérité, vous savez qui je suis. (Sur la bouche du prophète se dessina un sourire grave.) Je suis le Maître.

— Et comment s'appelle ce lieu ?

Il y eut un bref silence. Puis :

— J'avais oublié que vous êtes un étranger, ici, même si votre venue parmi nous est le signe que la prophétie va sûrement se réaliser. L'endroit où nous nous trouvons porte le nom de Colline du Creuset, et, à nos pieds, se trouve la Vallée de Quenan. Et vous connaissez ce nom, car c'est le vôtre.

Il s'inclina.

Mon Dieu, pensa Ellery, il me prend pour quelqu'un d'autre, quelqu'un qu'il attendait. C'est une série de coïncidences tragi-comiques qui ne repose sur rien de plus solide qu'une similitude de sons. Mais qui croit-il donc que je suis ? En entendant mon nom, Ellery, il s'est prosterné en une révérence qui exprimait la plus grande humilité, pensant que j'avais dit « Elroï » ou « Elroy » – « Dieu, Toi qui me vois ». Il m'a pris pour...

Ellery ne pouvait se résoudre à le croire.

Tout en luttant contre le vertige qui l'assaillait, il entendit le vieil homme – « le Maître » – déclarer :

— Mes frères ne savent rien du mystère qui doit voir le jour ; ils ne savent rien du malheur qui va descendre sur eux, ils ne savent pas comment ils devront lutter lorsque la tempête de grêle détruira les récoltes. Ils ont vécu comme des enfants. Que feront-ils lorsque l'incendie fera rage ? (Il serra plus fort la main d'Ellery.) Venez, dit-il, venez vivre parmi nous.

Ellery entendit sa propre voix, très lointaine, demander :

— Pour combien de temps ?

Et le vieillard répondit :

— Jusqu'à ce que votre tâche soit achevée.

Serrant son bâton sous son bras, l'autre main toujours cachée dans sa robe (tenant la trompette ? mais y avait-il eu vraiment une trompette ?), il poussa doucement Ellery devant lui et lui fit descendre l'autre versant de la colline.

Et Ellery pénétra dans un autre monde. Ce fut si saisissant qu'il faillit pousser une exclamation de surprise. Quelques minutes plus tôt, il était dans un désert de sable et de roches dénudées, et maintenant il s'avançait dans un pays verdoyant couvert d'herbe et d'arbres et de cultures opulentes. Dans la cuvette entourée par la couronne de collines, la terre cultivable avait été étagée en terrasses ; les charrues avaient creusé des sillons parallèles aux limites naturelles du terrain. Dans le silence du crépuscule, il entendit le frais murmure d'un ruisseau et, lorsqu'il chercha d'où venait ce bruit, il découvrit le cours d'eau qui jaillissait de sous la terre et qui suivait docilement le lit qu'on lui avait tracé. De toute évidence, c'était un maître artisan qui avait ainsi dirigé, avec art et avec amour, cette conversion du désert de façon à ne pas gaspiller la moindre parcelle de terre ni la moindre goutte d'eau.

Et maintenant, tout au bas de la pente, il remarquait pour la première fois un petit village. Il comprenait une cinquantaine de maisons, estima-t-il, dont la plupart étaient assez petites ; seules quelques-unes étaient de dimensions plus importantes. Elles étaient toutes construites le plus simplement possible. Puis une légère brise nocturne vint jusqu'à eux, et il entendit de lointains bruits de voix ; et la brise apporta aussi l'odeur de cette fumée qu'il voyait s'élever lentement en spirales au-dessus des maisons.

C'était l'odeur de l'armoise qui brûle.

Ils étaient à mi-pente lorsque le soleil disparut brusquement derrière le versant ouest de la colline.

Une ombre gigantesque recouvrit rapidement la vallée de... comment l'avait donc appelée le vieillard ?... Quenan.

Ellery frissonna.

2

Lundi 3 avril

L'œil regardait Ellery. Cela durait depuis un bon moment lorsqu'Ellery se décida enfin à lui accorder toute son attention... et l'œil cessa d'être un œil pour redevenir, tout simplement, un trou laissé dans une planche par un nœud du bois.

— Cette plaisanterie a assez duré ! dit-il d'une voix ferme en se redressant.

Son mouvement brusque fit voltiger la couverture – usée, mais propre – qui atterrit sur le plancher. C'est-à-dire quelques centimètres plus bas, seulement, nota-t-il aussitôt, car il avait dormi sur une paillasse rembourrée de foin et de fanes de maïs et recouverte de peaux de mouton. Ces trois éléments avaient chacun leur odeur caractéristique qu'il reconnut sans hésiter. Il ne se trouvait donc pas dans un motel quelconque à l'équipement rudimentaire.

C'est alors qu'il se souvint.

Comme cela s'était déjà produit auparavant, et devait se reproduire plus tard, il se leva en croyant être parfaitement reposé et il attribua la raideur de ses articulations au fait d'avoir dormi sans matelas ni sommier.

Machinalement, il explora les lieux à la recherche d'une douche, mais n'en trouva pas. Il ne vit d'ailleurs pas la moindre tuyauterie. Il se trouvait dans une habitation sommaire, composée de trois petites pièces dont les rares meubles étaient aussi rudimentaires que la maison elle-même et, comme elle, ne portant pas la moindre trace de peinture. Mais partout le bois luisait d'une patine à l'odeur très particulière : celle de la cire vierge...

Sur l'une des tables étaient posés un pain de savon de fabrication artisanale, un morceau de tissu propre destiné à faire office de gant de toilette, une cruche en grès, une cuvette et un gobelet. La cruche était emplie d'eau. Ses bagages étaient soigneusement empilés dans un coin de la pièce.

Il se lava à l'eau froide, le souffle coupé, puis enfila des vêtements propres. Il se brossa les dents, se peigna. Quant à se raser... sans eau chaude...

Quelqu'un frappa à la porte de bois avec un objet qui devait être en bois, lui aussi.

— Entrez, dit Ellery, se raidissant.

Le Maître entra. Il tenait son bâton d'une main, un panier dans l'autre.

— Loué le Seigneur de nous avoir accordé la bénédiction de votre venue, dit-il d'une voix sonore ; puis il sourit.

Ellery sourit à son tour, en partie à cause de la réflexion que lui avait inspirée le vieillard : se pouvait-il que son fardeau fût le panier de provisions que l'on retrouve dans tous les contes de fées ? A son grand étonnement, c'est ce qu'il se révéla être – il n'y manquait rien, pas même la serviette à carreaux pour recouvrir le tout.

— Ordinairement, je dîne seul, dit le Maître. Et il se peut que vous ayez plus tard l'envie de dîner avec la communauté, au réfectoire. Ce premier repas, cependant, je souhaite que nous le partagions, et que nous le prenions ici.

Ils burent d'abord un jus de fruits dont le goût était nouveau pour Ellery (il apprit plus tard qu'il s'agissait d'un mélange de mûres et de figues de Barbarie). C'était très doux et n'agressait nullement son estomac sensible après une nuit de jeûne. Ils prirent ensuite des galettes de maïs arrosées de sirop – probablement du sirop de sorgho. Ellery regretta l'absence de café, mais le lait (du lait de brebis, très riche) et la gourde de tisane, bien chaude et sucrée avec du miel, le remplacèrent de façon agréable.

Le vieillard pria à voix basse lorsqu'il se lava les mains, qu'il but et mangea, mais le repas se passa sans qu'aucune parole fût échangée.

— Etes-vous satisfait de ce repas ? demanda finalement le Maître.

— Oui, répondit Ellery, je suis satisfait.

— Béni soit le Seigneur, nous lui en sommes reconnaissants... Nous pouvons partir, maintenant.

Il nettoya la table des miettes qui s'y trouvaient, remplit le panier et se leva.

Ils empruntèrent une allée bordée d'arbres, éclaboussée de soleil, pour se rendre à un bâtiment de pierre grise. Un murmure de voix enfantines devint audible lorsqu'ils se furent suffisamment approchés. De petites pièces, contenant chacune une table et deux bancs, donnaient sur le hall principal où les enfants étaient rassemblés. Bien sûr, pensa Ellery, sans surprise : puisqu'il est le Maître – cela doit être l'école.

Les enfants les plus jeunes étaient assis au premier rang, sur les bancs les plus bas ; les filles d'un côté, les garçons de l'autre. Ils se levèrent à l'arrivée du Maître. Sourires timides, airs graves, ou curiosité respectueuse, Ellery découvrit des visages propres, hâlés par le soleil, ne reflétant ni apathie ni insolence, du premier au dernier rang, des jeunes enfants jusqu'aux adolescents. Ellery regarda franchement chaque visage et tous exprimaient la franchise.

— Mes enfants, dit le Maître. Bénissons le Seigneur.

Personne ne baissa la tête, personne ne ferma les yeux, personne n'ouvrit la bouche. Un silence intense régna dans la pièce. Dans les rayons de soleil qui entraient par les fenêtres sans vitres, les particules de poussière semblèrent se déplacer plus lentement. Un oiseau se mit à chanter non loin.

— Ceci est un grand événement, dit le Maître. Vous avez tous été invités tour à tour dans les maisons de vos camarades. Maintenant, il y a un invité parmi nous qui est notre Hôte à tous, l'Hôte de tout Quenan. Sa venue est pour nous un bienfait de la plus grande importance. Pour l'instant, je vous dirai seulement que cela était prédit. Quant à ce qu'il fera, vous en serez tous témoins. Remercions le Seigneur de l'avoir envoyé parmi nous. Cela sera notre leçon d'aujourd'hui. Nous allons faire de ce jour un jour de fête. Vous pouvez rentrer chez vous, maintenant ; vous pouvez mettre vos habits de fête, vous pouvez jouer, étudier, ou aider vos parents, comme il vous plaira. Allez, maintenant. Béni soit le Seigneur.

Il passa parmi eux, touchant une tête, une épaule, tapotant légèrement une joue ou un bras. Les enfants regardaient Ellery avec étonnement, mais ils ne lui parlèrent pas. Les garçons étaient vêtus de la même façon que Storicaï, l'homme qui accompagnait le vieillard au

Magasin du Bout-du-Monde : chemise sans col et pantalon de « ramasseur de coquillages » ; les filles portaient de longues robes, d'une seule pièce. Tous étaient pieds nus. Quelques instants plus tard, il allait les voir sortir de leurs maisons, tels les personnages d'un tableau représentant une scène biblique, sans que rien chez eux ne fît songer à un déguisement ; certains portaient des fleurs.

Ellery suivit son guide à travers le village, acceptant, avec étonnement, les fleurs qui lui étaient offertes de temps à autre, parfois par des garçons parmi les plus âgés.

— Recevez-vous beaucoup de visiteurs – d'invités – venant de l'extérieur ? demanda Ellery. Et il se surprit à ajouter : Maître ?

— Aucun, répondit le Maître.

— Aucun ? Autrefois, certainement... ?

— Autrefois ? Aucun. Vous êtes le premier – ainsi qu'il est écrit. Nous savons peu de chose du monde extérieur et il ignore tout de nous.

La lumière brille dans les ténèbres, et les ténèbres ne l'ont point reçue.

Ellery observait le village avec une excitation grandissante.

Nichées dans leurs carrés de jardins, les petites habitations marquées par les intempéries étaient dépourvues de la moindre décoration, à l'exception des plantes grimpantes que l'on avait laissées envahir les murs. Le bois naturel avait pris une teinte gris-argent et jaune-brun, parfois tachée d'ocre ; le vert des plantes grimpantes et des feuillages et les multiples couleurs des fleurs formaient une harmonie chromatique qui était reposante pour les yeux. Et pour le contraste, il y avait la construction en pierres grossières, irrégulières, des quelques bâtiments publics, de dimensions plus importantes.

Les habitations donnaient une curieuse impression de vitalité, comme si elles avaient, elles aussi, jailli du sol lui-même. Et il y avait là, pensa Ellery, une leçon à tirer pour tous les architectes. Il semblait bien qu'ici l'art (ou l'artifice) n'était pas tant dédaigné que complètement ignoré. Il y avait dans ces constructions naturellement fonctionnelles une telle beauté sans aucune recherche, une telle innocence, qu'il frémit lorsqu'il les compara aux cubes géométriques du style Bauhaus et aux habitations déshumanisées de Le Corbusier.

Les rues n'étaient pas pavées. Il n'y avait pas d'électricité ni de lignes téléphoniques. Il n'y avait pas la moindre machine équipée d'un moteur à explosion, ni dans les granges, ni dans les terres cultivables, ni dans les pâturages. Les charrues elles-mêmes étaient presque entièrement en bois. Et, partout, la végétation était abondante, luxuriante. Il était difficile de garder à l'esprit qu'au-delà du cercle des collines – la Colline du Creuset, l'avait appelée le vieillard – il n'y avait rien d'autre qu'un désert aride.

Et les gens...

De temps à autre, une femme apparaissait sur le seuil de sa maison pour saluer le Maître avec respect, un respect teinté d'un vague sentiment de gêne, comme si la vallée tout entière se ressentait du choc et de l'étonnement suscités par la venue du visiteur. Parfois, un homme qui partait aux champs, ou qui en revenait – les pieds maculés de boue, la houe sur l'épaule, une gourde d'eau à la main – saluait aussi le Maître ; et, à chaque fois, les regards se portaient vivement sur le nouveau venu, s'en détournant pour s'y porter de nouveau.

A l'exception des enfants qui avaient congé, tout le monde était occupé à une tâche ou à une autre, mais personne ne donnait l'impression de faire un travail pénible, personne n'avait l'air tendu ou abattu, comme c'est souvent le cas avec le travail industriel. Ellery ne voyait autour de lui que des gens qui paraissaient heureux et en paix.

En dépit des animaux qui flânaient çà et là, les rues de terre battue étaient remarquablement propres, un phénomène qui fut bientôt expliqué lorsqu'ils rencontrèrent le « service de nettoiement » du village. Il s'agissait d'un très vieil homme et d'une très jeune femme qui ratissaient la poussière de la rue avec des sortes de balais de branchages et déposaient soigneusement toutes les brindilles, les feuilles et les déjections dans une carriole tirée par un âne.

L'étonnement qu'Ellery lut dans leurs yeux, lorsqu'ils le regardèrent furtivement pour aussitôt détourner le regard, était aussi grand chez le vieillard que chez la jeune femme.

Cet étonnement n'était pas seulement ressenti par les gens de Quenan, Ellery le partageait lui aussi. Car il découvrait là, sans nul doute, le royaume de la Paix.

Du moins les apparences le laissaient-elles croire.

— Il faut que nous nous arrêtions ici un moment, dit le Maître, faisant halte devant un grand bâtiment de la taille d'une grange.

La température ambiante s'était élevée, et ce fut un soulagement pour Ellery de prendre un peu de repos. Ce bâtiment avait moins de fenêtres que l'école et il y faisait frais. Après la lumière éblouissante de la rue, la semi-obscurité lui fit cligner des yeux. Il repéra un banc et s'y assit.

Ils se trouvaient de toute évidence dans une sorte d'entrepôt ou de magasin.

Des étagères couvraient les murs, d'autres divisaient la pièce en plusieurs travées ; il y avait des caisses, des casiers et des tiroirs partout. Il vit des bouquets de fines herbes, sèches ou en train de sécher, des guirlandes de piments, des chapelets d'oignons rouges qui luisaient comme des braises dans la pénombre ; du blé, de l'avoine, du maïs aux grains de toutes les couleurs, du noir au bleu lavande ; des sacs de farine, des légumes secs de toutes sortes. Ellery n'en avait jamais vu un choix aussi vaste sinon dans les épiceries mexicaines ou portoricaines. Il vit aussi des roues de fromage, des balles de laine, d'un brun sale à l'extérieur et d'un blanc crémeux au-dessous, là où la tondeuse l'avait coupée, des bobines de fil, des rouleaux de tissu, des outils, des pièces de métier à tisser et de rouets, des paquets de chandelles de cire suspendues par des anneaux de mèche, des barils de clous, des paquets d'aiguilles en os, des piles de peignes de corne, des boutons, des bobines en bois, des poteries, des graines, et même des pots de confitures.

C'était une corne d'abondance primitive, une version fruste de la caverne d'Ali-Baba ; il y avait une sorte de comptoir derrière lequel se tenait Storicaï, l'homme qui était avec le Maître au magasin d'Otto Schmidt. Il salua Ellery d'un air solennel, puis son regard se dirigea vers la rue comme pour voir si l'Hôte n'était pas, par hasard, venu dans cet étrange véhicule qui l'avait tant fasciné ce jour-là devant chez Schmidt...

Ce jour-là ? Il lui semblait que c'était hier.

Et, soudain, Ellery se rendit compte que cela s'était bien passé la veille seulement.

Ce fut un tel choc qu'il fut arraché à cette sensation de rêve éveillé à laquelle il s'abandonnait. C'était comme s'il s'était laissé prendre dans un labyrinthe temporel où le passé et le présent se succédaient sans cesse comme les couleurs d'un kaléidoscope. Il était maintenant sûr de connaître le jour de la semaine, alors qu'il n'aurait su le dire quelques instants plus tôt. Mais il n'était absolument pas certain de l'année ni, à vrai dire, du siècle. Il observa le Maître qui sortait un couteau de l'une des poches de sa robe et, le tirant de son fourreau, en montrait la lame brisée à Storicaï.

— Dois-je vous en donner un autre ? demanda ce dernier.

— Non... répondit le Maître, non, je le choisirai moi-même. Chaque main sait ce qui lui convient le mieux, Magasinier. Mettez ce couteau cassé dans la boîte à outils à réparer, pour le Charpentier-Forgeron.

— Très bien, Maître, murmura Storicaï, le Magasinier. (Dans une communauté comme celle-ci, pensa Ellery, la lutte contre le gaspillage devait être une question de survie plutôt qu'une simple mesure d'épargne, mais le Magasinier s'exécuta sans quitter Ellery des yeux.)

Dans la pénombre de la pièce, la voix du Maître s'éleva.

— Lorsque vous avez vu notre Hôte pour la première fois, Storicaï, vous ne saviez pas, et je ne savais pas non plus, qu'il allait bientôt se trouver parmi nous. Voici celui dont la venue était prédite. C'est un grand événement pour nous, Magasinier, un très grand événement.

La voix, si vieille mais si forte, se tut.

Les yeux du Magasinier s'agrandirent et reflétèrent cette même sorte d'étonnement qu'Ellery avait remarqué dans tout Quenan. Quelque peu nerveux, Ellery s'agita. Un rayon de soleil tomba sur sa montre-bracelet, qui scintilla. Le Magasinier poussa un petit cri.

— Oh ! fit-il. Oh...

— Ma montre ?

— Oh !

C'était une montre en or, extra-plate, un cadeau d'anniversaire que son père lui avait offert quelques années plus tôt. Elle indiquait non seulement l'heure, mais aussi le jour du mois, l'année et les phases de la lune. Cette dernière indication seulement, pensa Ellery, semblait en accord avec la vie de cette vallée. La nouvelle lune et l'ancienne lune : de quel autre point de repère pouvait-on avoir besoin dans cette minuscule contrée perdue – ce pays hors du temps et heureux de l'être ?

— Vous n'avez jamais vu de montre-bracelet ? demanda Ellery en levant le bras.

Le visage barbu du Magasinier exprimait une vive stupéfaction.

— Une montre que l'on porte au poignet ? Non, non.

— Alors vous avez déjà vu des montres d'une autre sorte ? Et des horloges ?

Ellery espérait ne pas avoir adopté le ton condescendant du grand homme blanc qui s'adresse au bon sauvage, mais il s'avéra que Storicaï savait beaucoup de choses concernant les montres et les horloges. Il y avait des montres à Quenan. (Plus tard, Ellery en vit quelques-unes, d'antiques montres de gousset, grosses, solennelles, que l'on remontait avec une clé, et qui avaient dû traverser la prairie dans des chariots tirés par des bœufs.) Il y avait quelques horloges aussi.

— Des horloges avec des aiguilles, expliqua fièrement le Magasinier, bien que la plupart d'entre elles se révélèrent être des sabliers, d'autres des cadrans solaires (« pour la journée ») et d'autres des clepsydres (« pour la nuit »).

Sans réfléchir, Ellery fit glisser sa montre et l'ôta de son poignet. Storicaï écarquilla encore plus les yeux en voyant se dilater le bracelet métallique extensible.

— Voilà ce qu'elle indique, expliqua Ellery. Et aussi ceci... et ceci...

— Mais la clé... Je ne vois pas de trou pour mettre la clé.

— Elle se remonte toute seule, Storicaï, grâce aux mouvements du bras.

Le Magasinier toucha timidement la montre-bracelet. Elle scintilla de nouveau et son éclat semblait jaillir du regard de l'homme. Ellery se demanda un instant si cet éclat ne signifiait pas la cupidité plutôt que l'étonnement. Ou ni l'un ni l'autre, pensa-t-il. Ou autre chose, ou rien d'autre.

— Voici le nouveau couteau que j'ai choisi, dit le Maître, qui les rejoignit. Je l'ai bien en main.

Le Magasinier acquiesça, détachant à regret son regard de la montre d'Ellery. Il tira vers lui un volume imposant, une sorte de registre ou d'agenda qui semblait de fabrication artisanale ; et dans ce livre, il consigna l'échange des couteaux. Lorsqu'il eut fini, Ellery – spontanément, de nouveau – lui tendit sa montre.

— J'en ai une autre que je peux utiliser tant que je suis ici, dit-il à Storicaï. Aimeriez-vous porter celle-ci jusqu'à mon départ ?

Les yeux de Storicaï brillaient lorsqu'il se retourna machinalement vers le Maître. Et le vieillard sourit, donnant son accord d'un signe de tête comme il l'aurait fait pour un enfant. Ellery fit glisser sa montre sur le poignet mince de Storicaï ; et, en quittant le magasin en compagnie du Maître, il regarda derrière lui et vit le barbu qui tournait la montre en or dans tous les sens à la lumière du soleil.

— C'est votre temple, n'est-ce pas ? – ou votre – heu, votre hôtel de ville ? demanda Ellery lorsqu'ils pénétrèrent dans le plus haut et le plus imposant des bâtiments publics en pierre.

Chaque fenêtre était encastrée dans un renfoncement vertical presque aussi haut que la bâtisse elle-même.

— C'est la Maison de la Sainte Congrégation, répondit le Maître. C'est là que se trouve ma chambre, et le Successeur y a la sienne également. C'est ici que se réunit le Conseil. C'est dans cette salle que le Conseil des Douze tient ses réunions, comme vous le verrez. Et comme, en vérité, Elroï, vous l'avez déjà vu.

Elroï !

Ainsi donc, il n'avait pas rêvé les événements de la veille.

Et pourquoi : « ... déjà vu » ?

C'était un rêve et ce n'en était pas un. Qu'est-ce qui était réel ? se demandait Ellery, désarmé. Mieux valait ne plus poser de questions. Je me contenterai d'écouter, se dit-il, d'écouter et d'observer. De voir...

Il vit une grande salle qui occupait toute la surface du bâtiment. Elle contenait une table, très longue et très étroite. De chaque côté de la table était disposé un banc aussi long qu'elle et, à chaque extrémité, un banc très court. La seule lampe qu'il eût vue jusqu'alors à Quenan brûlait, accrochée à son support, au-dessus d'une porte située dans le mur du fond, à l'opposé de la porte d'entrée. Cela expliquait pourquoi le Maître avait acheté du pétrole au Magasin du Bout-du-Monde. Le Bout-du-Monde... Si le bout du monde se trouvait quelque part, c'était bien ici dans la Vallée de Quenan entourée par la Colline du Creuset.

Le vieillard parlait de nouveau, pointant son bâton dans la lumière pauvre, jaunâtre et légèrement tremblotante. Les portes situées dans les deux murs longitudinaux menaient aux chambres, expliqua-t-il. La porte unique du mur de gauche menait à la sienne, qui était deux fois plus vaste que celles situées derrière les deux portes du mur de droite. Et le patriarche alla jusqu'au mur de droite et frappa à l'une des deux portes avec son bâton.

Elle fut immédiatement ouverte par un jeune homme, un très jeune homme ; de dix-huit, dix-neuf ans, pensa Ellery, guère plus. Un adolescent dont le visage était celui d'un chérubin de Michel-Ange, à ceci près qu'il portait un collier de barbe bouclée. La joie illumina son visage angélique.

— Maître ! s'écria-t-il. Lorsque mes frères sont rentrés de l'école en courant pour me dire que vous aviez décrété un jour de congé, et pour quelle raison, j'ai revêtu mes robes. (Il portait des vêtements assez semblables à ceux du vieillard.) Hôte... (Il se tourna vers Ellery et prit ses deux mains dans les siennes) Hôte, vous êtes le bienvenu ici. Vous êtes le bienvenu. Loué soit le Seigneur.

Ellery plongea le regard dans les yeux du jeune homme, si sombres dans ce visage bruni par le soleil ; et les yeux sombres lui rendirent son regard, avec une confiance infinie. Une confiance telle que, lorsque le jeune homme le relâcha, Ellery se détourna. Qui suis-je, pensa-t-il, pour que l'on me regarde avec une telle confiance... avec un tel *amour*... ? Qui suis-je... ou qui croient-ils que je suis ?

— Elroï Quenan, dit le patriarche, voici le Successeur.

Successeur ? se demanda Ellery. Et de qui ? Mais il comprit alors, à la façon dont le vieillard l'avait prononcé, que ce titre comportait une majuscule. Et cela lui donna aussitôt la réponse à sa question : c'était le Successeur du vieillard lui-même.

— Maître, vous l'avez appelé... (Le jeune Successeur hésita.) Vous avez appelé l'Hôte... ?

— Je l'ai appelé par son nom, Successeur, dit gravement le vieillard. Je l'ai appelé par son prénom, qui est Elroï, et par son nom, qui est Quenan. C'est lui, Successeur. C'est lui, en vérité.

A ces mots, le Successeur, le regard rempli d'adoration, tomba à genoux, se prosterna, et baisa – oui, pensa Ellery, il n'y a pas d'autre façon d'exprimer cela – baisa le bas de ses vêtements.

— La pièce voisine est celle où je me repose et où je dors. Mais celle-ci... expliquait le Successeur (alors qu'Ellery se faisait des reproches : *Pourquoi ne l'ai-je pas interrompu ? Pourquoi ne lui ai-je pas seulement demandé ce que tout cela signifiait ?)* c'est la pièce où j'étudie et où j'écris. (Il insista légèrement sur le dernier mot.) Il n'existe pas d'autre pièce semblable à celle-ci. On l'appelle le scriptorium.

Sur la table, il y avait du papier, de l'encre, des plumes. Quant à ce qu'il pouvait bien écrire, le Successeur n'en parla pas.

Le Maître montra de son long bâton la porte située sous la lampe.

— Cette pièce est la plus petite de toutes, dit-il. Mais c'est aussi la plus importante. Ceci est le... (Il prononça un mot qui ressemblait à « sanctum ».)

Sanctaum ? Le sanctuaire, le saint des saints ? Ellery n'était pas sûr d'avoir bien entendu car, avec son accent particulier, le vieillard semblait avoir prononcé une syllabe de plus que le mot n'en comportait...

La brume onirique, mystification et fatigue mêlées, dans laquelle Ellery se débattait, se dissipa un moment. Et il s'entendit demander, d'un air détaché, comme l'Ellery Queen d'il y a un million d'années :

— Comment épelez-vous ça ?

— C'est la pièce interdite, dit le Successeur. Puis : Epeler ? Je vais vous l'écrire.

Le jeune homme s'assit à un pupitre, choisit une plume, en tailla la pointe avec un petit couteau, la trempa dans un encrier et écrivit sur un morceau de papier. Il y avait quelque chose de mystérieux, de hiératique, dans sa façon d'écrire. Scriptorium... Soudain, Ellery comprit ce que signifiait ce mot : en ce siècle placé sous le signe des fusées et de la physique quantique, il contemplait de ses propres yeux un scribe qui travaillait à la manière des anciens. En silence, il ramassa le morceau de papier.

Sanquetum.

Cela expliquait la prononciation.

Ce qui n'expliquait rien.

— Il est temps, Maître, dit Ellery, que vous m'expliquiez comment est régie votre communauté. Il faut que je vous pose d'autres questions, également. Mais cela suffira pour commencer.

Le vieillard le regarda – ou regarda au-delà de lui, peut-être.

— Ce que vous me demandez, Quenan, je le ferai et, pourtant, je sais que c'est seulement pour me mettre à l'épreuve. Nous n'obéissons à aucune autorité, Quenan. Mais nous avons notre gouvernement.

Un souvenir traversa la mémoire d'Ellery, lui échappa, puis lui revint clairement. C'étaient quelques lignes d'un vieux livre : *le Dr Melanchton dit au Dr Luther : Martin, aujourd'hui, nous parlerons du gouvernement de l'univers. Le Dr Luther lui répondit : Non, Philip, aujourd'hui, nous irons à la pêche, et nous laisserons à Dieu le soin de gouverner l'univers.*

— Soit. Votre gouvernement, donc, dit Ellery.

Le vieillard jeta un regard au Successeur, qui se leva aussitôt et les quitta sur une poignée de main énergique et un sourire radieux.

Menant Ellery dans la longue salle, le Maître le fit asseoir à la table du Conseil et se glissa sur le banc opposé. Pendant un moment, il sembla s'absorber dans ses méditations (ou ses prières ?). Puis il commença à parler. Et, en l'entendant, Ellery se sentit de nouveau replonger dans le rêve, dans ce monde intemporel qui possédait « ce que l'autre monde avait perdu ». Et la voix du vieil homme était aussi douce que la lumière de la lampe qui l'éclairait, et Ellery cligna des yeux, car il avait l'impression de regarder un tableau très ancien à travers une brume dorée.

— Le Conseil des Douze... dit le vénérable Maître. Je vais vous en présenter les membres les uns après les autres, Quenan. Mais la présentation importe peu car, dans cet ordre, personne n'est le premier et personne n'est le dernier.

Et il commença par le Laboureur.

Le *Laboureur* s'occupait de toutes les cultures et de tous les problèmes que cette tâche comportait. C'était lui qui choisissait les parcelles où l'on devait cultiver le blé, celles où l'on devait faire pousser le coton, le lin, les haricots, les melons, etc. ; il désignait ceux qui devaient entretenir les plantations, leur donnait ses directives ; il décidait enfin de la façon de faire les récoltes et de leur époque.

Le *Pâtre*. Il avait la responsabilité du bétail (moutons, chèvres, ânes) et de la basse-cour de la communauté. Il n'y avait pas de chevaux à Quenan, dit le Maître ; pour les tâches qu'ils auraient pu accomplir, les ânes les remplaçaient avantageusement. Le Pâtre veillait à ce que les bêtes fussent tenues à l'écart des récoltes et des jeunes arbres ; il s'occupait de leur pacage, de leur reproduction et des soins à donner aux animaux nouveau-nés. Le Pâtre était également au fait des maladies des bêtes mais, avec ses méthodes d'élevage, le cheptel de Quenan jouissait d'une santé si robuste qu'il avait rarement besoin d'utiliser ses talents vétérinaires.

Le *Puisatier*. La survie de la communauté dépendait entièrement du travail du Puisatier. Sa tâche consistait à entretenir les citernes et les bassins collecteurs où l'on recueillait l'eau des rares averses ; il veillait à la propreté des puits et des sources dont l'importance était primordiale. Il s'occupait aussi du petit aqueduc et il décidait de la quantité d'eau à utiliser pour les fossés d'irrigation, lorsqu'il avait déterminé ce dont la communauté avait besoin pour boire, faire la cuisine, se laver et faire la lessive.

Le *Meunier*. Le Meunier utilisait un moulin à eau (lorsqu'il y avait de l'eau en quantité suffisante) pour moudre en farine ou en poudre les céréales, les légumes et même des citrouilles. Lorsqu'il n'y avait pas d'eau, le Meunier hissait les voiles de son moulin et il captait le vent. Et s'il n'y avait ni eau ni vent, il attelait des bêtes à la pierre du moulin, leur bandait les yeux pour qu'elles ne fussent pas prises de vertige et les faisait tourner en rond.

Le *Potier*. La Colline du Creuset ne contenait pas d'argile, mais il y avait une carrière d'argile à moins d'une journée de voyage à dos d'âne. Le Potier et son aide tournaient et cuisaient les ustensiles rudimentaires utilisés par la communauté et les émaillaient avec du sel provenant d'une mine voisine. Il confectionnait également des objets qui devaient être destinés à un usage religieux, mais dont le Maître ne précisa pas la nature.

Et *l'Esclave*...

— Le quoi ? s'exclama Ellery.

— L'Esclave, répéta le Maître avec un soupir.

— Vous pratiquez *l'esclavage* ? s'entendit demander Ellery avec sa voix de 1944.

Aux oreilles d'Elroï, l'homme de Quenan, cette question parut brutale, accusatrice. Pour une communauté qui menait une vie primitive, quasi biblique, cela était-il si remarquable... ?

— Nous méritons vos reproches, dit le patriarche avec humilité. Cependant, vous savez certainement que nous ne comptons plus d'esclaves parmi nous. Celui-là est le dernier. Il est dans sa quatre-vingt-huitième année.

— Il se repose de ses labeurs, sans doute.

C'était bien la peine de faire étalage de toute cette morale bucolique, pour en arriver là !

— L'Esclave ne travaille pas du tout, dit le Maître. Sa seule fonction est d'être membre du Conseil. La communauté se charge de subvenir à tous ses besoins.

— Très aimable à vous, marmonna Ellery-1944.

— En expiation, ajouta le vieillard.

Et, soudain, il vint à l'esprit d'Ellery que la communauté n'expiait peut-être pas ses propres péchés, mais ceux de la nation tout entière. Etait-il possible que cet « Esclave » fût l'un de ceux à qui la Proclamation du 13e amendement avait rendu la liberté ? Ou était-ce un survivant de cet esclavage des Indiens qui avait subsisté dans le fin fond du Sud-Ouest pendant une dizaine d'années de plus ?

Il était plus probable, pensa Ellery, qu'il représentait un épisode particulièrement sombre de l'histoire de Quenan.

Quenan...

Que diable pouvait bien signifier ce nom ? De quelle langue provenait-il ?

Ellery-1944 sentit de nouveau la fatigue l'accabler dans l'atmosphère lénifiante de cette pièce plongée dans la pénombre. Mais l'autre Ellery – Elroï – dit doucement, le menton dans ses mains :

— Continuez, Maître, je vous en prie.

— Ensuite, vient quelqu'un que vous connaissez déjà.

Le *Magasinier,* à qui Ellery avait prêté sa montre, était le dépositaire des biens de la communauté. Vivant au milieu des objets de fabrication artisanale de ses semblables, il avait pris un plaisir enfantin à contempler un objet de construction étrangère.

Le *Chroniqueur*. Il tenait à jour l'histoire, les annales, le calendrier et les généalogies de la communauté. Il s'occupait également des livres, qui contenaient surtout des prières ; il les entretenait et les réparait.

Le *Charpentier-Forgeron* avait la charge de la construction, de l'entretien et de la réparation des bâtiments, des meubles, des véhicules et des outils.

La *Tisserande*. Cette fonction était normalement assurée par une femme, bien que les hommes pussent également y accéder. Ellery, que Quenan faisait songer aux anciennes sociétés patriarcales, fut étonné d'apprendre que les femmes étaient éligibles à toutes les fonctions.

Les *Anciens*. Ils étaient deux, un homme et une femme. Il fallait qu'ils eussent au moins soixante-quinze ans. Ils représentaient les intérêts particuliers des gens âgés de la communauté.

Toutes les décisions concernant le bien-être et l'organisation de la communauté étaient prises par le Conseil des Douze. Si une affaire ne pouvait se résoudre que par un jugement, ils faisaient office de tribunal.

Le vieillard ajouta :

— Le droit de pénétrer dans cette Maison de la Sainte Congrégation n'appartient qu'à ces douze-là et à trois autres : moi-même, en tant que Maître, le Successeur et l'Intendant. Et c'est tout.

Il vivait là, ainsi que le Successeur ; et l'Intendant – dont les fonctions, Ellery crut le comprendre, rappelaient celles d'un économe ou d'un sacristain – servait de liaison entre le Maître et le Conseil.

— Mais deux d'entre nous seulement ont le droit d'entrer en silence, dit le Maître. Ce sont votre serviteur et son Successeur.

« Votre serviteur... » Le rêve se prolongeait. De rage, Ellery faillit se prendre la tête à deux mains. Après tout, on l'avait bien laissé entrer, *lui*. Au nom du ciel, qui était-il donc censé être ? Qui était « Elroï Quenan » ? Pour masquer son trouble, Ellery répéta :

— Entrer en silence ?

La main du vieillard – toute de veines, d'os, de tendons et de peau – décrivit un geste.

— La maison sacrée n'a qu'une seule porte, dit-il, celle par laquelle nous sommes entrés. Elle n'est jamais verrouillée, elle n'a pas de serrure. Car cette maison est le cœur même de la Congrégation.

Il n'avait pas haussé le ton, mais sa voix vibrait de la ferveur de la foi.

Dans le langage de l'anthropologie moderne, la maison possédait du *mana*, et elle était donc *taboue* pour toute la communauté. Les seules exceptions étaient déterminées de façon rigide : les membres du Conseil et l'Intendant. Mais même eux devaient se plier à une discipline rituelle. Celui qui désirait entrer devait d'abord faire sonner la cloche, à l'extérieur. Il fallait que le Maître réponde en personne pour qu'il puisse entrer. Si le Maître était absent, s'il priait ou méditait, alors celui qui avait sonné devait attendre ou revenir une autre fois.

— Car nul autre que votre serviteur... (encore cette expression ! *Ton serviteur est-il un chien qu'il doive faire une chose pareille ?* comme pratiquer l'esclavage, par exemple ? Etait-on en train de lui faire gentiment la morale ?)... votre serviteur ou le Successeur, ne peut se trouver seul dans cette maison sacrée, expliquait le vieillard. Nous observons cette règle de la manière la plus stricte, en signe manifeste d'obéissance à notre gouvernement sacré. Nul autre que le Successeur n'a le droit de pénétrer dans cette maison si je n'y suis pas moi-même.

La fatigue empêcha Ellery de prononcer le « pourquoi ? » qui hantait son esprit. Le vieil homme lui-même n'aurait probablement pas pu lui donner de raison. C'était la Règle, la Loi ; la cristallisation du rituel.

Le regard d'Ellery parcourut la longue salle pour se poser sur la porte close, surmontée de la lampe à pétrole, derrière laquelle se trouvait la pièce que le jeune homme au visage d'ange avait appelée le « sanquetum ».

Suivant le regard d'Ellery, le Maître dit doucement :

— Et le sanquetum. Oui. La chambre interdite, comme l'appellent en général le Successeur et les membres de la communauté...

En ce qui concernait cette chambre interdite, poursuivit le vieillard, la règle était encore plus stricte. Un seul membre de la communauté, le Maître, pouvait y pénétrer. La porte était toujours fermée à clé et la seule clé qui pût ouvrir la serrure était détenue par le Maître. (Il n'en était pas de même du scriptorium, la salle de travail du Successeur : la porte pouvait en être verrouillée mais n'avait pas besoin de l'être et c'était le Successeur qui, en général, en conservait la clé.)

— Ainsi, vous le voyez, dit le Maître pour résumer, Quenan est gouvernée par les quinze élus : le Conseil des Douze, l'Intendant, le Successeur, et celui qui guide et qui soigne son troupeau : votre serviteur, nommé le Maître.

Au beau milieu de son rêve, l'évidence s'imposa brutalement à Ellery, comme un soleil aveuglant qui déchire les ténèbres : ce qu'il entendait, ce n'était pas le récit de quelque vieille légende oubliée, mais bien la description d'une communauté qui existait réellement sur le territoire des Etats-Unis d'Amérique en l'année 1944, et apparemment sans que personne n'en sût rien : ni les autorités du comté, ni celles de l'Etat, ni les autorités fédérales, ni aucun des quelque 135 millions d'autres citoyens américains.

Fouillant sa mémoire à la recherche d'un cas identique, il ne put en trouver qu'un seul : une petite communauté, fixée au sommet d'une montagne de la chaîne des Appalaches, qui avait été coupée du reste du monde lorsqu'un glissement de terrain avait détruit la seule route la reliant à la vallée. On avait oublié son existence pendant presque une génération, jusqu'à ce que la voie d'accès fût rétablie.

Mais cette situation avait été la conséquence d'un accident naturel et n'avait duré qu'un temps limité à l'échelle du cours de l'histoire. En revanche, aucun accident naturel ne pouvait expliquer Quenan ; et d'après ce qu'Ellery avait vu et entendu, la communauté – qui avait *choisi* de s'isoler – existait depuis très longtemps. Storicaï, le Magasinier, était resté stupéfait en voyant une automobile et, apparemment, il n'avait jamais vu de montre-bracelet, n'en avait jamais entendu parler.

Depuis combien de temps ? se demanda Ellery.

Et, presque machinalement, la question devint dans ses pensées : « *Combien de temps, ô Seigneur ?* »

— Donc, personne ici ne possède rien en propre ? demanda Ellery.

Il avait perdu toute notion du temps ; la grande salle de la Maison de la Sainte Congrégation baignait dans la lumière jaune, irrégulière, de la lampe à pétrole ; de l'extérieur leur parvenait, de temps à autre, un bruit de voix, le meuglement d'une vache, le braiment d'un âne – tout cela sans agitation, sans clameurs.

— Non, répondit le patriarche, tout appartient à la communauté.

En lui-même, Ellery se dit : *mais c'est du communisme*. Non pas le communisme barbare, retors, de la Russie stalinienne, mais celui adopté spontanément, sans contrainte, par les premiers chrétiens et par... Le nom lui échappait : il s'agissait d'une secte, antérieure au christianisme, dont il avait lu l'histoire quelques années plus tôt dans les *Antiquités judaïques* de Flavius Josèphe.

Il n'était pas vraiment nécessaire de chercher si loin dans le temps, pensa-t-il, ni dans l'espace. L'histoire du continent américain était riche en expériences de ce genre : les « Cloîtres » d'Ephrata en Pennsylvanie, au XVIIIe siècle ; la Communauté zoarite de l'Ohio, qui avait duré quarante-cinq ans ; la Société Amana (« La Communauté de la Véritable Inspiration ») fondée près de Buffalo en 1843, et toujours florissante dans l'Iowa sous la forme de sept villages autonomes ; les sociétés communautaires des Shakers, dont il restait quelques vestiges un siècle et demi après leur fondation ; les « Perfectionnistes » de la Communauté Oneida. Ces groupes avaient au moins deux points communs : ils reposaient tous sur une croyance religieuse, et les biens y étaient la propriété de tous.

C'était aussi le cas, apparemment, de Quenan. Il s'agissait bien d'une communauté religieuse par essence, bien qu'Ellery ne parvînt pas à en deviner les origines. Et d'autre part, le Maître avait déclaré que « tout appartenait à la communauté ». En tant qu'individus, ses membres ne possédaient rien ; les aliments qu'ils produisaient, les objets qu'ils fabriquaient, les fonctions qu'ils assumaient, tout cela profitait à tout le monde. En échange chaque Quenanite, jeune ou vieux, malade ou bien portant, recevait ce dont il avait besoin.

Mais de quoi avait-il « besoin » ? Où situer la limite entre le « besoin » et l'« envie » ? Ellery comprit confusément que, pour rester en deçà de cette limite, il devait être indispensable de préserver Quenan de tout contact avec le monde extérieur. On ne peut pas convoiter quelque chose dont on ignore l'existence. Et pour se préserver du penchant au nomadisme propre à l'esprit humain qui ne connaît pas de frontières, il fallait à la communauté un système d'endoctrinement constituant la base même de sa règle de vie.

En développant cette réflexion dans sa conversation avec le Maître, Ellery apprit que l'on devenait automatiquement membre de la communauté dès lors qu'on y naissait. Il n'y avait pas de prosélytes, à Quenan, qui auraient pu propager la lèpre de la civilisation. Il n'existait pas non plus de mise à l'épreuve, car si un postulant n'avait pas été accepté, que serait-il advenu de lui ? On n'aurait pas pu lui permettre de quitter Quenan, même après lui avoir fait jurer de garder le silence. Car s'il avait brisé son serment, si les curieux s'étaient rués sur Quenan... Aussi valait-il mieux, dès le départ, ne pas envisager la possibilité d'une exclusion. A Quenan, dès qu'un enfant avait l'âge d'aller à l'école, le Maître exigeait de lui, au cours d'une cérémonie des plus solennelles, qu'il fît vœu d'obéissance aux lois et aux principes de la communauté, qu'il en acceptât la vie primitive, l'isolement, les coutumes, les travaux pénibles, l'égalité des chances et le partage des biens entre tous.

Mais cette cérémonie ne faisait qu'entériner la pratique quotidienne. « Confiez-nous un enfant pendant huit ans », avait dit Lénine aux Commissaires de l'Education, à Moscou, « et il sera bolchevique jusqu'à la fin de ses jours ». Hitler prouvait la même chose avec ses organisations de jeunesse dont les membres espionnaient leurs propres parents. *Eduquez un enfant selon les bons principes* – avaient noté les scribes auteurs des Proverbes, il y a vingt-trois siècles – *et lorsqu'il sera grand, sa conduite ne changera pas*. Un Quenanite ne devait pas se poser davantage de questions sur la nature de la communauté dans laquelle il avait, avec la plus grande rigueur, été élevé et endoctriné qu'un poisson ne s'en posait sur la nature de l'eau où il vivait.

Il était d'ailleurs intéressant de noter que, si le Conseil comptait un Berger, un Laboureur, un Puisatier, etc., on n'y trouvait pas de ministre de la Guerre ou de la Défense ni de chef de la police.

— Je vous demande pardon, dit Ellery. Je crois ne pas avoir très bien saisi. Combien de gens vivent ici, avez-vous dit ?

— Nous sommes deux cent trois, répondit le Maître. Le père du Potier s'est éteint il y a une semaine, mais une sœur aînée du Successeur a donné le jour à une petite fille trois jours plus tard, ainsi le nombre reste identique.

Le soleil se couche, mais le soleil se lève aussi.

A Quenan, lorsque le soleil se levait, les gens se rendaient au réfectoire communautaire, puis aux bains communautaires, ouverts à des heures différentes pour les hommes et pour les femmes. L'importance du bain semblait dépasser ici le cadre de la simple hygiène, bien que la propreté corporelle fût une stricte obligation. A Quenan, comme dans toutes les sociétés primitives de l'histoire, le bain était aussi un acte rituel car, ce qui était purifié, c'était l'image divine que représente l'homme. Lorsque les Quenanites se lavaient, ils priaient ; lorsqu'ils priaient, ils se lavaient. La purification du corps était un acte d'adoration, l'adoration, un acte de purification.

— J'ai également remarqué que vous avez prié pendant votre repas, dit Ellery.

— C'est ce que nous faisons tous. Car, dans notre pain et notre vin, nous puisons la force d'accomplir la volonté du Seigneur, et il est bon de louer le Seigneur lorsque nous mangeons. Et nous remercions aussi le Seigneur pour les jours saints et les jours de jeûne, pour les jours de fête et les jours de travail, pour le lever et le coucher du soleil, pour les phases de la lune et les saisons, pour la pluie et la sécheresse, pour les semailles et les moissons – pour tout ce qui est une fin, pour tout ce qui est un commencement. Béni soit le Seigneur.

Tous les hommes, à Quenan, étaient censés se marier avant l'âge de vingt ans. Si un jeune homme ne remplissait pas cette obligation, le Conseil, avec l'accord de tous ceux que cela concernait, lui choisissait une épouse ; et le système semblait bien fonctionner. Voilà qui aurait plu au Dr Johnson, se dit Ellery. Cet écrivain anglais avait décrété un jour que le nombre des mariages réussis ne serait pas moins grand si les époux étaient choisis par le ministre de la Justice.

Mais, poursuivit le Maître, il existait un fait précis, dans la vie de Quenan, qui rendait nécessaire une dérogation à la règle du mariage à vingt ans. Les femmes étant légèrement plus nombreuses que les hommes au sein de la communauté, on leur accordait un délai supplémentaire de quatre ans. Si elles n'étaient toujours pas mariées à l'âge de vingt-quatre ans, elles devenaient les épouses du Maître. Le Maître expliqua cela calmement.

— Un homme peut parfois être mécontent de voir son voisin mieux loti que lui, fit-il remarquer. Mais à Quenan, le Maître n'est pas comme les autres hommes. Cela, tout le monde l'accepte, alors tout le monde est satisfait.

Ellery acquiesça. Le Maître, supposa-t-il, représentait avant tout l'autorité spirituelle ; l'office sacré devait transcender l'homme qui le remplissait. Quant aux femmes qui devenaient ses épouses, la communauté devait leur accorder une estime particulière, et sans doute se considéraient-elles elles-mêmes comme des privilégiées. N'était-ce pas Bernard Shaw qui disait qu'une femme intelligente préférait partager avec d'autres les faveurs d'un grand homme que d'avoir pour elle seule un homme médiocre ?

Ellery ne put s'empêcher de se demander si, en dépit de son âge, le Maître jouissait encore de sa virilité, comme Abraham. Ou si, comme le roi David, il ne demandait à ses jeunes épouses que de réchauffer son lit lorsque les nuits étaient fraîches. A ce sujet, comment se faisait-il qu'une communauté menant une vie aussi saine ne fût pas plus nombreuse ? Abstinence ? Contrôle ? Contraception ? Il voulut poser la question, mais s'abstint.

— Vous enseignez, dit-il, passant à autre chose. Quelle sorte de manuels utilisez-vous ?

— Il y a... (Le vieillard observa une pause. Puis il reprit :) Il n'y a chez nous qu'un seul livre, utilisé par tous. C'est notre manuel, à l'école, c'est aussi le livre de prières de chaque famille. Le Livre de l'entendement, comme l'appellent certains. Le Livre du savoir, disent les autres. Ou le Livre de lumière, ou le Livre de pureté – de l'unité – de la sagesse. Nombreux sont les noms, mais le Livre est unique. C'est le Livre que copie le Successeur dans son scriptorium et que répare le Chroniqueur dans sa bibliothèque. C'est le Livre que j'ai toujours avec moi.

Il plongea la main dans sa robe.

— Mais... c'est un rouleau ! s'exclama Ellery.

— C'est le Livre.

Avec précaution, le Maître en déroula une partie.

Ellery reconnut l'écriture du Successeur. C'était une étrange calligraphie – aussi étrange que l'accent des gens de Quenan. Cela ne ressemblait à aucun des styles d'écriture, couramment utilisés aux Etats-Unis, qu'Ellery avait pu voir auparavant. N'avait-elle pas une certaine ressemblance avec la « cursive de chancellerie » autrefois utilisée en Angleterre pour la rédaction des actes officiels ? Il n'en était pas certain. Il pensa aussi y déceler l'influence d'un alphabet oriental. Comme dans beaucoup d'autres choses à Quenan, la simplicité apparente cachait ici une part du mystère.

pour le pâturage et le soleil sur le pâturage, nous remercions le Seigneur, puissent nos mains accomplir du bon travail, puissent nos jambes nous porter sans effort jusqu'au pâturage, pendant notre travail et sur le chemin du retour, puissions-nous ne pas élever la voix, ne pas céder à la colère lorsque nous marchons ou lorsque nous travaillons, ni à l'encontre de l'un de nos frères ni à l'encontre d'une bête ou d'un oiseau, n'oublions pas le Seigneur qui nous préserve de la colère.

— Je vois, murmura Ellery. Je vois...

Les prières étaient inscrites sur de petits morceaux de papier, cousus les uns aux autres avec du fil jusqu'à former un rouleau d'une longueur considérable, et l'ensemble était enroulé sur lui-même et maintenu par une cordelette. Il n'y avait pas de majuscules dans le texte – cela lui sauta tout de suite aux yeux – à l'exception du « S » de Seigneur.

L'écriture, la ponctuation... L'orthographe de certains mots, la diction particulière de ses habitants... Il y avait tant de choses à Quenan (le nom lui-même !) qui étaient irritantes à cause de leur quasi-ressemblance – et de leur quasi-différence – avec des choses connues. C'était... oui, c'était exactement comme un songe, dans lequel le rêveur impuissant n'appréhende jamais totalement les apparences de la réalité qui l'entourent.

Ellery releva les yeux. Lorsqu'il s'était assis en compagnie du Maître, le peu de lumière qui venait de l'extérieur pénétrait par les fenêtres du côté est. Les rayons du soleil filtraient maintenant par les fenêtres du côté ouest.

— Je n'ai plus l'habitude de prendre de repas à midi, déclara le Maître au bout d'un moment. Mes compagnons ont fini le leur, mais il y a toujours assez de nourriture pour un convive de plus. Voulez-vous venir manger, maintenant ? Je resterai avec vous.

— Je suis désolé d'avoir manqué le repas commun.

Ellery se leva, découvrit qu'il avait faim. Et comme toujours ces derniers temps, il était fatigué.

— L'occasion se présentera bientôt.

Le Maître se leva, lui aussi, et sourit. Un sourire qui parut triste à Ellery.

En sortant, ils s'arrêtèrent un moment devant la porte. Ellery cligna des yeux et éternua au soleil éclatant de l'après-midi.

— Est-ce la cloche ? demanda-t-il. La cloche que l'on doit sonner lorsqu'on demande à être admis dans la maison sacrée ?

Le Maître acquiesça. La cloche avait une trentaine de centimètres de hauteur. Elle était décolorée par le temps, sa surface était couverte d'éraflures, aussi bien à l'intérieur qu'à l'extérieur ; à l'endroit où le battant touchait la paroi, celle-ci était devenue très mince par usure du métal. Elle était suspendue à un mètre cinquante du sol environ et, en l'examinant de plus près, Ellery découvrit deux inscriptions gravées le long du rebord. La première disait :

Fonderie de Whitechapel – 1712 –

et la seconde :

De minerais grossiers on a fait mon battant
Pour qu'il sonne les heures sur tous les océans.

Une cloche de navire de fabrication anglaise qui datait du règne d'Anne Stuart ! Lorsque cette cloche avait été fondue, la publication de la Bible du roi Jacques remontait à un siècle à peine ; quelques vieux Londoniens se souvenaient peut-être avoir vu Shakespeare arpenter les rues de la Cité au temps de leur jeunesse, et George Washington n'était pas encore né (il ne naîtrait que vingt ans plus tard). Sur quels océans hostiles et parsemés d'écueils avait-elle fait retentir son timbre au cours des siècles ? Et comment (plus extraordinaire encore) était-elle arrivée ici, à Quenan, dans le désert américain ?

Ellery le demanda au Maître, mais le patriarche secoua la tête. Il ne le savait pas.

Et, avec raison, Ellery s'en étonna. Puis il songea à se restaurer. Le réfectoire communautaire ressemblait à une grange munie de fenêtres, aérée, lumineuse, emplie d'odeurs réconfortantes. La nourriture était simple et substantielle : une soupe de légumes, des haricots aux piments, un épi de maïs cuit à la vapeur, du beurre, une compote de fruits et une tisane d'une variété différente de celle du matin. Un jeune couple les servait ; apparemment, il s'agissait d'une tâche que tous devaient accomplir à tour de rôle. Les yeux grands ouverts, discrets, mais emplis d'une curiosité timide, observant vis-à-vis du Maître la déférence qui lui était due, ils s'occupaient surtout de l'invité, de l'étranger. Le seul étranger qu'ils eussent jamais vu.

Tout le temps que dura le repas d'Ellery, le Maître pria en silence.

Lorsqu'Ellery eut fini, le Maître le conduisit au-dehors et, jusqu'à la fin de l'après-midi – jusqu'au moment où l'ombre envahit les prés et où les bougies s'allumèrent aux fenêtres des maisons –, le vieil homme lui fit visiter la Vallée et répondit à toutes ses questions. Ils gravirent et redescendirent les pentes intérieures de la Colline du Creuset, admirant les terres cultivées, saluant les gens au travail. Ellery était fasciné. Il n'avait jamais vu une telle variété de verts dans un même site naturel. Et, partout, l'air était embaumé par les plantes aromatiques et la fumée d'armoise. On allait chercher l'armoise dans les collines du désert, lui dit le Maître, pour alimenter les feux de Quenan...

La sensation de rêve éveillé devint plus forte encore ; en une journée, le monde extérieur avait été effacé par les brumes, et les brumes elles-mêmes avaient été presque oubliées. C'était comme si Quenan et tout ce qu'elle contenait, y compris lui-même, *étaient* le monde (Adam et Eve connaissaient-ils la nature de leur jardin avant d'en être chassés ?).

A un autre niveau, l'ancien Ellery ne perdait pas sa curiosité et ne cessait de se poser des questions. Où étaient donc l'art, la musique, la littérature et la science dans cette capsule d'espace-temps ? Ils n'existaient pas. Mais on n'y trouvait pas non plus – pour autant qu'il pût en juger – l'insatisfaction, la haine, le vice, la cupidité, la guerre. La vérité, lui semblait-il, c'était qu'il existait là, dans cette vallée perdue, et sous la conduite d'un patriarche infiniment sage, un paradis terrestre dont les règles de vie étaient tout simplement l'amour du prochain, l'obéissance à la loi, l'humilité, la charité et la bonté. Et, par-dessus tout, la foi dans le Seigneur.

Et il était tard, ce soir-là, lorsqu'Ellery posa enfin la question qui le tourmentait depuis le début.

Ils étaient sur le seuil de la Maison de la Sainte Congrégation. Une douce rumeur emplissait la nuit. La terre humide, qui se reposait après les travaux de la journée, exhalait une odeur suave. Derrière eux, dans la salle silencieuse, la faible lueur de la lampe à pétrole brillait au-dessus de la porte du sanquetum.

— Quelque chose vous tourmente, Elroï, déclara le Maître.

— Oui, dit Ellery. Oui... Il me semble vous connaître depuis si longtemps. Mais nous nous sommes rencontrés hier seulement, au coucher du soleil, sur la crête de la colline.

Le Maître acquiesça. Ses yeux extraordinaires perçaient les ténèbres.

— Et vous vous êtes adressé à moi comme si vous m'attendiez, Maître.

— Cela est vrai.

— Mais comment pouviez-vous savoir que j'allais venir ? Je n'en savais rien moi-même. Je n'imaginais pas du tout que j'allais me tromper de route...

Le Maître dit :

— C'était écrit.

C'était la réponse qu'un prêtre toltèque aurait pu donner à Cortès, pensa Ellery ; et il se demanda aussitôt pourquoi une telle réflexion lui était venue à l'esprit. Cortès, que son armure étincelante faisait ressembler au dieu du soleil dont le retour était prédit. Cortès qui n'avait apporté aux adorateurs de Quetzalcoatl que la mort et la destruction. Ellery frissonna.

— Vous avez parlé, Maître, dit-il avec prudence (était-ce à cause de la crainte atavique de provoquer les malheurs en les évoquant ?), vous avez parlé d'un grand malheur qui allait s'abattre sur votre Vallée et ses habitants. Et vous avez dit que j'étais envoyé pour préparer...

— Pour préparer le chemin. Oui. Et pour glorifier le Seigneur.

— Mais quel malheur, Maître ? Et où cela est-il écrit ?

Le regard du patriarche se posa sur lui.

— Dans le Livre de Mk'h.

— Je vous demande pardon ? dit Ellery. Le livre de quoi ?

— Le Livre de Mk'h, répéta le vieillard. Le Livre qui était perdu.

Ellery remarqua aussitôt le fait que le Livre avait été perdu, mais ne l'était plus, et il enregistra soigneusement ce détail.

— Mk'h, dit-il. Puis-je vous demander comment vous épelez ce mot, Maître ?

Le vieillard l'épela, éprouvant quelque difficulté avec l'apostrophe symbolisant la pause dans la prononciation.

— Mk'h, dit-il de nouveau, en insistant sur cette pause.

— Mk'h, répéta Ellery. Qu'est-ce que cela signifie, Maître ?

Le patriarche répondit simplement :

— Je n'en sais rien.

— Je vois. (Comment se pouvait-il que le vieillard n'en sût rien ?) Dans quelle langue est-il écrit, Maître ?

Le vieil homme dit :

— Je n'en sais rien non plus.

Voilà qui était embarrassant. Et Ellery examina ce mystère, tentant de l'éclaircir. Mk'h... Cela pouvait-il être, pensa-t-il soudain, une forme ancienne ou rudimentaire de Micah ? Le Livre de Micah[1] ! Le sixième

---

1. Michée, dans la Bible française.

des douze livres des petits prophètes dans l'Ancien Testament... Micah, qui avait prédit : *De toi sortira pour moi celui qui dominera sur Israël et dont l'origine remonte aux temps anciens... C'est lui qui ramènera la paix... !* Mais... « le Livre qui était perdu » ? Le Livre de Micah avait-il jamais été « perdu » ? Ellery ne s'en souvenait pas. Cela semblait peu probable, car certainement...

— Le Livre de Micah, dit Ellery au Maître.

Dans la nuit, sur le seuil de la maison sacrée, le vieillard se tourna vers Ellery, et la lueur jaune de la lampe fit passer une flamme dans son regard. Mais ce n'était qu'un jeu de lumière, car le Maître dit d'un ton perplexe :

— Micah ? Non, Mk'h.

Ellery abandonna la question (pour le moment, se dit-il, pour le moment seulement). Et il dit :

— Ce grand malheur, Maître, est-il écrit de quoi il s'agira ? (Il avala sa salive, se sentant un peu puéril.) Un crime, peut-être ?

Ce fut comme s'il avait touché le vieillard avec un fer incandescent. Son visage ridé fut parcouru de frissons comme une mare dans laquelle on jette une pierre.

— Un crime ? s'exclama-t-il. Un crime à Quenan ? Il n'y a pas eu de crime chez nous, Elroï, depuis un demi-siècle !

On pouvait émettre des réserves sur les doctrines et les prophéties du vieillard, mais Ellery ne voyait aucune raison de mettre en doute sa bonne foi sur une question qui ne concernait que les événements survenus dans sa propre Vallée. Et pourtant, comment une communauté composée d'hommes, de femmes et d'enfants, avait-elle pu exister sans connaître le moindre crime pendant presque deux générations ? C'est-à-dire, depuis la présidence de... de qui, au fait ? Harrison, peut-être, l'austère combattant presbytérien, qui avait été général pendant la guerre de Sécession ? Ou bien Cleveland, l'homme à la moustache tombante, dont le vice-président s'appelait Adlai E. Stevenson ? Peu importait ; en fait, il s'agissait d'un autre monde, d'une époque et d'une façon de vivre aussi différentes de celles de l'Amérique actuelle que pouvait l'être Byzance sous la dynastie des Paléologues. Tandis qu'ici, à Quenan, la vie devait être exactement semblable à ce qu'elle était aujourd'hui... et pendant toute cette période... pas un seul crime ?

— S'il n'y a pas eu de crime à Quenan depuis un demi-siècle, hasarda Ellery, je peux donc en déduire que, il y a un demi-siècle, un crime a bien été commis ?

— Oui.

— Pourriez-vous m'en parler ?

Le vieil homme qui paraissait si grand appuyé à son bâton plus haut que lui, porta son regard au-delà d'Ellery, sur l'ombre d'un cotonnier, mais sans paraître la voir.

— Belyar était Tisserand, à l'époque, et il venait de tisser dix pièces de toile pour les réserves du Magasinier. Mais, avant de les donner, Belyar retrancha de chaque pièce une longueur de deux pieds environ et il cacha les dix morceaux de toile dans sa maison et s'en fit de nouveaux vêtements. Le Magasinier le remarqua et il examina les pièces. Voyant qu'elles n'avaient pas la longueur habituelle, il interrogea Belyar.

» Belyar ne répondit pas. Le Magasinier vint me parler de cette affaire, et moi, lorsque le Tisserand refusa de nouveau de parler, j'en avisai le Conseil. Ce fut une séance pénible. Nous avons beaucoup débattu du problème. Mais, finalement, nous avons décidé de fouiller la maison du Tisserand. C'est l'Intendant qui s'en chargea, en présence de témoins, et il découvrit, cachées dans le lit, des chutes de tissu qui provenaient de la confection des vêtements neufs, car l'insensé n'avait pu se résoudre à s'en débarrasser. Et Belyar fut jugé par le Conseil et il fut déclaré coupable. Belyar avait une barbe très noire, et comme il travaillait surtout dans l'atelier, à l'abri du soleil, sa peau était très blanche.

Cette brusque irruption d'une description physique dans le cours du récit fit sursauter Ellery. Il fixa attentivement le vieillard et il crut comprendre. Ce regard pénétrant contemplait des événements passés comme s'ils se reproduisaient de nouveau, à l'instant même.

— Puis il avoua : « Il faut beaucoup de temps pour que le linge soit lavé, dit Belyar. Et je déteste porter des vêtements qui ne sont pas frais et propres. J'ai pris ce qui me revenait de droit. Car c'était le fruit de mon travail. »

Un hérétique ! Le seul en cinquante ans !

— Le Conseil l'avait déclaré coupable, mais il ne pouvait pas prononcer de sentence. Cette lourde tâche revient au Maître. Ce fut donc de ma propre bouche que Belyar apprit son châtiment pour avoir enfreint la loi de la communauté. J'ordonnai qu'on lui donne une pièce d'argent, de l'eau et des vivres pour deux jours, et qu'on le conduise dans le désert, d'où il ne devrait jamais revenir sous peine de mort.

Une pièce d'argent ? C'était la première fois qu'Ellery entendait parler d'argent à Quenan.

— Il ne devait pas revenir sous peine de mort, Maître ? dit-il. Mais cette sentence qui envoyait Belyar dans le désert avec deux jours de vivres seulement, n'était-ce pas une condamnation à mort ?

— Sans doute. (Le visage du vieillard avait la rigidité de la pierre. Puis ses traits s'adoucirent.) Il était en mon pouvoir de condamner Belyar à mort directement. Pourtant, dans ma faiblesse, j'ai découvert que j'en étais incapable. Je n'avais jamais eu à prendre pareille décision auparavant.

Il poursuivit en expliquant que seule la stricte obéissance aux lois préservait la cohésion de leur communauté. Dès lors que le Tisserand avait enfreint la loi, on ne pouvait pas lui permettre de rester à Quenan ; il n'y avait pas de place pour un homme dont la présence aurait continuellement rappelé à ses frères qu'il avait commis contre eux le terrible péché de vol. On ne pouvait pas non plus le renvoyer au monde extérieur, car c'était prendre le risque qu'il livrât Quenan à la curiosité de la société. Il ne restait donc que le bannissement, le désert et la mort presque certaine.

— Il n'est pas revenu, il n'a pas essayé de revenir ? N'a-t-on jamais retrouvé son corps ?

Le vieillard soupira.

— On ne l'a jamais revu, on n'a plus entendu parler de lui. Et depuis son bannissement, il n'y a pas eu de crime à Quenan.

Et il se tut. Qu'était devenu le voleur au teint pâle ? Avait-il erré dans le désert jusqu'à la limite de ses forces pour mourir de faim et de soif et être enseveli par les tempêtes de sable ? Ou avait-il été tué par un Indien ou une canaille quelconque qui en voulait à sa pièce d'argent ? Il était même possible qu'il eût été découvert à temps par un *ranchero*, ou que, par miracle, grâce à une chance et une résistance exceptionnelles, il fût parvenu jusqu'à l'une des villes de la plaine ou de la côte. Et là, il aurait pu recommencer sa vie, à l'époque où « le petit salopard qui a tué mister Howard » racontait son exploit aux clients de son bouge de Leadville, expliquant comment lui, Robert Ford, avait tiré, avec un colt 45 modifié, une balle en pleine tête à « mister Howard » – alias Jesse James ; à l'époque où toutes les villes de l'Ouest étaient entourées de baraques sordides qui vendaient du whisky frelaté et de l'amour tarifé...

Combien de temps Belyar avec sa pièce d'argent aurait-il pu survivre dans une telle civilisation ? Comment la vie dans le jardin d'Eden aurait-elle pu le préparer à cela ?

Il eût été bien plus charitable, songea Ellery, de le condamner à mort directement. Mais le vieillard n'avait pas pu le savoir.

Et... « il n'y avait pas eu de crime à Quenan » depuis. Voilà qui donnait à réfléchir !

— Alors, quel est donc ce grand malheur qui est prédit ? demanda Ellery.

— Je ne sais pas, répondit le Maître. Il n'est pas écrit ce qu'il sera, mais seulement qu'il viendra. (Et il soupira de nouveau, profondément.) Jusqu'à votre venue, Elroï, je pensais que cela pourrait être un incendie, une inondation, un tremblement de terre, ou la sécheresse, ou un nuage de sauterelles ou une épidémie. Mais maintenant que vous avez parlé de crime... Est-ce possible ? Je me demande : est-ce le mal qui est en l'homme qu'annonce la prédiction ?

» Mon cœur est lourd, poursuivit le vieillard, les yeux perdus dans les ténèbres. Car j'ai beau m'interroger, je ne peux pas imaginer que soit commis un crime assez grave pour figurer dans le Livre. Quel péché peut-on commettre à Quenan ? s'exclama-t-il. Ici, personne n'a de raison d'être envieux ou cupide. Même le vol de Belyar, le Tisserand, ne pourrait se reproduire aujourd'hui, car notre magasin regorge des fruits de notre travail ; et si quelqu'un désirait recevoir plus que ce que tous reçoivent en partage, il n'aurait qu'à le demander, et on le lui donnerait. La haine ? Il n'y a pas de haine à Quenan, sinon le Maître le saurait sûrement. L'adultère ? Il n'y a jamais eu, dans l'histoire de Quenan, la moindre accusation portée contre l'un ou l'une d'entre nous. La calomnie ? La vanité ? Le faux témoignage ? Je vous le dis, cela ne peut exister à Quenan.

» Car nous n'avons aucune réticence à respecter nos lois, nous leur obéissons d'un cœur joyeux. La corruption ? Avec quoi pourrait-on me corrompre, moi, ou le Successeur, ou l'Intendant, ou n'importe quel membre du Conseil ou de la communauté en général ? Et dans quel but ? Ce que l'un possède, tous le possèdent aussi. Et comme la corruption ne peut exister, le chantage ne peut exister non plus. Ici, à Quenan, on ne bafoue pas l'autorité, on ne trahit pas la confiance, et les pensées inpures ne durent guère. Et nous sommes d'un naturel si placide que ce qui pourrait nous irriter nous redevient indifférent avant même que notre colère n'éclate.

» Mon cœur est inquiet, Elroï, que vous puissiez nous croire capables de commettre un crime.

La voix majestueuse se tut et, une fois de plus, les petits bruits de la nuit reprirent de leur importance. Ellery hocha la tête dans l'obscurité. C'était trop beau pour être vrai. Il était prêt à le croire, mais ne le pouvait pas. Pourquoi le Maître n'avait-il pas mentionné le plus grave de tous les crimes ? se demanda-t-il, alors que le vieillard passait près de lui, fermait la porte de la maison sacrée, puis lui prenait aimablement le bras pour le conduire dans la rue en terre battue du village.

Etait-ce possible que la notion même d'assassinat leur fût tellement étrangère, à lui et à sa communauté, que cette idée ne lui vînt jamais à l'esprit ? De même que, par exemple, le concept de guerre était tellement étranger à la culture eskimo que les habitants du Grand Nord ne possédaient même pas de mot pour le désigner, dans leur vocabulaire ?

— Et pourtant, dit le Maître dans le plus bas registre de sa voix profonde, et pourtant vous êtes là, Elroï, et pour accomplir une mission. Je ne sais peut-être pas ce qui est écrit pour les jours à venir, mais je sais ceci : ce qui doit être, sera. Béni soit le Seigneur pour votre venue. Je lui en suis reconnaissant, quoi qu'il advienne.

Le clapotement du ruisseau cessa quelque part dans l'obscurité, reprit un peu plus loin ; on venait de fermer un canal d'irrigation et d'en ouvrir un autre. Il devina que le Maître le reconduisait à la maison où il avait passé la première nuit.

— Depuis combien d'années Quenan existe-t-elle, Maître ? demanda-t-il.

— Depuis trois générations.

— Et vous êtes très âgé. Vous rappelez-vous quand la communauté a été fondée ?

Le Maître ne répondit pas immédiatement. Lorsqu'il parla, sa voix paraissait faible.

— Demain est un autre jour, Elroï. Voici votre maison. Que le Seigneur vous accompagne.

Ellery crut déceler un léger tremblement dans la vigoureuse poignée de main du vieillard.

Plus tard, étendu sur sa paillasse, Ellery entendit une grenouille coasser quelque part dans un fossé. *Oui-tit, oui-tit...* Puis une autre reprit, puis une troisième. *Oui-tit, oui-tit...* A moitié endormi, Ellery s'imagina le frai des grenouilles, immobile dans les eaux calmes, puis les têtards, vivaces mais silencieux ; puis la rapide évolution vers la vie terrestre, la multiplication, la reptation, le premier coassement... et finalement, une voix, une voix humaine, qui répétait quelque chose avec entêtement.

Et pourtant, disait la voix, de plus en plus lointaine à mesure qu'Ellery sombrait dans le sommeil, *et pourtant, elle tourne...*

3

Mardi 4 avril

Ellery finissait de prendre son petit déjeuner dans le réfectoire communautaire lorsqu'il fut interrompu. (En dépit de ses fermes résolutions, il avait dormi plus longtemps qu'il n'aurait voulu, et il était seul dans la salle, à l'exception du jeune couple qui débarrassait les tables en silence.) Toute la nuit, il s'était retourné sur sa paillasse et il regrettait de ne pas avoir absorbé une de ces petites capsules rouges qu'il avait toujours à portée de la main. De plus, le café lui manquait. La tisane était sans doute excellente pour la santé, mais elle n'avait aucun effet sur ses nerfs hypertendus.

Il fut interrompu par une exclamation fiévreuse.

— Quenan !

Alarmé, le jeune homme qui nettoyait une table à côté de lui releva brusquement la tête ; impressionné, il regarda Ellery, puis il détourna les yeux.

— Quenan ! (La voix se rapprochait.) Elroï...

Le Successeur surgit dans le réfectoire, le visage en feu, ses longs cheveux se mêlant aux boucles de sa barbe.

— Il y a un message pour vous...

Un court instant, Ellery s'imagina que quelqu'un de l'extérieur avait retrouvé sa trace... et il frémit à cette seule pensée. Puis le Successeur ajouta :

— ... De la part du Maître. Il vous demande de venir tout de suite à la maison sacrée !

Et le jeune homme sortit en courant.

Ellery se précipita à sa suite. Mais le Successeur se hâtait déjà dans une autre direction, appelé sans doute par d'autres tâches ou d'autres visites, et Ellery se rendit sans tarder à la Maison de la Sainte Congrégation. Et là, au moment où il allait ouvrir la porte, il se souvint du tabou, et saisissant la corde de la cloche, il sonna deux fois. Puis il attendit.

Des papillons dansaient entre les masses d'ombre et de lumière. Au loin, quelqu'un coupait du bois à la hache, et une riche senteur de terre, d'eau et de plantes flottait dans l'air du matin.

Au moment même où la porte de la maison sacrée s'ouvrait, un petit garçon passa, à califourchon sur un ânon. Il semblait fasciné par la danse des papillons.

— Maître... dit Ellery.

— Maître... dit le petit garçon.

— Béni soit le Seigneur, leur répondit le Maître.

Les traits de son visage d'aigle s'adoucirent lorsqu'il regarda l'enfant, et avec élégance il leva la main en un geste plein de bienveillance. « Que la beauté t'accompagne », disent les Indiens Navajos en guise d'adieu. La beauté accompagnait le vieillard.

Le petit garçon sourit, enchanté. Puis il découvrit Ellery et son sourire se figea.

— Béni soit le Seigneur, zézaya l'enfant à la hâte, et, levant la main, il rendit son geste au vieillard.

— Entrez, dit le Maître à Ellery.

Et il referma la porte derrière lui. Cette fois, ils ne s'assirent pas à la grande table, ils ne firent pas halte dans le logement, maintenant vide, du Successeur. Le Maître mena Ellery jusqu'à la porte de sa propre chambre. La lumière de la lampe placée au-dessus de la porte du sanquetum pénétrait dans la chambre du Maître, dont on distinguait les rares meubles. Cela n'aurait pas suffi à l'éclairer complètement, mais il existait une autre source de lumière : le mur faisant face à la porte et les deux murs latéraux étaient percés chacun d'une haute fenêtre très étroite, une sorte de meurtrière large d'une dizaine de centimètres seulement. De chaque meurtrière filtraient des rais de soleil qui se croisaient au centre géométrique de la pièce où le lit était placé, si bien que le lit lui-même était baigné de lumière. (Et, du même coup, Ellery comprit que si le soleil entrait par trois meurtrières, la pièce devait avoir trois murs *extérieurs ;* la chambre du Maître constituait donc une aile du bâtiment, de même que les deux pièces, plus petites, du Successeur, constituaient une seconde aile, de l'autre côté de l'édifice.) La chambre du Maître, était une cellule de cénobite. Son étroit lit de sangle était couvert de peaux de mouton cousues ensemble, en guise de matelas, et une seule couverture, assez mince, y était posée, soigneusement pliée. De chaque côté de la tête du lit, il y avait une petite table carrée ; deux commodes rudimentaires étaient placées exactement au centre des murs latéraux ; dans l'un des angles de la pièce, il y avait un tabouret, semblable en tous points à celui situé dans l'angle diamétralement opposé. La pièce elle-même était carrée.

Et il était facile, dans cette pièce parfaitement symétrique, de sentir que quelque chose n'était pas à sa place. Quelque chose heurtait le regard dans cette disposition parfaitement ordonnée ; quel était donc l'élément qui provoquait cette impression de déséquilibre ? Ellery cherchait la clé de ce mystère..

La clé... Son regard balaya la pièce, devançant de justesse le geste du Maître qui désignait la table de gauche. Sur cette table, le long de l'un des bords, près d'un angle, était posé un bracelet de métal terni ; et à ce bracelet était attachée une clé.

— Quelqu'un a déplacé la clé la nuit dernière, murmura le Maître. (Il vit qu'Ellery était intrigué, et il ajouta :) Que quelqu'un puisse entrer dans ma chambre sans que je le sache... Elroï, cela est très grave.

— Comment pouvez-vous être sûr, demanda Ellery, que cette clé a été déplacée ?

Le vieillard lui expliqua que, chaque soir, après avoir dit ses prières, il retirait le bracelet et le plaçait exactement au centre de la table.

— La symétrie, dit-il, est pour moi une règle de vie, Elroï. Je la considère comme la plus pure des formes esthétiques.

Cela surprit Ellery qui n'avait pas vu, dans le village, le moindre signe de préoccupation esthétique : l'architecture en était belle, mais sans que cela parût intentionnel. *Seul Euclide a contemplé la beauté nue...*

— Et lorsque je me suis réveillé ce matin, j'ai trouvé le bracelet là où vous le voyez maintenant – non pas au centre de la table, mais près d'un angle. Pour cette raison, je sais que quelqu'un est entré dans ma chambre pendant mon sommeil. Et ce qui est bien plus grave...

— ... Ce quelqu'un est entré furtivement dans la maison sacrée, sans sonner la cloche ?

Le Maître acquiesça, fixant Ellery de ses yeux de prophète.

— Cela ne s'est pas nécessairement passé de cette façon, Maître, dit Ellery.

— Comment pourrait-il en être autrement ? Bien que mon sommeil soit des plus légers, le bracelet a été déplacé. Je ne sais plus depuis combien d'années je dors ici, mais il ne s'est jamais rien produit de semblable. Est-ce un signe, un avertissement ?

Ellery inspecta la pièce, examinant tour à tour chacune des trois meurtrières.

— Personne n'a pu entrer par là, dit-il, pas même un enfant, aussi menu soit-il. Mais on aurait pu y glisser un objet pour atteindre la clé... une canne à pêche, par exemple... Non, rectifia-t-il, voyant que le vieillard ne comprenait pas, il n'y a pas de canne à pêche, ici. Eh bien... une perche, alors, une sorte de long bâton. Avec cela, on a très bien pu soulever le bracelet, le faire passer par la fenêtre, et le remettre en place un peu plus tard.

— Mais pourquoi ? demanda le Maître, dont la voix trahissait toujours la même émotion.

Ellery ramassa la clé. Elle était façonnée, assez grossièrement, dans le même métal terne que le bracelet. Elle paraissait rugueuse et corrodée mais, au toucher, sa surface était lisse, trop lisse. En partie par instinct, en partie parce qu'il avait déjà eu entre les mains des clés au métal aussi lisse, Ellery la porta à son nez. Cette odeur forte et âcre...

— Elevez-vous des abeilles, ici ? demanda-t-il.

— Oui, mais pas en très grand nombre. Nous réservons le miel aux malades. Et la cire...

— Justement, dit Ellery. La cire.

Quelqu'un avait pris une empreinte de la clé avec de la cire pendant la nuit. Et ce quelqu'un avait fabriqué, ou fabriquait peut-être en ce moment même, un double de cette clé... qui ouvrait quelle serrure ?

— Ceci est la clé du sanquetum, la chambre interdite. Il n'en existe qu'un seul exemplaire, et moi seul puis la posséder, car je suis le seul qui aie le droit d'y entrer. Le Successeur lui-même ne peut pas m'accompagner, expliqua le vieillard. Mais peut-être vous l'ai-je déjà dit ?

Ils gardèrent le silence. Des bruits de voix leur parvinrent depuis la rue, puis s'éloignèrent pour s'évanouir au loin. Quelque part dans la campagne, la cloche d'une vache tinta ; un âne se mit à braire ; les coupeurs de bois ponctuaient leur propre silence de coups de hache. Des enfants chantèrent une petite chanson, sur quelques notes très pures. Lorsqu'il existait de telles richesses, que pouvait-on bien cacher dans le sanquetum ?

Ellery posa la question.

Le vieillard s'assit sur l'un des tabourets. Le coudé sur le genou, une main au front, il réfléchit. Il finit par se relever, fit signe à Ellery de le suivre. Ils passèrent dans la salle de réunion et s'arrêtèrent côte à côte sous la lampe qui brûlait au-dessus de la porte verrouillée.

— Il doit vous être permis d'entrer, dit le Maître, avec quelque difficulté.

— Oh non, répondit vivement Ellery.

— Si vous êtes ici pour ouvrir la Voie, vous pouvez certainement ouvrir cette porte.

Mais Ellery ne pouvait s'y résoudre. Quel que fût l'étrange malentendu grâce auquel il avait passé pour leur Hôte, en profiter pour pénétrer dans le saint des saints eût été une profanation.

— Non, Maître. Ou du moins, pas maintenant. Mais allez-y vous-même, je vous en prie. Examinez l'endroit avec soin. Si le moindre objet a été volé ou seulement déplacé, dites-le moi.

Le Maître acquiesça. D'une niche, il sortit une aiguière, une cuvette et un linge, se lava les mains, le visage et les pieds, se sécha, tout en murmurant des prières. Remuant toujours les lèvres, il ouvrit la porte. Et, dans un silence recueilli, avançant avec précaution, le vieil homme pénétra dans la chambre interdite.

Le temps passa.

Ellery attendit patiemment.

Soudain, le Maître ressortit.

— Elroï, il ne manque rien dans le sanquetum. Rien n'a été déplacé. Qu'est-ce que cela signifie ?

— Je n'en sais rien, Maître. Mais ce dont je suis sûr, c'est que quelqu'un a confectionné un double de la clé du sanquetum. De toute évidence, il y a dans le sanquetum quelque chose que l'un de vos frères convoite. Dites-moi tout ce que contient la chambre interdite. N'oubliez rien.

Les paupières se fermèrent sur les yeux d'un noir étincelant alors que le vieux visionnaire fouillait sa mémoire.

— Il y a une grande urne qui contient des rouleaux de prières. Il y a une deuxième urne qui contient aussi des rouleaux de prières. Il y a l'arche sainte dans laquelle est conservé le Livre de Mk'h...

— Le Livre...

— ... et le devant de cette arche est fait de verre. Et il y a aussi le trésor.

— Quel trésor ? demanda lentement Ellery.

Le vieil homme rouvrit les yeux ; Ellery vit ses pupilles se rétracter sous l'action soudaine de la lumière.

Et il dit :

— L'argent. Et maintenant, Elroï Quenan, le moment est venu pour moi de répondre à la question que vous étiez sur le point de poser hier soir. Asseyons-nous à la table du Conseil.

C'était l'Année du Premier Pèlerinage, un nom qui ne lui fut donné que bien plus tard. Le Maître était alors tout jeune homme et vivait à San Francisco avec son père et sa mère ; mais leur vie n'était pas heureuse. Les amis qui partageaient leur foi étaient tout aussi malheureux. D'une part, la ville (du moins lui semblait-il) se vautrait dans le péché. Les rues grouillaient d'ivrognes chancelants dont les obscénités souillaient l'air. A tous les coins de rue, des cabarets vivement éclairés par les lampes à gaz, où retentissait une musique vulgaire, tentaient les faibles et les imprudents. Les tripots engloutissaient l'argent dont les pères de famille avaient besoin pour nourrir leurs enfants, des familles entières se retrouvaient dans la misère, du jour au lendemain. La malhonnêteté était de règle dans le commerce ; les rares personnes qui refusaient de tricher faisaient faillite, sans que la populace ne leur sût gré de l'honnêteté qui les avait menées là.

Aucun jeune homme n'était prémuni contre les viles tentations de la Côte Barbare, qui faisait du corps humain un article de commerce. Et malgré la honte, la maladie et la mort qui rôdaient dans la ville comme des bêtes sauvages, aucun père ne pouvait être sûr même de sa propre fille.

La ville entière n'était-elle pas un cloaque où régnait la vulgarité ? N'en était-il pas de même du pays tout entier ?

Un fermier ou un éleveur pouvait se croire à l'abri de cette corruption citadine ; il ne tardait pas à ressentir les effets d'autres maux, plus proches de lui. Il découvrait d'abord qu'il était devenu l'esclave du chemin de fer, dont les tarifs prohibitifs dévoraient la majeure partie de ses bénéfices ; et il devenait le jouet des spéculateurs qui contrôlaient les prix de vente de ses produits.

Pendant ce temps, dans la capitale, un homme de guerre – dont on disait que c'était un ivrogne – exerçait les plus hautes fonctions du pays ! Ses lieutenants achetaient et vendaient leurs charges gouvernementales sans le moindre scrupule. Avec la complicité de son administration, d'immenses escroqueries juridiques engloutissaient de façon scandaleuse les revenus du peuple.

C'était une période noire pour les croyants. Vers qui pouvaient-ils se tourner ? Où pouvaient-ils aller ?

Le monde clos des Saints des Derniers Jours semblait offrir un but et une règle de vie ; mais il n'était ouvert qu'à ceux qui professaient la foi mormone. Et cela, pour les compagnons du Maître, était impossible.

Ellery, avide de savoir, se pencha en avant.

— Pourquoi, Maître ?

— A cause de notre propre foi, répondit le vieillard.

— Oui, bien sûr. Mais quelle est-elle ? D'où vient-elle ?

Le Maître secoua sa tête de personnage biblique. Les racines de la foi de Quenan, répondit-il, plongeaient si loin dans le passé que, même au temps de sa jeunesse, le membre le plus âgé de la sainte communauté n'aurait pu dire d'où elle venait. On retrouvait sa trace sur de nombreuses générations, dans de nombreux pays, mais la piste devenait de plus en plus ténue et de plus en plus difficile à suivre, pour finalement disparaître complètement dans la nuit des temps.

Ils avaient perdu de nombreux adeptes au cours des siècles, mais il était toujours resté un petit noyau de fidèles pour préserver leur foi.

Les questions répétées d'Ellery n'exhumèrent pas grand-chose. Apparemment, la Bible ne jouait pas un rôle direct dans les croyances du Maître et de ses frères, bien qu'elle eût influencé leurs traditions et leur théologie. La secte (si c'en était bien une) avait eu, autrefois, une règle de vie qui s'était « perdue » dans le long cheminement des siècles ; la tradition de cette règle de vie avait été transmise de Maître à Successeur, expliqua le vieillard, et il fit une vague allusion aux pages de Pline et de Flavius Josèphe. (Nous y revoilà, pensa soudain Ellery – cela confirmait ses vagues réminiscences.)

Finalement, poursuivit le Maître, à l'issue d'une série de réunions solennelles, le Conseil d'alors prit une décision : il fallait quitter le monde abominable où ils se trouvaient. Quelque part, dans les vastes terres qui s'étendaient vers l'est, au besoin même dans une région désertique, leur peuple chercherait un endroit où il pourrait vivre, à l'abri de la corruption, en une communauté repliée sur elle-même, conformément à leurs principes moraux et socio-économiques.

Alors, ils vendirent leurs maisons, leurs terres, leurs commerces ; ils achetèrent des chariots et des provisions ; et, un beau jour, une longue caravane quitta San Francisco et commença son voyage vers l'est. Et ce fut une autre longue et difficile période.

Leur première tentative d'installation, dans une plaine verdoyante non loin de Carson City, fut désastreuse. Ils avaient choisi ce site parce que le chemin de fer menant à la capitale du Nevada n'y passait pas encore et que, comparée à San Francisco, Carson City n'était qu'un petit village. Mais ce fut cette petitesse même qui causa leur perte. Les cabarets, les dancings, les tripots, en raison même des proportions plus modestes de Carson City, se révélèrent trop tentants pour beaucoup de ceux que l'obscénité triomphante de San Francisco avait effrayés. Et l'étrange comportement des colons attira des visiteurs indésirables qui venaient les regarder sous le nez et les narguer, des hommes au langage grossier qui accompagnaient des troupeaux de femmes semblables à des volailles aux piaillements aigus et au plumage trop voyant.

Dans l'année qui suivit, le Conseil constata l'échec de la colonie de Carson City ; il leur fallait aller plus loin. La plupart de leurs biens personnels étaient engagés dans l'achat de terrains et durent être abandonnés. Qu'à cela ne tienne, ils iraient là où l'argent n'était pas nécessaire, là où il était même absolument inutile. Ils trouveraient un endroit si lointain, tellement à l'écart des sentiers battus que le monde les oublierait – et n'entendrait plus jamais parler d'eux.

Alors, pendant de nombreux jours et de nombreuses nuits, la caravane chemina péniblement vers le sud-est. Certains moururent et furent enterrés au bord du chemin. De jeunes couples se marièrent. Des enfants naquirent.

En règle générale, la caravane évitait les villages. Cependant, il arriva qu'un jour un homme mourut après qu'on l'eut amené chez un médecin de campagne, près de la frontière. Il n'avait pas de famille, et aucun équipage ne pouvait se passer d'un homme pour conduire son chariot. Il n'y avait pas non plus, dans les autres chariots, de place pour transporter ses biens et son équipement. Aussi vendit-on dans le village tout ce qui lui appartenait, pour cinquante dollars d'argent, et la caravane reprit sa route – pas avant toutefois que les villageois n'eussent tenté de séduire plusieurs jeunes filles, de voler les cinquante dollars au père du Maître et le peu d'argent qui restait aux autres frères, de convaincre un couple de revendiquer la possession de tous les chariots et de toutes les bêtes de la colonie en lui promettant d'appuyer sa requête à l'aide de faux témoignages, avec un juge vénal et un jury corrompu. Toutes ces tentatives échouèrent. Les pèlerins des temps nouveaux quittèrent la ville sous une pluie de pierres, poursuivis par les chiens, alors que des coups de feu étaient tirés pour affoler leurs bêtes.

Ce fut leur dernier contact avec la civilisation.

La nourriture commençait à manquer et les réserves d'eau étaient épuisées lorsque leurs bœufs, attirés par la présence des sources, amenèrent les pionniers jusqu'à la couronne de collines qu'ils devaient appeler le Creuset. Il y avait là une véritable oasis au cœur du désert, secrète, verdoyante, riche en eau et en terre arable, et suffisamment vaste pour y cultiver de quoi nourrir tout le monde. Et ils baptisèrent la vallée du nom de Quenan.

(Plus tard, en repensant à cela, Ellery se dit que « Quenan » était peut-être une déformation de « Canaan », altéré par l'accent local, et dont la prononciation avait évolué, dans ce monde clos, jusqu'à devenir radicalement différente. Bien qu'ils ne possédassent sans doute pas un seul exemplaire des Saintes Ecritures, le noble langage de la Bible du roi Jacques était familier à tous les Américains du XIXe siècle ; quoi de plus naturel, en ce cas, qu'ils eussent assimilé – consciemment ou non – leurs errances dans le désert à celle des Enfants d'Israël ? C'est ce qu'il en vint à penser, mais il ne devait jamais en être sûr.)

Ils s'installèrent dans la Vallée, construisant leurs premiers abris rudimentaires avec le bois et la toile des chariots ; et ils n'en étaient plus jamais repartis.

Leur exode, depuis San Francisco, avait dû avoir lieu en 1872 ou 1873 ; depuis Carson City en 1873 ou 1874.

— Et pendant toutes ces années, demanda Ellery incrédule, aucun étranger n'est jamais parvenu jusqu'ici ?

Le Maître réfléchit.

— Je crois vous avoir dit que non, la première fois. Mais j'avais oublié – il y en eut un. Cela s'est produit il y a une quarantaine d'années, alors que le Potier et ses compagnons étaient partis dans le désert chercher cette argile particulière dont sont faites les urnes qui contiennent les rouleaux de prières. Ils découvrirent un homme, étendu dans le sable ; c'était bien au nord de Quenan. L'homme respirait à peine. Nous considérons la vie comme sacrée ; en dépit de nos lois, le Potier l'amena ici, il fut soigné et il se rétablit. Mais la présence de cet homme n'eut pas de conséquences funestes : la terrible épreuve de son séjour dans le désert avait effacé de sa mémoire tout souvenir de son passé : il ne se rappelait même pas son nom. Aussi lui avons-nous inculqué les principes de notre foi et de nos lois, et il finit ses jours à Quenan, menant la même vie que les autres membres de la communauté. J'avais perdu l'habitude de le considérer comme un étranger. Il s'est éteint il y a quelques années.

Un seul intrus en soixante-dix ans, un homme dont la mémoire était pareille à une feuille blanche ! Que savaient donc du monde extérieur les membres de la communauté ? Bien peu de chose, apparemment. En de rares occasions, le Maître et le Magasinier voyaient devant la boutique d'Otto Schmidt, ou dans ses parages immédiats, un chariot qui n'avait pas besoin d'attelage pour se déplacer – comme celui d'Elroï. Et bien sûr, depuis quelques années, les habitants de Quenan apercevaient parfois dans le ciel des machines volantes qui faisaient un bruit de tonnerre. Mais quant aux événements... Le vieillard secoua la tête. Même lui, le Maître, l'homme le plus âgé et le plus savant de toute la Vallée, ne savait rien du monde extérieur ; et il ne désirait rien en savoir.

— Vous rappelez-vous la guerre de Sécession ? demanda Ellery.

Son front bruni se plissa.

— Cela devait avoir un rapport avec... (il marqua une pause, comme si le mot suivant ne lui était pas familier)... des soldats ? Qui étaient vêtus de bleu ? Je n'étais qu'un enfant, alors... J'ai à l'esprit le souvenir confus d'une troupe nombreuse d'hommes en bleu... beaucoup de gens criaient... j'entends encore la voix de mon père expliquant que c'étaient des soldats qui avaient vaincu la Rébellion...

De la Première Guerre mondiale, le vieillard ignorait tout. Et il était clair qu'il ne savait rien non plus de la Seconde, celle qui faisait rage en ce moment même. Otto Schmidt n'y avait-il pas fait allusion ? Mais le vieil homme secoua la tête.

— Je ne lui parle jamais du monde extérieur ; il croit que nous sommes des sauvages, des ermites, et il ne sait rien de notre communauté. Nous vénérons la vérité, mais Quenan doit rester inconnue des hommes.

Le Maître ne manifesta pas la moindre curiosité au sujet de la guerre et, apparemment, il ne soupçonnait pas le moins du monde que ses condisciples et lui-même enfreignaient tous les jours bon nombre de lois fédérales, sans parler des lois propres à l'Etat.

Telle était donc leur histoire ainsi qu'Ellery la reconstitua d'après le récit du Maître et, plus tard, les comptes rendus succincts qu'il put consulter dans les archives du Chroniqueur...

Il était d'ailleurs plongé dans la lecture de ces archives (il y cherchait vainement une référence quelconque à Pline et à Flavius Josèphe dont le Chroniqueur ignorait jusqu'aux noms) lorsque la mémoire lui revint brusquement. Flavius Josèphe et Pline l'Ancien avaient tous les deux parlé d'un ordre religieux dont l'origine remontait au IIe siècle avant Jésus-Christ : les Esséniens – oui, et maintenant qu'il y songeait, il était également question d'eux dans l'œuvre de Philon d'Alexandrie, philosophe juif du Ier siècle qui mentionnait aussi une secte ascétique non chrétienne existant en Egypte à son époque, qu'il appelait les Thérapeutes.

Les Esséniens pratiquaient la stricte communauté des biens, les lustrations rituelles – les bains cérémoniels des Quenanites. Les Esséniens abhorraient le mensonge, la cupidité, la tromperie ; ils subsistaient en pratiquant l'élevage, la culture et l'artisanat.

Etait-il possible que la secte de Quenan descendît des anciens Esséniens ? Mais il existait entre eux des différences importantes : les Esséniens pratiquaient le célibat, ils condamnaient l'esclavage.

Ellery s'interrogea. Les coutumes, et même les croyances pouvaient avoir disparu ou s'être transformées en l'espace de deux mille ans et plus, chez un peuple dont la tradition écrite était presque inexistante, et qui avait dû se disperser sous la pression de l'expansion rapide des mondes chrétien et musulman... C'était possible. Mais personne n'en saurait jamais rien.

« Quenan doit rester inconnue des hommes... ». Ce qui signifiait que la Vallée secrète était un monde replié sur lui-même, préservé par sa pureté de la contamination venue de l'extérieur.

Mais, maintenant, sa pureté risquait d'être contaminée de l'intérieur.

Car un membre de la communauté avait subrepticement confectionné un double de la clé du sanquetum que détenait le Maître. Il devait avoir une raison impérieuse de faire un chose pareille. Car cet acte était non seulement le premier crime commis à Quenan depuis presque deux générations mais, à la différence du vol commis par Belyar cinquante ans plus tôt, c'était un acte sacrilège.

Etait-ce simple curiosité envers le sanquetum – un désir pervers de découvrir l'intérieur de la chambre interdite, simplement parce qu'elle était interdite ? C'était possible, mais peu probable ; en présence d'un tabou aussi puissant, la seule curiosité ne pouvait inciter un Quenanite à dérober en pleine nuit, par une meurtrière de la chambre du Maître vénéré, la clé du sanquetum, en prendre une empreinte à la cire vierge, remettre la clé en place et en confectionner un double à l'aide du moulage.

Non, à l'origine de cet acte devait se trouver un mobile beaucoup plus tangible.

Le vol ? Mais de quoi ? Les urnes de rouleaux de prières ? Mais toutes les familles avaient leurs rouleaux de prières. Le livre saint de – comment l'avait appelé le Maître ? – Mk'h, « le Livre qui était perdu », mais qui, sans doute, avait été retrouvé ? Cela aurait pu être une raison valable si la communauté était déchirée par des dissensions religieuses – le schisme, l'hérésie, mais ce n'était pas le cas.

Il ne restait donc, semblait-il, que le « trésor » de pièces d'argent – les cinquante dollars obtenus par le père du Maître lors de la vente des biens du frère décédé en cours de route, après l'exode de Carson City. Cette somme avait, apparemment, été conservée pour constituer une sorte de fonds de réserve, cependant que les dépenses courantes avaient été réglées à l'aide de la monnaie de papier de la communauté tant qu'elle avait duré.

Mais qu'est-ce qu'un Quenanite pouvait bien vouloir faire de cinquante dollars d'argent, ou même d'un seul ? Acheter une babiole quelconque chez Otto Schmidt ? Savourer le plaisir défendu de simplement posséder les pièces brillantes ?

Ellery secoua la tête. C'était une énigme – une énigme totale.

Le Maître se leva, son bâton à la main. Son visage vénérable était déchiré par le chagrin.

— Je crains, Elroï, que cette affaire de clé ne marque le début des calamités que la prédiction nous annonce. Mais je dois aller rejoindre les enfants, maintenant. Ils m'attendent à l'école. Je pars le cœur lourd.

— Il se peut, Maître, dit Ellery, se levant à son tour, que vous accordiez trop d'importance à cet incident.

Mais le ton de sa voix trahissait ses propres pressentiments.

— Ce qui doit être, sera, dit le vieillard. Vous trouverez le Puisatier sur le versant sud, il vous attend pour vous montrer l'aqueduc et les canaux d'irrigation.

Et Ellery s'entendit répondre :

— Que le Seigneur vous accompagne, Maître.

Les yeux du vieillard, qui comme à son habitude semblaient transpercer Ellery, s'étrécirent et se fixèrent sur lui.

— Béni soit le Seigneur, dit le Maître.

4

Mercredi 5 avril

Le lendemain matin, d'assez bonne heure, Ellery se fit la réflexion que l'Intendant de Quenan aurait pu faire un parfait petit fonctionnaire dans n'importe quel pays du monde civilisé. Le Maître l'avait désigné pour conduire l'Hôte jusqu'à la partie la plus au nord de la Vallée et lui montrer, en cours de route, les sites intéressants.

— Je vais vous conduire jusqu'à la partie la plus au nord de la Vallée, dit l'Intendant, en une sorte de marmonnement aux résonances liturgiques. Il gardait les yeux braqués sur la pomme d'Adam d'Ellery.

— C'est ce que m'a dit le Maître, répondit Ellery.

— Et je vous montrerai, en cours de route...

— C'est que ce que le Maître...

— ... les sites intéressants, conclut l'Intendant.

C'était un petit homme au visage lisse, d'âge indéfinissable, et qui faisait songer à un robot. Il aurait pu tout aussi bien être inspecteur des postes dans l'Iowa que conservateur d'un musée de province en Yougoslavie ou vérificateur des poids et mesures dans une petite ville d'Australie. Etait-ce la nature de leur travail qui produisait ce type d'individus ou était-ce en raison de leur personnalité qu'ils choisissaient ce genre de travail ? Ellery décida de prendre son sort avec philosophie et de ne voir que le bon côté des choses, puisqu'il était condamné à passer toute la matinée en compagnie de l'Intendant.

— Eh bien, allons-y, dit Ellery, réprimant un soupir.

— Est-ce que nous y allons ? demanda vivement l'Intendant. (Après avoir marché quelques minutes en silence, il dit :) Voici le réfectoire communautaire.

— Je le sais, Intendant. J'y ai déjeuné ce matin. Et hier. Et le jour précédent.

L'homme posa sur lui un regard vide.

— C'est ici que la communauté prend ses repas, dit-il.

— Ah, fit Ellery. Merci.

A quoi bon insister ? Pendant leur visite, son guide lui montra la laverie (« Voici la laverie. C'est ici qu'on lave le linge »), le lavoir à laine (« Je vais vous montrer le lavoir à laine. Le voilà. C'est là qu'on lave la laine »), l'écurie des ânes (« ... où on met les ânes »), un champ de luzerne (« ... luzerne. On y fait pousser de la luzerne. Les bêtes s'en nourrissent »), un verger de pêchers (« un verger de pêchers. Sur ces arbres poussent des pêches. Elles sont bonnes à manger ») et autres hauts lieux de Quenan.

— Et voici la partie la plus au nord de Quenan. Ici se trouve le lieu paisible.

— Le lieu paisible ? répéta Ellery, intrigué.

— Le lieu paisible. Il occupe tout le versant nord de la colline, expliqua l'Intendant, comme si Ellery était complètement aveugle.

Ellery décida de se montrer charitable. Après tout, c'était la première fois que l'Intendant se voyait attribuer le rôle de guide touristique.

— Il y a presque un millier de tombes ici, Elroï. Ou peut-être plus d'un millier, nos premières archives manquent de précision. Les pierres sont toutes semblables. Elles ont pour dimensions : à la base, un pied au carré ; au sommet, neuf pouces au carré ; et leur hauteur est de deux pieds.

— Vous voulez dire que...

— Au sommet de la colline, les tombes ont une profondeur de six pieds ; au bas de la pente, de cinq pieds. La largeur est variable.

Ellery garda le silence.

Un millier de pierres tombales toutes sculptées de la même étrange façon. Comme un arbre réduit à sa structure essentielle. Il n'y avait pas d'inscriptions.

Le vent chantait à leurs oreilles.

La voix monotone de l'Intendant prit un certain relief.

— Dans la cinquième rangée depuis le sommet, dans la onzième tombe en partant de la droite se trouve mon père et, sept tombes plus loin, ma mère, dit-il. Dans la rangée suivante, dans la quinzième tombe, se trouvent ma femme et notre enfant. Et loué soit le Seigneur qui nous aide tous, en ce monde et dans l'éternité.

Il n'ajouta rien à voix haute, mais Ellery vit qu'il priait.

Ma femme, avait-il dit. *Notre enfant*. Pas : *ma première femme*, ou : *notre dernier-né*.

Le temps passa.

Ellery dit :

— Désolé.

Il ne s'agissait pas pour lui de manifester son respect devant la mort d'autrui, mais de s'excuser d'avoir songé à comparer cet homme à un robot.

Des voix venant de derrière lui le firent se retourner. Deux hommes montaient vers eux, le premier d'un pas lent, l'autre plus rapidement. Mais le premier, étant parti plus tôt, les rejoignit avant l'autre.

C'était le gardien du lieu paisible, une sorte de gnome très âgé au faciès de demeuré. Son élocution était trop embrouillée pour qu'Ellery le comprît, mais aux gestes exubérants que décrivait sa main noircie armée d'une faucille, on devinait qu'il parlait de son travail, expliquant comment il coupait l'herbe qui poussait sur les tombes. Etait-ce la fierté qui allumait ainsi son regard terne ? Ellery en eut la chair de poule.

Et l'Intendant dit :

— Il accomplit un travail qui doit être fait ; c'est pourquoi il mérite le pain qu'il gagne. De plus, si sa présence parmi nous, et celle de quelques autres, semblables à lui, nous enseigne l'amour qui est difficile, on ne peut pas dire qu'il soit né en vain.

L'amour qui est difficile...

Une fois de plus, Ellery dit :

— Désolé.

A ce moment, le second homme arriva.

C'était le Successeur, comme le matin précédent.

Et il apportait le même message.

Le vieux Maître lui annonça :

— Ce matin, le bracelet et la clé se trouvaient de l'autre côté de la table.

Ellery examina la clé de nouveau. Elle ressemblait à une clé du Moyen Âge, car elle avait été découpée dans une seule plaque de métal épaisse, absolument plate. Elle portait encore l'odeur, moins forte que la veille cependant, de la cire brune dans laquelle elle avait laissé son empreinte.

Soudain le Maître dit :

— Vous avez remarqué quelque chose.

Ellery acquiesça. Il sortit de sa poche la puissante petite loupe qu'il avait toujours sur lui, la déplia, et s'en servit pour regarder la clé dans les moindres détails. Puis il tendit la loupe au vieillard.

— J'y vois des sortes de marques, dit le Maître. Ici et là, sur les bords du panneton. Des éraflures. (Il releva les yeux.) Je ne comprends pas.

— Ce sont des coups de lime, expliqua Ellery. Et ils sont récents : ils n'y étaient pas hier. Il paraît clair, Maître, que celui qui a emprunté votre clé du sanquetum pour en fabriquer un double s'est aperçu que son ouvrage était imparfait. Il fallait donc qu'il le rectifie. Il a retouché son double à l'aide d'une lime, après l'avoir superposé à la clé d'origine – la vôtre – qui lui servait de gabarit.

Le vieillard ne semblait pas très sûr d'avoir compris. Mais Ellery avait déjà quitté la chambre du Maître et se dirigeait vers la porte du sanquetum. Le vieil homme le suivit.

Ellery tenta d'ouvrir la porte.

— Elle est fermée à clé, dit-il.

— Comme elle doit toujours l'être.

Ellery se pencha pour regarder la serrure de plus près.

— Venez voir, Maître.

Le vieillard se pencha à son tour. Près de la serrure, on distinguait quelques éraflures récentes à la surface du bois patiné par le temps.

— Cela signifie, dit Ellery, que l'on a essayé d'ouvrir la porte du sanquetum avec une clé qui n'allait pas.

Le vieil homme secoua la tête.

— Je ne comprends pas, avoua-t-il. Celui qui a fait le double l'a rectifié à l'aide d'une lime et pourtant son double n'allait toujours pas ?

— Vous inversez l'ordre probable des événements. Cela a dû se passer de cette façon :

» Il y a deux nuits, pendant votre sommeil, quelqu'un a fait passer une longue perche par l'une de vos fenêtres, a soulevé la clé posée sur la table et s'en est emparée ; puis, dans un endroit discret, il a pris une empreinte de la clé avec de la cire. Il a ensuite reposé la clé sur la table par le même moyen, sans savoir que vous la placiez toujours exactement au centre géométrique du plateau.

» A l'aide de l'empreinte à la cire, il a confectionné un double et, muni de ce double, il est entré subrepticement dans la maison sacrée, la nuit dernière, pour essayer d'ouvrir la porte du sanquetum. Mais le double n'allait pas dans la serrure.

» Il a compris alors que la copie qu'il avait fabriquée n'était pas assez précise. Mais, pour la rectifier, il avait de nouveau besoin de votre clé. Il est donc ressorti de la

Maison de la Sainte Congrégation, l'a contournée pour atteindre l'une des fenêtres de votre chambre, s'est de nouveau emparé de votre clé, cette fois-ci pour retoucher son double à la lime. Puis, à l'aide de sa perche, il a remis votre clé, attachée à son bracelet, sur votre table, toujours sans se douter qu'il aurait dû la placer exactement au centre de la table. Avez-vous inspecté le sanquetum, Maître, pour voir s'il y manquait quelque chose ce matin ?

— Il ne manque rien, dit le vieillard, avec peine.

— Dans ce cas, je suppose que le lever du soleil ou une raison quelconque l'a empêché d'utiliser le double retouché pour ouvrir la porte du sanquetum aux premières heures du jour.

Le visage à barbe blanche était figé en une multitude de lignes dures et fines qui faisaient songer à une eau-forte.

— Alors, on peut s'attendre à ce que...

Les derniers mots ne passèrent pas la gorge du vieillard.

Ellery en eut de la peine pour lui.

— Je le crains, confirma-t-il. Il fera une seconde tentative pour entrer dans le sanquetum, cette nuit sans aucun doute et, sans aucun doute, cette fois-ci la clé fonctionnera.

Il n'y avait personne d'autre que lui dans la maison sacrée.

La mine sombre, le Maître avait autorisé Ellery à examiner seul l'intérieur de la chambre interdite. Puis le vieillard était parti, drapé dans son silence ; et comme le Successeur se trouvait quelque part dans le village, Ellery était le maître des lieux.

Il redressa la tête. Si le chef spirituel de cette étrange congrégation lui permettait de pénétrer dans leur saint des saints, pourquoi hésiter ? Et pourtant, il avait scrupule à le faire, comme s'il était sur le point de commettre un sacrilège – une « profanation du mystère ».

Malgré tout, cela devait être fait. Il inséra l'énorme clé dans la serrure, sentit céder le pêne massif, poussa la porte et s'avança sur le seuil de la chambre interdite.

Elle n'était guère plus vaste qu'un grand placard. Il n'y avait pas de fenêtres. La seule source de lumière était une lampe éternelle – une lampe à pétrole de forme étrange, au corps métallique patiné par le temps, suspendue exactement au centre du plafond. Le courant d'air provoqué par l'ouverture de la porte avait fait bouger la lampe ; elle oscillait légèrement, maintenant, d'avant en arrière, tel un encensoir qui projetterait des ombres et non de la fumée.

Et, dans la lumière vacillante, Ellery découvrit :

A droite et à gauche de la porte, chacune dans un angle, deux urnes en terre cuite, très hautes et élancées, de couleur pourpre, posées sur des socles en bois et surmontées d'un couvercle en forme de bol. Les urnes, les socles et les couvercles étaient identiques.

Exactement en face de lui, une armoire à porcelaine en noyer, d'un style démodé, avec une porte vitrée. Sur l'étagère inférieure était posé un livre, ouvert. Et sur l'étagère supérieure, il y avait deux piles parfaitement cylindriques de dollars d'argent, de hauteur identique, afin de respecter les principes fondamentaux de la symétrie – « la plus parfaite des formes esthétiques ».

Il n'y avait rien d'autre.

Lorsque la lampe éternelle se fut immobilisée et que ses yeux se furent habitués à la lumière ambiante, Ellery retira le couvercle de l'une des urnes et regarda à l'intérieur. Elle contenait de nombreux rouleaux de papier, tous entourés d'un fil pourpre. Il remit le couvercle en place et jeta un coup d'œil dans la deuxième urne : elle contenait également des rouleaux de papier.

Il porta son attention sur l'armoire.

Elle lui rappelait tellement l'armoire à porcelaine qu'il avait vue dans la salle à manger de sa grand-mère lorsqu'il était enfant qu'il s'attendait presque à découvrir, sur les étagères, les mêmes plats bleus et blancs à motif de saule pleureur. Mais celle-ci ne renfermait rien d'autre que le livre ouvert et les deux piles de pièces d'argent. A travers la vitre, il examina le livre. Il semblait imprimé en gothique, ou du moins en caractères typographiques ressemblant fortement au gothique. Il était difficile de distinguer les mots à la lumière de la lampe ; aussi Ellery remit-il à plus tard l'examen du texte lui-même pour reporter son attention sur les deux piles de pièces. Elles étaient remarquablement brillantes.

Il ouvrit l'armoire. C'étaient d'anciens dollars d'argent à l'état neuf !

Il fit appel à sa mémoire. D'après ses connaissances numismatiques, certaines de ces anciennes « roues de charrette » étaient très rares.

Etait-ce pour cette raison que quelqu'un avait fabriqué un double de la clé et tenté de pénétrer dans le sanctuaire ? Le voleur en puissance s'intéressait-il à la valeur monétaire du « trésor » de Quenan ?

Il existait un dollar d'argent quasi légendaire frappé à San Francisco en... quelle année, au fait ? Oui, c'était ça !... en 1873, l'année même où la secte quenanite avait sans doute quitté la ville. De cette pièce, on avait frappé seulement sept cents exemplaires, et tous avaient disparu, à l'exception des spécimens conservés par la Monnaie. On avait fait les suppositions les plus diverses pour expliquer leur disparition, depuis la théorie selon laquelle quelqu'un les avait enterrés quelque part et était mort sans révéler le secret de leur cachette, jusqu'à l'hypothèse, tout aussi indémontrable, qu'ils se trouvaient en Chine où ils auraient servi à payer une cargaison de thé vert ou peut-être d'opium. Et si tout le monde s'était trompé ? Et si les pièces qu'Ellery avait sous les yeux, rangées en deux piles régulières, aussi parfaites que si elles venaient d'être frappées, étaient les dollars « perdus » faits à San Francisco en 1873 ? Une seule d'entre elles vaudrait une fortuné ! Et là, il y en avait... combien, au juste ?

D'une main tremblante, Ellery prit la première pièce de la pile de gauche et l'examina attentivement. Le côté face représentait la Liberté assise, et la date était... *1873 !* Il la retourna, retenant son souffle. Le côté pile montrait l'aigle américain (« Un oiseau malfaisant » l'avait appelé Benjamin Franklin, avec dédain, « qui vole les proies des autres oiseaux » et il avait proposé que l'on adopte la dinde comme emblème national). S'il y avait un *S* en dessous de l'aigle – symbole de la Monnaie de San Francisco...

Ellery sortit sa petite loupe et chercha le poinçon de la Monnaie. Vive fut sa déception. Ce n'était pas un *S*, mais *CC*.

Bien sûr – *CC* : Carson City. La capitale du Nevada avait eu son propre Hôtel de la Monnaie, à cette époque, car les mines d'argent de cet Etat, constitué depuis neuf ans seulement, déversaient un flot continuel de métal précieux. Et, comme aujourd'hui encore, les habitants du Nevada préféraient alors les espèces sonnantes au papier monnaie... Il vérifia les autres pièces. Elles étaient toutes marquées *CC*.

Ellery les remit en place avec le plus grand soin, reconstituant les deux piles régulières, et referma la porte vitrée de l'armoire à porcelaine.

Sans avoir la valeur inestimable du San Francisco 1873, le dollar d'argent 1873 de Carson City avait certainement une cote intéressante. Chaque pièce, estima-t-il, devait valoir environ deux cents dollars d'aujourd'hui – peut-être plus, en tenant compte de leur parfait état de conservation. Mais la question restait de savoir : qui, à Quenan, pouvait avoir ne serait-ce que l'idée de voler de l'argent ? Et quel avantage en tirerait-il s'il parvenait à le faire ? Que le voleur en puissance pût connaître la valeur numismatique de ces pièces était impensable. Non, pour le voleur quenanite, les pièces devaient avoir, au plus, leur valeur faciale. Et quant à voler une poignée de dollars chargés du tabou des objets sacrés... Ellery secoua la tête. Quelle que fût la valeur que le voleur accordait à ces pièces, elle n'était pas d'ordre matériel. Mais alors, que pouvait-elle bien être ? Il n'en avait pas la moindre idée.

Il quitta le sanquetum, dont les ombres dansaient de façon étrange à chacun de ses mouvements, et tournant la clé dans la serrure il s'assura que la porte était bien fermée. Puis il alla rejoindre le Maître à l'école.

L'air grave, Ellery lui rendit la clé.

Et il demanda au vieillard :

— Où puis-je trouver le Chroniqueur ?

Le Chroniqueur apporta sa touche antique au séjour d'Ellery dans la Vallée. Le vieux Quenanite arborait de superbes favoris grisonnants et frisés, coupés assez court. Sa lèvre supérieure était imberbe et se repliait par-dessus le maxillaire depuis longtemps privé d'incisives. Cela conférait à cette lèvre une souplesse remarquable. De temps en temps, il l'aspirait avec un bruit de succion surprenant – une sorte de *smack* suivi d'un *Slic* – et cela projetait brusquement sa lèvre inférieure vers l'avant, si bien qu'on aurait dit un vieux singe rusé en train de cracher. Le vieillard avait des épaules frêles et voûtées ; il était chauve, à l'exception d'une frange grise, comme s'il était tonsuré. « Je sais à qui il me fait penser, se dit soudain Ellery. Il ressemble à ce fameux buste de Socrate. »

Pour l'occasion, le Chroniqueur extirpa de l'une de ses poches un instrument extraordinaire : deux morceaux de verre fixés à un cadre de bois percé aux extrémités pour laisser passer des lanières de cuir qui se terminaient par une boucle. Lorsque le vieillard posa l'instrument sur son nez et passa les boucles autour de ses oreilles, Ellery comprit qu'il s'agissait de lunettes fabriquées de façon artisanale. Le Chroniqueur semblait avoir plus de difficulté à voir avec ses lunettes que sans, et apparemment les verres provenaient du monde extérieur alors que le cadre était de fabrication locale. Peut-être étaient-elles indissociables de la fonction de Chroniqueur.

— Si je vous comprends bien, Elroï, demanda le Chroniqueur d'une voix chevrotante, dans le monde d'où vous venez, les années n'ont pas de noms, mais des numéros ?

— Oui.

— Tonnerre ! Et est-ce que les gens aussi *(slic !)* ont des numéros ?

— Non, ils ont un nom, à moins qu'ils ne se conduisent mal. Oui, pour nous, nous sommes en l'an 1944.

— *(Slic !)* 1944 *quoi*, Elroï ?

— 1944 après Jésus-Christ. Au XXe siècle de l'ère chrétienne.

— Jamais *(slic !)* entendu parler.

— En quelle année sommes-nous, Chroniqueur, selon le calendrier de Quenan ?

Le Chroniqueur consultait un rouleau qu'il avait pris dans une urne de la salle des archives à la demande d'Ellery. A cette nouvelle question il leva les yeux, stupéfait.

— En quelle année sommes-nous *maintenant ? (slic !)* Béni soit le Seigneur ! Comment le saurais-je ?

Amusé et intrigué tout à la fois, Ellery demanda :

— Qui, dans ce cas, devrait le savoir ?

— Mais personne ! Absolument personne ! *(slic !)* Une année ne peut avoir de nom avant d'être terminée, comprenez-vous ? Comment en serait-il autrement ? Le

Conseil se réunit le Dernier Jour de l'année et décide du nom à lui donner. Celle qui vient de s'achever a été récemment appelée « L'Année Où La Brebis Noire A Eu Des Jumeaux ». Avant, il y a eu : « L'Année Des Grosses Prunes », et « L'Année Des Chenilles », « L'Année Des Grands Vents », et...

Ellery remonta le temps en sa compagnie jusqu'à « L'Année De La Récolte Perdue », « L'Année Où La Terre Trembla », « L'Année Des Grandes Pluies », « L'Année Où Le Maître Prit Barzill Pour Femme », et ainsi de suite ; jusqu'à, finalement, « L'Année Du Pèlerinage Vers L'Est », où les Quenanites avaient quitté San Francisco. Et qui était effectivement l'année 1873.

— Comme vous le voyez *(slic !)*, nous sommes dans notre Vallée depuis... soixante-dix ans, oui ! *(slic !)* soixante-dix. C'est le nombre que je viens de compter pour vous. Et ce nombre peut être confirmé par les anciens écrits.

Le Chroniqueur désigna le rouleau. Le texte était calligraphié de la même « cursive de chancellerie » qu'Ellery avait vu le Successeur employer dans le scriptorium. Etait-il possible que l'un des Maîtres ou des Successeurs d'une lointaine génération passée eût été clerc de notaire à Londres – peut-être même avant l'époque où Dickens n'était encore que journaliste parlementaire ?

Possible ? Ici, pensa Ellery, tout était possible.

— Les anciens écrits, murmura Ellery. Est-ce qu'il y est fait mention, Chroniqueur, des cinquante dollars d'argent ?

Le Chroniqueur bondit.

— Mais oui, certainement !

Il remit le rouleau dans l'urne, replaça le couvercle, partit en trottinant vers l'étagère et remit l'urne en place. Puis il en prit une seconde et revint aussitôt.

— Voyons, voyons... *(slic !)* « Année Du Dernier Pèlerinage » ... oui, oui... (Son index parcourut la colonne de texte ; il ne trouva pas ce qu'il cherchait, déroula un peu plus le manuscrit qu'il enroula de l'autre main.) Ah ! Regardez...

Toute l'histoire était là, couchée de la même écriture archaïque sur le papier jauni, *cette année le conseil a débattu de ce qu'il convenait de faire des cinquante dollars d'argent, et certains ont suggéré que, puisque nous possédons une richesse plus grande que celle qui a besoin d'être comptée, nous les enfouissions dans le sol pour les oublier. Mais au lieu de cela le vote du conseil a décidé qu'on les déposerait dans le sanquetum où ils resteront en attendant qu'une autre décision soit prise à leur sujet.*

Les lettres étranges dansaient devant les yeux d'Ellery. Ses paupières se fermaient. De nouveau, il était épuisé. Qu'avait-il donc ? Il tenta de mettre de l'ordre dans ses idées.

Cinquante... Il n'avait pas compté les pièces réparties en deux piles. Mais il y en avait certainement moins de cinquante...

— Qu'est-il advenu des pièces manquantes, Chroniqueur ?

Le vieux scribe parut interloqué.

— Les pièces manquantes ? *(slic !)* Ma foi, Elroï, je n'en sais absolument rien. Seul le Maître – béni soit le Seigneur de lui permettre d'être encore parmi nous – a le droit d'entrer dans la chambre interdite. C'est là que sont conservés les dollars d'argent, ainsi que le Livre sacré.

— Oui, le Livre sacré. Que signifie son titre ?

— Le Livre de Mk'n ?

— Mk'n ? Je pensais que le Maître l'appelait Mk'h ?

Le Chroniqueur haussa les sourcils en s'apercevant de sa propre erreur.

— Selon les anciens écrits – et tout a été noté avec la plume du souvenir – le Livre perdu était censé s'appeler le Livre de Mk'n. Du moins, par ceux qui affirmaient qu'il existait un tel livre. Car d'autres *(slic !)* ont toujours soutenu qu'il n'existait pas. Mais c'est ainsi que le Maître l'appelait, et son père avant lui : Mk'n. Puis, il y a cinq ans, pendant l'Année Des Oiseaux Innombrables, le Maître trouva le Livre perdu ; et, après avoir de nouveau étudié les anciens écrits, il en vint à croire que nous avions depuis toujours mal interprété ou mal écrit le titre – et que c'était Mk'h et non pas Mk'n. Et depuis lors, nous l'appelons le Livre de Mk'h. Car tout est comme le dit le Maître.

— Mais qu'est-ce que ce titre *signifie ?*

Le vieillard haussa les épaules.

— Qui le sait ? Les noms ont-il toujours un sens ?

Au bout d'un moment, Ellery prit congé et partit retrouver le Maître. Il lui demanda s'il pouvait emprunter un âne et quitter la Vallée pour quelque temps.

— Vous reviendrez, dit le patriarche.

Ce n'était ni une question ni une prière.

— Bien sûr.

— Alors, partez, Elroï, et que le Seigneur vous accompagne.

Ellery ne savait pas ce qui l'avait poussé à emprunter une des bêtes de Quenan au lieu de prendre sa voiture, et le long et pénible voyage à dos d'âne ne lui rendit pas les idées plus claires. Il finit par se dire qu'au pays du prophète, il était plus convenable d'utiliser le même moyen de locomotion que le prophète. (Et c'était un moyen bien inconfortable : pas de vraie selle, mais un coussinet de feutre usé, une corde effilochée en guise de bride et de mors, et un long roseau pour remplacer le fouet ou la cravache.)

Il n'aurait pu dire non plus si Otto Schmidt, *Propriétaire*, était plus surpris de voir son client des jours précédents arriver « à cheval sur un bourricot » que de le revoir tout simplement. Mais le commerçant se remit de sa stupeur et un sourire ravi fendit si largement son visage lunaire que son ombre de moustache faillit rejoindre ses oreilles.

— C'est donc vous ! s'exclama-t-il.

— Bonjour, monsieur Schmidt, dit Ellery en mettant pied à terre. Où puis-je attacher Tonnerre ?

Le petit homme replet se précipita.

— Ici, ici, à l'ombre. Je vais lui donner un seau d'eau et du pain. Ah, vous avez apporté son picotin. Donnez, je vais le lui préparer. Eh bien, monsieur Quinn ! C'est bien Quinn, n'est-ce pas ? Ou Kean ? Mon Dieu, où étiez-vous passé ? Et comment se fait-il que vous montiez cette vieille bourrique ? Qu'est-il arrivé à votre voiture... ?

Ellery entra dans le magasin, humant son odeur fraîche et humide de vieux bois, de citronnelle, de café, de vinaigre, de girofle et de pétrole. Rien n'avait bougé : les spirales de papier tue-mouches, le portrait aux couleurs passées du président Roosevelt, le comptoir usé et sa mesure de cuivre encastrée dans le bois (et depuis combien de temps, se demanda Ellery, ne servait-elle plus à mesurer le calicot, la toile, le guingan et la mousseline ?).

Il s'assit à une table et fit aussitôt la grimace : ses rares promenades à cheval dans Central Park ne l'avaient guère préparé à une expédition de trois heures à travers le désert sur le dos d'un âne robuste.

— Eh bien, si je m'attendais... ! (M. Schmidt entra, radieux.) Vous avez trouvé la route que je vous ai indiquée ? Vous êtes allé à Las Vegas ? Dites donc ! C'est pour ça que vous voyagez sur un baudet ? Je parie que vous avez perdu votre voiture en jouant aux dés. A moins que ce soit les machines à sous ? Ou... mais ça ne me regarde pas, bien sûr.

Ellery eut un sourire diplomatique.

— Me serait-il possible de manger quelque chose, monsieur Schmidt ? Où en serai-je réduit à dévorer ce pauvre Tonnerre ?

— Ah, pour ça, vous ne pouviez pas mieux tomber ! Bill Hone – vous ne le connaissez pas, bien sûr – fait un crochet par chez moi, une fois par semaine, en allant d'Hamlin à Vegas. Je lui donne mes tickets de rationnement et il me rapporte de la viande. Et justement, Bill est venu ce matin et il m'a apporté le plus beau morceau de bœuf que j'aie vu depuis le temps lointain où je débitais la viande dans ma ville natale. Qu'est-ce que vous diriez d'un bon steak, avec deux œufs peut-être ? J'ai aussi des pommes de terre que je pourrais faire sauter à la poêle, et j'ai fait cuire toute une fournée de tartes aux pêches...

Il réfléchit, cherchant ce qu'il pourrait bien ajouter au menu.

Ellery avala sa salive.

— Parfait, dit-il. Et du café, pour commencer ? (Et il ajouta :) Vous me tiendrez compagnie ?

— Ah ! pour ça ! dit Otto Schmidt, comptez sur moi !

Le café était frais et fort ; les steaks avaient été poêlés à feu doux. Ellery sentit sa détermination s'évanouir pour laisser la place au plaisir de manger, de nouveau, une nourriture civilisée. Depuis combien de temps cela ne lui était-il pas arrivé ? Le temps n'existait pas à Quenan, et on ne le voyait guère passer au Magasin du Bout-du-Monde. Il fit un effort pour rassembler ses pensées vagabondes sur le problème qui l'avait amené ici.

— Que pouvez-vous me dire au sujet du dollar, d'argent que le vieux bonhomme vous a donné dimanche dernier, monsieur Schmidt ?

Otto Schmidt se figea, la fourchette en l'air, brandissant un morceau de pomme de terre aux bords brunis et croustillants, une tache de jaune d'œuf dans la moustache. Il ouvrit des yeux ronds, cligna des paupières ; son sourire s'évanouit. Puis la pomme de terre repartit vers sa destination et il la mâcha lentement.

— Ah... Vous avez donc rencontré les ermites. Ma foi, ils sont plutôt bizarres, mais ma devise a toujours été de vivre et laisser vivre. Ils n'ennuient personne et j'espère que personne ne les ennuie...

— Monsieur Schmidt, dit doucement Ellery. Otto, personne n'a l'intention de leur créer des ennuis. Ni de vous en créer à vous, d'ailleurs. Je veux simplement en savoir plus sur ce dollar d'argent qu'il vous a donné sous mes yeux.

Le petit commerçant replet déclara avec sérieux qu'aucune loi n'interdisait l'usage des dollars d'argent. Quant à l'or, dit-il, attention, c'était différent.

En 35 – non, en 34 – le temps passait si lentement ici qu'on ne s'y retrouvait plus – un type était venu dans une voiture de tourisme avec des rideaux aux fenêtres. Il rachetait des vieilles pièces d'or...

— Otto...

— ... il m'a dit qu'il s'appelait Haggemeyer, il était allé au Mexique, avec Black Jack Pershing, à la poursuite de Pancho Villa. Après ça, il avait monté une petite affaire à Laredo, mais il avait fait faillite pendant la dépression...

— Otto...

— ... il avait emprunté de l'argent, sa pension lui servait de garantie, et il sillonnait le pays pour racheter des pièces d'or. Il m'a montré sa patente – il faut une patente pour l'or.

— *Otto !*

Le commerçant se tut, l'air craintif.

— Otto, personne ne vous accuse d'enfreindre la loi. Tenez, regardez ça.

Ellery sortit son portefeuille. Au fur et à mesure que défilaient les plaques de police, les yeux d'Otto Schmidt s'agrandissaient de plus en plus. A la vue des deux lettres en provenance de Washington, ils lui sortirent de la tête.

— Eh bien ! Vous devez être quelqu'un de rudement important ! (Ses yeux brillaient lorsqu'il se pencha par-dessus la table.) Est-ce que tout ça a quelque chose à voir avec l'effort de guerre ?

Ellery reformula la question.

— Est-ce que j'ai quelque chose à voir avec l'effort de guerre ? (Et il répondit en toute bonne foi :) Sans aucun doute.

Otto se rassit, visiblement impressionné. Après un dernier « *Eh... bien !* », il marmonna : « dans ce cas... », se leva et se dirigea vers son coffre-fort – un coffre aussi petit et trapu que lui, et sur la porte duquel on distinguait vaguement un drapeau et un aigle américains, aux couleurs passées. Il revint, portant un vieux registre dépenaillé.

— Vous devez comprendre quelle était ma situation quand j'ai acheté ce magasin, dit-il, faussement enjoué, manifestement sur la défensive. Je ne sais pas depuis combien de temps le vieil ermite traitait avec mon prédécesseur, mais il ne le payait pas en espèces ; non, monsieur. L'ermite et son chariot apparaissaient de temps en temps, et il apportait toujours des marchandises en échange : des peaux, de la laine, de l'huile de lin, du miel, de la cire – ce genre de camelote ; et le propriétaire du magasin lui ouvrait un crédit.

» Puis la dépression est venue. Et je suis venu, moi aussi. Mais la dépression n'était pas terminée, et je me suis vite rendu compte que mes fournisseurs, mes grossistes, n'acceptaient plus de marchandises – pas en si petite quantité, en tout cas ! Règlements en espèces et au comptant, ils disaient. Et le crédit ? « Crédit est mort » j'ai dit à l'ermite. « Plus de marchandises. Je veux des espèces. » « Qu'est-ce que c'est ? » il m'a demandé.

Bon, j'ai fouillé ma poche, et j'avais justement un dollar d'argent. Je l'ai sorti et je le lui ai montré. Le vieillard a regardé le dollar d'argent, puis il m'a regardé, moi, comme si je lui avais montré une photo cochonne. Et il est sorti sans dire un mot.

» Il est revenu en novembre 1930. C'est marqué là, vous voyez ? *12 novembre 1930. Ermite. Dollar d'argent de Carson City, 1873.* Je ne savais pas grand-chose sur les vieilles pièces de monnaie, je n'en sais pas plus maintenant, mais je me suis douté que ça devait valoir beaucoup plus qu'un dollar de 1930, et je le lui ai dit. Comme je devais me rendre à Los Angeles, je lui ai proposé de prendre sa pièce et de voir ce que je pourrais en tirer. Il a accepté, mais je voyais bien qu'il avait du mal à se décider.

Otto avait montré le dollar d'argent à plusieurs revendeurs de Los Angeles, et il l'avait finalement vendu au meilleur prix offert en 1930 : 90 dollars. Lorsque le vieil homme des collines était revenu au Magasin du Bout-du-Monde, ils avaient passé un accord : Otto gardait 18 dollars de commission pour ses déplacements, et créditait le compte de l'ermite des 72 dollars restants.

Le vieil homme venait au magasin une ou deux fois par an, et Otto notait chaque transaction dans le registre. Parfois, l'ermite apportait un dollar de 1873, parfois non, selon l'état de son compte. Lorsque l'une des pièces d'argent changeait de propriétaire, Otto la conservait jusqu'à ce qu'il se rendît à Los Angeles, où il la vendait au meilleur prix, prélevant au passage sa commission de vingt pour cent (Ellery, amusé, remarqua que ce pourcentage se situait entre celui d'un agent littéraire et celui d'un marchand d'œuvres d'art), il portait ensuite le reste au crédit du compte de l'ermite.

— Et c'est comme ça que ça se passe depuis treize ans et demi, dit le petit commerçant. Le vieux zèbre doit en avoir une vraie réserve – à mon idée, ça doit être une sorte de prospecteur venu de je ne sais où, et qui est devenu un peu timbré parce que le soleil lui a trop tapé sur le crâne. Quant à l'autre type, celui qui est bien plus jeune, ça doit être son petit-fils ou quelque chose comme ça.

— Combien de dollars de Carson City vous a-t-il donnés depuis le début ?

— Y compris celui de dimanche dernier ? Ma foi, il va falloir que je compte...

Et Otto compta, tournant les pages d'un index mouillé de salive, pendant qu'Ellery tournait en rond. Finalement, le commerçant annonça :

— Dix-neuf, en tout et pour tout.

La première réaction d'Ellery fut de penser que ce nombre était anormal, que quelque chose n'allait pas. Cette impression le tracassait, mais il n'arrivait pas à savoir ce qui l'avait provoquée. Irrité, il demanda à Schmidt quel genre de marchandises le vieillard lui achetait.

— Oh, du sel gemme, du pétrole, des clous, des choses de ce genre. Non, jamais de vin ni de sucreries, ni d'articles superflus. Des graines ? Non, pour autant que je m'en souvienne. Mais il achète des quantités de papier. Il doit passer sa vie à écrire. Et... ah, oui ! Une fois, il a acheté un meuble.

— *Un meuble ?*

Otto Schmidt acquiesça.

— C'est plutôt curieux, ce qui s'est passé ce jour-là... avec le livre, et le reste. Je me souviens très bien, monsieur... Green ?... Breen ?

— Queen, dit Ellery. Ne nous égarons pas, Otto. Vous avez parlé d'un meuble et d'un livre. Donnez-moi des détails ! Quand cela s'est-il passé ?

Le commerçant consulta son registre. Cela remontait au 8 avril 1939 – « l'année où la guerre a éclaté en

Europe ». L'ermite était venu... Seul ? Oui, monsieur Queen, seul.

— Je n'avais jamais vu le deuxième homme avant l'année dernière. Bon. Le vieillard m'a donné un dollar d'argent, il a ramassé sa marchandise, et il se préparait à partir. Le livre était sur le comptoir, et il l'a aperçu. Alors, il a eu une réaction vraiment bizarre. Vous avez remarqué ses yeux ? Ils sont tout le temps... en feu, pour ainsi dire. Eh bien, cette fois-là, on aurait dit un vrai feu d'artifice. Et il est entré en transe, pratiquement, il tremblait, il marmonnait, comme s'il avait une sorte de crise, et... ma foi, on aurait dit qu'il *priait*, en même temps.

» Quand il a retrouvé son calme, il m'a demandé combien de dollars d'argent ça lui coûterait pour acheter le livre.

— De quel livre s'agissait-il ? demanda Ellery, incapable d'empêcher sa voix de trahir son impatience.

— Oh, c'était un livre qu'on m'avait envoyé d'Europe ; j'ai de la famille de l'autre côté de l'Atlantique. J'avais essayé de le lire, mais ça ne m'avait pas intéressé, alors je l'avais laissé de côté. Je venais de retomber dessus et j'essayais de m'y remettre quand l'ermite est venu.

— Mais quel en était le titre ?

— Pour être franc, monsieur Queen, je ne m'en souviens pas. En tout cas, quand il a dit qu'il voulait l'acheter, et que j'ai dit non...

— Vous avez dit non ? Et pourquoi, puisqu'il ne vous intéressait pas ?

— Je n'en sais rien, dit Otto Schmidt. Simplement, ça ne me paraissait pas convenable – je veux dire, de vendre un cadeau offert par un parent. Et plus je disais non, plus il disait oui. Il était vraiment dans tous ses états – il m'a même offert tous les dollars qu'il possédait. Finalement, je lui ai dit qu'il pouvait l'emporter, en cadeau. Vous savez ce qu'il a fait ? Il m'a béni. Puis il m'a montré une vieille armoire à porcelaine, en noyer, qui me servait de vitrine pour les petits articles, et il m'a demandé de la lui vendre. Je lui en ai demandé cinq dollars.

— Il n'a pas dit pourquoi il voulait le livre ?

— Non. Il s'est contenté de l'emballer, très soigneusement, il a chargé son chariot et il est parti. A mon avis, on ne devient pas ermite si on n'est pas un peu timbré au départ. Et vous savez qu'il n'était même pas capable de le lire, ce livre ? Il l'a reconnu quand je le lui ai demandé. Mais il voulait absolument l'avoir.

Le problème du livre n'allait certainement pas se résoudre ici même, dans le magasin. Pas plus que celui des dollars d'argent. Leur nombre... Pourquoi leur nombre l'obsédait-il à ce point ?

C'est ici la sagesse ; que celui qui a de l'intelligence calcule le nombre de la Bête, car c'est un nombre d'homme, et son nombre est six cent soixante-six... C'était curieux que ce verset de l'Apocalypse de Jean lui revînt à l'esprit à ce moment précis. Mais bien sûr, six cent soixante-six était un nombre bien trop important. Il fallait qu'il connaisse le nombre exact – il le fallait absolument. Et, pour cela, il devait retourner à Quenan et compter les pièces dans l'arche sacrée.

Tout de suite !

Plus Ellery approchait de la Colline du Creuset, plus il se sentait morose. Il avait dû se raisonner pour ne pas cravacher son âne dans l'espoir de le faire avancer plus vite. Il avait sombré dans un profond abattement, une mélancolie noire, sinistre. Le pénible voyage à dos d'âne, son humeur et son malaise lui rappelaient tristement l'état de délabrement physique et mental qui l'avait contraint à cesser si brusquement son travail à Hollywood ; et il se demanda s'il avait jamais réellement récupéré. Et s'il récupérerait un jour.

Il regarda le ciel et fut surpris de voir qu'il s'assombrissait rapidement, alors que le crépuscule était encore loin.

Une tempête se préparait-elle ? C'était peut-être la raison de son abattement.

Lorsqu'il atteignit la crête de la Colline du Creuset, le ciel était presque noir et la Vallée noyée dans l'ombre. Il ne pouvait plus rien distinguer avec précision. Son ouïe elle-même semblait affectée ; il ne percevait aucun des bruits familiers de Quenan. Il descendit la pente au petit trot, les yeux grands ouverts mais ne voyant rien, et il était presque parvenu à la Maison de la Sainte Congrégation lorsqu'il releva la tête. Et il eut un choc.

Massée devant le bâtiment, il y avait une foule qui devait représenter la presque totalité de la population de Quenan.

Et tous gardaient le silence.

Et il faisait sombre comme en pleine nuit.

L'air obscurci avait une teinte verdâtre et, dans cette lumière singulière, la lampe accrochée à l'intérieur de la maison irradiait par la porte grande ouverte une lueur jaune dont l'effet était horrible ; c'était une vision de l'enfer. Frappés de stupeur, les habitants de Quenan restaient cloués sur place, comme paralysés par une terreur innommable dont ils tentaient en vain de saisir la nature.

Le cœur d'Ellery se dilata, puis se serra comme s'il était écrasé par une main de fer. *Le Maître !* Etait-ce sa propre mort que le vieillard avait senti approcher ?

Mettant aussitôt pied à terre, Ellery fendit la foule et se précipita dans la maison. Et le Maître s'y trouvait, effectivement – mais il n'était pas mort, il offrait seulement l'apparence de la mort ; pour la première fois, son aspect physique trahissait son très grand âge. Et à ses pieds, un homme était étendu.

Storicaï.

Le Magasinier était mort. Mais il n'avait pas été foudroyé par une mort naturelle, il n'avait pas succombé à une attaque cardiaque ou cérébrale. Son front brûlé de soleil avait été fracassé par un coup porté avec une particulière sauvagerie : les os étaient pulvérisés, le sang avait jailli à flots de la blessure, si bien que le visage, le crâne tout entier étaient recouverts d'un épais liquide rouge, comme si on lui avait jeté à la tête le contenu d'un pot de peinture. Et la tête, le cou et les épaules baignaient dans une mare de sang, qui luisait encore.

Machinalement, Ellery chercha ce qui avait pu provoquer une telle blessure ; et l'objet était là, sur le sol de la maison sacrée, à côté du corps du Magasinier : un instrument qu'il s'attendait plus ou moins à découvrir – un lourd marteau éclaboussé de taches vermeilles.

Ainsi le « grand malheur » avait fini par s'abattre sur Quenan. Il n'était plus nécessaire de se demander sous quelle forme il ferait son apparition tant redoutée.

C'était le genre de malheur auquel Ellery était prédestiné. Retrouvant toute sa lucidité, il bondit en avant.

A l'arrière du crâne, il y avait une autre blessure ; mais lorsqu'Ellery la sonda, il sut d'expérience que ce n'était pas, en soi, une blessure mortelle. C'était le coup de marteau frappé en plein front qui avait coûté la vie à Storicaï. Ellery écarta les cheveux bouclés ; et parmi les boucles, il découvrit... d'abord une, puis deux, puis trois petites particules d'une substance qui ressemblait à du plâtre.

Il fronça les sourcils. Nulle part dans Quenan il n'avait vu de plâtre. Il examina les parcelles de nouveau, avec sa loupe, cette fois.

C'était de l'argile – des fragments d'argile durcie.

Doucement, il ouvrit le poing du mort. Le Magasinier était mort en serrant un bouton dans sa main, un bouton métallique d'où pendaient encore quelques fils ; et à la surface du bouton, il y avait un curieux symbole au dessin grossier.

Ellery ne prit pas le temps de l'examiner. Il avait envoyé quelqu'un chercher sa trousse de cuir : il y prit une enveloppe de papier cristal et y plaça le bouton.

La montre d'Ellery était toujours attachée au poignet gauche du mort. Il souleva le poignet de Storicaï, laissant pendre la main inerte. Ellery releva la tête. « Il tenait tellement à cette montre... »

Sous les yeux d'Ellery, que plus rien ne surprenait maintenant, le Maître se redressa de toute sa hauteur, se débarrassant brusquement du fardeau de son grand âge ; et, lorsque sa voix retentit, elle était de nouveau riche et puissante.

— Nous ne devons pas dire – il fit un geste en direction de la montre dont l'or étincelait dans la lumière légèrement dorée –, nous ne devons pas dire, Elroï : il aurait mieux valu qu'il ne la vît jamais.

Mais le moment était mal choisi pour jouer aux devinettes, et Ellery reporta toute son attention sur la montre. Le verre était brisé, le cadran profondément enfoncé ; une simple chute n'aurait pu causer autant de dégâts. Non, Storicaï avait dû lever le bras gauche pour tenter de parer l'un des coups de marteau, et il y avait réussi puisque le choc avait brisé la montre ; mais il n'avait pas pu parer le coup suivant et, titubant, s'agrippant à son adversaire, il avait arraché le bouton avant de s'effondrer.

Les aiguilles marquaient 4 h 20.

Il était actuellement 4 h 58, il se le fit confirmer. Et Ellery était là depuis environ trois minutes.

Il fouilla systématiquement les vêtements du mort. Et, dans une poche intérieure, il découvrit un objet dont il avait complètement oublié l'existence : un double grossier de la clé du sanquetum.

Donc le voleur nocturne était Storicaï. Mais... était-ce si sûr ?

Ellery soupira. Même au paradis terrestre...

Il se redressa, désigna le marteau. Le visage du vieillard était remarquablement calme, maintenant, bien que ses yeux – ses yeux de prophète – n'eussent jamais paru aussi tristes. Mais, au geste d'Ellery, un éclat se ralluma en eux.

— Voilà ce qui s'est passé, commença le Maître.

L'un des pieds de la table du Conseil était branlant, et je voulais demander au Successeur de le réparer lorsqu'il aurait fini d'écrire ou d'étudier. J'ai pensé que ce n'était pas un travail si important qu'il fallût le confier au Charpentier-Forgeron. Mais je n'avais pas le temps de le faire moi-même.

» J'ai donc pris le marteau de ma boîte à outils et je l'ai posé au centre de la table pour penser à demander au, Successeur de réparer le pied.

Ellery enveloppa soigneusement le marteau dans l'un de ses grands mouchoirs. Alors qu'il était occupé à cette tâche, le Successeur franchit en courant la porte restée ouverte (et par laquelle on voyait la foule toujours immobile), en annonçant :

— J'ai cherché partout, Maître...

— Il est ici, dit le Maître en montrant Ellery.

Le jeune homme, haletant, regarda le cadavre étendu sur le sol. Il frissonna et poussa un petit cri.

— Vous pouvez aller à votre chambre, dit le vieillard avec douceur.

— S'il vous plaît. (Ellery arrêta le Successeur.) Pourriez-vous d'abord aller dans le scriptorium et me rapporter quinze feuilles de papier ?

Même au paradis terrestre, les formalités habituelles devaient être accomplies.

Une légère brise pénétra dans la pièce par la porte ouverte, apportant à Ellery le souvenir du premier indice qu'il avait découvert, sans s'en rendre compte sur le moment, de l'existence de Quenan : l'odeur du feu d'armoise. Et cette brise fit osciller l'unique lampe de la pièce, de la même façon que la lampe du sanquetum le matin même. Mais, maintenant, le drame semblait donner aux ombres une densité nouvelle.

Il dit au Maître :

— Pouvez-vous convoquer l'Intendant et les membres du Conseil ? Il y a quelque chose que je dois leur demander de faire.

Il suffit au Maître d'appeler à voix haute ceux qu'il voulait convoquer, car ils se trouvaient parmi la foule massée devant la porte. Les membres du Conseil entrèrent et prirent leur place habituelle, même le très vieil Esclave, qui avait été malade, semblait-il, et dut être porté. Puis, sur un geste d'Ellery, on ferma la porte. Il lui sembla entendre un soupir (ou était-ce un gémissement ?) mais cela pouvait être le fait de son imagination.

Une fois de plus, une immense vague de cette fatigue accablante, qu'il connaissait bien maintenant, commença de l'envahir. Il se secoua pour s'en débarrasser, comme un chien qui s'ébroue.

Sur la table du Conseil, pour la première fois depuis le procès de Belyar le voleur, étaient disposés des objets se rapportant au crime. A l'époque, il n'y avait rien eu d'autre que les pièces de tissu et les morceaux volés qui en avaient été soustraits. Aujourd'hui, Ellery y posait sa trousse de cuir. Elle contenait les accessoires indispensables à son autre profession : un nécessaire à relever les empreintes digitales, un mètre à ruban, un compas, une lampe torche, des ciseaux, des brucelles, de petits flacons, des gants de caoutchouc, du ruban adhésif, des enveloppes de papier cristal, un carnet, un crayon, un stylo, des étiquettes, un P 38 et une boîte de cartouches.

En certaines occasions, il avait dû utiliser tous ces accessoires. Mais, dans le cas présent, il ne sortit que le nécessaire à empreintes digitales et son stylo.

— Que désirez-vous, Elroï ? demanda le Maître, regardant sans sourciller les étranges instruments qui, pourtant, devaient lui paraître aussi mystérieux qu'aux membres du Conseil, saisis de stupeur. Que désirez-vous que nous fassions ?

— Maître, répondit Ellery calmement, je désire passer parmi vous et porter sur ces feuilles de papier les empreintes de vos doigts – les empreintes de tous ceux qui sont ici. C'est une opération très simple et qui n'est pas douloureuse. Chacun de vous ne touchera pas d'autre feuille de papier que celle que je placerai devant lui. Est-ce clair ?

— La chose nous paraît claire, Elroï, mais pas sa signification, répondit le vieillard. Quoi qu'il en soit, nous ferons ce que vous demandez. Je remarque cependant que vous avez demandé quinze feuilles de papier, alors que nous ne sommes que quatorze, si l'on ne vous compte pas. Désirez-vous aussi recueillir les empreintes de celui qui a rendu l'âme ?

Ellery releva brusquement la tête, surpris par la sagacité du vieillard.

— Celles de Storicaï ? Oui, Maître. Je commencerai par lui.

Et c'est ce qu'il fit, sous leurs regards emplis d'effroi, dans un silence seulement troublé par leurs respirations oppressées. Mais leur vénérable guide, remarquant leur terreur, s'avança et dit d'une voix ferme :

— D'entre les vivants, Elroï, je serai le premier, et il tendit ses mains brunes et noueuses.

Ellery prit donc les empreintes digitales du Maître, du Successeur, de l'Intendant, et des onze membres survivants du Conseil des Douze ; et, sur chaque feuille de papier, sous les empreintes, il inscrivit la fonction de celui ou de celle à qui elles appartenaient.

— Et maintenant, Quenan ?

— Maintenant, nous pouvons rester seuls, Maître.

— Désirez-vous que celui qui a rendu l'âme reste ici ?

— Non, il peut être emporté à présent.

Le patriarche acquiesça.

— Membres du Conseil, et vous, Intendant, dit-il aux représentants de son peuple, vous pouvez quitter maintenant la maison sacrée et emporter avec vous celui qui a rendu l'âme afin qu'on le prépare pour le lieu paisible. Dites à nos frères de retourner chez eux ou de reprendre leurs tâches ; tant que nous vivons, les tâches quotidiennes doivent être accomplies. Successeur, vous pouvez vous retirer dans votre chambre. Béni soit le Seigneur,, dans la peine comme dans la joie.

Il leva la main, à la fois pour les bénir et les congédier.

Tandis que quelques-uns transportaient avec vénération le corps du Magasinier, d'autres emmenaient le vieil Esclave. Alors que les derniers sortaient en silence, Ellery pensa : « Et maintenant, j'ai commis un crime, moi aussi... » Car, quel que fût l'Etat dans lequel Quenan était située – il n'avait même pas pensé à le demander à Otto Schmidt ! – il y existait des représentants de la loi, tout au moins un shérif de comté, à qui il aurait dû signaler qu'un meurtre avait été commis. Pourtant, cette idée ne lui avait même pas effleuré l'esprit jusqu'à maintenant, alors que les Quenanites emportaient le corps de la victime pour le préparer à la sépulture.

Mais il ne pouvait pas faire une chose pareille. Car c'eût été un crime considérablement plus grave d'ouvrir les portes de la Vallée de Quenan au monde tel qu'il était.

Lorsque le dernier membre du Conseil fut parti, une fois la porte refermée, Ellery dit :

— Maître, lors de notre première rencontre, vous m'avez dit que ma venue était prédite, que je vous servirais de guide au temps du grand malheur qui allait descendre sur vous.

Le vieil homme s'inclina pour exprimer son assentiment, puis releva la tête de telle façon qu'elle fut de nouveau à demi cachée par son capuchon.

— Vous devez donc me dire tout ce qui s'est passé cet après-midi, et me préciser l'heure de chaque événement, aussi exactement que possible.

Les paupières du vieillard s'abaissèrent jusqu'à ne plus former que deux fentes étroites. Puis ses yeux furent de nouveau grands ouverts et ils sondèrent le temps et non l'espace.

— Soit, dit le prophète. A midi, je suis rentré des champs et j'ai médité dans ma chambre pendant tout le temps du repas, que je ne partage plus avec nos frères. Je savais qu'il était midi, car il n'y avait pas d'ombre. A 1 heure, je suis allé à l'école. Je sentais qu'il était 1 heure : après tant d'années, mon corps est devenu lui-même une sorte d'horloge. Et j'ai fait la classe aux enfants pendant une heure. Il y a une horloge à l'école et, lorsqu'elle a indiqué 2 heures (et lorsque j'ai senti qu'il était 2 heures), je suis revenu ici, à la Maison de la Sainte Congrégation.

» Je m'attendais à trouver le Successeur plongé dans ses études. Au lieu de cela, il s'attardait sur le pas de la porte, dans l'espoir, j'en suis sûr, de voir passer certaine jeune fille de sa connaissance. La passion est un sentiment naturel et même sacré ; mais elle ne doit s'exprimer qu'en certains lieux et à certaines heures. En l'occurrence, ni le lieu ni l'heure n'étaient bien choisis. Je l'ai donc renvoyé dans le scriptorium, et pour le préserver de la tentation, je l'ai enfermé et j'ai gardé la clé. Puis quelqu'un m'a apporté un message disant que l'Esclave était malade et désirait me voir...

— En ce qui concerne l'Esclave, nous y reviendrons plus tard, dit Ellery gravement. Avant tout, j'aimerais visiter de nouveau le scriptorium. Voulez-vous venir avec moi, Maître ?

Le Successeur ne se trouvait pas dans le scriptorium. Apparemment, il s'était retiré dans la chambre voisine. A sa première visite de la minuscule salle de travail du scribe, Ellery ne s'était pas trouvé dans un état d'esprit propice à un examen attentif. Maintenant, il découvrait que la pièce contenait deux petits pupitres, deux petits bancs et des étagères encombrées de rouleaux et d'urnes, de piles de papier, de bobines de fil, de faisceaux de plumes d'oie et de roseau, de bouteilles d'encre et autres articles propres à la profession de copiste. A côté de chacun des pupitres était posé un grand candélabre dont les branches étaient garnies de lourdes chandelles de cire brune.

Les deux murs du scriptorium donnant sur l'extérieur étaient percés de hautes fenêtres étroites semblables à celles qu'il avait vues dans la chambre du Maître – bien trop étroites pour livrer le passage à un enfant, si petit fût-il. Donc, une fois enfermé, le Successeur ne pouvait qu'attendre le retour du Maître s'il ne voulait pas forcer la porte lui-même. Et la porte ne présentait aucune trace d'effraction.

Ellery et le vieil homme quittèrent le scriptorium comme ils y étaient entrés, en silence.

— Pourriez-vous poursuivre, maintenant, Maître ? demanda Ellery.

Le vieillard reprit son récit. Il était retourné à sa salle de classe, y avait travaillé jusqu'à 3 heures, puis avait regagné la Maison de la Sainte Congrégation. C'est alors qu'il s'était souvenu du message concernant l'Esclave et sa maladie. Avant de partir, il se rappela la table et son pied branlant, et il y posa le marteau – exactement au centre – pour ne pas oublier de demander au Successeur de la réparer.

Puis le prophète s'était rendu à la maison de l'Esclave.

Il y avait, devant la maison, un cadran solaire. Le Maître estima qu'il était environ 3 heures et quart lorsqu'il passa devant.

— Je suis resté auprès de lui pendant une heure. Je serais volontiers resté plus longtemps ; je le connais depuis toujours. Et je suis revenu – il pesait ses mots, s'exprimant avec une lenteur délibérée – et je suis revenu, donc, à une heure qui était très proche de 4 heures et quart. Je suis... revenu...

Qu'essayait donc de dire le vieillard ?

— A 4 h 20, dit doucement Ellery, Storicaï était mort.

Le Maître fit un grand effort sur lui-même.

— Oui, le Magasinier était... mort. Il gisait dans son propre sang, ici même, sur le sol de la salle de réunion, tel que vous l'avez vu.

— Cela vous est difficile, Maître, murmura Ellery, mais vous devez continuer.

— J'ai ouvert la porte du scriptorium, j'ai fait sortir le Successeur, et je l'ai aussitôt envoyé vous chercher, pensant que vous étiez peut-être revenu de votre voyage. Car il était enfin venu – le grand malheur était descendu sur la tribu de Quenan ; et je savais que nous avions besoin de celui dont le nom est Elroï, mais aussi Quenan. Car tout avait été comme il était écrit.

Ellery soupira. La théologie, les prophéties, la divination... Tout cela ne servirait à rien pour résoudre l'énigme du meurtre de Storicaï... Storicaï, qui avait été tellement fasciné par l'éclat de la montre-bracelet, qui avait manifesté un plaisir si puéril d'être autorisé à la porter. Et qui l'avait portée jusqu'à la fin de sa vie...

— Avez-vous demandé au Successeur s'il avait entendu quoi que ce soit – un bruit inhabituel, ou des voix – pendant qu'il était enfermé dans le scriptorium ?

Le sillon se creusa encore davantage entre les sourcils du vieillard.

— Non, Quenan. Allons le lui demander maintenant.

Mais le Successeur, dont le visage d'ange encadré de barbe juvénile était encore très pâle, ne put que répéter d'une voix étranglée :

— Je n'ai rien entendu, rien !

Après un nouveau soupir, Ellery demanda au Maître la permission de se retirer à son tour. Mais, auparavant, il se fit remettre la clé du sanquetum.

La main sur le bouton de la porte, il hésita comme la première fois, ayant le sentiment qu'en pénétrant dans la chambre interdite, il allait la profaner. Mais il n'était plus possible de reculer, maintenant. Il fit entrer la clé dans la serrure et découvrit, à son grand étonnement, que la porte n'était pas verrouillée le moins du monde. Rapidement, Ellery se glissa dans le sanquetum et referma la porte derrière lui.

La lampe éternelle était suspendue à une vieille chaîne de cuivre. La chaîne elle-même passait dans un anneau de métal placé au centre du plafond, puis courait le long du plafond jusqu'à l'un des murs où était planté un crochet qui la retenait par l'un de ses maillons. L'extrémité de la chaîne, longue d'un bon mètre, pendait librement au crochet. Ellery approuva ce dispositif, qui, pour primitif qu'il fût, était extrêmement pratique ; car, après tout, il était plus facile de libérer la chaîne de son crochet et d'abaisser la lampe pour la remplir que d'avoir à monter sur une échelle.

Il décrocha la chaîne et laissa filer les maillons dans l'anneau jusqu'à ce que la lampe se trouvât juste au-dessus de sa tête. Sur le sol, le cercle obscur projeté par l'ombre de la lampe s'agrandit, mais le reste de la pièce devint plus clair. Ellery accrocha la chaîne pour que la lampe fût maintenue en position basse et il se mit à quatre pattes.

Il examina le sol centimètre par centimètre, projetant sur les murs des ombres grotesques.

Il fit sa première découverte sous l'arche sacrée – un tesson de poterie dont la surface externe était émaillée et de couleur pourpre.

Ellery se releva, regarda fiévreusement autour de lui. L'imposante urne à prières située à sa droite semblait posée en équilibre instable sur son socle de bois ; légèrement penchée, elle semblait avoir été placée là en toute hâte. Et, pourtant, il était sûr qu'elle était parfaitement d'aplomb le matin même, lors de sa première visite du sanquetum.

Il reporta son attention sur l'arche sacrée. La vitrine de l'armoire à porcelaine était intacte ; mais dans un angle du cadre en noyer, au niveau de l'étagère inférieure, il discerna un léger reflet... une substance de couleur sombre, poisseuse... qui lui colla au doigt lorsqu'il la toucha. Du sang. Du sang qui n'était pas là le matin même.

Et les pièces ?

Les dollars d'argent, qu'il avait rangés avec le plus grand soin après les avoir examinés, ne formaient plus deux piles régulières, maintenant. Elles étaient légèrement penchées et, de l'une d'elle, une pièce dépassait nettement.

Debout, devant l'arche, dans la lumière vacillante, Ellery reconstitua les événements de l'après-midi. Il était clair que c'était Storicaï qui avait, en cachette, fabriqué un double de la clé du sanquetum – c'était Storicaï qui, alors que le Maître rendait visite à l'Esclave et que le Successeur était enfermé dans le scriptorium, avait une fois de plus commis le péché d'entrer sans autorisation dans la Maison de la Sainte Congrégation ; et c'était Storicaï qui avait commis le péché bien plus grave encore de pénétrer dans la chambre interdite afin de voler le trésor de la communauté.

Braver un interdit, commettre un sacrilège, préméditer un vol... Qui aurait imaginé l'humble Magasinier capable de tout cela ?

Et, alors même que l'homme cupide était accroupi dans le sanquetum, peut-être au moment même où il posait ses mains impies sur les pièces d'argent, quelqu'un l'avait attrapé par-derrière.

Quelqu'un s'était précipité dans la chambre sacrée, avait saisi l'urne à prières posée à droite de la porte, l'avait brandie, puis en avait frappé l'arrière du crâne du Magasinier. L'urne avait dû voler en éclats, ou du moins se casser en partie – témoins le tesson oublié sous l'arche et les particules d'argile dans les cheveux du mort ; mais ce n'était pas ce coup qui avait causé la mort de Storicaï. Le Magasinier était tombé, inconscient ou étourdi ; dans sa chute, sa tête avait heurté l'angle de l'arche, qu'elle avait taché de son sang.

Et tout cela s'était passé dans le saint des saints, où l'on conservait les rouleaux de prières qui prêchaient la paix et l'amour fraternel. Ainsi Joab avait été frappé par Bénaja aux cornes de l'autel, et Thomas Beckett assassiné dans sa cathédrale.

Celui qui avait porté le coup avait dû faire demi-tour et s'enfuir. Mais le Magasinier, retrouvant rapidement ses esprits, avait poursuivi le témoin de ses crimes et l'avait rattrapé dans la salle du Conseil. Et là, ils avaient dû s'affronter (en une lutte acharnée, mais silencieuse, sinon le Successeur les aurait entendus à travers sa porte close) ; et Storicaï avait dû essayer de tuer son adversaire pour préserver son coupable secret – car, selon la loi de Quenan, le vol était un crime capital – et le témoin, acculé contre la table du Conseil, avait dû se défendre pour sauver sa vie. Le marteau était là, sur la table où le Maître l'avait laissé : le témoin s'en était emparé et avait frappé le Magasinier au moins deux fois : le premier coup avait atteint le poignet de Storicaï, brisant le verre de la montre et en bloquant le mécanisme ; et le second coup, mortel, l'avait atteint au front.

Qui était le témoin des crimes de Storicaï et l'auteur du premier assassinat de l'histoire de la Vallée ?

De nouveau, Ellery songea à cette anomalie, concernant les pièces d'argent, qui l'avait préoccupé toute la journée. Qu'était-ce donc ?

Leur *nombre* ! C'était ça ! Dans son récit des pérégrinations de la colonie, le Maître avait dit que son père avait apporté dans la Vallée des dollars d'argent au nombre de cinquante ; ce que le Chroniqueur avait confirmé à l'aide de ses archives. Cinquante ; et selon le registre d'Otto Schmidt, le Maître en avait dépensé dix-neuf au Magasin du Bout-du-Monde.

Cinquante moins dix-neuf égalent trente et un.

Ellery regarda les deux piles de pièces dans l'armoire à porcelaine. Elles étaient d'égale hauteur. Donc, elles contenaient le même nombre de pièces – donc, quel que fût le nombre total de dollars, ce devait être un nombre *pair*... Bien sûr ! Il ne pouvait pas y en avoir trente et un !

C'était cela qui l'avait tracassé depuis sa visite au magasin de Schmidt. Le nombre trente et un dérangeait la parfaite symétrie de la chambre interdite ; et c'était ce détail qui l'avait amené, inconsciemment, à se poser des questions.

Comment expliquer que les deux colonnes contiennent le même nombre de dollars alors que l'une des deux aurait dû être plus haute que l'autre de l'épaisseur d'une pièce ? Est-ce qu'un dollar d'argent avait disparu ?

Alors Ellery se souvint. Il n'avait pas disparu ; il avait été employé au temps de Belyar, le Tisserand, lorsque le Maître avait condamné le voleur d'étoffe à l'exil et non à la mort. L'homme avait été conduit dans le désert avec deux jours de vivres et *un dollar d'argent*.

Un ôté de trente et un donnait un nombre pair, et cela expliquait les deux piles d'égale hauteur.

Alors Ellery ouvrit l'arche sacrée et il prit l'une des piles de pièces, et il compta les dollars de Carson City de 1873 qu'elle contenait, et il en compta quinze. Puis il reposa les pièces en une pile parfaite, et il prit l'autre pile et il compta quinze pièces également.

Il venait à peine de reposer la seconde pile, avec précaution, à côté de la première, lorsque l'évidence s'imposa brusquement à lui et que, titubant sous le choc, il dut s'agripper à l'armoire, la tête bourdonnante.

Le Magasinier avait trahi son Maître, sa foi et ses frères de Quenan pour trente pièces d'argent.

Lorsqu'il se ressaisit, Ellery prit conscience, peu à peu, que son regard s'était posé sur l'étagère inférieure de l'arche, où se trouvait le livre. Il était toujours là, toujours à la même place, toujours ouvert : de toute évidence, personne n'y avait touché depuis le matin.

Ses yeux le brûlaient comme s'il les avait frottés avec du sable. Au début, les lignes de caractères gothiques s'obstinaient à changer continuellement de place en une sorte de danse burlesque et tourmentée. Mais elles finirent par s'arrêter et elles ne bougèrent plus ; et soudain surgit cette pensée effroyable...

C'était comme un rêve à l'intérieur d'un rêve, et dont chaque image était profondément maléfique ; jusqu'à ce geste que décrivait sa main – un geste de cauchemar, qui échappait à sa volonté – pour saisir le livre et le retourner afin d'en voir le dos et la couverture.

Et il vit.

Et ce qu'il vit, il le contempla d'un œil indigné, comme un demeuré dont la conscience s'éclaire dans un bref moment de lucidité.

Son esprit rejetait l'évidence. Inacceptable ! s'insurgeait-il. Sauf dans un rêve. Même dans un rêve.

Mais ce n'était pas un rêve. C'était la réalité.

Et cela dépassait la mesure.

Il se passa un long moment avant qu'Ellery pût retrouver suffisamment ses esprits pour reposer le livre ; puis il resta encore longtemps à fixer sa main vide.

Le Livre sacré. Le Livre de Mk'h, l'avait appelé le Maître.

Oui, elles étaient bien là, les lettres sur la couverture qui avaient tellement bouleversé le vieillard lorsqu'il avait vu le livre sur le comptoir de Schmidt... Ces lettres qui avaient poussé le patriarche à offrir n'importe quoi, même sa réserve entière de pièces d'argent, pour posséder le livre.

Le « Livre perdu » de Quenan, l'avait appelé le Maître.

Ellery ne se souvint pas avoir quitté le sanquetum, verrouillé la porte derrière lui, traversé la salle du Conseil ; il ne se souvint pas du bruit irrégulier de ses pas sur le sol.

Il se souvint seulement qu'il s'était précipité dans la rue pour respirer l'air de la nuit, et qu'il avait aspiré de grandes bouffées d'air frais, longtemps, longtemps, comme s'il ne pouvait s'en rassasier.

5

Jeudi 6 avril

Toute la nuit, il fut harcelé par une horde de sorcières ricanantes, qui jacassaient en charabia et venaient tour à tour s'accroupir sur sa poitrine pour l'empêcher de respirer. Il savait que ce n'était qu'un rêve, qu'il lui aurait suffi d'ouvrir les yeux... Mais c'était au-dessus de ses forces. Il geignit, il bredouilla, il gémit ; et c'est dans un gémissement qu'il finit par se réveiller.

Il se sentait glacé, paralysé, épuisé ; ses quelques heures de sommeil agité ne lui avaient procuré aucun repos. En marmonnant, il chercha la couverture à tâtons et se retourna, accablé, avec un immense soupir... Dans les angles de la pièce, les sorcières s'étaient rassemblées et elles chuchotaient. Scrutant les ténèbres, il essaya de saisir leurs paroles. C'est ainsi qu'il découvrit sa méprise – ce n'étaient pas des sorcières ; leurs robes l'avaient induit en erreur : c'étaient les membres du Conseil, qui parlaient entre eux avec des voix inquiètes, chacun regardant d'un air perplexe le morceau de papier qu'il tenait à la main.

Et maintenant, ils se passaient les feuilles de papier de main en main *en mainmise mise en rang rassemblement gémissement pauvre vieillard tremblant troublé troublant vieux mandarin vieux mandrake mandragore agora corps à corps et à grogne agrrr... agrr... et grognant encore mille grognements pour le rassemblement semblement semble ment*

Donnez-moi ça ! s'écria Ellery. Vous allez brouiller les empreintes digitales !

... Il ferma les yeux, et il comprit ainsi qu'ils étaient ouverts l'instant d'avant et qu'il avait réellement crié. Il rouvrit les yeux. Il était debout près de la fenêtre, les dents serrées. Au-dehors se levait une aube grisâtre. Il frissonnait et son corps tout entier était douloureux. Et il se rappela ce qui était arrivé la veille et ce qui devait arriver aujourd'hui.

La détresse humaine est lourde à porter.

Il s'habilla, prit sa trousse de toilette et se rendit à la cuisine communautaire où il put prendre de l'eau chaude, se laver et se raser avant d'entrer d'un pas lourd dans le réfectoire. Les Quenanites prenaient leur petit déjeuner, certains parlaient à voix basse, la plupart mangeaient en silence. Lorsqu'Ellery entra, toutes les conversations cessèrent.

Quelques-uns le regardèrent avec timidité, d'autres avec crainte... La venue d'un visiteur n'était-elle pas tout aussi étrangère à Quenan que le meurtre d'un homme ? Ne devait-on pas rapprocher les deux événements pour les redouter pareillement ? Sur certains visages, en revanche, se lisait l'adoration : le Maître n'avait-il pas annoncé que la venue de l'Hôte était prédite ? D'autres encore affichaient la même expression qu'auparavant, respectueuse et bienveillante.

Mais personne ne s'avisa de lui adresser la parole.

Ellery but et mangea ce qui se trouvait devant lui, conscient surtout du fait que cela était chaud et calmait sa faim.

Il regagna sa chambre pour se débarrasser de sa trousse de toilette et réfléchir à ce qu'il allait faire.

Pendant quelque temps, il écrivit dans son carnet.

Puis il le rangea et sortit pour faire ce qui devait être fait.

Au cours de sa vie, Ellery avait toujours été frappé par l'apparition cyclique de personnages historiques dans le tourbillon de l'espace-temps. Au temps de sa jeunesse, il s'en souvenait fort bien, il voyait partout des répliques vivantes de statues romaines. M. Tobias, son professeur d'instruction civique, aurait pu être le frère jumeau de Scipion l'Africain. Il imaginait le père O'Toole, le prêtre de l'église catholique romaine de son quartier, venant de quitter la toge de Néron. Quant à l'agent de police Isador Rosen, qui accompagnait l'inspecteur Queen dans ses rondes, c'était le sosie de Jules César.

Et cela se produisait souvent, par périodes ; ou peut-être Ellery ne s'en rendait-il compte que de façon cyclique : la reine Victoria lui vendait son ticket à la caisse du cinéma ; la Joconde était assise en face de lui dans l'autobus ; Beethoven lui livrait son linge ; Ivan le Terrible se penchait par-dessus le bar et lui demandait :

« Qu'est-ce que ce sera ? » ; le général Lee lui proposait de faire son portrait pour un dollar sur un trottoir de Greenwich Village.

Apparemment, une période semblable venait de commencer. C'était Winston Churchill qui lui avait servi un bol de porridge (s'il s'agissait bien de porridge) au petit déjeuner. Marie Dressler avait débarrassé la table. Et, maintenant, il se trouvait en présence de Bernard Shaw, dont la barbe était parsemée de gouttelettes d'argile séchée, et qui lui expliquait comment il fabriquait ses poteries. Ellery éprouvait une sensation des plus étranges à contempler les tours et les fours, et à regarder l'auteur de *La Profession de Mrs Warren* jeter une poignée de sel dans l'un des fours pour émailler les carreaux qui étaient en train de cuire.

Ellery sortit de sa poche le tesson qu'il avait trouvé dans le sanquetum.

— Ce n'est pas du sel que vous utilisez pour obtenir cet émail pourpre, n'est-ce pas ?

— Oh, non, répondit Shaw-bis, le Potier. J'utilise un procédé complètement différent. Pour les urnes à prières, je veux dire.

— Donc ceci provient d'une urne à prières ?

Le Potier acquiesça. Le sourire qui avait éclairé son visage lorsqu'il parlait de son travail s'effaça.

— Hier, une urne à prières a été brisée. Les urnes sont sacrées, car elles contiennent les paroles du Seigneur et elles sont conservées dans le sanquetum, la chambre interdite de la Maison de la Sainte Congrégation. La dernière fois qu'une urne a été brisée, c'était le jour où la terre a tremblé. Il n'y en a jamais plus de quatre : deux dans le sanquetum et deux urnes de rechange que l'on conserve dans la laine et la paille pour les protéger. Elles sont difficiles à faire, et l'on n'en fait pas souvent... Hier, l'une d'elles a été brisée. Pour mes frères de Quenan, la terre n'a peut-être pas tremblé. Mais, pour moi, elle a tremblé lorsque j'ai appris la nouvelle, et depuis, elle n'a pas cessé de trembler.

L'atmosphère était suffocante dans l'atelier du Potier, à cause de la chaleur des fours. Que peut-on ressentir lorsqu'on est confronté au meurtre pour la première fois ?

— L'urne brisée a donc été remplacée dans le sanquetum ?

— Oui. (Quelqu'un se mit à chanter non loin, puis s'arrêta au bout de quelques notes. Comme brusquement rappelé à la réalité.) Le Maître est venu et m'en a demandé une nouvelle.

— Vous a-t-il dit pourquoi ?

Le Potier fronça ses sourcils blanchis, et sa voix basse se fit plus grave encore.

— Il m'a dit que le temps du grand malheur était venu. Je me suis étonné, car je n'avais vu aucun signe. Et il m'a demandé une nouvelle urne. Alors j'ai compris que le bris de celle qu'il fallait remplacer devait être le signe. Ce n'est que plus tard, lorsqu'il y eut tous ces cris et toute cette agitation, que j'ai appris que Storicaï le Magasinier avait lui-même été brisé. Car chaque homme n'est-il pas, soupira-t-il, un réceptacle du Seigneur ?

— Quand le Maître est-il venu vous demander une nouvelle urne pour le sanquetum ? parvint à demander Ellery.

— Hier. Dans l'après-midi.

Comme tous ses frères, le Potier ne concevait pas le temps en termes précis. Mais il y avait une horloge dans son atelier, une vieille horloge en bois, avec un balancier et des contrepoids (elle était utile, expliqua le Potier, pour mesurer le temps de cuisson dans les fours), et il avait inscrit dans son registre la demande du Maître. En essayant d'être aussi précis que possible, ils estimèrent que la visite du Maître devait avoir cu lieu à 4 h 30.

Dix minutes après le meurtre.

Alors qu'Ellery s'apprêtait à partir, le Potier déclara :

— Je savais que le grand malheur qui était prédit surviendrait avant ma mort.

Ellery s'arrêta, surpris.

— Comment le saviez-vous, Potier ?

L'homme leva une main incrustée d'argile séchée et désigna le ciel.

— Ces machines qui volent dans les airs, dit-il. Depuis trois ans, maintenant, je les vois passer en nombre de plus en plus grand. C'est sûrement le signe du grand malheur qui est descendu sur Quenan.

— C'est le signe du grand malheur qui est descendu sur le monde entier, dit Ellery.

Le Potier baissa la tête, sa barbe reposant sur sa large poitrine.

— Béni soit le Seigneur, murmura-t-il. Au temps du malheur, comme au temps de la paix.

A sa seconde visite, il fut accueilli par une odeur âcre de corne brûlée qu'il n'avait pas sentie depuis son enfance. Il remarqua aussi l'odeur de la sciure de bois, dont il avait un souvenir plus récent. Le général Ulysse S. Grant finissait dé ferrer une grosse ânesse grise.

— Béni soit le Seigneur, dit le général Grant. Je suis le Charpentier-Forgeron.

Il claqua la croupe de l'ânesse qui partit au petit trot. *Le bœuf connaît son possesseur, et l'âne la crèche de son maître...*

Ellery salua l'homme à son tour et, pendant un moment, ils n'échangèrent pas d'autres paroles. Gêné, l'apprenti replia le soufflet de la forge et sortit vaquer à d'autres occupations. L'éclat du lit de braises diminua lentement, passant du rouge orangé au gris cendré. La réincarnation de Grant ramassa une pièce de bois – sans doute un timon ou un palonnier, pensa Ellery – et se mit à en extraire soigneusement un morceau de métal.

— Bien que mes mains soient occupées, dit l'homme, mes oreilles sont disponibles.

— Est-ce vous qui fabriquez les clés ?

Le Charpentier-Forgeron prit un temps pour réfléchir. Puis, se penchant de nouveau sur son travail, il répondit :

— Lorsqu'il faut des clés, j'en fabrique. Mais il en faut peu, car il y a peu de serrures à Quenan. Les mangeoires doivent être munies de serrures, car certaines bêtes sont rusées et elles pourraient ouvrir les loquets avec leurs dents et manger plus qu'il n'est bon pour elles.

— Où sont placées les autres serrures ?

Elles étaient peu nombreuses. La petite réserve de poudre noire confectionnée dans la Vallée pour faire sauter les rochers et les souches d'arbres (le Charpentier-Forgeron ne semblait pas se douter que la poudre pouvait servir à autre chose) était gardée sous clé, hors de portée des enfants et des animaux. Une autre serrure protégeait la réserve de *charqui* – des lanières de viande de bœuf séchée au soleil – des incursions des rares coyotes qui, poussés par la faim, s'aventuraient dans la Vallée. Et la maison du gnome arriéré qui s'occupait du cimetière avait aussi une serrure – c'était la seule habitation du village à en posséder une – en raison de certaines terreurs nocturnes qu'éprouvait le petit homme et auxquelles il ne pouvait donner de nom. « Mais personne ne lui conteste cette particularité et, de plus, à qui cela cause-t-il du tort ? »

Et... ah, oui.

Le sanquetum.

Les mains calleuses s'immobilisèrent, et Ellery crut voir des larmes monter aux yeux du Charpentier-Forgeron.

Le sanquetum.

— Depuis quand n'avez-vous pas fait de clé pour le sanquetum ?

— Je n'en ai jamais fait, marmonna l'homme.

— Alors qui... ?

— La clé du sanquetum que détient le Maître a été fabriquée par Smuel, qui était Charpentier-Forgeron il y a très longtemps.

La question suivante était inévitable ; il fut contraint de demander :

— Quelqu'un pourrait-il fabriquer une clé sans que vous le sachiez ? En pleine nuit, par exemple ?

Le Charpentier-Forgeron se redressa et, avant de répondre, il déposa dans une boîte le morceau de métal qu'il venait d'extraire de la pièce de bois.

— Hôte, dit-il, d'un ton courtois, je ne suis pas devenu Charpentier-Forgeron parce que j'en avais le droit, mais parce que j'aimais ce métier. Tout le monde est libre de venir travailler ici quand il le désire, que je sois présent ou non ; mon travail m'appelle souvent ailleurs dans la Vallée. Vous me demandez si quelqu'un pourrait fabriquer une clé sans que je le sache, et je vous réponds : et pourquoi pas ? Et pourquoi devrais-je le savoir ?

Ellery soupira. Quenan était un autre monde, avec un autre système de valeurs. Les premiers Polynésiens étaient horrifiés lorsque les matelots européens qui désertaient leur navire pour rejoindre des femmes à terre (un acte, à leur sens, parfaitement naturel) étaient fouettés à leur retour à bord sur l'ordre du capitaine. Pourtant, lorsque, pour leur part, ils montaient à bord des navires, ils volaient le plus naturellement du monde tout ce qui leur tombait sous la main, et ils étaient stupéfaits des réactions de haine que leurs larcins provoquaient.

— Je vais vous reposer ma question d'une autre façon, expliqua patiemment Ellery. Est-ce que Storicaï a travaillé dans cet atelier récemment ? Le Magasinier a-t-il pu fabriquer une clé ?

Avec la même patience, le Charpentier-Forgeron répondit :

— Hôte, je connaissais Storicaï depuis toujours. Il venait souvent ici, car il était Magasinier. J'allais souvent au magasin, car je suis Charpentier-Forgeron. Il était tout aussi naturel de voir Storicaï ici que de voir un oiseau juché dans un arbre. Il aurait pu fabriquer une centaine de clés sans que je le sache.

» Mais... (Ses larges épaules s'affaissèrent...) Il ne reviendra jamais plus. Tous les hommes sont mortels, loué soit le Seigneur ; nous venons ici-bas prendre la place laissée par d'autres, et nous laissons ensuite la place à ceux qui nous succèdent. Mais personne à Quenan n'a quitté la vie comme Storicaï l'a quittée, et lorsque je pense à cela, Hôte, j'ai beaucoup de peine.

Ellery sortit l'enveloppe de papier cristal contenant le bouton de métal qu'il avait retiré de la main du mort.

— Avez-vous déjà vu ce bouton, Charpentier-Forgeron ?

— Il appartient au Maître, répondit l'homme, lentement. (Il hésita.) Presque tout le monde, ici, utilise des boutons en os ou en bois. Les membres du Conseil, l'Intendant et le Successeur portent des boutons en corne. Seul le Maître porte des boutons de métal.

Il désigna le curieux symbole gravé sur le bouton, et au même moment, Ellery y reconnut un *N* majuscule, dessiné selon cette calligraphie quenanite qui ressemblait tant à la cursive de chancellerie utilisée un siècle plus tôt à près de dix mille kilomètres de distance.

— Ce *N*, dit le Charpentier-Forgeron, représente le nombre *cinquante*. C'est un nombre sacré, et seul le Maître peut l'utiliser. (Il hésita de nouveau, puis suggéra timidement :) Hôte, ne devriez-vous pas le lui rendre ?

Mais Ellery avait déjà franchi la porte.

Dans l'atelier de tissage, on fabriquait des couvertures de laine, et une puissante odeur de suint, aigre et rance, flottait dans l'air comme un épais brouillard. La Tisserande interrompit son travail, mais ne quitta pas son métier, changeant légèrement de position dans son harnais. C'était une forte femme, et bien sûr, avec un cigare, elle aurait pu passer pour Amy Lowell.

Elle avait une voix douce et riche. Oui, elle faisait aussi de la couture, en plus du tissage. Oui, le Maître était venu la voir hier après-midi. Il lui avait dit qu'il manquait un bouton à sa tunique – il aurait pu se passer de le lui dire, ajouta-t-elle, avec un sourire triste : elle l'avait tout de suite remarqué. Elle en avait aussitôt recousu un autre. Elle avait toujours une réserve de boutons de métal à portée de la main.

— Et quelle heure était-il, Tisserande ? demanda Ellery.

Il se sentait mesquin en présence de cette personnalité généreuse, chaleureuse.

— L'heure ? (Elle marqua un temps d'arrêt.) Comme c'est étrange que vous me demandiez cela, Hôte. Je ne fais guère attention à l'heure. Tisser, coudre – vous savez, ce n'est pas comme faire bouillir du lait. Quand j'ai le cœur léger, la navette vole. Quand j'ai le cœur lourd – comme maintenant – le métier me paraît lourd, lui aussi, et le travail n'avance pas vite.

» Hier, quand le Maître est venu, je me souciais peu de l'heure. Car je travaillais sur un nouveau motif – puis-je vous le montrer ?

La laine qu'elle avait employée avait la couleur du sable du désert et, sur ce fond, elle avait tissé, en laine noire, un oiseau. Ellery cligna des yeux en le regardant, sans pouvoir attribuer la subtile distorsion du motif au dessin lui-même ou à ses yeux fatigués. Puis, tout à coup, il en saisit le sens. Elle n'avait pas représenté l'oiseau lui-même, mais son ombre sur le sol sablonneux. L'illusion était saisissante.

— C'est vous qui avez fait cela ? s'exclama-t-il, subjugué.

— Vous l'aimez ? murmura la femme. Je suis contente. Oui, c'est moi qui l'ai fait. Je tisse cela pour mon... pour le Maître.

Ce lapsus lui apprit qu'elle était une des femmes du vieil homme. Sans raison précise, le cœur d'Ellery se mit à battre plus vite.

— Mais l'heure, marmonna Ellery. Vous ne savez pas l'heure qu'il était ?

— Je ne pensais pas à l'heure, répondit-elle de sa voix chaude. Mais le Maître me l'a demandée. Alors, je suis allée voir. J'ai une montre, une vieille montre en or qui me vient de mon père, qui la tenait lui-même de son père. A l'intérieur de cette montre, il est écrit quelque chose que personne ne comprend, pas même le Maître. Cela dit : « *De la part des hommes du 17e. Vera Cruz, Cerro Gordo, Monterrey. 1848.* »

Ellery ferma les yeux.. Cet écho du passé lui semblait par trop indigne.

— Cela fait référence, dit-il, choisissant ses mots avec soin, à une expédition qui fut faite une génération avant que cette colonie ne soit fondée. Des groupes d'hommes sont allés au Mexique, un pays situé au sud. Je suppose qu'un membre de votre famille – votre arrière-grand-père, peut-être – devait être à la tête de l'un de ces groupes, qui s'appelait le 17e. Plus tard, les hommes qu'il commandait lui ont offert cette montre en souvenir... Les autres mots sont des noms de lieux situés au Mexique.

La Tisserande hocha la tête.

— Je suis heureuse de savoir enfin, dit-elle, les yeux brillants. Ils devaient beaucoup l'aimer pour lui offrir un cadeau aussi précieux. Je vous remercie de m'avoir expliqué cela. Et, maintenant, pour répondre à votre question... Le Maître m'a demandé l'heure. Et la montre indiquait qu'il était 15 minutes avant 5 heures.

— Une dernière question, Tisserande. Le Maître avait-il une urne à prières avec lui ?

Non, non, il n'en avait pas. Une fois de plus, la tristesse se peignit sur son visage.

Ellery ne comprit que plus tard qu'il s'était mépris sur la raison de cette tristesse.

L'air était empli des frais parfums d'une matinée de printemps lorsqu'il emprunta le chemin bordé d'arbres. Les acacias étaient en fleur, des fleurs blanches et odorantes. Çà et là poussaient des roses, toutes de petite taille : il n'en connaissait aucune. C'étaient sans doute des variétés, pensa-t-il, depuis si longtemps délaissées par les horticulteurs qu'elles devaient avoir virtuellement disparu. Comme, à vrai dire, beaucoup d'autres témoignages du joli temps passé.

Tout en marchant, Ellery réfléchit laborieusement à l'étrange conduite du Maître. A coup sûr, un homme qui aurait eu quelque chose à cacher ne se serait pas rendu si ouvertement chez le Potier chercher une urne à prières, si peu de temps après le bris de la première ? Ni chez la Tisserande pour faire coudre un autre bouton à sa tunique.

Il y avait aussi cette question d'heure. Alors que les Quenanites n'étaient soumis à aucun horaire, le Maître se révélait tout aussi prisonnier du continuum universel qu'un habitant de New York ou de Los Angeles. Où était allé le vieillard – et qu'avait-il fait – entre 4 h 30, heure de sa visite à l'atelier du Potier, et 4 h 55, moment où Ellery l'avait trouvé dans la salle du Conseil, près du corps du Magasinier, tandis que la foule, pétrifiée, attendait au-dehors ?

A 4 h 30, il était entré dans l'atelier du Potier pour se procurer une nouvelle urne à prières, et, apparemment, il l'avait aussitôt rapportée au sanquetum pour la poser sur le socle laissé vide par l'urne brisée. Tout ceci n'avait pas dû prendre plus de cinq minutes. A 4 h 45, il était entré chez la Tisserande pour faire remplacer son bouton : cela avait-il pu prendre plus de cinq minutes également ?

Cela justifiait dix minutes de son emploi du temps entre 4 h 30 et 4 h 55 – dix minutes sur vingt-cinq.

Ce qui laissait quinze minutes inexpliquées.

A quoi le vieillard les avait-il employées ?

Toujours plongé dans ses réflexions, Ellery parvint à la demeure des Anciens – le vieux couple qui représentait au Conseil les gens âgés de Quenan. Il n'avait pas la moindre idée de leur âge réel ; il ne pouvait s'empêcher de les comparer à Adam et Eve et il était sûr que, s'il avait pu les examiner, il aurait découvert qu'ils ne possédaient pas de nombril.

Ils l'accueillirent d'un sourire édenté ; et la vieille dame lui fit signe de s'asseoir près d'elle sur le banc molletonné où ils prenaient le soleil.

Eux, au moins, semblaient avoir été épargnés par la tragédie. Peut-être ne la comprenaient-ils pas, ou l'avaient-ils déjà oubliée. Ellery ne savait pas comment commencer.

— Vous êtes ici pour nous aider, dit Adam, rompant enfin le silence. Et nous vous en sommes reconnaissants. Loué soit le Seigneur.

Et Eve ajouta :

— C'est Willy qui nous l'a dit.

Ellery cligna des yeux :

— Willy ?

— Le Maître. Dans le monde d'avant, il s'appelait Willy.

Et la vieille dame hocha la tête et sourit. C'était un petit détail, mais assez surprenant. Le Maître, ce vénérable personnage sorti de l'Ancien Testament, avait été autrefois un petit garçon nommé Willy, qui portait un col de dentelle et poussait son cerceau sur les trottoirs en planches de San Francisco !

— Nous le connaissons depuis toujours, dit Adam.

— Alors, j'aimerais vous poser une question, leur dit Ellery. A votre connaissance, a-t-il jamais menti ?

Ni l'un ni l'autre ne répondirent. Peut-être étaient-ils déjà replongés, comme le sont souvent les vieilles gens, dans de lointains souvenirs du temps des lampes à gaz et des bateaux à voiles.

Puis les lèvres de la vieille dame se mirent à trembler, et Ellery comprit que sa question les avait abasourdis.

— Menti ? répéta-t-elle. Le Maître ?

Et son mari parut se tordre de douleur.

— Oh ! Oh !

Et aussitôt, de leur voix chevrotante, ils lui expliquèrent ce que sa question avait de monstrueux. Le Maître ne mentait jamais. Il ne pouvait pas mentir. Même sur les sujets les plus insignifiants.

— Hôte, il aimerait mieux mourir que proférer un mensonge ! s'écria Adam.

— Oui, il aimerait mieux mourir ! reprit Eve.

Quelques lignes d'un vieux livre surgirent comme par magie dans la mémoire d'Ellery : *Notre maître parle avec les anges*. « Comment le savez-vous ? » *C'est lui qui nous l'a dit*. « Mais il ment peut-être ? » *Insensé ! Les anges parleraient-ils à un menteur ?*

Mais, sans raison précise, il sentait qu'il ne pouvait pas rejeter leur témoignage avec le sourire condescendant que l'on réserve habituellement à l'aveuglement sénile ou à l'ignorance sectaire. Tout ce qu'il savait – et cela le terrifiait et le soulageait à là fois – c'était qu'il croyait les deux vieillards sans le moindre doute ni la moindre réserve.

Le Maître ne mentait jamais, même sur les sujets les plus insignifiants.

Le Maître aimerait mieux mourir que proférer un mensonge.

Pendant le reste de la matinée et de l'après-midi, jusqu'à ce que le soleil fût déjà bas dans le ciel, Ellery poursuivit son enquête. La roue du moulin grinçait, l'eau bouillonnait dans les canaux d'irrigation, les bêtes meuglaient lorsque Ellery écouta un vieillard apporter son témoignage d'une voix usée, hésitante. L'après-midi était bien avancé lorsqu'il regagna sa chambre. L'Intendant l'y attendait.

— Hôte, dit l'Intendant, le Maître m'a confié une mission ; il m'a dit : « Allez rendre visite à l'Hôte et demandez-lui s'il a des instructions à vous donner. Si c'est le cas, veuillez les recevoir et les exécuter comme si elles venaient de moi. » (On aurait pu croire qu'il récitait un inventaire.) En conséquence, poursuivit l'Intendant, je suis venu vous rendre visite, Hôte, et je vous demande si vous avez des instructions à me donner. Si c'est le cas, je les recevrai et les exécuterai comme si elles venaient du Maître.

Ellery n'avait qu'une envie, lui dire : « Oui, pour l'amour du ciel, sortez d'ici et laissez-moi dormir une semaine, un mois, un an ! »

Mais en fait, il déclara :

— Oui, Intendant. Convoquez le Conseil, le Maître, le Successeur, et venez vous-même à la Maison de la Sainte Congrégation après le repas du soir.

— Il en sera fait ainsi, répondit l'Intendant qui s'apprêtait à quitter la pièce.

— Attendez ! dit Ellery, impulsivement. N'êtes-vous pas curieux de savoir, Intendant, la raison de cette convocation ?

— Je ne suis pas venu pour poser des questions, Hôte, mais pour recevoir des instructions.

— Ah, on aurait bien besoin d'hommes comme vous à Washington, soupira Ellery. La raison est la suivante, et vous pouvez le leur dire : selon les lois et les coutumes de Quenan, ce soir, ils siégeront pour rendre un jugement.

Il faisait très sombre dans la longue salle. Le Successeur avait allumé des chandelles pour suppléer la lampe unique, mais il sembla à Ellery qu'elles dispersaient plus d'ombre que de lumière ; et, à chaque fois que la porte s'ouvrait pour livrer passage à un membre du Conseil, leurs flammes bondissaient, dansaient, se recroquevillaient sous l'effet de l'appel d'air. L'obscurité était palpable, pensa-t-il, on pouvait presque toucher ces masses mouvantes que toute la lumière du soleil n'aurait pu dissoudre.

En attendant que les membres du Conseil se fussent tous installés autour de la longue table, Ellery réfléchit au rôle qu'il allait jouer. C'était à lui de présenter les faits, de formuler l'accusation, de prononcer le réquisitoire. Elroï le Procurateur. L'Avocat du Diable. (A ce propos, Satan lui-même n'était-il pas le procureur qui avait accusé Job ?) Un meurtre des plus abominables avait été commis dans le jardin d'Eden, et le chef spirituel de la communauté lui avait assigné la tâche d'accuser, d'inculper et de requérir, son autorité en la matière étant acceptée par le Conseil.

Mais avaient-ils le choix ? Il n'y avait personne d'autre à Quenan, absolument personne, dont les connaissances dans ce domaine fussent comparables aux siennes.

De nouveau, il se sentit coupable de n'avoir pas informé du crime les autorités de la juridiction. Mais de quelle juridiction, à vrai dire ? Quenan n'avait rien en commun avec les Etats-Unis d'Amérique, si ce n'était sur le plan purement géographique.

« Les édits du Roi sont lettre morte à Connaught » disait un vieux proverbe irlandais. Le pouvoir fédéral et le pouvoir de l'Etat avaient toujours été « lettre morte » à Quenan. Et, là où aucune autre autorité ne s'exerçait, les gens avaient le droit – d'après la loi des nations – d'instaurer un pouvoir provisoire... non seulement le droit, mais le devoir. Et de tels pouvoirs, établis ici depuis tant d'années, et exercés sans contestation ni violence, ne pouvaient même plus être considérés comme provisoires. (Ellery, dans la part de lui-même qui restait l'ancien Ellery, était parfaitement conscient que ceci était un raisonnement de pure logique ; mais la part de lui-même qui était devenue Elroï, engourdie de fatigue, troublée par le chagrin, s'en désintéressait totalement.)

Mais, Ellery ou Elroï, il était sûr d'une chose : il n'allait pas assister à une parodie de justice, il n'était pas en présence d'un tribunal fantoche ni d'une foule prête au lynchage. C'était une haute cour de justice ; et son greffier était sur le point de prendre la parole.

Car l'Intendant s'était levé.

— Nous sommes réunis, prononça-t-il de sa voix sèche et monotone, pour rendre un jugement selon les lois et les coutumes de Quenan.

Et il se rassit ; ce fut tout. Le silence lui succéda.

Et le silence s'épaissit.

Ellery s'attendait à des questions, des objections, sur lesquelles il aurait pu fonder ses remarques préliminaires. Essayaient-ils de faire de l'obstruction, de l'empêcher de mener à bien la tâche qu'ils lui avaient assignée, par l'inertie de leur silence ? leur résistance passive ? Malgré sa lassitude, il en éprouva de la contrariété. Pourquoi ces atermoiements ? Leur répugnance à examiner les faits ne changeait rien à ce qui s'était passé.

Mais, alors que le silence se prolongeait, il commença à entrevoir une similitude entre ce à quoi il assistait et la sérénité d'une réunion de Quakers, ou d'une église orthodoxe pendant la prière silencieuse, ou encore d'une mosquée lorsque les fidèles attendent l'invocation de l'imam. Mais le silence se prolongeait encore, au-delà de toute comparaison, et devint si intense qu'Ellery ne put détecter dans l'assistance le moindre battement de paupières. Les hommes assemblés autour de cette table semblaient tous plongés dans une contemplation pareille à celle des yogis et d'où seule la trompette du jugement dernier eût pu les tirer.

Pendant un moment, Ellery se sentit proche de ces Gaulois qui, arpentant prudemment les rues de Rome où ils venaient d'entrer en force, découvrirent, avec une stupéfaction voisine de la terreur, les sénateurs à barbe blanche, assis, immobiles, si calmes et si rigides que les envahisseurs se crurent en présence de statues ou de demi-dieux...

Il revint brusquement sur terre, lorsque la vérité se fit jour en lui. Car lentement, graduellement, alors qu'il attendait dans cette salle figée dont les occupants restaient absolument immobiles, son irritation, son inquiétude, sa perplexité s'étaient évanouies, et les ténèbres lui parurent moins denses et moins épaisses. C'est ainsi qu'Ellery comprit le but de cette période de silence et de recueillement. Elle avait ramené le calme et la sérénité dans l'esprit et le cœur de tous ceux qui étaient là.

Alors l'Intendant se leva de nouveau ; mais le Maître garda les yeux fixés sur Ellery.

— Hôte, commença l'officiel d'une voix changée, une voix humaine et non plus mécanique, veuillez nous dire maintenant ce que vous avez appris et ce que vous voulez que nous fassions. Et nous vous écouterons, nous réfléchirons et nous jugerons.

Et il se rassit.

Ce fut avec un grand sang-froid et une grande tranquillité d'esprit qu'Ellery considéra les personnages vêtus de robes assis autour de la grande table. (Il ne comprit que plus tard qu'il était parvenu à cette sérénité grâce à une sorte d'auto-hypnose qui avait non pas éliminé, mais seulement masqué son extrême fatigue. Il ressentait la même chaleur illusoire qu'un homme qui meurt de froid sans s'en rendre compte.)

— L'assassinat, commença-t-il, et il se tut aussitôt.

Avaient-ils été parcourus d'un frisson en entendant ce mot qui n'avait jamais été prononcé dans cette salle, antichambre du sanctuaire dédié à l'amour et à la paix ? Ou était-ce un effet de son imagination ?

— Je vais d'abord vous expliquer ce qu'est l'assassinat, dit Ellery. Un homme a récemment été tué ici même (les regards s'étaient-ils imperceptiblement tournés vers le tapis de raphia tout neuf qui dissimulait le sang séché, ou l'avait-il – une fois de plus – imaginé ?), et cet homme qui est mort n'avait pas été accusé du moindre crime ; il n'avait pas été jugé ni condamné à mort selon la procédure prescrite par la loi. Tuer un homme qui n'a été ni condamné ni même jugé, voilà ce qu'est l'assassinat. Storicaï le Magasinier a été assassiné.

Ils gardaient tous un silence farouche, hostile.

— Mais avant qu'on puisse inculper quelqu'un d'assassinat, il faut démontrer qu'il existe une triple relation entre le crime et la personne que l'on suspecte ou que l'on accuse. Cette triple relation comprend : la possibilité, l'instrument, et le mobile.

Ils ne comprenaient pas encore, mais ils n'allaient pas tarder à le faire. Ellery continua sans hésitation.

— La possibilité, dit-il en levant un doigt. Cela signifie, lorsque la mort résulte d'une agression physique sur la personne de la victime – comme dans le cas du Magasinier tué à coups de marteau – qu'il faut prouver que le suspect ou l'accusé était effectivement présent sur le lieu du crime à l'heure où celui-ci a eu lieu, ou qu'il *aurait pu* y être présent.

» L'instrument. (Ellery leva un second doigt.)

Cela signifie qu'il faut prouver que le suspect ou l'accusé était en possession de l'arme avec laquelle l'assassinat a été commis, ou qu'il y avait accès.

» Le mobile. (Et il leva un troisième doigt.) Cela signifie que l'on peut montrer que le suspect ou l'accusé avait une raison de vouloir ôter la vie à la victime.

Il prit un temps. Ils étaient impassibles, mais paraissaient attentifs ; il était encore trop tôt pour juger s'ils le comprenaient ou non.

— Je vais d'abord essayer de mettre en évidence la possibilité, poursuivit Ellery. Le Meunier peut-il venir s'asseoir à cette place ?

Il désigna un tabouret que le Successeur, à sa demande, avait placé près de l'extrémité de la table. Le Meunier se leva et s'avança. C'était un homme aux épaules larges, puissant et noueux comme un chêne. Sa barbe et ses sourcils roussâtres étaient saupoudrés de farine. Il poussa un profond soupir en s'asseyant sur le tabouret.

— Que s'est-il passé hier, Meunier, une fois le grain moulu ? lui demanda calmement Ellery.

L'homme se frotta les tempes de ses mains larges comme des meules, comme s'il devait broyer les mots avant de formuler sa réponse. De la voix puissante d'un homme habitué à se faire entendre par-dessus le grondement des eaux du bief, le grincement de la meule et le claquement des voiles, il déclara :

— Il y a eu la nouvelle farine.

Et il s'arrêta.

— Qu'avez-vous à nous dire au sujet de la nouvelle farine ?

L'homme parut surpris.

— Eh bien, elle était prête, expliqua-t-il, comme s'il s'adressait à un enfant. J'avais rempli le premier sac, un sac de toile blanche, selon la coutume. Et comme c'était la nouvelle farine, il fallait qu'elle soit bénie. Alors je l'ai chargée sur mon épaule – il mima le geste, assez maladroitement – et je l'ai apportée ici, à la maison sacrée, pour que le Maître la bénisse.

— Quelle heure était-il ?

L'heure ? Presque 4 heures et quart. Comment le savait-il ? Il avait regardé l'horloge à eau avant de quitter son moulin.

— Très bien. Et qu'avez-vous fait, Meunier, en arrivant à la Maison de la Sainte Congrégation avec votre sac de nouvelle farine ?

Le Meunier le regarda fixement.

— Eh bien, j'ai sonné la cloche ; que pouvais-je faire d'autre ? Mais il n'y eut pas de réponse, alors bien sûr, je ne pouvais pas entrer. Comme le Maître n'était pas là – s'il avait été là, il m'aurait ouvert la porte – je n'avais aucune raison de rester. J'ai repris le chemin du moulin...

— Et alors ?

Le Meunier expliqua qu'il n'était pas allé très loin, et qu'il venait de pénétrer sous le couvert des arbres lorsqu'il avait entendu un bruit de pas et s'était retourné. C'était Storicaï le Magasinier, qui se hâtait vers la maison sacrée.

— J'étais sur le point de l'appeler pour lui dire qu'il était inutile de sonner la cloche, que le Maître n'était pas là, mais avant que j'aie pu parler, Storicaï avait atteint la porte, et il regardait autour de lui comme si... comme si...

— Comme s'il ne voulait pas être vu ?

Le Meunier, qui transpirait maintenant, lui exprima sa gratitude d'un hochement de tête.

— C'est cela, Hôte.

— Storicaï vous a-t-il vu ?

— Je ne pense pas. J'étais dans l'ombre des arbres.

L'ombre. Les mèches de chanvre commencèrent à fumer. La cire coula le long des chandelles en longues traînées perlées. L'ombre palpita.

— Et que fit ensuite Storicaï, Meunier ?

Le regard de l'homme parcourut l'assistance. Sa voix devint rauque, tremblante, comme s'il allait crier. Le Magasinier avait commis un *péché*. Il avait ouvert la porte de la maison sacrée sans sonner la cloche et il était entré sans attendre d'être introduit – en fait, il était entré en l'absence du Maître.

— Il a commis un *péché*, répéta le Meunier, se frappant la tête du poing.

— Merci, dit Ellery, et le colosse regagna pesamment sa place. Puisatier ?

Le Puisatier se leva et s'avança. C'était un long jeune homme mince, à la démarche gracieuse ; mais ce qui frappait le plus chez lui, c'était une impression de moiteur. Ses vêtements paraissaient plus mouillés que secs, et son visage à barbe noire et ses mains brunes aux gestes vifs luisaient d'humidité à la lueur des chandelles. En le regardant, Ellery songeait à une salamandre.

— Hier après-midi, dit le Puisatier en réponse à la question d'Ellery, je suis allé nettoyer le puits en face de la maison sacrée. Alors que j'étais dans le puits, j'ai entendu sonner la cloche et j'ai commencé à remonter pour demander au visiteur de m'aider à tirer le seau. Mais j'ai glissé et cela m'a fait perdre du temps. J'ai entendu le visiteur repartir – je suppose maintenant que ce devait être le Meunier. Puis j'ai entendu venir quelqu'un d'autre. J'ai sorti la tête du puits – et j'ai vu...

Il se tut pour essuyer son front lisse d'une main tout aussi lisse.

— Et qu'avez-vous vu, Puisatier ? demanda Ellery.

— Cela s'est passé comme le Meunier l'a dit. J'ai vu Storicaï entrer dans la maison sacrée. Il n'a pas sonné la cloche. Il n'a pas été introduit par le Maître.

Ellery jeta un regard au patriarche. On aurait pu croire que le vieil homme était seul dans la longue salle, muré dans un silence impénétrable. Son visage exprimait un calme absolu ; ses yeux, qui étincelaient à la lumière des nombreuses chandelles, semblaient fixés sur un sujet lointain, une vision à laquelle les murs de pierre de la maison sacrée ne faisaient pas obstacle.

Ellery ne put s'empêcher de s'en étonner. C'était comme si le Maître se désintéressait de la situation. Se pouvait-il qu'il fût réellement indifférent au déroulement de ce procès sans précédent ? Ou était-ce de la résignation ?

— Puisatier, quelle heure était-il lorsque vous avez vu Storicaï entrer illégalement dans la Maison de la Sainte Congrégation ?

— Il était environ 4 heures et quart, Hôte.

— Dites-vous cela parce que c'est l'heure indiquée par le Meunier, ou parce que vous le saviez personnellement ?

— Je le savais personnellement, répondit posément le Puisatier, grâce à l'angle des ombres qui tombaient à l'intérieur du puits.

— Vous pouvez retourner à votre place, Puisatier.

Ellery attendit que la longue salamandre eût regagné le banc de sa démarche souple. Puis il s'adressa aux personnages immobiles assis autour de la table.

— Il est donc établi, grâce aux témoignages du Meunier et du Puisatier, que Storicaï était présent à 4 heures et quart dans le lieu où il a été tué. Combien de temps s'est-il écoulé entre son entrée dans la maison sacrée et le moment où il a été assassiné ? Cinq minutes. Cela, je le sais parce que le Magasinier portait au poignet une montre qui m'appartenait et que je lui avais prêtée pour le temps de mon séjour à Quenan. Cette montre, que l'on appelle une montre-bracelet, a été brisée d'un coup de marteau lorsque Storicaï a levé le bras pour se protéger. (Il sortit la montre de sa poche et la leur montra.) Comme vous pouvez voir, les aiguilles se sont arrêtées à 4 h 20 – comme je l'ai dit, cinq minutes après que le Magasinier fut entré dans la maison sacrée.

Lorsqu'il fut assuré que tous avaient observé la position des aiguilles, il remit la montre dans sa poche et dit :

— J'appelle le Laboureur.

Le Laboureur était un homme entre deux âges. Il avait un corps tout en longueur, comme un épi de maïs et, sous ses ongles, la peau était noire d'avoir remué la terre depuis toujours. Il parlait d'une voix étrange, hésitante, comme s'exprimeraient sans doute les plantes si on leur donnait la parole.

Hier après-midi, dit le Laboureur, il avait rendu visite au vieil Esclave malade. Il était resté un quart d'heure avec l'Esclave, à prier avec lui et lui parler des récoltes. Il avait quitté la maison de l'Esclave à l'arrivée du Maître. Il savait qu'il était arrivé à 3 heures et reparti à 3 heures et quart grâce à l'horloge de l'Esclave.

Et le Laboureur ajouta :

— Saviez-vous, Hôte, que dans l'horloge de l'Esclave vit un petit oiseau ? Autrefois l'oiseau sortait pour annoncer l'heure. Mais il ne le fait plus depuis longtemps.

— Je l'ignorais, Laboureur, répondit gravement Ellery. Je vous remercie. Et maintenant, le Pâtre veut-il s'avancer ?

Le Pâtre était un vieillard noueux qui portait une grande barbe en éventail. Il clignait des yeux sous ses sourcils broussailleux comme s'il regardait le soleil ; sa peau était semblable à celle d'un abricot desséché. Malgré tous ses efforts, Ellery ne put tirer de lui autre chose que des bêlements et des grognements.

— Qu'avez-vous fait hier après-midi, Pâtre ?

Bêlement.

— Ne vous êtes-vous pas rendu à la maison de l'Esclave ?

Grognement, accompagné d'un signe de tête.

— Etes-vous arrivé là-bas à 4 heures, ou plus tard ?

Bêlement, difficile à interpréter.

— Bon, je vois, dit Ellery. J'ai cru comprendre hier que vous étiez arrivé un peu avant 4 heures et quart. Est-ce exact ?

Signe de tête.

— Vous y avez rencontré le Maître en arrivant ?

Signe de tête.

— Et le Maître a quitté la maison de l'Esclave à votre arrivée ?

Signe de tête.

— Immédiatement après votre arrivée ?

Grognement, bêlement, double signe de tête.

— Merci, ce sera tout. (Ellery se tourna vers le Maître.) Peut-on amener l'Esclave ici, maintenant ?

Il s'aperçut alors que, malgré son air absent, le patriarche était attentif au déroulement du procès. Car il fit aussitôt un signe de tête au Successeur, qui sortit précipitamment de la maison sacrée. Tout devait être prêt pour que l'Esclave fût amené sans tarder, car la porte se rouvrit à peine deux minutes plus tard pour livrer passage au jeune Successeur hors d'haleine. Il prononça quelques mots, et le Meunier et le Puisatier se levèrent immédiatement et sortirent. Ils revinrent aussitôt, portant l'Esclave. Le malade était à moitié allongé dans une chaise longue qui avait été transformée (peut-être par le Charpentier-Forgeron) en une sorte de palanquin rudimentaire à l'aide de deux barres de bois.

D'un geste vif, le Successeur indiqua l'endroit précis, près de l'extrémité de la table, où la chaise devait être déposée ; le Meunier et le Puisatier s'exécutèrent, puis ils retournèrent tous les trois à leur place.

L'Esclave devait être aussi vieux que le Maître mais, lui, paraissait vraiment son âge. Il était à l'image des collines du sud-ouest : sa peau foncée, d'un rouge-brun, était creusée de rides profondes comme des ravines et recouvrait un squelette d'os calcifiés ; il était aussi moribond que le désert lui-même. Seuls, ses yeux étaient vivants : d'un noir brillant, comme ceux d'un oiseau, ils restaient grands ouverts, sans ciller. Et cet Esclave, dont la condition n'était plus celle d'un esclave, possédait l'imposante dignité de sa race ; oui, et une réelle curiosité aussi. Son regard d'aigle scruta la salle dans ses moindres détails avant de se poser sur Ellery.

— Je vous remercie, dit-il d'une voix frêle comme un écho ; et Ellery comprit que le vieillard le remerciait de l'avoir fait amener à la Maison de la Sainte Congrégation pour assister une dernière fois à une réunion du Conseil. Et maintenant, je suis prêt.

— Je ne vous fatiguerai pas – il s'apprêtait à ajouter : « Esclave », mais le mot ne lui passa pas la gorge – car j'ai peu de questions à vous poser, et Ellery obtint rapidement du vieil homme le nom des visiteurs qu'il avait reçus la veille, et la confirmation des heures auxquelles ils étaient arrivés et repartis – le Laboureur, le Maître, le Pâtre.

— Une dernière question, dit doucement Ellery. Vous êtes souffrant, et vous devez garder le lit. Comment se fait-il que vous ayez noté les heures et que vous vous les rappeliez avec autant de précision ?

Il crut voir l'ombre d'un sourire passer sur les lèvres desséchées.

— Il me reste si peu de temps à vivre, répondit le vieil Esclave, que j'observe le temps qui passe comme un jeune homme surveille son ennemi.

— Je n'ai pas d'autre question à vous poser. Et si vous désirez maintenant que l'on vous ramène chez vous...

L'ancêtre murmura :

— Je désire rester, et il se tourna vers le Maître ; et le regard qu'ils échangèrent était si intime, si lourd d'angoisse et de compassion qu'Ellery dut détourner les yeux.

Et, s'adressant au Conseil, il déclara :

— Nous allons examiner maintenant l'alibi du Maître.

— A-li-bi ? répéta quelqu'un ; et Ellery s'aperçut que c'était l'Intendant. C'est un mot que nous n'avons jamais entendu, Hôte.

Et Ellery comprit, à leur expression, que cela était vrai.

Il expliqua le mot en utilisant les termes les plus simples qu'il pût trouver ; et, lorsqu'il fut sûr qu'ils avaient compris, il poursuivit.

— Nous devons donc considérer, dit-il, que l'alibi du Maître a pris fin lorsqu'il est sorti de... de la maison de l'Esclave, c'est-à-dire à 4 heures et quart. Il n'y a que quelques pas entre la maison de l'Esclave et la Maison de la Sainte Congrégation ; si le Maître est revenu directement ici en sortant de la maison de l'Esclave, il a dû arriver un peu avant 4 h 20, c'est-à-dire avant l'heure où le Magasinier a été tué. J'ai interrogé tout le monde. Personne ne se souvient avoir vu le Maître pendant les cinq minutes qui se sont écoulées entre 4 heures et quart et 4 h 20. (Il évita de regarder le Maître.) Si l'un d'entre vous se rappelle avoir vu le Maître, ou croit savoir que quelqu'un l'a vu à ce moment-là, il doit le dire maintenant.

Il se tut. Et attendit. Il n'y avait pas le moindre bruit dans la longue salle. Pas le moindre bruit au-dehors. Il n'entendait qu'un seul son, effrayant : le battement de son propre cœur.

Il sentit une goutte de sueur glisser le long de son nez ; et il sortit son mouchoir pour éponger son front ruisselant.

— Il est donc établi, reprit-il, que le Maître a pu se trouver ici – dans cette salle – sur les lieux du crime – à 4 h 20, à la minute même où Storicaï le Magasinier reçut le coup mortel.

Personne ne toussa, n'éternua, ne bougea même le petit doigt. Ils étaient pétrifiés. Qu'est-ce que vous dites ? semblaient demander leurs masques de pierre. Qu'est-ce que cela signifie ? Car les paroles que vous avez prononcées doivent avoir un sens bien que, pour nous, elles ne veuillent rien dire.

C'était comme si l'affaire tout entière, telle une charge écrasante, ne reposait plus que sur les épaules d'Ellery. Et aucun n'était disposé à le soulager de ce fardeau et, pour s'en libérer, il allait devoir leur arracher leur déposition.

Il ne lui restait plus qu'à remonter à la source.

Avec effort, Ellery se tourna vers le Maître et lui demanda :

— Maître, vous êtes-vous rendu directement de la maison de l'Esclave à la maison sacrée, hier ?

Et le regard du vieillard abandonna sa vision lointaine pour se fixer sur lui ; et il déclara posément :

— Cela est vrai, Quenan.

Alors le silence de la salle fut troublé par un soupir, sorti au même moment de plusieurs poitrines, dont la sienne. Ellery demanda :

— Donc, vous étiez déjà dans la maison sacrée *avant* avant que Storicaï ne soit tué à coups de marteau ?

— Cela est vrai, Quenan.

Et l'assemblée soupira de nouveau.

Ellery sentit la tête lui tourner. Il posa ses mains à plat sur la table, se pencha en avant. Comme tout cela était théâtral, comme tout cela était pompeusement inutile... Pourquoi avait-il eu recours aux traquenards de l'interrogatoire, à la confrontation des témoins, à la sinistre reconstitution de l'emploi du temps du Maître ? Alors qu'il aurait suffi de poser au patriarche cette simple question : *Maître, avez-vous tué Storicaï ?* pour obtenir une réponse digne de foi.

Le Maître ne mentait pas. Le Maître ne mentait jamais.

Impulsivement, Ellery se tourna vers le Maître et ouvrit la bouche pour poser la question, mais il se maîtrisa avant d'avoir prononcé le premier mot. Pour quelque raison que ce fût – l'étrangeté du lieu, les manières insolites de ses habitants, son propre affaiblissement, le pouvoir d'envoûtement du désert – il n'était plus le même homme depuis qu'il se trouvait à Quenan. Une affaire qui reposait essentiellement sur le témoignage que l'accusé pouvait porter contre lui-même ne constituait pas un procès digne de ce nom, cela relevait de l'inquisition. Elle ne se résoudrait pas par un duel entre deux adversaires, un combat entre l'Hôte et le Maître. Il fallait partir à la recherche de la vérité. Mais qu'est-ce que la vérité ? *Si vous voulez bien m'en croire, n'accordez pas autant d'attention à Socrate, mais tenez plutôt compte de la vérité, et s'il vous semble que j'énonce une vérité, approuvez-la. Mais, dans le cas contraire, il faut me contredire de toutes vos forces en prenant bien garde qu'emporté par mon zèle je ne vous abuse en m'abusant moi-même, et, telle une abeille, ne parte en laissant mon aiguillon planté derrière moi.* Et puis il fallait aussi persuader le Conseil et tous les habitants de Quenan. Par le biais de la foi, leur cœur s'ouvrirait peut-être à la vérité ; mais, dans une affaire aussi effroyable, il fallait que leur esprit aussi acceptât la vérité. Et cela n'était possible que grâce à des preuves matérielles.

Le regard d'Ellery abandonna le vieillard et se posa sur les visages rassemblés autour de la table.

— Nous avons maintenant la preuve que Storicaï est entré ici même, dans la maison sacrée, à 4 heures et quart. Il est prouvé qu'il a été tué à 4 h 20. Et il est prouvé que le Maître se trouvait ici entre le moment où Storicaï est entré et celui où il est mort. Et ces deux faits prouvent que le Maître avait la *possibilité* de commettre le crime. Mais il n'y a pas que ces deux faits qui démontrent cette possibilité. Il y a un troisième élément pour les confirmer. (Il sortit de sa poche l'enveloppe de papier cristal de Storicaï.) J'ai retiré ce bouton de la main de Storicaï après sa mort, dit-il. Je vais le faire passer parmi vous, afin que vous puissiez l'examiner attentivement, et voir ce que c'est.

Et il le présenta à l'Intendant, qui le prit et le passa vivement au Successeur comme s'il lui brûlait les doigts ; et Ellery regarda le bouton faire le tour de la table, rapidement, répandant la douleur sur son passage.

Et, lorsqu'il lui revint, Ellery poursuivit :

— La simple présence de ce bouton de métal dans la main du mort parle d'elle-même. Le fait que les fils y soient encore attachés signifie qu'il a été arraché par Storicaï du vêtement auquel il était cousu, pendant la lutte qui a coûté la vie au Magasinier... arraché du vêtement de celui avec qui il luttait – qui d'autre ? (Et Ellery conclut, révolté par ses propres paroles :) Et ceci place le propriétaire du bouton sur le lieu même de l'assassinat, au moment précis où il s'est produit. Et qui, seul à Quenan, porte des boutons de métal à son vêtement ? Et qui, en fait, a fait recoudre un bouton de métal à son vêtement ?

Quelqu'un poussa un cri étouffé.

— J'appelle la Tisserande à témoigner.

Elle avança lentement, la tête baissée ; elle ne voulut pas s'asseoir, mais resta debout devant le tabouret. Une fois de plus, il dut formuler la réponse aussi bien que la question : oui, elle avait effectivement cousu un bouton de métal, un bouton neuf portant le N sacré, à la robe du Maître, à 5 heures moins le quart – vingt-cinq minutes seulement après le meurtre. Ellery dut lui arracher son « oui ». Et elle regagna sa place d'une démarche de vieille femme.

Ellery sentit ses jambes trembler. Il dut s'armer de courage pour se tourner vers le Maître.

— Vous reconnaissez donc, Maître, que ce bouton trouvé dans la main de Storicaï provient de votre robe ?

Et, calmement, le Maître répondit :

— Cela est vrai.

Ellery regarda autour de lui, et il vit qu'il n'était pas seul dans sa détresse. Les masques de pierre s'étaient effrités ; sur tous les visages, il lut la douleur et la certitude.

Mais, sur ces visages mis à nu, il y avait autre chose que la douleur et la certitude. Il y avait aussi la peur. Avaient-ils peur pour eux-mêmes ? Non... non. Mais pour leur Maître. Ils avaient terriblement peur pour leur Maître.

Et Ellery s'astreignit à regarder de nouveau le vieillard, et il fut encore plus bouleversé par le sentiment qu'exprimait le visage du patriarche que s'il avait exprimé le sentiment opposé. Car, sur ce visage d'eau-forte, le visage du presque-accusé, régnait une sérénité qui ne pouvait provenir que de la plus pure des paix intérieures.

Et, la mort dans l'âme, Ellery détourna le regard.

— Et maintenant, reprit-il – et il prit un temps pour maîtriser sa répulsion –, nous allons considérer le second de nos trois critères de culpabilité : l'instrument.

Par souci d'impartialité, il reconstruisit la *res gestae* menant au crime : les deux vols de la clé du Maître en pleine nuit, la preuve matérielle d'une tentative effectuée pour entrer dans le sanquetum avec un double défectueux, et ainsi de suite – sans oublier les indices concernant l'assassinat lui-même. Il décrivit les blessures que présentait le crâne du Magasinier, aussi bien sur le front qu'à l'arrière de la tête. Il leur parla des particules d'argile cuite trouvées dans les cheveux de Storicaï ; du marteau ensanglanté près du cadavre ; du double qui se trouvait dans la poche de Storicaï ; de la porte du sanquetum qui n'était plus fermée à clé ; de l'urne à prières en équilibre instable sur son socle ; des piles de pièces irrégulières dans l'arche sacrée ; du tesson écarlate découvert sous l'arche, et de la tache de sang sur l'un des angles de l'arche.

— Je vais résumer pour vous tout ce que cela signifie, dit Ellery. Le Magasinier avait confectionné en secret un double de la clé du sanquetum afin d'entrer dans la chambre qui lui était interdite, comme à tous ici, à l'exception du Maître. En faisant cela, il ne pouvait avoir qu'un seul but : voler le trésor de Quenan. Il est venu jusqu'à la porte de la maison sacrée, a regardé autour de lui, et ne voyant pas que le Meunier et le Puisatier l'observaient, il est entré sans s'être annoncé ni être introduit. Dans la maison sacrée, il s'est précipité vers la porte de la chambre interdite, l'a ouverte avec le double qu'il avait fabriqué, il est entré, et il a commencé à prendre les pièces d'argent dans l'arche.

Ils étaient tous penchés vers lui, maintenant, suspendus à ses lèvres, telles des plantes tournées vers le soleil.

— A ce moment, une personne, – appelons-la le Témoin – remarquant que la porte du sanquetum était ouverte et que quelqu'un s'y trouvait, s'en est approché, a découvert le Magasinier en train de voler le trésor et, emporté par la fureur et l'indignation, il a saisi une des urnes à prières, l'a brandie et en a frappé Storicaï à la tête – à l'arrière de la tête, puisque le Témoin a frappé par-derrière. L'urne a volé en éclats, éparpillant des tessons un peu partout, et l'un d'eux est tombé sous l'arche. Storicaï s'est effondré sous le choc et, dans sa chute, il a heurté de la tête un angle de l'arche.

Leur soupir résonna dans la salle du Conseil en un long sifflement grave.

— A ce moment, le Témoin a dû se précipiter hors du sanquetum, peut-être pour demander de l'aide. Mais, presque aussitôt, le Magasinier, remis du choc, a bondi sur ses pieds et, voulant à tout prix empêcher le Témoin de donner l'alerte, s'est lancé à sa poursuite ; le rattrapant ici même – près de cette table – il s'est jeté sur lui et, j'en suis sûr, de peur, de rage que l'on découvre son sacrilège, il a tenté de tuer le Témoin. Et ils ont lutté dans un silence terrible et, pendant le corps à corps, le Témoin a réussi à saisir le marteau que le Maître avait laissé sur la table à l'intention du Successeur et, pour défendre sa vie, il en a frappé Storicaï. Storicaï a levé le bras et le premier coup a brisé ma montre qu'il portait au poignet, arrêtant les aiguilles à 4 h 20. Le second coup a atteint Storicaï en plein front. Il n'a pas eu besoin de frapper une troisième fois.

Un morceau de mèche enflammée se détacha de l'une des chandelles et tomba dans la mare de cire liquide d'où s'élevait la flamme. Et là, il continua de brûler, de lui-même, comme s'il possédait une vie propre.

— Voilà donc une rapide description du crime, poursuivit Ellery. Venons-en à ce qui s'est passé tout de suite après. Procédons par ordre. La première chose que le Témoin a dû faire après avoir tué le Magasinier fut de retourner dans le sanquetum, afin d'y remettre de l'ordre. Pour cela, il a dû ramasser les éclats de l'urne brisée pour s'en débarrasser – et ce faisant, il a oublié de faire disparaître le tesson tombé sous l'arche. Il a également fallu qu'il remplace l'urne brisée par une urne neuve et qu'il remette dans celle-ci les rouleaux de prières éparpillés sur le sol.

Or, qui a fait cela ?

Je demande au Potier de s'approcher.

Le Potier s'avança et son apparence n'avait plus qu'un lointain rapport avec le sosie de Bernard Shaw. Il traînait des pieds comme s'il ployait sous un fardeau écrasant. Il s'assit péniblement sur le tabouret

— Quelqu'un est venu hier vous demander une urne à prières pour remplacer celle qui était brisée. Qui était-ce, Potier ?

La barbe du Potier, constellée de gouttes d'argile, se mit à trembler. Il ouvrit la bouche, mais aucun son n'en sortit.

— Qui, Potier ?

Sous l'effet de la tension, la voix d'Ellery avait pris une inflexion brutale.

Cette fois, le Potier poussa un petit cri étranglé. Mais c'était un cri sans signification.

— *Qui, Potier ?* hurla Ellery.

Et enfin la réponse, déformée par l'angoisse, sortit à grand-peine de la gorge du Potier.

— Le Maître ! Le Maître... !

Alors s'éleva une sourde lamentation, comme une plainte lugubre et Ellery, qui eût pu se lamenter avec eux, attendit qu'elle s'évanouît. Pas un seul regard ne se tourna vers le Maître, pas même celui d'Ellery.

— Et quelle heure était-il lorsque le Maître est venu à votre atelier vous demander une nouvelle urne à prières, Potier ?

— 4 heures et demie.

— Dix minutes après l'assassinat de Storicaï, ajouta Ellery, qui fit un signe de la main, et le Potier regagna sa place en trébuchant.

— Nous avons donc établi un rapport, reprit Ellery au bout d'un moment, entre le Maître et la première arme utilisée, celle qui ne fit qu'étourdir Storicaï : l'urne du sanquetum. Considérons maintenant la seconde arme, celle qui a tué Storicaï : le marteau.

Il se baissa et ramassa sur le sol, où il l'avait déposé, le marteau toujours enveloppé dans un de ses mouchoirs ; il commença à retirer le mouchoir, mais le tissu avait adhéré au sang séché et il dut l'arracher ; un frémissement parcourut la salle. Sur la tête du marteau, les taches de sang étaient encore visibles.

— Ecoutez-moi, dit Ellery. Hier, dans cette salle j'ai relevé les empreintes digitales de tous ceux qui étaient présents : le Magasinier, qui était mort, le Maître, le Successeur, l'Intendant et les onze membres survivants du Conseil des Douze. Vous en souvenez-vous ?

Oh, oui, ils s'en souvenaient ; ils n'avaient pas pu oublier ce mystère à l'intérieur du mystère ; cela, au moins, était sûr. Mais avaient-ils la moindre idée de ce que signifiaient ces empreintes ?

— Savez-vous pourquoi j'ai demandé à chacun de vous d'appuyer les doigts sur le tampon encreur, puis sur une feuille de papier blanc ?

Ils restèrent figés.

— Alors, je vais vous le dire. Levez tous les mains et regardez le bout de vos doigts. (Cette fois, ils échangèrent des regards perplexes, mais le Chroniqueur leva les mains et les examina et, un par un, les autres firent de même.) Regardez attentivement. Est-ce que vous distinguez ces petites lignes, ces courbes et ces spirales à la surface de votre peau, qui forment une sorte de motif ? (Ils hochèrent la tête.) Vos doigts peuvent laisser une empreinte de ce motif sur une autre surface, particulièrement si elle est lisse, plane et sèche. Vous avez sûrement déjà vu des marques de doigts, les vôtres ou ceux de vos enfants, sur un mur ou une fenêtre ?

— Nous savons cela, Elroï, dit soudain le Chroniqueur. Mais pourquoi avoir pris nos empreintes ?

— Parce que, Chroniqueur, il n'existe pas dans le monde entier deux personnes dont les empreintes soient identiques – non, même pas celles de jumeaux nés du même œuf. Dans le monde extérieur, les empreintes de millions et de millions de gens de toutes les nations et de toutes les races ont été prises et, pas une seule fois, on n'a pu trouver deux individus dont les empreintes soient parfaitement semblables. On peut donc dire que chaque être humain porte sur lui – de sa naissance à sa mort et même au-delà, jusqu'à ce que son corps tombe en poussière – un ensemble de marques ou de signes, au bout de ses doigts, grâce auxquels on peut le distinguer, lui et lui seul, de tous les autres habitants du globe. Et maintenant, comprenez-vous ce que je veux dire ?

Non, ils ne semblaient pas comprendre ; du moins, les visages tournés vers lui, sourcils froncés, n'exprimaient rien d'autre que le terrible effort qu'ils faisaient pour comprendre. Ou était-ce un effort pour croire ? Car cela pouvait fort bien se résumer à une question, non de compréhension, mais de foi.

— Vous devez me croire lorsque je dis que cela est vrai, poursuivit-il. Moi, Elroï Quenan, dont la venue au temps du grand malheur était prédite. (Et Dieu puisse-t-il me pardonner, pensa-t-il, d'avoir ajouté *cela.)* Et nous devons maintenant juger si l'instrument du crime nous fournit une preuve suffisante de culpabilité. Et, pour en juger, nous devons d'abord jeter dans la balance les empreintes digitales.

Il leva le marteau ensanglanté, en le tenant par les bords de la tête et le dessous du manche.

— Vous pouvez voir que j'ai recouvert le manche du marteau d'une poudre blanche. Cette poudre blanche, lorsque j'ai soufflé dessus, a laissé des traces à l'endroit où les doigts ont serré le marteau que l'assassin a saisi pour tuer le Magasinier. Et, ainsi, elle a fait apparaître le dessin de ces empreintes.

Avec précaution, il posa le marteau sur la table et prit son nécessaire à empreintes digitales. Comme les empreintes sur le marteau se détachaient en blanc sur le bois noirci du manche, il sortit une feuille de papier noir.

— Maître, me permettez-vous de prendre les empreintes de votre main droite ?

A cet instant, le silence était tendu à se rompre. Mais le visage du Maître exprimait toujours la même sérénité.

— Il en sera fait comme vous le désirez, Elroï, dit-il.

Ellery prit la main du vieillard ; elle était chaude et détendue dans la sienne. *Si je t'oublie, ô Jérusalem...* Il appuya les doigts du patriarche sur la feuille de papier, puis révéla les empreintes à l'aide de la poudre blanche. Posant le papier noir près du marteau, il sortit sa loupe de sa poche.

— Je désire que vous vous leviez et que vous veniez tour à tour examiner à la loupe les empreintes du Maître que vous m'avez vu prendre à l'instant, puis les empreintes de l'assassin sur le manche du marteau. Et vous pourrez constater qu'elles sont identiques.

Mais... le pourraient-ils vraiment ? Des primitifs qui n'avaient jamais vu de photographies étaient souvent incapables de reconnaître leurs proches ou des objets usuels saisis par l'objectif d'un appareil photographique. Une semblable cécité existait peut-être ici. Et, effectivement, lorsque les membres du Conseil, l'Intendant et le Successeur examinèrent tour à tour les deux jeux d'empreintes à la loupe, si quelques-uns parurent convaincus, la plupart secouèrent la tête. Malgré tout, il attendit qu'ils fussent tous assis de nouveau pour déclarer :

— Donc, grâce aux empreintes laissées par le Maître sur le manche du marteau, nous savons que c'est le Maître, et lui seul, qui a pu utiliser le marteau pour tuer le Magasinier. Cela est prouvé.

Mais l'était-ce vraiment ? Pour eux ?

Pesante comme une chape de plomb, la fatigue s'abattit une fois de plus sur ses épaules et il dut encore lutter pour s'en libérer. Puis il se tourna vers le vieillard serein, décidé à démontrer sa culpabilité à l'aide de preuves qu'ils seraient contraints d'accepter.

— Maître, demanda-t-il brusquement, est-ce vous qui avez ramassé les débris de l'urne cassée et qui êtes allé tout droit chez le Potier, après l'assassinat, pour demander une nouvelle urne ?

Et le vieil homme répondit :

— Cela est vrai, Elroï.

— Et est-ce votre main droite qui a tenu le marteau ?

Cette fois-ci, le Maître marqua un bref silence avant de répondre, toujours serein :

— Cela est vrai, Elroï.

Ellery eut un brusque haut-le-cœur, et il déglutit avec peine avant de pouvoir déclarer :

— Nous avons donc montré que le Maître a eu la possibilité de tuer le Magasinier – c'est-à-dire qu'il se trouvait sur les lieux du crime ; et qu'il a eu accès à l'instrument du crime – c'est-à-dire que sa main a tenu le marteau.

» Nous devons maintenant peser le troisième et dernier critère de culpabilité – le mobile.

Et Ellery dit :

— En volant au Maître la clé du sanquetum pour en faire un double, Storicaï a commis un péché d'intention. Mais, lorsqu'il a fabriqué la clé, il en est venu à commettre un,péché de fait. Il a commis un triple sacrilège contre Quenan et contre le Maître dont il fut l'élève.

» Storicaï est entré dans la maison sacrée sans sonner la cloche et sans être introduit par le Maître – ce fut le premier sacrilège. Il est entré dans la chambre interdite où, seul de vous tous, le Maître a le droit de pénétrer –

ce fut le second sacrilège. Et il a posé ses mains cupides sur le trésor – et ce fut son troisième sacrilège.

» Ainsi, en l'espace de cinq minutes infamantes, Storicaï le Magasinier a péché contre vous, ses frères de Quenan, et contre son Maître, qui est aussi le vôtre. Assurément, vous comprendrez alors que le Maître, aussi vénérable, sage et révéré qu'il soit, est malgré tout un homme de chair et de sang, exposé aux mêmes faiblesses que vous tous. Et que, surprenant Storicaï en train de commettre trois péchés contre les lois et les coutumes de Quenan, votre Maître fut saisi d'une terrible colère et affronta l'impie avec le premier instrument qu'il trouva à portée de sa main – une urne à prières, un marteau – en frappant celui qui avait blasphémé le Seigneur ?

Il scruta les deux rangées de visages, assuré d'y déceler enfin une certaine compréhension, ou même un réel soulagement. Mais il n'y vit, une fois de plus, que la crainte et la perplexité.

Que se passait-il ?

Ellery murmura d'une voix cassée :

— Et maintenant, je ne peux plus repousser le moment de poser la question – la question des questions.

Et le Maître déclara :

— Cherchez la vérité et nous serons...

Il y eut un mot après « serons », mais Ellery n'était pas sûr d'avoir bien entendu. Le vieillard avait-il dit « saufs » ? Ou était-ce « sauvés » ?

En fait, cela importait peu. Le moment était venu. Ellery s'arma de courage.

— Maître, avez-vous tué Storicaï le Magasinier ?

Le patriarche répondit aussitôt, et sa réponse stupéfia Ellery... qui dut poser les mains sur la table pour y prendre appui.

De sa voix riche, le Maître avait répondu :

— C'est à vous de le dire.

Ils se rassemblèrent au bout de la grande table pour délibérer, prier et discuter. La réunion fut assez longue et se solda par un désaccord apparemment irréconciliable. Le Chroniqueur, en porte-parole, quitta le groupe et vint chuchoter quelque chose à l'oreille de l'Intendant.

Le petit homme sec fit aussitôt un signe de tête et s'approcha d'Ellery.

— On me demande de vous dire, Elroï, que certains membres du Conseil sont troublés par les dessins sur le marteau, ce que vous appelez les empreintes digitales. Ils disent : Elroï affirme que les empreintes laissées sur le marteau sont exactement les mêmes que les empreintes du Maître marquées sur la feuille de papier, mais nous ne sommes pas sûrs que tous ces petits traits et ces spirales soient identiques dans les deux, alors, comment peut-il le savoir ? Dans une affaire aussi grave que celle-ci, il ne doit pas subsister le moindre doute. C'est ce qu'ils ont demandé au Chroniqueur de me dire, afin que je vous le demande personnellement, et c'est pourquoi je vous le demande maintenant.

Ellery, d'un air las, se retourna vers le Successeur qui était resté assis, comme pétrifié, pendant la majeure partie des débats.

— Voulez-vous m'apporter du papier, s'il vous plaît ?

Il dut répéter sa question, car le Successeur paraissait aussi sourd qu'immobile ; alors le jeune homme sursauta, rougit violemment et se précipita vers le scriptorium d'où il rapporta aussitôt le papier demandé.

Ellery distribua une feuille à chaque membre du Conseil. Ils n'étaient plus que dix, car on avait ramené chez lui le vieil Esclave, trop souffrant pour rester plus longtemps dans la salle de réunion.

Après avoir fait le tour de la table en prenant les empreintes de chacun, Ellery expliqua :

— Vous avez tous devant vous, maintenant, une feuille de papier portant les empreintes de vos propres doigts. Je vous demande de faire ceci : sur votre feuille de papier, sous vos empreintes digitales, vous allez porter une marque secrète. Vous pouvez choisir ce qu'il vous plaira - un cercle, un petit arbre, une croix - ce que vous voulez. Ne me dites pas quelle marque vous allez faire, ne me la montrez pas. (Il prit quelques crayons dans sa trousse et les posa sur la table.) Faites passer les crayons parmi vous. Maintenant, je vais me retourner, de façon à ne pas voir ce que vous faites. (Il leur tourna le dos.) Maintenant, portez tous votre marque secrète sur votre feuille de papier et veillez à ne pas oublier quelle marque vous avez faite.

Il attendit patiemment, trouvant encore la force de s'étonner, malgré son épuisement, de l'extraordinaire situation dans laquelle il se trouvait. Derrière lui, il les entendit s'agiter sur leurs chaises, remuer des pieds et respirer péniblement.

— Est-ce fait ?

Le remue-ménage s'accentua. Puis la voix de l'Intendant déclara :

— C'est fait.

Ellery ne se retourna pas.

— Maintenant, Intendant, ramassez les feuilles.

Un instant plus tard, l'Intendant annonça :

— J'ai ramassé les feuilles.

— Vous allez les mélanger, maintenant, Intendant, les mettre dans n'importe quel ordre, de façon qu'il ne me soit pas possible de deviner à qui elles appartiennent grâce à leur classement.

Après quelques instants, l'Intendant annonça :

— Cela est fait, Elroï.

Ellery se retourna ; les dix feuilles de papier étaient soigneusement empilées au bout de la table. Sous leurs regards intrigués, il approcha le tabouret, s'assit, et sortit de sa poche les quinze séries d'empreintes qu'il avait relevées la veille et sous lesquelles il avait inscrit la fonction de leur propriétaire. Il prit la première feuille de la série non identifiée et compara les empreintes avec celles de la première feuille de la série déjà identifiée : elles ne concordaient pas. Il passa à la seconde feuille, puis à la troisième. La quatrième feuille de l'ancienne série était celle qu'il cherchait.

Il brandit la feuille portant les empreintes non identifiées et la marque secrète. Pour produire plus d'effet, il ne parla pas tout de suite. Le souffle coupé, ils braquaient tous leurs regards sur lui.

— Voici une feuille de papier qui porte des empreintes digitales et une marque secrète. La marque est composée de huit lignes disposées de façon à représenter un carré dans un autre carré. J'affirme, sans le moindre doute, que ces empreintes ont été faites par – et il se tourna brusquement vers une femme au regard apeuré – vous, Tisserande ! Est-ce vrai ? Dites-le-nous, Tisserande – est-ce que ce sont vos empreintes ?

— Oui, répondit-elle dans un souffle, car le carré dans un carré est la marque secrète que j'ai faite.

Un murmure d'étonnement s'éleva de la longue table. D'un geste, Ellery le fit cesser.

— Je ne fais que commencer, dit-il, et il se mit à comparer la seconde feuille portant une marque secrète avec la série de référence.

De nouveau, ils retinrent leur souffle. De nouveau, Ellery prolongea délibérément leur attente. Puis il déclara, en leur montrant la feuille :

— Les empreintes de cette feuille sont marquées d'un trait ondulé comme les enfants en dessinent pour représenter un cours d'eau. Celui qui a fait ce signe essaie de m'induire en erreur, je le crains. Car on pourrait s'attendre à ce que la marque secrète représentant l'eau ait été faite par le Puisatier. Mais tel n'est pas le cas. *Elle a été faite par vous, Chroniqueur !* Avouez-le ! Ce sont vos empreintes, je l'affirme.

Et le Chroniqueur se gratta la barbe, comme déçu qu'on eût déjoué sa mystification, et il hocha la tête.

— Ce sont bien les miennes, Elroï, comme vous le dites.

Dès lors, la partie était gagnée. Le Puisatier avait dessiné une petite maison ; le Laboureur, deux cercles entrelacés ; le Potier avait tracé trois X, et le Meunier avait griffonné la silhouette d'un animal en lequel Ellery crut reconnaître une vache en raison de ses énormes pis ; et ainsi de suite.

— Ainsi, vous pouvez voir, dit-il, lorsqu'il eut fini, qu'il n'y a pas d'erreur possible lorsque celui qui compare les empreintes digitales sait les déchiffrer. Les empreintes laissées sur le marteau proviennent bien de la main du Maître.

Ils étaient convaincus. Il ne regarda pas le patriarche, qui avait gardé le plus profond silence pendant toute la démonstration.

Une fois de plus, ils s'isolèrent pour délibérer, se rassemblant à l'autre extrémité de la table. Une fois de plus, Ellery les considéra d'un regard brouillé de fatigue, la tête reposant dans ses mains qui tremblaient. Bientôt la Tisserande se mit à pleurer. Puis le Chroniqueur se leva et, à contrecœur, fit signe à l'Intendant de les rejoindre. Il lui parla d'une voix si basse que ce dernier dut s'approcher pour tendre l'oreille.

Lentement, très lentement, l'Intendant revint près d'Ellery et comme, très pâle, il gardait le silence, Ellery se força à parler.

— Quel est leur verdict ? demanda-t-il. S'ils sont parvenus à en rendre un...

Car, à ce moment, il lui semblait tout à fait improbable qu'ils jugent coupable leur guide spirituel. Tout cela n'avait été qu'une farce puérile.

— Ils ont rendu un verdict, dit l'Intendant d'une voix rauque. (Les yeux lui sortaient de la tête.) C'est un verdict unanime, auquel personne ne s'oppose. Le Maître est coupable de l'assassinat de Storicaï le Magasinier.

Il ne put maîtriser plus longtemps ses sentiments. Brusquement, se pliant en deux, il se couvrit la face de ses deux mains, agité par de violents sanglots.

Ce fut comme un signal qui déclencha une étonnante démonstration de douleur. Les deux femmes de l'assemblée, la Tisserande et la vieille dame du couple des Anciens, se mirent à pousser des lamentations, la vieille femme s'arrachant les cheveux et se battant la poitrine de ses poings décharnés. Les larmes jaillirent des yeux des hommes et coulèrent le long de leurs visages pour se perdre dans leurs barbes. Quelques-uns d'entre eux, la tête sur la table, se labouraient le crâne de leurs ongles tout en pleurant.

Mais, de toute l'assemblée, c'était le jeune Successeur dont les sanglots étaient les plus déchirants. Son corps vigoureux se tordait de douleur comme s'il allait se briser à jamais.

Et ce fut le Maître qui le consola, qui posa une main douce et pressante à la fois sur l'épaule du jeune homme, qui lui caressa les cheveux, murmurant à son oreille des sons apaisants, comme pour rassurer un enfant terrifié. Et, peu à peu, les sanglots du Successeur s'espacèrent, faisant place à une sorte de gémissement, et le gémissement s'éteignit à son tour. Et Ellery, regardant autour de lui, s'aperçut que le silence était revenu.

Il se tourna de nouveau vers l'Intendant.

— Et la sentence ? Quelle est-elle ?

L'homme leva vers lui des yeux rougis, baignés de larmes.

— Bien que la décision du Conseil, une fois prise, ne puisse être révoquée, le Conseil ne peut prononcer de sentence.

— Alors, qui... ? commença Ellery, stupidement.

L'Intendant murmura :

— Le Maître seul.

Mon Dieu, pensa-t-il, mon Dieu ! Il avait oublié !

Et le Maître, se redressant, se tourna vers eux ; et les autres se levèrent tous en même temps ; le Maître fit un geste de bénédiction, et ils se rassirent une fois de plus. Il y eut un silence.

— Béni soit le Seigneur, commença le vieillard, sur la terre tout entière et par toute l'humanité. Les bénédictions que le Seigneur m'a accordées ont été innombrables. Nombreuses ont été mes années de vie, nombreuses mes femmes, nombreux mes enfants et mes petits-enfants. Mais, même si je n'avais pas joui de telles richesses, je serais riche malgré tout. Car, loué soit le Seigneur, j'ai goûté à d'autres richesses innombrables – la pluie et l'arc-en-ciel, le soleil et les étoiles ; le souffle sacré qu'est le vent. Loué soit le Seigneur pour le spectacle des oiseaux et pour leurs chants, pour les voix chantantes des femmes, pour la sueur sur le corps des hommes au labeur, pour la course gracieuse des antilopes et le sourire des amis avec qui l'on parle, pour l'odeur des herbes et la douceur de la terre qui vient d'être arrosée, pour le museau tourné vers le ciel des agneaux qui tètent la brebis, et la paix qui vient des prières, et le grain qui fait du bon pain ; pour les mille parfums des fleurs, et leurs mille couleurs ; pour l'ombre des arbres, pour la douleur heureuse de l'enfantement, et pour les voix des enfants.

» Loué soit le Seigneur ! dit le Maître, et sa voix résonna à travers la salle du Conseil, car je vous dis qu'aucun homme ne peut vivre assez longtemps sur la terre pour se lasser de ses richesses. La lune décline lorsque le temps est venu et elle s'éteint mais, après les ténèbres ; vient la nouvelle lune dans toute sa gloire.

Et le vieil homme se tut un moment. Puis il reprit, d'une voix toute différente :

— Voici mon jugement, voici la sentence que je rends à l'encontre de moi-même :

» Demain, au coucher du soleil, il sera mis fin à mes jours parmi vous – la voix paisible trembla-t-elle si peu que ce fût ? – de la manière fixée par la loi.

Pendant une seconde – une seconde d'horreur insondable où Ellery crut qu'il allait exploser, où tout tournait devant ses yeux en une ronde infernale – pendant une seconde, personne ne dit mot.

Puis le Successeur poussa un :

« Non ! » plein de terreur et d'incrédulité, et de nouveau : « Non ! » Et la Tisserande y joignit ses lamentations angoissées.

— Arrêtez maintenant, arrêtez immédiatement, car vous me faites souffrir autant que vous vous faites du mal.

Et cette requête, prononcée d'une voix calme et ferme, les fit taire plus rapidement qu'un ordre cinglant.

— Ne soyez pas affligés, dit le Maître, car il doit en être ainsi. Cela est écrit, et ce qui est écrit doit se réaliser. Béni soit le Seigneur.

Depuis des semaines, des mois, Ellery manquait de repos. Mais cette nuit-là, il ne put fermer l'œil un seul instant. Il y avait un détail qui le choquait, dans cette affaire. Il en était parfaitement conscient, malgré son état d'épuisement nerveux. Et, pourtant, il n'arrivait pas à situer ce détail, ni à savoir en quoi il consistait. Etait-ce l'extrême simplicité de l'affaire qui l'avait rendu si peu vigilant ? Tellement aveugle que l'arbre lui cachait la forêt ?

Cherchant le sommeil, il se retourna sur sa paillasse, frissonnant, transpirant, cependant que son profond malaise ne cessait de s'accroître.

Finalement, il n'eut plus d'autre alternative que de déclarer forfait ou d'absorber une petite capsule rouge. Il déclara forfait.

Il se leva péniblement, alluma sa lampe-torche ; puis, décidant qu'il valait mieux en ménager la pile, il alluma donc les bougies des chandeliers de terre cuite – émaillés avec du sel, nota-t-il, et ce détail le fit grincer des dents.

Un détail, un détail... quelque part, il existait un détail qu'il avait négligé. Et ce détail lui rongeait l'esprit, tel l'aigle dévorant le foie de Prométhée. Il fallait absolument qu'il mît de l'ordre dans ses pensées. Cela concernait le procès, la fin du procès... non, pas exactement la fin... Il y avait quelque chose, là, qui le gênait. Etait-ce lorsqu'il avait parlé du mobile ? Son premier exposé des motivations du Maître était-il incorrect ? Avait-il oublié quelque chose ? Mais quoi ?

Réfléchissant toujours au problème, il enfila une veste pour se protéger du froid de la nuit et fourra ses pieds sous la couverture. Et, plus il réfléchissait, plus il se sentait déprimé. Car, même en admettant que Storicaï fût coupable de graves péchés contre Quenan, que le Magasinier fût l'auteur du premier crime commis dans la communauté depuis presque deux générations ; en admettant également que les croyances religieuses puissent provoquer parfois de brusques crises de fanatisme (un pèlerin avait récemment été massacré, à La Mecque, par des fidèles rendus fous furieux lorsque, pris de nausées, il avait vomi sur la Ka'ba sacrée) ; même en admettant tout cela... le Maître avait-il pu à ce point perdre le contrôle de lui-même – lui, le plus patient, le plus serein des hommes – qu'il eût cédé à un brusque accès de fureur ? Le Maître, coupable de violence ? – le plus vénérable membre de la sainte congrégation ?

Quant à imaginer que le vieillard ait pu frapper, non dans un accès de rage, mais avec une intention froidement préméditée... C'était inconcevable. Ellery ne s'arrêta pas une seconde à cette hypothèse.

Mais il venait assurément de remonter à la source des doutes qui l'obsédaient : le mobile, qui lui avait paru si parfaitement convaincant pendant le procès, ne l'était plus du tout. Le Maître était un homme qui, par nature, ne pouvait avoir recours à la violence ; qui n'aurait pas pu frapper, qui n'avait pas pu frapper Storicaï avec l'urne à prières. L'urne à prières ! Comment Ellery avait-il pu croire un seul instant le saint homme capable de profaner un vase sacré, fût-ce pour punir un pécheur ?

Et le marteau – le Maître aurait-il été capable d'en frapper même le plus méprisable de ses frères ? Et, pire encore, de le frapper deux fois de suite ? Avec un marteau ? Un marteau assez lourd pour *fracasser un crâne ?* Même en état de légitime défense ? Même pour sauver la vie qu'il avait lui-même condamnée à prendre fin le jour suivant ?

Impensable. C'était impensable.

Il fallait tout reprendre, depuis le début...

Et les questions surgirent, nombreuses, une foule de questions qui se bousculèrent vers la lumière dès qu'il eut ouvert la porte du cabinet noir où il les avait enfermées.

Pourquoi le Maître avait-il laissé derrière lui une piste aussi évidente ? Car voilà ce qu'il avait fait :

Dix minutes après la mort de Storicaï, le vieillard s'était présenté à l'atelier du Potier pour demander une nouvelle urne à prières.

Quinze minutes plus tard, il s'était ouvertement rendu chez la Tisserande pour faire remplacer le bouton qu'il avait « perdu » – un bouton unique en son genre, que le premier venu pouvait identifier.

Et comment était-il possible qu'ayant méticuleusement balayé les fragments de l'urne brisée dans le sanquetum, le Maître eût oublié un tesson sous l'arche ? Un tesson qu'Ellery avait presque immédiatement découvert...

Il y avait aussi sa façon de répondre aux questions directes. Quand Ellery lui avait demandé s'il s'était rendu directement de la maison de l'Esclave à la Maison de la Sainte Congrégation, le vieillard avait répondu : *Cela est vrai.* S'était-il trouvé dans la maison sacrée juste avant l'assassinat de Storicaï ? Il avait répondu : *Cela est vrai.* Le bouton trouvé dans la main du mort provenait-il de son vêtement ? Il avait répondu : *Cela est vrai.* Etait-ce lui qui avait rassemblé les débris de l'urne à prières, qui s'était rendu, après le meurtre, chez le Potier pour demander une nouvelle urne ? Le vieillard avait répondu : *Cela est vrai.* Etait-ce sa main qui avait tenu le marteau ? Il avait répondu : *Cela est vrai.*

Mais à la question : « Avez-vous tué le Magasinier ? », il n'avait *pas* répondu : *Cela est vrai.* Il avait dit : *C'est à vous de le dire !*

C'est à vous de le dire était une réponse toute différente de *Cela est vrai.* Le Maître ne mentait jamais – non, s'étaient écriés les Anciens, il aimerait mieux mourir que proférer un mensonge. *C'est à vous de le dire* était la réponse ambiguë d'un homme qui ne pouvait mentir mais qui, en même temps, ne voulait pas révéler la vérité, toute la vérité...

Donc... Donc (Ellery frissonna dans la chambre d'autant plus glaciale que ses réflexions lui donnaient froid dans le dos), donc la vérité n'avait pas encore été entièrement révélée. Il allait devoir tout reprendre depuis le début.

A l'instant même où il réexamina le bouton gravé de son *N* symbolique, Ellery découvrit à la lueur des bougies des détails qui lui avaient échappé la première fois, et il se maudit d'avoir été aveugle à ce point.

Les fils qui pendaient du bouton n'étaient pas effilochés, déchiquetés à leur extrémité, comme ils auraient dû l'être après avoir été cassés pendant la lutte. Car, sous la loupe, il apparut qu'ils avaient été tranchés net, à l'aide d'un couteau ou d'une paire de ciseaux.

Ellery retourna le bouton. La loupe lui montra aussitôt une autre preuve de sa négligence – une négligence criminelle, se reprocha-t-il amèrement. Il y avait une petite éraflure brillante à la surface du métal terni, laissée de fraîche date par un instrument pointu, qui avait dû dévier en tranchant les fils.

« Mon Dieu, se dit Ellery, stupéfait, j'enquête sur ce que je crois être un crime primitif, perpétré dans une société primitive, et je découvre une *mise en scène* des plus complexes. » Sciemment on avait ôté le bouton de la robe du Maître. Et sciemment on l'avait placé dans la main du mort !

Mais, grâce à Dieu, il n'était pas trop tard.

Ellery bondit de sa paillasse et commença à s'habiller. Il allait devoir procéder avec la plus grande rigueur, maintenant, et prendre garde à ne pas sous-estimer son adversaire. La vie du Maître était en jeu. Le Maître, qui était prêt à se sacrifier plutôt que de trahir l'identité du pécheur – ô combien criminel ! – qui était le véritable coupable.

Comme par magie, Ellery retrouva toute sa lucidité. Sa première matinée passée à Quenan lui revint en mémoire : il revit le Maître, dans le magasin, échangeant son couteau brisé contre un neuf...

Ellery souffla les bougies et, saisissant sa lampe-torche, il s'enfonça dans la nuit froide. Le vent sifflait à travers les arbres. Aucune lumière ne brillait aux fenêtres des maisons, mais Ellery était certain que, malgré l'obscurité, le village était surveillé.

A la porte de la maison sacrée, il eut un moment d'hésitation. Il était dispensé de l'obligation de sonner la cloche et d'être introduit ; pourquoi donc hésitait-il encore ? « Peut-être parce que je suis loin d'être infaillible » pensa-t-il ; et il entra.

A tâtons, il traversa la salle du Conseil et alla jusqu'à la chambre du Maître. La lampe placée au-dessus de la porte du sanquetum éclairait à peine l'intérieur de la chambre, mais sa lumière baignait le visage serein du vieillard. Les yeux grands ouverts, il était allongé sur sa paillasse, au milieu de la chambre, les mains sous la tête, et il contemplait le plafond comme si c'était une fenêtre ouverte... comme s'il voyait clairement dans les cieux obscurs tournoyer les étoiles étincelantes...

Il ne bougea pas ; il n'ouvrit pas la bouche lorsque Ellery entra. « Il sait que je suis là, se dit Ellery, et il n'est pas surpris. M'attendait-il ? »

De chaque côté de la porte, il y avait un portemanteau, et à l'un d'eux pendait la robe du Maître. Sans se soucier de la présence du vieillard, Ellery examina la robe à la recherche de poches secrètes. Il découvrit les échancrures latérales et, y plongeant la main, il trouva ce qu'il cherchait.

C'était le couteau du Maître, celui qu'il avait pris au magasin sous les yeux d'Ellery – le manche était en os et le fourreau, en bois, était attaché au manche par une lanière de cuir. Il alluma sa lampe-torche, tira le couteau de son fourreau pour en examiner soigneusement la lame.

C'était bien ça : tout près de la pointe, la lame était légèrement ébréchée. Et, coincé dans la brèche, se trouvait encore un minuscule fragment de métal – de ce métal mou dont était fait le bouton.

Non seulement le bouton avait été sciemment ôté de la robe du Maître, mais c'était à l'aide de son couteau que les fils avaient été coupés.

Et Ellery, relevant les yeux, regarda le long corps immobile couché sur la paillasse, mais le vieillard ne manifesta pas le moindre trouble ni le moindre intérêt. Il continuait de fixer le plafond, bien qu'il fût parfaitement conscient de ce qu'Ellery avait fait et vu.

Sans bruit, Ellery quitta la chambre du Maître et la maison sacrée et, dans la nuit troublée par la bruit du vent et le *oui-tit, oui-tit* des grenouilles, il regagna sa propre chambre. Là, il reprit le marteau et l'examina de nouveau. Il avait dévoilé la supercherie concernant la première preuve matérielle : le bouton. Pourrait-il prouver que le marteau, lui aussi, faisait partie de la mise en scène imaginée par le Maître ?

Dans cette optique, le marteau lui semblait maintenant bien trop neuf – c'est-à-dire qu'il n'avait pas l'aspect d'un outil ayant suffisamment servi pour être, comme le Maître l'avait appelé après la découverte du corps, « le marteau de sa boîte à outils ».

Il trempa un coin de sa serviette dans la cruche d'eau et il frotta soigneusement le sang séché sur la tête du marteau. Il ne s'était pas trompé. Le métal était lisse, exempt d'éraflures ou de rayures. Ce marteau n'avait jamais servi à enfoncer un seul clou. Etait-ce possible qu'il eût été substitué à l'arme du crime ? Mais si ce marteau était neuf, il provenait certainement du magasin. Dans ce cas, peut-être le marteau du Maître...

Une fois de plus, Ellery traversa les rues sombres du village pour se rendre, cette fois, au magasin. Il n'avait pas besoin de clé ; un simple loquet, placé à l'intérieur de la porte, en interdisait l'accès aux animaux en liberté. Pour dégager le loquet, il n'eut qu'à passer la main par l'ouverture pratiquée à cet effet dans le bois de la porte.

Il eut l'impression qu'il régnait déjà dans le magasin une atmosphère d'abandon. « Ils feraient bien d'élire rapidement un nouveau Magasinier, pensa-t-il, sinon, cela va bientôt empester, ici. » Il dut faire un effort pour ramener son esprit vagabond au but de sa mission.

En balayant du faisceau de sa lampe les caisses, les tonneaux et les étagères, il finit par trouver le rayon où étaient rangés les marteaux.

Il n'y en avait que trois. Les saisissant à l'aide d'un mouchoir, il les examina. Deux d'entre eux étaient absolument neufs ; le troisième présentait indéniablement des traces d'usure.

« Ce marteau usagé est-il la véritable arme du crime ? » se demanda Ellery. Si c'était le cas, quelqu'un avait opéré une substitution de marteaux après le crime – quelqu'un avait nettoyé celui-ci du sang de Storicaï et l'avait rangé avec les marteaux neufs dans le magasin. Puis il en avait pris un autre, l'avait trempé dans le sang encore humide de la victime pour le laisser à côté du corps.

Mais pourquoi ? En quoi l'échange des marteaux intervenait-il dans la mise en scène du Maître (qui avait certainement, à un moment donné, pris conscience de ce qu'il faisait) ? Pourquoi ? Pourquoi ?

Et la question tourna et retourna dans sa tête de façon intolérable.

Il revint chez lui, portant les deux marteaux. Cela le fit songer aux samouraï qui portent deux sabres comme preuve de leur grade ; aux prêtres-guerriers du Moyen Age qui, n'ayant pas le droit de porter l'épée, allaient combattre les infidèles armés de *martels-de-fer*, et à d'autres choses bizarres et sans intérêt.

Une fois de plus, il ouvrit son nécessaire à empreintes digitales et se mit au travail. Il trouva des empreintes sur le marteau qu'il venait de rapporter du magasin. Les empreintes de deux personnes différentes, comme il s'y attendait. Et, appréhendant le résultat, il les compara à sa série d'empreintes de référence.

Et quand il sut de qui il s'agissait, les fragments épars du puzzle s'assemblèrent dans son esprit, et la vérité lui donna la nausée.

Pour la seconde fois, cette nuit-là, Ellery entra dans la chambre du patriarche. Rien n'avait changé. Le vieillard était toujours immobile, toujours aussi calme. Etait-il entré dans une sorte de transe mystique ? Mais dès qu'Ellery lui adressa la parole (avec quelle difficulté !), le Maître répondit aussitôt. Et leur dialogue prit la forme d'une sorte de litanie, comme si cette chambre sombre et nue servait de cadre à une cérémonie religieuse.

— C'est vous, Maître, qui avez ôté le bouton de votre robe à l'aide de votre couteau, pour le placer dans la main du mort ?

— Oui.

— C'est vous qui avez emporté le marteau du crime au magasin, l'avez nettoyé et laissé là-bas, puis en avez rapporté un autre dont vous avez trempé la tête dans le sang de Storicaï, pour le poser près du corps ?

— Oui.

— Et vous avez sciemment laissé une piste, grâce au Potier et à la Tisserande, qui ne pouvait mener qu'à vous.

— Oui.

— Vous vouliez que je découvre des preuves contre vous et contre nul autre ?

— Oui.

Et Ellery, se retenant de toutes ses forces pour ne pas hurler, lui demanda :

— Pourquoi, Maître, au nom du ciel, *pourquoi ?*

— Parce que cela est écrit, répondit le Maître.

— Cela est écrit, cela est écrit ! Et où ces choses-là sont-elles donc écrites ?

Il lui sembla voir la barbe du vieillard se soulever légèrement, comme s'il souriait.

— Cela est écrit dans le Livre qui était perdu ; ou cela est écrit dans un livre qui n'existe pas encore ; ou cela est peut-être écrit dans le grand livre du monde, dans lequel tout a été, est et sera écrit.

— Parlons plutôt de ce que je peux comprendre, Maître, s'écria Ellery. Il est clair pour moi, maintenant, que vous vouliez être accusé du meurtre du Magasinier – que vous vouliez être jugé – et que vous vouliez être déclaré coupable. Cela n'est-il pas vrai ?

Et le vieil homme répondit calmement :

— Je suis coupable.

— *Mais pas d'avoir porté le coup mortel !*

Le vieillard ne répondit pas tout de suite. Puis il soupira et il reconnut :

— Non, pas d'avoir porté le coup mortel.

— Donc, vous protégez le véritable assassin !

Une fois de plus, il soupira, et il finit par dire :

— Cela est vrai, Elroï.

— Vous savez donc qui a tué Storicaï ?

La tête majestueuse s'inclina.

— Il est écrit que cela devait se passer de cette façon.

— Pour moi, je n'en sais rien, Maître. Mais ce que je sais, c'est que sur la véritable arme du crime, sur le marteau qui a réellement fracassé le crâne de Storicaï, j'ai trouvé les empreintes de l'assassin. Ce sont les empreintes de... dois-je dire son nom ?

— Que vous le disiez ou non, le Seigneur le connaît.

— Mais cela ne nous dit pas qui c'est. Je dois donc prononcer son nom : Storicaï a été tué par le Successeur.

Alors, pour la première fois, le patriarche leva les yeux vers Ellery :

— Elroï, dit-il, avant votre venue, j'ignorais tout des empreintes digitales. Mais je savais une chose : le Successeur avait tenu le marteau. Et je craignais que, par un moyen mystérieux qui dépassait mes connaissances, on pût prouver que c'était bien lui qui avait frappé et j'ai pensé qu'il serait plus sûr pour le jeune homme que ce marteau ne fût pas découvert à côté du corps. C'est pourquoi je l'ai nettoyé et j'ai mis à sa place un autre marteau que j'avais tenu dans ma main mais qu'il n'avait pas touché. Hélas ! j'aurais dû savoir que les fraudeurs sont toujours confondus.

— Pas toujours, Maître, murmura Ellery, trop faiblement pour être entendu. (A voix haute, il reprit :) Ai-je raison, dans ce cas, de croire ce que je viens tout juste de comprendre, Maître ? En revenant de chez l'Esclave, vous êtes arrivé à la maison sacrée juste à temps pour assister au meurtre de Storicaï à 4 h 20 – juste à temps pour y assister, mais pas pour l'empêcher. Vous avez vu Storicaï et le Successeur se battre près de la longue table. Vous avez vu le Successeur saisir le marteau et frapper par deux fois...

Le Maître dit d'une voix faible :

— Cela s'est bien passé ainsi.

— De cela, il découle que le Successeur n'était *pas* enfermé dans le scriptorium au moment du meurtre. (Et la voix d'Ellery trahit son étonnement.) Ne m'avez-vous pas dit le contraire ?

Le Maître répondit :

— Réfléchissez, Elroï, réfléchissez.

— Très bien, je vais reprendre mon raisonnement point par point. Vous m'avez dit que vous aviez enfermé le Successeur dans le scriptorium à 2 heures, parce que vous l'aviez surpris à rêvasser sur le pas de la porte de la maison sacrée, attendant de voir passer une jeune fille, au lieu de se consacrer à ses études. Vous l'avez enfermé et vous avez gardé l'unique clé de la serrure. Tout cela est vrai.

— Oui.

— Mais je me pose la question : comment cela est-il possible ? Pour que le Successeur se soit trouvé dans la salle du Conseil et qu'il ait tué Storicaï, il fallait que la porte du scriptorium ait été ouverte avant le meurtre ; et pourtant vous me dites que vous l'avez ouverte après le meurtre... Ah, je vois. Vous vouliez me faire croire que le Successeur était resté enfermé, sans aucun moyen de sortir, entre 2 heures et 4 h 20 passées – afin de fournir au jeune homme un alibi tel qu'il soit impossible de le soupçonner du meurtre.

» Oui, je vois. Juste avant 3 heures, lorsque vous avez quitté la Maison de la Sainte Congrégation pour rendre visite à l'Esclave, vous avez ouvert la porte du scriptorium et vous avez rappelé au Successeur qu'il devait réparer le pied de la table. Et, cette fois-ci, vous avez laissé la porte du scriptorium ouverte.

Le Maître ferma les yeux.

— Cela est vrai.

— Et comme je ne vous avais pas posé de questions à ce sujet, vous ne m'en avez donc rien dit.

Le Maître acquiesça.

— Mais vous saviez que je vous poserais d'autres questions, auxquelles vous ne pourriez répondre qu'en disant la vérité. Donc, Maître, la première chose que vous avez faite en constatant que Storicaï était mort – juste après 4 h 20 – fut de renvoyer le Successeur dans le scriptorium et de l'y enfermer – pour la première fois. Vous avez fait cela de façon à pouvoir me dire, en toute bonne foi, que juste après 4 h 20 vous aviez ouvert la porte du scriptorium et fait sortir le Successeur pour l'envoyer à ma recherche. Ainsi, en ne me révélant qu'une partie de la vérité, vous préserviez le Successeur des conséquences de son acte et vous faisiez retomber sur vous seul la responsabilité du crime.

Et le Maître confirma :

— Tout ce que vous dites est vrai, Elroï.

Ellery commença à arpenter la pièce d'un pas irrégulier qui trahissait sa confusion d'esprit.

— Je me demande pourquoi vous avez pu faire une chose pareille, Maître, et je ne sais que penser. Se peut-il vraiment que vous, le berger du troupeau, soyez prêt à donner votre vie pour sauver celle d'un petit renard aux pattes tachées de sang ?

Le Maître s'apprêtait à répondre, mais il se ravisa, et un long moment s'écoula. Puis il finit par déclarer, d'une voix ferme :

— Oui, cela se peut, et il ajouta, d'une voix moins assurée : mais ce n'est pas la seule raison.

Pas la seule raison... ? Abasourdi, Ellery attendit que le vieillard précisât sa pensée. Mais le Maître garda le silence.

— Maître, dit Ellery, d'un ton las, en se tournant vers lui, Maître, il existe certainement une autre solution ? Votre mort n'est certainement pas nécessaire ? Car, si la vérité tout entière était révélée, le Successeur ne serait pas obligatoirement condamné à mort. Le Conseil serait certainement clément, s'il devait être jugé. Car Storicaï a *vraiment* commis trois péchés graves. Et il a été surpris par le Successeur alors qu'il les commettait. Ce que le Successeur a fait n'était que la réaction impulsive d'un jeune homme qui manque de maîtrise de soi. Le sacrilège de Storicaï l'ayant rendu furieux, il a saisi le premier objet à portée de sa main, l'urne à prières, et il a frappé avec une violence aveugle.

» Et lorsque Storicaï a repris ses esprits et s'est précipité à la poursuite du Successeur, il est certain qu'il était décidé à tuer le jeune homme. Car un homme capable de profaner la maison sacrée et de commettre des actes sacrilèges n'hésiterait pas à aller jusqu'au meurtre pour que ses crimes demeurent inconnus. Aussi, lorsque le jeune homme, luttant pour sauver sa vie, a réussi à saisir le marteau et en frapper son agresseur, il n'était certainement pas, au plus profond de lui-même, un meurtrier. Dans le monde d'où je viens, l'auteur d'un tel meurtre plaiderait la légitime défense. Ce qui, en cas de succès, a pour résultat que le tribunal déclare l'accusé non coupable et le relaxe. Le Conseil comprendra certainement.

— C'est vous, dit tristement le vieillard, qui ne comprenez pas.

— Non, s'écria Ellery. Non, je ne comprends pas ! Ou bien c'est moi qui comprends et vous qui ne comprenez pas. Même si le Conseil devait déclarer le Successeur coupable, il ne pourrait prononcer de sentence – car cette tâche vous revient, Maître, et à vous seul. Et il n'est sûrement pas concevable que vous vous croyiez obligé de condamner à mort ce pauvre garçon ? Vous pourriez vous montrer clément – et vous le feriez certainement ? – et les membres du Conseil n'auraient qu'à s'incliner devant la miséricorde de leur Maître. Il n'est pas nécessaire que le jeune homme meure, Maître, et il est encore moins nécessaire que vous mouriez à sa place !

— Elroï, Elroï, murmura le vieillard, ce que j'ai fait, je ne l'ai pas fait seulement pour le Successeur.

— Que voulez-vous dire ? demanda Ellery, en ouvrant de grands yeux.

— Hier, lorsque l'Esclave m'a fait demander de lui rendre visite, ce n'était pas seulement parce qu'il était malade. Il avait un message urgent à me confier, à moi seul... Par où commencer... ?

» ... Par le lieu où nous nous sommes rencontrés pour la première fois, vous, le Magasinier et moi – je commencerai par là. Ce n'est que l'an dernier que

Storicaï m'accompagna pour la première fois au Magasin du Bout-du-Monde. Ce fut une grave erreur et qui n'incombe qu'à moi seul. Car je découvris rapidement que Storicaï était un être faible et cupide. Tant qu'il ne connut rien d'autre que Quenan, tant qu'il resta au milieu des humbles produits de notre Vallée, dont il était responsable, sa cupidité ne se révéla pas. Et tant qu'il ne connut personne d'autre que moi, il ne s'abandonna pas à sa faiblesse naturelle.

» Mais au magasin d'Otto Schmidt, il vit pour la première fois une boîte qui parle, des bijoux étincelants, de belles étoffes dont nous n'avons pas l'équivalent à Quenan, des mets succulents qui lui mirent l'eau à la bouche – il vit des choses extraordinaires dont il ne soupçonnait pas l'existence. Et, dans sa faiblesse, Storicaï succomba au désir de les posséder.

Et Ellery, se rappelant l'étonnement du Magasinier devant la Duesenberg, son ravissement puéril à porter la montre-bracelet en or, comprit quel genre d'homme le Maître avait fini par voir en lui.

— Je n'aurais pas dû lui permettre de continuer à m'accompagner au Magasin du Bout-du-Monde, poursuivit le patriarche d'une voix forte. Mais j'ignorais alors l'étendue de sa cupidité. Non, il prit bien soin de ne pas me laisser deviner la convoitise qui grandissait en lui et qui le prenait au piège de ses illusions. Il ne me dit rien de sa convoitise – mais il en parla aux membres du Conseil.

— Comment !

— Il entreprit de les convaincre à mon insu. Il leur parla de ces objets extraordinaires qu'il avait vus. Au début, ils ne le crurent pas. Puis ils se posèrent des questions. Et bientôt, ils se mirent à y croire. Car certains, parmi les plus âgés, gardaient quelques souvenirs confus du monde extérieur, des objets dont ils aimaient se servir lorsqu'ils étaient enfants et, lorsque leurs souvenirs s'ajoutèrent aux récits de Storicaï, les plus jeunes ne purent s'empêcher d'y croire. Et Storicaï de les tenter et bientôt tous se mirent à convoiter ce que convoitait le Magasinier...

Ellery murmura :

— Même...

Le Maître devina sa pensée.

— Même la Tisserande, acquiesça-t-il, d'une voix douloureuse. Oui, même elle – bien qu'elle se fût convaincue qu'elle désirait ces choses pour mon bénéfice, et non pour le sien, comme le font les femmes. Elle voulait qu'avant de quitter cette vie je pusse jouir de ces merveilles dont Storicaï parlait avec tant de talent. Comme si j'avais besoin de ce genre de babioles et de fantaisies ! Comme si j'allais renier tout ce qui donne un sens à mon existence et à celle de Quenan !

C'était la première fois qu'Ellery entendait le vieillard élever la voix, la première fois qu'il voyait ses yeux flamber de colère. Mais le feu de son regard s'évanouit bien vite et, lorsqu'il reprit la parole, sa voix avait retrouvé son calme.

— Ce que vous devez comprendre, Elroï, c'est que Storicaï était un lâche, également. Il craignait d'accomplir seul ce qui devait être fait pour satisfaire ses appétits mesquins car, s'il était découvert, il risquait, en guise de châtiment, d'être destitué. Il fut assez rusé pour comprendre qu'il ne risquerait rien s'il parvenait à convaincre les autres membres du Conseil de se rallier à lui. Ainsi entreprit-il de les gagner à sa cause par ses discours mielleux. Il leur suffisait de se rallier à lui, leur dit-il ; et lui, Storicaï, se chargeait de faire le nécessaire. Il partagerait ensuite les merveilles entre tous ses frères de Quenan, mais les membres du Conseil recevraient une part plus importante que les autres en raison de leur haute fonction. Que pouvait bien représenter, comparé à cela, le droit de porter des boutons de corne ?

— Le Conseil était corrompu, murmura Ellery. Le Conseil tout entier !

— A une exception près, rectifia le vieillard à voix basse. A une exception près... Et Storicaï mit son plan à exécution, vola dans ma chambre la clé du sanquetum, en fabriqua un double – car son but était, comme vous l'avez vu, de voler les dollars d'argent avec lesquels il comptait acheter les objets inutiles qu'il convoitait.

» Donc, Elroï (et sa voix retrouva sa vigueur et sa fermeté), alors même que je vous disais que le crime n'existait pas à Quenan, le crime existait bien et je n'en savais rien. Alors même que j'affirmais que nul à Quenan ne convoitait ce qui ne lui appartenait pas, mes frères et sœurs bien-aimés succombaient à la convoitise, s'apprêtant à commettre un vol, à l'approuver, à transgresser la loi et à renier leur foi en le Seigneur ; et je n'en savais rien.

» Du Conseil des Douze, seul l'Esclave n'avait jamais fait partie du complot de Storicaï. Bien qu'il fût peiné, il garda le silence, priant que les autres se rendent compte à temps du péché qu'ils allaient commettre, qu'ils se repentissent et qu'ils empêchent Storicaï d'agir. Mais, lorsque la maladie le frappa de façon irrémédiable, comprenant que les autres ne songeaient pas à se repentir, l'Esclave me fit demander et me révéla tout ce qu'il savait... Ce jôur-là, lorsque je revins de chez lui, mes jambes me portèrent d'elles-mêmes sans que je sache ce que je faisais ; je ne pensais à rien, je ne ressentais rien, je marchais dans les ténèbres.

» Et, en entrant dans la maison sacrée, je vis le Successeur, aux prises avec Storicaï, saisir le marteau pour se défendre – car ce n'est qu'un tout jeune homme, et Storicaï était un homme dans la pleine force de l'âge – et je le vis frapper le coup mortel. J'arrivais trop tard pour empêcher le grand malheur de descendre sur Quenan. Et j'eus alors, comme dans une vision, la révélation de ce que je devais faire.

» Je suis vieux, Elroï, et les jours qui me restent à vivre sont comptés. Depuis sa naissance, le Successeur reçoit une éducation qui le prépare à prendre ma place, car telle est la coutume. Il n'a jamais fait partie de la conspiration, ne l'oubliez pas ; cela ne concernait que les membres du Conseil. Lorsqu'il vit ce que Storicaï s'apprêtait à faire, il fut révolté, et il n'eut pas d'autre pensée que de préserver le trésor sacré et de punir le Magasinier.

» Il a le sang vif, comme tous les jeunes gens, Elroï, mais de toute son âme il croit au Seigneur ; la sagesse lui viendra à mesure que son ardeur se calmera et il consacrera sa vie au service de la foi, comme j'y ai consacré la mienne, en tant que Maître de notre peuple. Et, de toute façon, il n'y a personne à Quenan qui soit capable de prendre sa place.

Dans le feu de son discours, le vieillard s'était dressé sur son séant.

— En un instant, toutes ces choses m'ont traversé l'esprit. Et j'ai compris qu'aux yeux des membres de la communauté, le Successeur devait rester sans tache, afin de leur inspirer la foi et la confiance la plus profonde. C'est pourquoi je me charge de son péché avant de les quitter tous.

Dehors, le vent chantait dans les arbres. Le chant des grenouilles résonnait dans la nuit. Mais, dans la chambre sombre, le silence régnait.

Jusqu'à ce qu'Ellery déclare enfin :

— Maître, je ne peux approuver votre attitude. Même de votre propre point de vue, je la considère condamnable. Il y a quelque temps, vous m'avez dit que nous devions chercher la vérité, que la vérité nous sauverait...

Le vieillard acquiesça, imperturbable.

— C'est ainsi qu'il est écrit, dit-il.

Et Ellery se demanda, et ce n'était pas la première fois, si le Maître voulait dire *C'est ainsi que la vérité sera*, ou bien *C'est ainsi que cela doit être*.

— Comment pouvons-nous chercher la vérité et comment peut-elle nous sauver, si nous devons jusqu'au bout nous retrancher derrière le mensonge ? (Puis il explosa :) Quel péché avez-vous donc commis, que vous deviez sacrifier votre vie ?

La sérénité du vieillard en fut quelque peu ébranlée ; il poussa un soupir qui semblait venir de très loin.

— Vous êtes dans l'erreur, Elroï. En vérité, j'ai commis un grave péché. Car, si les membres du Conseil sont coupables, ne suis-je pas plus coupable qu'eux ? Ne suis-je pas leur Maître ? Leurs péchés retombent sur moi ; et leur faute, qui me déchire le cœur, je la fais mienne.

» Ce ne sont pas eux qui m'ont trahi ; c'est moi qui les ai trahis. Sinon, ils n'auraient pas fait ce qu'ils ont fait.

» Et comme je suis toujours leur Maître, je dois leur apprendre, par la vertu de l'exemple, ce que mes discours n'ont pas réussi à leur apprendre. Et l'exemple que je leur donnerai consistera à me charger de leur péché. Car, si la foi en le Seigneur est perdue, alors tout est perdu, et Quenan deviendra semblable au monde que nous avons fui… Non, elle deviendrait pire, car mes frères n'ont aucune expérience du péché et, dans le monde extérieur, ils seraient comme des moutons sans berger lorsque la neige se met à tomber. Je les aime, Elroï, et existe-t-il pour moi une meilleure façon de leur prouver mon amour ?… Puissent-ils s'aimer les uns les autres. Il faut qu'il en soit ainsi.

Mais Ellery marmonna :

— Je leur dirai la vérité.

Et le Maître sourit et posa l'éternelle question :

— Qu'est-ce que la vérité ? Aujourd'hui, pendant le procès, vous leur avez dit ce que vous pensiez être alors la vérité, et ils vous ont cru. Et maintenant, vous voulez leur dire le contraire, et vous voulez qu'ils vous croient encore ? Pensez-vous les convaincre ?

Le vieillard inspira profondément ; son corps sec fut agité d'un frisson, vite réprimé.

— Si vous leur dites la vérité, Elroï, je la nierai. Je la nierai, et ils me croiront comme ils m'ont toujours cru. Et qu'aurez-vous gagné ?

Ellery se frappa du poing la paume de la main.

— Nier la vérité ? Vous savez bien que vous ne le ferez pas, que vous ne pouvez pas le faire ! Vous savez bien que vous ne leur mentirez jamais, que vous ne pouvez pas leur mentir !

Le vieil homme se mit à trembler.

— En ce cas, ne me forcez pas, je vous en prie, à leur mentir au bout de sept décades. Mais (et il éleva la voix, non sous l'effet de l'émotion, mais pour donner plus de force à ses paroles) s'il le fallait, je le ferais, Elroï, car il est écrit que je fais ce qui doit être fait, ce qui fut fixé autrefois pour les temps à venir. Vous avez été l'instrument de la prophétie, et mon amour pour vous est grand ; mais il est des choses que je sais mieux que vous, malgré tout votre savoir. Si vous avez de l'amour pour moi alors, je vous prie de ne pas le leur dire. Croyez en moi.

Ellery resta figé. Que faire, que faire ? Se précipiter à sa voiture et partir à toute vitesse pour aller chercher... qui ? La police ? Le shérif ? Le gouverneur ? L'armée ? – quelqu'un, n'importe qui, qui pourrait empêcher le sacrifice humain fixé au lendemain ? Et pourtant, faire cela serait livrer Quenan à un monde qui ne pourrait que détruire la Vallée. Mais elle était déjà détruite. Ou ne l'était-elle pas ? Le Maître était prêt à donner sa vie parce qu'il croyait qu'elle ne l'était pas. Qui était-il pour opposer son jugement étroit au noble esprit de ce vieillard ?

Et, de nouveau, alors qu'il était plongé dans ses réflexions, la même étrange et immense fatigue l'envahit traîtreusement. Ses oreilles se mirent à bourdonner.

Que faire ? *Que faire ?*

Le vieil homme parla avec douceur.

— Dans cette armoire, il y a du pain, et du vin aussi, et il se fait tard, dit-il. Voulez-vous souper avec moi ?

Ellery ferma doucement derrière lui la porte de la chambre du vieillard et resta quelques instants immobile. Dans la salle du Conseil, l'unique lampe jetait sa faible lueur qui, autrefois, lui avait paru dorée. Dans son épuisement, il lui vint à l'esprit qu'il attendait quelque chose.

De la paume de ses mains, il se frotta les yeux. D'étranges motifs aux formes changeantes tournaient dans sa tête. Soudain, ils formèrent un visage. Il en ressentit un soulagement immédiat, rouvrit les yeux et traversa la pièce pour aller frapper à la porte du scriptorium. Il n'y eut pas de réponse. Il tourna la poignée ; la porte n'était pas fermée à clé et il entra. Le scriptorium était vide. Bien sûr. La chambre du Successeur. Il alluma sa lampe-torche et alla frapper à l'autre porte. Et, de nouveau, il n'y eut pas de réponse. Il ouvrit la porte ; le Successeur n'était pas là. D'un pas mécanique, il rebroussa chemin.

Il s'entendit gémir. Chaque atome de son corps semblait réclamer à grands cris son droit au repos, et la distance qui le séparait de sa chambre s'étirait à l'infini. Près de la table, le banc s'offrait à lui. Et il décida de s'y asseoir.

Il commençait péniblement à se baisser lorsqu'un son étrange, venu de l'extérieur, l'arrêta net. Au même instant, le visage qui était effacé lui revint brusquement à la mémoire. Aussi se dirigea-t-il, les membres douloureux, vers la porte de la maison sacrée. Une fois le seuil franchi, il s'arrêta.

Il y avait quelque chose, dans l'obscurité, qui poussait des petits cris pareils à ceux d'un hibou, ou peut-être d'un enfant. Mais cette silhouette qu'il distinguait à peine n'était nullement celle d'un oiseau ; elle était trop grande pour être celle d'un enfant. Et pourtant, elle n'avait pas la forme d'un corps d'homme.

Ellery sentit ses cheveux se dresser sur sa tête.

Il dut se forcer pour avancer. Les jambes aussi raides que s'il portait des brodequins de plomb, il s'approcha de la forme tapie dans la nuit. Sur le moment, il ne songea pas à utiliser sa lampe-torche qu'il tenait toujours dans son poing crispé.

Une faible lueur à la lumière des étoiles... Une masse sombre accroupie sur le sol humide et froid... un gémissement incohérent, étrange... Puis un toussotement, suivi d'un sanglot.

Ellery sentit sa peur s'évanouir comme neige au soleil. S'agenouillant, il posa la main sur la forme sombre. C'était un homme vêtu d'une robe, recroquevillé sur lui-même, les mains pressées si fortement contre le visage qu'Ellery dut faire appel à toute l'énergie dont il était encore capable pour les en écarter. Il sentit le contact d'une barbe qui encadrait la mâchoire, une barbe douce et soyeuse de jeune homme.

Le Successeur.

Une voix murmurait dans la nuit.

Ellery se pencha plus près, essayant de distinguer ce que la voix disait.

— ... *Dites-leur, dites-leur, dites-leur*.

— Je ne peux pas, répondit une seconde fois, celle du Successeur.

A qui, en ce cas, appartenait la première, celle qui avait chuchoté ? Les yeux du jeune homme étaient ouverts, maintenant, tels des puits d'ombre dans son visage.

— Je ne peux pas leur dire, répéta-t-il.

Ellery, stupéfait, tenta de se redresser. Le Successeur parut effrayé ; instinctivement, il tendit une main secourable et, s'aidant mutuellement, ils parvinrent à se mettre debout.

— Pourquoi pleuriez-vous ? demanda Ellery.

— Vous avez dit, Elroï, que je dois révéler au Conseil et à tous les frères ce qui s'est vraiment passé, murmura le Successeur. Mais...

C'est alors qu'Ellery se rappela sa lampe-torche. Il l'alluma et la posa sur le sol de façon que son faisceau se réfléchît sur un gros rocher blanc. Le visage du jeune homme ressemblait à un masque ; il était saisissant de voir ses lèvres remuer.

— Mais ?

— Mais je ne peux pas dire la vérité. Je n'ose pas.

Et bientôt Ellery se retrouva assis sur le sol en compagnie du jeune meurtrier, essayant de l'entraîner à sa suite dans un dialogue socratique. En premier lieu, demanda-t-il, une fois qu'on aurait fait comprendre aux membres du Conseil les circonstances exactes du crime, était-il concevable qu'ils concluent une seconde fois à la culpabilité du meurtrier ? Et même s'ils devaient le faire, était-il concevable que le Maître prononce une seconde fois la terrible sentence ? Et même si le Maître devait prononcer cette sentence contre lui, pour quelle raison le Successeur s'y soumettrait-il ? Il était jeune, il avait une longue vie devant lui, ne pouvait-il pas fuir ? Qui donc à Quenan pourrait le retenir de force ? Il n'avait aucune raison, non plus, de redouter le monde extérieur, qu'il ne connaissait pas. Ellery serait là pour l'aider, comme un frère, comme un grand frère.

Mais... « Je ne peux pas, je n'ose pas. »

Vous ne pouvez pas ? Vous n'osez pas ? Alors que la vie du Maître est en jeu ?

Pouvez-vous, *osez-vous* garder le silence ?

— Pouvez-vous voir un homme comme votre Maître mourir pour un crime que, en premier lieu, il n'a pas commis et qui, en second lieu, n'est pas un crime, mais un acte de légitime défense ? Si vous êtes digne de votre titre de Successeur, conclut Ellery, vous parlerez.

Le masque qu'il avait sous les yeux était celui de la tragédie. C'était horrible de voir à quel point le jeune homme avait changé depuis leur dernière rencontre. Ses yeux voilés étaient profondément enfoncés dans leurs orbites, ses lèvres exsangues déformées par un rictus ; son visage tout entier était émacié.

— Vous ne comprenez pas, Elroï.

C'était la voix du Successeur et les paroles du Maître.

— Alors, aidez-moi à comprendre ! Sinon je n'aurai d'autre choix que de faire intervenir les autorités du monde extérieur pour sauver la vie de votre Maître. Et cela signifiera la fin de Quenan.

Encore et encore, le jeune homme se tordit les mains.

— Je sais tout ce que vous m'avez dit ! s'écria-t-il. Je voudrais faire ce que vous me demandez – oh, Elroï, vous n'auriez pas besoin de me le demander ! Mais je ne peux rien faire. Pourquoi pensez-vous que j'aie gardé le silence pendant le procès ? Je ne pouvais pas parler parce que le Maître me l'avait interdit ! Il me l'interdit encore, et je n'ose pas lui désobéir.

— Pourquoi, Successeur ? *Pourquoi* ne pouvez-vous pas lui désobéir ? Qu'arriverait-il si vous le faisiez ? demanda Ellery.

Le jeune homme, au supplice, hocha la tête.

— Je ne sais pas ce qui arriverait, Elroï. Et cela importe peu. C'est comme si vous me demandiez : qu'arriverait-il si vous battiez des bras pour vous envoler vers les étoiles ? Vous ne comprenez pas. Je ne peux pas le faire. Je n'ai jamais, de ma vie, désobéi au Maître et je ne peux pas lui désobéir maintenant.

Ellery fixa le masque tragique et, soudain, il comprit. Le Successeur était pareil à l'avant-dernier empereur de Chine, le neveu de la cruelle Impératrice Douairière, arrêté sur l'ordre de celle-ci lorsqu'il avait tenté de mettre fin aux pratiques malhonnêtes de sa régence. En prison, il avait reçu la visite de plusieurs officiels secrètement acquis à sa cause. Que le Fils du Ciel en donne l'ordre, lui dirent-ils, et les troupes qui lui restaient fidèles le libéreraient sur-le-champ, pour jeter en prison le « Vieux Bouddha ». Mais l'empereur refusa. C'était impossible, leur dit-il. Comment pouvait-on lever la main contre une vénérable ancêtre ? Et il mourut en captivité, emprisonné par des barreaux bien plus solides que ceux de sa cellule.

Je ne peux pas le faire. Je ne peux pas lui désobéir.

Ces mots résonnèrent aux oreilles d'Ellery jusqu'à emplir la nuit entière.

Il se souvint de l'allée sombre qui coulait sous ses pieds comme une rivière, comme s'il marchait sur l'eau. Il se souvint du fracas qui lui emplissait les oreilles, pareil aux hurlements du vent. Mais il ne se souvint pas avoir regagné sa paillasse en titubant ni s'y être écroulé ; il ne se souvint pas de l'aube nouvelle qui pointait derrière la Colline du Creuset.

Pour lui, tout n'était plus que ténèbres.

6

Vendredi 7 avril

Lorsqu'il ouvrit les yeux, il n'y avait pas d'ombres, mais le grand silence qui pesait sur la Vallée ne ressemblait pas au calme habituel de l'heure de midi. C'était le silence d'une ville fantôme, ou plutôt d'une ville ou d'une *Marie-Céleste* brusquement abandonnée par ses occupants.

Puis un âne se mit à braire, et un autre ; un taureau poussa un mugissement ; les chiens commencèrent à aboyer, comme si un événement sinistre allait se produire.

Ou était en train de se produire.

Ou s'était produit ? Poussant un cri, Ellery bondit de son lit. Mais, à ce moment, la mémoire lui revint. Cela n'aurait pas lieu avant le coucher du soleil.

Mais... ce silence ? Est-ce que tous les Quenanites avaient fui dans le désert plutôt que d'attendre l'exécution de la sentence ?

Il portait encore ses vêtements de la veille, fripés et défraîchis. Le sommeil ne l'avait pas remis d'aplomb et le soleil qui entrait à flots par la fenêtre ne fit rien pour chasser la fatigue accumulée dans ses membres douloureux.

Il sortit et suivit l'allée. Il n'y avait personne en vue ; il traversa le village. Çà et là, par une fenêtre ouverte, il entrevit quelques signes d'activité ; à un certain moment, il vit même, au loin, quelqu'un travailler dans un champ (le Puisatier, peut-être ?). *Les moulins doivent tourner et les champs arides doivent brûler*. Non, les gens de Quenan n'avaient pas quitté leur Vallée. Ils ne pouvaient tout simplement pas supporter de la voir, ce jour-là, comme si les collines elles-mêmes devaient disparaître à la fin du jour en même temps que le soleil. Pour la plupart, ils restaient cloîtrés chez eux, toutes portes closes.

Lourde devait être leur peine.

Et lourd le silence qui pesait sur la Vallée de « l'Ombre » et, pendant tout l'après-midi, Ellery se débattit avec son problème, sans pouvoir y apporter de réponse.

Les solutions semblaient toujours se ramener à trois possibilités :

Laisser les événements suivre leur cours et se soumettre ainsi à la volonté du Maître.

Révéler la vérité à la communauté. Mais, dans ce cas, le Maître l'avait prévenu qu'il nierait cette vérité, et que les Quenanites le croiraient, lui, et ne croiraient pas Ellery ; et Ellery savait bien que cela était vrai.

Aller demander de l'aide pour empêcher l'exécution de la sentence. Mais alors, ce serait Quenan tout entière qui mourrait.

En fait de choix, il en était réduit à accepter une carte forcée !

Ellery arpenta les allées bordées d'arbres, escaladant les terrasses verdoyantes des collines, longeant les sillons immaculés des champs cultivés. Personne n'apparut pour lui parler ou même lui adresser un signe de la main. A deux reprises, il marcha en direction des seules silhouettes qu'il eût aperçues pendant ses errances mais, lorsqu'il parvint à l'endroit où elles se trouvaient, il n'y avait plus personne. Il ne put se résoudre à frapper aux portes des maisons.

Tard dans l'après-midi, ses pas le ramenèrent, comme malgré lui, à la Maison de la Sainte Congrégation. Le Maître s'y trouvait, seul, assis sur un tabouret. Il accueillit Ellery de son geste habituel de bénédiction et l'invita à s'asseoir. Ellery se laissa tomber sur le banc. Le vieillard semblait parfaitement serein.

— Maître, dit Ellery, je vous supplie de réfléchir encore.

— Très bien, répondit calmement le patriarche.

Ellery sentit son cœur bondir dans sa poitrine.

— Alors, vous allez leur dire la vérité ? s'écria-t-il.

Le vieil homme resta un moment sans rien dire, puis il déclara :

— J'ai réfléchi, Elroï, comme vous me l'avez demandé. Je ne trouve aucune raison de changer ce qui est écrit. Je ne dirai rien de plus à mes frères, ni vous non plus.

Le soleil commença de décliner.

Les gens semblèrent surgir de partout – des maisons, des granges, des champs, des bois, des ombres – comme les soldats nés des dents du dragon semées par Cadmos. Ils surgirent de partout pour ne plus former qu'une seule entité, une hydre indolente aux multiples têtes qui avançait avec lenteur.

Et Ellery se joignit à eux.

Il vit le Maître, dominant la multitude de sa haute taille, traverser lentement la foule qui s'écartait pour lui livrer passage avec force soupirs et gémissements, alors que sa main droite répétait le geste rituel de bénédiction.

Et ainsi les Quenanites parvinrent jusqu'à la place du village ; et, lorsqu'ils se dispersèrent et qu'Ellery découvrit, sur le sol, ce que leur masse lui avait caché, il faillit pleurer de joie et de soulagement.

Comment avait-il pu être assez aveugle pour prendre au pied de la lettre ce qui devait seulement avoir valeur de symbole ? La cérémonie à laquelle il assistait était semblable aux rites des Pénitents des montagnes du Nouveau-Mexique – la Fraternité de la Lumière, comme ils s'appelaient eux-mêmes – qui, chaque année, rejouaient la Passion de leur religion, choisissant l'un des leurs pour tenir le rôle principal. Représenté dans des endroits secrets, le Mystère, par lequel les Pénitents se purifiaient de leurs péchés, s'achevait cependant sans qu'il y eût de sacrifice humain, bien que l'acteur principal dût endurer de réelles souffrances.

Ellery se demanda comment, malgré leur isolement, les Quenanites avaient eu connaissance de ces rites remarquables. Ou bien avaient-ils élaboré d'eux-mêmes un rite similaire, en modifiant, pour ainsi dire, l'antique scénario ? Car la cérémonie à laquelle il assistait maintenant...

Le Maître était étendu, à l'endroit préparé pour lui.

On n'entendait plus, maintenant, le moindre soupir.

Ainsi les anciens Egyptiens avaient-ils dû assister chaque année à la représentation de la mort d'Osiris – n'ignorant pas qu'il s'agissait d'une mise en scène, sans en être tout à fait conscients, croyant au fond d'eux-mêmes assister à un événement réel.

Et l'Intendant s'avança, tenant dans ses mains une sorte de coupe. Et l'assistance retint son souffle ; le vent lui-même parut cesser.

Avec tendresse, l'Intendant souleva la tête du Maître de sa main gauche et, de sa main droite, il porta la coupe aux lèvres du vieillard ; puis il s'éloigna. Le Maître était parfaitement immobile. C'est alors que le soleil se coucha, baignant la scène d'une lumière de sang, teintant de rouge les paumes du patriarche étendu. Aussitôt s'éleva une douce brise de printemps et les hautes herbes murmurèrent, comme effrayées...

Ellery laissa éclater sa colère. Se laisser ainsi duper et mystifier ! Le Maître et ses fantoches avaient réussi à l'abuser avec leurs fantasmes pernicieux, au point de lui faire croire que la réalité était irréelle et que l'imaginaire était réalité. Mais il était guéri. Ce qui lui avait paru une représentation pathétique, une profonde tragédie, n'était en fait que la manifestation, de fort mauvais goût, d'un fanatisme borné. Le vieillard était un comédien remarquable, et bientôt les acteurs de second plan de ce drame primitif allaient entrer en scène pour jouer, à leur tour, leurs rôles stupides. Eh bien, cette plaisanterie avait assez duré. Il était temps d'y mettre un terme.

Près de lui, une femme commença à se lamenter, se balançant d'avant en arrière. Une autre femme – ah, la Tisserande ! – éclata à son tour en lamentations. Effrayés, les enfants se mirent à pleurer (eux aussi avaient appris leurs rôles !). Puis un homme...

Ellery leva les bras au-dessus de sa tête et cria :

— Cela suffit ! et il s'avança jusqu'à l'endroit où le vieillard était étendu, les bras en croix, le visage tourné vers le ciel qui s'assombrissait ; et Ellery, mettant un genou à terre, tendit la main pour secouer la frêle épaule du Maître.

Mais sa main resta en suspens.

De la confusion qui régnait dans son esprit surgit une pensée cohérente : « Moi aussi, se dit-il, je me suis trompé de scénario. Les lois de Quenan ne sont pas les lois de Rome. La boisson n'était pas le préliminaire symbolique à l'exécution d'une sentence tout aussi symbolique : la boisson *était* la sentence, et elle n'avait rien de symbolique. »

Le Maître, en fait, n'avait pas joué son rôle. Son visage était toujours serein, mais ce n'était plus la même sérénité ; selon la coutume prescrite par les lois de Quenan – ainsi qu'il est écrit que cela doit être fait, et ainsi qu'il avait été fait, les pieds joints, les bras en croix, selon la symétrie sacrée – le Maître reposait, mort.

7

Samedi 8 avril

Et Ellery pleura.

8

Dimanche 9 avril

La journée était bien avancée lorsqu'Ellery quitta la maison qu'il avait occupée pendant son séjour à Quenan. La veille, il n'en avait pas bougé. Il s'arrêta sur le pas de la porte et regarda autour de lui ; et bien que les fleurs fussent toujours aussi resplendissantes et les feuilles des arbres aussi vertes, il fut encore plus sensible que la première fois à l'atmosphère de désolation qui pesait sur le village. Il n'y avait pas âme qui vive, pas le moindre bruit. Ellery s'avança sur le chemin.

Les bâtiments publics, lorsqu'il les longea, lui semblèrent des ruines à l'abandon et les petites maisons, les vestiges couleur de terre d'un passé depuis longtemps disparu. C'était aussi bien, pensa-t-il, que les gens restent terrés dans leurs trous. Ainsi il n'aurait pas besoin de faire ses adieux à qui que ce fût, car si quelqu'un s'était avisé de lever la main en signe de bénédiction et de lui dire : « Le Seigneur vous accompagne », il n'aurait pas pu le supporter.

Non, il était temps de partir, et le plus tôt (et le plus discrètement possible) serait le mieux. Pour le simple mortel qu'il était, une semaine et un jour « hors du temps, hors de l'espace » c'était bien assez.

Pourtant, alors qu'il arpentait les rues silencieuses, Ellery ne put s'empêcher de se rappeler avec un plaisir certain ses précédentes promenades dans le village, les visages ouverts des Quenanites, les enfants à la peau brunie qui lui offraient timidement des fleurs... Ici se dressait un arbre qu'il s'était pris à aimer, là ressortait sur un mur une tache de couleur ocre dont la forme lui était familière. N'était-il vraiment ici que depuis une semaine ? Il lui semblait qu'il avait, en personne, accompli le long voyage à travers les sables brûlants du désert en compagnie des pères fondateurs de Quenan.

Une dernière fois, il se rendit à la Maison de la Sainte Congrégation. La cloche était toujours suspendue, intacte, près de la porte. Une dernière fois, il lut les vers familiers gravés dans le métal :

De minerais grossiers on a fait mon battant

Pour qu'il sonne les heures sur tous les océans.

Oui, la Vallée de Quenan et la couronne de collines qui l'entourait étaient comme un navire, et le désert environnant semblable à l'océan – un navire immobile pour l'éternité sous un ciel sans nuages, mais qui n'était pas pour autant à l'abri d'un quelconque désastre.

Entrerait-il dans la maison sacrée ? Le Maître ne s'y trouvait pas. Quelle importance ? Car, en fait, le Maître *était* là. Sa présence imprégnait les murs, emplissant la moindre fissure, la moindre crevasse. Alors, pourquoi ne pas dire adieu à un fantôme ?

Ellery entra.

La maison sacrée semblait vide, bien que le Successeur dût se trouver dans sa chambre. Le Successeur ? Mais il avait déjà succédé ! Le Maître était mort : vive le Maître ! Quelles pensées pouvaient traverser l'esprit du jeune homme ? Et que devait-il ressentir ? Un sentiment de peine ? De culpabilité ? De remords ? De terreur ? Quoi qu'il en fût, il allait devoir se débattre *seul* au milieu de ses problèmes.

Ellery traversa la salle silencieuse et s'arrêta à la porte de la chambre interdite. Il se retourna, sans s'en rendre compte tout de suite, pour chercher le vieillard et lui demander la permission d'entrer. Il avait l'impression de sentir la présence du prophète. Mais ce n'était qu'une impression. Son sentiment de commettre un sacrilège, une profanation, était encore vivace, et il dut se forcer pour poser la main sur la poignée de la porte. Elle n'était pas fermée à clé (*O tempora ! O mores !*) et il entra.

Il n'y avait rien de changé dans le sanquetum. La lampe éternelle brûlait toujours ; comment, étant éternelle, aurait-elle pu s'éteindre ? Et le silence était aussi profond qu'avant. La lumière baissa, se ranima, baissa de nouveau, se ranima encore, puis les ombres, qui s'étaient mises à danser à l'ouverture de la porte, finirent par s'immobiliser ; et aussitôt Ellery eut l'absurde impression que le Maître était avec lui dans la petite pièce et que sa présence était non seulement spirituelle, mais physique... et cette voix riche, qui le bénissait...

Il fit un effort pour revenir à la réalité (mais *où* s'arrêtait le réel ?) et plongea le regard dans la vieille armoire à porcelaine, l'« arche » que le vieillard avait achetée pour y placer le mystérieux « Livre qui était perdu ». Sur l'étagère supérieure, se trouvaient toujours les deux piles de dollars de Carson City, quinze dans l'une, quinze dans l'autre... ce qui faisait bien trente pièces d'argent. Le père du vieux Maître était bien loin de se douter, lorsqu'il avait accepté que la réserve de dollars d'argent devînt le trésor de Quenan, qu'il enchâssait une malédiction. Une malédiction qui allait rester en sommeil, « cachée dans l'urne » pendant soixante-dix ans, avant de déchaîner les passions qui devaient être fatales à son propre fils.

Ellery faillit tendre la main pour s'emparer des pièces maudites et les éparpiller dans le désert.

Mais il ne put se résoudre à les toucher.

Le livre, en revanche, le livre ouvert, imprimé en caractères gothiques, posé sur l'étagère inférieure – ça, c'était différent. Il fallait qu'il fît quelque chose, au sujet de ce livre, qu'il prît une décision radicale, sous peine de ne plus jamais dormir en paix.

Il ouvrit la vitrine de l'arche et saisit le volume comme s'il était vivant. Il ne pouvait courir le risque que quelqu'un – le Successeur, non, le nouveau Maître – le vît sortir en emportant le livre ; aussi le mit-il sous son aisselle, à l'abri des regards, entre sa chemise et sa veste, et il boutonna sa veste pardessus. Il sentit le livre brûler sa chair. Et il quitta le sanquetum pour toujours.

Il était sur le point de refermer la porte du sanquetum, lorsqu'il lui vint une idée de génie. Pourquoi ne pas laisser la porte ouverte ? *Fiat lux ! Mehr Licht !* Que les ombres meurent.

Il laissa la porte ouverte.

Une dernière fois, il regagna sa maison pour emballer le livre volé et boucler ses bagages. C'était le moment de partir. Il avait été reçu presque comme un dieu. Il n'avait aucune raison de penser que son prestige n'était plus aussi grand ; il était probablement plus grand encore puisque, maintenant, c'était de la terreur et de la crainte qu'Ellery devait inspirer. Devenu l'instrument de l'accomplissement d'une prophétie, il avait contribué à la destruction de quelque chose de chaleureux, de puissant et d'unique. Quenan le considérait sans doute encore avec respect, mais certainement plus avec amour.

Les lèvres serrées, il ferma sa valise et partit.

Il regarda autour de lui pour s'orienter. Là-bas... ce sentier en pente, derrière les vignes. C'était par ce chemin qu'il était arrivé, en compagnie d'un vieillard sans âge qui tenait une trompette sous sa tunique.

Ellery escalada lentement la pente, jetant de temps à autre un regard derrière lui. Il n'y avait personne en vue. Ah si, il y avait quelqu'un. Sur la pente opposée, au milieu des pierres tombales du lieu paisible, rampait une courte silhouette difforme. Ellery frissonna et poursuivit son chemin.

Une dernière fois, il se retourna. Les gris et les bruns de la Vallée se mêlaient en une teinte sombre, indéfinissable.

Puis il atteignit la crête de la colline et la franchit. La Vallée de Quenan (Canaan ? Kenan ? Il n'en saurait probablement jamais rien), ce site naturel invraisemblable, disparut de sa vue.

Mieux valait en rire.

Il avait dévalé le versant aride de la colline, traversé péniblement l'étendue de sable qui le séparait de sa voiture ; il y avait jeté ses bagages, s'était mis au volant, avait tourné la clé de contact, et... rien.

La batterie était à plat.

O Pionniers, qui ne connaissiez pas les bienfaits de l'automobile...

L'eau du radiateur s'était évaporée, également. A cela, il pouvait remédier facilement (facilement ?) : il n'avait qu'à retourner au village. Mais la batterie ? Morte. Il regarda autour de lui. Tout était mort – le désert, la colline. Il n'y avait rien de vivant nulle part ; pas un souffle de vent ; l'air épuisé pesait, maussade, sur le cadavre du désert.

Otto Schmidt vendait de l'essence, il avait peut-être une batterie dans son magasin, ou bien un chargeur.

Mais comment parvenir jusque-là ? Cela représentait une très longue marche dans le désert ; c'était trop risqué. Il allait devoir emprunter un âne au village...

Mais avant tout, le livre.

Ellery le sortit de son sac.

S'éloignant de la voiture, il posa le livre sur le sable et commença à creuser un trou de ses mains nues. Le sable était friable et il n'eut aucune difficulté. Puis il se mit à déchirer les pages du livre, les froissant une par une pour les jeter dans le trou. Lorsque le trou fut presque plein, il gratta une allumette et la laissa tomber.

Au début, seule la lisière brune qui rongeait le papier, comme par magie, lui prouva qu'il avait pris feu. Puis les flammes s'élevèrent. Ellery les contempla avec une satisfaction intense et profonde, comme il n'en avait jamais ressenti. De temps à autre, il arrachait de nouvelles pages pour alimenter les flammes.

Bientôt, il ne resta plus du livre que la couverture.

Il contempla les mots qui y étaient imprimés en gothique et, en dépit de la chaleur, il frissonna. Dans toute la longue histoire de la communication écrite, existait-il une méprise plus navrante que la lecture erronée que le Maître avait fait du titre de ce livre ? Le vieillard désirait si ardemment croire à l'existence du légendaire « Livre perdu » de Quenan... Et un jour, le patriarche était allé chercher du ravitaillement au Magasin du Bout-du-Monde et il avait aperçu un livre sur le comptoir et, sur la couverture de ce livre, il avait vu trois mots imprimés en caractères d'allure archaïque, trois mots d'une langue étrange qu'il ne savait pas lire ; mais les trois mots étaient imprimés l'un en dessous de l'autre, de telle sorte que les trois initiales étaient alignées verticalement sur une même colonne ; et il avait lu cet acrostiche :

M
k
h

Comme le cœur du vieillard avait dû bondir dans sa poitrine ! C'était même un miracle qu'il n'eût pas tout simplement cessé de battre. Car on disait du « Livre perdu » qu'il s'appelait Mk'n, ou :

M
k
n

ce qui ne représentait qu'une différence d'une seule lettre, et cette différence était infime en apparence – et qui pouvait dire, avait-il dû penser, si le titre tel qu'il était transmis, Mk'n, n'avait pas pu être, à l'origine, Mk'h, et n'avait pas été altéré au cours des siècles ?

Il voulait à toute force croire qu'il s'agissait bien du Livre sacré de Quenan ; et c'est pourquoi il l'avait cru.

« Et comment, pensa Ellery, comment aurais-je pu lui faire comprendre qu'il avait bradé sa foi en la paix et la fraternité contre un appel au massacre, comme autrefois Esaü vendit son droit d'aînesse contre un plat de lentilles ? »

Il rassembla quelques brindilles d'un buisson voisin et il y mit le feu, méthodiquement et, lorsqu'il en monta une flamme vive, il posa la couverture du livre pardessus. Elle s'enflamma à son tour ; et les flammes prirent un aspect maléfique, comme si le feu lui-même était corrompu par ce qu'il dévorait.

Quant au titre, il semblait être une entité vivante qui luttait contre les flammes avec une force démoniaque. Alors que la couverture était réduite en cendres, le titre restait intact, se détachant distinctement, presque froidement, au milieu des flammes :

Mein
Kampf
Hitler

Puis, à son tour, il se tordit dans les flammes et mourut. Et Ellery en écrasa les cendres de son talon.

Il avait à peine fait quelques pas en direction de la Vallée lorsqu'il entendit, dans le ciel, un bourdonnement lointain dont l'intensité augmenta régulièrement jusqu'à devenir le grondement d'un moteur. Etrange ! Le Potier (mais était-ce bien le Potier ? tout cela semblait déjà si loin) lui avait parlé du nombre grandissant des avions qui traversaient le ciel de Quenan et, pourtant, pendant son séjour, Ellery n'en avait pas vu ni entendu un seul.

Il s'arrêta pour scruter le ciel, et – oui ! – c'était bien ça. Venant du sud, un petit avion monoplace, qui ne ressemblait ni à un chasseur ni à aucun des avions militaires qu'il connaissait, se dirigeait vers lui. Ellery le suivit des yeux, de plus en plus inquiet. Car le grondement du moteur devenait irrégulier, saccadé... puis il y eut une explosion et, en un instant, le petit appareil ne fut plus qu'une gigantesque torche qui tomba du ciel en lançant une gerbe d'étincelles tourbillonnantes.

Mon Dieu, la Vallée ! pensa Ellery ; et s'il tombait sur Quenan... ! Mais il vit que l'avion allait s'écraser sur le versant de la Colline du Creuset qui faisait face au désert, manquant de peu le village. Et, au moment où il s'en félicitait, la corolle d'un parachute se déployait au-dessus de lui. Ellery se mit à courir.

Il vit le parachutiste toucher le sol non loin de lui. L'homme resta un moment immobile, comme étourdi. Mais avant qu'Ellery ne l'eût rejoint, il s'était remis debout et, se dégageant de la masse du parachute, il commençait à déboucler son harnais.

— Rien de cassé ? lui cria Ellery.

L'homme leva les yeux. Il sourit et répondit :

— Non. Tout va bien, *amigo*.

Ellery cligna des yeux. La voix était profonde et puissante, mais possédait pourtant une certaine douceur ; cela lui rappelait quelqu'un. Mais il n'y avait pas que la voix. Le pilote était un homme jeune, grand et mince, à la peau brune. Il avait des cheveux noirs et bouclés, des traits aquilins ; il était très beau, mais d'une beauté inhabituelle ; bien qu'il se fût apparemment rasé le matin même, l'ombre d'une barbe drue bleuissait déjà ses joues creusées. « J'ai déjà vu ce gars-là quelque part, se dit Ellery ; son visage m'est aussi familier que le son de sa voix. » Et il se figea brusquement, alors qu'une onde glacée lui parcourait le corps. L'homme ressemblait... ressemblait...

Ellery secoua la tête, se trouvant ridicule. Et pourtant, c'était vrai. L'inconnu ressemblait à l'homme que devait être le Maître à l'âge de trente ans.

— Vous parlez d'une chance, dit l'inconnu, se dégageant de son harnais. Vous vous rendez compte ? Mon avion explose au beau milieu du désert et j'atterris juste aux pieds d'un bon Samaritain avec une voiture.

— J'ai bien peur de ne pas être si bon Samaritain que cela, dit Ellery. Ma batterie est à plat.

L'inconnu sourit de nouveau.

— On s'en sortira, affirma-t-il, ne vous inquiétez pas.

— Très bien, fit Ellery, lui rendant son sourire, je ne m'inquiète pas. (Comme ils se dirigeaient lentement vers la voiture, il demanda :) Où alliez-vous ?

— Vers le nord – en direction du lac Pyramide, répondit l'homme. J'allais pulvériser de l'insecticide sur les récoltes. Je suis O.C., pour tout vous dire.

— O.C. ? Cela ne me dit pas grand-chose, à part « officier-commandant ».

— Ce n'est pas exactement ça, et l'inconnu se mit à rire.

— Oh, fit Ellery, vous voulez dire que vous êtes objecteur de conscience ?

— Oui, répondit-il d'une voix parfaitement calme – exactement, pensa Ellery, comme le vieux Maître aurait pu répondre lui-même – et cette idée le fit sourire. J'ai été affecté au service du ministère de l'Agriculture. Le plus drôle de l'affaire, c'est que j'ai appris à piloter à l'école de l'Armée de l'Air. J'étais plutôt mal parti, à vrai dire. Un père riche, beaucoup d'argent, plutôt bambocheur... Et puis, un jour, il est arrivé à un de mes copains ce qui vient de m'arriver à l'instant. Seulement lui, il ne s'en est pas sorti.

— Je vois.

— Moi aussi, j'ai vu. Pour la première fois de ma vie, je pense. Et j'ai commencé à réfléchir à beaucoup de choses – l'homme et Dieu, l'homme et son prochain, l'homme et son âme éternelle, et tout ça. Alors j'ai fait ce qu'il fallait pour quitter l'école de l'Armée de l'Air, et je me suis mis à lire, à étudier. J'ai fini par trouver ma voie, au bout d'un moment. Et il y avait une chose dont j'étais sûr : jamais je ne tuerais qui que ce soit. Je me suis débattu pendant très, très longtemps avec ce problème. Mais ma décision était prise. Je refuserais toujours de le faire, quelles que soient les circonstances.

— Ça n'a pas dû être facile, dit Ellery.

— Ce n'est pas si dur, répondit l'inconnu. Pas si vous savez pourquoi vous le faites. Ce que vous découvrez en cherchant votre voie vous donne une raison de vivre. C'est pourquoi je ne pense pas faire longtemps ce métier lorsque la guerre sera finie. Je pense plutôt me consacrer, d'une façon ou d'une autre, au service social. Enfin, on verra bien. (Ils étaient parvenus à la voiture, et l'homme ouvrit le capot et farfouilla dans le moteur.) Elle est morte, ça ne fait aucun doute. Vous savez où se trouve la ville la plus proche ? Hé ! (Il s'était redressé et il regardait la colline voisine.) Regardez ça !

Ellery regarda. Et, sur la crête de la Colline du Creuset, il vit une longue colonne de silhouettes noires qui se découpaient sur le ciel, comme des poupées de papier – les habitants de Quenan. Et il comprit brusquement ce qui s'était passé, et l'onde glacée lui traversa le corps pour la seconde fois. Ils avaient entendu les râles d'agonie du moteur et ils étaient sortis de chez eux en courant pour voir l'avion tomber dans une gerbe d'étincelles. *Comme un char en flammes... comme un char de feu...*

Ils avaient vu l'homme tomber de l'avion en flammes.

Non. Ils avaient vu l'homme descendre des cieux ineffables.

Et ils étaient venus à lui.

— Puis-je vous demander votre nom ? murmura Ellery.

— Comment ? Oh ! (Le jeune inconnu gardait les yeux fixés sur les silhouettes des Quenanites.) Manuel...

Et ils lui donneront le nom d'Emmanuel... Ellery frémit de tout son corps. Ses genoux se mirent à trembler. Je ne tomberai pas, se dit-il avec rage, je ne tomberai pas ; c'est la faiblesse, cette terrible fatigue qui ne me quitte plus...

— ... Aquina, ajouta l'homme.

C'en est trop, s'insurgeait l'autre Ellery en son for intérieur – trop, vraiment trop ; cela dépasse ce que la raison peut accepter. *Aquina, Quenan.* C'en était trop, un enchaînement de faits dont la complexité infinie dépassait l'entendement. Il ne pouvait que s'incliner devant la réalité et partir.

— Ces gens sur la crête... dit Manuel Aquina, d'une voix calme qui ne trahissait pas un étonnement excessif. Est-ce qu'il y a une ville derrière cette colline ?

A la lumière du soleil couchant, l'étrange regard du jeune inconnu se mit à flamboyer.

— Derrière cette colline, il y a un monde nouveau, (Ellery entendit une voix répondre – la sienne ? – une voix calme, qui ne trahissait pas un étonnement excessif.) Quant à ceux qui l'habitent, je crois... je crois qu'ils vous attendent...

omnibus Livres d'hier, lectures d'aujourd'hui

**Vous avez aimé ce livre ?
Venez en parler sur la page Facebook
des éditions Omnibus**

**Retrouvez notre catalogue sur
www.omnibus.tm.fr
et abonnez-vous à la newsletter
dans la rubrique Lettre d'information**

*Littérature française et étrangère,
Polar, S-F, Mer et Aventure,
Dossiers historiques, Anthologies thématiques,
Dictionnaires et Albums de poésies*

FSC
www.fsc.org
MIXTE
Issu de sources responsables
FSC® C003309

Composé par Nord Compo, Villeneuve-d'Ascq, Nord
Imprimé par Normandie Roto Impression s.a.s., 61250 Lonrai, France
en février 2013 – n° d'impression : 130634
pour Omnibus, 12, avenue d'Italie, 75013 Paris
http://www.omnibus.tm.fr